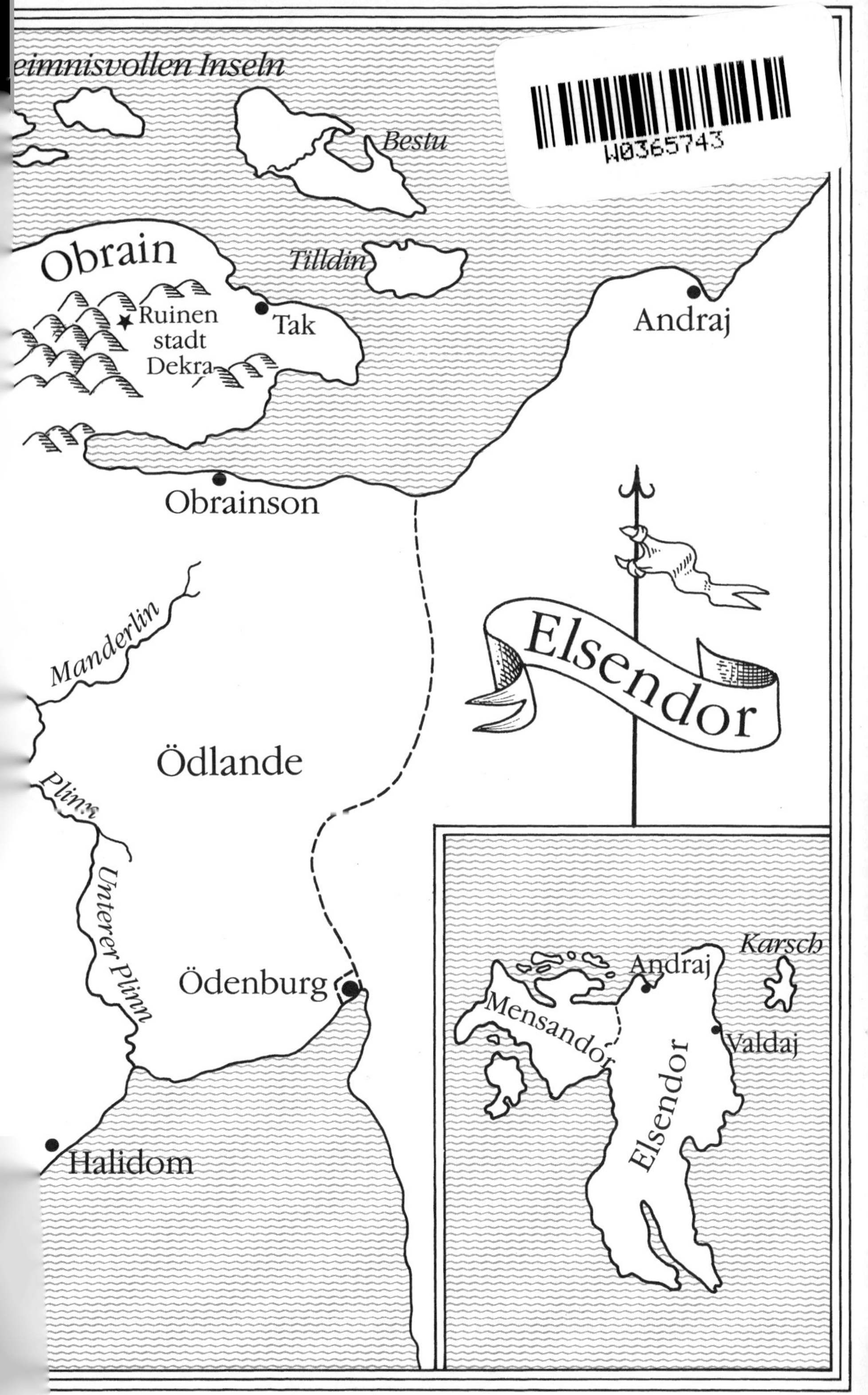

eimnisvollen Inseln
Bestu
Obrain
Tilldin
Ruinen stadt Dekra
Tak
Andraj
Obrainson
Manderlin
Elsendor
Ödlande
Plinn
Unterer Plimm
Ödenburg
Halidom
Karsch
Andraj
Mensandor
Valdaj
Elsendor

Stephen Lawhead
Die Kriegsherren des Nin

Stephen Lawhead

Die Kriegsherren des Nin

Die Saga des Drachenkönigs

Roman

Aus dem Englischen
von Frieder Peterssen

Piper
München Zürich

Die Originalausgabe erschien 1985 unter dem Titel
»The Warlords of Nin« bei Lion Publishing in Oxford

ISBN 3-492-03900-6

Gesetzt aus der Garamond-Antiqua
Satz: Uhl + Massopust, Aalen
Druck und Bindung: Clausen & Bosse, Leck
Printed in Germany

Für Drake, meinen Sonnenschein,
mit all meiner Liebe

I

Quentin stand auf dem hohen Söller und blickte auf den stillen Wald. Sein Blick schweifte über die sanft ansteigenden Hügel in ihrem frühsommerlichen Gewand aus Grüntönen; das goldene Nachmittagslicht wurde durch den aufsteigenden Abendnebel gemildert. Neben Quentins Hand lag eine dünne Pergamentrolle auf der kühlen Steinbalustrade und flatterte in der leichten Brise. Zu seinen Füßen stand eine Lederschatulle, aus der er die Rolle gerade zum Lesen genommen hatte. Der Schatulle war das königliche Abzeichen eingeprägt, das er nur zu gut kannte: der furchterregende, sich windende rote Drache Eskewars, des Drachenkönigs.

Die warme Abendsonne schien Quentin voll ins Gesicht, und doch spürte er, wie ein kalter Schauder ihn durchlief. Er stieß einen schweren Seufzer aus, ließ den Kopf sinken und wiegte ihn bedächtig. Da hörte er es hinter sich rascheln: sanft huschende Schritte auf den Stufen. Als er sich umdrehte, sah er Toli heraufkommen.

Der hochgewachsene junge Mann ließ sich bequem auf der Brüstung nieder und verschränkte die Arme über der Brust. Mit seinen braunen Augen sah er Quentin fragend an; dabei atmete er tief die frische, klare Luft ein. »Hör nur«, sagte er, den Kopf zur Seite geneigt. »So klingt die Erde, wenn sie in Frieden ist.«

Quentin lauschte und hörte das ferne Zwitschern der durch die Beerenhecken flatternden Vögel, das Säuseln des Windes im Laub, vom Hof heraufdringendes Stimmengemurmel.

»Ein berittener Bote soll dir Nachricht aus Askalon gebracht haben? Ich habe mir gedacht, mein Meister braucht vielleicht Hilfe.«

Quentin betrachtete seinen Freund und lächelte. »Du meinst, die Neugier hat dich aus deinen geliebten Ställen heraufgetrieben. Ja, es ist eine Botschaft vom König.« Er nahm das Pergament in die Hand und reichte es Toli.

Toli schaute gleich wieder auf; er bemerkte, daß Quentin ihn beobachtete. »Hier steht nicht, worin die Schwierigkeiten bestehen.«

»Nein, aber es ist auch keine Bitte um einen Freundschaftsbesuch. Das Schreiben hat etwas Dringliches. Würde es nur um eine Kleinigkeit gehen, so hätte Eskewar damit gewartet. Wir wollten ohnehin in ein paar Tagen nach Askalon zurückreisen.«

»Und hier steht, wir sollen sofort aufbrechen. Ja, ich verstehe. Aber ist noch etwas?« Toli musterte Quentin mit scharfem Blick. Dieser wich den durchdringenden Augen des Freundes aus.

»Warum fragst du?«

Toli lachte leise. »Ich kenne meinen Kenta eben gut. Du würdest nicht so ein Gesicht machen, wenn du nicht einen Verdacht hättest, was hinter dieser unschuldigen Aufforderung steckt.«

»Unschuldig?« Er strich über die Lederschatulle, nach der er sich gerade gebückt hatte. »Du hast schon recht, Toli. Ich bin ein wenig in Sorge. Als ich die Botschaft las, überkam mich ein merkwürdiges Gefühl. Ein Gefühl tiefer Traurigkeit, voller Verlorenheit ...«

Toli ließ Quentin nicht aus den Augen und wartete, daß er fortfuhr.

»Ich habe Angst, wenn wir jetzt nach Askalon gehen, kommen wir nie wieder nach Dekra zurück.«

»Hast du das geträumt?«

Quentin schüttelte den Kopf.

»Nun, dann ist es unmöglich. Dein Gefühl ist vielleicht nur eine Warnung vor dem, was geschehen könnte, wenn wir nicht aufbrechen.«

Quentin lächelte wieder. Diesmal schimmerte ein Funken Erleichterung in seinen Augen. »Ja, vielleicht hast du recht. Wie üblich hat der Diener seinen Herrn vor sich selbst gerettet. Wir können noch heute abend losreiten. Es wird uns guttun, wieder einmal in der Natur zu nächtigen. Das haben wir schon lange nicht mehr getan, wir beide.«

»Das werden wir, aber nicht heute abend. Hast du vergessen, daß wir heute abend bei Jeseph eingeladen sind? Wenn ich mich nicht täusche, bleibt uns gerade noch Zeit genug, um uns herzurichten und zu ihm zu gehen. Er wird schon auf uns warten.«

»Dann ziehen wir eben im Morgengrauen los«, erwiderte Quentin.

»So sei es«, sagte Toli und neigte leicht den Kopf. »Ich werde mich um die Vorbereitungen kümmern, sobald wir mit Jeseph und den Ältesten zu Abend gegessen haben.«

Quentin nickte, nahm Toli die Pergamentrolle aus der Hand und schob sie wieder in die Schatulle; dann begaben die beiden sich auf den Weg zu Quentins Zimmer.

Sie legten ihre feinsten Wollumhänge an und schlüpften in schöne Lederstiefel. Dann gingen sie zu Jesephs bescheidener Behausung.

Jeseph wohnte in einem Viertel der Ruinenstadt nahe der Bibliothek. Auf dem Weg betrachtete Quentin seine neue Heimat, die er zu lieben gelernt hatte. Seine Augen, die sich längst an die eingestürzten Gebäude gewöhnt hatten, auf die sein Blick allenthalben traf, schienen den Zerfall gar nicht zu bemerken, sondern sahen die Stadt genau so, wie sie zu Zeiten der mächtigen Ariga gewesen war.

Im Geist erblickte er die Steine wieder an ihrem ursprünglichen Platz; da erstanden die Bögen mit ihren bunten Fliesen wieder, und wunderschön geschnitzte Türen luden zum Eintreten ein; in den Gärten blühten abermals Blumen, und die Straßen hallten von Gelächter und Gesang wider. All dies sah er, wie es seiner Vorstellung nach gewesen war. Ihn umfing stets dieselbe zauberische Empfindung, wenn er durch diese Straßen spazierte. In den zehn Jahren, die er in Dekra zugebracht hatte, büßten sie nie ihren Reiz für ihn ein; er hatte immer das Gefühl, daß er dorthin gehörte, daß Dekra mehr seine Heimat war als jeder andere Ort auf der Welt.

»Einst wird es wieder so sein wie früher«, sagte Toli, während sie durch die stillen Straßen gingen, über Steine, die von der Zeit geglättet waren.

»Was wird wieder so sein wie früher?« fragte Quentin geistesabwesend.

»Diese Stadt. Es wird sie wieder geben, wie sie einst war: wie du sie in deinem Kopf siehst.«

»Glaubst du?«

»Du nicht?«

»Doch, ja. Ich will daran glauben. Auch wenn es mir manchmal so vorkommt, als würde die Arbeit sehr langsam vonstatten gehen. Es gibt soviel zu tun. Wir könnten mehr Helfer gebrauchen.«

»Aber sieh nur, wieviel schon geleistet wurde, seitdem wir hier sind. Und wir werden jedes Jahr mehr. Wist Orren segnet unsere Bemühungen durch seine Unterstützung.«

Das stimmte. Der Wiederaufbau der alten Stadt und die Ansiedlung von Menschen, die den Traum an ihre Wiedererstehung im früheren Glanz teilten, das Studium der Sitten der Ariga und ihres Gottes, all dies machte Fortschritte. In den zehn Jahren war vieles vollbracht worden. Doch es blieb noch Arbeit für ein ganzes Leben. Und dieser Umstand schürte Quentins Ungeduld.

Quentins gebeugter alter Lehrer erwartete die beiden jungen Männer an der Tür zu seinem Garten. Er strahlte übers ganze Gesicht, als er sie heranmarschieren sah. »Seid gegrüßt, meine Freunde!« rief Jeseph und lief ihnen entgegen. »Ich habe schon auf euch gewartet. Ihr seid die ersten. Wie ich gehofft hatte. Ich wollte euch allein sprechen.«

Er zog sie in den schattigen Garten bis zu den Steinbänken unter dem ausladenden Baum. Der Garten war makellos und so hübsch eingerichtet, wie es nur möglich war, wenn sein Besitzer Pflanzen und Blumen liebte.

»Nehmt Platz! Bitte, nehmt Platz! Omani!« Als seine Gäste sich unter den Baum gesetzt hatten, klatschte Jeseph in die Hände. Da brachte ein schlankes Mädchen ein Tablett mit Holzbechern und einer Steinkaraffe. Sie schwebte voll leichter Anmut herbei und stellte das Tablett neben Jeseph ab, der sich ebenfalls gesetzt hatte. »Du darfst einschenken, Schöne«, sagte er freundlich.

Das Mädchen goß die Becher voll und reichte sie herum. Als sie sich zum Gehen wandte, rief Jeseph ihr nach: »Sorge dafür, daß das Mahl bereit ist, sobald die anderen eintreffen. Das wird wohl nicht mehr lang dauern.« Stets lächelnd verbeugte sie sich und ging wieder ins Haus.

Die Kuratak hatten keine Diener. Doch es geschah oft, daß ein Knabe oder ein Mädchen sich an den Haushalt eines älteren Führers oder Handwerkers band, um diesen zu versorgen und bei ihm zu lernen, bis entschieden war, was die jungen Leute im Leben werden wollten. So mangelte es denen, die eines Dieners bedurften, nicht an Hilfe, und die Jungen hatten eine sinnvolle Beschäftigung, bis sie in die Welt der Erwachsenen eintraten.

Jeseph sah dem Mädchen ein wenig wehmütig nach, bis es im dunklen Eingang verschwunden war. Quentin entging dieser Blick nicht. Er meinte: »Sie ist dir eine große Hilfe, Jeseph. Was für ein Segen!«

»Ja. Darum tut es mir so leid, sie zu verlieren.«

»Warum verlierst du sie denn?«

»Warum nicht? Sie ist fast achtzehn. Sie möchte bald heiraten. Nächsten Sommer vielleicht. Und zwar Rulan, einen ehemaligen Schüler von mir. Ein tüchtiger junger Mann und sehr klug. Sie werden ein schönes Paar abgeben. Aber ich werde eine großartige Köchin und Gesellschafterin einbüßen. Sie ist für mich wie meine eigene Tochter.«

»Warum heiratest du nicht wieder?« fragte Toli.

Jeseph wirkte plötzlich verstört: »Wer hat dir davon erzählt?«

»Niemand. Ich habe mich nur gefragt.«

»Nun gut, aber es stimmt. Das wollte ich euch erzählen. Ich werde heiraten. Ich werde die Nachricht heute abend bekanntgeben.«

»Ich gratuliere!« rief Quentin und sprang auf. Er machte einen Satz zu seinem ehemaligen Lehrer hinüber und küßte ihn auf beide Wangen.

»Wer ist die glückliche Braut?«

»Karyll, die Kleidermacherin.«

»Die Witwe von Lendo, der vor ein paar Jahren beim Unfall in der Schmiede ums Leben kam ...«

»Ja, genau. Eine gute Frau. Sie war so lange einsam ...«

Quentin lachte. »Du brauchst dich nicht zu rechtfertigen. Du hast unsere Erlaubnis bereits. Ich bin sicher, daß ihr gemeinsam sehr glücklich werdet.«

»Ja, gewiß. Ich bin es schon – weil ich die frohe Botschaft mit meinen Freunden teilen kann. Ihr wißt, daß ihr beide für mich wie Söhne geworden seid.«

»Ja, natürlich, du warst uns häufiger Lehrer und Vater, als wir uns erinnern können.«

»Darum ziemt es sich, daß ihr es als erste erfahrt.«

»Wird die Erwählte heute abend hier sein? Ich möchte ihr ebenfalls gratulieren.«

»Sie wird hier sein. Ich glaube, ich höre ihre Stimme schon.«

Der Klang lachender heller Stimmen drang von der Straße her in den Garten. Jeseph eilte abermals zum Tor und hieß seine Frau mit zwei Begleiterinnen willkommen. Errötend und lächelnd führte er sie zu Quentin und Toli, die schmunzelnd dastanden.

»Meine Freunde, das ist meine Verlobte Karyll.«

Die kleine, rundliche Frau lächelte sie herzlich an. Ihr Haar war im Nacken züchtig in einem Schmucknetz zusammengebunden, und zwischen den braunen Strähnen konnte Quentin auch ein paar silberne ausmachen. Sie trug ein schlichtes weißes Gewand und eine hellblaue Stola über der Schulter. Sie sah gut aus.

Als Jeseph seine Zukünftige in den Arm nahm, schenkte er ihr einen so zärtlichen Blick, daß es Quentin einen Stich versetzte, weil er sich nach seiner eigenen Herzensdame sehnte.

»Sei gegrüßt, Karyll, meine Glückwünsche. Jeseph hat gerade erzählt, daß ihr beide heiraten wollt. Das freut mich sehr.«

»Danke, Quentin. Wir sind sehr glücklich.« Sie wandte sich Jeseph zu und blickte ihm in die Augen. Dann sagte sie: »Jeseph ist voll des Lobes für dich. Es freut mich, daß er dir zuerst unsere Absicht mitgeteilt hat.«

»Wann soll die Hochzeit stattfinden?« erkundigte sich Toli.

»Jeseph und ich meinen, daß der Sommersonnwendtag eine schöne Gelegenheit wäre.«

»Ja«, pflichtete ihr der Bräutigam bei. »Es gibt nichts, was uns hindern könnte, gleich zu heiraten. Wir sind beide alt genug.« Er lachte und Karyll mit ihm. Aber sie verstummten schnell, als sie merkten, daß Quentin und Toli ihre Fröhlichkeit nicht teilten. Beide waren sie merkwürdig still geworden; das Licht der Freude in ihren Augen war erloschen.

»Was ist denn los? Findet unser Vorhaben nicht eure Billigung?«

»Doch, und zwar mehr, als ihr wißt. Aber wir werden, fürchte ich, nicht zu den glücklichen Hochzeitsgästen gehören.«

»Warum nicht, wenn ich fragen darf?«

»Das wollten wir euch heute abend sagen. Der König hat uns zu sich bestellt; wir müssen nach Askalon reisen.«

»Ja, ich weiß, in ein paar Wochen, aber ...«

»Nein, sofort. Heute kam ein Reiter. Wir müssen unverzüglich aufbrechen.«

»Dann werden wir warten, bis ihr zurückkehrt«, erbot sich Joseph. Karyll nickte zustimmend.

Quentin lächelte traurig: »Nein, das kann ich nicht von euch verlangen. Ich weiß nicht, wann wir zurückkommen. Wartet bitte nicht unseretwegen.«

Toli versuchte, die Stimmung ein wenig aufzuhellen: »Kenta will nur sagen, wenn er an deiner Stelle wäre, Jeseph, würde er eine so reizende Dame nicht in die Arme eines anderen flüchten lassen. Ihr sollt heiraten wie geplant. Wir kommen zurück und beglückwünschen das glückliche Paar, noch ehe es vierzehn Tage verheiratet sein wird.«

Jeseph suchte Quentins Blick. Darin konnte er wie üblich mehr lesen, als seinem Freund recht war. »Gibt es denn Probleme?«

»Ich fürchte, ja«, erwiderte Quentin seufzend. »Die Botschaft nannte keine, und der Bote wußte auch nichts Genaueres. Aber er ritt sogleich zurück, ohne unsere Antwort abzuwarten.«

Jeseph betrachtete Quentin, wie er so vor ihm stand. Aus dem unbeholfenen, ungestümen Jugendlichen war ein breitschultriger, gefühlvoller Mann geworden, hochgewachsen und schlank, wie junge Männer es oft sind, aber nicht so sorglos. Quentin hatte eine königliche Haltung, war aber darob keineswegs eitel oder hochmütig.

Dem alten Mann gab es einen Stich ins Herz, als er sah, daß sein junger Schüler und Schützling schwankte, als würde er am Rande eines Abgrunds stehen. Er wollte die Hand ausstrecken und ihn zurückziehen, wußte aber, daß er das nicht konnte. Quentin gehörte zwar nach Dekra, aber ebensosehr gehörte er nach Askalon und schuldete beiden Orten Treue.

»Natürlich müßt ihr hin.« Jeseph lächelte gequält. »Wann brecht ihr auf?«

»Gleich im Morgengrauen. Das halte ich für das beste.«

»Ja, freilich. Freilich. Zögert nicht. Und je früher ihr loszieht, desto früher kommt ihr vielleicht zurück. Und womöglich bringst du diesmal Bria mit hierher.«

Als Quentin diesen Namen hörte, zuckte er zusammen. Jetzt lächelte er wieder herzlich. Der kalte Schatten, der sich über die Freunde gelegt hatte, verzog sich, und im Schein des sanften Dämmerlichts redeten sie davon, was sie bei ihrem Wiedersehen tun wollten.

Obwohl Quentin und Toli in aller Frühe aufbrechen wollten, verließen sie Jesephs Haus als letzte. Alle hatten sie viel gesungen, geschmaust und geschwatzt. Die Ältesten hatten den jungen Männern ihren Segen mit auf den Weg gegeben; dann hatte man den Geschichten und Liedern über die untergegangenen Ariga gelauscht, die die jungen Musiker der Kuratak vortrugen. Schließlich hatten alle einander Lebwohl gesagt, am inbrünstigsten aber Quentin.

»Sieh nur«, sagte Toli, als sie durch die menschenleeren, dunklen Straßen gingen. Der Vollmond schien über der Stadt und ergoß sein silbernes Licht über alles.

Quentin folgte Tolis Blick zum Himmel empor. »Was siehst du dort?«

»Ach, jetzt ist es zu spät. Eine Sternschnuppe, mehr nicht.«

»Hm.« Quentin versank wieder in seinen Träumereien.

Er lauschte dem Echo ihrer Schritte in den Straßen und spürte, wie ihn die stille Friedlichkeit Dekras einhüllte. Dann erschauerte er unvermittelt, als wäre er in einen kühlen Luftzug geraten. Toli bemerkte das Zittern von Quentins Schultern und sah ihn fragend an: »Hast du es auch gespürt?«

Quentin erwiderte nichts. Sie gingen ein paar Schritte weiter. »Glaubst du, wir werden jemals wieder hierherkommen?«

»In der Nacht denkt man nicht über derlei Dinge nach.«

Die beiden gingen schweigend in den Palast des Statthalters zurück und begaben sich in ihre Zimmer. »Es wird schön sein, Askalon wiederzusehen«, sagte Quentin beim Auseinandergehen. »Und alle unsere Freunde dort. Gute Nacht.«

»Gute Nacht. Ich wecke dich morgen früh.«

Quentin lag lange auf dem Bett, ohne die Augen zu schließen. Er hörte Toli nebenan leise packen und auch die unauffälligen Schritte des Dschers, als dieser hinausging, um nach den Pferden zu sehen, bevor er sich schlafen legte. Schließlich drehte Quentin sich auf die Seite und schlief ein, während der Mond hell durch die Balkontüren fiel und in sein freundliches Gesicht leuchtete.

2

Quentin traf Toli in den Ställen, das heißt in den niedrigen Steinbauwerken, die Toli zum Halten von Pferden eingerichtet hatte. Während seines Aufenthaltes in Dekra hatte der junge Dscher hervorragende Fähigkeiten beim Abrichten und bei der Zucht von Pferden entwickelt. Ja, mit Hilfe von Eskewars Stallmeister züchtete er einen bemerkenswerten Schlag von Tieren: Sie waren eine Kreuzung aus den schweren Streitrössern wie Balder und einer leichteren Rasse von Rennern, die den Stolz von Pelagien darstellten. Die neue Art sollte genug Kraft und Ausdauer für die Schlacht haben und zugleich schnell und lange laufen können, ohne zu ermüden.

Quentin ging durch den breiten Steinbogen und blieb vor Balders Bucht stehen. Das alte Streitroß wieherte leise, als es seinen Herrn kommen spürte. Quentin streckte die Hand aus; er tätschelte ihm das weiche Maul und strich ihm über den ausladenden Kiefer.

»Diesmal darfst du hierbleiben, alter Knabe. Sorge gut für ihn, Wilton«, rief er dem Jungen über die Schulter zu, der gerade Toli half. »Gib ihm ab und zu eine Karotte extra.« Dann klopfte er dem Pferd auf die weiße Blesse und sagte: »Wir machen einen langen Spazierritt, sobald ich wieder hier bin.«

Der Stall roch nach süßem Fenchel, Stroh und warmen Pferdeleibern. Der Geruch erinnerte Quentin an unterwegs; da merkte er, daß er wirklich dringend losziehen wollte. Er ging zu Toli hinüber, der Zaumzeug und Sättel überprüfte.

»Guten Morgen, Kenta. Ich wollte dich gerade wecken gehen.«

»Wie du siehst, bin ich schon bereit. Ich habe nicht viel geschlafen. Ist alles soweit?« Er klopfte dem milchweißen Hengst auf die Kruppe. »Heho, Feuersturm! Willst wohl deine langen

Beine ausstrecken?« Das Roß warf die wallende Mähne zurück und verdrehte sein blauschwarzes Auge, als wollte es Quentin sagen: »Fort! Ziehen wir los!«

»Ich muß Wilton zum Abschluß nur noch ein paar Anweisungen geben«, meinte Toli. »Dann reiten wir los.«

Es belustigte Quentin, daß Toli, der sich als Quentins lebenslanger Diener betrachtete, unter den Kuratak seinerseits bewundert wurde. Dem sanften Dscher standen mehrere Helfer zu Diensten, die er genauso behandelte wie ein Herr ergebene Diener. Es war einfach so, daß Toli ebenso als Prinz galt wie Quentin. Und in einer Stadt, wo jeder dem Nächsten ein Diener war, galt dies als höchste Ehre.

Toli kam zurück, nahm die beiden Pferde am Zügel und führte sie auf die stille Straße hinaus. Quentin folgte ihm zur Rechten und lauschte auf das Klappern der Pferdehufe auf den Pflastersteinen der alten Stadt. Im Osten leuchtete ein purpurner Nebel am Himmel, der einen rotgoldenen Ton annahm, als die Sonne höher stieg.

Toli schnupperte die Luft und verkündete: »Der Wind kommt aus Westen vom Meer her. Das verheißt gutes Wetter für unsere Reise.«

»Schön. Ich hoffe, wir gelangen noch vor Neumond nach Askalon. Das müßten wir doch schaffen, oder?«

»Gut möglich. Wenn die Pferde Ausdauer zeigen und der König die Straßen durch den Pelgrin-Wald herrichten ließ ...«

»Unsere Pferde können fliegen, mein Freund. Und Eskewars Straße ist jetzt fast bis zum Arwin fertig. Wir werden brausen wie der Wind.«

Sie erreichten die Stadttore und öffneten sie sich. Hier stand selten jemand Wache, denn in Dekra hatte man keine Angst vor Eindringlingen und bedurfte eigentlich keiner Schutzanlagen.

An dem kleinen Tor innerhalb des großen hielt Quentin inne und blickte ein letztes Mal lange auf die Stadt, die er so liebte. Der rote Stein glühte im rosigen Schein der aufgehenden Sonne. Türme und Mauern erhoben sich majestätisch in die kühle, klare Morgenluft; sie gleißten und glitzerten wie leuchtender Kristall.

Die üblichen Geräusche der erwachenden Stadt hallten durch die menschenleeren Straßen: Da bellte ein Hund, dort ging eine Tür auf und wieder zu. Hinter ihm klirrten Feuersturm und Riff, Tolis schlanker Rappe, vor Ungeduld mit dem Zaumzeug. Quentin hob grüßend den Arm, um sich von Dekra zu verabschieden, und wandte dann sein Pferd.

»Jetzt aber rasch«, rief er, als er sich in den Sattel schwang. »Lauf, Feuersturm!« Das Pferd hob die Vorderbeine vom Boden, machte einen kurzen Satz und sprang auf den Pfad.

Quentin jagte eilends durch die flachen Hügel, hinein in die elenden Sümpfe. Sie wollten sich gen Norden halten bis Malmarn und so die trügerischen Moore so gut wie möglich umgehen. In Malmarn wollten sie ein Boot mieten, um über die Bucht zu setzen und dann im Westen hinter Zelbakors Wall an Land zu gehen. Dort würde der Weg leichter werden. Sie wollten auf den Arwin zuhalten, wo er sprudelnd kalt und klar aus den Fiskills strömte, dann durch das wilde Vorgebirge oberhalb von Narramur auf der neuen Straße reiten und schließlich durch den Pelgrin-Wald nach Askalon preschen.

Die Tage unterwegs verliefen ereignislos. Es gab reichlich Wild, und dank Tolis Geschick als Jäger mangelte es ihnen an nichts, was die Natur zu bieten hatte.

Eines strahlenden Morgens erreichten sie das Dorf Malmarn, und zwar über den breiten Pfad, der durch die umgebenden Morast- und Feuchtgebiete führte.

Als sie näher kamen, richtete Toli sich im Sattel steif auf und zügelte sein Pferd. Quentin tat es ihm gleich, wunderte sich aber, was seinen Freund aufgeschreckt hatte: »Was ist los? Was hast du gesehen?«

»Da vorne im Dorf stimmt etwas nicht. Das spüre ich.«

»Es sieht doch ganz friedlich aus. Aber reiten wir vorsichtig weiter.«

Sie hielten die Pferde zu einem langsamen Schritt an und beobachteten beide das Dickicht und Gestrüpp zu beiden Seiten des Pfades, um dort ein Zeichen zu finden, das Tolis Vorahnungen hätte bestätigen können.

Sie sahen niemanden und hörten nichts, bis sie das Dorf selbst erreichten. Quentin brachte sein Pferd zum Stehen, stellte sich in den Sattel und sah sich um. Der schlammige Weg, der Malmarns Hauptstraße bildete, lag verlassen. Zwischen den Holzhäusern rührte sich nichts; im Dorf herrschte Grabesstille.

»Es scheint keiner da zu sein. Ich frage mich, wo...«

Er hatte noch nicht ausgeredet, als vier Männer aus dem nächstgelegenen Gebüsch sprangen und die Pferde an den Zügeln packten. Zwei von ihnen waren mit Speeren bewaffnet, die anderen beiden mit Kurzschwertern. Alle wirkten sie zutiefst verängstigt; ihre Gesichter waren düster vor Sorge und bleich vor Furcht.

Diese jämmerliche Miene brachte Quentin dazu, daß er an sich hielt. »Warte, Toli! Von diesen Männern haben wir nichts zu befürchten!« Quentin sprach laut und ruhig, so daß die Angreifer merkten, daß sie nichts Böses wollten.

Da raschelte es im Gebüsch, und ein weiterer Mann trat hervor, vielmehr stürzte er auf die Straße. Quentin erkannte das dünne, von Sorgen verzehrte Gesicht des Dorfschulzen.

»Guten Morgen, Herr Schulze. Werden Fremde hier jetzt so behandelt? Oder sollte dies eine Einladung zum Frühstück sein?«

Der dürre, kahlköpfige Mann blinzelte und eilte herbei; dann schielte er die beiden Reisenden mit seinem einen guten Auge an.

»Quentin? Tretet zurück, Leute, es ist der Prinz! Laßt ab!« Quentin lächelte über den Titel. Er war kein Prinz, aber die Legende um ihn war bei den einfachen Menschen von Mensandor so gewachsen, daß er in ihrer Achtung eine so hohe Stellung einnahm. Sie nannten ihn beim höchsten Titel, der ihnen einfiel. Für sie war er schlicht und einfach der Prinz.

»Ja, ich bin Quentin. Aber, Milan, sage mir, was hat dieser Empfang zu bedeuten? Und wo sind alle Dörfler? Der Ort wirkt menschenleer.«

»Es tut mir leid, Herr. Wir hatten keine bösen Absichten.« Der Dorfschulze wirkte verstört. Er rang beim Sprechen die Hände, als fürchtete er eine schlimme Strafe. »Wir... nun ja, wir können heutzutage nicht vorsichtig genug sein. Es sind Geschichten von Untaten zu uns gedrungen; da hielten wir es für besser, an der Straße eine Wache zu postieren.«

»Wegen Räubern?«

Milan achtete der Frage nicht, sondern stellte selbst eine: »Habt ihr denn nichts gesehen?«

»Nein, nichts.«

Quentin zuckte die Achseln und sah Toli an. Toli musterte die Gesichter der Männer vor sich und blieb stumm.

»Nun, vielleicht sind unsere Befürchtungen ja grundlos. Gedenkt ihr, bei uns zu bleiben?«

»Nein, diesmal nicht. Wenn ihr uns eines eurer hervorragenden Boote zur Verfügung stellt, ziehen wir gleich weiter. Wir wollen so schnell wie möglich nach Askalon.«

Der Dorfschulze musterte Quentin wissend und wandte sich dann ab. »Geh voraus und sage im Dorf Bescheid. Die Luft ist rein, es gibt nichts zu fürchten«, rief er einem der Männer zu. Dann meinte er zu Quentin: »Das Boot gehört euch. Ihr könnt meines nehmen. Es ist bei weitem das größte. Mein Sohn wird euch begleiten.«

»Wir danken dir für deine Freundlichkeit«, erwiderte Quentin, und alle setzten ihren Weg fort.

Sie kamen an schlichten Behausungen vorbei, die sich dicht entlang des Weges bis hinab ans Ufer drängten. Erst sah Quentin hin und wieder flüchtig ein Gesicht an einem Fenster oder einer Tür, aber als sie den großen Holzsteg erreichten, der den Booten des Fischerdorfes als Pier diente, gingen die meisten Einwohner von Malmarn schon wieder ihren Beschäftigungen nach, als wäre nichts Ungewöhnliches geschehen. Einige liefen ihnen zum Pier hinab nach, und viele grüßten die königlichen Reisenden im Vorübergehen.

Die Boote von Malmarn waren breite Kähne – massig genug, um den härtesten Stürmen der See zu widerstehen, denen sie allerdings nie ausgesetzt wurden, da die gedrungenen Gefährte allein dazu dienten, in der geschützten Bucht hin und her zu fahren.

Milans Boot wurde ihren Bedürfnissen mehr als gerecht, auch wenn die Pferde sich ein wenig ängstigten, als man sie an Bord der merkwürdigen Kähne führte.

Milans Sohn Rol setzte sich an das lange Heckruder, und winkend entfernten sie sich von der Menge auf dem Pier. Rols starke Hände umfaßten das Ruder, so daß sie sich bald in der tiefen Fahrrinne befanden, wo eine kräftige Strömung sie mitzog. Sie hißten das kleine Segel am kurzen Mast und trieben flott dahin.

»Wo möchtest du landen, Herr?« rief Rol von seinem Sitz an der Pinne her.

»Wo es dich am besten dünkt, Hauptsache aber, westlich des Walls.« Quentin betrachtete den strammen jungen Mann mit den kraftstrotzenden Schultern und dem dichten braunen Haar. Er erinnerte sich, daß er ihn als schmächtigen Knaben kennengelernt hatte, der neben den Pferden herrannte, wann immer ein Reiter durch das Dorf kam – wie Quentin und Toli es oft taten.

»Wovor hat man im Dorf Angst?« fragte Quentin, ein Stück näher zu Rol rückend. »Was ist geschehen, seitdem wir das letzte Mal hier waren?«

Der Junge zuckte die Schultern und bediente weiter das Ruder. »Ich weiß es nicht. Es gehen Gerüchte um. Es braucht nicht viel, um ein kleines Dorf wie das unsere in Schrecken zu versetzen.«

»Was sind das für Gerüchte? Wo kommen sie her?«

Toli trat näher, um Rols Antwort zu hören.

»Dieses Frühjahr kamen Leute aus den Sudlanden zu uns und erzählten, Dämonen seien über sie hergefallen und hätten ihre Häuser in Flammen gesetzt.«

»Dämonen brennen keine Häuser nieder.«

Wieder ein zögerndes Achselzucken. »Davon weiß ich nichts; die Leute haben es so erzählt.«

»Hm, das ist ja merkwürdig. Haben sie berichtet, wie diese Dämonen aussahen?«

»Es waren Riesen. Fürchterlich. Sie spien Feuer aus dem Mund, und jeder von ihnen hatte zehn Arme und Klauen statt Hände.«

»Wo kamen die Dämonen her? Wußten die Leute das?«

»Keiner konnte es sagen. Einige behaupteten, sie kämen von

jenseits des Meeres. Jenseits von Gerfallon. Andere meinten, sie hätten das Zeichen des Wolfssterns auf der Stirn getragen. Vielleicht kamen sie vom Himmel herab.«

»Das ist ja eine sonderbare Geschichte«, sagte Quentin zu Toli, nachdem sie sich ein wenig zurückgezogen hatten.

»Warum sollte jemand ein Bauerndorf in den Sudlanden in Schutt und Asche legen?« fragte Toli. »Dort gibt es ohnehin nicht viel, und mit solchen Taten ist nichts gewonnen.«

»Ich habe keine Ahnung. In den vergangenen zehn Jahren ist nichts dergleichen vorgekommen. Wir dürfen nicht vergessen, dem König davon zu berichten.«

Rol erwies sich als geschickter Seemann, und gegen Ende des Tages waren sie nicht mehr weit vom Ziel. Am Ufer sammelte sich über dem Wasser leichter Dunst und zog auf die Bucht hinaus. Durch den grauen Nebel erblickten sie das dunkle Gebilde der Großen Mauer, die sich bis ins tiefe Wasser erstreckte; die Schatten wurden länger, als die Sonne tiefer sank.

Rol umschiffte die drohende Mauerspitze und hielt aufs felsige Ufer zu. Keiner sagte etwas, als sie an dem eindrucksvollen Wall vorüberfuhren. Das einzige Geräusch, das die Stille über dem Wasser unterbrach, war das stete Klatschen und Eintauchen von Rols langem Ruder.

Quentin beobachtete, wie der Nebel sich am Fuß des Walles ballte, und dachte, die Mauer sehe aus, als würde sie auf einem Fundament aus Wolkenhaufen ruhen; währenddessen schien der Himmel fest und hart wie Stein zu werden, als er mit zunehmender Dämmerung dunkelte. Quentin schreckte hoch, als er einen hohlen Aufprall hörte und die sanfte Erschütterung spürte, mit der sie aufs Ufer trafen.

»Bleibst du heute nacht bei uns, Rol? Wir schlagen ein Stück den Pfad hinan ein Lager auf.« Quentin deutete auf eine baumbestandene Anhöhe, die parallel zur Küste verlief. »Toli hat im Handumdrehen ein Feuer gemacht, und dann gibt es etwas Warmes zum Essen.«

»Danke, Herr. Ich bin müde – und Hunger habe ich auch. Ich weiß nicht, was schlimmer ist.«

»Nun, du hast uns einen großen Dienst erwiesen und sollst belohnt werden.« Quentin griff in den weichen Lederbeutel, der an seinem Gürtel hing. »Hier hast du einen Golddukaten für deine Mühen, und noch einen für deine Freundlichkeit.«

Rol verneigte sich und streckte seine schwielige Hand aus. »Herr, das ist zuviel. Das wage ich nicht anzunehmen.« Er ließ die Goldmünzen durch seine Finger gleiten und reichte sie Quentin zurück.

»Nein, nein, du hast sie dir beide verdient und unser Lob obendrein. Behalte sie und Schluß damit. Sieh nur! Toli schlägt bereits das Lager auf. Eilen wir zu ihm, sonst kommen wir womöglich zu spät zum Abendessen.«

Die drei saßen ums Feuer und plauderten, als die Sterne am tiefschwarzen Himmelsfirmament aufgingen. Unten am Strand klatschte das Wasser sanft an die glatten, runden Felsen, und oben in den Bäumen lockte ein Nachtvogel seine Gespielin. Über ihnen ragten hohe Kiefern auf, die Luft roch duftig nach frischem Wind.

Quentin döste rasch ein und nickte ein wenig am Feuer, bis er schließlich seinen Gefährten gute Nacht sagte und sich in seinem Umhang zusammenrollte. Toli legte noch ein Scheit ins Feuer und stand auf, um nach den Pferden zu sehen, ehe er sich auch zur Nacht fertigmachte. Rol war bereits fest eingeschlummert, wenn man nach dem langsamen, steten Takt seines Atems ging.

Toli streckte sich aus und schaute zum Nachthimmel empor, an dem jetzt winzige Lichter funkelten. Während er seine Blicke schweifen ließ, fiel ihm etwas Sonderbares ins Auge. Einen Moment verharrte er still und betrachtete, was er sah, dann wandte er sich um und kroch leise zu Quentin.

»Kenta …« Er stupste seinen schlafenden Herrn sanft. »Kenta, ich muß dir etwas zeigen.«

Quentin drehte sich ihm zu und setzte sich auf. Er schaute Toli fest ins Gesicht, das auf einer Seite vom Schein des Feuers erhellt wurde. Aber dessen Miene konnte er nicht entschlüsseln.

»Was ist los? Hast du endlich den Weißen Hirschen geschaut?«

»Nein, so wichtig ist es nicht.« Toli tat den Scherz ab. »Ich dachte, du willst das vielleicht sehen…« Er führte Quentin ein Stück vom Feuer und den tief hängenden Zweigen weg.

»Schau gen Osten… Dort über dem Wall, siehst du das?«

»Den Stern? Ja, den sehe ich. Es ist ein sehr heller Stern.«

»Sieh, wie er leuchtet. Dünkt dich das nicht merkwürdig?«

»Es ist der Wolfsstern. Ja, du hast recht; er sieht heute nacht anders aus. Was schließt du daraus?«

Toli starrte den hell funkelnden Stern an und wandte sich schließlich ab. »Ich weiß nicht, was ich davon halten soll«, sagte er. »Ich wollte ihn dir einfach zeigen, um zu sehen, ob wir einer Meinung sind.«

Diese Antwort stellte Quentin nicht zufrieden. Toli hielt offensichtlich mit etwas hinter dem Berg, wollte aber nicht weiter darüber reden. Es hatte keinen Zweck, ihn zu drängen, bis er von selbst soweit war. Was immer durch den Kopf des Dschers ging, dachte Quentin, es würde früher oder später zur Sprache kommen, aber erst, wenn Toli es so wollte. Quentin würde warten. Er seufzte, rollte sich wieder in seine Decke und schlief augenblicklich ein.

3

Dem wütenden Tosen nach, das die von Felsen umgebene Schlucht erfüllte, lag der erste Wasserfall des Arwins unmittelbar vor ihnen. Feuersturm und Riff suchten sich durch das lockere Geröll in der Schlucht ihren Weg, während Quentin und Toli ihre Blicke zu den hoch aufragenden Felsklippen emporschweifen ließen. Im gesamten Umkreis türmten sich zackige Felsspitzen in die Lüfte. Die Freunde bewegten sich vorsichtig: wie durch den versteinerten Wald eines Riesen.

Sie ritten durch zwei große Vorsprünge aus braunem Sandstein, die eine Art überdimensionierten Türrahmen bildeten. »Azraels Tor«, murmelte Quentin, als sie rasch weiterstrebten. Dann hellte sich sein Gesicht erheblich auf: »Sieh nur, Eskewars Straße.« Er deutete auf die andere Seite des reißenden Arwen. Dort fing die Straße an.

Ohne Zaudern lenkte Quentin sein Roß in die kalten Fluten. Die rasche Strömung reichte dem Pferd bis an den Bauch und durchnäßte den Reiter bis zu den Knien. Quentin war für das eisige Kribbeln dankbar, denn es vertrieb die drückende Ahnung, die ihn wie immer beschlichen hatte, wenn er durch die unheimliche Schlucht ritt, die an Azraels Tor endete. Nachdem er es hinter sich gelassen hatte und sich im frischen, klaren Wasser befand, besserte sich seine Laune plötzlich.

»Jetzt dauert es nicht mehr lang«, rief er über seine Schulter zurück Toli zu, der sich ebenfalls in die Fluten stürzte. »Morgen abend speisen wir mit Derwin, und am Abend darauf sitzen wir an der Tafel des Drachenkönigs.«

»Ich dachte, du hast es eilig«, erwiderte Toli. »Wir können es schneller schaffen!« Mit diesen Worten klatschte er Riff auf den Nacken und legte sich ins Zeug. Der Hengst machte einen Satz, daß das eiskalte Wasser aufspritzte, stob an Quentin vorbei aus dem Fluß heraus und polterte auf die Straße hinauf.

»Ein Wettreiten!« rief Quentin Toli hinterher. Er packte Feuersturms Zügel, kletterte aus dem Fluß und setzte Toli nach.

Das Echo der klappernden Pferdehufe hallte hoch in den einsamen Hügeln wider und brach sich an den blanken Steinen. Das fröhliche Johlen der beiden Männer erscholl in den Ritzen und Spalten und fing sich in Mulden und Höhlen. Die rasenden Hufe schlugen Funken aus den Pflastersteinen.

Schließlich kamen die zwei erschöpft und atemlos auf einem Berggrat langsam zum Stehen. Unten erstreckten sich die sanften Hügel, in der Ferne wurde ihr Violett zu Blau. Im Süden erhoben sich die hohen, schneebekrönten Gipfel der zackigen Fiskills, über die ohne Ende Winde heulten.

»Ah!« seufzte Quentin, tief Luft holend. »Was für ein Anblick! Ein herrlicher Landstrich, nicht wahr!«

»Wahrhaftig, ja mehr als das. Mein Volk hat einen eigenen Namen dafür. Das habe ich dir, glaube ich, nie erzählt. Die Gegend heißt bei uns: *Al-allira.* Genau läßt sich das Wort nicht übersetzen. Aber es bedeutet etwas Ähnliches wie ›das Land strömenden Friedens‹.«

»*Al-allira.* Das gefällt mir. Es paßt.« Sie begannen mit dem Abstieg. »Ja, friedlich ist es hier. Schau nur in diese Täler. Sie haben gute Jahre hinter sich. Die Felder haben prächtig getragen. Das Volk ist zufrieden. Ich glaube geradezu, der Gott hat das Reich gesegnet als Ausgleich für die harten Zeiten in Eskewars Abwesenheit.«

»Ja, es waren gute Jahre. Goldene Zeiten. Ich hoffe, sie dauern an.«

Quentin warf aus den Augenwinkeln einen Blick auf seinen Kameraden. Tolis Augen waren in weite Ferne gerichtet. Er wirkte wie entrückt. Quentin wollte die glückliche Stimmung nicht beeinträchtigen, darum fragte er nicht weiter. Wortlos setzten sie ihren Abstieg fort.

Der folgende Morgen war klar und schön, von Westen wehte ein milder Wind. Die Reisenden waren längst unterwegs, als die Sonne über den Erlemos spitzte, den höchsten Gipfel der Fiskills. Auf der Straße war gut vorwärts kommen, und mit stetem Tempo erreichten sie am Mittag die Tiefebene.

Im Schatten einer uralten Eiche verschlangen sie zwischen moosbedeckten Steinen hastig ein Mahl und machten sich wieder auf den Weg. Sie saßen noch nicht lange zu Pferd, als Toli sagte: »Sieh, da vorn auf der Straße. Wir haben Gesellschaft.«

Quentin schaute auf und sah ganz weit weg, kaum wahrnehmbar, eine Schar Reisender zu Fuß, die auf sie zuzukommen schienen. Nach einem kurzen Blick auf sie verschwanden sie hinter einer Straßenbiegung aus Quentins Gesichtsfeld.

»Kaufleute vielleicht?« überlegte Quentin laut. Krämer, die ihre Waren von Ort zu Ort anboten, schlossen sich oft zu Reisegruppen zusammen, um Unterhaltung und Schutz zu haben. »Ich möchte gern ein Geschmeide für Bria kaufen.«

Sie ritten weiter, und Quentin sann darüber nach, was seiner Liebsten gefallen könnte. Sie kamen um eine grasbewachsene Hügelflanke voll scharlachroter Wiesenblumen und gelangten dann an die Stelle, wo sie die Reisenden erblickt hatten.

»Seltsam«, sagte Quentin. »Wir müßten sie doch längst getroffen haben. Vielleicht haben sie da vorn bei den Bäumen Rast gemacht.« Er deutete auf eine Gruppe dichtbelaubter Bäume, deren Äste sich über die Straße erstreckten und alles dahinter den Blicken verbargen.

In immer größerer Verwirrung ritten sie weiter. Als sie die Bäume hinter sich gelassen hatten, konnten sie die Straße wieder überblicken: Es war keine Menschenseele zu sehen.

»Das wird ja immer sonderbarer«, stellte Quentin fest.

Toli saß ab und ging zu Fuß die Straße entlang, um im Staub nach Spuren zu suchen, die das Verschwinden der Gruppe, die sie eben noch deutlich gesehen hatten, hätten erklären können.

Sie bewegten sich langsam weiter. Quentin beobachtete das Waldgebiet zu seiner Rechten. Da blieb Toli stehen und kniete nieder. Er umfuhr mit dem Zeigefinger Fußspuren im Staub.

»Hier haben sie angehalten und dann die Straße verlassen ... In diese Richtung.« Er deutete auf die Bäume.

»Wie viele waren es?«

»Das kann ich nicht erkennen. Aber es waren Männer und Frauen. Und auch Kinder.«

»Hm!« schnaubte Quentin ratlos. »Was hat sie wohl dazu getrieben, in den Wald zu laufen? Doch bestimmt nicht der Anblick zweier Reiter.«

Toli zuckte die Achseln und schwang sich wieder aufs Pferd. »Das ist noch etwas, das wir dem König erzählen müssen.«

»Ja, das werden wir.«

Bei Einbruch der Dämmerung schlugen sie in einer Wiesenmulde gleich neben der Straße ein Lager auf. Die Sonne langte mit rosigen Fingern durch die luftigen Wolken, die anmutig über den violetten Himmelsbogen zogen. Quentin stand auf einer Aue voll gelber Blumen, die ihre von Pollen schweren Köpfe an seinen Beinen rieben. Er hatte die Arme über der Brust verschränkt; seine Miene war gespannt und verträumt zugleich. So betrachtete er den eindrucksvollen Anblick vor sich: Hoch oben auf einem Plateau erhob sich am Ende eines schmalen, gewundenen Pfades der Hochtempel Ariels.

»Du vermißt bestimmt deine alte Heimat«, sagte Toli und stellte sich hinter ihn.

»Nein ...«, erwiderte Quentin geistesabwesend. Dann schüttelte er sich lachend und schaute in Tolis dunkelbraune Augen. »Nicht mehr, als man den Schatten vermißt, wenn man in der Sonne spaziert. Ich dachte bloß an die Zeit, die ich im Tempel verbracht habe. Das waren für mich Tage voller Einsamkeit und Trübsal, in denen ich endlos lernte und nicht fand, wen ich suchte. Aus mir wäre kein besonders guter Priester geworden. Ich habe nie einen Sinn darin gesehen, den heiligen Tempelfelsen zu salben. Das kam mir immer wie eine große Verschwendung des kostbaren Öles vor, während die anderen es für eine schöne Gabe hielten. Und die Opfer – die goldenen Armbänder, die Silberschalen und die gut gepflegten Tiere – machten die Priester einfach reicher und noch dicker, als sie schon waren.«

»Wist Orren verlangt mehr als Armbänder, Schalen oder Fleisch. Und er wohnt nicht nur in von Menschen geschaffenen Tempeln, sondern in deren Leben.«

»Ja, der allmächtige Gott bietet den Menschen Freiheit an. Und der Preis dafür ist unerschütterliche Verehrung. Die kleineren Götter verlangen weniger, aber wer lernt sie schon kennen? Sie sind wie Dunst über dem Wasser: Wenn die Sonne sie berührt, lösen sie sich auf.«

Sie wandten sich ab und bereiteten sich auf die Nacht vor. Sie aßen, und Toli führte die Pferde zum Grasen auf die Wiese, als der Abend seine langen purpurnen Gewänder über dem Tal zusammenraffte.

Quentin ruhte mit dem Kopf auf dem Sattel und hatte einen klaren, ungehinderten Blick auf den glitzernden Himmel. Die Sterne verändern sich nie, fiel ihm auf. Und als er darüber nachdachte, erinnerte er sich an die Unterhaltung, die er zuvor mit Toli geführt hatte. Er wandte sich gen Osten und erblickte den seltsam funkelnden Wolfsstern, den der Dscher ihm einige Nächte zuvor gezeigt hatte.

»Der Wolfsstern scheint heller zu werden«, bemerkte Quentin.

»Ich habe gerade das gleiche gedacht, Kenta.«

»Ich möchte wissen, was der Oberpriester Bjorkis zu einem solchen Vorzeichen sagen würde. Die Priester hätten sicher eine Erklärung dafür.«

»Geh hin und frage ihn.«

»Was! Du meinst, daß ich das wage?«

»Warum nicht? Daran ist doch nichts Schlimmes.«

»Ich traue meinen Ohren kaum! Mein Diener fordert mich auf, mir in einer unheiligen Stätte ein Vorzeichen erklären zu lassen! Gerade du, Toli, weißt doch, daß ich mich von Zeichen und Omen abgewandt habe. Ich hänge einem anderen Gott an – das tun wir doch beide.«

»Ich sage ja gar nicht, daß du von Ariel die Erklärung eines Omens verlangen oder Wahrheiten aufgeben sollst, die du erfahren hast. Du sollst nur zu deinem einstigen Freund gehen und ihn nach seiner Meinung zu diesem seltsamen Ereignis fragen. Das ist nicht weiter schlimm. Außerdem verkündet Wist Orren, der die Sterne auf ihrer Bahn hält, durch solche Vorzeichen manchmal seinen Willen. Jeder, der zu schauen gewillt ist, kann sehen, was geschrieben steht.«

»Du hast recht, Toli. Bjorkis ist immer noch mein Freund. Ich würde gern einen Spaziergang machen. Komm mit.« Und schon war Quentin auf den Beinen und lief über die Wiese zum Tempelpfad, der sich im hellen Mondlicht wie ein silberner Faden den steilen Berg hinaufwand.

Sie erreichten den Pfad und machten sich an den verschlungenen Aufstieg zum Gipfel. Beim Emporklettern blickte Quentin in die mondhelle Nacht hinaus. Das Tal schimmerte dunkel; jedes Blatt und jeder Grashalm waren in Silber gefaßt. In der Ferne blinkten auf den Bergen die Feuer der Schäfer, als wären Sterne auf die Erde gefallen.

Schließlich erreichten sie den Gipfel und traten in den weiten weiß gepflasterten Tempelhof. In dessen Mitte steckte in einem aus Stein gehauenen Gestell eine Fackel. Ihre flackernde Flamme warf einen breiten Lichtkreis und spiegelte sich in den verschlossenen Tempeltoren.

Sie überquerten den Hof und stiegen die vielen Stufen zum Haupteingang hinan. Als sie die mächtigen Türen erreichten, zog Quentin seinen Dolch aus der Scheide an seinem Gürtel und pochte mit dem Griff gegen die festen Balken.

Er wartete, denn er wußte, daß er zu so später Stunde einen in der Nähe untergebrachten Priester aus dem Schlaf reißen mußte. Und beim Warten überkam ihn ein unheimliches Gefühl – das Gefühl, wieder der schmächtige Priesterschüler von einst zu sein. Einen Augenblick lang betrachtete er die dunklen Tempelmauern und den mondhellen Hof mit den Augen jenes Knaben.

Er klopfte noch einmal und hörte gleich danach auf der anderen Seite ein Schlurfen.

»Geh weiter, Pilger. Komm morgen wieder. Die Priester schlafen alle«, ertönte eine gedämpfte Stimme.

»Es gibt jemanden, der uns öffnen wird, wenn du ihm nur bestellst, wer Einlaß begehrt.«

»Keiner außer dem Oberpriester selbst würde dich einlassen.«

»Wunderbar! Genau zu ihm wollen wir!«

»Nein, geht weg! Kehrt morgen wieder. Ich werde ihn jetzt nicht stören.«

Sie hörten, wie der Mann auf der anderen Seite der Tür davonschlurfte.

»Nun gut, er ist uns nicht gewogen«, sagte Quentin. »Es gibt aber noch einen Eingang an der Rückseite des Tempels. Versuchen wir's dort, nachdem wir schon so weit gelaufen sind.«

Die beiden gingen wie Schatten durch die hohen Vorsäulen des Tempels und gelangten zur Südseite; von dort hatte man Blick auf ein friedliches Tal. Sie bewegten sich an der Seite des Tempels entlang, beschienen von den schräg einfallenden Mondstrahlen, die unter den mächtigen Giebeln Streifen aus Schatten und Licht warfen.

»Horch«, sagte Toli. »Stimmen.«

Quentin hielt inne und legte den Kopf schräg. Ein Stück vor ihnen drangen von unten Stimmen herauf. In der reglosen Luft waren sie nur als kaum erkennbares dumpfes Gemurmel zu vernehmen.

Sie setzten ihren Weg vorsichtiger fort, die Stimmen wurden lauter. Schon bald kauerten die beiden hinter einer riesigen Tempelsäule und blickten auf eine kleine Runde in lange Gewänder gekleideter Männer, die sich über einen glänzenden Gegenstand beugten.

»Sie erforschen die Sterne«, stellte Quentin aufgeregt fest. »Und sieh nur den in der Mitte, den kenne ich wohl.«

Quentin trat kühn aus dem Schatten der Säule und ging ein paar Schritte die Stufen hinab auf die Gruppe zu. Er holte tief Luft und sprach mit lauter Stimme: »Priester Ariels, wollt ihr zwei neugierige Pilger willkommen heißen?«

Die Priester erschraken und drehten sich rasch um. Sie sahen zwei junge Männer auf sich zukommen. Einer von ihnen trat aus ihrer Mitte und erwiderte: »Pilger sind im Tempel Ariels stets willkommen. Allerdings bringen die meisten ihre Gaben bei Tageslicht dar.«

»Wir wollen keine Gaben darbringen und auch nicht den Gott Ariel aufsuchen, sondern einen Priester.«

»Priester sind die Diener ihres Gottes; er äußert seinen Willen durch ihren Mund.«

»Wir wünschen auch nicht die Meinung des Gottes zu unseren Angelegenheiten zu erfahren«, entgegnete Quentin und trat auf den Priester zu. Er konnte das Gesicht des Mannes im Mondlicht nun genau erkennen und wußte, daß er mit seinem ehemaligen Lehrer sprach: »Wir möchten mit dir persönlich reden.«

Quentin lächelte, als ein Schatten des Erkennens über das Antlitz des Priesters huschte.

»Mein Herz sagt mir, daß ich dich kennen sollte, Herr«, sagte der Hohepriester bedächtig. Die greisen Augen musterten das Gesicht des jungen Mannes nach einem Zeichen. »Doch dein Name will mir nicht einfallen. Sind wir einander schon einmal begegnet?«

Quentin trat noch näher und legte dem Priester die Hände um die runden Schultern. »Ist das Leben eines Priesters denn so anstrengend, daß kein Platz für Erinnerungen bleibt?«

»Erinnerungen laufen nicht des Nachts über den Tempelhof, noch treten sie einem von Angesicht zu Angesicht gegenüber.«

»Dann erinnerst du dich vielleicht daran.« Quentin griff in seinen Beutel und holte eine Silbermünze heraus, die er dem Priester reichte.

»Dies ist eine Tempelmünze. Dann mußt du ...«

»Du gabst mir diese Münze höchstpersönlich, Bjorkis, vor vielen Jahren.«

»Quentin? Bist du der Priesterschüler Quentin?« fragte der alte Mann stotternd.

»Ja, ich bin zurückgekehrt, um meinen alten Freund zu besuchen, denn als solchen habe ich dich stets betrachtet.«

»Du hast dich sehr verändert. Du bist zu einem stattlichen Mann herangewachsen. Es geht dir gut, das sehe ich. Was führt dich ausgerechnet heute nacht hierher?«

Die anderen Priester starrten die beiden staunend an. Sie traten näher, um zu erfahren, wer der zurückgekehrte Fremde wohl sein mochte.

»Können wir ein paar Schritte gehen?« sagte Quentin. »Ich möchte dich etwas fragen.«

Sie entfernten sich, Toli dicht auf den Fersen. Die Priester wisperten erstaunt miteinander.

»Dein Name ist im ganzen Land bekannt«, stellte Bjorkis fest, während sie zu einem Felsvorsprung am Rande der Hochebene spazierten.

»Ach? Euch kommen hier Geschichten zu Ohren, wie?«

»Wir hören, was wir hören wollen. Die Bauern versorgen uns unablässig mit Neuigkeiten. Manchmal sind sie uns auch nützlich. Du aber bist als der Prinz bekannt, der den Drachenkönig gerettet und den fürchterlichen Hexer Nimrod besiegt hat.«

»Nicht ich habe Nimrod besiegt, sondern mein Freund und Diener Toli, den du hier siehst.«

Bjorkis verneigte sich vor Toli und machte eine Handbewegung, daß sie sich alle auf den Felsen niederlassen sollten. »Es heißt auch, daß du in der Wildnis eine Stadt baust, die durch Zauberkraft aus den Steinen der Erde emporwächst.«

»Auch dies ist nicht mein Werk. Dekra betrachte ich nur insofern als meine Heimat, als die Kuratak mir gestattet haben, ihnen dabei zu helfen, die Stadt in einstiger Größe wiedererstehen zu lassen.«

»Ich habe nur wiedergegeben, was die Leute reden. Aber ich nehme doch an, daß in all den Geschichten ein wahrer Kern steckt. Und zumindest weiß ich durch sie, daß es meinem einstigen Schüler gutgeht und er in der Achtung seiner Landsleute hoch gestiegen ist. Aber warum suchst du mich gerade jetzt auf? Die Tempeltore standen dir all die Jahre offen.«

»Wir möchten dich nach deiner Meinung zu einer bestimmten Sache fragen, die wir beobachtet haben.« Quentin wandte sich gen Osten und deutete über das stille, monderfüllte Tal hinaus. »Der Stern, der dort drüben aufgeht. Der Wolfsstern.

Der hat sich in der letzten Zeit doch ein wenig verändert, nicht wahr? Haben die Priester gemerkt, daß seine Macht gewachsen ist?«

»Dann hast du deinen Wissensdurst nicht ganz verloren. Du suchst noch immer nach Zeichen am Nachthimmel.«

»Nein, ich muß zugeben, daß ich den Lauf der Sterne nicht mehr beobachte. Toli wies mich auf den Vorgang hin. Ihm fiel er vor ein paar Nächten auf.«

»Nun, dein Toli hat recht. Ja, wir verfolgen die Bahn dieses Sterns seit Monaten voll Aufmerksamkeit. Auch heute nacht haben wir, wie du sicher bemerkt hast, die Sterne wieder beobachtet und nach einer Antwort auf dieses Wunder gesucht.«

»Dann weißt du also, was dieses Zeichen kündet?«

»Weiß man das jemals?« Bjorkis lachte. »Warum ein so erschrockenes Gesicht? Auch Priester dürfen zweifeln, sogar der Oberpriester. Nun ja, wir haben unsere Vermutungen. Fürwahr, viele Vermutungen.«

»Darum sind wir hier. Genau die wollen wir hören. Was hat es mit der Sache auf sich?«

4

Das lange braune Gewand schleifte über den Boden, als Derwin durch die schwach beleuchteten Korridore der Burg Askalon rauschte. Die Fackeln zischten in der Zugluft, wenn der Einsiedler an ihnen vorbeihastete. Jetzt gelangte er zu einer Flügeltür, die ins Freie führte und durch die ein Stück mondheller Nachthimmel zu sehen war.

Er trat über die Schwelle auf den Söller und hielt inne. Ein paar Schritte vor ihm stand eine schlanke Frau; ihr dunkles Haar wallte in schimmernden Locken herab; sie hielt das Gesicht abgewandt und bot ihm den Anblick ihres wohlgestalteten Halses. Bekleidet war sie mit einem weißen, locker sitzenden Gewand, das in der Taille von einer langen blauen Schärpe zusammengehalten wurde, die fast bis zum Boden reichte.

»Majestät«, sagte Derwin, sich leise bemerkbar machend. »Hier bin ich.«

Die Frau drehte sich um und lächelte.

»Lieber Derwin, sei bedankt für dein rasches Kommen.«

»Bria… ich dachte…«

»Du dachtest, ich sei die Königin, ich weiß. Aber ich war diejenige, die nach dir schickte.«

»Du siehst deiner Mutter so ähnlich, wenn du hier stehst und das Mondlicht auf dein Haar fällt.«

»Das will ich als Kompliment gelten lassen, lieber Herr. Ein größeres kann man mir gar nicht machen. Doch du mußt müde von der Reise sein. Ich will dich nicht lange aufhalten, muß aber kurz mit dir reden. Nimm bitte Platz.«

Sie deutete auf eine Steinbank ein paar Schritte neben sich. Derwin faßte sie am Arm und geleitete sie. »Eine wunderschöne Nacht, nicht wahr?« bemerkte er.

»Ja, wie recht du hast.« Die junge Frau schien sich eben erst bewußt geworden zu sein, daß es Nacht war. Der Eremit sah, daß etwas sie beunruhigte.

»Ich hätte dir die Mühe erspart, aber ein besserer Helfer als du ist mir nicht eingefallen. Teido ist fort, und Ronsard mit ihm.«

»Schon gut, Herrin. Ich bin ja froh zu hören, daß ich alter Einsiedler noch denen nützen kann, die auf Burg Askalon wohnen. Ich wäre früher gekommen, hätte ich es nur geahnt. Dein Bote hat lange gebraucht, um mich zu finden. Ich war im Walde beim Kräutersammeln und um einer kranken Bauersfrau beizustehen.«

»Ich wußte, du würdest kommen, sobald du kannst. Ich ...« Die Prinzessin verstummte; sie brachte nicht über die Lippen, was sie auf dem Herzen hatte.

Derwin wartete ein Weilchen und fragte dann: »Was bedrückt dich, Bria? Sprich freiheraus. Ich bin dein Freund.«

»Ach, Derwin!« Ihre Hände zitterten, sie ließ den Kopf sinken und vergrub ihr Gesicht in den Händen, daß der Einsiedler dachte, sie würde weinen. Aber sie holte tief Luft und blickte mit klaren Augen zum Mond auf. In diesem Augenblick erinnerte ihn die junge Frau an eine andere Dame, die in Zeiten großer Kümmernis eine ungeheure innere Stärke bewiesen hatte: Königin Alinea.

»Es geht um den König«, sagte Bria endlich. »Ach, Derwin, ich mache mir solche Sorgen. Er ist nicht mehr er selbst. Ich glaube, er ist schwer krank. Aber die Ärzte will er nicht zu Rate ziehen. Er lacht über alle Bemerkungen, die ich über seine Gesundheit mache. Auch meine Mutter ist in Sorge – und vermag genauso wenig auszurichten. Und dann noch etwas ...«

Derwin wartete geduldig.

»Ich weiß nicht, was es ist. Neue Probleme, glaube ich. Wo auch immer.« Sie blickte den Einsiedler freundlich an, doch das Lächeln auf ihrem Gesicht zierte nur ihren Mund und leuchtete nicht wie üblich aus ihren Augen. »Quentin kommt.«

»Ja, ich weiß, in ein paar Wochen. Wir wollen alle gemeinsam das Sonnwendfest feiern.«

»Nein, er ist bereits auf dem Weg. Eskewar hat nach ihm

gesandt, obwohl er wußte, daß er zur Sommersonnwende kommen würde. Daher weiß ich, daß etwas nicht stimmt.«

»Vielleicht will er ihn einfach früher sehen – eine Laune, mehr nicht.«

Bria lächelte wieder. »Ich danke dir, aber du kennst den Drachenkönig ebenso gut wie ich. Er tut nichts aus einer Laune heraus. Es gibt einen Grund dafür, daß er Quentin hier haben möchte. Aber welchen, kann ich nicht erraten.«

»Dann wollen wir abwarten. Wann soll Quentin eintreffen?«

»Falls er sofort aufbrach, als der Bote bei ihm anlangte, müßte er übermorgen hier sein, glaube ich, allerhöchstens einen Tag später.«

»Gut. Dann brauchen wir ja nicht lange zu warten. Du wirst schon sehen. Inzwischen will ich herauszufinden versuchen, was den König plagt – ob seinen Körper oder seinen Geist. Was getan werden kann, das will ich tun. Sorge dich nicht mehr, Herrin.«

»Danke, lieber Freund. Du wirst ihnen nicht erzählen, daß ich nach dir schickte?«

»Nein, wenn du es nicht möchtest. Ich werde einfach sagen, daß ich meiner Bücher und Arzneien überdrüssig war und mich nach der herzlichen Gesellschaft meiner Freunde sehnte. Ich bin schon einige Zeit vor den Feierlichkeiten angereist, mehr nicht.«

»Es geht mir schon besser, weil ich weiß, daß du hier bist.«

»Dann bin ich zufrieden. Wiewohl ich mir denken kann, daß es dir lieber wäre, ein gewisser junger Mann stünde an meiner Stelle hier.«

Bria lächelte, und diesmal blitzten ihre tiefen grünen Augen hell. »Ach, das will ich gar nicht leugnen. Aber ein wenig kann ich noch warten. Ich bin ja froh, daß er früher kommt.«

Sie plauderten noch ein bißchen länger und standen dann auf. Bria wünschte Derwin eine gute Nacht. Derwin geleitete sie bis zur Tür ihres Gemachs und begab sich dann allein wieder auf den Söller.

Er stützte sich auf die Brüstung und blickte in die Gartenanlage hinab. Da sah er im Mondschein zwischen den Beeten mit den rubinroten Rosen, die in der Nacht dunkelblau wirkten, eine einsame Gestalt auf und ab gehen. Er konnte nicht erkennen, um wen es sich handelte, aber so wie der Unbekannte sich hielt, mußte er sich in betrübter Stimmung befinden. Er ging nach vorn gebeugt und hatte die Arme über der Brust verschränkt, blieb immer wieder stehen.

Derwin betrachtete ihn so lange, bis der andere zu spüren schien, daß er beobachtet wurde. Er blieb stehen, richtete sich auf und blickte rasch zum Söller empor. Derwin trat geschwind zurück, aber er hatte die Bestätigung für seine Vermutung. Im Augenblick des Aufschauens hatte das Gesicht im Mondlicht geschimmert: Es war Eskewar, der Drachenkönig.

Bjorkis' langer weißer geflochtener Bart, das Abzeichen seiner Würde, schimmerte hell wie ein zu Eis erstarrter Wasserfall. Das runzlige Gesicht des Oberpriesters war noch so rund und fleischig wie immer und sah aus wie ein kleiner Mond, der das Licht seines großen Vetters spiegelte. Bjorkis blickte lange zum Himmel empor und sagte schließlich: »Es mag etwas zu bedeuten haben oder auch nicht. Das Firmament steht voller Zeichen und Wunder, von denen nicht alle mit den Menschen zu tun haben.«

»Wenn du das wirklich glaubtest, würdest du dann nachts draußen stehen und die Sterne betrachten?«

»Nein, vermutlich nicht. Aber diese Erscheinung ist äußerst ungewöhnlich; dergleichen sieht man in seinem Leben höchstens einmal. Ihren Verlauf aufzuzeichnen ist an sich schon etwas wert, ganz abgesehen von dem Sinn, den wir ihm beimessen.«

»Du weichst meiner Frage aus, Bjorkis. Warum nur? Den Stern können doch alle sehen und ihn deuten, wie sie wollen.«

Auf das Gesicht des Oberpriesters legte sich ein Ausdruck großer Müdigkeit, als er Quentin gerade anblickte. »Soweit ich weiß, ist dieser Stern ein böses Omen.«

Das sagte er schlicht und freundlich. Dennoch lief es Quentin eiskalt über den Rücken. Er hatte das Gefühl, als habe die Luft plötzlich abgekühlt. Darum versuchte er der Bemerkung ein wenig den Ernst zu nehmen. »Zeichen sind stets gut oder schlecht, je nachdem, wer sie liest.«

»Sehr wohl, aber je größer das Zeichen, um so folgenreicher. Und dies ist wahrhaftig ein großes Zeichen. Ein außerordentlich großes.«

Quentin betrachtete den Himmel im Osten und musterte den Stern eingehend. Er war zwar hell, aber andere Sterne leuchteten fast ebenso stark. Abermals blickte er Bjorkis fragend an.

»Der Stern ist erst am Aufgehen. Jede Nacht nimmt er an Leuchtkraft zu«, gab der Oberpriester zur Antwort, »und damit wächst auch das Böse, von dem er kündet.«

»Welcher Art ist dieses Böse? Kannst du das sagen?«

»Böses ist Böses, das weißt du. Welche Rolle spielt es, wie es daherkommt? Das Leiden wird in jedem Falle groß sein. Überschwemmungen, eine Hungersnot, eine Seuche, ein Krieg – all dies ist gleich schlimm; es bringt alles Zerstörung.«

»Wie wahr! Deine Worte treffen vollkommen zu. Aber die Menschen können vieles tun, um sich rechtzeitig gegen das Böse zu wappnen, wenn sie seine Ursache kennen.«

»Nun schön, unsere Vermutungen legen folgendes nahe: Manche behaupten, der Stern werde immer weiter wachsen, bis er den Himmel ausfülle und Sonne, Mond und Sterne überstrahle. Dann werde er die Erde berühren und sämtliche Lebewesen in den Wahnsinn treiben, ehe er sie mit seinem Feuer verzehre.

Andere sagen, jedes Volk habe seinen Stern und dieser Wolfsstern stehe für ein wildes, grausames Volk, das sich gegen andere Völker erheben werde, um sie mit seiner Macht zu vernichten.

Wieder andere betrachten dies als den Anfang vom Ende der Menschheit auf Erden. Dieser Stern sei das Zeichen Nins, des Gottes der Zerstörung, der seine Heere auf die Erde herabführe, um allen Völkern Krieg zu bereiten.«

»Und du, Bjorkis, was glaubst du?«

»Ich denke, daß sie alle recht haben. Ein Teil jeder Vermutung wird sich bewahrheiten.«

»Und wann wird die Wahrheit ans Licht kommen?«

»Wer vermag das zu sagen? Vieles von dem, was geweissagt

wird, geschieht nicht. Unsere besten Deutungen sind nicht mehr als das Raunen Blinder.« Bjorkis wandte sich ab. »Nichts ist gewiß«, sagte er leise. »Nichts ist gewiß.«

Quentin stand auf, trat neben den greisen Priester und legte ihm die Hand auf die Schulter. »Alter Mann, komme mit uns. Du hast lang genug gelebt, daß du Götter als das betrachtest, was sie sind. Laß dir von uns einen Gott zeigen, der deiner Verehrung würdig ist, der Allerhöchste, der Herr über die übrigen. Bei ihm wirst du den gesuchten Frieden finden. Du sagtest mir einst, du suchtest ein helleres Licht.«

Bjorkis blickte müde zu ihm auf. »Das weißt du noch?«

»Ja, und das ist nicht alles. Ich weiß, daß du im Tempel mein einziger Freund warst. Komm mit uns und laß dir das Licht zeigen, das du so lange gesucht hast.«

Bjorkis seufzte, daß es schien, als ächze die ganze Erde vor ungeheurer Erschöpfung. »Ich bin alt, zu alt, um mich zu ändern. Ja, meine Augen haben nach der Wahrheit gesucht, doch sie wurde ihnen nicht gewährt. Ich weiß, wie seicht es ist, diesen kleinlichen Göttern zu dienen, aber ich bin Oberpriester. Ich kann jetzt nicht mit euch kommen. Vielleicht hätte ich mich einst abwenden können, so wie Derwin oder wie du, aber jetzt nicht mehr. Für mich ist es zu spät.«

Traurig blickte Quentin auf seinen alten Freund hinab. »Das tut mir leid.«

Toli war bereits aufgestanden und wollte gehen. Quentin wandte sich noch einmal an Bjorkis, der auf einem Felsen sitzen geblieben war und ins stille Tal hinabblickte. »Es ist nicht zu spät. Du brauchst nur zu ihm zu gehen, und er wird dich empfangen. Die Entscheidung liegt bei dir.«

Wortlos liefen Quentin und Toli nebeneinander den gewundenen Pfad hinab. Als sie die Wiese mit den schwach leuchtenden Feuerresten erreicht hatten, sagte Quentin: »Du wußtest, daß der Stern ein schlimmes Zeichen ist, nicht wahr?«

»Ja. Dafür hielt ich ihn.«

»Warum wolltest du dann, daß wir zum Tempel gehen?«

»Ich wollte hören, was andere Gelehrte zu sagen haben. Auch

wenn die Priester in geistigen Dingen unsicher sind, besitzen sie doch großes Wissen.«

»Und hat Bjorkis deine ärgsten Befürchtungen bestätigt?«

»Bjorkis sprach von dem, was sein könnte, nicht von dem, was sein wird. Nur der Allerhöchste weiß, was sein wird. Er hält seine Hand stets über alle, die ihm dienen.«

»Nun, wenn Bjorkis mit seinen Vermutungen recht hat, dann werden wir dieser starken Hand, fürchte ich, schon sehr bald bedürfen.«

5

»Die Erde durchläuft bestimmte Stadien und Epochen. Die alten Sagen berichten von früheren Zeitaltern, mindestens vier an der Zahl. Wir leben im fünften Zeitalter der Menschheit. Jedes Zeitalter dauert die ihm zugemessene Zeit und weicht dann einem neuen.« Derwin spreizte die Hände auf dem Tisch. Quentin starrte, die Faust unter dem Kinn, den frommen Einsiedler aufmerksam an. Die Kerzen in Derwins Gemach flackerten und erfüllten den Raum mit einem trüben, gelben Schein.

»Diese Zeitalter können Jahrtausende dauern oder noch länger. Freilich läßt sich nicht sagen, wie lange, aber die Alten glaubten, daß die Welt vor dem Ende jeden Zeitalters in ein Chaos stürzt. Große Völkerwanderungen setzen ein, die Völker streiten in großen Kriegen gegeneinander; das Firmament steht voller Zeichen und Wunder. Dann kommt die Sintflut: Die ganze Erde wird überschwemmt oder mit Eis bedeckt. Dann verbrennt Feuer die Erde und löscht alle Spuren des vorigen Zeitalters aus. Es ist eine Zeit der Wirrnis und Finsternis, großer Katastrophen und Verheerungen. Aber aus ihr entsteht ein neues Zeitalter, das schöner und höher ist als das vorausgegangene.«

Während Derwin so redete, überkam Quentin ein unheimliches Gefühl aus Entsetzen und Gebanntheit. Er schüttelte es ab und fragte: »Muß die Erde denn vollkommen zerstört werden, ehe ein neues Zeitalter erstehen kann?«

Derwin dachte über die Frage nach, doch noch ehe er antworten konnte, warf Toli ein: »Mein Volk kennt viele Legenden über die Zeitalter vor dem unseren. Es heißt, die Dscher kamen im dritten Zeitalter auf die Welt, als diese noch sehr jung war, die Menschen mit den Tieren sprachen und in Frieden miteinander lebten.

Diese Legenden sind sehr alt; sie reichen weit über die Erinnerung unserer ältesten Sagenerzähler zurück. Es heißt aber auch, die Vernichtung der Welt könne durch eine Heldentat verhindert werden. Worin diese besteht, weiß man allerdings nicht.

Tilgal, der Sohn des Sternemachers, soll die Welt im zweiten Zeitalter dadurch gerettet haben, daß er seine Pferde vor den Wagen seines Vaters spannte und Morhesch, den großen Übeltäter, wegfuhr, nachdem er ihn mit einem Speer verwundet hatte, der aus einem einzigen Lichtstrahl bestand. Er warf Morhesch in die Grube der Nacht, so daß dessen Stern verlosch und die Erde nicht in Flammen aufging.«

Derwin nickte zustimmend. »So ist es! Wie ich gerade sagen wollte, nimmt man an, daß nicht jedes Zeitalter unheilvoll enden müsse. Die Verheerung kann gemindert oder vollkommen abgewendet werden, für gewöhnlich durch eine große Tat oder ein übermenschliches Opfer oder dadurch, daß eine mächtige Führergestalt auftritt, um die Menschheit in ein neues Zeitalter zu geleiten.«

»Glaubst du das alles?«

»Ich glaube, daß das, was in der Vergangenheit geschah, ohne daß die Menschen sich jetzt noch daran erinnern können, tatsächlich geschah. Diejenigen, die Zeugen davon wurden, erklärten es sich, so gut sie es mit ihren Worten konnten. Vieles ist natürlich offengeblieben. Aber merkwürdig ist doch, daß alle Völker derartige Erinnerungen an die Vergangenheit bewahren.«

Quentin beugte sich nach vorn, stützte die Ellbogen auf und verschränkte die Hände. »Mit meiner Frage wollte ich wissen, ob du glaubst, daß der Stern am Himmel auf das Ende unseres Zeitalters deutet.«

Derwin zupfte sich am Kinn und kratzte sich. Er blickte Quentin aus seinen wachen, schwarzen Augen an und lächelte unvermittelt. »Ja, ich glaube, daß ein neues Zeitalter bevorsteht. Dergleichen hat die Welt noch nicht gesehen. Eine Zeit voller Umwälzungen und Veränderungen. Und ich glaube, daß Veränderungen stets mit Mühsal einhergehen, mit Schmerzen. So ist es!«

»Das kommt mir alles recht düster vor«, meinte Quentin.

»Du solltest nicht an das unausweichliche Leid denken«, erwiderte Toli. »Denke an den höheren Glanz des neuen Zeitalters.«

Toli und Quentin waren von Narramur zu Derwins Hütte im Pelgrin-Wald geritten. Sie kamen gut voran und langten am späten Nachmittag an, als die Sonne gerade hinter den Baumwipfeln verschwand.

»Derwin ist nicht zu Hause«, sagte Toli, als sie in Sichtweite der Hütte kamen. Die beiden sahen sich um, dann ging Quentin hinaus, fand jedoch keinen Hinweis darauf, wohin der Einsiedler gegangen sein konnte.

»Vielleicht ist er nur kurz weg, um jemanden in der Nähe zu pflegen. Vielleicht kommt er bei Einbruch der Nacht wieder. Sein Umhang und sein Beutel sind nicht da; allerdings hat er seine Tasche mit Arzneien nicht mitgenommen.«

Da beschlossen sie, die Nacht durch zu reiten, und erreichten die mächtigen Tore Askalons, als der Mond im Westen unterging. Da sie weder die Bediensteten in Anspruch nehmen noch König oder Königin wecken wollten, begaben sie sich zu Derwins Gemächern in der Burg. Dort fanden sie diesen zu ihrer freudigen Überraschung auf einem Stuhl sitzen: Zusammengesunken, eine geöffnete Schriftrolle im Schoß, schlief er fest und schnarchte.

Doch obwohl sie sich bemühten, leise zu sein, wachte Derwin auf und begrüßte sie herzlich: »Ihr seid die ganze Nacht geritten, ihr habt Hunger. Ich hole euch etwas zu essen aus der Küche.«

Mit einer Kerze in der Hand eilte er fort, während Quentin und Toli ihre Mäntel ablegten, mit den Händen Wasser aus der Schüssel schöpften und versuchten, sich die Müdigkeit abzuwaschen. Dann ließen sie sich erschöpft auf Stühle sinken und dösten, bis Derwin mit Brot, Käse und Obst aus der Speisekammer zurückkam.

»Hier, setzt euch an den Tisch und eßt, während ich euch erzähle, was ich seit unserer letzten Begegnung getrieben habe.« Derwin berichtete ihnen von seinen Forschungen und seinen

Diensten als Heiler bei den Bauern, und danach schilderte Quentin ihm die Unterredung mit Bjorkis über den Stern, der nächtlich größer wurde.

Sie redeten lange und bis spät. Schließlich erhoben sie sich von der Tafel und rollten sich auf ihren Stühlen zum Schlafen zusammen. Gerade in diesem Augenblick war an Derwins Tür ein kaum vernehmliches Klopfen zu hören. »Du bekommst wohl Besuch, Derwin«, sagte Quentin. »Empfängst du so spät nachts denn noch?«

»Wie du genau weißt, habe ich heute nacht keinen einzigen Menschen hier erwartet und doch zwei Besucher bekommen. Darum halte ich nichts mehr für unmöglich. Öffne bitte die Tür und sieh nach.«

Quentin ging zur Tür und öffnete sie. Auf die Begrüßung, die ihn erwartete, war er nicht gefaßt.

»Quentin, mein Lieber, du bist da!« Sofort breitete er die Arme aus, umfing eine junge Frau in einem langen weißen Wollkleid, hob sie hoch und vergrub sein Gesicht in ihrem Haar.

»Bria! Erst jetzt merke ich, wie sehr ich dich vermißt habe.«

Die Liebenden umarmten einander fest, doch dann ließen sie abrupt voneinander ab, als ihnen einfiel, daß sie ja nicht allein waren. Quentin stellte seine Dame wieder auf den Boden und zog sie ins Zimmer. Derwin und Toli sahen den beiden schmunzelnd zu.

»Was führt dich so spät in der Nacht in Derwins Gemächer?« fragte Quentin zum Spaß ganz mißtrauisch.

»Nun, ich ging draußen vorbei und bildete mir ein, Stimmen zu hören. Ja, ich bildete mir ein, eine von ihnen sei deine, mein Liebster.«

»Aha! Deine Lippen antworten, was mein Herz zu hören begehrt. Komm nur, ich habe dir viel zu erzählen. Es ist viel geschehen, seit wir uns das letzte Mal sahen.«

»Nein, hier nicht!« warf Derwin ein. »In diesem Zimmer wird bald geschnarcht! Ihr beiden Turteltauben müßt euch einen anderen Platz zum Gurren suchen.« Fröhlich strahlend scheuchte er sie zur Tür hinaus.

Hand in Hand spazierten Quentin und Bria durch den dunklen Korridor auf den Söller hinaus, auf dem sich in der Nacht zuvor die Prinzessin und Derwin aufgehalten hatten.

Als Quentin die Tür zum Söller öffnete, fiel ihm der schwache Schein des glühenden Himmels ins Auge. Schon streckte die rosenfingrige Morgenröte am östlichen Himmel die Hand aus, wenngleich die Sonne noch nicht aufgegangen und die Sterne noch zu sehen waren.

»Du hast mir gefehlt, mein Kleinod«, seufzte Bria. »Mein Herz hat um dich getrauert.«

»Jetzt bin ich da und bei dir. Es ist mein höchstes Glück, an deiner Seite zu sein.«

»Aber du wirst wieder fortziehen, und nur zu bald, fürchte ich. Mein Vater hat einen Auftrag für dich, und wir werden wieder voneinander scheiden müssen.«

»Weißt du, worum es sich handelt?«

Bria schüttelte den Kopf.

»Wie kannst du dann wissen, daß ich in Kürze wieder von dir gehen muß?«

»Eine Frau ahnt so etwas...«

»Nun, dann müssen wir uns jeden gemeinsamen Augenblick um so mehr versüßen.« Mit diesen Worten zog Quentin sie an sich und küßte sie. Sie schlang die Arme um ihn und ließ ihren Kopf an seiner Brust ruhen. Quentin betrachtete den friedvollen Himmel, dessen helles Rosenrot allmählich einen goldenen Schein annahm. Die mächtigen Mauern von Burg Askalon schimmerten wie poliertes Gold, denn die unauffällige Alchimie der Morgenröte hatte einen für gewöhnlich glanzlosen Stein wie durch Zauberhand verwandelt.

»Quentin...« Ihre Stimme klang klein und furchtsam. »Was geht vor? Ich habe Angst und weiß nicht, warum. Der König geht mit sich selbst zu Rate und will niemanden empfangen. Und wenn ich ihn nach den Angelegenheiten des Reiches frage, lächelt er, tätschelt mir die Hand und sagt mir, eine Prinzessin solle an glücklichere Dinge denken und sich nicht mit den Problemen der Welt plagen.

Ich mache mir Sorgen um ihn. Ach, Quentin, wenn du ihn siehst, wirst du gleich merken, daß es ihm nicht gutgeht. Er ist fahl und eingefallen. Eine große Last liegt ihm auf der Seele. Meine Mutter und ich wissen nicht, was wir tun sollen.«

»Beruhige dich, Bria, meine Liebste. Wenn ich etwas tun kann, damit ihm leichter ums Herz wird, dann zähle auf mich. Und wenn Arzneien eine Wirkung zeitigen können, so wird Derwin sich der Sache annehmen.

Und doch muß ich gestehen, daß auch ich von Unruhe erfaßt bin. Aber wegen nichts, das sich leicht erklären ließe – ich wünschte, es wäre so. Ich würde jedem ein Vermögen geben, der die Wirrnis, die ich in mir wachsen fühle, klären könnte.

Es naht Gefahr, Bria. Das spüre ich, auch wenn mir alles friedlich und heiter erscheint. Ich zucke bei Schatten zusammen und finde nachts keine Ruhe. Es ist, als würde der Wind selbst mir warnend ins Ohr wispern, doch es ist kein Geräusch zu hören.«

Bria seufzte tief und umfaßte ihn fester. »Was geht vor sich? Was wird aus uns werden, mein Schatz?«

»Das weiß ich nicht. Aber eines verspreche ich dir: Ich werde dich immer lieben.«

So hielten sie einander eine Weile, während die frische Morgensonne aufstieg und den Himmel mit goldenem Licht erfüllte.

»Sieh nur, wie die Sonne die Dunkelheit vertreibt. So wird die Liebe unsere Sorgen verscheuchen, ganz weit weg, das gelobe ich.«

»Glaubst du, die Liebe kann so viel vollbringen?« fragte Bria verträumt.

»Sie kann alles.«

6

»Gut, Teido, ich bin dafür, daß wir umkehren. Wir sind bereits viel zu weit gereist und sollten längst wieder in Askalon sein. Der König wird sich bald um unser Verschwinden sorgen, wenn er es nicht schon tut.«

»Aber was wir entdecken wollen, haben wir noch nicht gesehen: den Feind, wenn einer da ist. Wir würden nachlässig handeln, wenn wir jetzt umkehrten. Wir haben unsere Aufgabe noch nicht erfüllt.«

Ronsard kauerte im Sattel; den einen Arm hatte er auf den Knauf gelegt, die andere Hand drückte er sich in den Rücken. »Wenn ich nicht bald von diesem Pferd komme, dann kann ich nie wieder zu Fuß gehen.«

»Seit wann gehst du gern zu Fuß? Der Obermarschall des Reiches sollte seinen Leuten ein besseres Beispiel geben«, scherzte Teido und drehte sich dabei im Sattel um, weil er einen Blick auf die vier Männer hinter ihnen werfen wollte.

»Meine Männer wissen, was sie an mir haben«, sagte Ronsard. »Aber es ist mir ernst, wenn ich sage, daß wir sofort umkehren sollten. Man läßt einen König nicht so einfach warten.«

»Aber man kehrt auch nicht so einfach unverrichteter Dinge zu ihm zurück. In beiden Fällen würden wir seine Absichten unterlaufen.« Teido wandte sein Pferd und beugte sich zu Ronsard. »Ich will dir sagen, was wir tun, damit ich mir nicht länger dein Gejammer anhören muß. Wir schicken dem König einen Ritter mit einem Bericht über das, was wir bisher herausfanden, und lassen ihm ausrichten, daß wir weiterziehen, bis wir Erfolg hatten.«

»Nun gut. Lasse auch sagen, daß wir so früh wie möglich zurückkommen werden, unter allen Umständen und mit einem ausführlichen Bericht.«

»Einverstanden.« Teido wandte sein sonnengegerbtes Gesicht der Schar Ritter zu, die ihre Pferde ruhen ließen, ehe die Reise weiterging. »Matran! Komm her«, rief er einen von ihnen.

Der Ritter ging zu den beiden Anführern und grüßte. »Matran, du wirst sofort zum König reiten und ihm folgende Nachricht überbringen: Wir setzten unsere Mission fort, es tue uns leid, daß wir nicht früher zu ihm zurückkommen könnten. Sage ihm auch, wir würden unverzüglich zu ihm eilen, sobald wir gefunden hätten, was wir suchten, oder ihm einen genaueren Bericht liefern könnten. Hast du verstanden?«

»Ja, Herr«, erwiderte der Ritter knapp.

»Wiederhole die Botschaft«, befahl Ronsard.

Der Ritter wiederholte die Nachricht Wort für Wort mit der gleichen Betonung wie Ronsard. »Sehr gut«, sagte Ronsard. »Nun fort mit dir. Halte dich mit nichts und niemandem auf.«

Der Ritter grüßte wieder und ging zu seinem Roß zurück. Er saß auf und sprengte ohne einen Blick zurück davon.

»Nun denn«, rief Teido, ungeduldig mit den Zügeln schnalzend. »Ziehen wir weiter.«

Ronsard richtete sich im Sattel auf und rief den übrigen Rittern zu: »Aufsitzen! Es geht weiter!«

Seit ihrem Aufbruch aus Askalon waren sie immer weiter nach Süden geritten, erst nach Hinsenbucht und dann an der Küste entlang, die auf die Südlande von Mensandor zulief. Sie waren durch Persch gekommen sowie eine Handvoll Bauerndörfer, die auf keiner Karte verzeichnet waren.

Jetzt näherten sie sich einem felsigen Küstenstreifen, der mit scharfen Klippen aus dem Meer aufragte. Hier verliefen die südlichsten Ausläufer der Fiskills. Die Felsen reichten unmittelbar bis ans Meer und brachen ab, als hätte sie jemand mit der Axt weggeschlagen. Das Meer bleckte hier eine Reihe von Zähnen, zerklüftete Felsspitzen, manche so groß wie Inseln; scharf ragten sie aus der Gischt, kahl und unfruchtbar, bewohnt allein von riesigen Schwärmen kreischender Seevögel.

Durch die Klippen empor führte ein schmaler, trügerischer Pfad und schlängelte sich durch die großen Gesteinsbrocken.

Bald schnitt er eine so schmale Klamm in die Felswand, daß ein Mann beide Seiten berühren konnte, wenn er die Arme ausstreckte, bald führte er offen am Rand der Klippen entlang, so daß ein falscher Schritt Pferd und Reiter ins tosende Meer hätte stürzen lassen.

Sie machten halt.

»Ich schlage vor, daß wir hier für die Nacht rasten. Ich traue dem Pfad nicht. Er ist schon bei Tageslicht schwierig genug.«

»Das ist mir recht«, pflichtete Ronsard bei. »Morgen früh in neuer Frische weiterzureiten würde mir wohl behagen.«

Sie zogen sich ein klein wenig vom Pfad zurück und begannen, ihr Nachtlager aufzuschlagen. Als die Sonne hinter dem dunklen Rand des Meeres versank, flatterten die Vögel zu ihren Schlafplätzen, und die Luft hallte von ihrem Kreischen wider.

Nach einer Weile ging der Mond auf und badete alles in fahlem Licht. Die ermüdeten Männer dösten oder unterhielten sich leise.

»Horcht!« sagte Ronsard plötzlich. Alle verstummten und lauschten in der sanften Brise auf Geräusche. Doch das einzige, was ihre Ohren erreichte, war das dumpfe Rollen der Wellen, die sich an den Felsen brachen und gegen die Klippe klatschten.

Teido blickte seinen alten Freund verwundert an.

»Ach, es war wohl doch nichts«, sagte Ronsard, spähte aber trotzdem aufmerksam in die Nacht, als wartete er darauf, daß das Geräusch sich wiederhole.

Einen Augenblick später sprang er auf und ging unmittelbar außerhalb des Feuerscheins unruhig auf und ab. Dann wanderte er ein Stück entlang des Weges und blickte lange den Klippenpfad hinan. Teido beobachtete ihn genau und war nicht überrascht, als der stämmige Ritter angehastet kam.

»Was ist los?«

»Da kommt jemand! Da oben aus den Klippen. Ich bin mir ganz sicher.«

Rauh flüsternd befahl er seinen Leuten, das Feuer zu löschen und die Pferde wegzuschaffen: »Versteckt euch und wartet auf ein Zeichen von mir!«

Im Nu lag das kleine Lager verlassen da; keine Spur davon, daß soeben noch fünf Ritter hier gesessen hatten.

Dann ließen Ronsard und Teido sich nieder, um im Dunkeln am Weg zu warten, den Blicken durch ein Farngestrüpp entzogen. Kurz darauf waren deutlich die Geräusche einer Gruppe von Menschen zu hören, die rasch den Pfad herabkamen und vergebens versuchten, möglichst nicht aufzufallen. Man hörte das Klappern eines unachtsam losgetretenen Steines, das gedämpfte Quietschen eines Wagenrades, ein Husten.

Dann waren ihre trüben Schatten vor dem Nachthimmel zu sehen. Sie waren zu Fuß, einige von ihnen kleiner als die anderen. Sie drängten sich als Knäuel dicht aneinander, anstatt hintereinanderher zu gehen. Offenbar fürchteten sie sich mehr, voneinander getrennt als entdeckt zu werden.

»Es sind keine Soldaten«, preßte Ronsard zwischen den Zähnen hervor. Er atmete langsam auf. »Doch jetzt gilt es herauszufinden, wer sie sind und warum sie sich des Nachts den Gefahren des Klippenpfads aussetzen, während wir doch davor zurückschreckten.«

»Wir hatten die Wahl, sie vielleicht nicht«, versetzte Teido.

Ronsard erhob sich und trat auf den Pfad, unmittelbar vor den Anführer der nächtlichen Wanderer. Als der Mann nur noch eine Handbreit entfernt war, sagte Ronsard mit lauter, ruhiger Stimme: »Halt, mein Freund! Im Namen des Drachenkönigs!«

Aus der Schar ertönten ein Kreischen und ein unterdrückter Fluch. Der Mann blieb abrupt stehen und blickte sich nach der Quelle dieses unverhofften Befehls um. Ronsard machte einen Schritt, so daß ihm das Mondlicht aufs Gesicht fiel. Er lächelte und hielt die Hand hoch, damit die erschrockenen Wanderer merkten, daß er ihnen nichts Böses wollte.

»W-w-was w-w-willst du?« stammelte der Anführer.

»Ich will mit euch reden, das ist alles. Ich werde euch nicht lange aufhalten.« Ronsard sprach immer noch mit fester Stimme, und zwar so laut, daß alle ihn hören konnten.

»Wer bist du?«

»Ich bin der Obermarschall von Mensandor«, antwortete

Ronsard. »Wer seid ihr? Und warum seid ihr im Mondschein unterwegs?«

»Ach, Herr!« rief der Mann erleichtert. »Scherzt du auch nicht? Bist du wirklich ein Ritter des Königs?«

»Zu euren Diensten. Seid ihr in Not?«

Nach diesen Worten liefen die Leute alle näher und scharten sich dicht um Ronsard, als wollten sie hinter seinem Titel Schutz suchen wie unter einem Schild über ihren Häuptern. Alle redeten sie laut durcheinander.

Teido kroch aus seinem Versteck und stellte sich neben Ronsard, der mit erhobener Hand Schweigen gebot. »Es wäre wohl besser, ich würde mir den Bericht aus einem Munde anhören. Du bist der Anführer dieser Schar.« Er deutete auf den Mann, den er als ersten angesprochen hatte. »Beginne.«

Durchs Mondlicht schimmerte das Gesicht des Mannes fahl, doch Teido gewann den Eindruck, daß es bei Tag auch nicht rosiger aussehen würde. Die Furcht hatte sich tief in das Gesicht des Mannes eingegraben. Die Augen hielten den Blick nicht, sondern wanderten unruhig hin und her, als sollten sie ihn vor dem drohenden Nahen eines Feindes warnen.

»Ich ... wir ...« Der Mann schnappte nach Luft wie ein Fisch, und die Worte kamen ihm nur langsam über die Lippen.

»Nur ruhig; ihr seid einstweilen sicher. Ich habe Soldaten bei mir, und wir werden euch bei Bedarf verteidigen.« Ronsard hob den Arm zum Zeichen für seine Leute, und die Krieger kamen aus ihren Verstecken und stellten sich auf den Pfad, die Hände auf den Knäufen ihrer Langschwerter.

Ihr Auftauchen schien den Mann eher zu ängstigen, als zu beruhigen.

»Komm nur, sprich freiheraus«, sagte Teido freundlich.

»Wir sind aus Dorn«, rang sich der Anführer schließlich ab. »Wir haben unsere Heimat verlassen und tragen all unser Hab und Gut bei uns. Wir ziehen zum Hochtempel.« Er hielt inne, rang nach Luft und fuhr dann fort: »Wir wissen nicht, wohin wir andernfalls gehen sollten.«

»Eine seltsame Pilgerreise, die ihr da unternehmt, mein

Freund«, bemerkte Ronsard. »Warum flieht ihr des Nachts aus eurer Heimat?«

»Habt ihr es nicht gehört? Sie kommen… ein schreckliches Heer, ja furchterregend soll es sein. Es ist in Halidom gelandet und kommt jetzt. Wir fliehen um unser Leben und suchen Schutz bei Ariel! Nur der Gott kann uns noch retten.«

Die Leute begannen wieder zu wehklagen, alle schütteten ihr Herz aus und flehten des Königs Ritter an, ihnen beizustehen. Ronsard und Teido hörten sie sich an und zogen sich dann zur Beratung zurück. »Irgend etwas hat diese Leute verängstigt, so viel steht fest. Was es ist, bleibt jedoch ein Rätsel. Ich kann mir keinen Reim auf ihr Gerede machen.« Ronsard kratzte sich am Kinn.

Teido rief den Anführer zu sich. »Lieber Herr, habt ihr jemanden gesehen? Den Feind, vor dem ihr flieht? Wißt ihr, woher er kommt?«

Der Mann zauderte. »Nun… gesehen haben wir ihn nicht. Aber wir trauten uns nicht zu warten. Vor zwei Tagen kamen Männer aus Halidom in den Südlanden nach Dorn und erzählten uns von den Schrecknissen, die sich dort zutrugen. Ein mächtiger Feind hat sich erhoben und treibt alle vor sich her. Die Stadt wurde gebrandschatzt und die Straßen waren überschwemmt vom Blut der Kinder und Frauen. Diejenigen, die ihre nackte Haut retten wollten, flohen in die Berge. Darum flüchten wir, solange wir noch können.«

»Hast du den Namen dieses Feindes vernommen?«

»Er ist zu schrecklich, als daß ich ihn aussprechen könnte!« Der Mann warf flehend die Arme hoch.

»So schrecklich er sein mag, wir müssen ihn erfahren. Berichte, was du weißt«, befahl Ronsard. Sein gebieterischer Ton schien den verängstigten Bauern zu beruhigen.

Er blickte die beiden Ritter der Reihe nach an und flüsterte dann angestrengt: »Es ist Nin der Verheerer!«

7

Teido blickte Ronsard verständnislos an und dann wieder den verängstigten Bauern. Die weit aufgerissenen Augen des Mannes funkelten im Mondlicht. Er hatte den Namen des Feindes kaum auszusprechen gewagt, und seine Zunge war ihm im Mund erstarrt. Doch so furchterregend der Name für den Mann sein mochte, und das mußte er sein, denn andernfalls wäre nicht ein ganzes Dorf überstürzt geflohen, so wenig bedeutete er des Königs Rittern.

»Den Namen habe ich noch nie gehört«, sagte Teido. Ronsard schüttelte den Kopf und blickte den Bauern streng an.

»Ist dieser Feind noch unter einem anderen Namen bekannt? Wir wissen nichts von einem Nin und seinen Armeen.«

»Nein, von einem anderen Namen wüßte ich nicht.«

»Halidom soll zerstört worden sein? Die Männer, die nach Dorn kamen, haben gesehen, daß die Stadt zerstört war?«

»Ja, das sagten sie. Einige von ihnen hatten alles verloren, ihre Behausung, ihre Familie, ihr Hab und Gut – alles.«

Teido wandte sich an Ronsard. »Dort werden wir unsere Antwort finden: in Halidom.«

»So scheint es. Wir werden hinreiten und uns die Sache ansehen. Der König wird auf jeden Fall Bescheid wissen wollen.« Er wandte sich wieder an den Anführer der Flüchtlinge. »Dieser Nin, von dem du sprachst, zog gen Dorn? Woher wolltet ihr das wissen, da ihr ihn nicht saht?«

»Die Männer aus Halidom sagten es uns. Die Feinde durchkämmen das ganze Land. Kein Ort ist vor ihnen sicher. Darum ziehen wir zum Hochtempel in Narramur: um die Hilfe des Gottes zu erflehen.«

»Es gibt vielleicht einen noch sichereren Ort als den Tempel«, sprach Teido. »Ich habe Ländereien in Erlott, die vieler Hände

Arbeit bedürfen. Geht dorthin und meldet euch bei meinem Aufseher. Er heißt Toffin. Sagt ihm, sein Herr schicke euch. Er solle euch Schutz und Nahrung gewähren sowie Land zum Bestellen zuweisen. Und gebt ihm das.« Teido zog ein kleines Abzeichen aus dem Beutel an seinem Gürtel: eine Münze aus gebranntem Ton, in die sein Siegel geprägt war.

Der Bauer starrte erst das Siegel an und dann Teido. Er schien davor ebenso zu erschrecken wie vor Nin. »Sollen wir als Sklaven verkauft werden, weil wir keine Heimstatt mehr haben? Haben wir unser Dorf aufgegeben, um zu Leibeigenen von des Königs Rittern zu werden?« Das hatte er laut gesagt, und aus der Schar seiner Begleiter ertönte ein Murren.

»Mein Angebot«, erläuterte Teido, »ist ehrenhaft. Ihr könnt es annehmen oder auch nicht. Ich ziehe es nicht zurück. Ich halte keine Leibeigenen. Alle, die auf meinen Ländereien arbeiten, sind frei und genießen die Früchte ihrer Arbeit, wie es sich geziemt. Wenn ihr an meinen Worten zweifelt, so geht und seht selbst. Ihr habt jedenfalls die Freiheit, zu gehen oder zu bleiben, wenn ihr euch ein Bild gemacht habt. Keiner zwingt euch zu tun, worum ich euch bitte. Doch wißt folgendes: Bleibt ihr, so wird man von euch verlangen, daß ihr euren Teil leistet und das Land bestellt, das man euch zuweist. Wenn nicht, werden andere eure Stelle einnehmen, die besseren Willens sind.«

Der Mann betrachtete das Abzeichen in Teidos Hand. Zögernd streckte er die Hand danach aus und warf dabei einen schrägen Blick auf die anderen. »Auch wir sind ehrenhaft, wenn auch nur von niederer Geburt.« Er riß Teido das Siegel aus der Hand. »Wir werden zu deinen Ländereien in Erlott ziehen und nach deinem Aufseher fragen; wir werden sehen, wie er uns empfängt. Wenn er so gutwillig ist wie sein Herr, wirst du uns voll Eifer auf deinen Feldern finden, sobald du von deinen Pflichten heimkehrst.« Er verbeugte sich steif und wandte sich zum Gehen. Da hielt er inne und fügte hinzu: »Wenn es ist, wie du sagst, ist dir unser Dank gewiß, Herr.«

»Ich erwarte keinen Dank, sondern nur, daß ihr tut, was wir besprochen haben. Das soll mir mehr gelten als Dankbarkeit.«

Der Mann verbeugte sich abermals und ging zu seinen Leuten, die erfahren wollten, was bei der Unterredung herausgekommen war. Sie besprachen sich rasch; ein Flüstern und Raunen, und schon war die Schar wieder unterwegs, diesmal allerdings mutiger und besserer Stimmung. Manche winkten Teido zum Abschied dankbar zu, und alle plapperten sie aufgeregt, während sie den Pfad hinabhasteten.

»Du hast den Leutchen heute nacht einen freundlichen Dienst erwiesen. Ich hoffe, du wirst ihn nicht eines Tages bereuen«, sagte Ronsard, sobald sie außer Hörweite waren.

»Freundlichkeit bedauert man nie, mein Freund. Ich hege keine Zweifel, daß ich bei dem Handel so viel gewonnen habe wie sie.«

»Wie dies?«

»Ein guter Boden bedarf der Hand des Pflügers, damit er zum Leben erwacht, und einen Landmann, der ihn pflegt. Hätte ich niemanden, der auf meinen Feldern arbeitet, würden diese bald unfruchtbar und wertlos werden. Diese Leute leisten mir einen großen Dienst, wenn sie meine Ländereien bestellen. Wenn man es richtig macht, dann reicht der Ertrag mühelos für alle.«

»Nun, ich hoffe, dein Vertrauen wird belohnt. Aber warum nicht? Das Reich kennt seit vielen Jahren nichts als Frieden, und noch ist er nicht gestört.«

»Da bin ich mir nicht sicher«, entgegnete Teido. »Ganz und gar nicht.«

Quentin eilte durch die breiten Korridore mit Wänden voll herrlicher Teppiche zu den Gemächern des Drachenkönigs. Gleich nach dem Aufstehen war er zum König in sein privates Ratszimmer gerufen worden. Er hatte frische Gewänder angelegt: ein neues Hemd, waldgrüne Hosen und einen blauen kurzen Sommerumhang mit grünen und goldenen Säumen. Der fein bestickte Umhang, der mit einer Goldbrosche an seiner Schulter befestigt war, wehte hinter ihm her, als er dahinrauschte.

Gerade als er vor die Tür zu Eskewars Gemach trat, ging diese nach innen auf und Oswald, der Kammerherr der Königin, tauchte auf. »Herr, tritt bitte ein, meine Herrin möchte dich auf ein Wort sprechen.«

Oswald lächelte zwar zu seiner Bitte, aber seine grauen Augen duldeten keinen Widerspruch; darum nickte Quentin zustimmend und folgte ihm. Sie begaben sich zu einem Raum, der dem Gemach des Königs genau gegenüber lag. Oswald klopfte an und trat ein: »Majestät, Quentin ist hier.«

Quentin ging hinter dem Kammerherrn ins Zimmer und sah Königin Alinea auf einer Bank in der Mitte des Raumes sitzen. Die Hände hatte sie im Schoß gefaltet. Ihre Augen waren zu Boden gerichtet, und sie war mit den Gedanken ganz weit weg. Quentin bemerkte, daß ihre Stirne sorgenumwölkt war.

Als er eingetreten war, richtete die Königin sich auf: Plötzlich war ihr Gesicht durch ein wunderschönes Lächeln wie verwandelt. Sofort schien das düstere Zimmer wie mit Licht erfüllt. Sie stand auf und streckte die Arme aus, um ihn zu begrüßen. Quentin ging zu ihr, umarmte sie und streifte ihre blasse Wange mit seinen Lippen. Sie küßte ihn auf beide Wangen.

»Quentin, du bist da! Ach, wie froh ich darum bin! Deine Reise verlief angenehm, hoffe ich. Wie schön, dich wieder hier zu haben. Die Monate dauern länger, wenn du fort bist.« Sie umfaßte seine Hand mit ihren beiden und führte ihn zur Bank. »Bitte, setz dich kurz zu mir.« Auf Quentins fragenden Blick sagte sie: »Ich weiß, der König erwartet dich, aber es ist mir wichtig. Ich möchte mit dir reden, ehe du ihm begegnest.«

Ihre leuchtenden grünen Augen, die tief und heiter waren wie Waldteiche, musterten ihn eine Weile, als wollte sie entscheiden, ob er stark genug sein werde, alles zu ertragen, was sie ihm mitzuteilen beabsichtigte. »Quentin«, sprach sie ganz vorsichtig, »der König ist sehr krank.«

»Das hat mir Bria schon gesagt.« Er errötete. »Wir trafen uns heute morgen nach meiner Ankunft. Sie hat mir von ihren Sorgen ob seiner Gesundheit berichtet.«

»Ach, ich glaube, nicht einmal Bria ahnt, wie schlecht es ihm geht. Sie ist ihrem Vater treu ergeben und liebt ihn aus ganzem Herzen, aber sie kennt ihn nicht so gut wie ich. Etwas verzehrt ihn zusehends. Es nagt an seinem Inneren, raubt ihm alle Kraft und läßt seinen Geist verdorren.«

Und auf Quentins verwunderten Blick fuhr sie fort: »Erstaune nicht über das, was ich dir sage. Du wirst es noch früh genug selbst sehen. Er hat sich stark verändert, seitdem du ihm das letzte Mal begegnet bist. Ich kann mich gerade so weit zusammenreißen, daß ich nicht vor ihm weine.« Selbst jetzt schien sie den Tränen nahe.

»Meine Königin, ich bin dein Diener. Sprich nur ein Wort, und ich werde tun, was du auch verlangst.«

»Nur dies eine: Laß dir nichts anmerken, wenn du zu ihm hineingehst. Benimm dich so normal wie möglich. Laß ihn nicht vermuten, daß du ihn für krank hältst oder daß ich dir etwas von seinem Zustand erzählt habe.«

»Das verspreche ich. Kann ich denn weiter nichts tun?«

»Nein.« Sie streichelte ihm über die Hand. »Ich weiß, du würdest es, wenn du könntest. Aber ich habe nach Derwin geschickt und ihm eine schwere Pflicht aufgebürdet. Er wird vielleicht aller seiner Heilkünste bedürfen, um den König wiederherzustellen, falls es nicht bereits zu spät ist.«

»Ich werde zum Allerhöchsten beten, daß Derwins Behandlung Erfolg haben möge.«

»Desgleichen tue ich auch«, versetzte die Königin lächelnd, und abermals wirkte das Zimmer heller, denn über Quentins Herz war eine dunkle Wolke gezogen, als sie sich unterhielten. Etwas zuversichtlicher stand er nun auf. »Geh jetzt zu ihm, mein Sohn. Und vergiß nicht, was ich dir gesagt habe.«

»Keine Sorge, Herrin. Das werde ich nicht.«

Leise verließ Quentin das Zimmer, und als er wieder auf den Korridor trat, wartete dort Oswald auf ihn. Der Kammerherr führte ihn zu den Gemächern des Königs zurück, klopfte und ließ ihn dann ein.

»Majestät, Quentin ist hier.«

Quentin holte tief Luft und überquerte die Schwelle. In der Mitte des hohen Zimmers stand ein schwerer Eichentisch, rund wie der Raum selbst, denn dieser befand sich in einem der vielen

Türme der Burg. Kleine runde Fenster mit bernsteinfarbenem Glas verliehen dem Nachmittagslicht einen warmen Ton. Eskewar stand im Lichtstrahl, der durch eines dieser Fenster fiel, und schaute auf den Hof hinunter, so daß er Quentin den Rücken zuwandte.

Es herrschte peinliche Stille, weil Quentin kein Wort herausbrachte und der König die Ankündigung des Kammerherrn anscheinend nicht gehört hatte. Quentin zögerte; er fühlte sich plötzlich in der Falle. Dann drehte der König sich bedächtig um und musterte Quentin eingehend. Ein schmales Lächeln zog seine Lippen in die Breite: »Quentin, mein Sohn, du bist gekommen.«

Hätte die Königin ihn nicht gewarnt, Quentin hätte wohl nicht gewußt, was er hätte tun sollen. Er biß sich auf die Unterlippe, um einen Schrei zu unterdrücken, dann faßte er sich und zwang sich zu einem Lächeln.

»Ich bin gekommen, so geschwind ich konnte. Tolis Rösser sind herrlich. Ich glaube, sie haben Flügel. Wir sind flink durchs Land gebraust.«

Noch immer lächelnd – traurig wie ein Sterbender, dachte Quentin – kam der König langsam zu ihm und streckte seine Hand aus.

Quentin ergriff sie ohne Zaudern und merkte sofort, wie schwach der Händedruck des Königs geworden war und wie kalt er sich anfühlte.

Eskewars Haut war von wächserner Blässe, und in seinen Augen schien das trübe Licht eines Fiebers zu brennen. Seine Lippen waren rissig und aufgesprungen, die Mähne aus üppigen schwarzen Locken hing schlaff und leblos herab und war fast völlig ergraut.

Quentin glaubte, in das Gesicht eines Fremden zu starren, der ihn mit seinen eingefallenen, dunkel umränderten Augen eingehend musterte. Rasch senkte er den Blick. »Ein hübscher Raum, Herr. Bleiben wir allein, oder werden noch andere erwartet?«

»Es kommen noch andere, aber erst später. Ich wollte vorab mit dir allein sprechen. Nimm bitte Platz.« Der König ließ sich auf einen Stuhl an dem runden Tisch sinken, Quentin tat es ihm nach. Er wollte weinen, so greisenhaft zittrig war der einst mächtige Drachenkönig geworden.

Wie mochte das zugegangen sein? fragte sich Quentin. Wie konnte jemand sich in so kurzer Zeit derart verändern? In kaum acht oder neun Monaten war der König auf erschreckende Weise verfallen. Quentin wollte aus dem Zimmer stürzen und weit fort von dem Menschen sein, der neben ihm saß und die Königskrone trug.

Eskewar blickte dem jungen Mann unendlich sanft in die Augen; ein väterliches Mitleid, das Quentin nie zuvor an ihm bemerkt hatte, zeigte sich plötzlich am König. Quentin war seltsam gerührt und vergaß einen Augenblick lang, wie furchtbar zerrüttet die Gesundheit des Herrschers war.

»Quentin«, sagte Eskewar nach kurzem Nachdenken, »wie du weißt, habe ich keinen Sohn und auch keinen Thronerben, außer Bria. Mein Bruder, Prinz Jaspin, ist verbannt und darf nie wiederkehren. – Ich glaube, es ist an der Zeit, daß ich einen Nachfolger küre.«

»O nein, Herr«, fiel Quentin ihm ins Wort. »Für solche Dinge ist noch lange nicht Zeit. Du hast noch viele Jahre vor dir. Du bist stark.«

Eskewar schüttelte langsam den Kopf und runzelte leicht die Stirn. »Nein, so ist es nicht. Quentin...« Wieder traten das warme, traurige Lächeln und der väterliche Blick auf sein Antlitz. »Quentin, ich sterbe bald.«

»Nein!«

»Doch! Höre mich an!« Der König sprach lauter. »Es mag langsam vonstatten gehen, aber ich bin sterbenskrank. Ich werde kein Frühjahr mehr erleben. Es ist an der Zeit, mein Haus zu bestellen.

Ich habe vor, dich zu meinem Nachfolger zu bestimmen. Warte! Da wir nicht unmittelbar blutsverwandt sind, werde ich den Kronrat einbeziehen müssen. Aber der wird mir keine Schwierigkeiten bereiten. Da ich dich persönlich erwählt habe, werden sie meine Entscheidung frohen Sinnes gutheißen.«

Sprachlos saß Quentin da und starrte auf seine Hände. Die Worte des Königs hatten ihn zum Verstummen gebracht.

Es kam ihm vor, als wären Stunden vergangen, bis er wieder aufblickte und sah, daß Eskewar ihn ruhig, aber aufmerksam beobachtete. »Du tust mir große Ehre an, Herr. Aber ich bin ihrer nicht würdig. Ich bin eine Waise und nicht von edler Geburt. Ich bin nicht würdig, König zu werden.«

»Quentin, du bist mein Mündel. Du warst für mich wie ein Sohn, während ich dich in den vergangenen Jahren zum Mann heranreifen sah. Ich will, daß du und kein anderer die Krone tragen sollst.«

»Ich weiß nicht, was ich sagen soll, mein König.«

»Sage einfach, daß du tun wirst, was ich befehle, damit mir leichter wird ums Herz.«

Quentin stand auf und sank vor dem König auf die Knie. »Ich bin dein Diener, Herr. Ich werde gehorchen.«

Eskewar legte seine Hand auf Quentins Haupt und sprach: »Ich bin zufrieden. Jetzt ist mein Herz in Frieden.« Er berührte Quentin am Arm. »Erhebe dich, Herr! Ein König kniet nicht zu Füßen eines anderen. Von heute an giltst du als Erbe des Thrones von Mensandor.«

Genau in diesem Augenblick klopfte es wieder, und Oswald rief mit lauter Stimme: »Die anderen sind da, Majestät.« Gleich darauf ging die Tür auf.

Herein kamen Toli und Derwin. Toli zögerte, als er des Königs gewahr wurde, aber Derwin verzog keine Miene. Er eilte zum Tisch, verbeugte sich rasch und begann, von seinen Reisen zu erzählen, während er den siechen Monarchen unentwegt musterte, als wäge er ab, welche Arznei er ihm zu verabreichen habe.

»Gut, gut. Nehmt beide Platz. Wir haben etwas zu besprechen.«

Der König blickte seine Gefährten genau an, dann holte er tief Luft, ehe er sprach: »Ich war eine Zeitlang von Unruhe erfaßt. Ja, ich war rastlos, hungrig und unruhig. Erst schrieb ich dies der Krankheit zu, die mich verzehrt. Aber ich fürchte, es steckt mehr dahinter. Mensandors wegen läßt meine Unruhe mir keinen Frieden. Irgendwo im Reich herrscht Not.«

Der Drachenkönig sprach leise und klar. Quentin wurde bewußt, daß Eskewar so lange über sein Land geherrscht hatte, daß er ein besonderes Gefühl dafür entwickelt hatte und einfach spürte, wenn etwas nicht stimmte. Es war, als wäre ein Teil von ihm verletzt und er empfände die Wunde am eigenen Leib. Er hatte die Schwierigkeiten wahrgenommen, ehe irgend jemand außer ihm auch nur den kleinsten Strudel im friedvollen, gedeihlichen Strom des Königreichs bemerkt hatte.

Quentin hatte den Einfall, daß das, was das Land bedrückte, womöglich auch die Ursache von des Königs Siechtum war. Das schien ihm anfangs unglaubwürdig, doch dann war er immer mehr davon überzeugt.

»Um meine Ahnung bestätigen zu lassen, rief ich die Getreuen Teido und Ronsard zu mir und schickte sie mit einem kleinen Trupp los, um, sofern möglich, in Erfahrung zu bringen, woher die Kümmernis kommt.

Sie hätten schon längst zurückkehren sollen. Ich habe kein Wort und kein Zeichen von ihnen empfangen und bin in Sorge, daß ihnen etwas zugestoßen sein könnte.« Er nickte Quentin und Toli zu. »Desto dringender wird es, daß wir die Ursache des Übels aufdecken, ehe es zu spät ist. Das Böse ist unterwegs. Das spüre ich. Es wird Tag für Tag stärker. Wenn wir es nicht bald finden und ausmerzen ...«

»Herr«, warf Toli ein, »wir haben Zeichen gesehen, die den Anlaß deiner Befürchtungen bestätigen.«

»Und ich ebenfalls«, sagte Derwin.

Toli und Derwin teilten dem König die Vorzeichen mit, die sie beobachtet hatten, Schatten eines bevorstehenden Übels, das sie nicht näher bestimmen konnten. Quentin bemerkte, daß der König, während seine beiden Gefährten erzählten, vor allem vom Wolfsstern, noch stärker unter der Gefahr für sein Reich zusammenzusinken schien.

Nach einer kurzen, ungemütlichen Stille sagte der König feierlich: »Quentin und Toli, meine tapferen Freunde, wir müssen entdecken, worin die Gefahr tatsächlich besteht. Mein Volk verlangt nach eurem Mut.«

»Wir werden sogleich aufbrechen und das Übel aufspüren. Und vielleicht finden wir den guten Teido und Ronsard ebenfalls«, erbot Toli sich kühn.

Quentin sagte nichts, sondern starrte seine Freunde einen nach dem anderen an.

»Nun gut«, sprach der König seufzend. »Ihr wißt, daß ich euch nicht beauftragen würde, wenn es nicht um eine schwerwiegende Angelegenheit ginge oder ein anderer mir ebenso dienen könnte.«

Er drehte sich um und blickte Derwin nachdenklich an. »Dich, Herr, habe ich nicht gerufen, aber vermutlich hat jemand, der mich besser kennt als ich mich selbst, wie üblich eingegriffen.« Er lächelte wieder, und Quentin sah etwas von Eskewars früherer Stärke aufflackern. Dieser fuhr fort: »Dich werde ich hier behalten, lieber Einsiedler, hier bei mir. Ich werde deiner Hilfe vielleicht bald bedürfen, und womöglich sind deine Künste hier nützlicher als auf dem Rücken eines Pferdes.«

»So ist es«, erwiderte Derwin. »Ich werde bleiben.«

Mit einiger Mühe stand der König auf und entließ sie mit den Worten: »Wann werdet ihr beiden Krieger aufbrechen?«

»Unverzüglich, Herr«, antwortete Toli.

»Gut. Aber bleibt noch und leistet mir heute abend bei Tisch Gesellschaft. Ich will noch einmal alle meine Freunde beisammen sehen, ehe …« Er führte den Satz nicht zu Ende.

Die drei standen auf, verbeugten sich und gingen rasch hinaus. An der Tür drehte Quentin sich um und wollte etwas sagen. Er sah Eskewar an, und Tränen schossen ihm in die Augen. Worte fand er keine. Er verbeugte sich rasch und verließ den Raum, zu überwältigt, um zu sagen, was er in seinem Herzen empfand.

8

»Das Dorf ist unterworfen, Exzellenz.« Der Ritter machte aus dem Sattel heraus eine tiefe Verbeugung. Hinter ihm stieg in einer dicken, dunklen Säule schwarzer Rauch auf, den der vom Meer kommende Wind verwehte. Das Fuchspony riß an den Zügeln und schüttelte den Kopf; es war voller Ruß und getrocknetem Blut. »Es gab keinen Widerstand.«

Der Bote mußte sich von wilden Augen mustern lassen; fast verschwanden sie unter dem Rand eines eisernen Helms mit schwarzen Federbüschen, die im Wind flatterten wie Schwingen. Der Feldherr erwiderte nichts, sondern wandte sein Roß und trabte langsam davon. Der Bote spornte sein Pony an und ritt neben seinen Befehlshaber. »Hat dir etwas mißfallen, Meister?« fragte er mit ängstlich zitternder Stimme.

»Nein, es ist alles in Ordnung. Unsere Aufgabe ist beendet. Ich kehre jetzt zu den Schiffen zurück. Du begleitest mich. Ich brauche einen Boten.« Er richtete sich im Sattel auf und rief ein paar Reiter, die ein Stück weiter warteten. Sie hielten ihre Helme unter dem Arm und starrten reglos dem verwehenden Rauch nach.

»Ihr vier«, befahl der Feldherr mit seiner eisenbewehrten Hand auf sie deutend, »bleibt bei den Soldaten und besetzt diesen Ort. Die anderen kommen mit mir. Wir reiten sofort weg. Folgt mir.«

»Und was sollen wir mit den Gefangenen tun, Exzellenz?« rief der Bote der dunklen Gestalt hinterher. Der Befehlshaber drehte sich nicht um; trotzdem hörte der Bote seine Worte: »Tötet sie.«

Das Zimmer war erfüllt vom scharfen Geruch verbrennenden Weihrauchs; Wolken des Duftstoffes waberten um die große

Gestalt auf dem Thron aus Seidenkissen. In Käfigen neben ihr flatterten und zwitscherten bunte Vögel, deren Lieder von den besänftigenden Tönen einer Flöte begleitet wurden.

Plötzlich ertönte im Korridor das Klingeln einer Glocke, gefolgt von Kleiderrascheln. Die Riesengestalt auf dem Thron schien zu schlafen, denn sie rührte sich bei der Ankunft des Eindringlings nicht. Der mächtige Kopf ruhte auf dem ausladenden Brustkasten. Die fleischigen Hände blieben mit zusammengepreßten Daumen ineinander verschränkt im Schoß liegen.

»Unsterblicher, ich habe Neuigkeiten«, sagte der Würdenträger, der so leise hereingetreten war. Er war auf die Knie gesunken und drückte die Stirn auf den Boden, die offenen Handflächen weit von sich gestreckt.

»Sprich nur, Usla.« Die Stimme schien den ganzen Raum auszufüllen, obwohl ihr Besitzer leise gesprochen hatte.

»Deine Feldherrn sind zurückgekehrt. Und sie künden von Siegen. Die Städte an der Küste sind unterworfen.«

»Hat man eine passende Residenz für mich gefunden?«

»Leider nicht, Unsterblicher, es waren nur kleine Dörfer, von denen keines einen würdigen Wohnsitz für dich bot. Ob dieser Kränkung wurden die Dörfer niedergebrannt und die Asche in alle Winde zerstreut, damit ihr Anblick dich nicht ergrimme.«

Nin der Verheerer warf seinem engsten Vertrauten einen finsteren Blick zu. »Dieses Land soll meinen Zorn zu spüren bekommen!« brüllte er. Die Vögel in den Käfigen zitterten, die Musik erstarb. Usla, der oberste Würdenträger, kauerte sich am Boden zusammen.

»Die Elenden dieses verfluchten Landes berichten von vielen Burgen im Norden, vor allem einer, die deinen Bedürfnissen gerecht werden könnte, während du dort weilst, um das Land deinem Willen zu unterwerfen.«

»Wie heißt dieses Schloß?«

»Askalon. Es ist die Stadt des Hochkönigs dieses Landes, der als Drachenkönig bekannt ist.«

»Ach«, sagte Nin freundlich. »Das tönt mir wohl in den Ohren. Wiederhole deine Worte.«

»Askalon ist der Wohnsitz des Drachenkönigs.«

»Bald wird es mein Wohnsitz sein und ich werde Drachenkönig heißen. Das gefällt mir. Einen Drachen habe ich noch nie getötet, wie, Usla?«

»Nein, Gottheit. Nicht daß ich wüßte.« Eilends fügte er hinzu: »Es sei denn, in einem früheren Leben.«

»Dann will ich mich auf dieses Ereignis freuen und mich an seinem Geschehen ergötzen.« Langsam erhob Nin sich. »Und wo sind meine Feldherrn?« fragte er dröhnend.

»Sie harren deiner am Strand«, erwiderte Usla. »Ich werde sie rufen.«

»Nein, ich begebe mich zu ihnen. Sie haben meine Wünsche erfüllt und sollen dadurch belohnt werden, daß ihr Gott zu ihnen kommt.«

»Wie du befiehlst, Großmächtiger.«

Usla verneigte sich und stand vom Boden auf. Er ging in die Halle hinaus, klatschte in die Hände und rief: »Die Gottheit naht! Kniet alle nieder!« So ging er vor seinem Herrscher her und benachrichtigte alle von seinem Kommen. Nin folgte ihm langsam und wiegte seinen massigen Körper auf den schweren Beinen.

Als sie eine kurze Treppe erreichten, die an Deck des Palastschiffes führte, klatschte Usla abermals in die Hände, da brachten acht Diener einen Thron auf Stangen. Sie stellten ihn vor ihrem König ab, und dieser ließ sich darauf nieder. Dann spannten die Träger sämtliche Muskeln an und stiegen die Stufen hinan, stets darauf bedacht, den Thron waagrecht zu halten, um sich nicht den Zorn ihres launischen Gottes zuzuziehen. Bald gelangten sie an Deck.

Dort warteten zwei weitere Diener mit zwei breiten Federwedeln. Sobald Nins Sänfte auftauchte, spendeten sie ihm vor dem hellen Sonnenlicht des schönen Sommertages Schatten. Die Träger schwankten unter dem Gewicht ihrer Last, liefen aber über eine lange Rampe, die durchs seichte Wasser vom Palastschiff an den Strand führte. Sie endete in einer Plattform, von der aus Nin der Verheerer über seine Untertanen gebieten konnte.

Als die vier Feldherrn den Zug langsam über die Rampe nahen sahen, saßen sie ab, stellten sich vor das Podest und warfen sich in den Sand. Die Sänftenträger erreichten die Plattform und stellten den Thron in deren Mitte unter einen weiten Baldachin aus üppig blauer Seide. Dann zogen sie sich zurück, der Befehle ihres Königs zu harren. Sie knieten nieder und ließen die Köpfe auf die Knie sinken.

Die blaue Seide wogte in der sanften Meerbrise. Über dem Podest kreisten Möwen und bekreischten das Schauspiel unter sich. Nin hob die Hände und sprach: »Steht auf, ihr Feldherrn. Ihr dürft eure Gottheit ansehen.«

In ihren wuchtigen Rüstungen erhoben die Feldherrn sich schwerfällig und nahmen Schulter an Schulter Aufstellung vor ihrem Herrn.

»Ich habe euren Sieg von Ferne beobachtet«, sprach Nin. »Mit eigenen Augen sah ich die Flammen der Vernichtung. Ich bin hoch erfreut. Jetzt berichtet mir, ihr Feldherrn, wie stark ist dieses Land? Wird sich der Klinge des Zerstörers ein Heer entgegenstellen?« Er betrachtete die vier Krieger und nickte einem von ihnen zu. Dieser trat langsam vor. »Gurd?«

Der Krieger schlug sich mit der Faust gegen das Herz, daß es auf dem bronzenen Brustharnisch dumpf polterte. Sein langes schwarzes Haar war streng nach hinten gekämmt und im Nakken zu einem dicken Zopf geflochten

Die wachen schwarzen Augen in dem glatten, kantigen Gesicht betrachteten Nin aufmerksam. »Ich habe im Süden keine Soldaten gesehen, Unsterblicher. Die Bauerndörfer waren unbewacht.«

»Amut.«

Der Krieger dieses Namens, ein Vertreter der gelben Rasse, trat vor. Mit Ausnahme eines kurzen Haarschopfs, den er zu einem Knoten zusammengebunden trug, war sein Kopf vollkommen kahl geschoren und glänzte. Auf Wangen und Stirn hatte er merkwürdige blaue Tätowierungen, und auf einer Seite zog sich vom Winkel des mandelförmigen Auges eine gezackte Narbe bis zu seinem kräftigen Hals. »Auch im Norden trafen wir nicht auf Soldaten, Großmächtiger. Die feigen Bewohner flohen vor unseren Pfeilen wie Blätter vor dem Sturmwind.«

»Luchak«, rief Nin, und der dritte Krieger trat vor.

Luchak faßte sich mit seiner braunen Hand an den Kinnbart. Sein Kopf steckte in einem Helm aus weißer Roßhaut mit einem Pferdeschwanz auf dem Scheitel. Er war groß und schlank, und als er seinen breiten Mund öffnete, blitzten zwei Reihen zugespitzter weißer Zähne auf.

»Ich fand im gebirgigen Landesinneren nur ein Dorf, und das hieß Gaalinpor«, sagte der Krieger. »Diese Berge kann kein Heer zu einem Überraschungsangriff überqueren. Wir können unsere Blicke in andere Richtungen lenken.«

»Bochaz.«

Der vierte Feldheer, ein hünenhafter Schwarzer, dessen Gesichtszüge hinter einem schwarzen Schleier verborgen waren, der seine untere Gesichtshälfte verdeckte und nur die großen dunklen Augen sehen ließ, stellte sich neben die anderen. Sein Kopf steckte in einem mit Horn überzogenen Lederhelm, und auch sein Brustharnisch bestand aus Hornscheiben, die durch Eisenringe miteinander verkettet waren. Von den Schultern herab reichte ein langer roter Umhang bis zu den Absätzen seiner schwarzen Stiefel. Wie die anderen auch trug er an der Seite ein seltsam geschwungenes Schwert mit einer dünnen, spitz zulaufenden Klinge, die an beiden Rändern messerscharf geschliffen war.

»Auch mir sind keine Soldaten begegnet. Das Dorf bot keinen nennenswerten Widerstand, das Blut der Widerspenstigen lief rot über den Boden, und ihre Asche wehte zu deinen Ehren gen Himmel, unsterblicher Nin.« Nach diesen Worten berührte der schwarze Krieger mit der flachen Hand die Stirn und verneigte sich.

»Was ist das für ein Land, das keine Mauern um seine Städte zieht und die kleinen Dörfer ungeschützt läßt? Hier braucht man sich den Reichtum nur zu nehmen, ihr Feldherrn. Wir werden gen Norden auf Askalon vorstoßen, und dort will ich meinen Palast einrichten, damit ich es bequem habe, während ich das Land unter meine Herrschaft bringe. – Geht nun und benachrichtigt mich, sobald die Burg mir gehört, auf daß ich sogleich in Besitz nehmen kann, was ich wünsche. Laßt den König am Leben. Ich möchte ihn mir zu meinem eigenen Vergnügen aufsparen. Sein Blut soll für mich allein fließen. Hört und gehorcht.«

Die vier Feldherrn grüßten Nin und traten ein paar Schritte zurück. Dann machten sie kehrt, saßen auf und galoppierten gemeinsam davon. Nin klatschte in die Hände, die Diener sprangen auf und unterzogen sich der Mühe, ihren Gott über die Rampe zurück auf das herrliche Palastschiff zu tragen.

9

Der Tau hing noch schwer am Laub der Bäume, als die ersten Sonnenstrahlen aufs Land fielen. In Küstennähe war solcher Tau nichts Ungewöhnliches, aber es bezauberte Quentin immer wieder, wenn die Sonne jeden winzigen Tropfen traf und in einen funkelnden Edelstein verwandelte. Jeder Strauch und Busch schien plötzlich von unschätzbarem Wert.

Tolis muntere, gut ausgeruhte Rösser tänzelten und sprangen in der kühlen Morgenluft. Quentin erhob seine Stimme zum Lobpreis auf den neuen Tag. Toli schloß sich ihm an, und ihre Stimmen hallten durch die Täler.

»Ach, wie schön das Leben ist!« jauchzte Quentin aus schierer Freude am Jubeln.

»Heute morgen scheint es dir im Sattel zu behagen«, rief Toli, der hinter ihm trabte. »Das hörte sich gestern abend noch ganz anders an.«

»Am Morgen ist die Welt wie neu erschaffen. Alle Dinge sind wie neu, auch der Sattel.«

»Es freut mich, meinen Meister so glänzender Stimmung zu sehen. Die vergangenen drei Tage hätte man dich für einen Brummbären halten können – nicht, daß mich das gestört hätte.«

Auf diese Bemerkung schien Quentin gar nicht zu achten. Sie setzten ihren Weg fort, und das Zaumzeug ihrer Pferde klirrte hell. Doch nach einer Weile sagte Quentin: »Es tut mir leid, daß ich nicht ganz bei mir war. Mir ist in den letzten Tagen vieles durch den Kopf gegangen. Mir war, als würde ein Schatten über mir drohen. Aber jetzt sehe ich wieder klar.«

»Das ist gut für uns beide«, erwiderte Toli gewohnt lakonisch.

Die beiden Reiter erklommen einen lange ansteigenden Hügel, auf dessen Gipfel sie eine kurze Rast einlegten. Sie betrachteten den Weg vor sich, der in das Tal führte, in dessen Mitte Persch lag.

»Sieh nur, wie still es dort ist«, meinte Quentin, ins Tal blickend. »So friedlich. So ist es nun schon seit tausend Jahren ...« Er verstummte.

»Wir wollen beten, daß es weitere tausend Jahre so bleiben möge«, entgegnete Toli. Er schnalzte mit den Zügeln und begann mit dem Abstieg auf einem schmalen Lehmpfad, der sich im dichten grünen Gras kaum abzeichnete.

Als sie sich dem Küstendorf näherten, spannte Toli sich plötzlich an. Dies entging Quentin nicht, und er fragte: »Was hast du? Was erspähen deine Adleraugen?«

»Nichts, Meister. Und genau das beunruhigt mich. Ich sehe keine Menschenseele – das Dorf ist wie ausgestorben.«

»Vielleicht schlafen die Bewohner von Persch lange und stehen erst spät auf«, erwiderte Quentin obenhin in dem Versuch, die Ruhe wiederherzustellen, die mit Tolis Bemerkung dahingegangen war.

»Oder vielleicht haben sie einen Grund, an einem Tag wie heute nicht hinter ihren Türen hervorzukommen, und dieser Grund besteht sicherlich in irgendeiner Angst.«

Quentin seufzte. »Das geht uns auf unserer Reise nicht zum ersten Mal so.« Er legte seine Hand auf den Knauf seines Schwertes und verschob es so, daß er es griffbereit hatte. Dabei ließ er den Blick über die Siedlung schweifen, der sie stetig näher kamen. Es war keine Menschenseele zu sehen, und auch kein Tier lief durch die Gassen oder auf dem Weg vor ihnen. Das war wirklich sonderbar. Für gewöhnlich füllten sich die Gassen beim ersten Morgenlicht mit Dörflern, die ihr Tagwerk begannen. Die Kaufleute öffneten um diese Zeit ihre Stände auf dem Marktplatz, und die Handwerker zogen die Läden hoch. Bauern boten Käse, Obst und Eier im Tausch gegen Tuch und Gegenstände aus Metall. Frauen holten Wasser vom Dorfbrunnen, und Kinder schossen um die Ecken und tollten lärmend umher, während die Dorfköter sie anbellten und zwischen ihren nackten, sonnengebräunten Beinen umhersprangen.

Doch an diesem Morgen gab es nichts dergleichen. In den leeren Straßen schien das Gelächter der Kinder gespenstisch nachzuhallen; das Fehlen der Dörfler verlieh ihnen etwas Unheimliches.

Die Reiter gelangten auf der Hauptstraße ins Dorf. Leise knirschten die Pferdehufe auf den Muschelbrocken, mit denen die Einwohner von Persch ihre Gassen pflasterten. Dadurch, dachte Quentin, hatten alle Küstenorte etwas Frisches und Sauberes. Heute jedoch wirkten die weißen Straßen trostlos, es herrschte Grabesstille.

Nicht einmal flüchtig tauchte in einer der Türen oder abgedunkelten Fenster ein Gesicht auf. Nicht ein Laut war zu vernehmen, sah man von der milden Meerbrise ab, die zwischen den Giebeln wehte. Sie flüsterte ein Lied von völliger Einsamkeit.

»Sie sind alle fort«, stellte Toli fest. Seine Stimme schien in der leeren Luft zu ersterben.

»Das glaube ich nicht. Sie können nicht alle weggegangen sein. Ein paar müssen dageblieben sein. Ohne Grund verschwindet nicht ein ganzes Dorf.«

Sie gelangten zum Dorfplatz. Er bildete ein unregelmäßiges Viereck, umstanden von den wichtigsten Gebäuden des Ortes: das Wirtshaus, in dem es angeblich einen außergewöhnlichen Fischeintopf gab; die Gemeindehalle (da in Persch kein Adliger wohnte, hatten die Bürger sich selbst eine Halle errichtet, in der sie Feste und Feiertage begehen konnten); die Markthalle mit den Ständen; der kleine Tempel des Gottes Ariel und die Behausungen der Handwerker.

In der Mitte dieses Vierecks stand ein großer Brunnen; neben ihm breitete eine riesige alte Zeder ihre zerzausten Zweige aus und spendete allen, die sich unter ihr versammelten, Schatten. Quentin und Toli ritten zum Brunnen und saßen ab. Toli griff nach einem niedrigen Holzeimer, der am Rand des Steinbrunnens lag, und schöpfte Wasser für die Pferde. Quentin füllte eine Schale und labte sich an dem frischen kalten Naß. Dann bot er Toli welches an.

»Hm«, meinte Quentin nachdenklich, »kein Laut, keine Spur. Und doch habe ich das Gefühl, wir sind nicht allein.«

»Ja, ich spüre Leute ganz in der Nähe. Und auch ihre Angst spüre ich.« Toli stellte die Schale vorsichtig zurück und machte Quentin ein Zeichen, daß er wieder aufsitzen solle. Quentin folgte ihm mit einem fragenden Blick; dann ritten die beiden bis zum anderen Ende des Dorfes.

Als sie das letzte Haus erreichten, nahm Toli ihn beiseite und flüsterte: »Wir waren nicht ganz allein am Brunnen. Ich spürte einen Blick auf mir. Lassen wir die Pferde hier und gehen auf einem anderen Weg zurück.«

Leise schlichen sie durch ein enges Gäßchen zurück zum Dorfplatz. Wieder war nichts zu sehen. Alles wirkte noch so wie vor einem Augenblick. »Nun, anscheinend müssen wir anderswo suchen. Vielleicht sollten wir es mit einem der Häuser probieren.«

»Warte einen Augenblick, dann komme ich mit.«

Toli hatte kaum zu Ende gesprochen, als sie ein leises Rascheln hörten, als würde eine Schlange über Sand gleiten. Es hörte auf und setzte dann gemessen wieder ein. Sie horchten eine Weile: Das Geräusch schien sich rasch zu entfernen. Da wurde Quentin klar, daß sich jemand in ihrer unmittelbaren Nähe befunden hatte, vielleicht um die Ecke der Hütte aus Lehm und Stroh, in deren Schatten sie gerade kauerten. Das Geräusch rührte von leichtfüßigen Schritten auf dem mit Muscheln gepflasterten Weg.

»Er entkommt uns!« wisperte Quentin scharf und bog gerade noch rechtzeitig um die Ecke, daß er ein Bein und eine Hand hinter einer dicht gewachsenen Eibenhecke verschwinden sah.

»Er will zum Pier!« rief Toli. »Wir schneiden ihm den Weg ab.« Er zupfte Quentin am Arm und zeigte nach hinten, wo die schmale Gasse eine Biegung machte und danach als breiterer Pfad bis zum Ufer führte, dort, wo die Dörfler ihre Boote liegen hatten.

Toli rannte davon, und Quentin setzte ihm flugs nach. Gemeinsam stolperten sie den Pfad hinab und sprangen die Felsstufen hinab, die den Sandhügel hinabführten, der das Dorf vom Strand trennte. Vor ihnen lag eine kleine Bucht, die das winzige Hafenbecken von Persch darstellte. Dort lag zwischen zwei Fischerbooten, deren dunkle Rümpfe nach oben zeigten, ein kleines Boot mit einem dreieckigen weißen Segel auf dem Sand. Und auf dieses Boot zu lief behende ein schlanker junger Mann.

Quentin setzte zur Verfolgung über den Strand an. Er rannte ein paar Schritte, hob dann die Hände und rief: »Halt, Herr! Halt! Wir wollen dir nichts Böses tun! Wir wollen nur mit dir reden!«

Die Gestalt wandte sich halb um und sah nun erst die beiden Männer hinter sich. Obwohl diese noch zu weit weg waren, als daß sie das Gesicht der Gestalt deutlich hätten erkennen können, war die Wirkung von Quentins Worten nicht zu übersehen: »Du hast ihn erschreckt!« rief Toli, als die Gestalt am Strand einen Satz nach vorn machte, stolperte, hinfiel, sich wieder aufrappelte und wie ein Reh zu dem Boot rannte. »Komm schnell!« rief der geschwinde Dscher über den Sand stiebend.

Der junge Fremde hatte das Boot erreicht und schob es mit aller Kraft ins Wasser. Es schien irgendwo festzuhängen, meinte Quentin, oder die Wellen waren ein Stück zurückgewichen, so daß das Boot nicht mehr so leicht flott zu bekommen war.

Aber mit der Kraft der Verzweiflung gelang es dem Fremden, das kleine Segelboot ins Wasser zu schieben. Jetzt platschte er durchs knietiefe Wasser und drehte das Boot, ehe er wie ein Fisch über die Bootswand schlüpfte.

Toli war als erster am Wasser und sprang hinein. Quentin lief hinterher, und beide wateten sie auf das Boot zu. Der Fremde mühte sich verzweifelt mit einem langen Ruder ab und warf einen entsetzten Blick über die Schulter. Quentin sah, daß die schlanke Gestalt mit den schmalen Schultern die Lederjacke und die grob gewebte braune Hose der Fischer trug. Den formlosen Schlapphut, wie er bei den Bewohnern der Südküste von Mensandor üblich war, hatte der junge Mensch tief ins Gesicht gezogen.

Quentin watete auf die eine Seite des Bootes, Toli auf die andere. Dieses gelangte trotz der heftigen Ruderbewegungen des

Insassen nicht in tieferes Gewässer, so daß sie keine Mühe hatten, es mit rasch ausholenden Schritten zu erreichen.

Sobald sie in Reichweite waren, pfiff ihnen das Ruder über die Köpfe. Quentin versuchte, den Fremden zu beruhigen: »Ganz ruhig, Herr! Laß ab! Au!« Das Ruder war ihm gefährlich nahe gekommen. »Wir wollen dir nichts Böses tun.«

Während Quentin die Aufmerksamkeit des Knaben ablenkte, arbeitete Toli sich zum Bug vor. Da drehte der Junge sich um und schlug das Ruder laut krachend genau dort auf den Bootsrand, wo eben noch Tolis Finger gelegen hatten. Quentin merkte, daß der Fremde durch den Schlag leicht aus dem Gleichgewicht geraten war; er packte das Heck mit beiden Händen und versetzte dem Boot einen heftigen Schubs. Der junge Fremde schrie überrascht auf und stürzte mit weit ausgebreiteten Armen und zappelnden Fingern kopfüber ins Wasser, während das Ruder klappernd ins Boot fiel.

Quentin wich dem hochschwappenden Wasser aus, und Toli kam auf seine Seite herüber. Zwischen ihnen trieb der Hut des Fischers. Quentin griff ins seichte Wasser, packte den Fremden am Kragen und stellte den Spuckenden auf die Beine.

»Ja, was haben wir denn da?« fragte Quentin freundlich. »Toli, ich glaube, wir haben einen hübschen Fang gemacht: ein …« Er brach seinen Satz ab. Jetzt war er überrascht.

»Ein Mädchen!« rief Toli.

Quentin hielt den triefnassen Hut in der Hand, der zu einem schwarzen Klumpen geworden war, und betrachtete erstaunt die langen schwarzen Zöpfe, die naß in der Sonne glänzten. Die dunklen Wimpern der jungen Frau zuckten über ihren klaren, eisblauen Augen, als sie das Wasser abschüttelte, das ihr übers Gesicht rann. Sie hatte weiche, schön gebildete Züge, ihre Wangen waren vor Aufregung gerötet.

»Laßt mich los!« schrie sie. »Ich bin niemand. Ich habe kein Geld. Laßt mich los!«

»Ganz ruhig«, sagte Quentin freundlich. »Wir tun dir nichts Böses, Herrin.«

Die junge Frau schaute ihre beiden Häscher mißtrauisch an.

»Wir sind keine Räuber, falls du das glaubst«, sprach Toli. »Wir sind Ritter des Königs.«

»Seit wann halten die Ritter des Königs unschuldige Bürger fest und mißhandeln sie grundlos?« fragte sie hochmütig trotzend.

»Unschuldige Bürger haben von uns nichts zu fürchten. Warum bist du weggelaufen?«

Die Frau warf verstohlen einen Blick auf das Dorf und murmelte: »Ich hatte Angst. Das Dorf war verlassen, und...«

»Und da hörtest du uns kommen und verstecktest dich.«

»Ja«, sagte sie eigensinnig. Sie wischte sich mit dem nassen Ärmel übers Gesicht und blickte Quentin widerborstig an. »Jetzt laßt mich los.«

»Wir werden dich schon gehen lassen. Aber du hast unsere Neugier erregt, und wir wollen erst eine Antwort auf unsere Fragen haben. Also«, fuhr Quentin fort und reichte ihr seine Hand, »wir brauchen wohl nicht im Wasser stehen zu bleiben. Setzen wir uns alle zum Trocknen an den Strand.«

Er machte kehrt und schlurfte zum Ufer zurück. Plötzlich spürte er, wie seine Knie unter ihm nachgaben. Mit einem erstickten Schrei stürzte er ins Wasser. Auf seinen Rücken und seine Schultern gingen heftige Schläge nieder. Er drehte sich unter Wasser um und wollte sich wieder aufrappeln, als der Angriff plötzlich aufhörte. Spuckend kam er an die Oberfläche und schüttelte sich das Wasser aus den Augen. Toli hielt die junge Dame an den Armen gepackt. Er hatte sie von Quentin weggerissen. Dann schob er die Strampelnde und Keifende zum Ufer.

Auf seinem Gesicht lag ein seltsames, groteskes Lächeln.

10

»Wie ist das möglich?« Ungläubig schüttelte Teido den Kopf. Sein Blick schweifte über die schwarz verbrannte Ebene, wo zuvor das Dorf Halidom gewesen war.

»Irgend etwas muß noch übrig sein, auch wenn der Anblick nicht sehr vielversprechend ist.« Ronsard gab seinen Rittern ein Zeichen; gemeinsam ritt der Trupp den sanften Hügel hinab. Auf allen Gesichtern lag ein Ausdruck staunenden Grimms und in allen Köpfen hallte Teidos Bemerkung wider: Wie war es möglich, daß man ein ganzes Dorf so vollkommen auslöschte?

Von Halidom war nichts weiter übrig als ein schwarzer Fleck Erde. Kein Balken stand mehr, kein Stein lag mehr auf dem anderen. Dort, wo das Dorf gewesen war, befand sich eine Wüste.

»Sogar die Vögel sind schon fertig«, stellte Ronsard fest, als sie sich dem verkohlten Rund näherten.

»Nicht ganz. Seht dort drüben.« Teido schaute ein Stück weiter. Ronsard folgte seinem Blick und sah, wie ein großer, mit den Flügeln schlagender Bussard sich auf dem Überrest eines Baumstrunks niederließ. Damit verscheuchte er drei schimpfende Raben, die dort eifrig gefressen hatten.

»Sehen wir uns an, was sie so anzieht.« Seinen Männern befahl Ronsard: »Schwärmt aus und sucht in der Asche nach Spuren, um wen es sich bei diesem Feind handeln könnte.« Dann lenkten er und Teido ihre Pferde zur Stelle, an der der Bussard jetzt auf dem in Flammen aufgegangenen Baumstamm umherhüpfte. Der Vogel betrachtete etwas, das am Boden lag. Was es war, ließ sich nicht sagen.

Sie ritten mitten durch das zerstörte Dorf. In der Asche verstreut lagen die rußgeschwärzten Reste des täglichen Lebens: ein eiserner Dreifuß, daneben ein zerbeulter Topf, die kleine Statue eines Hausgotts, die verkohlten Scherben eines Weinkrugs. Und hier und dort lagen die Leichenteile unglücklicher Dörfler: da starrte ein rußiger Schädel leer zum Himmel empor, dort lag ein langer, abgenagter Schenkelknochen und hier ragte das Gerippe eines Brustkastens aus der Verheerung.

Vor den Pferden ergriffen die Geier zeternd die Flucht und erhoben sich langsam in den Himmel, um dort gemeinsam mit den Raben ihre Kreise zu ziehen.

»Bei den Göttern!« rief Teido, als er die Stelle erreichte.

»Was ist ...?« hob Ronsard an. Dann fiel sein Blick auf das, was Teido entsetzt hatte. »Bei Orfe – nein!«

Teido war bereits vom Pferd gesprungen und zerrte an seinen Sattelgurten, um seinen Wasserschlauch loszumachen. Ronsard stieg, von dem Anblick völlig verstört, langsam von seinem Roß und trat näher. Er tastete nach dem Knauf seines Schwerts und wollte es ziehen, als Teido ihn am Arm faßte. »Das ist, glaube ich, nicht nötig. Er empfindet keine Schmerzen mehr.«

Ihre Aufmerksamkeit galt einem stark verbrannten, verstümmelten Körper, der in Krämpfen zuckte; ein gelb unterlaufenes Auge wandte sich ihnen zu. Als es sie sah, stieß der halbtote Mann ein jämmerliches Stöhnen aus. Teido kniete vorsichtig neben ihm nieder und bot ihm den Wasserschlauch an.

»Ruhig, mein Freund. Hier ist Wasser für deine ausgedörrte Zunge.« Sachte führte er dem Mann die Schlauchöffnung an die rissigen Lippen. Er ließ ein paar Tropfen auf den wunden Mund fallen. Die schwarze Zunge mühte sich durch die Lippen nach der Feuchtigkeit. Die ledrigen Lider flatterten, und die trocknen Augäpfel rollten in den Höhlen hin und her. Wundersamerweise schien das Wasser zu wirken: Die Augen wurden wieder klar.

»Wie kann dieses arme Wesen noch leben?« flüsterte Ronsard Teido erstaunt ins Ohr.

»Das weiß ich nicht.« Der Ritter träufelte dem Mann noch ein wenig Wasser in den Mund. »Aber vielleicht kann er uns erzählen, was hier passiert ist, ehe Heoth ihn heimholt.«

»Kannst du sprechen, mein Freund? Wir sind Ritter des Königs, und deine Antworten würden dem Reiche dienen.«

Ronsard wandte sich vom scharfen Geruch ab, der ihm in die Nase stach. Der Mann war schrecklich verbrannt. Große Teile seiner Brust und seiner Arme waren kohlschwarz; Beine und Unterleib waren zerschmettert worden, als der Baum auf ihn stürzte. Verrenkt lag er in einer flachen Bodenkuhle. Die Haare waren an einer Seite des Kopfes völlig versengt; an der anderen hingen noch ein paar Strähnen an der Kopfhaut.

Die Vögel hatten sich an dem Mann bereits gütlich getan und ein Stück von Schulter und Rücken herausgepickt. Durch die roten offenen Wunden schimmerte der weiße Knochen.

»Laß ihn in Frieden sterben«, sagte Ronsard, sich abwendend. Er brachte kaum einen Ton heraus.

»N-nein.« Es war nicht viel mehr als ein Flüstern im Wind gewesen. Die beiden Ritter blickten in die leidenden Augen hinab und sahen dort einen letzten Rest Leben. Der Mann wollte etwas sagen.

»Sachte. Wir hören dich. Ich werde mich zu dir beugen, damit ich dich besser verstehe.« Teido legte sein Ohr unmittelbar an die Lippen des Mannes. Er sprach mit einer Sanftheit und Ruhe, die Ronsard kaum fassen konnte. »Erzähle uns, was geschah, wenn du kannst.«

Die Worte bildeten sich von selbst in der Luft, wenngleich Ronsard nicht begriff, wie. Und so schwach sie auch waren, sie ließen sich verstehen. »Ich habe darauf gewartet, daß jemand kommt«, wisperte der Mann. Seine Stimme raschelte trocken, als würde ein welkes Blatt über Sand geweht. »Gewartet ...«

»Jetzt sind wir hier. Die Wacht ist vorüber. Kannst du uns etwas sagen?«

»Alle tot ... alles zerstört ... verbrannt ... alles.«

»Ja, das haben wir gesehen. Wer war das? Weißt du es?«

»Ach«, ein langes Ächzen, »der Verheerergott ... zehn Fuß groß ... Feuer speiend ... alles zerstört ...«

»War der Gott allein?«

Die Stimme wurde schwächer und brüchiger. »N-nein ... ah ... viele Soldaten ... haben gesagt ...« Der Mann hustete heftig und zuckte wieder.

»Was haben sie gesagt?«

»Ah...«

»Sage es mir, und es ist vorbei. Der Gott wird dir Ruhe gewähren.«

»Hütet euch... Nin der Verheerer... Ah.«

Die gelb unterlaufenen Augen brachen. Der Mann hatte nicht mehr genug Luft gehabt, um ein letztes Mal aufzuseufzen, aber Ronsard bildete sich ein, zu spüren, wie der letzte Rest Leben aus dieser geschundenen Kreatur wich, die so lange widerstanden hatte.

Langsam richtete Teido sich auf. »Bestatten wir diesen mutigen Mann sofort.«

Die Vögel über ihnen kreischten wie im Wissen, daß ihnen ihr Schmaus vorenthalten würde.

Als die Ritter den beklagenswerten Leichnam so liebevoll wie sie nur konnten bestattet hatten, entfernten die beiden sich ein Stück, um sich zu beraten. »Hast du genug gesehen, mein Freund?« fragte Ronsard, auf sein Schwert gestützt.

»Hier ja. Aber den Feind, der wehrlose Dörfer angreift und die Schutzlosen erschlägt, würde ich gern zu Gesicht bekommen.«

»Der wird nicht lang auf sich warten lassen, fürchte ich. Doch dazu haben wir jetzt keine Zeit. Wir sollten zurückkehren und melden, was wir gesehen haben. Beim nächsten Mal führen wir tausend Mann mit uns.«

»Ja, der Meinung bin ich auch... hm.« Teido hielt inne und schien etwas in weiter Ferne zu betrachten.

»Was hast du, Teido? Liegt dir noch etwas auf dem Herzen?«

Teido holte tief Luft, und als er Ronsard wieder ansah, schimmerte in seinen Augen ein merkwürdiges Licht. Er blickte wieder zum Horizont, und seine Stimme klang weit weg. Über das Tal zog ein Schatten.

»Ich habe Angst, Ronsard.«

»Du, Angst? Wie schlecht du dich kennst, mein Herr!«

»Spürst du es nicht?« Er warf Ronsard rasch einen scharfen Blick zu. »Nein? Das wundert mich...«

»Sprich freiheraus, Teido. Zwischen uns soll nichts stehen. Du hast eine Ahnung, das sehe ich. Heraus damit! Fürchte nicht, daß sie mich zu sehr verstören könnte. Ich bin Manns genug, um meine Gedanken scharf zu zügeln, das versichere ich dir.«

»Nun, du hast natürlich recht. Aber die Sache läßt sich nicht so leicht in Worte fassen: Als wir uns gerade besprachen, hatte ich das Gefühl, als ritten wir einen schmalen Pfad hinab, dessen Ende im Dunkeln lag, und überall um uns breitete sich Finsternis aus. Das ist alles, mehr nicht. Aber ich bekam Angst.«

Ronsard musterte seinen Freund aufmerksam. Schließlich sagte er mit fester, ruhiger Stimme: »Wir haben gemeinsam gekämpft, du und ich. Komme, was wolle, das genügt mir. Der Pfad, der uns beide erschrecken kann, muß fürwahr stockfinster sein. Doch jetzt laß uns weiterziehen. Dies ist ein übler Ort. Wir wollen sofort nach Askalon zum König zurückkehren. Ich fürchte, wir bleiben schon zu lange aus.«

»Wir wollen zurückkehren, wie du sagst, lieber Freund.« Teido drückte die Schultern heraus und klopfte Ronsard mit der Hand auf den Rücken. »Aber ich wünschte, wir hätten diesen rätselhaften Feind gesehen und wüßten etwas über seine Zahl. Mir wäre wohler, hätten wir wenigstens sein Gesicht gesehen.«

»Mir auch, aber vielleicht ist es bis dahin nicht mehr lang. Wir könnten ihm noch begegnen, ehe wir Askalon erreichen. Allerdings wären wir zum Kampf schlecht gerüstet.«

»Ich habe kein Verlangen danach, mich mit einem unbekannten Feind zu schlagen, lieber Herr. Ich möchte nur seine Ränke auskundschaften. Um so mehr, als dies alles zu absonderlich wirkt.«

Sie waren zu ihren Rössern zurückgegangen. Ronsard schwang sich in den Sattel und rief seinen Rittern zu: »Aufsitzen, Männer! Zurück nach Askalon!«

Die Ritter folgten ihm und stiegen den Hügel hinan, wie sie gekommen waren. Doch diesmal umritten sie das verkohlte Rund in weitem Bogen.

Teido blieb noch einen Augenblick neben seinem Pferd stehen und blickte in die Ferne. Dann hörte er Ronsard rufen. Er zuckte die Achseln, schwang sich auf seinen kräftigen Zelter und eilte den anderen hinterher. Als er den Hügelkamm erreichte, fiel ihm die Sonne des Spätnachmittags voll ins Gesicht. Da spürte er, wie die Kümmernis vor der goldenen Wärme um ihn wich. Er gab seinem Pferd die Sporen und schaute nicht zurück.

II

Derwin raffte sein Gewand über den Knien zusammen und watete in den schilfumstandenen Teich. Die Nachmittagssonne fiel schräg durch das Laub der breiten Eichen und der silbern schimmernden Birken und warf glänzende Streifen aufs klare Wasser. Der flüssige, helle Ruf einer Lerche zerriß hallend die grüne Stille des Waldes.

Vorsichtig stieg Derwin weiter ins Wasser und suchte dabei den mit Kieseln übersäten Boden ab. Er überlegte kurz, ob er sein Gewand ganz abstreifen und in die kühle Tiefe tauchen sollte, wie er es an warmen Sommernachmittagen im Pelgrin-Wald zu tun pflegte.

Aber dann besann er sich eines Besseren, so verlockend der Gedanke auch war, und setzte seinen Streifzug fort. Bald hatte er Grund, froh zu sein, daß er sein Gewand anbehalten hatte. Denn als er sich so im Teich voranarbeitete und gelegentlich etwas aufhob, sah er im Wasser etwas Weißes schimmern. Er schaute genau hin und merkte, daß es eine Spiegelung war. Erschrocken blickte er auf und sah eine vollkommen in Weiß gekleidete Frau auf der grasbedeckten Uferböschung stehen.

»Herrin!« rief er aus. »Du hast mir einen Schrecken eingejagt! Ich ahnte nicht, daß mich jemand beobachtet.«

»Das tut mir leid, Derwin. Ich wollte dich nicht ängstigen«, erwiderte Alinea lachend, daß ihre Stimme in der Mulde widerhallte. So fröhlich hatte er sie seit langem nicht mehr gehört. »Du schienst mir so vertieft zu sein, daß ich dich nicht stören wollte. Verzeih mir.«

»Deine Rücksicht ist sehr freundlich, aber gar nicht nötig. Ich sammle nur Wasserschierling für einen Trunk.«

»Dieses Kraut? Es enthält ein tödliches Gift, nicht wahr?«

»Du kennst die Pflanzen in Wald und Flur?«

»Nur ein paar. Königin Ellena, meine Mutter, kannte viele Heilkräuter und bereitete uns Arzneien. Als Kind half ich ihr oft beim Sammeln.«

»Nun, dann weißt du, daß keine Pflanze tödlich oder gefährlich ist, sondern nur die Absicht des Benutzers sie dazu macht. Ja, manche Kräuter sind sehr stark. Aber in erfahrenen Händen können die giftigsten eine kraftvolle Heilwirkung entfalten.«

»Deine Hände sind sicher die erfahrensten im Reich, lieber Einsiedler. Deine Arzneien sind äußerst wirksam.«

»Ach, Herrin! Du ahnst nicht, wie traurig deine Worte mich machen.«

»Oh, habe ich etwas Falsches gesagt? Bitte, sag es mir.« Die Königin trat noch ein Stück näher ans Ufer, Derwin watete ihr entgegen.

»Nein, du hast es nicht böse gemeint. Aber deine Worte spotten meinem Unvermögen. Denn der eine Patient, den ich mit meinen bescheidenen Fähigkeiten vor allen anderen heilen möchte, liegt ebenso siech zu Bett wie am Beginn meiner Bemühungen. Seine Krankheit trotzt all meinen Künsten.«

»Es ist sicher eine besondere Art von Auszehrung.«

»So ist es!«

Derwin schaute Alinea in die tiefgrünen Augen und las dort, welch schwere Last sie mit sich trug; jeden Tag wog sie mehr. Er fühlte sich außerstande, ihr zu helfen, ebenso machtlos, wie wenn er neben einem totgeborenen Bauernkind stand, das vor der Zeit auf die Welt gekommen war. Er hätte die Bürde gern auf seine Schultern geladen, und wäre sie noch tausendmal schwerer gewesen. Aber er vermochte nichts zu tun, von seiner eigenen Nutzlosigkeit gedemütigt.

»Glaubst du, der Allerhöchste hört unsere Gebete für den Kranken?«

»Das muß er. Er hört alle Gebete und antwortet auf jedes zu seiner Zeit.«

»Dann werden wir durch Beten erreichen, was uns mit den Tränken nicht gelingt.«

»Dein starker Glaube beschämt mich. Bei meiner Suche nach

allen möglichen Arzneien habe ich dieses Heilmittel vernachlässigt. Aber das soll sich nun ändern.«

Die Königin seufzte und hob die Augen zum Himmel empor, der in sanftem Blau des Nachmittags erstrahlte. Freundliche, hohe Wolken zogen langsam vorüber, hin und wieder rauschte der Wind leise durch die Bäume. Der kleine Teich war wie poliertes Glas, das alles spiegelte. Sie blickte in ihn hinein, als könnte sie dort ein Zeichen seines Schöpfers finden.

Derwin suchte weiter, bückte sich ab und zu und riß eine Pflanze mit der Wurzel aus. Als er genug gesammelt hatte, watete er aus dem Wasser und kletterte auf die Böschung, wo sich Alinea im Schatten niedergelassen hatte.

»Was geht vor sich, Derwin?« Ihre Frage erklang leise, aber die Unsicherheit in ihrer Stimme und die Sorge in ihrem Blick verliehen ihr die Wirkung eines Schreis. Ehe er der Königin etwas zum Trost sagen konnte, fuhr diese fort: »Mir scheint, daß etwas ganz Schlimmes, ein dunkles Übel, wächst und näher kommt. Manchmal halte ich grundlos inne, und ein kalter Angstschauder überläuft mich. Er geht so schnell vorüber, wie er kommt, aber danach liegt ein kalter Luftzug im Raum, und alles ist anders.«

»Auch ich habe es gespürt. Aber erklären kann ich es nicht. Es zieht, glaube ich, etwas durchs Land, etwas Böses, ja. Noch ist es unbekannt, aber nicht mehr lange. Wir werden nur zu bald erfahren, was es ist.«

»Daß du so sprichst, freut mich, wenngleich deine Worte düster sind. Wenigstens weiß ich nun, daß ein lieber Freund ähnlich empfindet.«

»Ich würde dir gern Trost spenden, wenn ich nur könnte.«

»Du hast mir sehr geholfen. Ich kam in der Hoffnung, dich zu finden, hierher, und um ein bißchen auszuruhen. Ich habe in jüngster Zeit nichts von Feld und Flur gesehen, und der Sommer steht in voller Blüte.«

»Hier herrscht Frieden. Wenn ich hierherkomme, kann ich beinahe glauben, mich mitten im Pelgrin-Wald zu befinden, so still ist es. Hier gewinne ich die Zuversicht, daß selbst in einer sturmdurchtosten See der Mühsalen Inseln der Heiterkeit überdauern. Nichts kann ihnen etwas anhaben, niemals.«

Die Königin machte Anstalten aufzustehen, und Derwin reichte ihr die Hand. »Bleibe noch ein wenig, Herrin. Ich muß aufbrechen und damit anfangen.« Er schüttelte funkelnde Tropfen von den Schierlingsstengeln.

»Nein, kehren wir gemeinsam zurück. Ich muß noch einmal nach dem König sehen.«

Sie begaben sich zu ihren Rössern und ritten in stiller Herzlichkeit füreinander zurück nach Burg Askalon.

»Woher kommst du, Wechselbalg?« fragte Quentin, sein Wams auswindend. »Und wie heißt du?«

»Das sage ich dir erst, wenn ich weiß, wer fragt.« Die Augen der jungen Frau blitzten trotzig.

»Na schön, Name gegen Name. Ich heiße Quentin, und dies ist mein Freund und Diener Toli.« Als er ihre beiden Namen nannte, glaubte er, daß ein Schatten des Erkennens über die hübschen Züge der Frau glitt. »Sagen dir diese Namen etwas?«

»Nein. Sollten sie?« versetzte sie.

»Es gibt Leute, die schon von uns gehört haben, das ist alles.«

»Ich will wohl glauben, daß es Leute gibt, die von zwei so lauten und streitsüchtigen Kerlen wie euch gehört haben.«

Die scharfe Zunge des Mädchens wurmte Quentin. »Du hast uns deinen Namen noch nicht gesagt, obwohl wir dir unseren offenbarten«, sagte er erbost.

»Ich sage meinen Namen, wem ich will. Und ich will nur meinen Freunden bekannt sein.« Sie schüttelte ihre herabhängenden, nassen Haare und wandte ihr Gesicht ab.

»Wenn du wüßtest, mit wem du redest...«, hob Quentin zornig an. Der Hochmut der jungen Frau brachte ihn auf.

»Wenn ihr wüßtet, wenn ihr mißhandelt...« Wieder ging sie auf Quentin los: Flink wie eine Katze sprang sie ihn mit gespreizten Krallen an.

Abermals packte Toli sie an den Armen: »Ruhig! Mein Meister versucht dir nur zu erklären, daß wir geschworen haben, alle

Untertanen des Reiches zu beschützen. Wir stehen dir zu Diensten.« Er sprach ganz freundlich und ließ sie los, als sie sich beruhigte.

»Nun, um mich braucht ihr euch nicht zu kümmern«, erwiderte sie ein wenig gelassener. »Ich bin keine Untertanin des Königs.«

»Du bist nicht aus Mensandor? Aha, jetzt kommen wir weiter«, sagte Quentin sauertöpfisch.

Das Mädchen blickte die beiden mit ihren dunklen Augen an, als wollte es sie abschätzen. »Na gut, ich will euch trauen, aber nur weil dein Diener eine höfliche Zunge besitzt.« Sie blickte Quentin finster an. »Ich heiße Esme. Meine Heimat ist Elsendor.«

»Dann bist du weit weg von daheim. Was führt dich nach Mensandor und vor allem in dieses bescheidene Dorf?«

»Das Dorf war nicht mein Ziel, das versichere ich dir, Herr. Aber meine Geschichte ist nicht für deine Ohren bestimmt, sosehr du mir auch zusetzen magst.«

»Und wer sollte deine Geschichte wohl am besten anhören, wenn nicht des Königs Leute?« fragte Quentin.

»Der König selbst!« Sie verschränkte die Arme über der Brust und starrte sie beide an.

»Dann gestatte mir, dir des Königs Schutz anzubieten, bis er dich empfängt«, sagte Toli mit einer tiefen Verbeugung. Esme lachelte triumphierend und nickte. Quentin verdrehte die Augen zum Himmel, als würde er von dort Geduld erflehen.

»Ich nehme euren Schutz an. In diesem rauhen Land scheint man als Frau darauf angewiesen.« Sie zupfte ihre Kleider zurecht und musterte sie beide streng. »Dann bringt mich sofort zum König, ich verlange es.«

»Toli tut recht, daß er dir des Königs Schutz anbietet, und wir werden zum König reiten, aber nicht gleich. Wir haben einen Auftrag vom König persönlich und dürfen erst zurückkehren, wenn er erfüllt ist.«

Die junge Dame runzelte die Stirn und wollte abermals heftig zu schelten beginnen, aber Toli kam ihr zuvor: »Mein Herr sagt die Wahrheit. Wäre unser Auftrag nicht so dringend, würden wir dich mit Freuden sofort zum Schloß geleiten. Wir kehren selbst dorthin zurück, sobald wir können.«

»Dann gehe ich alleine. Mit oder ohne Schutz, meine Botschaft duldet keinen Aufschub.«

»Wie willst du hinkommen? Mit deinem Boot? Das würde viel länger dauern, als du glaubst. Die Strömung des Herwüt ist stark; gegen sie zu fahren ist nicht leicht, und Askalon ist weit. Oder willst du den ganzen Weg zu Fuß zurücklegen?«

»Oder du könntest mir dein Pferd geben«, erwiderte sie.

»Mein Meister rät nur zur Vorsicht, Herrin. Unser Auftrag ist vielleicht in wenigen Tagen erledigt. Wir haben gute Pferde und können Askalon notfalls rasch erreichen. Komm mit uns ...« Er zögerte. »Komm mit uns – zu deinem eigenen Schutz und damit du schneller zum König gelangst.«

Die feurige junge Dame starrte die beiden an, dann entschied sie sich. »Nun gut. Ich begleite euch. Mir bleibt anscheinend keine andere Wahl.« Damit machte sie kehrt und ging zurück zu dem verlassenen Dorf.

Toli und Quentin folgten ihr, und als sie den Dorfplatz erreichten, drehte Esme sich um und verkündete: »Ich komme gleich wieder.« Dann verschwand sie in einer der Hütten.

»Ich werde hier auf unsere stolze Gefährtin warten«, sagte Quentin. »Hole du die Pferde. Wir brechen auf, sobald sie wieder da ist.«

Toli brachte die Pferde und fing an, Teile ihres Gepäcks umzuschichten.

»Was tust du?« fragte Quentin.

»Ich nehme an, daß du keinen Wert darauf legst, dein Roß mit der Dame zu teilen, darum mache ich meines bereit.«

»Ich übernehme die Verantwortung; sie obliegt mir.«

»Warum? Ich bin dein Diener; sie obliegt mir. Und ich habe dir mit meiner Zunge diese Last aufgebürdet. Darum werde ich dir beim Tragen helfen.«

»Wenn du möchtest, Toli, dann darfst du sie den ganzen Weg lang auf deinen Armen tragen. Du sollst deinen Willen haben.«

»Ich bin bereit«, ertönte es hinter ihnen. Sie drehten sich um und sahen eine völlig ausgewechselte junge Frau. Sie hatte ihr Haar zurückgebunden und mit einem Lederband zusammengefaßt. Dazu trug sie Reithosen, schöner geschnitten als die eines Mannes und mit schönen Stickereien entlang der Säume versehen. Über eine Schulter hatte sie sich einen kurzen Umhang gelegt; auch dieser war kunstvoll bestickt und paßte zu den Hosen. Er war tiefblau, ebenso das kurze Hemd darunter. In einem Gürtel aus Leder steckte ein Dolch an ihrer Seite. Ihre Füße kleideten Stiefel aus weichem Leder, die bis zu den Knien reichten.

Eine auffallendere Veränderung hätte man sich kaum auszumalen vermocht. Toli und Quentin blinzelten erstaunt. Esme sah aus wie eine Kriegerprinzessin, aber dergleichen gab es in Mensandor nicht.

»Welches Pferd soll ich bekommen?« fragte sie.

»Toli ist bereit, seines mit dir zu teilen.«

Ohne ein weiteres Wort saßen sie auf. Toli streckte die Hand aus und zog die Dame hinter sich auf Riffs breiten Rücken. Bald hatten sie das stille Dorf hinter sich gelassen.

Als die sinkende Sonne die Schatten auf den grünen Hügeln länger werden ließ, hielten sie an einem Wäldchen aus schmalen Espen in der Nähe eines Bächleins an. Quentin und Toli begannen ein Nachtlager zu errichten, während Esme sich auf einen Grashügel hockte und die Knie anzog. Erst als Toli Fleisch am Spieß briet und eine Brühe im flachen Kessel brodelte, trat sie näher.

»Morgen gibt es vielleicht etwas Besseres zu essen«, meinte Quentin. »Wir hatten keine Gelegenheit, uns ausreichend mit Proviant zu versorgen.« Er nickte in Richtung Persch.

»Für mich sieht es nach einem Festmahl aus«, sagte Esme mit leuchtenden Augen, während sie Toli beim Spießwenden zusah. »Ich habe seit zwei Tagen nichts gegessen.«

Dieses Geständnis beschämte Quentin, und er errötete tief. »Ich ... ich muß mich wohl für mein Benehmen vorhin entschuldigen, Herrin. Es ziemte sich nicht, dich so zu behandeln.«

»Und ich habe dich falsch eingeschätzt«, gab sie zu. »Aber

vielleicht siehst du mir meinen Irrtum nach. Eine Frau muß manchmal ungebührliche Annäherungen fremder Männer abwehren. Ich fürchtete, ihr würdet meine Lage ausnutzen.«

»Dir soll kein Schade widerfahren, solange du bei uns bist, Herrin«, sagte Toli voll Ernst.

»Ich danke dir, guter Mann.« Als ihre Blicke sich trafen, sah Toli rasch weg und kümmerte sich weiter ums Mahl.

Als es fertig war, ließen sie sich gemeinsam nieder. Toli reichte einen Teller mit Fleisch herum und füllte ihre Schalen mit Brühe. Dann brach er ein paar Kanten harten Brots, die sie erst in die Brühe tunkten, damit sie aufweichten. Esme aß nicht gerade mit damenhaftem Appetit, aber Quentin und Toli taten, als würden sie es nicht merken.

»Es ist sehr freundlich von euch, nicht über meine schlechten Manieren zu schelten. Das Essen tut einem leeren Magen so gut.«

»Warum sollten wir dich für etwas schelten, das wir selbst tun?« fragte Quentin. »Greif zu. Du bist eingeladen.«

»Ich habe genug gegessen. Danke. Toli, was du mit einfachen Mitteln bereiten kannst, verdient höchstes Lob. Ich möchte gern erleben, was du mit erleseneren Stoffen anfängst.«

Toli erwiderte nichts, sondern lächelte bloß geheimnisvoll.

»Möchtest du uns jetzt erzählen, was du allein im Dorf zu tun hattest?«

Esme blickte in ihre Schüssel mit Brühe, als ließe sich die Antwort dort finden. Sie legte den Kopf schräg und sprach: »Daß ich allein war, dafür trifft mich keine Schuld. Ich begab mich dorthin, wie ihr annehmen könnt, um mir die Kleider zu holen, in denen ihr mich zuerst saht. Ich fand das Dorf ebenso verlassen vor wie ihr. Also nahm ich mir die Kleider einfach.«

»Warum wolltest du dich verkleiden?«

»Das habe ich bereits gesagt: Eine Frau kann gar nicht vorsichtig genug sein, wenn sie allein reist. Es war eine dürftige Verkleidung, ich weiß. Aber ich dachte, sie nützt mir, bis ich etwas Besseres finde oder keiner Verkleidung mehr bedarf.« Sie lächelte breit.

»Kennst du Mensandor denn so schlecht, daß du hinter jedem Mann einen Schurken vermutest?«

»Vor den Untertanen Mensandors fürchte ich mich nicht, wenngleich ich nicht vorhatte, sie auf die Probe zu stellen. Aber erzählt mir von eurem Auftrag. Etwas sagt mir, daß unsere Ziele näher beieinanderliegen, als es auf den ersten Blick scheinen mag.«

»Wir sind auf der Suche nach Gefährten, die längst heimgekehrt sein sollten«, hob Toli an. »Wir wurden ausgesandt ...«

»Um bestimmten Gerüchten auf den Grund zu gehen, die sich im Land ausbreiten«, mischte Quentin sich ein.

Esmes Stirn umwölkte sich plötzlich. »Ritten eure Freunde gen Süden?«

»Ja, an der Küste entlang. Warum fragst du?«

»Teure Herren, ich fürchte sehr um eure Freunde.« Ihre Stimme zitterte vor großer Sorge. »Es wundert mich nicht, daß sie überfällig sind. Auch würde es mich nicht erstaunen, wenn sie nie wiederkehrten.«

Gespannt beugte Quentin sich vor. Toli legte seine Gerätschaften beiseite und musterte Esme aufmerksam. »Was weißt du davon?« fragte Quentin vergleichsweise gelassen, doch seine Sorge ließ sich nicht verbergen.

»Nur folgendes ...« Esme merkte, welche Wirkung ihre Worte hatten, und drückte sich vorsichtig aus: »Zwischen Dorn und Persch verlor ich vor zwei Tagen meine Begleiter.«

12

»Hier bist du«, sagte Quentin und stellte sich lautlos neben Toli. »Ich hätte mir denken können, daß du die Sterne beobachtest.«

»Ich konnte nicht schlafen, Kenta. Der Stern wird größer.« Das Licht des spätnächtlichen Firmaments spiegelte sich in Tolis emporgewandtem Gesicht.

»Mir scheint er so zu sein wie vorher«, erwiderte Quentin kraftlos. »Bald dämmert der Morgen; vielleicht sollten wir uns zum Aufbruch rüsten. Die Worte unserer neuen Gefährtin haben mich beunruhigt. Ich würde mich wohler fühlen, wenn wir unterwegs wären. Der Gedanke, Ronsard und Teido könnten in eine Falle laufen, weil wir sie nicht gewarnt haben, behagt mir gar nicht.«

»Ja, der Stern wird Nacht für Nacht größer, und das Böse mit ihm«, entgegnete Toli. Er blickte Quentin ins Gesicht. In seinen Augen lag ein Licht, das dieser nur selten gesehen hatte. »Ich werde die Pferde aufzäumen und die Dame wecken. Ich fürchte, der Tag ist schon zu weit fortgeschritten.«

Geräuschlos glitt er davon, während Quentin über seine Worte nachdachte und zu dem Stern emporspähte, der hell im Osten leuchtete. Da hörte er leichte Schritte hinter sich, unauffällig wie ein Schatten, und Esme stand neben ihm.

»Dann wißt ihr also auch von dem Stern«, sagte sie.

»Ja, wir haben ihn zwar beobachtet, wissen aber nicht, was er verheißt.«

»Du brauchst mir deine schlimmsten Befürchtungen nicht zu verbergen. Unsere Priester sind mit den Himmelszeichen bestens vertraut und verstehen sich auf das Deuten von Zeichen. Ich weiß, was sie über den Gefräßigen Stern sagen, aber ich habe keine Angst.«

»Dann bist du mutiger als ich, Herrin. Denn ich muß gestehen, daß ich mich bisweilen sehr fürchte, wenn ich ihn betrachte.«

Toli brachte die Pferde, und die drei saßen auf. Sie begaben sich aus dem Schutz des Espenhains hinaus in die sich dem Ende zuneigende Nacht und zogen über die von Sternen beschienenen Hügel. Hinter ihnen lagen die zerklüfteten Gipfel der Fiskills und der schmale Pfad am Meer. Sie hatten am späten Nachmittag die schmale Klamm durchquert und waren in die Vorgebirge hinabgestiegen, um sich ein Nachtlager zu suchen.

Wiewohl Quentin äußerst neugierig war, bedrängte er seine neue Begleiterin nicht nach Einzelheiten ihrer Geschichte. Sie schien nicht über den Verlust ihrer Gefährten sprechen zu wollen und auch nicht über die Mission, die sie zu König Eskewar führen sollte. Doch ihre Sorge um Teido und Ronsard hatte ihn aus der Ruhe gebracht, denn er hatte sich selbst schon Gedanken um sie gemacht. Sie hatte seine Zweifel in Worte gefaßt und sie wirklich und deutlich werden lassen.

»Sie müssen in Richtung Süden nach Halidom geritten sein«, hatte Quentin überlegt, als sie nach dem Nachtmahl ums Feuer saßen. »Andernfalls hätten Esme und ihre Freunde sie zwischen Dorsch und Persch gesehen.«

»Aber warum sollten sie so weit geritten sein?« wandte Toli ein.

Quentin hatte die Achseln gezuckt. »Das werde ich sie fragen, wenn wir sie gefunden haben. Vielleicht haben sie etwas entdeckt, das sie dorthin führte. Diese verlassenen Dörfer sind ein Rätsel für sich.«

Sie verstummten und hingen ihren düsteren Gedanken nach. Quentins ruheloser Geist nagte an den offenen Fragen wie ein Hund an einem Knochen. Da sie wieder unterwegs waren, ging es ihm besser.

Er lauschte den Schritten ihrer Pferde in der stillen Nacht. Bald würde es im Osten hell werden und die Sonne die Dunkelheit mit einem neuen Tag vertreiben. Doch jetzt ritten sie noch wie Kinder der Nacht durch die schlafende Welt.

Quentin führte sie wieder auf die Küstenstraße, einen breiten felsübersäten Weg, der die Fischerdörfer miteinander verband. Wenn Ronsard und seine Ritter zu finden waren, dann vermutlich auf dieser Straße, auch wenn es weiter nördlich andere, seltener benutzte Wege durch die Ödlande gab. Auf diesen Pfaden durchquerten die Händler die weiten, wüsten Südlande, um zu den dichter bevölkerten Gegenden des Nordens zu gelangen.

Die verlassenen Dörfer – erst Persch, dann Jallo und Biskan – hatten ihn aufs äußerste beunruhigt. Obschon er immer wieder nach einer schlüssigen Erklärung suchte, fand er keine. Er fragte sich, ob Teido und Ronsard sie auch entdeckt hatten. Das mußten sie, wenn sie hier entlanggekommen waren, es sei denn, die Dörfer waren erst später aufgegeben worden. Es ließ sich nicht sagen, wann sie hier vorübergeritten waren, wo sie gerastet und was sie beobachtet hatten.

Auch wenn ihm sein Verstand sagte, daß sechs Ritter wie diese es mit allem aufnehmen konnten, hoffte Quentin doch, daß sie nicht denen begegnet waren, die Esmes Freunden den Garaus gemacht hatten.

Sie ritten über eine Stunde lang auf dem Pfad, der bald anstieg, bald abfiel. Auf jedem Hügelkamm konnten sie das weite Meer sehen, das ruhig und dunkel in der Ferne lag. Gerfallon ließ sich von den Sorgen Sterblicher nicht aus der Fassung bringen. Er schlief in seinem Bett auf dem Meeresgrund, und seine Kreaturen mit ihm.

Auf der nächsten Hügelkuppe machte Quentin halt und wartete, bis Toli mit Esme bei ihm war. Feuersturm schüttelte vor Ungeduld über die Verzögerung die Mähne.

»Wofür haltet ihr das?« fragte Quentin in die Richtung der dunklen Hügel im Norden deutend. Dort war am Himmel ein kaum wahrnehmbarer, schwacher grauer Fleck zu sehen. »Wenn ich es nicht besser wüßte, würde ich sagen, die Sonne geht heute im Norden auf.«

»Solche falschen Sonnenaufgänge habe ich schon erlebt, da kann man vermuten, daß Unheil droht.«

»Was ist es?« fragte Esme.
»Feuer«, erwiderte Toli.
»Bist du sicher? Mir sieht es nicht nach Feuer aus«, sagte Quentin und beugte sich im Sattel vor, um besser zu sehen. »Das müßte ja ein Holzstoß sein, so groß wie…«
»Ein Dorf«, beendete Toli den Satz.
»Du glaubst doch nicht etwa…«, rief Quentin entsetzt. »Dort liegt Illem!«
»Ja, eine Meile nördlich von hier, würde ich sagen.«
»Dann dürfen wir keine Zeit mit Reden verschwenden«, sagte Quentin, sein Pferd wendend. »Vielleicht können wir noch helfen. Los!«
»Halte dich gut fest, Herrin«, sagte Toli und schnalzte mit den Zügeln. Riff machte einen Satz und sprang Quentins Renner hinterher.
Während die Rösser dahinbrausten, wurde der Schein am Himmel heller und größer. Nach einer halben Meile beleuchtete er bereits die fernen Hügel und hatte ein häßliches Rot angenommen. Vor dem dunklen Nachthimmel hing etwas heller Rauch.
Das Firmament war im Osten perlgrau geworden, so daß der Schein vor ihnen um so mehr unheilschwanger und unnatürlich wirkte.
Auf dem Grund einer tiefen Schlucht zügelte Quentin sein Roß. Das Bachbett füllte sich im Frühjahr mit dem Tauwasser aus den Fiskills. Jetzt war es voller Dickicht und Gestrüpp, denn das Wasser war längst abgeflossen.
»Illem liegt, glaube ich, unmittelbar hinter der nächsten Anhöhe.« Die Schlucht öffnete sich auf ein langgestrecktes Tal, das auf drei Seiten von niedrigen Hügeln eingeschlossen war. Von hier unten glänzte der Himmel im Norden rostfarben; der Rauch wallte im landeinwärts gerichteten Wind davon.
»Da ist etwas faul«, sagte Toli. »Wir sollten äußerst vorsichtig zu Werke gehen, bis wir wissen, wo der Feind steckt.«
»Ganz richtig«, pflichtete Emse bei. »Wir sind nur zu dritt gegen wer weiß wie viele.«
Quentin sah sie überrascht an. Sie rechnete sich offenbar zu

den Beschützern und nicht zu den Schutzbedürftigen. »Warum muß es denn einen Feind geben? Ihr glaubt doch nicht etwa ...?« Quentin hielt inne. Er kannte Tolis unheimliches Gespür nur zu gut; selbst seine geringsten Ahnungen mußte man ernst nehmen. Er hatte zu oft erlebt, daß sie sich bewahrheiteten, um sie einfach abzutun. »Nun gut. Wir werden durchs Tal reiten, bis wir auf Höhe des Dorfes gelangen. Dann können wir uns aus dem Schutz der Felsen wagen.«

Sie ritten weiter, aber diesmal langsamer. Quentin an der Spitze ließ den Blick über die Hügel schweifen, um zu sehen, ob sich dort etwas Ungewöhnliches tat. Sie waren nur ein kleines Stück weitergekommen, als der Pfad eine scharfe Biegung machte. »Halt!« flüsterte Toli scharf. »Horcht!«

Hinter der Biegung drang ein seltsames, gedämpftes Geräusch hervor, als würde sich ein großes Tier durch den weichen Boden des vertrockneten Bachbetts wühlen. Es schlurfte heran, atmete schwer, fast röchelnd. Feuersturm und Riff spitzten beide die Ohren.

»Was kann das sein?« fragte Esme so leise, daß ihr Flüstern wegen des anschwellenden Geräuschs kaum zu hören war.

»Was es auch sein mag, es kommt hierher«, erwiderte Quentin. »Dort hinüber!« Er gab Feuersturm die Sporen, um sich vor dem nahenden Untier auf die Böschung zu retten.

Aber es war zu spät. Als Feuersturm zum Sprung ansetzte, stapfte das Ungeheuer um die Biegung. Quentin erhaschte einen Blick auf eine riesige, wogende Masse – gestaltlos und unkenntlich. Das Wesen sah ihn gleichfalls und stieß einen Schrei aus, der aus einem Dutzend Kehlen zugleich zu kommen schien. Erst da erkannte Quentin, was es war.

»Halt!« rief er, die Zügel heftig herumreißend, so daß Feuersturm sich auf den Hinterläufen aufbäumte und eine Drehung machte. Quentins Befehl hallte von den Hügeln wider. Toli befand sich sofort an seiner Seite.

Das Untier brüllte und zerstob in hundert Teile, denn es handelte sich in Wirklichkeit um die Dörfler aus Illem, die aus ihren brennenden Hütten flohen. Das Geräusch war von den vielen Füßen verursacht worden, die durch das trockene Gebüsch stampften, wie auch durch das ängstliche Geflüster der Leute.

»Halt!« rief Quentin noch einmal. »Im Namen des Drachenkönigs!«

Die Leute blieben stehen. Der plötzliche Anblick von Pferd und Reiter ließ sie erstarren. Einen Augenblick lang traute niemand sich zu rühren. Quentin schätzte sie auf insgesamt fünfzig an der Zahl: Männer, Frauen und Kinder.

Ein Mutiger trat vor: »Halte uns nicht auf, Herr. Wer du auch sein magst, bist du ein Freund, so laß uns ziehen!« Der Mann ging langsam auf Quentin zu. Die anderen waren zu eingeschüchtert, um sich zu regen.

»Wir werden dir nichts zuleide tun, fürchte dich nicht«, sagte Quentin.

Der Mann blickte über seine Schulter zurück und rief laut: »Der Verheerer ist uns auf den Fersen! Wir sind gerade noch mit dem Leben davongekommen – laß uns ziehen! Er verfolgt uns!«

»Wer ist dieser Verheerer? Wir werden ihn und...«

»Nein, es ist zu spät!« Er machte seinen Leuten ein Zeichen, und als sie sich in Bewegung setzen wollten, schoß die Hand des Mannes empor. »Ach! Sie haben uns entdeckt!«

Quentin schaute an dem Mann vorbei und sah Fackeln in die Schlucht herabkommen. Er zog sein Schwert hinter dem Sattel hervor und hörte zugleich dasjenige Tolis klirren.

»Lauft um euer Leben!« rief Quentin den Dörflern zu. »Wir werden eure Flucht decken!«

Toli sprengte nach vorn, und Quentin sah noch mehr Fakkeln die Hügel herabstürmen. Er duckte sich über Feuersturms Nacken und raste auf die Böschung los, geradewegs auf die erstbeste Fackel zu. Er hörte Tolis Klinge durch die Luft sirren, dann das Knirschen von Metall und einen erstickten Schrei. Das eigene Schwert in die Luft reckend, setzte er über das flache Bachbett und erwischte eine verwirrte Schar Soldaten in Kettenhemden, die die Böschung herabstolperten. Zwei von ihnen bekamen den Biß seiner Schneide zu spüren, zwei andere flohen den Hügel hinan.

Als Quentin kehrtmachte, entdeckte er, daß ihm der Weg versperrt wurde. Feuersturm scheute und schlug aus. Quentins Schwert blitzte hin und her, als er sich an Tolis Seite kämpfte. Zweimal schoß eine Lanze aus der Dunkelheit, und jedesmal durchtrennte das Schwert den Schaft. Hier spaltete er einen Rundschild entzwei, dort einen Helm.

Die Soldaten waren eindeutig nicht darauf gefaßt gewesen, auf Reiter zu stoßen. Sie waren sich nicht sicher, wie sie ihnen begegnen sollten, und stolperten übereinander, weil sie versuchten, Tolis gut gedrillten Rössern auszuweichen. Darum glaubte Quentin, daß sie siegen würden, obwohl sie an Zahl unterlegen waren.

Doch sobald die anfängliche Überraschung vorbei war, nahmen die Soldaten rasch wieder Aufstellung und umzingelten die Reiter. »Wir sitzen in der Falle!« rief Quentin Toli zu. »Wir müssen ausbrechen. Wo ist die schwächste Stelle?«

»Dort drüben. Seht ihr die Lücke?« rief Esme. Quentin sah sie mit ihrem Dolch deuten.

Als er hinsah, entdeckte er zwischen zwei Soldaten, die auf sie zustürmten, eine Lücke. »Gute Augen, Mädchen! Folgt mir!« Er riß an den Zügeln, und Feuersturm sprang in die gewünschte Richtung. Als Quentin näher kam, sah er, daß an der Stelle eine Mauer aus niedrigem Gestrüpp stand. Ehe er zum Nachdenken kam, war Feuersturm darüber hinweg.

Toli hatte weniger Glück. Riff hatte das Gewicht zweier Reiter zu tragen. Er sprang hoch und setzte mit den Vorderbeinen über die Sträucher, verfing sich mit den Hinterläufen jedoch im Geäst. Quentin sah sie alle drei zu Boden gehen. Sofort stürzten Soldaten zur Stelle.

Feuersturm kam abrupt zum Stehen; Quentin wendete ihn und brauste abermals ins Getümmel. »Wist Orren, schütze deinen Diener!« brüllte er verzweifelt.

In den wenigen Augenblicken des Gefechts war der Himmel so hell geworden, daß er die Soldaten deutlich sehen konnte.

Quentin stieß einen Kampfschrei aus und wappnete sich für den unvermeidlichen Zusammenstoß. Er sah Riff den Kopf herumwerfen, als dieser wieder auf die Beine kam. Toli und Esme waren zwischen einem Dutzend schwarzer Gestalten verschwunden, die sich über sie hermachten.

Quentin griff an und hieb auf das Gewühl aus Lanzen und Schwertern ein. Er hörte die Schmerzensschreie und spürte, wie sich sein Schwert tief in Fleisch bohrte. Immer wieder schlug er zu, bis die wogende Menschenmasse auseinanderstob.

Dann spürte er, wie etwas an seinem Arm zupfte und ihn nach hinten riß. Seine Arme wurden gepackt, das Schwert wurde ihm aus der Hand geschlagen. Feuersturm scheute und bäumte sich auf, aber Quentin wurde an den Armen festgehalten und aus dem Sattel gerissen.

Als er zu Boden taumelte, sah er Esme hochspringen und an ihm vorbeiflitzen. Einen winzigen Moment trafen sich ihre Blicke. Da glaubte Quentin, sie werde ihm zu Hilfe eilen. Aber sie wandte sich ab und saß im Nu auf Tolis Roß. Dann lag Quentin am Boden und spürte, wie ein Stiefel ihm gegen die Kehle trat.

Als die Welt sich schwindelnd vor ihm drehte, hörte er Riffs Hufe davondonnern.

13

Schwere Vorhänge verdeckten die Fenster im Gemach des Drachenkönigs. Durch einen schmalen Spalt zwischen den Stoffbahnen fiel nur ein einziger Lichtstrahl auf das hohe Bett Eskewars. Abgesehen davon war es dunkel im Zimmer.

Leise trat Derwin herein und blieb einen Augenblick an der Tür stehen, einen Finger ans Kinn gelegt. Auf den unregelmäßigen und flachen Atem des reglos Schlafenden lauschend, trat er ans Bett des siechen Königs. Er bückte sich ein wenig, um dem Herrscher ins Gesicht zu blicken. Da nahm er den schwachen, faulen Geruch des Todes wahr.

Rasch drehte der fromme Einsiedler sich um und stellte den Holzbecher, den er bei sich hatte, auf einen Tisch. Dann lief er zu einem hohen schmalen Fenster, packte die Vorhänge mit beiden Händen und riß mit aller Macht an ihnen. Ein Ratschen und Knirschen, dann polterten die Stoffbahnen herab und ließen das Morgenlicht ins düstere Zimmer strömen.

Duftig und warm wehte frische Luft in den kühlen Raum und vertrieb den ekligen Geruch. Der fahle, ausgemergelte Mann, der unter einem Berg dicker Decken im Bett lag, regte sich schwach. Kaum wahrnehmbar entrang sich ein Stöhnen seinen Lippen.

»Mein König, erwache!« rief Derwin, sich über ihn beugend. »Hörst du mich? Wach auf, und wirf den Todesschlaf von dir!«

Derwin griff nach dem Trunk, schob den Arm unter Eskewars Haupt und führte den Becher an des Königs Lippen. Als er ihn kippte, rann die gelbe Flüssigkeit über Kinn und Hals des Herrschers auf die Laken. Ein wenig von der Arznei jedoch fand den Weg in den Mund des Kranken. Der König rang schwach nach Luft, und der Einsiedler gab ihm wieder zu trinken, bis der

Becher leer war. Einen Moment später zuckten die grauen Lider; die dunklen Augen ging auf; sie waren von einem stumpfen Schleier getrübt.

»Wach auf, Eskewar, deine Zeit ist noch nicht gekommen.« Reglos starrten ihn die milchigen Augen an. »Ach, bin ich zu spät gekommen?« murmelte Derwin in sich hinein.

»Was ist geschehen, Derwin? Was ...?« In der offenen Tür stand die Königin. Sie kam zwei Schritte herein und sah ihren Gatten reglos in die Luft starren. »Ach weh!« rief sie und eilte an sein Bett.

»Er weilt noch unter uns, Herrin. Wie lange noch, das kann ich allerdings nicht sagen.« Nach dieser Mitteilung suchte Alinea an seinem Arm Halt und vergrub ihr Gesicht in den Laken. Gleich darauf erklangen gedämpft und undeutlich ihre Schluchzer.

Derwin trat ein Stück beiseite, um die Königin und ihren sterbenden Gemahl zu betrachten. Auch ihm floß das Herz vor Mitleid und Kummer über. »Allerhöchster Gott«, betete er, »du schenkst den Menschen das Leben und erhältst es zurück, wenn ihre Zeit abgelaufen ist. Alles gedeiht zu seiner Zeit, wie dein Befehl es will. Gewiß mißfällt es dir, wenn ein Leben vor der Zeit zu Ende geht. Unser König ist von einer schlimmen Krankheit befallen, die ihn mit tödlichem Griff umfängt. Befreie ihn davon. Lenke seine Schritte fort vom Pfad in die Tiefen und gib ihn seinen Lieben und seinem Reich zurück.«

Derwins stummes Gebet schwebte wie ein heilender Balsam in der Luft. Von draußen wehte ein sanfter Wind herein und brachte den Duft der Rosen im Garten mit. Leise raunte er durch die Stille des Raumes. Dann war kein Laut mehr zu hören.

»Derwin, sieh nur!« rief Alinea aus. Sie kniete neben dem Bett und hielt Eskewars Hand umklammert. Der König betrachtete sie beide ganz ruhig, in seinen Augen schwammen Tränen.

»Oswald!« rief Derwin. Der Kammerherr der Königin, der sich unweit der Tür aufgehalten hatte, trat ängstlich herein. »Hol mir die Phiole von meinem Arbeitstisch!« Der verstörte Diener eilte fort und war schon wieder da, ehe Derwin sagen konnte: »Nur rasch!«

Der Einsiedler zog den Pfropfen aus dem Fläschchen und verabreichte dem König die Flüssigkeit ein zweites Mal. Jetzt mußte Eskewar heftig husten; er schloß die Augen, als hätte er Schmerzen, und sagte mit kaum wahrnehmbarer Stimme: »Bin ich so tief gefallen, daß man mich in meinem eigenen Bett vergiftet?«

»Der König beklagte sich: Wenn das kein gutes Zeichen ist!« Besorgt blickte die Königin den Einsiedler an.

»Herrin, im Augenblick besteht keine Gefahr, auch wenn die Krankheit noch nicht gebannt ist.« Derwin ging ums Bett herum und nahm die Decken und Pelze weg. »Indes, ich war töricht und schwer von Begriff. Vielleicht wäre der König gar nicht so weit gekommen, hätte ich besser auf ihn geachtet. Komm, Herrin, wir müssen ihn aufrichten.«

Alinea machte ein zweifelndes Gesicht. »Glaubst du wirklich ...?«

»Sofort. Er muß die Kräfte erhalten, die er noch besitzt. Er muß sie dazu benützen, neue zu gewinnen. Hilf mir, ihn auf die Beine zu stellen.«

Sie nahmen den federleichten König, der keinen Widerstand leistete, zwischen sich und richteten ihn vorsichtig auf. Dann griffen sie ihm unter die Arme, zogen ihn sacht vom Bett und stellten ihn mit den Beinen auf den Boden. »Au!« rief Eskewar voll Schmerzen. Beunruhigt warf die Königin Derwin einen Blick zu. Doch der nickte bloß, als wollte er sagen: »Nur weiter; es muß sein!«

Behutsam und bedächtig führten sie ihn im Zimmer hin und her; am Fenster machten sie jedesmal halt, damit er Luft schöpfen konnte. Und so gingen sie mit dem fast bewußtlosen König eine Zeitlang auf und ab.

Bis Mittag konnte Eskewar sich wieder frei bewegen, auch wenn er sich noch auf den Arm der Königin stützen mußte. Seine Stirn glänzte vor Schweiß, und sein ausgezehrter Körper wurde von heftigen Hustenkrämpfen geschüttelt. Schließlich fiel er vor Erschöpfung in Ohnmacht.

Derwin und Oswald trugen ihn ins Bett zurück; Alinea sah

ihnen händeringend zu. »Jetzt wird er, hoffe ich, tief und fest schlafen. In einer Weile wollen wir ihn zum Essen wecken. Und er muß vor Sonnenuntergang noch ein wenig gehen. Ich werde die Nacht über bei ihm wachen.«

Derwin wandte sich vom Bett ab und wiegte bedächtig das Haupt. »Wie konnte ich ihn nur so weit entgleiten lassen?«

»Fürwahr, dich trifft keine Schuld. Du hast alles getan, was man verlangen kann, und jetzt hast du ihm soeben das Leben gerettet.« Sanft tätschelte Alinea Derwins Arm und lächelte ihm beruhigend zu.

»Der Gott hat mir gerade rechtzeitig die Augen geöffnet, Herrin. Dafür muß ich wahrhaftig dankbar sein. Doch dürfen wir in unserer Wacht nicht nachlassen, andernfalls ist er verloren. Er ist sehr schwach und zerbrechlich.«

»Komm in die Küche, Derwin, und stärke dich. Auch du wirst deine Kräfte in den nächsten Stunden bitter brauchen. Wie wir alle.«

Quentin lag zuckend am Boden. In seiner Seite brannte ein scharfer Schmerz. Ein Auge war zugeschwollen, sein Mund schmeckte nach Blut und fühlte sich pelzig an. Langsam hob er den Kopf und sah sich vorsichtig um.

Immer noch trieben tiefe Rauchwolken aus dem brennenden Ort herüber; der Qualm stach ihm in den Augen und brachte seine Nase zum Laufen. Die Sonne ging gerade auf; wie ein glühend roter Ball brannte sie sich durch den schwarzen Dunst, der die Luft erfüllte und zu Quentin in die Schlucht strömte.

Ein Soldat in der Nähe bemerkte, daß Quentin sich regte und stieß ihm mit dem Lanzenende zwischen die Schulterblätter. Da ließ Quentin den Kopf wieder sinken und rührte sich nicht mehr. Er hatte gesehen, was er hatte sehen wollen. Der Haupttroß der Soldaten war abgezogen. Nur ein paar waren zurückgeblieben, um die Gefangenen zu bewachen, falls es außer ihm welche gab, denn Toli sah er nirgends.

Quentin versuchte, seine Finger zu bewegen, aber sie waren taub. Die Stricke, mit denen man ihn gefesselt hatte, saßen fest und unverrückbar. Man hatte ihm die Arme nach hinten gedreht und sie zusammengebunden. Um seinen Hals und seine Füße war jeweils eine Schlinge gezurrt. Wenn er die Hände oder Füße bewegte, zog sich die Schlinge um den Hals zusammen und würgte ihn. Aber Quentin ließ nicht locker und versuchte, seine Umgebung eingehender wahrzunehmen.

Nur der Hand des Gottes war es zu verdanken, daß er noch lebte. Im Durcheinander der Gefangennahme war er sofort bewußtlos geschlagen worden. Als er blutend am Boden lag, hatte ein finsterer Krieger seine zweischneidige Axt über ihm erhoben. Quentin hatte die Klinge auf sein Herz zurasen sehen.

Im letzten Moment rettete ihn eine Hand, die den Arm des Axtschwingers mitten im Schlag aufhielt. Daraufhin war ein Streit entbrannt. Quentin konnte die genuschelten Worte des rauhen Dialekts zwar nicht verstehen, begriff aber, daß es um ihn ging. Der Soldat mit der Axt wollte ihn auf der Stelle töten. Der andere beharrte offenbar darauf, auf die Einwilligung eines Vorgesetzten zu warten. Dann fesselte man Quentin und überließ ihn seinen Gedanken.

Lange brauchte er nicht auszuharren.

Er hörte den hohlen Klang von Hufschlag. Plötzlich herrschte um ihn herum Betriebsamkeit, es ertönte ein harscher Befehl, und zwei Krieger packten ihn unter den Achseln und rissen ihn unsanft auf die Knie. Dann erklang wieder ein Befehl, und jemand zerrte seinen Kopf an den Haaren heftig nach hinten. Vor Schmerzen drückte er fest die Augen zu.

Als er sie wieder aufschlug, blickte er dem Feldherrn Nins in die kalten, verhärteten Augen.

Der Feldherr betrachtete ihn kühl. Er trug ein merkwürdiges Kampfkleid aus Bronze, das in der aufgehenden Sonne rot glänzend erstrahlte und fast die Färbung seiner Haut erreichte. Seine Arme steckten von den Schultern bis zu den breiten, schweren Händen in kettengepanzerten Armbergen, und von den Knien bis zu den Fesseln trug er bronzene Beinröhren. Er hatte keinen Helm auf; sein langes schwarzes Haar war streng nach hinten zu einem langen, dicken Zopf geflochten, der ihm auf den Rücken hinab baumelte. An seinem Sattelknauf hing ein gekrümmtes Langschwert, dessen Schneide rot vor Blut war.

Das mächtige, schwere Roß des Feldherrn schüttelte die geflochtene Mähne und schnob laut. Einer der Soldaten, die Quentin hielten, hob zu sprechen an. Die Sprache klang Quentin fremd in den Ohren, und er konnte sich nicht vorstellen, woher sie kam; er verstand nämlich kein einziges Wort davon. Er vermutete jedoch, daß der Soldat seinem Befehlshaber berichtete, wie sie zu dem Gefangenen gekommen waren.

Der Feldherr hörte ihm aufmerksam zu und unterbrach ihn einmal, um eine Frage zu stellen. Da sah Quentin, wie ein Funken Neugier die wilde Miene des Fremden aufhellte. Er gab rasch einen Befehl, woraufhin die beiden Soldaten Quentin eilends die Füße losbanden. Dann rissen sie ihn hoch und führten ihn ab. Der Feldherr blickte ihm nach, schließlich gab er seinem Pferd die Sporen und ritt durch die Schlucht davon.

Quentin zog man das steile Ufer des ausgetrockneten Bachbetts hinauf. In den Rauchschwaden, die über die Felder trieben, sah er Soldaten, die alle das gleiche dunkle und grobe Gewand anhatten, grausam wirkende zweischneidige Äxte trugen und sich um ein paar große Wagen drängten. An einem davon gaben sie ihre Waffen ab. Diese wurden gesammelt und auf dem Wagen gelagert. An einem anderen bekamen sie große Körbe. Mit diesen eilten sie zurück in die qualmenden Überreste Illems.

Quentin brachte man zu einem der Wagen in der Nähe und stellte ihn vor ein mächtiges Rad, so groß wie er selbst. Man band ihn erst los und fesselte ihn dann mit den Hand- und Fußgelenken an das Wagenrad. Ihm blieb keine andere Wahl, als dieses seltsame Manöver zwischen den Ruinen über sich ergehen zu lassen.

Aus dem dichten Qualm tauchte eine Reihe von Soldaten mit Kornsäcken und Weinfässern auf. Diese wurden zusammen mit weiteren Lebensmitteln – die gesamten Vorräte des Ortes! – auf einen großen Haufen gelegt und dann in Handkarren verladen und weggeschafft.

Dann schwärmten die Soldaten mit Körben paarweise in die

Hügel aus. Quentin konnte nicht sehen, wohin sie gingen, jedenfalls hielten sie sich gen Norden. Die Männer trugen die Körbe auf ihren Schultern. Was die Körbe, deren Gewicht teils schwer drückte, wohl enthalten mochten?

Doch während Quentin so das Treiben um sich herum beobachtete, wanderten seine Gedanken immer wieder zur brennendsten Frage zurück. Noch mehr als die eigene Sicherheit bereitete ihm Tolis Schicksal Kopfzerbrechen. Sein Freund, Gefährte und Diener war verschwunden. Dafür gab es nur zwei Erklärungen: Entweder er war bei dem Überfall ums Leben gekommen – dann lag sein Leichnam ungeschützt auf dem Grund der Schlucht; oder der listige Dscher war dem Kampfgetümmel entronnen, worum Quentin betete.

Da hörte er ein Signal, einen langgezogenen Hornruf, und eine Reihe Reiter zog an den Wagen vorüber. Jeder von ihnen trug Axt und Schild sowie ein eigenartig gekrümmtes Schwert. Auch die Pferde waren geharnischt. Über Widerrist und Rumpf hatte man große Scheiben aus gehärtetem Leder geschlungen, die mit Eisenringen und Riemen miteinander verknüpft waren und fast bis zum Boden reichten. An den Hufen trugen sie Bänder mit spitzen Dornen. Und aus dem Roßkopf eines jeden ragten zwei weitere lange, grausige Stacheln.

Wer diese Leute auch sein mochten, dachte Quentin, sie waren zum Krieg gerüstet.

Als die Reiter vorübergetrabt waren, hörte er wieder einen Stoß ins Horn, und zu seinem Schrecken setzten die Wagen sich in Bewegung. Quentin, der glaubte, man habe ihn vergessen, begann laut zu rufen, als das Rad, an das man ihn gebunden hatte, losrollte. Doch sein Geschrei löste bei den vorbeikommenden Soldaten nur Gelächter aus. Da wußte er, daß man ihn nicht vergessen hatte. Er sollte auf diese qualvolle Weise mit ihnen reisen und durch die Umdrehungen des Rades zu Tode geschunden werden.

14

Das Kinn auf der Brust, saß Jeseph auf einer Bank in seinem Hof. Um ihn herum lagen die sanften Geräusche des Abends in der Luft. Die Sonne war hinter den Hügeln von Dekra untergegangen, und auch wenn der Himmel noch strahlend blau war, gestreift von orangeroten Wolken, hüllten die Abendschatten den sauber gefegten Hof des Ältesten in einen dunklen Schein.

Neben ihm rauschte der launische Wind durch das duftende Laub eines jungen Lorbeerbaums. Die federleichten Töne einer wiegenden Melodie wehten über die Mauer und fielen wie zarte Blütenblätter in den Hof. Jesephs Becher stand unberührt neben ihm. Er seufzte tief. Es ertönte ein leichtes Platschen und das Rascheln von Kleidern, da stand seine Frau Karyll neben ihm. Jeseph fühlte ihre Wärme, während sie ihn betrachtete.

»Mein Gatte ist müde vom Tagwerk«, sagte sie. »Mein Liebster, erwache, unser Nachtmahl ist bereitet.« Ihre Stimme klang leicht und tröstlich wie die Brise, die im Laub tändelte.

Jeseph hob den Kopf, und sie sah, daß seine Augen allmählich die Umgebung wahrnahmen, während er wieder zu sich kam. Da gewahrte sie die tiefen Sorgenfalten auf seiner Stirn und um seine Augen. Er lächelte sie zwar an, aber sie merkte, daß es ein trauriges, trübes Lächeln war.

»Mein Gatte, was fehlt dir?« fragte sie geduldig.

»Ich hatte einen Traum«, erwiderte Jeseph schlicht.

»Und dein Traum hat dich verstört, denn es war ein Traum voller Dunkelheit statt Licht.«

»Was ihr Frauen nicht alles seht! Ja, es war ein Traum voller Dunkelheit – ein Traumgesicht. Ich sah...«, hob er an und hielt dann inne. »Nein, ich darf dir noch nicht erzählen, was ich sah. Ich muß erst eine Weile darüber nachdenken.«

»Das kannst du beim Essen tun. Komm, dein Nachtmahl wird kalt.«

Sie drehte sich um und schlurfte in ihr Haus zurück. Jeseph sah ihr nach und dachte, welch ein Glück er gehabt hatte, eine so kluge und verständnisvolle Frau zu finden, die sein Alter mit ihm teilte. Er sandte Wist Orren ein Dankgebet dafür. Dann stand er langsam auf und folgte ihr nach drinnen.

Während die beiden in aller Ruhe beim Essen saßen, beobachtete Karyll ihren Gatten aufmerksam. Er aß nicht mit dem gewohnten kräftigen Appetit, sondern stocherte auf seinem Teller herum. Beim sanften Schein der Kerzen auf dem niedrigen Tisch wurde Jeseph immer nachdenklicher. Zweimal führte er einen Bissen an seinen Mund und legte ihn geistesabwesend wieder auf den Teller zurück.

»Jeseph«, sprach Karyll leise, »du hast heute abend nicht richtig gegessen. Dein Traum hat dich durcheinandergebracht. Wenn du ihn mir nicht erzählen willst, solltest du ihn vielleicht den Ältesten berichten.«

»Ja, das muß ich tun.« Sofort erhob er sich von seinem Hocker und eilte zur Tür. Dort blieb er stehen und drehte sich zu ihr um. Vor dem Abendhimmel bildete seine Gestalt eine dunkle Silhouette. Plötzlich schien er wieder zu sich selbst zu kommen. »Ich rufe die Ältesten zusammen. Wir wollen uns heute abend versammeln. Warte nicht auf mich, meine Liebe. Es kann sehr spät werden.«

»Das stört mich nicht. Ich habe einiges zu tun, solange du weg bist. Jetzt fort mit dir. Je schneller du gehst, desto schneller habe ich meinen Jeseph wieder.«

In einer Innenkammer des großen Tempels der Ariga wartete Jeseph auf die übrigen Ältesten. Lange würden sie nicht brauchen, denn er hatte Läufer ausgesandt, drei der jungen Männer, die im Tempel dienten. Sie sollten die Führer der Kuratak holen. Inzwischen machte Jeseph sich daran, die vielen Kerzen zu entzünden, die auf langen Ständern im Raum verteilt waren.

In der Mitte standen vier gerade Stühle mit hohen Lehnen im

Kreis. Als die Kerzen brannten, nahm Jeseph seinen Platz ein und faltete zur ruhigen Andacht die Hände in seinem Schoß. Nach wenigen Augenblicken gingen die Vorhänge, die vor dem Eingang hingen, auf und eine vertraute Gestalt trat ein: Das war Jollen, der sich sein Ratsgewand glatt strich.

»Guten Abend, Ältester Jeseph. Dein Ruf hat mich vor einer recht unangenehmen Pflicht bewahrt. Ich hatte ein paar Kindern versprochen, ein Lied zu übersetzen.«

»Recht unangenehm? Das meinst du wohl nicht im Ernst. Wenn doch, solltest du vielleicht lieber nach Hause gehen und dich sofort an die Arbeit machen.«

»Ach, verstehe mich nicht falsch. Ich mag die Kinder und würde alles für sie tun. Aber das Lied, das sie sich ausgesucht haben, ist in der alten Sprache der Ariga. Ein sehr trübsinniges Stück über einen unglücklichen Burschen, der wegen seiner Klagen in eine Weide verwandelt wird. Ich habe sie zu überreden versucht, etwas Fröhlicheres auszuwählen, aber ihr Herz hing an diesem Stück und keinem anderen.«

»Das wird dir am Ende guttun, du wirst sehen«, erwiderte Jeseph lachend. »Ein Ausflug in die alte Sprache wird deinen Verstand schärfen.«

Jollen verzog das Gesicht. »Wüßte ich es nicht besser, ich würde glauben, du hast sie dazu angestiftet.«

Als nächster trat Patur ein, der heimliche Führer der Gruppe. Er nahm es meist auf sich, die Kuratak von den Entscheidungen der Ältesten über öffentliche Dinge in Kenntnis zu setzen. Er war ein fähiger und eindrucksvoller Redner und führte oft die Anbetung im Tempel an. Er kannte sich gut in der Religion der untergegangenen Ariga aus.

»Seid gegrüßt, meine gelehrten Freunde«, sagte er und zog das Gewand zurecht, das er sich übergeworfen hatte, ehe er hereingekommen war. Seine Augen leuchteten vor Vorfreude auf die Unterredung, denn worum es auch gehen mochte, es würde ihm Vergnügen bereiten, sich mit anderen klugen Köpfen auszutauschen.

»Sei gegrüßt, Patur. Danke, daß du so schnell gekommen bist.

Jetzt fehlt nur noch ... Ach, da kommt er ja.« Jeseph nickte in Richtung des Vorhangs, durch den mit einer tiefen Verbeugung Klemor trat, der jüngst nach Asaphs Tod zum Rat gestoßen war.

»Guten Abend, Brüder. Ich hoffe, es geht euch gut.« Die anderen nickten, dann nahmen alle ihre Plätze ein.

Jeseph schaute reihum in die vertrauten Gesichter. Diese Männer waren seine engsten Freunde; ja Klemor hatte recht, seine *Brüder*. Ihnen konnte er seinen Traum erzählen. Sie würden seine Last mit auf ihre Schultern nehmen, gleichviel, wie groß sie am Ende wäre. Allein durch ihr Dasein ging es ihm schon besser, und er fragte sich, ob sie ihm gegenüber ähnliche Gefühle hegten. Vermutlich ja, so oft hatten sie allein oder gemeinsam bei ihm Rat gesucht. Jetzt durfte er ihnen ein Problem vorlegen.

»Guter Jeseph, spanne uns nicht länger auf die Folter. Berichte uns, was dich verstört, denn ich sehe dir an den Augen an, daß etwas dich bekümmert«, sprach Patur.

»Du hast recht. Ich bin in Unruhe.« Er hielt inne, um sich zu sammeln, und blickte sie der Reihe nach an. »Heute abend hatte ich einen Traum. Er war sehr kurz und sehr sonderbar.«

»Meinst du, er kündet von etwas Wichtigem?« fragte Klemor.

»Jawohl.«

»Und kannst du ihn uns deuten?«

»Nein, darum bat ich euch, hierherzukommen. Ich dachte, daß wir ihn vielleicht gemeinsam enträtseln können.«

»Nun gut«, erwiderte Jollen, »erzähle deinen Traum so, wie du ihn hattest. Wir werden den Allerhöchsten bitten, uns mit seiner Bedeutung zu erleuchten.«

»Ich hatte mich gerade in den Hof gesetzt, als mich eine heftige Schläfrigkeit übermannte, obwohl ich noch nicht gespeist hatte. Rasch schlief ich auf der Stelle ein und fing zu träumen an. Und zwar folgendes:

Ich sah einen Fluß durchs Land strömen, und überall, wo der Fluß das Land berührte, schossen sogleich grüne Triebe, Bäume und Feldfrüchte für sämtliche Lebewesen aus dem Boden. Und das Wasser war klar und rein; Menschen kamen zum Trinken ans Ufer, und auch die wilden Tiere tranken davon und waren's zufrieden.

Aber dann kam aus Osten ein dunkler Sturm auf und begann zu wehen. Der Fluß strömte weiter, doch das Wasser veränderte sich und wurde blutrot. Erst trübte nur eine Spur Rot das klare Wasser, doch sie breitete sich immer weiter aus, bis der Fluß schwarz und das Wasser faulig war.

Nun konnte keiner mehr aus dem Fluß trinken, ohne zu sterben; die Menschen, die davon kosteten, verendeten und die Tiere ebenso. Und alle Bäume, das Gras und die Blumen, die an den Flußufern erstanden waren, verwelkten und gingen ein. Das Land verödete, denn alles Leben hing vom Fluß ab. Da kamen Winde und bliesen den Staub auf, und der Staub erfüllte die Luft mit dichten Wolken, die sich über das ganze Land legten. Der Fluß versiegte.«

Jeseph hielt inne, holte Luft und fuhr fort. In der Stille des fensterlosen Raumes klangen seine Worte wie das Dröhnen einer Glocke.

»Finsternis kam übers Land, und ich hörte eine Stimme laut schreien. Es war die Stimme eines kleinen Kindes, die rief: ›Wo ist mein Vater? Ich habe Angst. Wo ist mein Beschützer?‹

Zur Erwiderung ballte sich die Finsternis fester zusammen. Sie sprach mit der Stimme der Nacht: ›Deines Vaters Knochen sind zu Staub zerfallen und in alle Winde zerstreut. Deines Beschützers Schwert ist zerspellt. Du wirst alle Tage in Finsternis leben, denn von nun an bist du ein Kind der Nacht.‹

Als ich dies hörte, weinte ich sehr. Meine Tränen fielen wie ein kräftiger Regen auf die Erde. Und der Tränenregen spülte übers Land, das ihn auffing wie eine Schale.

Da schrie eine zweite Stimme, mächtiger als die erste, auf: ›Wo sind meine Diener? Was ist aus denen geworden, die ich rief?‹

Ich antwortete: ›Ich bin hier, und zwar allein. Alle anderen sind tot.‹ Vor Kummer warf ich mich auf mein Gesicht.

Die Stimme entgegnete mir: ›Steh auf, nimm die Schale und gieße sie aus.‹ Da nahm ich die Schale in meine Hände und goß sie aus. Sie wurde zu einem Schwert aus strahlendem Licht, das der Finsternis entgegenblitzte, und die Finsternis floh.

›Nimm das Schwert!‹ befahl die Stimme.

Ich begann am ganzen Körper zu zittern, denn ich wußte, daß ich das Schwert nicht ergreifen konnte. ›Ich hatte noch nie ein Schwert in der Hand und verstehe es nicht zu gebrauchen‹, wandte ich ein.

›Dann gib es dem Kind‹, versetzte die mächtige Stimme. ›Der Knabe wird es gebrauchen, und du wirst ihm die Hand führen.‹

Aber als ich nach dem Knaben sah, um ihm das leuchtende Schwert zu geben, war er verschwunden. Die Nacht hatte ihn verschluckt; allerdings hörte ich ihn weinen, während die Finsternis ihn immer weiter forttrug.«

Jeseph öffnete die Augen und blickte seine Brüder in den Ratsgewändern an. Reglos saßen sie da und erwogen seine Worte. Ihre Augen schauten ernst, und ihre Gesichter spiegelten die Unruhe, die sie nach der Schilderung von Jesephs Traum alle empfanden.

»Brüder«, hob Patur mit tiefer Stimme an, »das ist ein höchst verstörender Traum. In ihm steckt eine dringende Warnung. Bitten wir nun den Allerhöchsten, daß er uns bei der Deutung des Traumes leite, denn ich glaube, uns ist aufgegeben, der Macht der Finsternis zu trotzen.«

Daraufhin falteten die Ältesten von Dekra die Hände zum Gebet.

15

Der schwarze Hengst schien wie Wasser die Berge hinab und durch die Täler zu schießen. Esme brauchte nur mit den Knien Druck zu geben oder eine Hand nach rechts oder links zu bewegen, und schon folgte das Roß, als könnte es ihre Gedanken lesen. Das Pferd war bemerkenswert gut zugeritten, so gut, daß Esme sich um sein Wohl zu sorgen begann. Riff würde eher laufen, bis ihm das Herz platzte, bevor er seiner Herrin mißfiel und den Schritt verlangsamte.

Der Schauplatz des unheilvollen Kampfes lag jetzt weit hinter ihr, aber noch immer raste das Pferd dahin, daß der Schaum, der ihm von Nacken und Schultern aufstieg, vom Wind davongeweht wurde. Esme sah eine dunkle Linie, die sich durch das flache Tal schlängelte: ein Bach. Dort, wo er eine Biegung um einen grasbedeckten Hügel machte, stand ein Hain junger Birken, die weiß im Mondlicht schimmerten. Das, dachte sie, wäre ein guter Rastplatz.

»Hüa, Riff!« schrie sie und beugte sich im Sattel nach vorn. Ganz leicht zog sie die Zügel zurück, und das Roß verlangsamte seinen Schritt. Esme ließ es abkühlen, ehe sie den stillen Bach erreichten, denn sie wußte, daß es nicht gut war, ihn saufen zu lassen, wenn er noch heiß vom wilden Ritt war. Sie war auf das Pferd angewiesen, wollte sie Askalon erreichen.

Die Birken standen um eine schattige Mulde, in der langes Gras wuchs. Sie war abgeschlossen und sämtlichen Blicken etwaiger Verfolger entzogen. An einer Seite der Mulde lagen die Felsen bloß; dort bildete der Bach ein seichtes Becken.

Esme glitt aus dem Sattel und führte Riff langsam in den schattigen Hain. In der Mulde war es kühl und still, voll goldener Sonnenflecken und grünen Schatten. Vorsichtig ging sie auf das fließende Gewässer zu, das fröhlich über ein paar Steine rieselte. Sie hörte den Ruf einer Wiesenlerche und das Rascheln der Pferdebeine im Gras. Und im übrigen nur das Gurgeln des Wassers. Ja, hier war sie sicher.

Esme führte ihr Roß an den Rand des Beckens und sah zu, wie es die Nase ins Wasser tauchte. Es soff kräftig, zog dann den Kopf zurück und schüttelte die im Sonnenschein glänzende Mähne. Leuchtende Wasserperlen flogen durch die Luft und platschten wieder ins kristallklare Becken. Sie sah zu, wie das Pferd den Vorgang mehrmals wiederholte, und jedesmal hatte sie ein Stück weiter vergessen, daß sie gerade mit dem Leben davongekommen war.

Riff schnob, wandte sich vom Wasser ab und betrachtete sie ruhig, als wollte er sagen: »Jetzt kannst du trinken, ich halte Wacht.« Esme kniete im langen Gras nieder, formte ihre Hände zu einer Schale und führte das klare Wasser an ihren Mund. Als sie ihren Durst gestillt hatte, führte sie Riff zu einem Flecken mit wildem Klee und ließ ihn fressen. Sie machte sich nicht die Mühe, ihn anzubinden, da sie wußte, daß ein so gut geschultes Pferd wie Riff seiner Herrin nicht weglaufen würde.

Sie ließ das Pferd beim Fressen und wandte ihre Aufmerksamkeit dem Hügel zu. Dieser schien ihr den höchsten Aussichtspunkt der Gegend zu bieten. Da sie bei ihrer Flucht aus dem Getümmel nur daran gedacht hatte, ihre Haut zu retten, hatte sie keine Ahnung, wo sie sich befand. Sie hatte versucht, sich möglichst genau an die Richtung zu halten, aus der sie in die Schlucht geritten waren, da sie wieder auf die Straße zurückfinden wollte. Dort wollte sie dann gen Norden nach Askalon eilen.

Esme kletterte den steilen Hang hinauf, der sich über Tal und Bäume erhob. Außerhalb des Schattens war die Luft wärmer. Es wimmelte vor Bienen und Schmetterlingen, die ihr Tagwerk begannen. Ein frischer Wind wellte das lange Gras. Der Himmel bauschte sich strahlend und blau, unbekümmert ob der dunklen Taten der Nacht und verzweifelter Menschen. Hier hätte sie das, was erst vor ein paar Stunden geschehen war, beinahe vergessen können.

Nicht vergessen konnte sie indes die beiden höflichen Männer, die den hilflosen Dorfbewohnern so mutig zu Hilfe geeilt waren und fraglos auch ihr Schutz gewährt hatten. Als sie oben auf dem Hügel ankam, blickte sie Richtung Illem zurück, das jetzt um Meilen hinter ihr lag. Es war nichts zu sehen; nicht einmal ein Rauchfleck am Himmel war geblieben.

Einen Moment lang stand sie unschlüssig da: Sollte sie umkehren, um herauszufinden, was aus ihren Freunden geworden war? Oder weiterreiten, um ihre Mission zu erfüllen und dem König die Nachricht zu überbringen?

Im Grunde, das wußte sie, hatte sie gar keine Wahl. Die Feinde, die sie in der Schlucht bei Illem überfallen hatten, waren die gleichen, die sie und ihre Gefährten auf der Straße überrascht hatten. Jetzt waren ihnen zwei weitere Menschen zum Opfer gefallen, denn sie hatte kaum Zweifel, daß Quentin und Toli tot waren. Und wäre ihre Mission nicht so wichtig gewesen, Esme wäre geblieben, um das Los ihrer Freunde zu teilen.

Aber sie mußte einfach weiterziehen.

Sie ließ den Blick übers Land schweifen, ihre dunklen Augen suchten nach einem Mal, nach dem sie sich hätte richten können. Im Süden sah sie einen schmalen Streifen Blau, der mit dem Himmel verschmolz. Das Meer, dachte sie, ich habe eine völlig falsche Richtung eingeschlagen. Als sie die Augen zusammenkniff, vermochte sie fast die Straße selbst zu sehen, die sich an die Küstenhügel schmiegte. Sie warf einen letzten Blick zurück, um zu schauen, ob der finstere Feind ihr gefolgt war, sah aber nichts außer strahlendem Himmel und sommerlich grünen Hügeln. Also wandte sie sich schweren Herzens zum Gehen.

Als Esme den Hügel hinunterlief, hörte sie das aufgeregte Wiehern eines Pferdes. War das Riff oder ein fremdes Roß? Sie blieb stehen, ihr Herz hämmerte vor Aufregung. Sie horchte.

Aus dem Laubdach unter ihr drang abermals der schrille Schrei eines gequälten Pferdes, doch durch das Gewirr aus Ästen und Blättern konnte sie weder das Tier noch den Angreifer sehen. So geschwind sie konnte rutschte sie den Rest des Hügels hinab, achtete aber darauf, in Deckung zu bleiben.

Sobald sie unterhalb der Baumwipfel anlangte, sah sie Riff, wie er, die Beine gespreizt, das Haupt gesenkt, gegen die Felsen zurückgewichen dastand, das Gebiß bleckte und die Mähne schüttelte. Sie entdeckte aber nichts, das ihn dermaßen hätte erschrecken können. Alles war genauso wie zuvor. Kein Eindringling war in Sicht, weder Mensch noch Tier.

Esme ließ sich zu Boden fallen und duckte sich einen Moment lang ins Gras. Da sie nichts Auffälliges sah oder hörte, stand sie wieder auf und ging zu dem verängstigten Tier.

»Ganz ruhig, Riff. Still.« Sie tätschelte ihm das glatte Maul und schlang ihm einen Arm um den Hals. »Nur ruhig. Was hast du nur? Was hat meinen tapferen Freund erschreckt?«

Das Roß beruhigte sich durch ihre Berührung und ihre besänftigende Stimme. Es wieherte leise und warf den Kopf zurück. Aber es wandte den Blick nicht von der anderen Seite des Bachs und schaute anscheinend ins Leere, denn Esme konnte nichts entdecken.

»Sieh nur. Alles in Ordnung. Dort ist nichts...«

Doch bevor Esme ihren Satz beenden konnte, warf Riff, die Augen weiß vor Entsetzen, wieder den Kopf zurück und riß sich los von ihr. Sie griff nach den Zügeln, aber das Pferd sprang davon und rannte wiehernd durchs lange Gras auf die andere Seite der Mulde.

»Riff!« Esme wurde ungeduldig. »Du dummer Kerl! Komm zurück!« Die Hände in die Hüften gestemmt, stand sie da, während das Pferd, bockend und scheuend, ängstlich auf der Stelle tänzelte. Was nur in das Pferd gefahren sein mochte! Dergleichen hatte sie noch nie erlebt.

Fort, du böses Tier!
Trag weg die Frau von hier!
Oder steh nun still,
Ganz, wie ich es will.

Als Esme den merkwürdig rauhen Singsang hörte, drehte sie sich rasch um und packte den langen Dolch an ihrem Gürtel.

Des Henkers Strick,
Des Messers Schneide,
Ob dünn, ob dick,
Tut nichts mir zuleide.

Esme konnte ihren Augen kaum trauen. Dort, auf einem Felsen mitten im Bach, stand eine in Lumpen gehüllte alte Frau. In der einen Hand hielt sie einen langen Stock, und mit der anderen wedelte sie hin und her, als würde sie Bienen verscheuchen. Während Esme noch staunte, hüpfte die alte Frau behende wie eine Heuschrecke von Stein zu Stein und überquerte den Bach, ohne im geringsten naß zu werden.

Als sie ans Ufer kam, schüttelte sie ihre Lumpen aus und klopfte mit ihrem Stock dreimal auf den Boden. Dann humpelte sie zu der Stelle, an der Esme starr vor Staunen stand. Wo war sie hergekommen?

»Wer bist du, altes Mütterchen?« fragte Esme mißtrauisch. Die verblühte Frau gab keine Antwort, sondern humpelte auf ihre sonderbare Weise näher. Dabei schwang sie ihren Stab und schnaufte heftig. Ihr Haar hing ihr wie ein Gewirr aus grauen Nattern herab und war von Laub und Zweigen verfilzt. Das runzlige Gesicht sah aus wie ein vertrockneter Apfel, ein Durcheinander aus Falten und Furchen, von Wind und Sonne gebräunt. Esme glaubte, die Knochen der alten Frau klappern zu hören; sie wirkte so alt wie die Felsen des Hügels.

»Wer bist du?« wiederholte Esme.

Fuchtelnd ging die Hexe an ihr vorüber. Esme sah die rauhen Hände und schwarz geränderten Nägel; auch der Geruch nach Rauch und Schmutz, der das Wesen umgab, entging ihr nicht.

Hügel, Fels und Stein,
Busch und Baum so dicht,
Darf ich nennen mein:
Orfes Tochter spricht.

Listig zeigte sie Esme ihr wettergegerbtes Gesicht mit dem hämischen, zahnlosen Grinsen. Jetzt erst sah Esme die eingefallenen Augenhöhlen. Die alte Frau war vollkommen blind.

»Wohnst du hier... in dieser Mulde?«

Wie recht du hast,
Wie wahr von dir!
Nur keine Hast,
Treu nenn dich mir!

»Ich... ich heiße Esme. Ich wollte nicht bei dir eindringen. Ich hörte das Pferd.« Sie wandte sich um und sah, daß Riff sich beruhigt hatte und sie beobachtete. Wie durch Zauberkraft gebannt nickte er mit dem Kopf. »Ich will dich nicht weiter stören, sondern werde sofort weiterreiten.«

Ein Zeichen erst,
Damit ich weiß,
Was dich geführt
Auf deine Reis'!

Die alte Seherin streckte die Hand aus und stützte wartend das Kinn auf ihren Stab. Sie sah aus wie ein sturmgebeugter, krummer Baum, aus dessen verdorrtem Stamm nur noch ein Ast ragt. Ihre zerschlissenen Kleider wehten wie Laub im Wind.

»Ich habe kein Zeichen, alte Mutter«, sagte Esme, rasch nach einem Ausweg suchend. Eine Seherin durfte man nicht erzürnen. Vor allem nicht eine aus der Schar derer, die sich Töchter Orfes nannten, denn sie waren mächtig und weise. »Aber lasse mich ein Opfer in deinem Namen darbringen, wenn ich das nächste Mal zu einem Tempel komme.«

Die Hexe warf den Kopf zurück und lachte. Da sah Esme zwei vereinzelte braune Zähne, die sich wie Flechten an die alten Kiefer klammerten. Das Gelächter der alten Wahrsagerin klang, als würden Hagelkörner auf einen alten Topf prasseln.

Ich bedarf nicht
Deiner Opfergaben.
Die edle Tat,
Die will ich haben.

Esme erschrak, als die Greisin das Wort »edel« gebrauchte. Mißtrauisch fragte sie: »Was für eine Tat sollte das sein?«

Dort das Karnickel,
Ja, in der Hecke,
Pack am Wickel:
Am Spieß es stecke.

Die Greisin zeigte mit dem gekrümmten, knorrigen Zeigefinger auf den Bach hinter ihnen. Esme folgte ihr mit dem Blick und sah ein Weißdorngestrüpp, in dem es heftig raschelte, als hätte sich tatsächlich ein Tier dort verfangen.

»Ich soll dir ein Mahl kochen? Ist das die Tat, die du verlangst?« Der Gedanke paßte Esme gar nicht. Sie wollte rasch weiterkommen. Im Land war es nicht sicher. Die Feinde durchkämmten ungehindert die Hügel. Zwei Auseinandersetzungen hatte sie bereits hinter sich und legte auf eine dritte keinen Wert. Sie wünschte, sie hätte ein wertvolles Stück gehabt, um es der Hexe zu schenken und sich auf den Weg machen zu können. »Nun gut«, erwiderte sie bedächtig und begab sich widerwillig daran, das Kaninchen zu fangen, das, wie sie wußte, in den Dornen gefangensaß.

Orfes Tochter drehte sich um und folgte ihr mit den blinden Augen. Sie lächelte und verzog das runzlige alte Gesicht zu einer verschmitzten Grimasse. Glücklich murmelte sie vor sich hin und hüpfte wie ein verkrüppelter Vogel zum Warten auf einen Stein.

Esme fing das Kaninchen mühelos. Sie entdeckte es zwischen den Dornen zappelnd. Vorsichtig griff sie hinein und zog es am Kragen heraus. Als sie es fest an sich drückte, spürte sie sein winziges Herz wie wild klopfen. Es schlug verängstigt aus und sprang ihr aus den Armen. Esme sah es davonhüpfen und hatte schon Angst, es verloren zu haben und von der Seherin verflucht zu werden, weil ihr die Tat mißlungen war.

Aber das Kaninchen, ein schwerfälliges Weibchen, fiel nach zwei stockenden Sätzen tot um. Esme rannte hin und las es auf. Das rasende Herz stand still. Sie zog ihren Dolch und schlug den Kopf ab, damit es ausblutete. Dann hängte sie es an einen Ast und suchte Holz zum Feuermachen.

Als das Feuer endlich brannte und das abgezogene Kaninchen an einem Spieß briet, trat Esme vor die Seherin und verkündete: »Dein Mahl ist bald gar, alte Mutter. Und ich habe auch noch einen Apfel für dich gefunden.« Den Apfel hatte sie sorgsam geschält und in eine Holzschale geschnitten, die sie aus Tolis Gepäck gezogen hatte. Dann zerdrückte sie die großen goldenen Stücke mit dem Griff ihres Dolchs.

Die Hexe erwiderte nichts, sondern humpelte ans Feuer und setzte sich. Esme ging zum Bach und füllte eine zweite Schale mit Wasser.

»Vielleicht möchte Orfes Tochter sich vor dem Essen die Hände waschen«, sagte sie freundlich und hielt der Greisin die Schale hin.

Die Alte nickte wie eine Königin, tauchte anmutig die Hände in die Schale und rieb sie aneinander. Das Wasser wurde trüb vor Schmutz. Dann wischte die Alte sich die Hände an ihren Kleidern ab und lächelte.

Esme holte ihr eine Schüssel frisches Wasser, nahm das gegarte Fleisch vom Spieß, schnitt es in Streifen und hackte diese klein. »Dein Mahl, Herrin«, sagte Esme, denn die Alte hatte eine fürstliche Haltung eingenommen, als sie ihr die Schale mit dem Apfel und dem klein geschnittenen Kaninchen reichte.

Esme trat zurück und sah zu, wie die Alte mit offenkundigem Vergnügen aß, fingerleckend und schmatzend. Als sie fertig war, hielt sie die Schüssel hin, weil sie noch mehr wollte. Esme füllte sie ein zweites Mal und setzte sich hin.

Die Sonne stand nun im Zenit, so daß die Schatten zu nichts geschmolzen waren, und noch immer saß die Greisin über ihrer

Schüssel gebeugt. Esme schlang die Hände um die Knie und zwang sich zu Geduld.

Schließlich hatte die Alte sich satt gegessen. Sie stellte die Schale neben sich ab und erhob sich mit knirschenden Knochen und Gelenken. Dann schüttelte sie sich und trat, auf ihren Stab gelehnt, vor Esme. Das tat sie mit so sicheren Bewegungen und ohne jedes Zaudern, daß Esme zum ersten Mal klarwurde, daß die Wahrsagerin mit ihrem inneren Auge so viel sah wie andere mit vollkommen ungetrübtem Blick. Sie erschauerte, als ihr klarwurde, daß man dem Weib in der Kindheit vermutlich die Augen ausgestochen hatte, damit ihre seltene Gabe sich um so stärker ausbildete.

Die edle Tat,
Um die ich bat,
Wer so sie tut,
Des Herz ist gut.
Auf diese Weis'
Erkenn' ich dich,
Königstochter
Nenn' ich dich.

Esme verschlug es den Atem. Sie sprang auf. Die Hexe hatte die Wahrheit gesagt, doch daß sie ihr Geheimnis so mühelos erraten hatte, war erschreckend.

»Du siehst vieles, was Augen allein nicht sehen können, Priesterin. Da ich dir nach deinem Willen diente, gestatte mir, daß ich mit deinem Segen weiterreise.«

Diesen Segen
Empfange du
Von mir im Nu.
Dein Geheimnis
Sei bewahrt,
Solange niemand
Du genarrt.

Selten setzt
Sein Leben ein,
Wer Freunde
Retten will allein.
Doch fehlst du nicht,
So wirst du sehn:
Erfüllt ist die Pflicht,
Wenn zwei in Freiheit gehn.

Die Alte drehte sich um und huschte davon. Esme spürte es an ihrem Ellbogen stupsen: Riff war zu ihr gelaufen und zeigte ungeduldig an, daß er von der absonderlichen Greisin fortwollte.

Esme saß auf und sah dem gestaltlosen Lumpenbündel nach, wie es von Stein zu Stein zurück über den Bach hüpfte. »Danke für deinen Segen, Tochter Orfes. Möge sich deine Prophezeiung bewahrheiten.«

Da blieb die Hexe stehen und wandte sich noch einmal zu Esme um. Mit beiden Händen hielt sie sich ihren krummen Stab über den Kopf und drehte sich dreimal geschwind im Kreis. Esme staunte, daß sie nicht mitten in den Bach stürzte.

Die Stimme der Alten erscholl so laut, daß sie die gesamte Mulde erfüllte:

Was ist, sag' ich,
Nicht das, was sei,
Doch höre mich,
Ich sprech' aufs neu.

Die Seherin wandte ihr Gesicht gen Himmel und stimmte einen langen Singsang an; dabei wiegte sie den Stab über ihrem Kopf hin und her. Dann schlug sie das knorrige obere Ende des Stocks krachend auf den Stein, auf dem sie stand. Sie fuhr mit der Hand in die Luft, die Finger wie eine Klaue gespreizt. Ihre Worte hallten in der Senke wider:

Such nach dem Schwert
Und halt es fest!
Zu schlagen den Feind,
Ein König dir's läßt!

Mit einem flinken Sprung verschwand die Hexe genauso rasch und rätselhaft, wie sie aufgetaucht war. Doch ihre Worte klangen Esme noch lang hell wie Glockenschlag in den Ohren.

16

Schlaff hing Quentin am Wagenrad, von den pochenden Schmerzen in seinem zerschlagenen Körper völlig benommen. Er stöhnte leise, merkte es aber gar nicht, denn er spürte allein die hämmernde, unablässige Pein.

Den ganzen Tag lang hatte das Rad sich gedreht, über Fels und Stein, durch Flur und Furt. Und der daran gefesselte Quentin war bis zur Bewußtlosigkeit gefoltert worden. Er merkte nicht, daß das Rad schließlich stehen blieb, und auch nicht, daß die Sonne unterging und die Nacht seiner Qual ein Ende bereitete.

Als es rundherum finster wurde, hing er kraftlos am Rad und röchelte jämmerlich.

Während Nins Heer in einem geordneten Hin und Her das Nachtlager aufschlug, ging hell der Vollmond auf und mit ihm der Wolfsstern. Blind starrte Quentin zum Mond. Irgendein kleiner Teil seiner Gedanken nahm ihn neugierig wahr, ein verängstigtes Tier, das wieder aus der Höhle kroch, in die es geflüchtet war, um den Jägern zu entkommen.

Nach einer langen Weile hatte Quentin den Eindruck, der Mond komme zu ihm, er verlasse seine Bahn am schwarzen Firmament und schwebe immer näher. Quentin sah, wie das Gestirn über ihm schaukelte und freundlich leuchtete. Es hatte zwei dunkle Augen, die merkwürdig schauten. Er wollte die Hand ausstrecken und sie auf die glatte, strahlende Oberfläche des Mondes legen, doch sie wollte ihm nicht gehorchen. Dann verschwand der Mond.

Jahre vergingen, oder waren es nur Augenblicke? Als nächstes spürte Quentin etwas Kühles auf seiner Stirn. Er schlug die Augen auf und sah, daß der Mond wieder da war. Er schaute ihn an und flüsterte mit ihm, aber die Worte, die er ihm leise ins Ohr raunte, vermochte Quentin nicht zu verstehen. Er bemühte sich, den Kopf zum Sprechen zu heben, hatte aber nicht genug Kraft, darum ließ er sich einfach durch die kühle Berührung des Mondes beruhigen.

»Kenta, hörst du mich? Ich bin es, Toli. Kenta…«

Quentin blinzelte und starrte das runde, glänzende Gesicht des Mondes an. Er öffnete den Mund zum Sprechen, wußte aber nicht mehr, wie man Wörter bildete.

»Versuch nicht zu sprechen. Hör mir nur zu. Ich werde dich befreien. Kenta, hörst du mich?«

Quentin ächzte. Warum ließ dieser Mond ihn nicht in Frieden? Was wollte er? Quentin wollte nichts anderes, als in die tröstliche Leere der Bewußtlosigkeit zurückgleiten.

»Hier, ein wenig Wasser.« Er spürte etwas gegen seine Lippen drücken und langsam eine kühle Flüssigkeit in seine Kehle rinnen. »Trink langsam«, flüsterte es.

Dann spürte Quentin, daß etwas an seiner Hand zupfte. Er spürte es, obgleich er den Eindruck hatte, als sei seine Hand weit weg und gehöre nicht mehr zu ihm. Als sie frei war, baumelte sie schlaff und nutzlos herab. Er beobachtete, wie der Mond sich bückte, um die Fesseln an seinen Füßen zu durchtrennen. Dann war die andere Hand ledig, und er fiel nach vorn auf die Knie, dem kräftigen Mond in die Arme, der ihm ins Ohr flüsterte: »Kannst du dich bewegen?«

Quentin erwiderte nichts. Er spürte, wie er sanft auf den Boden gelegt und unter den Wagen geschoben wurde. Dann wurde sein Kopf wieder angehoben, und kühle Flüssigkeit rann in seinen Mund. Anschließend legte Toli ihn wieder hin und versuchte durch Reiben die zerschundenen Gliedmaße seines Freundes wiederzubeleben. Quentin fiel abermals friedlichem Vergessen anheim.

»Kenta, wach auf«, erklang ein kaum wahrnehmbares Flüstern. Warmer Atem kitzelte Quentins Ohr. »Wir müssen gehen.«

»Toli?« Der Name klang wie ein Stöhnen.

»Pst! Nicht so laut. Ich bin ja hier. Gott sei Dank bist du am Leben. Ich fürchtete schon das Schlimmste.«

»Was ist geschehen? Au...« Seine Schulter hatte wieder zu pochen begonnen, aber die Schmerzen und die Kühle der Nacht belebten ihn ein wenig. »Wo... wo bin ich?«

»Wir haben keine Zeit zu verlieren, Kenta. Bald ist Tag. Wir müssen rasch hier weg. Kannst du dich rühren?«

»Ich... ich weiß es nicht. Ich glaube nicht.«

»Du mußt es versuchen. Komm, ich helfe dir.« Toli setzte seinen Meister sanft auf, doch selbst diese geringe Anstrengung verursachte Quentin Schwindelschauer. Er konnte sein Stöhnen nicht beherrschen.

»Ich glaube, dein rechter Arm ist gebrochen, Kenta. Drücke ihn eng an die Seite und bewege ihn nicht.«

»Ich spüre gar nichts. Außer meine Schulter... au!« Toli hatte seine Hände unter Quentins Achseln geschoben und zerrte ihn jetzt unter dem Wagen vor.

»Die Soldaten schlafen noch, aber um das Lager stehen Wachen. Sie sind sorglos, denn sie erwarten heute nacht keine Auseinandersetzung mehr. Vielleicht haben wir Glück. Kannst du stehen?«

»Ich...« Mit Tolis Hilfe rappelte Quentin sich hoch. Er schwankte auf unsicheren Beinen. Vor Schmerzen verschlug es ihm den Atem.

»Ich stütze dich, aber wir müssen uns beeilen.« Toli half Quentin bei den ersten Stolperschritten. Doch sosehr dieser sich auch mühte, es war zwecklos, nach wenigen Schritten brach er zusammen.

»Na schön«, meinte Toli grimmig. »Wir versuchen es noch einmal. Lehne dich an mich.« Er stellte Quentin wieder auf die Beine und ging dann abermals los.

Quentin versuchte den Kopf zu heben, aber vor Anstrengung brannten ihm glühende Feuerkugeln im Kopf. Er ließ seinen Kopf auf die Brust sinken, während Toli ihn vorwärts zerrte. Der Boden unter seinen Füßen fühlte sich merkwürdig an, als würde er bei jedem Schritt wegrutschen. Quentin verfing sich immer wieder in seinen Beinen und stolperte, aber Toli ließ ihn nicht fallen.

»Da vorn ist ein Graben, es sind nur fünfzig Schritte. Da können wir uns verbergen und ausruhen. Aber wir müssen so weit wie möglich fort sein, ehe es hell wird.«

Während Toli mit seinen Adleraugen aufpaßte, schlurften sie durch die Nacht. Sie entfernten sich vom Lager. Der Wagen stand zwischen ihnen und den zusammengeballten Haufen schlafender Soldaten und gewährte ihnen Deckung. Vor ihnen jedoch standen die Wachen auf Posten.

Der Graben war kaum mehr als eine von Unkraut überwucherte Bodendelle; Quentin ließ sich hinunterrutschen, sobald sie ihn erreicht hatten, und blieb keuchend auf dem Rücken liegen. Der Kopf tat ihm weh, und vor seinen Augen flatterten gleich Rabenflügeln dunkle Schatten.

»Hör mir zu«, sagte Toli. Er kroch an den Rand des Grabens und warf einen Blick zurück auf die Wagen. »Vielleicht haben sie unsere Flucht schon entdeckt. Da läuft jemand zwischen den Wagen herum. Wir müssen rasch weiterziehen.«

Er richtete Quentin wieder auf, und schon krochen sie weiter.

Quentin achtete darauf, einen Fuß vor den anderen zu setzen und nicht umzufallen. Toli trug die Verantwortung, daß sie vorankamen. Quentin mußte sich zusammennehmen, um nicht aufzuschreien, wenn er mit seiner Schulter irgendwo anstieß.

»Dort vorn sind Bäume. Wenn wir die erreichen, können wir uns vielleicht noch einmal ausruhen.«

Als er das sagte, ertönte hinter ihnen ein Ruf, dem das Klappern Bewaffneter folgte. »Sie sind uns auf die Schliche gekommen!« rief Toli, Quentin mit sich zerrend.

Die Bäume ragten massig und schwarz vor dem dunklen Himmel auf. Der Mond war längst untergegangen. Toli hatte sich für die Flucht die finsterste Stunde der Nacht ausgesucht. Zweimal stolperte Quentin und fiel der Länge nach zu Boden, ohne daß Toli es hätte verhindern können. Jedesmal rappelte Quentin sich tapfer wieder hoch, obwohl er vor Schmerzen blind war.

Schließlich gelang es ihnen, die Bäume zu erreichen. Toli lehnte Quentin an einen unförmigen Stamm und ließ ihn dort stehen, den gebrochenen Arm mit dem anderen haltend. Obschon es in der Nacht stark abgekühlt hatte, war Quentin schweißgebadet und schmeckte Salz auf seinen Lippen. Er bemühte sich, nicht ohnmächtig zu werden, sah die schwarzen Schwingen aber näher kommen. Er fühlte sich, als wären ihm sämtliche Knochen ausgerenkt worden.

Im Nu war Toli wieder bei ihm. »Sie wissen, daß du geflohen bist, und suchen uns. In Richtung der Bäume schauen sie noch nicht, aber das dauert nicht mehr lang. Sie werden den Graben finden und den gleichen Weg nehmen wie wir. Hier dürfen wir nicht bleiben.«

Quentin schnappte nach Luft und nickte. Seine Schläfen pochten vor Qualen, die immer stärker wurden. Er spürte, wie seine Kräfte ihn verließen. Toli neben sich, setzte er sich blindlings wieder in Bewegung, denn durch den Schweiß in seinen Augen und die Finsternis des Forstes konnte er nichts sehen.

Jetzt bewegten sich überall Fackeln. Die Soldaten suchten sie in Zweier- oder Dreiertrupps. Quentin hörte ihre Stimmen hinter sich hallen, als er mit Toli zwischen den Bäumen hindurchschlich. Einmal glaubte er, den Schein einer Fackel rechts neben sich auf gleicher Höhe zu sehen. Die durchs Fieber der Jagd erregten Stimmen ihrer Jäger hörten sich näher an.

»Dort unten wartet ein Pferd auf uns…«, sagte Toli. »Dort unten.«

Da wurde Quentin verschwommen klar, daß sie auf einem niedrigen Felsblock standen, dessen Hang von Dornen überwuchert war. Ehe er etwas sagen konnte, hatte Toli ihn mitgerissen, mitten in die Stacheln hinein, ohne darauf zu achten, daß diese ihnen die Haut völlig aufrissen.

Quentin kämpfte sich voran und hatte den Grund fast erreicht, als er mit dem Fuß an einer Wurzel hängen blieb und kopfüber den Rest des Hangs hinabkugelte. Er schlug hart auf, außerstande, den Sturz mit den Händen abzufangen, und hörte ein scheußliches Knacken, als etwas in seiner verletzten Schulter nachgab. Wie Dolche schossen ihm die Schmerzen durch den Körper. Erschrocken schrie er auf.

Toli rannte an ihm vorbei, da spürte Quentin vor sich eine rasche Bewegung und merkte, daß er fast unter dem Pferd gelandet war, das Toli auf unbekannte Weise ergattert und für ihre Flucht versteckt hatte. Dann spürte er, wie Tolis starke Hände ihn abermals hochrissen. Der treue Freund schob ihn auf den Sattel; dort hing er wie ein Sack Hafer, die Beine auf der einen, den Kopf auf der anderen Seite. Augenblicklich saß Toli hinter ihm; mit der einen Hand hielt er ihn fest, mit der anderen führte er die Zügel.

Das Pferd galoppierte los, so daß Quentin die Welt in einem Durcheinander wirbelnder Formen vorüberrauschen sah: Äste, Felsen, Himmel und Erde. Er hörte es in der Nähe rufen, die Antwort folgte ebenfalls aus geringer Entfernung. Hilflos klammerte er sich am Sattel fest und knirschte mit den Zähnen.

Jetzt waren die Rufe der Feinde von überall her zu vernehmen. Vor ihnen schoß eine dunkle Gestalt aus dem Gebüsch hoch. Toli schlug mit den Zügeln auf sie ein. Plötzlich wimmelte es in dem Wäldchen von Fackeln. Toli zerrte die Zügel heftig herum und lenkte das Pferd auf den Hügel zu, doch dieser war zu steil für das verängstigte Tier. Das Roß mühte sich ab, glitt aus, trat ins Leere und rutschte heftig mit den Beinen schlagend nach hinten.

Quentin flog zu Boden, Toli auf ihn. Im Nu waren sie von Soldaten umzingelt, die sie packten. Quentin sah eine Fackel blitzen und dann die abscheuliche Grimasse eines Gesichts über sich; danach griffen schwarze Hände nach ihm und schleiften ihn fort. Er hörte jemanden verzweifelt rufen und merkte, daß er es war, der schrie. Die Worte konnte er jedoch nicht erkennen.

Er riß den Kopf herum, um zu schauen, wie es Toli ergangen war, sah hinter sich aber nur schwankende Fackeln. Wie hell die Flammen sind, dachte er. Sie tun den Augen weh. Lauf rasch fort!, sagte eine andere Stimme in ihm. Ja, er mußte fliehen. Wenn sie ihn nur losließen, würde er laufen und laufen, ohne einmal stehenzubleiben, bis er ganz weit weg wäre.

Wo sie ihn wohl hinbrachten? Was sie mit ihm anstellen wollten? Die Fragen bildeten sich von selbst, aber Antworten kamen keine. Nun gut, es galt gleichviel. Nichts war mehr von Bedeutung. Er hatte jegliches Gefühl verloren. Betäubt vor Schmerzen verfiel er in Wahnvorstellungen.

Da rauschten schwarze Schwingen, und mit einemmal stieg er auf, fiel wieder, überschlug sich und schwebte hoch über der Erde. Er blickte hinab und sah einen merkwürdigen Zug von Fackelträgern durch ein bewaldetes Tal marschieren. Sie führten zwei Unglückselige mit sich. Wer mochte das sein? Quentin taten die beiden leid. Traurig wandte er den Blick ab und sah, wie die dunkle Nacht auf ihn zustürmte.

Es war, als wäre ein seidener Schleier vor seine Augen gefallen, der alles verhüllte. Er ließ sich von ihm bedecken und in düsterer Umarmung umfangen. Quentin spürte, wie die letzten Kräfte und der verbliebene Rest Willen ihn verließen. Dann merkte er nichts mehr.

17

Die Kerzen in den hohen Ständern waren niedergebrannt. Einige von ihnen waren sogar erloschen, so daß die fensterlose Kammer der Ältesten nach Bienenwachs und Talg roch. Wie versteinert saßen die Ältesten da, jeder von ihnen nach vorn gebeugt, den Kopf gesenkt, die Hände verschränkt. Außer dem regelmäßigen Auf und Ab ihres Atems herrschte vollkommene Stille.

Es war schon tiefe Nacht, und noch immer saßen sie zusammen. Sie warteten. Horchten. Suchten in ihrem Innern nach einer Erklärung für Jesephs Traum, diesen zutiefst verstörenden Traum.

Dann endlich hatte das Warten ein Ende, denn Klemor hob die Hände und fing zu singen an. »Peran nim Panrai, rigelle ders onus Wist Orren. Entora blesori amatil kor ders jael belforas.« Er benutzte die alte Sprache der Ariga. »König der Könige, der du Allerhöchster heißt, dein Diener preist deinen Namen ewig.«

Die drei anderen hoben langsam den Kopf und blickten Klemor an. Dieser hielt die Augen geschlossen und die Hände zu beiden Seiten des Gesichtes empor.

»Sprich, Ältester Klemor. Berichte uns, was dir offenbart wurde«, sagte Patur ruhig. Die anderen nickten und lehnten sich auf ihren hohen Holzstühlen zurück. Die Wacht war zu Ende.

Mit geschlossenen Augen fing Klemor zu reden an. »Der Fluß heißt Wahrheit und das Wasser Frieden. Dieser Fluß strömt durchs Land und spendet allen Leben, die zu ihm streben, denn die Wahrheit ist das Leben.

Aber der Sturm des Krieges bricht herein und vergiftet durch seine Bosheit das Wasser. Die Wahrheit wird durch die Lüge entstellt und abgetötet. Wenn die Wahrheit erstirbt und der Friede vertrocknet, verdorrt das Land. Und die Orkane des

Krieges brausen übers Land und überziehen den Himmel mit Todeswolken, das ist der Staub. Dann bedeckt alles die Finsternis, das heißt das Böse, und bringt das Licht des Guten zum Erlöschen.

Das Kind, das in der Finsternis schreit, ist ein Kind des Lichts, das seinen Vater verloren hat, das heißt die Rechtschaffenheit. Seines Vaters Schwert ist das Wissen um die Wahrheit, das zerstört wurde.

Einige jedoch sind übriggeblieben, die nicht Tod und Finsternis verfielen und sich noch an den Fluß und das Wasser im gedeihenden Land erinnern. Sie sind im weinenden Mann verkörpert. Die Tränen sind die Gebete der Frommen, die über die Herrschaft des Bösen trauern.

Die Gebete steigen auf und werden zu einem Schwert aus Licht, das ist der Glaube. Das Licht blitzt hell gegen die Finsternis des Bösen, weil es vom Geist des Allerhöchsten lebt. Das Schwert soll dem Kind gegeben werden, aber leider ist dieses Kind von der Nacht verschlungen und davongetragen worden.«

Als Klemor seine Deutung des Traumes geendigt hatte, redeten sie alle gleichzeitig und voller Billigung. Jeseph übertönte alle anderen: »Brüder! Wir dürfen nicht vergessen, daß Träume verschiedene Bedeutungen haben können, die alle wahr sind. Ich hege keinen Zweifel, daß die Deutung, die wir soeben hörten, wahrhaft im Sinne des Allerhöchsten ist. Doch eines stört mich.«

»Und das wäre?« fragte Jollen. Erwartungsvoll streckte er die Hand nach Jeseph aus. »Schließlich war es dein Traum.«

»Ich habe das Gefühl, es besteht eine ganz gegenwärtige Gefahr, die wir noch nicht entdeckt haben.«

»Der Traum ist doch schon düster genug, Jeseph«, erwiderte Patur.

»Und seine Deutung enthält eine klare Warnung«, setzte Klemor hinzu.

»Ja, eine Warnung vor etwas Zukünftigem«, meinte Jeseph bedächtig, »aber der Traum enthält auch etwas, das im Augenblick bereits stattfindet.«

»Ganz recht, Jeseph, dieser Meinung bin ich auch.« Jollen

faßte ihn am Arm. »Die Deutung bereitet uns auf etwas Künftiges vor. Der Traum selbst kündet von einem Übel, das bereits über uns schwebt.«

Klemor nickte ernst, und Patur zupfte sich an seinem grauen Bart. »Was sagt dir dein Herz, Jeseph? Was sollen wir unternehmen?« fragte er

»Das weiß ich nicht. Aber ich fühle mich höchst beunruhigt. Und seitdem ich hier sitze, ist mein Unbehagen größer geworden.« Er blickte sie alle an. »Ich spüre, daß wir jetzt für das Kind des Lichts beten müssen, das wir aussandten.«

»Wer soll das sein?« fragte Klemor.

»Quentin.«

»Quentin? Der ist in Askalon.«

»Ja, Quentin. Und auch Toli. Sie befinden sich in einer verzweifelten Lage. Das spüre ich.«

»Dann kann es sein«, erwiderte Jollen, »daß sie unserer Gebete gerade jetzt bedürfen, wenn der Traum einen guten Ausgang haben soll. – Auch ich bin in Sorge ob Jesephs Traum. Sein Ausgang liegt im dunkeln, das heißt, er steht noch nicht fest. Darum müssen wir uns im Geiste vereinen, und auch das Volk soll sich uns anschließen, damit wir den Ausgang bewirken, den der Allerhöchste uns weist.«

»So denke auch ich«, pflichtete Jeseph ihm bei.

»Dann wollen wir keinen weiteren Augenblick verlieren. Unsere Gebete sollen sogleich beginnen.« Jollen schloß die Augen und hob die Hände empor. Die anderen folgten seinem Beispiel.

Im Nu war die Kammer vom Raunen der Gebete erfüllt, die zu Wist Orrens Thron aufstiegen. Draußen vor dem Tempel hellte das silberne Licht des Morgens im Osten den finstren Vorhang der Nacht auf.

Mit dem Morgengrauen wurde es plötzlich kalt. Am Horizont flammte es wütend rot, dumpf und trübe, der Zenit war jedoch noch klar. Der Wind hatte sich am Morgen gedreht. Das war Toli, der gefesselt neben seinem Herrn lag, nicht entgangen. Zäh klammerte er sich ans Leben. Mehrere Male hatte er in der Nacht sein Ohr an Quentins Brust gehalten, um zu hören, ob dieser noch lebte.

Die Soldaten im Lager machten sich geschäftig zum Abmarsch bereit. Toli, dessen Augen alles beobachteten, hatte eine Vorahnung, daß Quentin und er die Reise nicht mitmachen würden. Er hatte nämlich gesehen, wie ein paar Soldaten Stricke und Geschirre herrichteten, und die drei Wächter, die jetzt bei ihnen standen, lachten und zeigten mit den Fingern auf sie. Toli wußte, daß alles zur Hinrichtung vorbereitet wurde.

Von den Kochstellen stieg weißer Rauch auf. Die Gefangenenwachen wurden abgelöst, damit diejenigen, die in der Nacht Dienst getan hatten, etwas frühstücken konnten. Sobald alle Soldaten gegessen hätten und abmarschbereit wären, würden sie sich versammeln, um zur Unterhaltung der Hinrichtung beizuwohnen. Darüber würden sie dann den ganzen Tag lachen.

Toli verbrachte die letzten Augenblicke seines Lebens mit Gebeten für seinen Herrn, der selbst nicht beten konnte.

Da störte ihn unsanft ein fester Tritt in den Rücken. Toli blickte in das haßerfüllte Gesicht eines Hünen empor; dieser hielt eine Streitaxt in der Hand, deren Schneide so breit wie ein Mann an der Taille war.

Der Hüne, dessen Gesicht von gezackten Narben zerfurcht war, deutete auf die Gefangenen und knurrte. Die Wachen packten sie und zerrten sie auf die Wiese hinaus, auf der das Heer gelagert hatte. Dicht drängten die Soldaten sich um einen Gegenstand, der ihre gesamte Aufmerksamkeit in Anspruch nahm.

Toli und Quentin wurden am Rand eines weiten Runds zu Boden geworfen, das aus den Schilden der Soldaten gebildet worden war. In seiner Mitte standen zwei Pferde; eines blickte gen Osten, das andere gen Westen. Zwischen diesen beiden Pferden lag ein Wirrwarr aus Stricken und zwei schweren Gegenständen, die Jochen ähnelten. Auf der gegenüberliegenden Seite des Rings stand das schwarze Roß des Feldherrn; es schüttelte so heftig den Kopf, daß es fast den Arm des Soldaten auskugelte, der es am Zügel hielt.

Toli beobachtete, daß auf der anderen Seite des Runds eine

Welle durch die Reihen lief. Da öffnete sich eine breite Gasse. Durch sie schritt ein Mann mit bronzenem Brustharnisch und einem bronzenen Helm, auf dessen Spitze zwei große Federn wie Schwingen flatterten. Aus seinem Umhang, der an einer Schulter mit einer Fibel befestigt war, ragte die dünne Klinge eines grausam gebogenen Säbels hervor. Toli war sich sicher, den Feldherrn zu sehen.

Dieser ging zu seinem Renner und blieb dort kurz stehen. Zwei Männer traten vor und warfen sich ihm zu Füßen. Einer lag flach auf dem Gesicht, der andere stützte sich auf Hände und Knie. Der Feldherr benutzte die beiden als Leiter, um in den Sattel zu steigen. Dann gab er mit erhobener Hand ein Zeichen.

Toli schluckte und erschauerte innerlich. Er warf einen letzten Blick auf Quentin, der bewußtlos neben ihm am Boden lag. »Schlafe weiter, Kenta«, flüsterte er in sich hinein, »und fürchte dich nicht. Ich werde dir vorangehen.«

Doch es sollte anders kommen. Auf das Zeichen des Feldherrn traten zwei Soldaten vor, von denen einer eine Kalebasse voll Wasser trug. Grob rollten sie Quentin auf den Rücken. Dessen Lippen entrang sich ein Stöhnen. Toli wand sich unter seinen Fesseln und bekam von dem Wärter hinter sich einen Schlag auf den Kopf.

Der Soldat mit der Kalebasse kniete sich neben Quentin, hielt ihm das Gefäß übers Gesicht und goß es aus.

»Er wird ertrinken!« rief Toli und bekam dafür noch einen Hieb auf den Schädel.

Quentin hustete heftig und würgte. Wasser schoß ihm aus Mund und Nase; spuckend wachte er auf. Seine Lider flatterten. Mit getrübtem Blick sah er Toli an, der neben ihm kniete. »Mein Freund ...«, sagte er nach Luft schnappend, »es tut mir so leid.« Er schien zu wissen, was ihnen bevorstand.

Beide Gefangenen wurden hochgerissen. Quentin mußte von zwei finster blickenden Soldaten gestützt werden, von denen ihn einer an den Haaren packte.

Der Feldherr gab ein zweites Zeichen, hinter den beiden entstand Unruhe, denn es wurde ein dritter Gefangener in das Rund gestoßen. Es war ein Soldat, wie Quentin und Toli an Händen und Füßen gefesselt. »Einer der Wächter von gestern nacht«, flüsterte Toli. Er ahnte, daß der Feldherr ihn zuerst hinrichten lassen würde.

Der Mann war aschfahl und zitterte am ganzen Körper. Sein Haar war schweißnaß und das Gesicht von häßlichen violetten Schwellungen entstellt, denn man hatte ihn schon heftig geprügelt. Den glücklosen Wächter zogen zwei andere Soldaten bis auf die Haut aus, indem sie mit dem Messer seine Kleider wegschnitten. Die Umstehenden lachten.

Dann führte man den Unglückseligen in die Mitte des Rings, wo der Hüne mit der breiten Streitaxt wartete. Man stieß ihn zu Boden. Dort wand er sich ängstlich, während man ihm Arme und Beine an die schweren Holzjoche band. Schließlich führte man auf ein Signal die beiden an die Joche geschirrten Pferde in entgegengesetzte Richtungen.

Die Stricke spannten sich. Der Hüne trat vor sein Opfer. Dieses wurde vom Boden gehoben und hing qualvoll in der Luft, während sein Körper langsam gestreckt wurde. Die Pferde legten sich ins Geschirr, so daß der Mann fürchterlich brüllte. Das gräßliche Platzen von Sehnen und Gelenken schien im Ring regelrecht widerzuhallen. Als das Opfer zum letzten Mal aufbrüllte, ließ der Hüne blitzschnell die Axt über seinem Kopf wirbeln und sie dann mit einem mächtigen Hieb niedersausen.

Die Wucht des Schlages hätte die Pferde beinahe zum Stürzen gebracht. Als die Spannung der Stricke jählings nachließ, fielen sie auf die Knie. Der arme Elende war sauber in zwei Hälften getrennt, und das Heer drückte seine Begeisterung durch Waffenklirren und Gejohle aus.

Ängstlich warf Toli einen Blick auf Quentin, der mit leerem Blick auf das gräßliche Schauspiel starrte. Seine Augen standen zwar offen; trotzdem konnte Toli nicht sagen, ob sie gesehen hatten, was sich vor ihnen abspielte. Der Blick wirkte trüb und in die Ferne gerichtet.

Der Feldherr gab den Befehl, die Leiche aus den Jochen zu entfernen und ritt dann auf seinem Hengst zu Toli und Quentin hinüber. Toli biß die Zähne zusammen und starrte stur geradeaus. Einen kurzen Augenblick sah der Feldherr auf seine Gefangenen hinab. Dann äußerte er sich in einer unverständlichen Sprache. Toli blickte trotzig auf, so daß sie einander einen Moment lang in die Augen schauten. Der Feldherr packte die Zügel und hieb Toli mit ihnen übers Gesicht: einmal, zweimal, dreimal.

Aus einer klaffenden Wunde über Tolis Augen schoß Blut und rann ihm übers Gesicht. Der Feldherr brüllte ihn an und warf einen raschen Blick auf Quentin, der immer noch nicht zu begreifen schien, was um ihn herum geschah. Dann wendete der Kriegsführer sein Roß und trottete wieder in die Ringmitte.

Langsam sah er sich im Kreis seiner Soldaten um und hielt ihnen dann eine kurze Rede, die, so schloß Toli aus der plötzlich gedrückten Stimmung der Soldaten, wohl eine deutliche Rüge beinhaltete. Als der Feldherr geendet hatte, nickte er. Daraufhin richteten die Soldaten erneut Joche und Geschirre her. Toli glaubte, sein letztes Stündlein habe geschlagen. Er schloß die Augen und sandte ein Bittgebet um Kraft und Würde im Augenblick der Prüfung zum Himmel empor.

Auf der anderen Seite des Rings ertönte ein Horn. Toli schlug die Augen auf und schaute zu den Hügeln und Bäumen in der Ferne: Seine letzte Erinnerung sollte weder dem Henker gelten noch dem abscheulich zweigeteilten Leichnam neben ihm. Es tat ihm weh, daß er seinen Herrn in dessen letztem Augenblick nicht würde Trost spenden und sich von ihm nicht wie ein Mann würde verabschieden können; aber Quentin würde vielleicht gar nichts mitbekommen.

Die Soldaten links und rechts neben ihm packten ihn fester. Er wurde in den Ring gezerrt. Sein Herz klopfte wie wild in seiner Brust, und sein Blick wurde plötzlich ungewöhnlich scharf. Er sah jeden Grashalm zu seinen Füßen, und jedes einzelne Blatt an den Bäumen zeichnete sich deutlich ab.

Die Zeit schien sich unermeßlich auszudehnen. Schritt für Schritt war er sich jedes einzelnen Augenblicks voll bewußt und kostete sie alle aus. Jetzt hob er den Fuß, machte einen Schritt –

wie lang das dauerte! –, jetzt hob er den anderen Fuß. Noch zwanzig Schritte bis zum Henker mit der Axt, und jeder von ihnen schien ewig zu dauern.

Er war sich der Luft bewußt, die ihm in die Lungen strömte: wie sie schmeckte, wie sie erfrischend prickelte. Er spürte die Sonne im Nacken und dachte, er könnte jeden einzelnen Lichtstrahl zählen, wenn er es nur wollte. Wie merkwürdig, dachte er, daß kurz vor dem Tod jede Nervenfaser so lebendig war.

Dann überkam ihn ein schrecklicher Gedanke: In seinem hellwachen Zustand würde er die Schneide des Henkers über sich in der Luft funkeln sehen. Er würde spüren, wie jeder winzige Teil seines Körpers gestreckt und auseinandergerissen würde, spüren, wie sämtliche Knochen aus den Gelenkkapseln gezogen würden, wie sein Rückgrat brechen würde.

In diesem allergräßlichsten Augenblick, wenn er weit über seine eigentliche Größe gestreckt wäre, würde er sehen, wie die grausame Schneide sich in sein Fleisch fräße und die Knochen von den Muskeln trennte. Und er würde erleben, wie er zweigeteilt würde und die Organe aus seinem Inneren quöllen.

Er würde den Tod auf die entsetzlichste Weise erleben. Er würde nicht rasch sterben, wie es den Zuschauern erschiene. Er würde qualvoll langsam verenden. Allmählich. In grauenvollen Schritten.

18

»Du wirkst heute morgen so gesund wie seit Wochen nicht, Herr.« Derwin hatte den König im Garten gesehen und ihn eine Weile beobachtet, ehe er ihn ansprach. Eskewar saß still auf einer kleinen Steinbank zwischen den grell bunten Blumen jeder Art und Gestalt, denn im Garten des Drachenkönigs fanden sämtliche Pflanzen des Reiches einen Platz, selbst wenn sie in den entferntesten Winkeln ihre Heimat hatten.

Als der König aufblickte und seinen Arzt kommen sah, verschwand eine Sorgenwolke von seiner Stirn. »Dank der Dienste meines lieben Einsiedlers werde ich der Welt wohl mit meinem Dasein noch einige Zeit zur Last fallen.«

Derwin musterte Eskewar aufmerksam. »Wie merkwürdig du dich ausdrückst, Herr. Ich dachte, du würdest dich gerade heute über deine wiederhergestellte Gesundheit freuen und düstere Gedanken weit von dir schieben.«

»Dann kennst du mich schlecht, Derwin. Ich kann nicht fröhlich sein, wenn mein ... wenn Männer auf mein Geheiß noch in der Fremde sind.«

»Wir haben Sommersonnwende!« rief Derwin. Sein Frohsinn war ein wenig gezwungen; auch er machte sich Sorgen um Quentin, Toli und die anderen, die nun schon so lange unterwegs waren. »Es würde mich nicht wundern, wenn sie die Gastfreundschaft eines der glücklichen Dörfer am Meer genössen.«

Mit ernster Miene wiegte Eskewar sein Haupt. »Du bemühst dich, mich aufzuheitern, aber deine Worte verfehlen ihren Zweck, Derwin. Doch ich danke dir für den Versuch. Ich weiß nur zu gut, daß in Mensandor etwas nicht stimmt. Irgend etwas ist ganz faul.«

Derwin trat ein Stück näher und legte dem König die Hand auf die Schulter. Dieser blickte in die Augen des Einsiedlers empor und lächelte schwach. »Herr, auch ich spüre, wie Entsetzen sich übers Land ausbreitet. Bisweilen pocht mein Herz unerwartet heftig oder mich schaudert, wenn ich in meinem Gemach am Feuer sitze. Dann weiß ich, daß etwas Friedloses durchs Land zieht. Wir werden, fürchte ich, bald einem widerwärtigen Feinde gegenüberstehen. – Aber ich weiß auch, daß wir im Licht der Freude Gottes stehen, das keine Finsternis zum Verlöschen bringen kann.«

»Ich wünschte, meine Frömmigkeit wäre stark genug, an deinen Gott zu glauben.« Eskewar seufzte und stand langsam auf. Derwin stützte ihn mit einer Hand.

»Ich glaube nicht, daß ich einen weiteren Feldzug, einen weiteren Krieg überleben würde«, sagte Eskewar, nachdem sie den gesamten Garten durchmessen hatten.

»Du bist müde, Herr. Mehr nicht. Du warst sehr krank. Laß dir Zeit und dich nicht von dergleichen Gedanken betrüben. Wenn du wieder bei Kräften bist, wirst du anderer Stimmung sein, das versichere ich dir.«

»Vielleicht.« Der König verstummte wieder.

Die Sonne leuchtete freundlich, und der ganze Garten schien vor Lebensfreude zu singen. In einer schattigen Mauernische, umrankt von weißen Winden, plätscherte ein Brunnen. In der duftenden Luft lag eine zarte Melodie. Die beiden Männer blieben stehen und lauschten.

»Wie köstlich deine Tochter singt, Herr.«

»Sie kann nicht anders.« Der König lachte sanft, und seine Augen schienen aufzuleuchten. »Sie ist eine Frau und verliebt.«

Als Derwin sah, wie sein Patient beim Gedanken an seine Tochter aufblühte, lenkte er ihre Schritte auf den Brunnen zu. Dort saß die in weißen Sammet gekleidete junge Frau und strahlte wie Sonnenlicht.

»Herrin, du singst wunderschön«, sprach Derwin sie an. Bria flocht gerade emsig an einem Kranz aus Efeu und Winden. Sie blickte auf und lächelte.

»Ich hätte gedacht, die Herren wären zu beschäftigt, um sich um die leeren Worte eines Mädchens zu kümmern«, erwiderte sie lachend. Da erfüllte Musik die Luft, und die Schatten flohen. Eskewar wirkte plötzlich wie verjüngt; er erinnerte sich wohl an die Zeiten, als das Lachen einer anderen ihn bezaubert hatte. »Komm, Vater. Und du auch, Derwin. Setzt euch zu mir und erzählt mir, worüber ihr spracht.«

»Wir setzen uns neben dich, aber du mußt uns deine Gedanken verraten«, entgegnete Derwin.

Sie setzten sich auf Steinbänke am Brunnen, Eskewar ganz in die Nähe seiner reizenden Tochter, von der er keinen Blick ließ. Bria begann von üblichen Verrichtungen des Tages zu berichten und von ihrer Aufregung darüber, daß die Feiern zur Sommersonnwende bald stattfinden würden. In ihrer Stimme lag nichts außer höchster Vorfreude und Entzücken.

Wie sehr sie ihrer Mutter gleicht, dachte Derwin. Wie klug und gütig sie ist. Sie mußte im Herzen Gedanken an Quentin tragen und vor Sehnsucht an ihn vergehen; und doch ließ sie nicht erkennen, daß sie etwas anderes als vollkommene Zufriedenheit und Glück empfand. Das tat sie für ihren Vater, wie Derwin wußte.

Nach einer Weile stahl er sich leise davon und überließ seinen Patienten den Händen einer noch geschickteren Ärztin, deren bloße Anwesenheit Heilkraft besaß.

Als Esme die Straße erreichte, stand sie vor einer schweren Entscheidung. Im Norden lag ihr Ziel Askalon, im Süden die Gefahr, abermals gefangen zu werden. Doch sie vermutete, daß sie Hilfe ebenfalls nur aus dem Süden holen konnte, denn dorthin hatten ihre Beschützer Quentin und Toli sich gewandt, dort wurden sie erwartet, dachte sie.

Mit der Entscheidung hatte sie fast den ganzen Nachmittag zugebracht, seit ihr die Seherin begegnet war, doch hatte sie noch immer keinen Entschluß gefaßt, als sie an der Küstenstraße anlangte. Höchstwahrscheinlich waren Quentin und Toli tot. Und ihre Freunde waren, wer sie auch sein mochten, wohl gleichfalls angegriffen und getötet worden wie ihre Leibwächter.

Jetzt lohnte nur noch, nach Askalon zu reiten. Sie hatte nichts zu gewinnen, wenn sie sich noch länger von ihrem Ziel abbringen ließ.

Und doch gingen ihr die Worte von Orfes Tochter nicht aus dem Kopf:

Doch fehlst du nicht,
So wirst du sehn:
Erfüllt ist die Pflicht,
Wenn zwei in Freiheit gehn.

Was anderes sollten sie bedeuten, außer daß Quentin und Toli noch lebten, aber dem Tod geweiht waren, wenn sie sie nicht befreite. Wenn sie an die Weissagung glaubte, dann bedeutete sie, daß sie ihren Auftrag nur erfüllen konnte, wenn die beiden frei kamen.

Das ergab keinen Sinn. Aber wann, dachte Esme bitter, ergaben die Worte der Götter für die Sterblichen jemals Sinn?

So wandte sie Riff gegen jede Vernunft gen Süden. Und als ihr Schatten am Spätnachmittag dunkler und länger wurde, machte sie sich in einem feindlichen Land auf die Suche nach Freunden.

Die lange, kühle Nacht war einem trüben Morgen gewichen; am Horizont schimmerte eine wütend rote Sonne. Esme stand auf und schüttelte sich Laub und Tau vom Umhang, als sie etwas hörte: das muntere Klirren von Pferden auf der Straße. Das Geräusch klang fern und leise, aber sie kannte es gut: Es waren Bewaffnete, die eilends und zielstrebig voranzogen, so daß Waffen und Zaumzeug bei jedem Schritt klapperten.

Sie schlüpfte aus dem Gestrüpp, in dem sie zur Nacht Schutz gesucht hatte; es lag etwas unterhalb der Straße an einem Hang und war daher gut versteckt. Sie kroch zum Wegrand und lugte hinauf. Sie sah niemanden kommen, und einen Augenblick lang war das Geräusch verweht. Schon glaubte sie, es sich eingebildet zu haben, aber die Straße machte hier wegen der Hügel viele Krümmungen, und schon ertönte das Geräusch wieder.

Sie huschte in ihr Laubversteck zurück und führte Riff im verborgenen die Straße entlang. Sie stiegen in ein kleines Tal hinab und dann wieder eine baumbestandene Anhöhe hinan. Von dort gedachte Esme einen ungehinderten Ausblick auf die Straße zu haben, ohne gesehen zu werden.

Sie wartete. Die schmollende Sonne ging langsam auf und verbreitete ein trübes Licht. Die Luft war schwül. Am Himmel schien sich ein Gewitter zusammenzubrauen, auch wenn keine Wolke zu sehen war. Solches Wetter war oft unheilverkündend, dachte Esme und hoffte, der Tag würde sie am Abend nicht reuen.

Wieder erklang in der Stille des Morgens das Klirren, das sie zuvor gehört hatte, diesmal näher und deutlicher. Sie lauschte angestrengt und glaubte, das Dröhnen der kleinen Schar zu hören. Und schon sah sie einen Helm oder eine Lanze kurz rötlich aufblitzen. Dann kamen zwei Ritter in ihr Blickfeld, gefolgt von drei weiteren.

Sie beobachtete sie zwar erst eine Zeitlang, hatte aber sogleich erkannt, daß sie nichts von ihnen zu befürchten hatte. Diese Männer gehörten nicht zu der zerstörerischen Meute, der sie zweimal begegnet war. Und von ihrem geheimen Guckposten aus konnte sie mit einiger Mühe das Wappen auf dem Schild des einen Ritters erkennen; an der Seite des Pferdes hängend, prangte auf ihm der rote Drache des Drachenkönigs.

Als die Ritterschar auf ihrer Höhe anlangte, trieb Esme Riff behende voran und eilte hinab auf die Straße. Einer der Ritter sah sie kommen, sagte etwas zu seinen Gefährten und galoppierte dann los, um sie abzufangen. Er sprach nicht, sondern beobachtete sie nur wachsam, als er sie zu den anderen geleitete, die auf dem Weg warteten.

Als sie endlich bei ihnen war, herrschte peinliche Stille. Die beiden vordersten Ritter wechselten schnell einen Blick. Sie wußten eindeutig nicht, was sie von ihr halten sollten, einer jungen Dame, die allein durch die Hügel ritt.

»Ich bin Ronsard, Obermarschall von Mensandor, zu deinen Diensten, Herrin.« Das war der Ritter, dessen Wappen sie gesehen hatte.

Ohne Zaudern erwiderte sie: »Ich heiße Esme«, wurde aber von dem zweiten, etwas dunkelhäutigeren Ritter unterbrochen, der ihr bekannt vorkam.

»Ich kannte einmal eine Esme«, sagte er, »aber da war sie ein kleines Mädchen und scheu wie ein Reh.«

»Es ist kein seltener Name, Herr«, entgegnete sie, ganz auf der Hut. Wer war dieser Mann? Gesehen hatte sie ihn schon einmal.

»Ja, natürlich, da hast du recht. Die Esme, die ich kannte, lebte in Elsendor und mochte keine Pferde, wie du es wohl tust, da du reitest.« Ein verstohlenes Lächeln umspielte die Lippen des Ritters. Ob er sie auslachte?

»Elsendor ist nicht klein«, sagte sie. »Vielleicht weißt du noch, in wessen Haus du meine Namensbase sahst.«

»Ja, das weiß ich wohl«, versetzte der Ritter lachend. »Dort wohnte ich oft und genoß die Gastfreundschaft einer königlichen Familie.« Das Wort »königlich« betonte er besonders.

Ronsard betrachtete die beiden neugierig. »Schön, daß wir nichts anderes zu tun haben, als zu plaudern. Oder vielleicht scherzt ihr auf eine Weise, die ich Dummkopf nicht begreife.«

»Herr, wenn es sich um einen Scherz handelt, dann nicht von meiner Seite«, sagte Esme verwirrt. »Ich habe eine wichtige Mission, die, wie ich glaube, Freunde von euch betrifft.«

»Dann, Herrin, solltest du geradeheraus sagen, was du von uns verlangst. Auch wir sind in wichtiger Mission unterwegs.«

»Nur mit der Ruhe, guter Ronsard. Nicht so unwirsch. Auch wenn sie dir fremd ist, so kennst du ihren Vater.«

»Du ... du kennst meinen Vater?« Sie musterte ihn genau. »Deine Worte verwirren mich, Herr. Aber du scheinst mir nicht ganz unbekannt.«

»Ja«, sprach Ronsard ungeduldig. »Wenn du etwas zu wissen glaubst, dann heraus damit!«

»Nun gut.« Teido seufzte. »Vielleicht täusche ich mich tatsächlich. Ja, ganz gewiß. Denn König Troans Tochter würde den Mann erkennen, den sie Onkel nannte.«

Ungläubig riß die junge Frau die Augen auf. Zweifelnd schüttelte sie den Kopf, daß der schmale Zopf auf ihrem Rücken wackelte. »Teido?« sagte sie, und über ihrer Miene breitete sich Erleichterung aus, als der Fremde lachend den Kopf zurückwarf.

Ronsard schnalzte mit der Zunge und verdrehte die Augen. »Was für ein Treffen! Kaum zu glauben.«

»Glaube es, Ronsard. Darf ich dir Prinzessin Esme von Elsendor vorstellen? So fern der Heimat sie ist, hat sie hier doch Freunde.«

»Teido! Ich glaube es auch nicht, Herr«, sagte sie an Ronsard gewandt. »Auf mein Wort, ihn hätte ich als letzten hier erwartet.«

»Das gleiche könnte ich über dich sagen, Esme. Weißt du, Ronsard, ich habe in der Halle König Troans viel Zeit verbracht, als der Schurke Jaspin meine Ländereien eingezogen hatte. Ich war ein Gesetzloser im eigenen Land, aber Königin Besmir nahm mich auf, obwohl ihr Gatte mit Eskewar in den Krieg gezogen war.«

»Wie hast du mich nur erkannt?«

»Du ähnelst deiner Mutter und hast viel von der Kühnheit deines Vaters. Und der Name Esme ist nicht so weit verbreitet. Als ich dich sah, wußte ich, daß du es bist.«

Die übrigen Ritter verbargen ihr Erstaunen nicht. Ronsard wandte sich an sie: »Warum wundert ihr euch darüber, meine Herren? Ihr wißt doch, daß Teido mit jeder Familie im Reich bekannt ist, ob Bauern oder Fürsten.«

Alle lachten einschließlich Teido, der sagte: »Freunde habe ich viele, und in Mensandor gibt es tatsächlich nur wenige Menschen, die nie von Teido hörten, auch wenn ich das wohl meinem Vater verdanke. – Doch ziehen wir nun weiter. Schließe dich uns an, Herrin, und erzähle uns unterwegs von deiner Mission. Wir reiten unverzüglich gen Askalon.«

»Das trifft sich gut...«

»Erwähntest du nicht eben Freunde von uns? Welche Neuigkeiten hast du über sie?« Der Zug setzte sich in Bewegung.

»Entsetzliche Neuigkeiten, Herr. Ich wünschte, ich bräuchte sie nicht zu berichten. Wenn ihr mit einem namens Quentin befreundet seid und auch mit seinem Gefährten Toli, dann macht euch aufs Schlimmste gefaßt.« Ängstlich blickte sie die beiden Ritter an. Diese setzten eine besorgte Miene auf, als sie die Namen gehört hatten.

»Wie ich sehe, habe ich recht.«

»So ist es. Sag uns, was du weißt.«

»Wir waren auf der Suche nach euch, meine Herren, und ritten des Nachts. Da erblickten wir ein Feuer – sie behaupteten, es sei Illem in Flammen. Wir ritten hin, um Hilfe zu leisten, und trafen auf grimmige Feinde. Quentin und Toli wurden gefangengenommen, ich konnte fliehen.«

Um Teidos Mund hatten sich tiefe Falten gebildet, Ronsard schob das Kinn vor. »Ich staune ob deines Glücks«, sagte er. »Und noch mehr über deine Offenheit.«

»Mein Vater hat mir oft gesagt, daß schlimme Nachrichten nicht angenehmer schmecken, wenn sie lange auf der Zunge verweilen. Hätte ich geahnt, meine raschen Worte könnten euch verletzen, so hätte ich sie euch erspart.«

»Nein, schone uns nicht. Aber sag uns, ob es für sie Hoffnung gibt.«

»Gestern dachte ich, nein. Aber heute traf ich am Bach eine Seherin. Sie gab mir Grund, Hoffnung zu schöpfen und nach euch zu suchen.«

»Eine Seherin, sagst du?« Teido zuckte die Achseln. »Wo die Not groß ist, kommt jede Hilfe recht. Aber wir dürfen keinen Augenblick mehr verlieren. Ich fürchte, mein müßiges Scherzen hat uns schon zuviel Zeit gekostet. Wir nehmen die Spur in Illem auf. Den Rest deiner Geschichte, Herrin, müssen wir uns für später aufsparen. Sie ist sicher höchst bemerkenswert.«

»Auf nach Illem!« rief Ronsard seinen Rittern zu. Da schnalzten die Zügel, und die Sporen bohrten sich in die Flanken der Pferde, die sofort losbrausten: zu dem verbrannten und rußgeschwärzten Fleck Erde, an dem einst Illem gestanden hatte.

19

Das Abendlicht glänzte golden zwischen den Bäumen, als Derwin auf den breiten Söller trat, der ihm einen Blick auf den herrlichen Garten des Königs bot, wo Tausende Laternen leuchteten. Die Musik der vielen Spielleute lag in der Luft, ein zartes Gewebe aus Melodien wie von Sommerblüten.

Aufgeregte junge Männer führten strahlende junge Damen über die Gartenwege. Kinder tollten zwischen begrünten Lauben; ihr klares, reines Lachen klang wie Musik von silberhellen Instrumenten. Edle Damen und Herren in fröhlichen Gewändern wandelten anmutig durch die gelb und blau gestreiften Pavillons, in denen Leckereien gereicht wurden. Das Sommersonnwendfest auf Burg Askalon ist ein Schmaus für die Sinne, dachte Derwin, die duftgeschwängerte Luft schnuppernd. Es herrschte seltene Schönheit.

»Warum so schweren Herzens, guter Einsiedler?« erklang eine Stimme, so leicht wie der Abendwind im Laub. Derwin drehte sich um und verneigte sich vor der Königin.

»Herrin, deine Augen sind nicht nur schön, sondern auch scharf«, seufzte er.

»Was kann dich an einem Abend wie heute bekümmern? In dieser Nacht wird alles Gute geträumt, und du weißt, daß Träume mitunter wahr werden.«

»Da bin ich mir nicht sicher. Das Gute wirkt angesichts des Bösen oft so zerbrechlich, das Licht so machtlos gegenüber der Finsternis …« Er verstummte, ohne seinen Gedanken zu Ende zu führen.

»So kenne ich dich gar nicht, Derwin. Du klingst, als würdest du beim König in die Lehre gehen.«

»Ach ja, so ist es. Wie launisch die Gedanken des Menschen

sind, stets den Gefühlen unterworfen. Wie der Wetterhahn drehen sie sich nach dem Wind.« Er lachte plötzlich und gewann etwas von seiner Freude wieder. »Ja, ja. Wie töricht ich bin. Wie kann ein Arzt gut sein, der nicht die eigene Arznei anwendet?«

Alinea hakte sich sanft bei ihm unter und drehte ihn zur Treppe, die in den Garten führte. »Spaziere mit mir, lieber Freund. Denn auch ich bedarf guter Worte.« Ein Schatten huschte über ihr liebliches Antlitz. Derwin versetzte es einen Stich.

»Wenn Worte helfen können, dann verlasse dich auf mich.«

»Ich war heute selbst in Unruhe. Im tiefsten Innern beschäftigte mich ein Unbehagen. Anscheinend ohne Grund. Ich überrasche mich oft dabei, daß ich an Quentin denke.«

»Ich würde dich trösten, wenn ich könnte; aber auch ich habe heute viel an Quentin gedacht, ja, beinahe nur an ihn. Als du gerade zu mir kamst, dachte ich wieder an ihn und an Toli, auch wenn es mir nicht einmal bewußt war.«

»Glaubst du, sie stecken in Schwierigkeiten? Es klingt dumm, aber …«

»Ganz und gar nicht, Herrin. Der Allerhöchste bringt uns oft die Herzen unserer Lieben nahe, in Not und Freude gleichermaßen. Ich habe den ganzen Tag für sie gebetet, auch wenn ich nichts Genaues weiß.«

»Ich wünschte, ich wüßte soviel über den Allerhöchsten wie du. Dann fühlte ich mich den törichten Ängsten einer Frau nicht so ausgeliefert.«

»Aber du hast etwas, das genauso nützlich ist. Du besitzt die Fähigkeit, ohne Erklärungen an etwas zu glauben, auch an Zeichen und Wunder. Dein Glaube ist unerschütterlich.«

»Dennoch wüßte ich gern mehr von dem, was du herausgefunden hast. Es kann nicht schaden, Bescheid zu wissen.«

»Ganz recht, Herrin. Es stimmt, was du sagst. Gern will ich dich mein geringes Wissen lehren. Doch sei nicht überrascht, wenn du im Herzen die Wahrheit bereits kennst. So ist es nämlich häufig.«

Sie schwiegen, bis sie zur untersten Stufe und den Festgästen kamen. Alinea drehte sich um und blickte Derwin ernsthaft ins Gesicht. »Was können wir für Quentin und Toli tun?«

»Nichts, was wir nicht schon getan hätten. Beten. Das ist viel wert.«

»Laß mich dich besuchen, wenn das Fest vorüber ist. Wir wollen gemeinsam beten. Wenn einer allein etwas auszurichten vermag, so werden zwei Herzen im Einklang die Heilung beschleunigen. Und deine Gebete werden die meinen auf den richtigen Weg leiten.«

»Wie du wünschst, Herrin. Ich werde dich erwarten.«

In diesem Moment erklangen laut die Fanfaren vom Söller, den sie gerade verlassen hatten. Dort oben standen des Königs Pagen mit ihren langen Trompeten in der Hand. Dann trat König Eskewar selbst an die steinerne Brüstung und blickte auf das bunte Treiben hinab. Aller Augen wandten sich um, Stille kehrte ein. Sogar die kichernden Kinder verstummten, denn sie spürten, daß etwas Wichtiges bevorstand, auch wenn es für sie eher eine Störung bei ihren Spielen als eine Staatsangelegenheit war. Die Älteren wechselten verwirrt Blicke. Es war ungewöhnlich, daß der König sich auf diese Weise an seine Gäste wandte. Alle waren gespannt, was er zu sagen hatte.

»Untertanen von Mensandor, liebe Freunde. Ich will euch nicht lang von eurem Vergnügen abhalten und geselle mich gleich zu euch. Doch zuvor möchte ich euch etwas mitteilen, was mir jüngst auf dem Herzen liegt.«

Darauf erhob sich ein besorgtes Raunen: zum einen wegen der Worte des Königs, zum anderen wegen seines Aussehens, denn sein Festgewand mochte nicht vollkommen zu verschleiern, wie ausgezehrt er war.

»Was ich euch sagen will, wird euch vielleicht beunruhigen. Doch das liegt nicht in meiner Absicht.«

»Was tut er da?« flüsterte Derwin.

»Ich weiß es nicht.« Königin Alinea schüttelte den Kopf und runzelte die Stirn. »Er hat mir nichts davon gesagt.«

»Doch als euer König«, fuhr Eskewar fort, dessen feierlicher Tonfall wie bleierner Regen auf die Gäste niederging, »wäre es nicht recht von mir, warnte ich euch nicht vor der Gefahr für unser Reich und die Sicherheit des Volkes!«

Jetzt wurde das Raunen lauter, und jemand rief: »Ein schlechter Scherz zur Sonnwendfeier!« Ein anderer sagte: »Laßt den König reden! Ich will ihn mir in Ruhe anhören!«

»Es ist kein Scherz, meine treuen Freunde. Aber mein Herz erträgt keine Feiern mehr, wenn sich über dem lieblichen Mensandor die wilden, wütenden Wolken des Krieges zusammenballen.« Da diese Mitteilung Aufruhr auslöste, gebot er mit der Hand Schweigen. »In diesem Augenblick streifen meine Ritter durchs Land, um den Feind auszukundschaften, damit wir über seine Stärke im Bilde sind und uns gegen ihn wappnen können. Wir werden unser Land gegen jeden Eindringling verteidigen, und wir werden siegen!«

Die Stimme des Königs war immer schriller geworden; er hörte sich an wie ein Wahnsinniger, obwohl seine Worte vernünftig waren. Verdutzt schwiegen die Gäste. Eskewar schien wieder zu Sinnen zu kommen und erkannte, was er angerichtet hatte. Seine Hände zitterten leicht. »Gebt euch nun wieder dem Vergnügen hin. Es ist vielleicht das letzte Mal vor vielen finstren Tagen.« Er wandte sich ab und zog sich von der Brüstung zurück. Dann verschwand er in der Burg und ließ seine Gäste verunsichert zurück.

»Was meint er damit? Ach, Derwin...« Mit tränenerfülltem Blick sah Alinea den Einsiedler an. »Ist er...?«

»Nein, nein. Keine Sorge. Er ist bei ebenso klarem Verstand wie wir beide. Ich glaube nur, daß er im Herzen tiefer für das Land empfindet als wir alle. Es ist ein Teil von ihm. Wenn dem Land Leid zugefügt wird, geschieht auch dem König Leid. Aber damit sage ich dir sicherlich nichts Neues.«

»Das stimmt, aber es tut gut, es aus einem anderen Munde zu hören. Ich weiß schon lange, daß er keine Freude kennt, wenn es irgendwo ein Unglück gibt, dem er abhelfen könnte. Aber so weit ist er noch nie gegangen.«

»Bete, daß ich mich täusche, Herrin. Aber wir werden in Kürze womöglich Grund haben, Eskewars unzeitgemäße Warnung als Tat eines tapferen und edlen Herzens zu erkennen. Er spürt, glaube ich, etwas, das uns noch nicht offenbar ist. Ich fürchte, wir werden seine Ahnungen bald teilen.«

»Du entschuldigst mich, Derwin. Ich muß mich eilends um ihn kümmern. Er wird sich über seinen Ausbruch grämen. Er wird einer sanften Hand zum Trost bedürfen.«

Derwin verneigte sich, und die schöne Alinea rauschte mit ihren Seidengewändern raschelnd davon. Als er sich umdrehte, sah er, daß nach Eskewars seltsamer Ansprache alle den Blick auf die Königin gerichtet hatten. Derwin lächelte so freundlich er konnte. Er hob die Arme empor und rief so fröhlich es ging: »Freunde, genießen wir das Fest! Es kann noch genug Ärger auf uns zukommen. Sei's drum! Heute ist ein glücklicher Tag, und wir können die Freude vielleicht bald gut gebrauchen. Also füllen wir unsere Herzen damit und verschieben die Sorgen auf morgen!«

Er wedelte mit den Händen, und als hätten sie nur auf sein Stichwort gewartet, setzten die Spielleute ein und erfüllten den Garten wieder mit Musik. Die Kinder spürten, daß der Bann über ihrem Spiel nun aufgehoben war und stürmten ausgelassen los, so daß ihr Lachen in jedem Winkel erklang. Binnen kurzem bot der Garten ein Schauspiel von Ausgelassenheit und Vergnügen. Die unheilvolle Wolke, die so rasch und unvermittelt aufgetaucht war, hatte sich plötzlich wieder verzogen.

Die Nacht sank hernieder wie ein Traum. Quentin erinnerte sich verschwommen an den Tag, der ihm endlos vorgekommen war. Ihn und Toli hatte man hinten auf einen Wagen geworfen und ihren Ahnungen überlassen. Nicht einen Augenblick lang vergaß er den ganzen langen Tag über die Schrecken ihrer Prüfung bei Sonnenaufgang.

Man hatte ihn auf das Zeichen des Feldherrn über den Richtplatz geschleift. Auf halbem Weg zum Henker hatte dieser sich abgewandt. Quentin sah sich um: Der Feldherr ritt durch die sich zerstreuenden Soldaten; der Kreis löste sich auf. Mit einemmal begriff er, daß der Befehl zum Wegtreten gegeben worden war. Die Hinrichtung war vorüber. Warum man ihn und Toli verschont hatte, sollte er erst später erfahren. Die Erleichterung stellte sich indes erst langsam ein, als er den hünenhaften Henker weggehen und die scharfe Schneide seiner Axt mit den Kleiderfetzen des Getöteten abwischen sah.

Kurz nachdem die Wagen losgeholpert waren, war Quentin in tiefen Schlaf versunken, der nur von Tolis andauernden Knüffen und Ermahnungen zum Essen unterbrochen wurde. Mit viel Glück waren sie auf einem Wagen gelandet, der Vorräte aus Illem geladen hatte. Toli war es gelungen, seine Fesseln ein wenig zu lockern und Essen zu fassen. Er bestand darauf, daß Quentin aß, um wieder ein wenig zu Kräften zu gelangen.

Nach einem Mahl aus trocknem Korn, kräftigem Ziegenkäse und hartem Brot war Quentin wieder eingeschlafen. Erst bei Sonnenuntergang am Sonnwendtag rührte er sich wieder.

»Hast du dich entschieden, noch ein wenig länger auf dieser Welt zu bleiben?« fragte Toli, als er die Augen öffnete. Im gedämpften Licht des Wagens saßen sie zwischen achtlos übereinandergeworfenen Vorräten.

»Wir haben angehalten!« Quentin versuchte, sich aufzurichten, aber es fuhr ihm wie heiße Messer durch Arm und Schulter. Alles tat ihm weh.

»Ruhe, solange du darfst, Kenta. Ja, wir haben längst angehalten. Ich glaube, sie schlagen das Lager zur Nacht auf. Bald werden sie Vorräte holen.«

»Was uns dann wohl geschieht?« Kopfschüttelnd betrachtete Quentin seinen stets findigen Diener. »Ich hielt dich für tot. Du hättest fliehen sollen.«

Toli lächelte ihn an. »Du weißt, daß das nicht ging. Ohne meinen Kenta gibt es keine Flucht. Das ist *fijanasch* – undenkbar.«

»Nun, morgen zahlen wir vielleicht beide mit dem Leben, aber ich bin froh, daß du bei mir bist, Toli. Wenigstens ist Esme entkommen.«

»Ja«, erwiderte Toli stumpf. Quentin hatte das Gefühl, an eine offene Wunde gerührt zu haben.

»Ich dachte … au!« Quentin verzog das Gesicht.

»Hast du starke Schmerzen?«

»Sie kommen und gehen. Ich fühle mich, als wären mir die Knochen herausgenommen, durcheinandergeworfen und nach Belieben wieder eingesetzt worden.«

»Ich fürchtete, du seist tot, als ich dich am Wagenrad hängen sah.« Er lächelte abermals, und Quentin fragte sich, wie er unter diesen Umständen so fröhlich sein konnte. »Aber du hast dich klüger und beherrschter verhalten als gewöhnlich. Ich hätte uns zur Flucht verholfen, wäre dieser elende Wächter nicht gewesen.«

»Seine Unachtsamkeit hat ihn das Leben gekostet.« Quentin verstummte und erinnerte sich wieder an das grauenerregende Schauspiel, dem er beigewohnt hatte und fast zum Opfer gefallen wäre. »Vielleicht galt uns dies nur als Warnung; vielleicht wollten sie uns gar nicht hinrichten, noch nicht, meine ich.«

»Wichtig ist, daß wir jetzt einen neuen Fluchtversuch unternehmen. Heute nacht haben wir dazu eine hervorragende Gelegenheit.«

»Heute nacht?«

Toli nickte. »Es ist Sommersonnwende. Sie werden feiern. Die Wachen werden nicht gut aufpassen. Wir könnten Glück haben.«

Quentin schmerzte der Kopf, als er an ihren vorigen Fluchtversuch zurückdachte. Und noch etwas anderes fiel ihm zur Sonnwende ein, etwas Angenehmes, das kurz aufflackerte, aber wieder erlosch, als er es zu erfassen versuchte. »Sonnwende. Glaubst du, diese ...« Er suchte nach einem Wort. »Diese Barbaren feiern dergleichen?«

»Das ist gut möglich, würde ich sagen. Sogar die Dscher begehen den Tag der langen Sonne. Das ist bei fast allen Völkern so. Diese Leute machen wohl keine Ausnahme.«

»Wer sind sie? Warum kamen sie nach Mensandor?«

Ehe sie die Frage vertiefen konnten, tauchten zwei Soldaten auf und zogen die Ladeklappe heraus. Die beiden Gefangenen wurden aus ihrem Nest gezerrt, jeweils zu einem Rad geschleppt und dort festgebunden, die Arme ausgestreckt, die Beine gerade gestellt und an den Knien gefesselt. So konnten sie nur den Kopf drehen und einander hilflos ansehen.

Die beiden Wachen postierten sich ganz in der Nähe, um sie gut im Auge zu behalten. Sie setzten sich auf einen umgestürzten Baumstamm und starrten sie kalt und böse an. Keiner von beiden freute sich über den Dienst, das war klar. Vermutlich war er gefährlich, bedachte man, was einem ihrer Kameraden am Morgen widerfahren war.

Da sie so streng bewacht wurden, dachte Quentin, daß eine Flucht ausgeschlossen war. Darum achtete er der Wachen gar nicht, sondern betrachtete das emsige Treiben um sich herum.

Das Heer hatte als Lager eine flache Wiese am Fuß eines mit Pappeln und Birken bestandenen Hügels gewählt. Die Soldaten schleppten eifrig umgestürzte Bäume herbei und schichteten sie zu einem großen Haufen in der Mitte auf. Die Kochstellen loderten bereits, in der reglosen Abendluft hing silberner Rauch. Zweimal erspähte Quentin den Feldherrn, wie er durchs Lager ritt und seinen Leuten Anweisungen gab. Er würdigte die Gefangenen keines Blickes.

Bald wurde es im Lager ruhiger, während von den Feuern Essensduft aufstieg. Die Soldaten ließen sich in dichten Haufen nieder und lösten sich später in kleinere Grüppchen auf. Die Männer saßen mit Holzschüsseln da und schöpften ihr Essen. Quentin und Toli hörten ihr Schmatzen und Schlürfen, als sie die Teller sauber leckten.

Quentin wollte die Soldaten zählen. Über die Wiese waren zwanzig Kochstellen verstreut; seiner Schätzung nach lagerten um jede von ihnen etwa hundert Mann oder gar mehr. Im Umkreis liefen noch weitere herum; sie versorgten die Pferde und sammelten Feuerholz. Dieses Heer umfaßte mindestens zweitausend Soldaten, vermutlich mehr.

Da sah Quentin einen Mann aus der Zeltluke auf sie zukommen. Schon aus der Ferne war klar, daß an ihm etwas anders war. Er ähnelte den Soldaten auf der Wiese nicht so recht. Haltung und Aussehen hoben ihn ab.

Der Mann war groß und trug ein lockeres, tief indigofarbenes

Gewand voller Goldketten, dazu einen ungewöhnlichen flachen Hut aus weichem Material, wie Quentin noch nie einen gesehen hatte. Das längliche Gesicht umrahmte ein kurzer, stacheliger Bart. Er war pechschwarz und zeichnete sich auf dem hellen, flachen Gesicht des Mannes deutlich ab.

Zielstrebig ging er auf den Wagen zu, stemmte die Hände in die Seiten und starrte auf die Gefangenen hinab. Quentin erwiderte kühn seinen Blick, während der Hauptunterhändler des Feldherrn – denn das war er wohl – mit den beiden Wachen redete. Dazu wendete er nicht einmal den Kopf, sondern ließ die Gefangenen nicht aus den Augen.

Die Wachen murrten etwas zur Erwiderung. Der bärtige Offizier fauchte sie noch einmal an und warf ihnen rasch einen Blick zu. Schnell sprangen sie auf und banden die Gefangenen schimpfend von den Wagenrädern los. Dann wandte der Mann sich ab und ging ins Zelt zurück.

Quentin und Toli wurden hochgezerrt und hinter ihm hergeführt. Das schien den Wächtern gar nicht zu passen. Quentin überlegte, was das zu bedeuten hatte. Stumm erwiderte Toli seinen fragenden Blick. Quentin bemerkte, daß die Augen der Soldaten ihnen voll Angst und Ehrfurcht folgten.

Als der Unterhändler und die Gefangenen das Zelt erreichten, sprangen zwei Soldaten empor und hielten die Zeltklappe auf. Der große Mann bückte sich und trat wortlos ein. Quentin und Toli schob man hinterher. Froh, ihrer Pflicht ledig zu sein, eilten ihre Wächter zum Abendessen.

Daß er sich so tief bücken mußte, verursachte Quentin große Schmerzen. Er stolperte und fing sich nur mit Mühe. Seine Hände waren von den Fesseln steif und taub geworden. Als er wieder stand, sah er, daß das Innere des Zeltes so rund und dunkel war wie der Nachthimmel. An goldenen Ketten hingen hell leuchtende, goldene Lämpchen, die aussahen wie kleine Sterne am Firmament. Der Unterhändler drehte sich zu ihnen um und bedeutete ihnen mit der Hand, daß sie stehenbleiben sollten, wo sie waren. Dann verschwand er hinter einem kunstvoll bestickten Vorhang.

»Ein solches Feldherrnzelt habe ich noch nie gesehen«, sagte Quentin, die seltsame, fast märchenhafte Ausstattung betrachtend. Wo er auch hinsah, fiel sein Blick auf glänzendes Gold und Silber.

»Es ist ein reisender Königspalast.« Auch Toli war überrascht von dem Gegensatz zwischen dem wilden Feldherrn, seinen Leuten und dieser Pracht.

Da trat der Bärtige wieder ein und winkte sie herbei; den Vorhang schob er beiseite. Als Quentin einen Schritt nach vorn machte, stieß ihm der Seneschall in den Nacken, um ihm zu bedeuten, daß er sich in Gegenwart des Feldherrn zu verneigen hatte.

Gesenkten Blickes betrat Quentin das Innere des Juwels. Schweigend standen er und Toli nebeneinander. Vor sich hörten sie den langsamen, regelmäßigen Atem des Feldherrn. Quentin bildete sich ein, seinen kalten Blick zu spüren, während er ihr Schicksal erwog.

Der Feldherr raunzte einen Befehl. Sein Diener trat vor und verneigte sich. In seiner unergründlichen Sprache sagte der Feldherr leise ein paar Worte. Der Seneschall verbeugte sich abermals und sagte in geschliffenem Tonfall: »Mein Herr hat entschieden, daß ihr bei ihm sitzen dürft. Er wünscht, daß ihr mit ihm speist. Sprechen dürft ihr dabei nicht, es sei denn, er stellt euch eine Frage, die ihr unverzüglich zu beantworten habt. Wenn einer von euch nicht sofort antwortet, weiß er, daß derjenige sich eine Lüge ausdenkt und läßt ihm die Zunge herausschneiden, damit der andere sie esse und aufpasse, nicht dem Beispiel seines Freundes zu folgen.«

Er klatschte in die Hände, worauf zwei Diener Kissen brachten und sie vor die Gefangenen legten. »Setzt euch«, befahl er.

Als sie saßen, sprach der Bärtige: »Ihr dürft aufblicken.« Und als sie getan hatten wie geheißen, rief er: »Nun seht den unsterblichen Gurd, Befehlshaber über die Ningaal, Feldherr Nins des Verheerers!«

Auf den Anblick, der sich ihm bot, war Quentin nicht gefaßt.

20

»Sie haben hier vergangene Nacht gelagert, wie es aussieht«, sagte Ronsard und stand wieder auf, nachdem er die erkaltete Asche untersucht hatte.

»Ja, wie es aussieht, müssen es fast dreitausend Mann mit Wagen und Pferden gewesen sein.« Teido ließ den Blick über die große Wiese schweifen. Von dem Heer waren nur noch wenige Spuren übrig: Dellen im Gras, wo die Männer geschlafen hatten, schwarze Flecken, wo die Feuer gebrannt hatten, Furchen in den Grasnarben, wo die Wagen gefahren waren, und die halbmondförmigen Abdrücke, wo die Pferde gelaufen waren. Das Heer war weitergezogen.

»Wir werden ihnen mühelos folgen können«, sagte Ronsard. Er blickte gen Westen zur untergehenden Sonne. »Wie weit kann ein Heer dieser Größe an einem Tag marschieren? Vier Meilen? Fünf?«

»Vier vielleicht. Mehr nicht. Sie scheinen keine große Eile zu haben. Es ist sonderbar...«

»Was?«

»Daß eine Streitmacht von dieser Größe durchs Land zieht, alles vor sich hertreibt und...« Er rang nach Worten.

»Und keine Angst hat, daß man sie stellt.« Das hatte Esme gesagt, die auf ihrem Roß saß und dem Gespräch der beiden Ritter gefolgt war.

»Ja, genau. Wenn ich ein fremdes Land überfiele«, sagte Teido, »würde ich erwarten, früher oder später auf Gegenwehr zu stoßen. Der Hochmut dieses Heeres trifft mich bis ins Mark.«

Einer von Ronsards Rittern rief ihnen von der Wiese aus etwas zu. »Er hat etwas entdeckt«, meinte Ronsard und führte sie zu dem Knienden. Als sie näher kamen, sahen sie, daß das Gesicht des Mannes vor Ekel verzerrt war.

»Was ist los, Tarkjo? Was hast du entdeckt?«

»Herr Ronsard... ich... hier wurde jemand getötet, Herr.«

Der Soldat hatte recht. Der dunkelrote Fleck am Boden konnte nur eines bedeuten.

Teido begutachtete ihn und preßte die Lippen dabei so fest zusammen, daß alles Blut aus ihnen wich.

»Es könnte ein Hirsch gewesen sein.« Esmes Worte klangen nicht sehr überzeugt. Auch sie fürchtete das Schlimmste.

»Was sie wohl mit der Leiche getan haben?« sagte Ronsard mit angespannter Stimme. Er wandte sich von dem häßlichen Mal im Gras ab. Esme sah, daß ihm der Zorn ins Gesicht geschrieben stand.

»Ich glaube, ich weiß, was sie mit dem Leichnam gemacht haben«, meinte Tarkjo völlig tonlos. Die anderen folgten seinem Blick bis zu den nahen Bäumen.

»Bei Azrael!«

»Diese Teufel!«

»Schau weg, Herrin. Das ist kein Anblick für eine Frau«, sagte Ronsard. Er sah Teido an, dessen Miene kummerschwer war. Einen Augenblick stand eine unausgesprochene Frage zwischen ihnen. »Wir müssen«, sagte er leise. »Ich will es wissen.«

»Ich begleite dich«, erwiderte Teido ruhig. »Bleibt hier bei Tarkjo, Esme. Wir sind gleich wieder da.«

Teido saß ab und ging mit Ronsard zu einer großen, ausladenden Eiche, an der der Leichnam des glücklosen Soldaten baumelte.

Er ähnelte kaum mehr einem Menschen, sondern eher einem Tierkadaver. Die Vögel hatten das Gesicht vollkommen weggefressen, von den Eingeweiden waren nur noch Fetzen übrig. Der Leichnam hing an einem niedrigen Ast, langsam schaukelten die beiden Hälften nebeneinander an einem Seil, das man durch die zusammengebundenen Hände und Füße geschlungen hatte.

»Ist es einer von ihnen?« Teido brachte kaum einen Ton heraus.

Ronsard nickte. »Der hier kam keinesfalls in Mensandor zur Welt.« Er wandte sich von dem grauenvollen Mahnmal ab. »Ich bin froh. Quentin und Toli leben womöglich noch, auch wenn ich mir keine allzu großen Hoffnungen mache.«

»Ich auch nicht. Aber es genügt, um die Verfolgung fortzusetzen.« Teido blickte zum Himmel empor, den die untergehende Sonne golden überstrahlte. »Ein paar Stunden Tageslicht bleiben uns. Da kommen wir weit.«

»Und wir reiten die ganze Nacht durch. Dann holen wir sie bis zum Morgen ein.«

Ohne ein weiteres Wort kehrten sie zu den übrigen zurück, Esme und den drei Soldaten. »Sei beruhigt, Herrin. Der Elende dort war kein Freund von uns. Einer der Ihren höchstwahrscheinlich.« Ronsard richtete einen fragenden Blick an die beiden Soldaten, die gleich Tarkjo die Umgebung nach Hinweisen auf das Schicksal der Gefangenen abgesucht hatten. Beide schüttelten verneinend den Kopf. Sie hatten nichts entdeckt.

»Also reiten wir weiter. Die Spur läßt sich leicht verfolgen. Am nächsten Bach halten wir an und lassen die Pferde ausruhen. Norben und Kenbor, reitet voran. Dann Tarkjo und Esme. Teido und ich bilden den Schluß.« Als die anderen aufsaßen, sagte er zu Teido: »Wir brauchen einen Plan, bis wir das Lager erreicht haben.«

Teido nickte. »Wir wollen beten, daß uns etwas einfällt. Einen anderen Weg weiß ich nicht.«

Zwei menschliche Schädel starrten Quentin aus leeren Höhlen an. Sie steckten auf Stangen zu beiden Seiten von Gurds niederem Podest. Der Feldherr selbst sah kaum besser aus als ein lebendiger Schädel. Reglos saß er da, während das sanfte Lampenlicht die tief liegenden Partien seines Gesichts mit Schatten füllte. Daß er die Anwesenheit der beiden wahrnahm, war nur an den beiden schwarz glänzenden Augäpfeln zu erkennen.

Der Feldherr saß wie seine Gäste wider Willen auf einem Kissen. Seine Brust war entblößt, denn er trug seine kurze Jacke bis zur Taille offen. Sie war reich verziert, mit feinen Stickereien, die Quentins Augen fremd waren. Doch was seine Aufmerksamkeit am meisten anzog und fesselte, war die Brust des Feldherrn. Trotz dem schwachen Licht der Öllampen konnte er erkennen, daß sie von Narben übersät war, langen, gezahnten, übel aussehenden Narben. Weder ein Unfall noch eine Verwundung in der Schlacht konnte sie so zahlreich hervorgebracht haben. Manche waren ganz offensichtlich frischer, denn sie überlagerten andere, und einige waren gerade erst verheilt.

Voll Entsetzen wurde Quentin klar, daß der Mann sich diese Wunden, diese gräßlichen Verstümmelungen, selbst beigebracht hatte.

Der Seneschall, der nun zur Rechten seines Herrn zwischen diesem und den Gefangenen saß, klatschte in die Hände, worauf Sklaven mit großen Schüsseln voller Essen herbeieilten. Ein weiterer Sklave brachte kleinere Schüsseln, die die Diener aus den großen füllten. Als sie fertig waren, stellten sie die Schüsseln vor die vier Männer und zogen sich hastig zurück.

Der Feldherr griff nach seiner Schüssel und fing sogleich zu essen an, ohne seine Gäste eines Blickes zu würdigen.

Das Essen, eine unbekannte Art gekochten Getreides mit scharf gewürzten Fleischbrocken in einer dicken Soße, dampfte heiß. Quentins ungewohnten Gaumen mutete es fremdländisch und wie nicht von dieser Welt an, und wenn man es geschluckt hatte, blieb ein Wärmegefühl auf der Zunge zurück. Sie aßen mit den Fingern, die Schüsseln dicht unter dem Kinn. Quentin gelang es, die Schüssel auf seinem Knie zu balancieren und mit der Linken zuzugreifen. Die rechte Hand lag nutzlos in seinem Schoß.

Während des Mahls erschien ein Sklave mit einem Krug und goß eine bernsteinfarbene Flüssigkeit in goldene Becher. Er stellte sie vor die Esser und verschwand wieder. Das Getränk war eine Art Wein. Quentin erkannte den leicht metallischen Beigeschmack, aber eine solche Sorte hatte er noch nie gekostet: weich, fast klebrig und herrlich süß. Er bemerkte, daß ein Schluck das warme Prickeln auf seiner Zunge, welches das Essen hinterließ, zum Verschwinden brachte.

Gierig aß der Feldherr zwei Schüsseln leer, ohne ein einziges Mal aufzublicken. Als er fertig war, stellte er seine Schüssel ab und legte die Hände auf die Knie. Er rülpste einmal und sagte dann rasch etwas.

»Das Mahl ist zu Ende«, teilte der Seneschall den Gefangenen mit. Und obwohl Quentins Schüssel noch halb voll war, stellte er sie weg und legte die Hände auf die Knie, wie sein Gastgeber es ihm vormachte.

»Fürst Gurd läßt euch wissen, daß er nur in Gegenwart von Menschen ißt, die er achtet, und daß er sein Mahl nur mit denen teilt, die er bewundert.« Der Unterhändler nickte ihnen zu und bedeutete ihnen, daß sie etwas Ähnliches zu erwidern hätten.

»Wer sind wir, daß er uns, seine Feinde, achtet oder bewundert?«

Der Unterhändler übersetzte Quentins Frage, worauf der Feldherr sonor lachte und knapp antwortete.

»Fürst Gurd sagt, euer Geist adelt euch. Du, Hellhäutiger, hast die Folter des Rades überstanden. Wärst du ein Feigling, du hättest sie nicht überlebt. Und du«, fuhr er an Toli gewandt fort, »hast dein Leben aufs Spiel gesetzt, um deinen Freund zu befreien. Diese Tat ist edel, obschon es die eines Toren ist. Fürst Gurd bewundert solch großen Mut. Es wird ihm leid tun, euch zu töten, wenn die Zeit reif ist, aber euer Blut wird für ihn fließen – als herrliches Opfer an seine Unsterblichkeit. Das erfreut ihn.«

Diese Antwort verwirrte und erzürnte Quentin. Er wollte etwas erwidern, spürte aber, wie Toli ihn am Arm berührte. »Warum dringt ihr in unser Land ein? Wer seid ihr?«

Der Seneschall übersetzte dem Feldherrn. Dieser lächelte schwach wie eine Schlange. »Ich habe Fürst Gurd mitgeteilt, daß es für euch eine Ehre ist, eines solchen Dienstes für würdig erachtet zu werden.« Auf Quentins verärgerten Blick sagte er: »Es wäre nicht sinnvoll, ihn ausgerechnet jetzt zu erzürnen. Er würde euch ausweiden lassen, um sich das Essen zurückzuholen, das ihr mit ihm eingenommen habt.«

»Was hat er mit uns vor?« fragte Toli.

»Das weiß nur er allein.«

Gurd griff nach seinem Becher und nahm einen tiefen

Schluck vom süßen Wein. Als er fertig war, hielt er eine lange Rede, die der Unterhändler wiedergab: »Fürst Gurd möchte wissen, wie weit entfernt die große Stadt, genannt Askalon, liegt, wie sie befestigt ist und von wie vielen Soldaten sie geschützt wird.«

»Warum glaubt er, daß ich die Antworten auf derlei Fragen weiß?« versetzte Quentin.

Nach einem kurzen Wortwechsel mit seinem Herrn antwortete der Mann: »Fürst Gurd weiß, daß ihr Pferde habt und darum keine einfachen Leute seid. Er hat eure Waffen und eure Kleidung gesehen und glaubt, daß ihr von hohem Rang seid. Die Tatsache, daß ihr beide allein seine Soldaten angegriffen habt, beweist ihm, daß ihr mit Kriegsdingen vertraut und dafür geschult seid.«

Quentin zögerte. Tolis Gedanken ließen sich nicht erkennen.

»Wenn ihr überlegt, ob ihr antworten sollt oder nicht, so darf ich euch daran erinnern, daß Fürst Gurd jegliche Antwort, die so zaudernd erfolgt, als Lüge betrachtet, wie ich euch bereits sagte. Antwortet rasch, und er wird zufrieden sein.«

»Askalon liegt weit von hier, viele Meilen. Er nennt die Stadt zu Recht groß, denn das ist sie. Wie sie gibt es keine zweite. Kein Heer hat die Burg Askalon jemals erobert, und so wird es bleiben.«

»Und von wie vielen Soldaten wird der Ort verteidigt?«

»Sage deinem Fürsten, daß das Heer des Drachenkönigs für alle Fälle ausreicht.«

Der Feldherr beobachtete die Unterredung genau; Quentins Antwort paßte ihm nicht so recht. Aber er nickte zufrieden, als der Übersetzer fertig war. Gurd strahlte Quentin und Toli an und sagte in seiner schwerfälligen, unverständlichen Sprache etwas zu ihnen beiden.

»Fürst Gurd ist über eure Antworten erfreut. Er hat beschlossen, euch leben zu lassen, bis wir nach Askalon kommen. Dort werdet ihr als Opfer dargebracht, damit wir die Stadt um so schneller einnehmen. Er will sichergehen, daß euer Blut für ihn allein fließt. Das ist eine besonders hohe Ehre.«

»Es ist eine Ehre, auf die wir lieber verzichten würden«, entgegnete Quentin mit leichtem Spott, »aber vielleicht können wir ihm die Auszeichnung ja eines Tages vergelten.«

Der Unterhändler lächelte verschmitzt und teilte Quentins Bemerkung seinem Herrn mit; dieser neigte leicht den Kopf und gähnte. Er gab seinem Untergebenen ein Zeichen mit der Hand. Der stand auf und sagte: »Der Empfang ist zu Ende. Verbeugt euch und zieht euch zurück. Kehrt ihm nicht den Rücken zu.«

Alle entfernten sie sich rückwärts gehend durch den Vorhang. Sie gingen durch das Zelt nach draußen. Es war inzwischen fast dunkel, und Quentin spürte, daß im Lager eine kaum bezähmbare Aufregung herrschte. Die Soldaten drängten sich in dichten Gruppen zusammen, von überall war rauhes Gelächter zu hören. Die Sonne war längst untergegangen, der Himmel im Westen noch gerötet. Wenn der letzte Lichtschein verloschen ist, dachte Quentin, werden die Barbaren sich ihrer Ausgelassenheit hingeben.

Als könnte der Seneschall seine Gedanken lesen, sagte er: »Heute nacht gibt es eine Feier, denn es ist *Hegnruta*, die Nacht der Tiergeister.«

»Du beherrschst unsere Sprache gut, Herr«, meinte Quentin vorsichtig.

Die dunklen Augen blickten verschlagen. »Ich beherrsche elf Sprachen gut.«

»Was hast du da drin gesagt?« fragte Quentin, als die Wachen von vorher angerannt kamen, um sie abzuführen.

Der persönliche Diener des Feldherrn lächelte und bleckte dabei eine Reihe schöner weißer Zähne, die im Dämmerlicht zu leuchten schienen. »Ich habe ihm gesagt, daß ihr ihm die Ehre gern erwidern würdet. Er fühlte sich geschmeichelt.«

»Warum schützt du uns?« wollte Toli wissen, während die Wächter ihnen die Hände fesselten. »Was gilt es dir, ob wir leben oder sterben?«

»Für Erklärungen ist jetzt keine Zeit. Ich werde euch heute nacht besuchen, wenn das Durcheinander seinen Höhepunkt erreicht.« Der Unterhändler machte auf dem Absatz kehrt und ging zurück ins Zelt. Quentin und Toli wurden wieder zu den Wagen geführt, aber diesmal hatte Quentin das Gefühl, als umgebe sie eine Art Achtung. Die Blicke, welche die Soldaten ihnen beim Vorübergehen zuwarfen, drückten fast Verehrung aus. Die meisten, die in dieses Zelt gerufen wurden, kamen wohl nicht lebend wieder heraus. Ihnen war es gelungen.

21

Derwin blieb so lange bei den Gästen, bis ihre Befürchtungen, die das sonderbare Benehmen des Königs ausgelöst hatte, zerstreut waren. Hin und her wandelnd begrüßte er alle, als wäre er der König selbst, und seine Anwesenheit schien sämtliches Unbehagen über die Rede des Königs zu vertreiben. Die Musik trillerte und quinkelierte, ein wogender Strom, der die Sorgen des Augenblicks forttrug.

Der Obermusikant rief zum Reigen auf, und unter Anführung der besten Tänzer nahmen die Paare Aufstellung. Derwin nutzte die Gelegenheit, um sich davonzustehlen, da weder Alinea noch Eskewar wieder aufgetaucht waren. Er fürchtete, daß etwas Ernsthaftes vorgefallen war.

Rasch nahm er die Steintreppe hinauf zur Galerie. Die breite Flügeltür stand offen, Reihen hell lodernder Fackeln beleuchteten den weiten Korridor. Ein paar Neugierige lustwandelten staunend durch die Innenräume der Burg. Derwin trat nach außen hin zwar völlig ruhig auf, eilte aber dennoch so geschwind wie möglich zu den Gemächern des Königs, wo er Eskewar anzutreffen erwartete.

Am Eingang stand Oswald. »Ist alles in Ordnung, Oswald?«

Oswald neigte zum Gruß leicht den Kopf und erwiderte: »Jawohl, Herr. König und Königin haben sich zurückgezogen. Soeben langte ein Bote an.«

Derwin zog die Brauen hoch. »Von wem?«

»Das weiß ich nicht. Ich sah ihn nicht kommen. Der Torhüter brachte ihn sofort hinein.«

»Nun gut. Sehen wir, was er zu künden hat.«

Oswald öffnete die Tür und ging hinein. Als Derwin ihm folgen wollte, berührte jemand ihn sanft am Arm.

»Bria, ich dachte, du seist im Garten.«

»Ich bin dir gefolgt.« Ihre stets so glatte Stirn stand in Sorgenfalten. »Was ist geschehen?«

»Es ist nur ein Bote, mehr nicht. Warte kurz hier draußen; ich unterrichte dich so schnell ich kann.«

»Nein, ich möchte mit dir hineingehen.« Und schon war sie durch die Tür geschlüpft und zog Derwin hinter sich her.

»Ach, Derwin! Nach dir wollte ich gerade schicken.« Eskewar saß auf einem hohen geschnitzten Stuhl. Die Hand auf seiner Schulter stand Alinea neben ihm. Beide betrachteten aufmerksam den erschöpften Ritter, dessen Kleidung und Waffen voll Straßenstaub hingen. Schwankend vor Müdigkeit hielt er sich nur mit Mühe aufrecht.

»Das ist Martran«, stellte Eskewar ihn vor, »einer von Ronsards Rittern. Er wollte uns gerade seine Botschaft eröffnen.«

Der Reisige verneigte sich und sagte mit rauher Stimme: »Herr Ronsard läßt bestellen: ›Wir setzen unseren Auftrag fort und können leider noch nicht nach Askalon zurückkehren. Wir werden wiederkommen, sobald wir gefunden haben, was wir suchen, oder bessere Zeitung bringen können.‹«

»Ist das alles, Herr Ritter? Sprich nur freiheraus.«

»Das ist alles, Majestät. So lautet meine Botschaft.«

Voll trauriger Sorge zupfte Eskewar sich am Kinn. »Warum hat er dich mit einer solchen Botschaft zu mir gesandt, mein tapferer Ritter?«

»Er fürchtete wohl, sein langes Ausbleiben könne Unruhe auslösen. Teido schlug vor, eine Botschaft bringen zu lassen, daß sie ihren Streifzug fortsetzen würden.«

»Warum nur? Habt ihr nichts Ungewöhnliches gesehen?«

»Nein, Majestät. Ungewöhnliches nicht, aber...« Er zauderte, als sei er nicht sicher, ob es ihm anstehe, weiterzusprechen.

»Aber was, guter Mann?« fragte Derwin und trat näher. »Fürchte nichts. Nichts, was du sagst, könnte das Mißfallen des Königs erregen. Deine Gedanken für dich zu behalten könnte sich aber als Fehler erweisen. Sprich jetzt und überlasse die Beurteilung uns.«

»Jawohl, Herr.« Der Ritter verneigte sich vor Derwin. »Es ist so: Ich spürte, daß irgend etwas meine Herren beschäftigte. Sie suchten etwas und fanden es nicht. Das beunruhigte Teido aufs äußerste. Er trieb uns zur Eile und wollte bisweilen die ganze Nacht lang durchreiten. Das ließ Ronsard jedoch nicht zu. Darüber gerieten sie häufig in Streit. Doch auf dem Rückweg sah ich etwas, das mich verwirrte. Hätte Teido es gesehen, so wäre er wohl noch unnachgiebiger geworden.«

»Und was sahst du?« fragte Eskewar freundlich. Wie mit Adleraugen beobachtete er den Boten.

»Eines der Dörfer, durch das wir geritten waren, fand sich am nächsten Tage auf dem Rückweg leer. Mir kam es zwar merkwürdig vor, niemandem zu begegnen, aber ich ging der Sache nicht weiter nach.«

»Leer?«

»Ja, Majestät. Es sah aus, als hätte man es sehr rasch verlassen. Einen Grund dafür konnte ich allerdings nicht erkennen. Aber wie ich sagte, ich ging der Sache nicht nach. Ich wollte nicht säumen.«

»Ich verstehe. Nun gut, Martran. Du darfst dich zur Ruhe begeben. Die hast du dir wohl verdient.

Oswald, bringe Ritter Martran zur Küche und verköstige ihn und suche ihm dann eine Platz im Schloß, wo er ungestört schlafen kann.« Zum Ritter sagte der König: »Bleibe in der Nahe. Vielleicht habe ich noch Fragen. Einstweilen aber pflege der Ruhe.«

Oswald wollte den Ritter wegbringen, der sich kaum mehr auf den Beinen halten konnte. Doch Derwin hielt die beiden auf. »Eines noch, Herr. Du hast nicht berichtet, daß dir unterwegs Quentin und Toli begegnet wären. Aber eigentlich hättet ihr euch kreuzen müssen. Sie brachen vor vierzehn Tagen hier auf, um nach eurem Trupp zu suchen.«

Der Ritter schüttelte den Kopf. »Mir ist niemand begegnet. Und das kam mir sonderbar vor, denn bis nach Hinsenbucht gehörte die Straße mir allein.«

»Danke, Martran. Schlafe wohl.«

Derwin sah den König fragenden Blickes an. »Eine seltsame Geschichte, fürwahr. Ich weiß nicht, was ich davon halten soll.«

»Was ist bloß mit Quentin passiert?« fragte Bria mit einemmal besorgt.

»Das wissen wir nicht, Herrin«, erwiderte Derwin. »Aber das Land ist ja groß. Vielleicht haben sie einen anderen Weg genommen.« Das klang nicht so tröstlich, wie er es gern gehabt hätte.

»Bald werden wir mehr wissen«, warf Eskewar ein. »Ich schlage vor, daß ich mich selbst auf die Suche nach ihnen begebe.« Und schon war der Drachenkönig aufgesprungen, als würde er unverzüglich losziehen wollen.

»Halt ein, Herr!« flehte Alinea. »Du bist noch lange nicht genug bei Kräften, um es im Sattel auszuhalten.«

»Geh, wenn du willst, Herr. Es sei ganz nach deinem Belieben. Aber wenn du gehst, läufst du Gefahr, die Rückkehr deiner Boten zu verfehlen. Und wo willst du mit der Suche nach ihnen beginnen?«

Gekränkt warf Eskewar dem Einsiedler einen Blick zu: »Was soll ich denn tun? Ich kann nicht ewig untätig hier sitzen und darauf warten, daß der Feind immer mächtiger wird.«

»Noch hat niemand einen Feind gesehen«, stellte die Königin fest.

Grimmig fuhr sie der König an: »Glaubst du vielleicht, es gibt keinen? Und ob es einen gibt!« Er zeigte mit dem Daumen auf seine Brust. »Hier drinnen spüre ich ihn. Er naht – das merke ich.«

»Ein Grund mehr, hier zu warten. Schöpfe Kraft. Der Kampf, nach dem du strebst, kommt noch früh genug.«

Enttäuscht ließ Eskewar sich auf seinen Stuhl sinken. Sein edles Antlitz stand voll düsterer Verzweiflung. Er fuhr sich mit den Händen durchs Haar. »Mensandor ruft nach seinem Beschützer, der aber sitzt im Bett und zittert vor Furcht. Wer wird uns aus unserer Schwäche erretten?«

»Laßt ihn jetzt«, sagte Alinea leise zu Derwin und Bria. »Ich kümmere mich um ihn. Das ist meine Pflicht als Gattin und Königin.«

»Mit deiner Erlaubnis, Herrin. Ich ziehe mich in mein Gemach zurück. Schicke nach mir, sobald du etwas brauchst.« Derwin faßte Bria am Arm und zog sie aus dem Zimmer.

»So habe ich ihn noch nie erlebt«, flüsterte Bria den Tränen nahe.

»Es ist eine äußerst mühevolle Zeit für ihn; solche Schwierigkeiten ist er nicht gewohnt. Doch sorge dich nicht. Es gibt Anzeichen, daß sein Lebensmut wiederkehrt. Bald wird er wieder der Drachenkönig sein.«

Die große Hand schloß sich um den kleinen weißen Leib des Vogels. Er flatterte mit den winzigen Flügeln und zwitscherte erschrocken, als die Hand ihn aus dem Käfig nahm. Die Taube, deren Kopf zwischen dem Rund aus breitem Daumen und Zeigefinger herausragte, wehrte sich kaum. Mit ihrem rot umrandeten Äuglein starrte sie entsetzt in das verzerrte Gesicht des mächtigen Nin.

Nin der Unsterbliche fühlte das rasche Pochen des winzigen Herzens und den warmen Leib der Taube, der seine Hand ausfüllte. Dann drückte er zu. Der Vogel wand sich und kreischte. Nin drückte fester. Da klappte der gelbe Schnabel weit auf, das Köpfchen sackte zur Seite weg. Langsam öffnete Nin die Faust. Das Bündel Federn in seiner Hand erschauerte und blieb dann reglos liegen.

Mit einem Freudenschrei schleuderte Nin der Verheerer die tote Taube durchs Zimmer. Leise aufklatschend landete sie neben der Tür.

»Unsterblicher, ich habe Neuigkeiten.« Die Augen des Würdenträgers schweiften zu dem weißen Federklumpen, der vor ihm am Boden lag.

»Tritt ein und sprich«, erklang laut dröhnend Nins Aufforderung.

Wie auf Zehenspitzen trat Usla ein und warf sich vor seinem Herrn und Meister aufs Gesicht.

»Steh auf. Dein Gott befiehlt es dir. Sprich, Usla. Möge deine Stimme zum Wohlgefallen des Ewigen erklingen.«

»Wer gleicht unserem Nin? Wie vermag ich seine Größe in Worte zu fassen? Denn er überstrahlt die hellsten Taten der Menschen, und seine Weisheit ist unermeßlich.« Usla schob die Hände vors Gesicht, als müßte er sich vor den sengenden Strahlen der Sonne schützen.

»Deine Worte erfreuen mich. Berichte mir nun deine Neuigkeiten. Ist Askalon eingenommen? Das Warten macht mich allmählich ungeduldig. Sage mir, was ich zu hören wünsche, Usla.«

»Meine Neuigkeiten ziemen sich vielleicht eher für eine andere Gelegenheit, edelster Nin. Von Askalon weiß ich nichts, doch möge es sein, wie du sagst.«

»Was dann? Rasch heraus damit. Deine Torheit ermüdet mich.«

»Der Befehlshaber deiner Flotte vor Elsendor sendet Nachricht vom Sieg. König Troans Schiffe wurden zerstört, der Kampf zu Lande hat begonnen.«

Das große, bartlose Gesicht verzog sich zu einem zufriedenen Lächeln. Wie Berge zu beiden Seiten einer Schlucht türmten sich die fleischigen Wangen. Die dunklen, bösartigen Augen wurden zu winzigen schwarzen Löchern, das Kinn verschwand zwischen den Hautlappen am Hals. »Sehr schön! Wie viele Gefangene wurden mir geopfert?« Der Raum hallte wider von der freudvoll dröhnenden Stimme.

Auf Uslas Gesicht breitete sich Schrecken aus. »Das weiß ich nicht, unermeßliche Majestät. Das berichtete der Feldherr nicht, aber wir dürfen wohl schließen, daß es viele waren. So ist es immer.«

»Wie wahr, wie wahr! Ich bin erfreut. Ich werde ein Fest zu begehen haben!«

»Darf ich es wagen, das hellste Licht des Weltalls daran zu erinnern, daß wir *Hegnruta* haben? Die Vorbereitungen zu den Feierlichkeiten heute abend sind bereits im Gange.«

»Ach, richtig. Das trifft sich. Geh und melde mir, wenn alles fertig ist. Und befiehl den Sklaven, mein Ölbad zu bereiten. Ich will gesalbt werden, ehe die Feier beginnt. Meine Untertanen sollen ihre Augen heute abend mit meinem Glanz erfüllen. Das wünsche ich mir für sie. Höre und gehorche.«

Usla ließ sich wieder aufs Gesicht fallen und ging dann rückwärts hinaus. Gleich darauf hörte man ihn mit seiner brüchigen Stimme die Sklaven zusammenrufen, daß sie das Bad mit duftenden Ölen für ihren Herrscher bereiteten.

Nin reckte sein rundes Mondgesicht und lachte. Die tiefen Töne, die sich seiner Kehle entrangen, hallten in den fernsten Winkeln des riesigen Palastschiffes wider. Alle, die sie vernahmen, erschauerten. Wer von ihnen würde heute abend zur Belustigung des Unsterblichen herhalten müssen? Wem auch immer die Ehre an *Hegnruta* widerfahren würde, derjenige durfte darauf gefaßt sein, den Morgen nicht zu erleben.

22

Hoch loderte der Flammenturm in die Nacht und überstrahlte mit seinem roten Schein die Sterne. An Wagenräder gebunden spürten Quentin und Toli die Hitze des riesigen Freudenfeuers, obwohl sie gar nicht in seiner Nähe waren. Die wüsten Feierlichkeiten erreichten allmählich ihren fieberhaften Höhepunkt.

Den ganzen Abend über hatte sich das Grölen und Toben stetig gesteigert, und jetzt hallte der Wald vom irrsinnigen Johlen der Zecher wider. Die Rasenden tanzten immer ausschweifender ums Feuer. Voll sprachlosen Staunens hatten Quentin und Toli den Eindruck, ein Dämon sei in die Soldaten gefahren und würde sie lenken, wie ein Barde im Rausch sein Instrument spielt.

Im flackernden Schein der Feuersbrunst sah Quentin etwas durch den Schatten schleichen, langsam wie ein großes Tier, eine dunkle Gestalt, die sich aus der Finsternis zu schälen schien.

»Schau dort drüben, auf der anderen Seite des Wegs«, flüsterte er Toli zu. Warum er wisperte, wußte er nicht, denn die Wachen taten nicht einmal so, als würden sie achtgeben. Sie saßen zwar noch auf Posten, beobachteten aber sehnsüchtig das Zechen ihrer Kameraden.

»Was ist das? Ich sehe es nicht genau.«

»Warte, es kommt näher.« Kaum hatte Quentin seinen Satz beendet, da tauchte das Wesen aus dem dunklen Schatten auf und trat in den schwankenden Lichtkreis. Finster drohend stand es im wabernden Schein, hell tanzten die Flammen auf seinem häßlichen Fell: Ein Wesen von schrecklicher Schönheit, gräßlich und gewaltig, sah es aus wie ein Untertan aus Heoths öder Unterwelt, ein Gemenge aus tausenderlei Alpträumen. Und so wälzte es sich aus dem Wald mitten unter die Feiernden, als wäre es aus den Tiefen der Unterwelt herbeigerufen worden, um als Herrscher über das üble *Hegnruta*-Fest aufzutreten.

Anfangs hielt Quentin es für lebendig, aber als das Ding näher kam, sah er, daß etwa hundert Männer es an Seilen zogen. Schließlich hatten sie es an den Feuerrand geschleppt, wo es, die Hände zum ewigen Segen oder Fluch erhoben, stehenblieb.

»Ihr Götze«, sagte Toli, ohne den Blick davon zu lassen. Er mußte fast schreien, denn beim Anblick des hoch aufragenden Götzen hatte sich das Johlen zu einem wahnsinnigen Kreischen und Stampfen gesteigert. Der Boden erbebte unter dem Höllenspektakel. Die beiden Wächter sprangen auf und fingen auf der Stelle zu tanzen an; dabei fuchtelten sie mit den Armen und kreischten völlig entfesselt.

Jetzt warf man um das Standbild herum noch mehr Holz ins Feuer. Und während Quentin und Toli zusahen, wie die Flammen es umzüngelten, löste sich ein Schatten aus der Dunkelheit und kroch zu ihnen. Plötzlich hörte Quentin, ohne daß er gemerkt hätte, daß jemand sich ihm näherte, ein rauhes Flüstern: »Ich schneide die Fesseln an deinen Händen los. Rühre dich nicht.«

Quentin tat wie ihm geheißen und spürte, wie die Stricke abfielen. Kraftlos baumelte sein rechter Arm herab. Er faßte ihn mit der Linken und drückte ihn sich an die Brust. Ohne weitere Anweisungen rollte er zum Schutz unter den Wagen. Dort lag bereits Toli, der sich die Handgelenke rieb. »Warum tust du das?« fragte er den Dritten unter dem Wagen.

Der Unterhändler des Feldherrn lächelte, daß seine Zähne kurz in der Dunkelheit aufblitzten. »Sie halten auch mich gefangen. Ich wollte schon lange fliehen. Doch um zu überleben, bedarf ich der Hilfe derer, die sich in diesem Lande auskennen.« Er sah die beiden an, seine Augen glänzten im Feuerschein. »Die Zeit drängt. Wir müssen uns beeilen.«

Die Gefahr, hinter dem Wagen entdeckt zu werden, war nicht groß. Es waren keine Wachen aufgestellt; die drei mußten bloß an ein paar kleineren Feuern mit Zechern vorbeikommen sowie diejenigen meiden, die in ihrer Raserei im Wald herumliefen.

Ihr Gebrüll gellte durch die Nacht und hinterließ bei Quentin kaum Zweifel, daß diese Nacht von Tiergeistern beherrscht wurde.

Verstohlen huschten die drei am Rand des Lagers entlang. Die riesigen, langen Schatten in den Bäumen um sie hüpften wie ein grotesker Mummenschanz, als die wilden Bräuche ungehemmt ihren Lauf nahmen.

Sie kamen nur langsam vorwärts, erreichten aber schließlich den Schutz des Waldes, dessen Dunkelheit sie umhüllte wie ein Mantel. »Dort drüben habe ich unsere Pferde versteckt.« Der Seneschall machte ein Zeichen mit dem Kinn. »Deinen Renner konnte ich finden«, sagte er zu Quentin. »Aber der andere war nicht mehr da.«

Lächelnd erwiderte Toli: »Es war nicht mein Pferd. Ich hatte mir eines von den angepflockten genommen.«

Trotz der Dunkelheit konnte Quentin sehen, wie ihr Führer überrascht die Brauen hochzog und ungläubig schmunzelte. »Dann habe ich mich in euch beiden nicht getäuscht. Ihr seid selbst ziemlich findig. Ich habe mir die richtigen Kameraden ausgesucht.«

Im Wald schien es kühler zu sein, schon schritten sie zuversichtlicher aus. Durch das Tal hallte das Heulen und Kreischen der *Hegnruta*-Zecher. Quentin schauderte innerlich, während er sich mühte, mit den anderen Schritt zu halten. Als sie die Pferde erreichten, die geduldig auf einer grasigen Lichtung warteten, keuchte er kraftlos. Das bißchen Kraft, das er aufzubringen vermocht hatte, war fast erschöpft.

»Ich weiß einen Weg aus dem Wald, wenn ihr mir folgen wollt«, sagte der Unterhändler.

»Nur zu«, erwiderte Toli. »Reite voraus.«

Rasch saßen die beiden auf und wandten ihre Pferde nach Norden, fort vom Lager. Toli warf rasch einen Blick über die Schulter und sah Quentin schwach mit einer Hand am Sattel hängen, ohne aufsteigen zu können.

»Warte!« rief der Dscher und sprang vom Pferd. »Es tut mir leid, Meister... Ich hätte gleich daran denken sollen.«

»Nein, nein, ich komme schon zurecht. Hilf mir nur in den Sattel.«

Im Mondlicht, das sanft auf die Lichtung schien, sah Toli, daß Quentins Stirn vor Schweiß glänzte. »Reite mit mir zusammen«, sagte er.

»Sobald wir hier fort sind, geht es mir besser«, erwiderte Quentin. »Rasch jetzt. Hilf mir hinauf. Wir haben keine Zeit zum Zanken.«

Toli packte seinen Herrn am Fuß und hievte ihn aufs Pferd. Den rechten Arm konnte Quentin überhaupt nicht gebrauchen. Er packte die Zügel mit der Linken und barg den versehrten Arm unter seinem Umhang. »Fort jetzt«, sagte er heiser.

Toli sprang auf sein Pferd, und schon waren sie weg. Die Rösser setzten übers Gestrüpp in den Forst. Feuersturm schien unter dem Abenteuer nicht gelitten zu haben, stellte Quentin fest, erleichtert, wieder im Sattel zu sitzen. Wenigstens brauchte er bei Feuersturm nicht beide Hände zum Reiten; der Renner ahnte die Befehle seines Herrn im voraus. Quentin brauchte sich bloß in den Sattel zu lehnen. Und dazu in der Lage zu sein, das hoffte er verzweifelt.

Im Nu waren sie tief im Wald, wo die dicken Baumstämme das silberne Licht des Mondes brachen und in Flecken streuten. Hinter ihnen johlten die Feiernden weiter, ihre Stimmen klangen fern wie im Traum und drangen mit zunehmender Entfernung immer leiser durch das Dickicht des Forstes. Es ist ein Traum, dachte Quentin bei sich, als er den flüchtigen Gestalten nachsetzte, die bald im Schatten, bald im Licht waren, ein schrecklicher Traum, der beim Aufwachen sofort vergessen sein wird. Aber die Zweige, die ihn gelegentlich stachen und die frische Kühle der Nachtluft auf seinem Gesicht waren nur zu wirklich. Er wußte, daß dieser Traum nicht mit dem Tageslicht verschwinden würde. Der Alp war wahr und mit Macht nach Mensandor gekommen.

23

»Es wird Zeit, daß etwas geschieht«, sagte der Oberpriester des Ariel bei sich, als er in seiner kargen Zelle auf und ab schritt. »Es ist Zeit zum Handeln.« Die dicke Kerze fauchte im Luftzug, den Bjorkis verursachte. Auf dem Tisch rollte ein Stapel zerbrechlicher Pergamentrollen, die raschelten wie Herbstlaub im Wind.

»Es ist Zeit, es ist Zeit«, wiederholte er und schob sich durch die Tür aus seiner Zelle in den dunklen Korridor. Er lief durch den leeren Tempel und verließ ihn durch einen Seitenausgang, den nur die Priester benützten. Dann eilte er über den mondbeschienenen Hof und schlüpfte durch eine schmale Mauerpforte. Vom Rand des Felsplateaus blickte er hinab ins stille Tal. Schließlich wandte er seine alten, aber immer noch scharfen Augen gen Osten.

Dort leuchtete neben dem Mond ein heller Stern, kräftiger als alle übrigen. Und vom Herzen dieses strahlenden Sterns schien ein Lichtbündel auszugehen. Das Stück Nachthimmel um ihn herum leuchtete fahl, und jeder, der seinen Blick übers nächtliche Firmament streifen ließ, fühlte sich immer wieder zu diesem Gestirn zurückgezogen. Es war der Wolfsstern.

»Ja! Es ist Zeit zum Handeln«, rief Bjorkis. Seine Stimme hallte von den Säulen des Tempels wider. Er machte kehrt und stolperte über die Felsbrocken zurück in den Tempelhof, bis er auf seinen kurzen, stämmigen Beinen schnaufend einen der vielen Gongs erreichte. Er griff nach dem Klopfer, hielt kurz inne und schlug dann ein paarmal hintereinander auf den Gong.

»Jetzt werden sie gleich angerannt kommen«, sagte er sich. Und er hatte recht. Im Nu war der Gang voller Priester, die sich die Augen rieben und schimpften, weil man sie aus dem Schlaf geholt hatte.

»Liebe Mitbrüder!« Bjorkis' Stimme dröhnte ihnen laut in den Ohren, er wollte sie ganz wach rütteln. »Seit zwei Tagen finde ich keinen Schlaf mehr. Da könnt ihr mir kurz zuhören. Ich wünsche, euch etwas zu sagen.«

Ihm antwortete unwilliges Gemurmel. »Was soll das, Bjorkis? Warum reißt du uns aus unserer Andacht?«

»Euer Schnarchen ist nicht wichtig«, fauchte Bjorkis den frechen Frager an. »Es ist Zeit zum Handeln. Der Stern leuchtet ohnegleichen, er wird jede Nacht größer. Und ich weiß nun, was er zu bedeuten hat.«

»Und das hatte nicht bis morgen Zeit?« fragte Pluhel, der stellvertretende Oberpriester. Er besaß das Vorrecht, dem Oberpriester Fragen zu stellen.

»Ich glaube nicht. Die Sache duldete schon zu lange Aufschub. Während wir mit Blindheit geschlagen und in aller Ruhe über die Bedeutung des Sterns nachdachten, wurde er groß und größer; seine Kraft verheißt Böses. Mensandor wird von fremden Mächten belagert. Die Welt, die wir kennen, steht am Rand der Verheerung.«

Die Priester raunten. Pluhel steckte den Kopf mit einigen anderen zusammen. »Es überrascht mich, daß du dir solche Sorgen machst, Bjorkis. Das sieht dir gar nicht ähnlich. Du warst doch stets derjenige, der uns vor der Torheit warnte, die Händel sterblicher Könige ernst zu nehmen. – Daß du jetzt so sprichst, erschreckt mich. Sollten wir beide uns nicht zur Beratung zurückziehen?«

Ob dieser Bemerkung erzürnte Bjorkis. »Höre ich aus deiner Stimme das Streben nach Macht, Pluhel? Warum sollten unsere Brüder nicht hören, was ich zu sagen habe?«

Der stellvertretende Oberpriester trat zu seinem Lehrer und legte ihm die Hand auf den Arm, als wollte er ihn beiseite führen. »Es ist nicht der richtige Zeitpunkt, um solche kaum begründeten Vermutungen vor allen offenzulegen. Komm mit mir. Du bist müde. Durch das viele Wachen bist du ein wenig – unberechenbar.«

»Unberechenbar, ja wahrhaftig! So klaren Verstandes war ich

mein ganzes langes Leben noch nicht. Aber dein Verhalten begreife ich überhaupt nicht. Warum siehst du mich so an?«

»Es ist spät, Brüder. Geht in eure Zellen und legt euch zur Ruhe. Morgen früh können wir die Sache sicher ruhiger bereden.«

Einige Priester wandten sich zum Gehen, andere zauderten, wie sie sich benehmen sollten.

»Der Oberpriester bin ich!« rief Bjorkis wütend. »Habt ihr das vergessen? Ihr bleibt alle, wo ihr seid, und hört mich an! Ich schlage vor, daß wir König Eskewar von unserer Entdeckung benachrichtigen.«

»Deiner Entdeckung, Bjorkis. Du kannst wohl nicht von uns erwarten, daß wir sie übernehmen.« Pluhel sprach mit sanfter Stimme, ohne eine Spur von Schlaf oder Müdigkeit.

Plötzlich erkannte Bjorkis, was geschah: Pluhels lang angestauter Ehrgeiz brach sich Bahn. Er wollte das Amt des Oberpriesters an sich reißen. Als diese Gewißheit Bjorkis traf, erbebte er vor Zorn. Was für ein Narr ich war, dachte er. Während ich wach lag und nach einer Lösung für das Rätsel jenes Sternes suchte, hat er Ränke gegen mich geschmiedet.

»Das lasse ich nicht zu, du Schlange!« rief Bjorkis. Sein unerwarteter Ausbruch löste bei den Priestern Verwunderung aus. »Nimm deine Hand weg! Hört mich an, Brüder. Der Oberpriester bin ich, und ihr kennt mich seit langem? Wann habe ich jemals etwas Unkluges geraten oder dem Gott, dem wir dienen, Schande bereitet?«

Überall traf er auf bekümmerte Mienen. Die Priester scharrten unruhig mit den Füßen. Keiner wagte zu antworten. Stumm stand Pluhel rechts neben Bjorkis und verkniff das Gesicht vor Haß.

»Warum beunruhigt es einige meiner Brüder, daß ich dem König eine Nachricht senden möchte?« Bjorkis sah sich um und erkannte einige, die zu Pluhels Partei gehören mußten. Er wußte, daß er im Nachteil war, aber vor Zorn wurde ihm warm ums Herz und seine Gedanken wurden glasklar.

»Warum hat jemand zu fürchten, daß ich dem Herrscher eine

Botschaft zukommen lasse? Es sei denn, jemand will das Wissen um die Geschehnisse hier geheimhalten. Es sei denn, jemand möchte, daß der Hochtempel nicht mehr den Reichsuntertanen dient.«

Da lachte Pluhel freudlos. »Wie du schwadronierst, Bjorkis! Nichts hindert dich, Verbindung zum König aufzunehmen, wenn es dir beliebt.«

»Natürlich nicht, ich bin der Oberpriester. Eine Reise nach Askalon ist durch meine frommen Eide abgedeckt. Dasselbe gilt für jeden, der mir in dieser Angelegenheit zu Diensten sein möchte.«

»Warum unternimmst du die Reise nicht persönlich?« zischte Pluhel.

»Ich? Ich bin alt, ein Jüngerer wäre schneller. Ich werde mein Siegel auf einen Brief setzen, den überbringen darf, wer möchte.«

»Ich glaube, niemand möchte seine Eide so begierig vernachlässigen wie du.«

»Es wäre kein Verstoß gegen den Eid. Das habe ich bereits gesagt. Warum fängst du wieder davon an?« Bjorkis fühlte sich plötzlich schwach und krank. Auf irgendeine Weise hatte Pluhel das Gespräch gegen ihn gewandt, ohne daß er es merkte. Der Oberpriester wußte, daß er verloren war.

»Wer anders als der Oberpriester wäre besser geeignet, mit dem König zu sprechen? Soll dein eigener Mund die Nachricht verkünden!«

»Nun gut«, erwiderte Bjorkis gereizt. »Ich gehe. Wer begleitet mich?« Fragend starrte er die verdutzten Gesichter an. Keiner meldete sich.

»Wie? Keiner will den Oberpriester auf seiner mühseligen Reise begleiten? Ich könnte euch befehlen mitzukommen!«

»Vielleicht sollten wir wirklich unter vier Augen sprechen«, meinte Pluhel wieder. Er strahlte vor Zufriedenheit.

»Dir habe ich nichts mehr zu sagen!« Bjorkis reckte seinen Stab und ließ ihn krachend auf den Boden sausen.

»Wie du willst, Bruder. Dann bleibt mir keine andere Wahl,

als die Priester Ariels von den Verstößen des Oberpriesters in Kenntnis zu setzen und sie um ihren Rat zu bitten.«

»Welche Verstöße? Nenne sie nur. Ich fürchte mich nicht. In meinem ganzen Priesterleben war ich dem Gott und meinen Gelübden treu.«

»Du zwingst mich dazu. Hört mich also an, ihr Priester«, rief Pluhel und nickte einem Priester zu, der näher getreten war. Dieser reichte ihm eine Schriftrolle. Pluhel nahm sie und öffnete sie großspurig. Mit schriller, anklagender Stimme las der stellvertretende Oberpriester eine Liste erfundener Verbrechen vor, die Bjorkis am Tempel und an seinen Eiden begangen haben sollte. Die Zuhörer schienen gespalten; einige nickten zustimmend, andere zeigten ungläubiges Erstaunen.

Als Pluhel geendet hatte, fragte er Bjorkis: »Was hast du gegen diese Beschuldigungen vorzubringen?«

»Die soll Azrael holen! Sie sind alle erlogen. Jeder, der mich kennt, kann dir das bestätigen. Aber was ich sage, spielt wohl keine Rolle mehr. Du hast bereits entschieden, wie die Sache ausgehen soll. Nur weiter.«

Pluhel wandte sich an die Versammelten und sagte beherrscht und ruhig: »Ihr habt mit eigenen Ohren gehört, daß er die Beschuldigungen nicht leugnet. Das kann nur eines heißen: Bjorkis ist seines Priesteramtes zu entkleiden und durch einen neuen Oberpriester zu ersetzen. Er soll ausgestoßen werden. Möchte jemand etwas gegen diese Empfehlungen einwenden?«

Es herrschte Grabesstille. Keiner rührte sich.

Daraufhin wandte Pluhel sich ganz gelassen wieder an Bjorkis. Mit gespielter Kümmernis sagte er: »Es tut mir leid, daß es so gekommen ist. Du hättest lieber von selbst gehen sollen, als noch Zeit war. Diese Schande hätte ich dir gern erspart.«

»Du brauchst mir nichts zu ersparen, falscher Freund! Ich gehe, aber zuvor hört mich an, ihr Priester Ariels.« Er blickte jeden einzeln an; viele waren eng mit ihm befreundet und schauten vor Scham weg. »Heute nacht ist das Böse über diesen Tempel gekommen. Es wird jeden von euch vernichten, wenn ihr es nicht sofort mit der Wurzel ausreißt und von euch schleudert.«

Auf ein Signal von Pluhel traten vier Tempelwächter mit Fackeln vor und faßten Bjorkis an den Armen.

»Ich gehe«, rief der Oberpriester. »Aber erinnert euch meiner Worte. Ein Schatten liegt auf dem Land. Bald wird es nirgendwo mehr sicher sein, nicht einmal im Hochtempel des Ariel. Wenn ihr mir nicht folgen wollt und tut, was zu tun ist, dann habt wenigstens ein Auge auf denjenigen, den ihr gekürt habt, und erkennt sein wahres Selbst. – Die Untertanen des Reiches werden euren Schutz suchen und den Gott bitten, daß er sie verteidige. Ihr werdet ihnen nicht beistehen können, der Gott wird eure Gebete nicht erhören.«

»Schafft ihn fort!« rief Pluhel. »Er rast wieder.«

Die Wachen schleppten Bjorkis hinaus. Die großen Tempeltore standen bereits offen. Die Nachtluft wehte herein und gemahnte die Priester mit ihrer Kälte an Bjorkis' düstere Prophezeiungen.

Die Tempelwachen schleiften ihren ehemaligen Herrn die steinernen Tempelstufen hinab und schoben ihn auf den Hof. Bjorkis stolperte ein paar Schritte. Dann wandte er sich gegen seine Ankläger, die auf der Treppe standen und ihm nachsahen. Der schlohweiße Greis hob seinen Amtsstab, den ihm die Wachen aus Vergeßlichkeit nicht entrungen hatten, und sagte mit einer Stimme, so schneidend wie Stahl: »Das Ende unseres Zeitalters steht bevor; sucht selbst nach eurem Heil. Eure Götter werden euch helfen. Der Tempel wird nicht überdauern!«

Mit diesen Worten warf er den Stab zu Boden, daß er in tausend Stücke brach. Dann machte er kehrt und zog in die Nacht hinaus.

24

»Wenn mich Augen und Ohren nicht täuschen, lagert der Feind dort drüben im Wald.« Ronsard lehnte sich auf seinen Sattelknauf und starrte auf die bewaldete Ebene unter ihnen, die schwarz und öde im Mondschein lag.

»Die Wette würdest du wohl gewinnen«, erwiderte Teido. Er war todmüde und streckte sich. Ronsards Reisige waren abgestiegen und vertraten sich die Beine. Nur Esme schien so frisch wie am frühen Morgen.

»Welchen Bräuchen sie wohl nachgehen?« Staunend lauschte die junge Frau dem Höllenlärm aus dem Wald. Das Klappern und Kreischen drang durch die späte Nacht wie die Schreie Gefolterter und Sterbender.

»Das können wir allenfalls erraten, Herrin. Und das mag besser so sein. Wir könnten uns näher anschleichen, solange sie mit ihrer wilden Feier beschäftigt sind.«

»Wenn Quentin und Toli dort unten sind, dann finden wir sie«, sprach Ronsard voller Entschlossenheit. »Fangen wir mit unserer Suche am besten gleich an.« Er versuchte sein Schwert aus der Scheide zu ziehen. Es gelang ihm mühelos; silbern glitzerte die Schneide im Mondlicht. »Herrin«, sagte er zu Esme, »wenn du hier auf unsere Rückkehr warten würdest, wäre mir leichter ums Herz.«

»Fürchte nicht um mich, lieber Ritter, ich werde meinen Teil beitragen. Vielleicht werdet ihr die geringen Dienste, die ich leisten kann, ja brauchen. Meine Arme sind nicht so stark wie eure, aber meine Klinge ist so scharf wie Schlangenzähne und noch flinker obendrein.«

»Wie du wünschst. Ich will dich nicht abhalten. Es ist ganz offenkundig, daß du dir selbst zu helfen weißt. Folge uns also und höre auf meine Anweisungen.« Ronsard schnalzte mit den Zügeln und rief seinen Rittern zu: »Aufgesessen! Wir nähern uns dem Wald einer hinter dem anderen. Haltet Schwert und Schild bereit. Wir lassen unsere Pferde im Wald und schleichen uns zu Fuß an. Wenn alles gutgeht, entkommen wir unentdeckt.«

»Herr Ronsard«, sagte einer der Ritter. »Da flieht jemand aus dem Wald. Sieh nur, dort. Durch den Graben hinter den Bäumen da.«

»Ich sehe sie«, erwiderte Teido. »Sie sind zu dritt. Glaubst du …?« Hoffnungsfroh schaute er zu Ronsard.

»Es würde sich jedenfalls lohnen herauszufinden, wer es ist.« Er beobachtete, wie die drei ziemlich rasch vom Wald fortritten. Es waren fahle Schatten, die in einiger Entfernung über das grau schimmernde lange Gras oberhalb eines ausgetrockneten Bachs flohen. »Ich denke, dort vorne können wir ihnen den Weg abschneiden.« Ronsard deutete auf eine Biegung, an der der Graben um eine Anhöhe führte. »Kommt, sehen wir uns an, wer des Nachts vor dem bösen Heer flieht.«

Quentin hielt sich aus reiner Willenskraft im Sattel. Er fühlte sich erschöpft und verbraucht, denn die Flucht hatte ihn den letzten Rest an Kraft gekostet. So ließ er Feuersturm machen, was er wollte, und achtete allein darauf, nicht vom Pferd zu fallen. Lange konnte er nicht mehr so weiterreiten, das wußte er. Bald würden sie anhalten und ruhen müssen. Doch wenigstens bis Tagesanbruch gedachte er durchzuhalten; dann wären sie wohl weit genug fort, um gefahrlos eine Rast einzulegen.

Er hielt sich also am Sattelknauf fest und ließ Feuersturm freien Lauf. In seiner Benommenheit hatte er den Eindruck, einen Traum zu erleben, in dem Himmel, Hügel und Wälder zu seinen Verfolgern wurden und ihm mit zornigen Schreien grimmig hinterherriefen. Er floh vor ihnen durch graue Nebelschwaden, sein Pferd flog dahin wie der Wind, abschütteln konnte er sie aber nicht.

In seinem Traum sah er ein Heer oben von den Hügeln herabstürmen. Mit donnernden Hufen versuchten die Ritter ihnen den Weg zu versperren. Ihre Gesichter glänzten im Mondschein; er spürte den heißen Atem der Pferde auf seinem Gesicht, als diese wie durch Zauberkraft näher kamen.

Indes eignete dem Traum etwas Seltsames. Er schüttelte sich, um einen klaren Kopf zu bekommen: Der Traum blieb da. Angestrengt sah Quentin hin, erblickte jedoch abermals die Ritterschar den Hügel herabbrausen.

»Toli!« rief er und verrutschte im Sattel, als er mit dem gesunden Arm deutete. Rasch warf der Dscher einen Blick nach hinten und ließ sich zurückfallen, bis er mit Quentin auf einer Höhe war. »Sie haben uns entdeckt!« rief dieser. Toli drehte sich um und folgte Quentins Arm; sein erschrockener Blick bestätigte sofort, daß es kein Traum war. Sie wurden gejagt.

Toli stieß einen schrillen Pfiff aus; der Seneschall wandte unverzüglich sein Pferd, und nun strebten die drei Reiter dem Bergrücken neben sich zu.

Feuersturms Hufe gruben sich in die weiche Erde und schleuderten sie mächtig empor. Das Roß streckte den Nacken und mühte sich den Hügel hinan. Um nicht das Gleichgewicht zu verlieren, drückte Quentin sich eng an den Hals des Pferdes.

Jetzt hörte er die Hufe der fremden Pferde herandonnern, und auch einen Ruf glaubte er zu vernehmen. Er bückte sich und blickte an Feuersturms Seite zurück. Da sah er zwei Reiter in den flachen Graben preschen. Ein dritter setzte darüber und kam näher.

Als Quentins Aufmerksamkeit abgelenkt war, machte sein Roß einen Satz und blieb an einem Stein hängen, der aus dem Hügel ragte. Und als es sich wieder aufzurappeln versuchte, brachte es den Reiter aus dem Gleichgewicht. Quentin, der den Sattelknauf fest umklammerte, rutschte nach hinten weg. Sein verletzter Arm hing nutzlos herab, mit dem gesunden griff er nach dem Sattelgurt. Er war zu langsam. Ehe er sich versah, stürzte er aus dem Sattel und landete flach auf dem Boden.

Die Wucht des Aufpralls verschlug ihm den Atem. Plötzlich funkelten Sterne vor seinen Augen – so hell, daß ihm der Kopf weh tat. Nach Atem ringend rollte er sich auf die Seite. Dann rappelte er sich auf ein Knie hoch und schleuderte den Umhang weg, der sich um seinen Arm gewickelt hatte. Entsetzt stellte er fest, daß er zu seiner Verteidigung weder Schwert noch Dolch hatte.

Als er jemanden rufen hörte, blickte er die Anhöhe hinauf. Dort oben wandte Toli sein Pferd, um ihm zu Hilfe zu kommen. Zu spät: Dort preschte bereits der erste Verfolger herbei. Das Pferd bäumte sich auf, der Reiter blickte auf ihn hinab. Das Gesicht kam Quentin im fahlen Mondschein bekannt vor; es hatte etwas Vertrautes, sicher war er sich aber nicht. Langsam schüttelte er seinen schmerzenden Kopf, da hörte er sein eigenes Roß hinter sich wiehern.

»Bist du verletzt?« fragte der Ritter. Quentin traute seinen Ohren nicht: Die Stimme kannte er. Der Ritter beugte sich herab, um ihn genauer zu betrachten.

Ja, das Gesicht war ihm vertraut, als hätte er es vor langer Zeit im Traum gesehen. Aber es war wirklich; die sanft schimmernden Augen musterten ihn genau.

»Quentin? Beim Bart Gottes! Quentin!« rief der Ritter und sprang vom Pferd.

Benommen schüttelte Quentin den Kopf. Er fuhr sich mit der Hand über die Augen. »Wer bist du?«

Hinter ihm rief jemand: »Teido! Ist das wahr?« Das war Toli, der im Nu neben ihm kniete und ihn in die Arme schloß.

»Teido? Wie...?« Quentin versagte die Stimme. Dunkle Schleier legten sich über ihn, er verlor das Bewußtsein und sank zu Boden. Er hörte noch viele Rufe und das Galoppieren von Pferden, doch obschon er sich bemühte, die Augen auf zu halten, hatte er keine Kraft mehr. Bleischwer fielen seine Lider zu. Er schien leicht geworden zu sein wie eine Feder, denn er spürte, wie eine plötzliche Bö ihn auf den Flügeln des Windes davontrug, der ihm jetzt in den Ohren brauste.

25

Eine kühle Hand auf seiner Stirn weckte Quentin aus dem tiefsten Schlaf, den er jemals erlebt hatte. Irgendwo über ihm sagte ein Stimme: »Seht nur! Er kommt zu sich. Heoth wollte ihn nicht haben!«

Als er die Augen aufschlug, umgab ihn ein Kreis von Gesichtern, die ihn anlächelten. Esmes sorgenumwölkte Stirn heiterte sich erleichtert auf.

»Dir scheint man nicht entkommen zu können«, stellte Quentin fest und bemühte sich, aufzustehen. Alle lachten und klopften ihm auf den Rücken.

»Wir haben gewußt, daß du uns nicht entwischst«, erwiderte Ronsard. »Wie schön, dich zu sehen bei Ariel.«

»Ronsard, Teido … Ich träume wohl immer noch. Wie habt ihr uns gefunden?«

»Es ist kein Traum, junger Herr. Wenn du es genau wissen willst, so verdankst du das dieser jungen Frau.« Mit dem Kinn wies Ronsard auf Esme. »Wir wären auf dem Rückweg gen Askalon vorbeigeritten und hätten nie erfahren, daß ihr in der Nähe wart. Hätten wir euch nicht gefunden, dann wärst du bei deinem Zustand vielleicht nie entkommen.«

»Du bist zurückgekehrt«, sagte Quentin.

»Ich mußte doch meine Beschützer beschützen, oder?« entgegnete Esme. Ihr plötzliches Lächeln schien ihm innere Wärme zu geben. »Außerdem hatte ich schon einmal Begleiter eingebüßt. Das wollte ich nicht wieder erleben.« Unvermittelt standen ihr Tränen in den Augen. »Vergib mir, daß ich fortritt, Herr. Als ich sah, wie man dich vom Pferd riß, wollte ich dir helfen, dachte aber nur an meine Mission. Das tut mir leid.«

Da tauchte Tolis Kopf auf. Der Essensgeruch, der ihn begleitete, erinnerte Quentin daran, welchen Hunger er hatte.

»Iß, Kenta. Wir haben uns bereits gelabt. Wir unterhalten uns, während du dich stärkst.« Toli stellte eine dampfende Schüssel vor Quentin, auf die dieser sich voll Heißhunger stürzte.

»Myrmior hat uns von eurer Gefangenschaft berichtet. Ihr habt ihm vieles zu verdanken«, meinte Teido.

»Myrmior?« Der Name sagte Quentin nichts.

»Er hat sein Leben aufs Spiel gesetzt, um euch zur Flucht zu verhelfen, und du kennst seinen Namen nicht?«

»Für solche Spielereien hatten wir keine Zeit. Wir hatten genug mit dem Überleben zu tun. Und das gelang uns mehr schlecht als recht.«

»Der Mann hat einen ausgeprägten Überlebenswillen.« Die tiefe Stimme gehörte dem Seneschall. »Es freut mich, dich kennengelernt zu haben, Fürst Quentin.«

»Ich bin kein Fürst, Myrmior.«

»Mehr als das«, warf Ronsard ein. »Er ist des Königs Sohn.«

»Sein Mündel«, berichtigte Quentin ihn.

»Ob Mündel oder Sohn, ich habe mir den Richtigen zur Rettung ausgesucht. Von jetzt an, meine Herrn, stehe ich euch zu Diensten. Es wird mich kränken, wenn ihr mir nicht gestattet, euch zu dienen.« Myrmior verbeugte sich tief und faßte sich mit den Fingerspitzen an die Stirn.

»Du hast dem Drachenkönig genügend Dienste geleistet und brauchst deinen Lohn nur zu nennen, sobald wir Burg Askalon erreichen und König Eskewar hört, daß du sein Eigen vor dem sicheren Tod gerettet hast.«

»Ich trug nur Sorge um mich selbst. Auch mich hielten die schrecklichen Ningaal gegen meinen Willen fest. Die Gefahr für mich war nicht besonders groß.« Myrmior strahlte Quentin an und fuhr fort: »Gleich, welche guten Götter auch über dieses Land herrschen, dieser Mann steht in ihrer Gunst. Daß ein Mann das Rad überlebt, ist mir nie untergekommen. Und deshalb konnte ich Gurd auch überzeugen, dein Leben zu schonen.

Und was dich betrifft«, sagte er zu Toli, »so hätte mich dein gescheiterter Rettungsversuch fast das Leben gekostet. Aber Myrmior ist klug. Ich wußte die Sache zu unserem Vorteil zu wenden, obschon ihr die schreckliche Hinrichtung des Wächters mit ansehen und fürchten mußtet, selbst an die Reihe zu kommen.«

»Das war nicht ganz so schlimm, wie die Hinrichtung selbst gewesen wäre«, erwiderte Toli.

»Wie bist du unter die – wie heißen sie? – Ningaal geraten?«

»Der Name Ningaal bedeutet Nins Schrecken, sein Heer. Wie ich unter sie geriet, ist kein Geheimnis. Aber ich möchte mir den Bericht lieber für euren Drachenkönig aufheben.«

»Du hast gewiß viel zu erzählen, da möchte ich wetten«, warf Ronsard ein. »Aber die Sonne steht hoch am Himmel, und wir sollten so viele Meilen zwischen uns und diese Ningaal bringen, wie wir können. Der Drachenkönig erwartet uns in Askalon. Wir dürfen nicht vergessen, welch gräßliche Neuigkeiten wir für ihn haben. Da gibt es viel zu bereden. Vorderhand sollten wir so rasch zum König wie möglich.«

»Du sprichst mir aus der Seele, lieber Freund.«

»Quentin kann in diesem Zustand gewiß nicht reiten. Wenn ihr wollt, bleibe ich mit ihm zurück, und wir reiten euch morgen nach, falls es ihm bessergeht«, erbot Esme sich.

Ronsard zupfte sich am Kinn. »Ich glaube doch, daß er...«

»Ich kann reiten. Mir geht es gut.« Um es zu beweisen, mühte Quentin sich auf die Beine und stand schwankend da. Als er zwei Schritte machte, kippte er vornüber. Teido wollte ihm die Hand reichen, aber Quentin brach zusammen.

»Dein Arm ist verletzt. Du kannst ihn nicht bewegen.«

Quentin setzte sich auf die Knie und hielt sich den Arm. »Es wird schon gehen. Kaum der Rede wert.«

»Und ob! Warum hast du nichts gesagt?« Teido bückte sich, um den versehrten Arm zu untersuchen; er war geschwollen und fahl und faßte sich heiß an.

»Nun, hier können wir nichts weiter tun, aber wie der Arm aussieht, das behagt mir nicht. Vielleicht sollten Toli und Esme wirklich mit dir hier bleiben, auch wenn ich sagen muß, daß mir das noch weniger behagt.«

»Keiner bleibt hier, und mein Herr reitet trotzdem nicht«,

sagte Toli. »Ronsard, schicke zwei Ritter aus, daß sie mir zwei junge Birken bringen. Ich fertige ihm eine Trage.«

»Wunderbar!« rief Ronsard. »Du findest doch immer eine Lösung: eine Bahre. Meine Ritter sollen dir holen, was du brauchst.«

Trotz Quentins immer schwächer werdenden Einwänden baute man eine Trage, wie sie die umherziehenden Dscher benützten. Als sie fertig war, schnallte man sie Feuersturm an, und keine Stunde später war die Gesellschaft wieder unterwegs gen Askalon, Esme auf Feuersturm reitend.

Quentin beschwerte sich, daß er wie ein Gepäckstück mitgeschleppt werde, aber das meinte er nicht ernst. Insgeheim war er dankbar dafür, daß Toli ihm eine Möglichkeit verschafft hatte, unterwegs auszuruhen. Denn anders, als er Teido gegenüber behauptet hatte, beunruhigte ihn der Arm zutiefst. Er konnte ihn überhaupt nicht mehr rühren. Ja, er spürte ihn nicht einmal. Als er in der Nacht ihres gescheiterten Fluchtversuchs ins Gestrüpp gestürzt war, hatte er etwas brechen hören – daran erinnerte er sich lebhaft – und danach nichts mehr gespürt. Der Arm war von der Schulter bis zu den Fingerspitzen taub.

Wachsam verließ die Gesellschaft den Wald, durch den sie den ganzen Tag geritten war. In blutrotem Dunst ging die Sonne hinter glühenden Wolken unter, da kamen sie aus den schützenden Zweigen hervor auf den festgetretenen Weg, der zu Askalons Toren führte.

»Heute schlafen wir in richtigen Betten unter frischem Linnen«, sagte Ronsard. »Und alle tafeln wir im Saal des Drachenkönigs.«

»Und ich wünschte, wir kehrten leichteren Herzens zurück«, erwiderte Teido seufzend. »Ach, mich dauert, welche Last wir ihm aufbürden müssen. Sie würde ich keinem Menschen wünschen.«

»Wir werden alle daran zu tragen haben«, versetzte Ronsard.

Jetzt kamen die Reisenden um eine Biegung an den Rand

eines breiten, flachen Tals. Jenseits erhob sich der stattliche Felsen, auf dem Burg Askalon stand, von der Abendsonne in eine Stadt aus Licht verwandelt. Die langen Schatten, die aufs Tal fielen, hatten den Felsen noch nicht erreicht. Die Burg ragte aus dem violetten Schatten und strahlte im rubinroten Schein, ein Kleinod mit aufstrebenden Türmen und Erkern sowie anmutigen Söllern auf den hohen Mauern.

»Oh, wie schön die Burg ist«, rief Esme ehrfurchtsvoll und atemlos vor Bewunderung. »Das hätte ich mir nie träumen lassen ...«

»Das Schloß eines Gottes! Ein Wunder, daß Sterbliche dort einzudringen wagen«, setzte Myrmior hinzu. »Es übertrifft sämtliche Gerüchte.«

Quentin, der auf der Bahre lag, reckte den Hals, um die vertrauten Umrisse der geliebten Burg zu betrachten: ein Anblick, an den er sich nie ganz gewöhnen konnte und der ihn stets rührte. »Ja, Askalon ist großartiger als sämtliche Geschichten, die man sich erzählt, denn ließe seine volle Pracht sich mit Worten beschreiben?« Stolz musterte er das herrliche Bauwerk, das im blauen Dämmerlicht rosig schimmerte.

Toli, der die ganze Zeit lang neben seinem Herrn geritten war, saß ungerührt auf seinem Pferd und starrte das blitzende Juwel jenseits des lieblichen Tales an.

»Was sagst du dazu, Toli? Wir sind fast zu Hause.«

Als der Dscher antwortete, blickte er seinen Meister nicht an, und seine Stimme klang wie von fern. »Die Burg scheint mir jetzt so weit weg wie unsere ganze Reise lang.«

Wie üblich sah Toli etwas ganz anderes als die übrigen. Und Quentin hatte gelernt, daß es zwecklos war, herausfinden zu wollen, was sein Freund mit solch rätselhaften Bemerkungen meinte.

Ronsard, der vorneweg ritt, trieb sein Roß zur Eile. Die anderen folgten ihm die sanfte Anhöhe hinab, während aus dem kühlen Tal die leichten Nebelschwaden des Abends aufstiegen. Die Luft war reglos und still, ein milder Seufzer über dem Land. Keiner hätte ein friedvolleres Bild schildern können als das Tal, in dem grün die Früchte des Feldes standen, und dahinter im Osten die weite Ebene, über der es bereits dunkelte.

Irgendwo in der Stille trillerte ein Vogel ein Gutenachtlied und flog heim in sein Nest. Da wurde der Trupp von Traurigkeit befallen. Quentin hatte das Gefühl, als sei dies das Schlußwort gewesen und als sähe er Askalon so, wie es nie wieder sein würde.

26

»Du bist wahrhaftig keinen Augenblick zu früh wiedergekehrt, junger Mann.« Mit ernster Miene untersuchte Derwin Quentins geschwollenen Arm. »Dein Arm scheint gebrochen gewesen und wieder zusammengewachsen zu sein.«

»Das ist doch gut, oder?« fragte Bria ängstlich. Sie hielt Quentins linke Hand und schmiegte sich an ihn, während der Einsiedler an Quentins rechtem Arm herumdrückte. Man hatte ihm das schmutzige Hemd ausgezogen und ein weiches Gewand übergestülpt. Sein Arm ruhte auf einem Kissen.

»Er wird doch gut verheilen, nicht wahr, Derwin?« Quentin zwang sich zur Frage, die er am meisten fürchtete. Derwin achtete nicht auf ihn, sondern entgegnete Bria: »Mich dünkt, es ist nicht gut, Herrin. Für gewöhnlich zwar durchaus. Doch diesmal nicht. Wie es steht, wird der Arm nicht richtig verheilen.«

»Ach!«

Schnell beruhigte Derwin sie beide. »Aber dergleichen habe ich schon mehrmals erlebt. Der Arm wird heilen ...« Er hielt inne, um zu beobachten, welche Wirkung seine folgenden Worte haben würden. »Aber ich muß ihn noch einmal brechen, damit er richtig zusammenwächst.«

Quentin verzog das Gesicht, und in Brias Augenwinkel trat eine Träne. »Es tut mir weh, daß du solche Schmerzen leidest, Liebster«, sagte sie.

»So groß sind die Schmerzen nicht. Das waren sie nur anfangs. Ich werde es schon aushalten.«

Derwin bückte sich noch einmal über den Arm und die Schulter. »Gerade das stört mich, Quentin. Du müßtest Schmerzen haben, starke Schmerzen. Etwas anderes ist mir nie untergekommen. Ich fürchte, du hast etwas Schlimmeres als nur einen gebrochenen Knochen. Mehr kann ich aber auch nicht sagen.«

Es klopfte an der Tür. Teido kam herein. »Nun, was sagst du, Derwin? Wird der Flügel unseres jungen Kriegers wieder heilen, daß er fliegen kann?« Als er Derwins Stirnrunzeln sah, fügte er hinzu: »Wenn ich etwas Falsches gesagt haben sollte, bitte ich um Verzeihung, Herr.«

»Nein, nein. Ganz und gar nicht«, erwiderte Derwin rasch. »Ich bin ein törichter alter Mann. Natürlich wird der Arm wieder heilen. Wir wollen ihn sofort richten.«

»Sofort?«

»Das wäre am besten.«

»Können wir zuvor wenigstens essen?« fragte Teido. »Im Saal wird das Mahl bereitet. Mit einem vollen Bauch erträgt die Sache sich doch leichter, wie?«

»Schaden kann es nicht. Ich hatte ganz vergessen, daß ihr so weit gereist seid. Ja, es gibt ein herrliches Mahl zur Feier eurer sicheren Rückkehr. Freilich, was zu tun ist, können wir nach dem Speisen tun.«

»Dann begeben wir uns sogleich hin«, sagte Teido. »Ich brauche heute abend ein wenig Vergnügen. Lange wird es uns ohnehin nicht bleiben.«

»Das soll heißen?« fragte Derwin.

»Eskewar hat den Kriegsrat einberufen. Für morgen.«

»So rasch?«

Teido nickte ernst und ging hinaus.

Derwin und Bria halfen Quentin beim Aufstehen, legten den verletzten Arm in eine Schlinge und zogen ihm das Gewand zurecht. Dann begaben sie sich gemeinsam in die große Halle des Drachenkönigs.

Im Schein Hunderter goldener Kerzen schimmernd, wirkte die Halle noch geräumiger und großartiger, als Quentin sie in Erinnerung hatte. Ihm kam es so vor, als wäre er jahrelang nicht dort gewesen. Mit hehren Gefühlen und bedeutenden Ereignissen verknüpft war sie sein Lieblingsraum im Schloß und faszinierte ihn seit seiner Jugend zutiefst.

In der riesigen Feuerstelle prasselten laut die Flammen und spiegelten sich in den schwarzen Steinsäulen, die den Saal der Länge nach säumten. In der Mitte der Halle hatte man lange Tische aufgestellt, die bis zum Podest reichten, auf dem die Tafel des Königs stand. Darüber spannte sich anmutig ein silbern gesäumter königsblauer Baldachin mit dem Wappen des Drachenkönigs.

Die große Halle war voller Menschen. Diener eilten emsig umher und brachten große Platten mit Fisch, Geflügel, Wild, Schwein und Dutzenden Spießbraten. Ritter und Edle, manche von ihnen mit Falken auf dem Arm, führten ihre Damen auf und ab. Spielleute wandelten musizierend durch die Menge und boten die Lieblingslieder der Gäste dar. Maiden mit Blumen im Haar liebäugelten scheu mit den jungen Männern. Die Halle war ein Fest der Farben, ein unbändiger Strom voll Fröhlichkeit.

Als Quentin der Pracht des Saales ansichtig wurde, ging ihm das Herz über. Zwei Diener traten auf ihn, Bria und Derwin zu. Sie trugen ein Becken in Gestalt eines Drachen, das mit warmem Rosenwasser gefüllt war. Quentin tauchte seine gesunde Hand hinein, Bria wusch sie ihm und trocknete sie mit einem weichen Leinentuch ab. Dann reinigte Derwin sich die Hände, und schon liefen die beiden Knaben weiter, um anderen Neuankömmlingen ihren Dienst zu erweisen.

Als die drei Freunde sich unter die froh gelaunten Gäste mischten, erklangen am anderen Ende des Saals Fanfaren.

»Ach, wir kommen genau richtig«, sagte Derwin. »Nehmen wir unsere Plätze ein.«

Ohne Zaudern ging er zur Hochtafel, Quentin und Bria folgten ihm. An den Stufen zum Podest trafen sie Toli und Esme. Sie suchten sich ihre Plätze, während Diener hurtig die Onyxkelche mit Wein und Bier füllten. Esme strahlte in ihrem mit Edelsteinen besetzten Kleid. Endlich, dachte Quentin, sieht sie aus wie eine Prinzessin.

»Das ist herrlich«, gurrte sie. »Wie freundlich von dir, Bria, mir eines deiner schönen Kleider zu leihen. Nach den vielen Tagen zu Pferde fühle ich mich endlich wieder als Frau.« Die beiden Damen lachten, Quentin und Toli betrachteten sie schmunzelnd.

»Toli hat mir das ganze Schloß gezeigt. Ich bin tief beeindruckt. Über Askalons Pracht hatte ich schon vieles gehört, aber die Wirklichkeit stellt alle Erzählungen in den Schatten.«

»Du bist uns höchst willkommen, Esme«, sagte Bria herzlich. »Wir sollten uns einmal richtig unterhalten. Wir könnten wohl gute Freundinnen werden.«

»Das fände ich schön. Ich bin unter Brüdern aufgewachsen, und im Haus meines Vaters fehlt eine Frau. Wenn ich meinen Auftrag hier ausgeführt habe, werde ich vielleicht ein wenig verweilen.«

»Bitte, tu dies; ich könnte mir nichts Schöneres vorstellen.«

»Unsere beiden Damen scheinen aus demselben Holz geschnitzt, wie, Toli?« fragte Quentin leise seinen Freund, während die beiden Frauen fröhlich plauderten.

»Unsere Damen?« Toli errötete.

»Bria und Esme, meine ich. Glaubst du, mir ist entgangen, wie du Esme ansiehst? So einfältig hast du schon einmal geschaut: als wir sie aus dem Meer fischten.«

»Dir tut wohl nicht der Arm weh, sondern der Kopf. Denn du redest wirres Zeug. Vielleicht sollte Derwin dich lieber wegbringen. Der Trubel hier hat dich verstört.«

»Meinem Kopf geht es gut, und meine Augen lassen sich nicht betrügen, mein lieber Freund.«

Toli errötete abermals. Die Fanfaren erklangen ein letztes Mal, worauf Bria sagte: »Nehmen wir alle Platz. Toli und Esme, ihr müßt neben uns sitzen. Das richte ich ein.«

Nach einigem Hin und Her setzten sie sich. Über die Platten mit Fleisch und Pasteten hinweg, die Krüge aus Messing und Silber, die Körbe voll Brot und die Schüsseln voll Gemüse, musterte Quentin die Gäste an der Hochtafel. Ronsard, der zwischen Myrmior und Teido saß, fing seinen Blick auf und winkte ihm, war aber gleich darauf wieder in ein Gespräch mit dem hageren Ritter vertieft. Derwin saß links neben Toli und rechts vom König, dessen herrlich geschnitzter Stuhl leer geblieben war. Auch der etwas kleinere, aber ebenso erlesene Stuhl der Königin links daneben war frei.

Quentin spähte hinter den Baldachin, weil er dachte, der König werde jeden Augenblick auftauchen. Da wurde es in der lärmerfüllten Halle still. Die Fanfaren erklangen zu einem Tusch, und König Eskewar trat mit Königin Alinea herein. Langsam zur Hochtafel schreitend, blieben sie immer wieder stehen, um Gäste zu begrüßen.

Quentin war erleichtert, daß Eskewar munteren Schrittes und hoch erhobenen Hauptes ging, auch wenn er ernst und abgezehrt wirkte. Die Krone bildete einen Kreis aus feurig rotem Gold um seinen Kopf. Ja, die Krankheit hatte dem König ein Aussehen von Entschlossenheit und Unbesiegbarkeit verliehen.

Das Königspaar stieg aufs Podest und verweilte kurz bei Quentin. »Wie schön, dich gesund und munter wieder unter meinem Dach begrüßen zu können, mein Sohn«, sagte der König und legte Quentin die Hände auf die Schultern. »Es tut mir leid, daß du eine Verletzung erlitten hast.«

»Mir ist es stets eine Freude, an deiner Tafel sitzen zu dürfen, Herr. Und von Tolis und meinen Abenteuern haben wir schon genug geredet. Man hat mir versichert, daß mein Arm in kurzem wieder gesund sein wird.«

»Das ist eine gute Neuigkeit«, sagte Alinea und lächelte so herzlich, daß man sich sofort wohl fühlte.

»Komm heute abend nach den Spielen zu mir. Dann können wir uns in Ruhe besprechen«, sagte Eskewar. Quentin wollte etwas erwidern, da mischte sich Alinea rasch ein.

»Herr, du hast vergessen, daß die jungen Leute schönere Dinge zu tun haben, als an einem herrlichen Sommerabend in deinem Gemach zu sitzen.«

»Natürlich!« Eskewar lachte. »Vergebt mir. Ja, das hatte ich wohl vergessen. Zum Reden ist auch später noch genug Zeit. Genießt euren Abend, meine jungen Freunde. Wir sehen uns morgen.«

Nachdem das Paar sich zu seinen Stühlen begeben hatte, beugte Bria sich zu Quentin und flüsterte ihm zu: »Du bist den ersten Abend hier und ich muß befürchten, daß mein Vater dich gefangenhält.« Mit ihren grünen Augen blickte sie ihn fest an. »Ach, geh nie wieder fort.«

»Nirgends wäre ich lieber als hier bei dir. Aber ich glaube, Derwin hat heute abend schon etwas mit mir vor. Hast du das schon vergessen?«

»Mein armer Liebling, verzeih mir. Ich bin so selbstsüchtig und will dich immer für mich haben. Aber wir dürfen doch wenigstens einmal durch den Garten spazieren? Dort ist es so schön, und du hast mir so gefehlt.«

Aus der einen Runde durch den Garten wurden immer mehr. Die beiden jungen Paare waren gemeinsam aufgebrochen, aber Quentin hatte Esme und Toli bald aus den Augen verloren.

Die Luft war mild und warm, vom Duft der blaß im Mondlicht schimmernden Blumen erfüllt. Sie hatten über Nichtigkeiten geredet und über ihre traulichen Scherze gelacht, schwiegen jetzt aber.

»War es sehr schlimm für dich?« fragte Bria plötzlich, aber so, daß Quentin nicht genau wußte, was sie meinte.

»Die Gefangenschaft? Dergleichen möchte ich nie wieder erleben.«

»Es gibt eine andere Art Gefangenschaft, die ebenfalls schrecklich ist.«

»Und die wäre?«

»Das Nichtwissen. Wenn jemand, den man liebt, weit weg ist, und man kann ihn nicht erreichen, nicht bei ihm sein, wenn man nicht weiß, was ihm geschieht... Ich war sehr um dich besorgt. Ich wußte, daß etwas Schreckliches passiert war.«

Danach spazierten sie lange schweigend weiter. Bria seufzte so schwer, daß Quentin leise sagte: »Du hast noch etwas auf dem Herzen, meine Liebste. Erzähle es mir.«

»Ich schäme mich dafür«, erwiderte Bria widerstrebend. »Ich weiß, daß es Krieg geben wird...«

»Wer hat dir das gesagt?«

»Niemand, das war nicht nötig. Ich weiß es einfach. Seitdem

ihr wieder hier seid, zieht Teido ein finsteres Gesicht und Ronsard schickt kreuz und quer Boten durchs Land. Da du es nicht leugnest, muß es stimmen.«

»Ja, ein Krieg ist ziemlich wahrscheinlich«, gab Quentin zu.

»Ziemlich sicher«, berichtigte sie ihn. »Ich will nicht, daß du in den Krieg ziehst. Du bist verwundet. Du darfst hier bleiben. Bei mir.«

»Du weißt genausogut wie ich, daß das unmöglich ist.«

»Ja, das weiß ich nur zu gut. Die Frauen in meiner Familie sahen ihre Männer schon immer in den Kampf ziehen, manche haben sie dabei sogar begleitet. Das beschämt mich eben gerade so. Mich kümmert dies alles nicht. Ich sorge mich allein um deine Sicherheit.«

»Ach, Bria. Ich weiß so wenig von dir. Du hast einen eisernen Willen und schreckst vor nichts zwischen Himmel und Erde zurück. Ich bezweifle nicht, daß du tausend Kriegsschiffe vom Stapel lassen und ganze Legionen in die Schlacht schicken könntest. Und dennoch zitterst du um einen einzelnen Soldaten.«

»Ja, du kennst mich wahrhaftig schlecht, wenn du glaubst, du giltst mir nicht mehr als ein Soldat.« Sie hörte sich gekränkt und zornig an. Nach seinem gescheiterten Versuch, sie zu trösten, wollte Quentin gerade neu ansetzen, als hinter ihnen Derwins Stimme erscholl.

»Da seid ihr! Das dachte ich mir; der einzige Ort, an dem ein Liebespaar mit Anstand allein sein kann. Ich werfe euch nicht vor, daß ihr die Prüfung hinauszögern wollt, aber je schneller sie vorüber ist, um so früher kann die Heilung beginnen.«

»Du hast ja recht, Derwin, sosehr ich deine Kur auch verabscheue. Gehen wir.« Er wollte sich von Bria verabschieden.

»Ich komme mit. Eine Frau an deiner Seite tröstet dich vielleicht. Und wenn man dir nicht genau auf die Finger sieht, Derwin, brichst du ihm womöglich noch den falschen Arm.«

»Bloß nicht!« rief Quentin mit gespieltem Entsetzen. »Ihr redet hier von mir. Etwas mehr Rücksicht, bitte!« Bria lachte, Quentin biß die Zähne zusammen, und die drei gingen hinein.

27

»Quentin, bist du wach?« Toli ging leise zu dem hohen, breiten Bett, in dem sein Herr ruhte. Als er vor ihm stand, schlug Quentin die Augen auf.

»Ja, ich ruhe nur.« Beide betrachteten sie seinen frisch verbundenen Arm, der mit Tierknochen geschient und neuem Leinen umwickelt war. In einer waldgrünen Schlinge, die farblich zu seinem Umhang paßte, lag der Arm auf Quentins Brust. »Ist es Zeit?«

»Ja. Die Ratsversammlung beginnt in einer Stunde. Soll ich an deiner Stelle gehen?«

»Nein, mir geht es schon besser. Wir gehen gemeinsam. Ist von den anderen bereits jemand da?« Quentin setzte sich auf und hob die Beine aus dem Bett. Toli stützte ihn unter der Achsel und half ihm hoch.

»Die Fürsten aus dem Tiefland sind noch nicht da, werden aber für später erwartet. Sie haben weit zu reisen. Eskewar hält es jedoch fürs beste, sofort anzufangen. Die übrigen sind hier oder kommen bald. Rurd, Dilg, Benjot und Finscher, Werthwin, Ameron und Lupoll habe ich alle gesehen.«

»Das sind genug, um jeden Beschluß des Königs abschließend zu billigen. Aber Mißhelligkeiten wird es wohl ohnedies nicht geben.«

»Sei dir da nicht zu sicher. In Mensandor hat lange Frieden geherrscht. Da werden die Menschen träge. Einige werden eine Auseinandersetzung um jeden Preis zu vermeiden trachten.«

»Dann müssen wir sie davon überzeugen, daß das nicht geht.« Traurig sah Quentin seinen Freund an. »Toli, mir liegt nichts am Krieg, das weißt du. Aber was ich gesehen habe, genügt mir, um zu wissen, daß er kommt, so oder so. Uns bleibt keine Wahl, wenn wir das Land vor Unterjochung bewahren wollen.«

Sie verließen Quentins Gemach und begaben sich zum runden, hochgewölbten Ratszimmer im Nordwestturm. Auf dem Weg durchquerten sie den von hohen Mauern umschlossenen Innenhof, in dem der König bisweilen wachte, wenn er über Schwerwiegendes nachdachte. Jetzt lag der sauber gefegte Hof friedlich in der Sonne. Teido und Ronsard, die sich dort aufhielten, winkten sie herbei. »Wie schön, Quentin! Bei Derwin hast du wohl das Schlimmste hinter dir. Wie geht es?«

»Recht gut. Er wollte mich mit einem Schlaftrunk im Bett halten, aber das habe ich abgelehnt. Die Zeit wird mich schon heilen.«

»Kennst du Fürst Werthwin?« fragte Teido und stellte den Mann neben sich vor.

»Er hat Aufregendes zu berichten«, fügte Ronsard hinzu.

»Ja, deine Ländereien liegen südlich von hier, nicht wahr?« stellte Quentin fest.

»Das ist richtig. Gleich hinter dem Pelgrin, oberhalb von Persch.« Der Mann lächelte freundlich, wobei Quentin sah, daß ihm im Unterkiefer ein Zahn fehlte. Dieser Umstand und sein wettergegerbtes Gesicht verliehen dem Fürsten das ruppige Aussehen eines zähen Kämpfers.

»Herr, darf ich fragen, wie es dir gelang, so rasch hier zu sein? Ein Bote braucht zwei Tage bis zu dir.«

»Für gewöhnlich ja. Aber ich war bereits hierher unterwegs, wie ich Teido und Ronsard gerade berichtete.«

Quentin brauchte nicht nach der Ursache von Fürst Werthwins Reise zu fragen, doch der Zeitpunkt gab ihm zu denken. Sie unterhielten sich, bis ein Page aus dem Turm trat und sie bat, hereinzukommen und die Plätze einzunehmen.

Der Reihe nach gingen sie in den Turm und die kurze Wendeltreppe zum oberen Stockwerk hinauf. Durch schmale Schießscharten fiel trübes Licht in den engen Flur, der sich auf einen großen runden Raum mit glattem Holzboden öffnete. Die Fensterläden standen weit offen, damit das Sonnenlicht einfallen und dem Zimmer etwas Luftiges verleihen konnte, auch wenn die Turmmauern sechzehn Fuß dick waren.

In der Mitte des Raumes standen im Kreis Stühle für die Mitglieder des Rats sowie einige weitere, deren Zweck Quentin nicht klar war. Hinter jedem Stuhl befand sich in einem Halter das Banner mit Wappen und Wahlspruch jedes Teilnehmers. Einige der Ratsmitglieder saßen bereits, hinter sich je einen Pagen oder Bediensteten. Andere standen ein Stück abseits, hielten die Köpfe zusammengesteckt und berieten sich leise.

Quentin erkannte seinen Stuhl am Wappen: ein flammendes Schwert über einem kleinen Drachen. Als er es sah, mußte er lächeln, denn es begegnete ihm nur in Askalon. Neben seinem Stuhl befand sich Tolis; dessen Wappen zeigte einen weißen Hirsch, der über ein waldgrünes Feld rannte. Ein Streitkolben und ein Flegel über Kreuz in einer eisenbewehrten Hand standen für Ronsard. Leicht auszumachen war Teido: Er führte den schwarzen Falken mit ausgebreiteten Schwingen als Schildzier. Andere hatte Quentin noch nie gesehen, hinter einigen Stühlen befanden sich keine Banner.

Insgesamt umfaßte der Kreis fünfzehn Sitzplätze, an den Wänden waren zum Vorrat ein paar weitere Stühle aufgereiht. Nachdem alle ihre Plätze eingenommen hatten, wurde es still im Raum: Man wartete auf den König.

Und sogleich öffnete sich quietschend eine Tür zu einem privaten Gelaß. Feierlich trat Derwin heraus, hinter ihm der König. Wie müde er wirkt, dachte Quentin. In diesem Zustand kann er seine Edlen nicht für den Kampf begeistern.

Eskewar nahm Platz, Derwin setzte sich neben ihn; er hatte kein Wappen. Der König hob sofort zu sprechen an:

»Edle und Freunde, ich danke euch für euer Kommen.« Er sah sie alle der Reihe nach an. »Mir ist schwer ums Herz, wenn ich daran denke, was wir heute zu beschließen haben. Krieg ist mir nicht fremd, und ich bin kein Feigling. Einige haben mich auf so manchem ruhmreichen Feldzug begleitet, aber auch auf solchen, die keiner Seite Vorteil brachten. Ein kluger Mann trachtet nicht nach Krieg, denn dieser verheißt nie Gutes. Aber ein tapferer Mann schreckt auch nicht davor zurück, wenn er gerufen wird, seine Heimat vor einem beutelustigen Feind zu verteidigen. Mit einem solchen haben wir es nun zu tun. Er ist in Mensandor eingefallen und brandschatzt mit seinen Heeren die Städte an unserer Südküste. Die Menschen dort können sich nicht schützen. Darum flüchten sie in die Hügel und Berge.«

Diese Feststellung löste unter der Versammlung Überraschung und Zorn aus. Fürst Lupoll, dessen Gebiete im Norden lagen, unterhalb von Waldsand, übertönte mit seiner Stimme alle übrigen: »Was für ein Feind ist das? Ich habe nichts von einem Überfall gehört.«

Sobald sich alle beruhigt hatten, erwiderte der König: »Da ich Verdacht geschöpft hatte, sandte ich den Obermarschall des Reiches zusammen mit dem edlen Teido, einem treuen Freund der Krone, aus, auf daß sie nach der Quelle meines Unbehagens suchten. Sie mögen berichten, was sie herausfanden.«

Ronsard meldete sich als erster zu Wort: »Meine Herren, in Begleitung von fünf Rittern begab ich mich mit Teido auf den Weg gen Süden. Uns fiel zunächst nichts Ungewöhnliches auf, bis wir unterhalb von Persch ans Meer gelangten. Dort trafen wir eine Schar Dörfler, die des Nachts Richtung Norden flohen.

Diese Menschen erzählten uns von einem Feind, der sich an der Küste gen Norden bewege. Außerdem behaupteten sie, Halidom sei völlig zerstört worden. Das wollten wir mit eigenen Augen überprüfen, denn die Dörfler wirkten verängstigt und schienen zu Übertreibungen zu neigen.«

»Und war Halidom zerstört?« fragte einer der Fürsten.

»Ja, Herr. Übrig war nur noch ein verkohlter Fleck Erde.«

»Wie? Du beliebst zu scherzen.«

»Ganz und gar nicht, Herr«, mischte Teido sich ein. »Es ist, wie er sagte. Und nicht nur Halidom stand nicht mehr, auch Illem war dem Erdboden gleichgemacht.«

»Den Feind saht ihr jedoch nicht?«

»Nein, den Feind nicht, sondern nur einen einzigen Überlebenden der Verheerungen, der vor unseren Augen starb.«

»Das ist ja lächerlich! Ihr verlangt, daß wir...«, schimpfte Fürst Lupoll.

»Glaube, was du magst, Herr«, fauchte Ronsard. »Wir berichten nur, was wir sahen.«

»Ich muß meinem Entsetzen über diese Nachrichten Ausdruck verleihen, Majestät«, sagte Ameron. »Das hört sich höchst unwahrscheinlich an. Wir haben seit über zehn Jahren Frieden, und noch länger ist es her, daß ein Feind es wagte, den Fuß auf Mensandors Boden zu setzen. Sollen wir annehmen, Plünderer seien gelandet und hätten diese Dörfer verwüstet? Mit denen läßt sich gewiß kurzer Prozeß machen; dazu bedarf es keines Beschlusses durch den Kriegsrat.«

»Ganz recht«, pflichtete Fürst Rurd ihm bei. »Es hört sich ganz so an wie damals, als die Vrotger den Unteren Plinn bis in die Ödlande hinauffuhren. Sobald sie auf Widerstand stießen, traten sie den Rückzug an.«

Eskewar gebot mit der Hand Schweigen. »Bitte, liebe Landsleute, wenn ich glaubte, ein schlagkräftiger Trupp Ritter würde mit dieser neuen Bedrohung fertig werden, hätte ich ihn sogleich ausgesandt. Aber ich habe Grund zur Annahme, daß die Gefahr, der wir nun ausgesetzt sind, von anderen Ausmaßen ist, als würden ein paar Wilde uns Vieh und Vorräte rauben.« Er nickte Fürst Werthwin zu.

»Edle Freunde, ich begab mich aus eigenem Antrieb hierher und begegnete dem Boten des Königs unterwegs. Ich gebe Eskewar recht: Die Sache verdient eine genauere Beratung. Im letzten halben Monat sind immer mehr Menschen schutzsuchend zu mir geflohen. Einige aus dem nahen Persch, andere aus dem ferneren Dorn: Dörfler, Händler, Bauern. Sie flehten um Zuflucht und Rettung vor einem gräßlichen Feind, der über sie hereingebrochen sei, auch wenn kaum jemand ihn gesehen hat.«

Lautstark widersprach ihm Fürst Rurd: »So selten kommt es nicht vor, daß sich ein paar Bauern wegen Kleinigkeiten aufregen. Daß anscheinend niemand diesen schrecklichen und rätselhaften Feind gesehen hat, ist mir Beweis genug, daß er höchstens aus einer Bande von Rabauken besteht, die sich mit einem Schlag vertreiben läßt.« Auf diese Worte folgte beifälliges Gemurmel und Nicken.

»Ich habe den Feind gesehen!« rief Quentin mit lauter Stimme. Alle wandten sich ihm zu. »Und ich kann bestätigen, daß es sich nicht nur um ein paar Rabauken oder Wilde handelt, die Fleisch und Getreide suchen. Toli und ich wurden in Illem gefangengenommen, als die Eindringlinge die Stadt brandschatzten.« Er ließ die Worte wirken und fuhr fort: »Zwei Tage lang wurden wir gefangengehalten und konnten nur mit Hilfe eines Untergebenen dieser Feinde fliehen.« Er hielt inne und wog seine Worte sorgfältig ab.

»Was wir im Lager der Feinde sahen, bewies uns, daß Nins Heer kein räuberischer Stamm von Wilden ist und nicht aus Plünderern auf Beutefang besteht. Die Ningaal bilden ein gut ausgebildetes, geordnetes Heer, das gegen Mensandor zieht.«

»Das glaube ich nicht!« rief Lupoll wütend. »Gäbe es einen solchen Feind, wir wüßten es.«

»Anscheinend ist er ja unglaublich verschlagen!« fauchte Ameron spöttisch.

»Glaubt es!« ertönte die hohe, schneidende Stimme einer Frau. Erstaunt darüber, wer es wagen mochte, die Ratsversammlung des Königs zu stören, drehten die Männer sich alle um.

Quentin sah Esme an der Tür zum Privatgelaß des Königs stehen. Sie war unbemerkt eingetreten und hatte alles mit angehört.

»Wer ist diese Frau, Majestät? Sie soll unverzüglich den Raum verlassen! Der Kriegsrat ist kein Ort für Frauen.« So und ähnlich schalten die Fürsten.

»Meine Herren, sie soll Gehör finden. Ich bat sie hierher, und wir wollen ihrem Bericht lauschen. Fahre fort, Herrin, doch zuerst sollen die hier Versammelten erfahren, daß vor ihnen Prinzessin Esme steht, die Tochter König Troans von Elsendor.«

Esme wirkte jeden Zoll wie eine Prinzessin; auf ihrem Kopf saß ein schmaler Silberreif, und ihren Leib umhüllte ein zinnoberrotes Kleid, das wohl Bria gehörte. Ihr dunkles Haar fiel ihr in Locken auf die Schultern, und ihre schwarzen Augen sprühten Funken. Sie stellte sich neben den Stuhl des Königs.

»Auf Ersuchen meines Vaters reiste ich nach Askalon, um euch zu warnen und um Hilfe zu bitten. Was ich hier höre, läßt mich um unsere beiden Länder fürchten. Im Spätfrühling dieses Jahres wurde eines von meines Vaters Schiffen angegriffen, konnte die Feinde jedoch abwehren und in den Hafen einlaufen. Troan befahl dem Führer seines Flaggschiffes, die Seeräuber aufzuspüren und herauszufinden, woher sie kamen. Unser Schiff kehrte nicht wieder. Statt dessen erhielten wir eine Antwort, denn zwei Tage später sichteten Fischer einhundert gegnerische Schiffe vor unserer Südküste. Mein Vater sandte seine Flotte gegen sie in die Schlacht, meine Brüder übernahmen den Befehl. Ich wurde mit der Warnung hierhergeschickt, ein mächtiger Feind habe sich erhoben und wolle unsere Länder besetzen. Außerdem soll ich König Eskewar in unserer Not bitten, Hilfstruppen zu entsenden.«

Niemand äußerte sich zu Esmes Schilderung, bis Eskewar fragte: »Habt ihr dazu nichts zu sagen?«

Ihr müssen sie glauben, dachte Quentin, selbst wenn sie meiner Geschichte kein Vertrauen schenken. Esme war nämlich energisch und selbstsicher aufgetreten.

»Wie du sprichst, Herrin, hört sich die Geschichte sehr überzeugend an. Doch sollen wir annehmen, daß du glaubst, der Feind, der angeblich unsere Grenzen heimsucht, sei derselbe, der gegen deines Vaters Flotte streitet? Das halte ich für sehr unwahrscheinlich.« Diese Rede trug Ameron beifälliges Nicken ein.

Zornig fuhr Eskewar auf: »Ihr scheint geneigt, jeden Beweis, den man euch liefert, abzulehnen. Was soll das bedeuten, Fürst Ameron?«

Kühl erwiderte der Angesprochene: »Im Reich herrscht seit vielen Jahren Frieden. Diesen mühselig errungenen Zustand möchte ich nicht so leichtfertig aufgeben. Denn ich persönlich sehe keinen Grund, Truppen auszuheben, um einem Feind entgegenzutreten, den keiner gesehen hat und dessen Absichten unerklärlich sind.«

»Aha, endlich kommen wir der Sache näher!« stellte der Drachenkönig fest. Sein Gesicht war rot vor Zorn. Die durch die lange Krankheit eingefallenen und schwarz geränderten Augen loderten hell. Er nickte einem seiner Pagen zu. Dieser verschwand und tauchte kurz darauf mit einem hochgewachsenen Fremden wieder auf. Dieser trug ein loses blaues Gewand und um den Hals goldene Ketten. Er verneigte sich vor den Fürsten. Sein schwarzer Bart war stachelig wie das Fell eines Igels, sein Blick scharf und unverwandt.

»Ich darf euch Myrmior vorstellen, den Wesir des Herrschers von Kalikar. Er verhalf meinem Mündel und dessen Diener zur Flucht. Schildere uns, was du zu sagen hast, guter Herr.«

Myrmior verbeugte sich abermals und berührte die Stirn mit den Fingerspitzen. »Es lag nicht in meiner Absicht, vor euch zu treten, aber der König will es so, und ich gehorche.« Er sprach sanft, aber seine Worte beinhalteten eine Schärfe, die die versammelten Fürsten in ihrem Stolz traf. Sie starrten ihn trotzig an.

»Vor vier Jahren geriet ich in Gefangenschaft, als meine Heimat unterjocht wurde: durch Nin, welcher der Verheerer heißt. Nach einem fünf Jahre dauernden, blutigen Krieg hatte man meinen Herrn auf dem Dorfplatz enthauptet wie einen Dieb. Ich, sein ergebener Wesir, wurde zum Sklaven bei einem von Nins Feldherrn.

Seit Beginn meiner Gefangenschaft habe ich viel erlebt. Ein Land nach dem anderen fiel, mächtige Reiche wurden vernichtet, ganze Landstriche wurden von Nin und seiner Horde verwüstet. Jeder Sieg stärkt die Ningaal und reizt die unersättliche Gier ihres Herrschers nach größeren Eroberungen. Sein Reich erstreckt sich inzwischen von Sanarrat bis Pelagien, von Haldorland bis Artasien. Jetzt richtet er seinen Blick gen Westen, den Ländern der mächtigen Könige zu. Wenn er hier siegt wie in jedem anderen Land, auf das er seine Feldherrn hetzte, kann nichts mehr ihn aufhalten. Nin wird das Ziel seines bösen Herzens erreichen: der Gott zu werden, vor dem alle Menschen niederfallen und beten.«

Myrmior hatte immer lauter gesprochen, so daß seine letzten Worte im Ratszimmer nachhallten. Keiner rührte oder regte sich. Alle hielten den Blick auf diesen geheimnisvollen Schicksalsboten geheftet.

»Täuscht euch nicht, ihr Fürsten von Mensandor. Hinter den starken Mauern eurer Burgen könnt ihr euch nicht verstecken. Er wird euch aufspüren und vernichten, wie die Schlange der Ratte den Garaus macht. Hört meine Worte und habt acht! Nin hat ein Auge auf dieses Königreich geworfen und will es zu eigen haben. Nichts ist ihm unmöglich, vor nichts schreckt er zurück, denn sein Stern wächst im Osten, und bald wird sein Name alle Menschen in Schrecken versetzen.«

28

»Dich trifft keine Schuld, Herr. Du hast alles Menschenmögliche getan. Wir wollen es ein zweites Mal versuchen«, sagte Teido besänftigend.

Düsteren Sinnes saßen sie alle um den großen Eichentisch in des Königs Privatgemach. Eskewar starrte trübsinnig auf seine verschränkten Hände. Er hatte gerast und getobt, Drohungen ausgestoßen: allein, nichts hatte gefruchtet. Der Kriegsrat war beschlußlos auseinandergegangen. Lupoll und Ameron hatten sich offen gegen die Aushebung eines Heeres gestellt, Werthwin und Finscher gelobten Unterstützung und die übrigen waren unentschieden.

»Ich hätte auf die übrigen warten sollen; sie hätten womöglich den Ausschlag gegeben. Ich habe die Sache überstürzt...«

»Nein«, widersprach Derwin. »Du hast dich richtig verhalten. Die anderen kommen erst morgen oder übermorgen. Wir müssen sofort handeln. Wer weiß, was ein Aufschub von zwei Tagen bedeuten kann. Königreiche sind schon in kürzerer Zeit gefallen.«

»Inzwischen haben Lupoll und Ameron Gelegenheit, die anderen auf ihre Seite zu ziehen.« Eskewar seufzte, im Zimmer schien es dunkler zu werden.

»Sobald sie die Gefahr erkennen, werden sie alle umschwenken«, warf Ronsard ein.

»Dann ist es vielleicht zu spät«, gab Teido zu bedenken. »Wir sollten des Königs Ritter in den Kampf mit den Eindringlingen schicken und sie aufhalten, bis ein Heer steht. Sie dürfen Askalon nicht ungehindert erreichen.«

»Edle Herren, darf ich mir eine Bemerkung erlauben?« So meldete Myrmior sich zu Wort, der von Anbeginn schweigend dabeigesessen war. Sein leidenschaftlicher Appell an den Rat hatte nichts genützt. Schmollend wie alle übrigen hatte er sich zurückgezogen.

»Nur äußerste Stärke kann sie beeindrucken. Nins Heere sind gut ausgebildet und kampfbereit. Und sie sind zahlreicher, als ihr wißt. Die Streitmacht, der Quentin und Toli begegneten, war nur eine von vieren, die durch Mensandor streifen. Sie ziehen alle auf unterschiedlichen Wegen nach Askalon.«

»Warum tun sie das?« fragte Ronsard. »Warum kommen sie nicht mit geballter Kraft?«

»Nin hat schon vor langer Zeit entdeckt, daß es am besten ist, mit mehreren kleinen Heeren zuzuschlagen, wenn man in ein fremdes Land eindringt, dessen Verhältnisse man nicht kennt, um so die Verteidiger zu spalten.

Eine Handvoll mutiger Männer kann es bei taktischer Überlegenheit mit vielen aufnehmen, nicht wahr?« Das zustimmende Nicken rundum gab ihm recht. »Und sich an vier Fronten gleichzeitig zu verteidigen ist fast unmöglich. Und das steht euch bevor.«

»Außerdem haben wir nur ein paar Ritter zur Verfügung«, stellte der König bitter fest. »Unsere Sache ist verloren, ehe der Kampfruf erklungen ist und ein Schwert gezückt wurde.«

»Sage das nicht, Herr. Mit unseren Leuten können wir viel ausrichten. Die anderen werden sich uns anschließen, sobald sie begreifen, daß die Gefahr nicht eingebildet ist.« Ronsard schlug mit der Faust auf den Tisch und blickte die anderen um Beistand bittend an.

»Ronsard hat recht«, sagte Derwin bedächtig. »Wir können viel ausrichten. Und je früher wir anfangen, desto besser. Es hülfe uns sehr, wenn ...«

In diesem Augenblick klopfte es. Ein Wächter trat ein, verneigte sich tief und sprach: »Majestät, draußen steht ein Priester, der unverzüglich vorgelassen werden möchte. Man hat ihm gesagt, daß hier beraten wird, aber er läßt sich nicht abweisen.«

»Hat er seinen Namen genannt?« fragte der König.

»Bjorkis heißt er.«

»Der Oberpriester? Hier?« Quentin warf Toli einen Blick zu. Der nickte nur geheimnisvoll.

»Der Oberpriester möge eintreten. Wir wollen ihn anhören.«

Die Tür öffnete sich weit, und einen Augenblick später eilte Bjorkis in seinem härenen, braunen Gewand herein, ein kummervolles Lächeln auf dem runzligen, fahlen Gesicht.

»Ich sehe, Ariel hat seinen Diener nicht verlassen. Besser hätte ich es mir nicht wünschen können.« Derwin sprang auf und warf seinen Stuhl dabei um. »Bjorkis! Hast du endlich deinen Eiden abgeschworen?« Der Einsiedler lief zu seinem alten Freund und umarmte ihn.

Traurig schüttelte der Priester das Haupt, daß sein weißer Bart wackelte. »Nein, man hat mich meiner Eide entbunden, ob ich wollte oder nicht.« Derwin zog die Augenbrauen hoch. »Damit will ich sagen«, erklärte Bjorkis, »man hat mich aus dem Tempel gejagt.«

»Aber warum? Du kannst doch keine ernsthafte Verfehlung begangen haben. Das wäre unvorstellbar.«

Der ehemalige Oberpriester wandte sich, von Derwin zum Tisch gezogen, an die übrigen und grüßte besonders Quentin. »Mein Verbrechen war höchst schwerwiegend, meine Herren. Ich stand dem Ehrgeiz eines üblen Menschen im Weg. Die Anschuldigungen waren Lappalien. Ich wies auf unsichtbare Gefahren hin, denn ich hatte in den Sternen gelesen, daß die Sicherheit des Tempels bedroht ist.«

Derwin nickte wissend. »Wir wurden heute aus demselben Grund gescholten. Doch davon später mehr. Ich weiß, daß das, was du uns zu künden kamst, von deinen Schwierigkeiten nicht verdrängt wurde. Oberpriester hin oder her, dein Herz bleibt standhaft bei der einmal gefaßten Meinung.«

»Wie gut du mich noch kennst, Derwin. Du konntest von jeher in die Herzen der Menschen blicken. Ja, ich habe eine Botschaft für euch, doch wenn ich euch so versammelt sehe, muß ich glauben, sie wird euch nicht mehr viel Neues bieten.«

»Sprich dennoch«, entgegnete Eskewar, »und überlasse das Urteil uns. Daß du deine Stellung im Hochtempel eingebüßt hast, ist nichts Geringes, doch davon später. Was hast du uns zu melden?«

Bjorkis verneigte sich. Derwin rückte seinen Hocker zurecht, bot ihn dem Priester an und suchte sich selbst einen anderen Platz. Als er saß, legte Bjorkis die Hände auf den Tisch und fing an:

»Meine Herren, in meinem Amt als Oberpriester beobachtete ich unermüdlich die Natur, um das Schicksal von Menschen und Völkern zu ergründen. Nach meiner Meinung sollte die Religion den Menschen auf diese Weise dienen.

Wenn ein Vorzeichen aufscheint, muß man es aufs gründlichste befragen, um seine Bedeutung und seine Folgen zu bestimmen. Damit will ich folgendes sagen: Es steht ein Zeichen am Himmel, wie es in unserer Zeit noch nie gesehen ward. Ein Stern, den alle unter dem Namen Wolfsstern kennen. Seit Anbeginn der Zeiten unverändert, ist er jüngst gewachsen und strahlt nun ungewöhnlich hell. Er ist so rasch größer geworden, daß jeder, der seine Bahn nicht so genau verfolgt hat wie ich, es kaum glauben kann.«

»Ist das der Stern, von dem du sprachst?« fragte Eskewar Myrmior, der zustimmend nickte.

»Ich sehe, ihr wißt davon. Dann brauche ich euch nicht zu sagen, wie merkwürdig die Angelegenheit ist. Ich forschte in den Aufzeichnungen des Tempels. Immer weiter zurück, viele Tausende Jahre, bis zu ihrem Beginn.« Bjorkis lächelte und nickte Quentin zu.

»Das tat ich, nachdem du mich eines Nachts aufgesucht hattest. Deine Neugier den Stern betreffend bewies mir, daß es sich lohnte, der Sache auf den Grund zu gehen.«

»Wenn ich mich recht erinnere«, erwiderte Quentin, »waren deine Vorhersagen schon damals sehr düster. Ein böses Zeichen, sagtest du, und Schlimmeres.«

»Ja, ganz richtig. Nun weiß ich, daß ich mich nicht irrte. Die heiligen Aufzeichnungen im Tempel belegen, daß Vorzeichen nicht ganz neu sind. Schon zweimal, vor langer, langer Zeit, wuchsen dergleichen Sterne am Himmel. Und obschon die alten

Schriften nur schwer zu entziffern sind und die Bedeutung der Worte nicht immer klar ist, läßt sich sagen, daß diese Vorzeichen der Menschheit die schlimmsten Katastrophen ankündigten.«

»Das Ende des Zeitalters!« sagte Derwin.

»Das Ende des Zeitalters«, pflichtete Bjorkis bei. »Es bringt Chaos und Tod. Eine Verwüstung, die kein Mensch und kein Tier überleben können. Völker werden hinweggefegt, Königreiche gehen innerhalb einer Stunde für immer unter. Das Angesicht der Welt verändert sich dauerhaft. Landmassen erheben sich aus dem Meer, ganze Erdteile versinken. Alles, was ist, vergeht im mächtigen Gebrüll des aufreißenden Himmels. Die Sterne geraten aus ihrer Bahn, und die Ozeane bäumen sich auf. Die Flüsse stehen in Flammen, und die Erde bricht auf. – So sieht das Ende des Zeitalters aus, und es ist nah.«

Quentin kam lebhaft das Gespräch in den Sinn, das er um Mitternacht mit Toli geführt hatte, als sie nach dem Besuch bei Bjorkis wieder in Askalon gewesen waren. Die Runde um den Tisch beratschlagte weiter, aber er achtete nicht auf die Stimmen der anderen, die ihm in den Ohren klangen, bis er sie gar nicht mehr wahrnahm: Quentin schien einen Wachtraum zu haben:

Eine dunkle, grenzenlose Weite erstreckte sich vor ihm wie ein wildes Tier, das hungrig auf der Lauer nach Beute lag. Quentin sah eine kleine, helle Gestalt, die sich einen steinigen Hang hinan mühte und schließlich oben auf einem Hügel anlangte.

Es war ein Ritter in voller Rüstung, und bei genauerem Hinsehen erkannte Quentin, daß die Rüstung kalt glänzte, als wäre sie aus einem einzigen Diamanten geschnitten. Der Ritter trug einen Schild, der glänzte wie Eis und an dem sich das Licht in allen Farben brach. Mit der Hand am Schwert stellte dieser Ritter sich der drohenden Finsternis entgegen. Er zog seine Waffe: Sie leuchtete weiß lodernd auf.

Als er das Schwert reckte, wich die Finsternis zurück. Dann schleuderte er es mit mächtigem Schwung von sich. Es wirbelte durch die Luft und schlug kräftige Funken, die den Himmel erfüllten. Dabei rief er mit dröhnender Stimme:

»Mit Feuerzungen wird brennen das Schwert.
Die Finsternis vergehe: geschlagen fliehe sie schnell wie ein Pfeil.«

Die um den Tisch Versammelten verstummten. Alle wandten sich Quentin zu: Er stand vor ihnen, schüttelte den Kopf und blinzelte, als würde er aus einem Traum erwachen. An den offenen Mündern und den erstaunten Gesichtern erkannte Quentin, daß er die Worte nicht nur gehört, sondern auch laut ausgesprochen hatte. Seine eigene Stimme hatte ihm in den Ohren gehallt.

»Was hat er gesagt?« flüsterte jemand, die ehrfurchtsvolle Stille durchbrechend, die sich über den Raum gelegt hatte.

»Es… es tut mir leid, meine Herren«, stammelte Quentin. Toli sah ihn mit zusammengekniffenen Augen an. Alle machten ein verdutztes Gesicht.

»Wo hast du das gehört?« fragte Derwin und sprang auf.

»Das weiß ich nicht, Herr. Gerade eben hörte ich es… in einem Traum. Anscheinend habe ich geträumt, während alle redeten. Warum, weiß ich nicht.«

»Ich weiß es!« rief Bjorkis laut. »Der Satz steht in den Chroniken der Könige des Nordens.«

»Ja, das stimmt. Es ist die Weissagung vom Priesterkönig.« Derwin stand vor Quentin und blickte auf ihn mit wild funkelnden Augen hinab, wie Quentin sie an ihm noch nie gesehen hatte. Unbehaglich rutschte er auf seinem Stuhl herum; er kam sich töricht und dumm vor.

»Sage mir, daß du diesen Spruch nirgendwo gelesen noch gehört hast, und ich werde dir glauben.«

»Ich sage die Wahrheit, Derwin: niemals. Die Worte bedeuten mir nichts, woher sie auch stammen mögen. Ich kenne sie nicht.«

»Vielleicht hast du sie in Dekra gehört«, überlegte Derwin laut. »Aber wohl eher nicht. Dann wüßtest du es.«

»Was geht hier vor?« fragte Eskewar mit vor Staunen brüchiger Stimme.

Teido und Ronsard starrten bloß überrascht vor sich hin.

Myrmior rieb sich geistesabwesend das Kinn und kniff die Augen zusammen.

»Meine Herren, ein Wunder ist geschehen! Das ist ein gar mächtiges Omen.« Bjorkis schloß die Augen. Er begann, den Kopf zu wiegen und mit seiner greisen Stimme den Raum zu erfüllen. So sang er die gesamte Weissagung der Alten:

»Die Sterne werden betrachten das Tun der Menschen. Zeichen und Wunder künden sie.

Uralte Städte stehen noch, das listige Werk von Riesen, kundig aufgetürmt.

Der Wind sei der schnellste Bote. Die Wolken sollen rasen stets frei.

Der Donner spreche mit mächtiger Stimme; die Tempel mögen erzittern in ihren Grundfesten. Der heilige Fels werde gespalten.

Der Schlag mit dem Speer auf den Schild verheiße Krieg.

Der Adler sinke herab auf starken Fittichen; seine Nachkommen mögen Verehrung finden unter den Menschen.

Kühn wird der Krieger sein. Herrlich und schön sitze das Juwel in der Krone.

Die guten Menschen im Land sollen Ruhmestaten vollbringen. Die Schlange in ihrem Gelaß werde aufgespießt.

Der Mut des Ritters sei hart wie Stahl; sein Name sei gepriesen in der Halle seiner Väter.

Der Wolf im Walde möge verenden. Der Eber im Wald zeige forsch seine kräftigen Hauer.

Der König wird haben einen Thron, der Priester eine Krone tragen.

Mit Feuerzungen wird brennen das Schwert. Die Finsternis vergehe; geschlagen fliehe sie wie ein Pfeil.

Die hochmütigen Götter sollen fallen; Todeswut erfasse sie. Der Allerhöchste wird nicht länger sie dulden.

Aus dem Tempel heraus rief er seinen Diener; gelobt seien die Wege des Herrn.«

29

Esme und Bria erwarteten sie, als sie aus dem Gemach traten. Quentin lächelte ihnen zu, obwohl ihm nicht danach zumute war. Die beiden Frauen hatten sich so fest angefreundet, daß man sie überall zusammen sah. Quentin freute es, daß sie bei allen Unterschieden so vieles gemeinsam hatten, vor allem dieselbe eiserne Entschlossenheit, wenn etwas sie sehr stark berührte. Für ihn waren sie ideale Verkörperungen des Begriffs Prinzessin.

Quentin hatte kein Wort mehr gesprochen. Er fühlte sich schwach und hatte Angst, was er wohl als nächstes sagen würde. Das Traumbild und die Weissagung hatten an ihm gezehrt; er hatte den Eindruck, sich selbst nicht mehr über den Weg trauen zu können. Toli hatte ihn an einen ruhigen Platz in der Küche geführt, wo sie für sich allein essen konnten.

Nach einer Weile fand Quentin wieder ein wenig zu seiner guten Laune zurück und begann über das Geschehene zu reden. Er sprach über die Beratung, seinen Traum und die Weissagung, die er getan hatte, sowie über Derwins und Bjorkis' Aufregung. Da hatte Esme ihre Begegnung mit Orfes Tochter geschildert und von der Weissagung berichtet, die diese ihr für das Mahl geschenkt hatte.

Quentin fiel auf, wie ähnlich sie dem war, was er selbst gesagt hatte. Beide Male war von einem mächtigen Schwert die Rede, das die Eindringlinge mit einem Schlag vernichten würde. Als Esme mit ihrer Geschichte zu Ende war, herrschte lange Schweigen; keiner der vier wagte den Zauber zu brechen.

Quentin war die Stille recht. Er erwog die Prophezeiung bei sich. Das Traumbild, das er vor so langer Zeit beim Segen der Ariga im Tempel von Dekra empfangen hatte, schien nun Gestalt anzunehmen, klarer zu werden und ihn in seinen Bann zu ziehen. Ja, sein Traumbild. Lange hatte er darüber nachgedacht und es im Herzen bewahrt. Ein Teil von ihm wollte es erfassen, annehmen, was vor ihm lag, im Wissen, daß er andernfalls nie zur Ruhe kommen würde. Ein anderer Teil von ihm wollte es abwehren, sich vom schrecklichen, wilden Ruhm abwenden. Quentin war hin und her gerissen.

Der junge Ritter stand mit seinem Freund Toli des Nachts im Korridor und klopfte an die schwere Tür. Sie hörten ein Schlurfen, dann ging die Tür langsam auf. Ronsard lächelte sie mit seinem breiten, männlichen Gesicht an. »Tretet ein, Freunde«, sagte er. »Wir warten schon auf euch.«

»Warum holt ihr uns so spät aus dem Bett und raubt uns den Schlaf? Was habt ihr für ein Geheimnis, Teido und Ronsard?« Quentin trat in Derwins Turmgemach, wo in hohen Ständern Talgkerzen brannten und ein rosiges Licht verbreiteten.

»Du wirst deine harten Worte bald bereuen, mein Herr«, erwiderte Teido ruhig. Quentin hatte zwar nur Spaß gemacht, sah aber trotz Teidos Lächeln, daß diesem nicht wohl zumute war.

»Ihr brecht auf!« sagte Quentin erschrocken. An ihren Mienen sah er, daß er richtig geraten hatte.

»Ja«, fügte Ronsard hinzu. »Noch vor Sonnenaufgang.«

»Das verstehe ich nicht. Warum so plötzlich?«

»Es muß sein«, entgegnete Teido. »Wir führen die Ritter des Königs gegen die Ningaal. Wir müssen sofort handeln, ehe sie ihre Kräfte vereinigen können.«

»Kommt und nehmt Platz. Ein wenig Zeit bleibt uns, um wie Freunde voneinander Abschied zu nehmen«, sagte Derwin herzlich.

Hölzern stakste Quentin zu einem Stuhl vor dem leeren Kamin. Toli setzte sich auf die Lehne des Stuhles neben ihm. Was der dunkeläugige Dscher fühlte, war ihm nicht recht anzusehen, aber seine Miene hatte sich verhärtet.

»Ich weiß, daß es ein Schock für dich ist, Quentin. Aber es geht nicht anders.« Teido sprach ruhig und sicher. »Ich weiß, dir liegt daran, uns zu begleiten, aber du weißt ebensogut wie wir, daß das unmöglich ist. Mit deinem Arm würdest du schon das erste Scharmützel nicht überstehen.«

Quentin fühlte sich geschmeichelt, daß Teido so hoch von seinem Mut dachte. Im Grunde sehnte er sich nicht danach, den grausamen Ningaal noch einmal zu begegnen.

»Das ist nicht die Ursache meines Mißbehagens, auch wenn deine Worte mich ehren. Ihr könnt nicht allein mit dem Gefolge des Königs gegen die Ningaal zu Felde ziehen. Das gäbe eine Katastrophe! Sie sind zu zahlreich, und allesamt sind sie äußerst diszipliniert. Ich habe sie erlebt.«

»Wir wagen nicht länger zu warten«, versetzte Ronsard. »Jeder Tag Aufschub kann entscheidend sein. Sorge dich nicht zu sehr. Wir sind nicht ganz allein. Fürst Werthwin stößt mit seinen Truppen zu uns. Er wird eine Hundertschaft stattlicher Ritter aufbieten.«

»Was sind denn vier- oder fünfhundert gegen Gurds Tausende? Und er führt nur ein Heer von vieren, wenn Myrmior die Wahrheit sagte.«

»Myrmior lügt sicher nicht«, erklärte Ronsard. »Denn er begleitet uns. Er wird uns bei unserer Strategie gegen die Feldherrn beraten.«

»Das ist uns eine große Hilfe«, stimmte Teido ein. »Sein Dienst wird unschätzbar sein, daran zweifle ich nicht.« Er beugte sich vor und musterte mit seinen dunklen Augen Quentins Gesicht. »Wir müssen kämpfen, Quentin. Wir müssen Zeit gewinnen, bis Eskewar die übrigen Fürsten überzeugt hat. Wir hatten nicht erwartet, daß sie sich so armselig verhalten würden. Aber so ist es nun einmal. Sie werden sehen, daß Krieg herrscht und sich uns anschließen. Darum ist mir nicht bange.«

»Aber während sie sich die Sache überlegen, findet ihr den Tod!« erwiderte Quentin bitter. »Nein, das gefällt mir nicht.«

»Aber so wird es sein«, entgegnete Ronsard. Er stand auf, ging zu Quentin und legte ihm eine Hand auf die Schulter. »Habe keine Angst um uns, denn wir fürchten uns nicht. Ein Ritter kann nur einmal sterben, und das in Ehren. Andernfalls ist er kein wahrer Ritter. Ich habe genug Schlachten erlebt. Mich kann nichts mehr schrecken. Ich bin's zufrieden.«

»Wir haben nicht vor, eine Torheit zu begehen. Fürwahr, du wirst keine zwei Männer finden, die vorsichtiger wären als wir. Aber wir müssen dem König Zeit verschaffen, damit unsere Sache nicht verloren ist, bevor wir sie angefangen haben. Das hat Myrmior uns klargemacht. Außerdem glaube ich nicht, daß du untätig hier sitzen wirst. Wenn ich Derwin richtig verstanden habe, hält er Anstrengungen für dich bereit. Da wird gar keine Zeit bleiben, um an uns zu denken.«

Quentin sprang von seinem Stuhl auf und packte Ronsard mit seiner heilen Hand. »Ich werde immer an euch denken! Ihr wart beide mehr als Kameraden für mich. Ich wünschte, ich könnte euch begleiten und meinen Teil tragen. Es würde mein Herz freuen, wieder mit euch im Feld zu stehen.«

»Das wirst du auch. Es wird genug Kämpfe für uns alle geben, darauf wette ich.« Auch Teido stellte sich neben Quentin, der den Tränen nahe war.

»Ihr werdet mir sehr fehlen. Alle beide.« Quentin schlang seinen Arm um Ronsard und klopfte ihm auf den Rücken. Dann umarmte er Teido und vergrub sein Gesicht an dessen Schulter. Er ließ seinen Tränen jetzt freien Lauf und schämte sich ihrer keineswegs.

»Die Wunde, die mich hier fesselt, ist schlimmer, als ich anfangs dachte. Geht denn, und möge euch der Allerhöchste schützen.«

»Und dich auch«, erwiderten die beiden Ritter wie aus einem Munde.

Widerstrebend gingen sie zur Tür. Toli trat zu ihnen und schüttelte ihnen die Hand. Er wünschte ihnen in seiner Muttersprache sirrende Schwerter und nie versagende Schilde. Derwin bat er: »Lieber Einsiedler, willst du für unsere beiden Brüder nicht ein Gebet zum Allmächtigen sprechen?«

»Freilich, das wollte ich gerade tun.« Der Einsiedler aus dem Pelgrin-Wald trat vor und hob seine Hände. Ronsard sank auf ein Knie, und Teido tat es ihm gleich.

»Allerhöchster Gott, der du jeden unserer Schritte leitest und unsere Gebete hörst«, sagte er leise, »erhöre uns jetzt. Sei diesen strammen Rittern scharfes Schwert, starker Arm und schützender Schild. Gib ihnen Kraft angesichts des Feindes. Mache sie mutlos und unerschrocken. Schreite vor ihnen in der Schlacht wie eine Lanze, die das Böse von unseren Küsten vertreibt. Sei ihnen Trost und Führung. Erfrische sie, wenn sie müde sind, und halte sie, wenn sie nicht mehr stehen können. Banne die Furcht aus ihren Herzen und schenke ihnen Klugheit, damit sie ihre Männer zum Sieg führen. Sei ihnen der Ruhm, der in der Finsternis scheint, und bringe sie uns zurück.«

Die Ritter standen langsam auf. »Vermag dein Gott so viel, Derwin?« fragte Ronsard freundlich.

»Er vermag alles, mein Freund. Scheue dich nicht, ihn in der Not anzuflehen. Er eilt seinen Dienern rasch zu Hilfe.«

»Dann werde ich ihm von nun an dienen, diesem Allerhöchsten.« Er lächelte Quentin zu. »Siehst du, du bist nicht der einzige, der auf das Geschwätz dieses Einsiedlers hört. Auch ich kümmere mich um mein Seelenheil.«

»Dann sorge für dich, bis wir uns wiedersehen, tapferer Ritter.« Quentin bot ihm seine Hand. »Lebt wohl, Freunde.«

»Leb wohl, Quentin. Leb wohl.«

30

So tränenreich der Abschied von Ronsard und Teido auch gewesen war, kam er in nichts dem gleich, was sich bei Quentins und Tolis Aufbruch aus Askalon abspielte. Zwei Tage lang hatten sie Vorbereitungen getroffen, um ihren Freunden zu folgen. Am dritten Tag dann führte Toli, noch bevor die Sonne über dem dunklen Pelgrin-Wald aufgegangen war, die Pferde und Packesel aus dem Innenhof durch den inneren Mauerring in den Außenhof. Dort warteten Derwin und Quentin auf ihn.

Ihnen schlossen sich bald Alinea, Bria und Esme an. Die Frauen drückten ihnen Essenspakete in die Hand und küßten alle herzlich.

»Eskewar hat mich gebeten, euch alles Gute zu wünschen«, sagte Alinea. »Er hätte euch gern persönlich verabschiedet, doch dergleichen tut ein König nicht. Darum in seinem wie in meinem Namen: Lebt wohl. Reist geschwind und kehrt gesund zurück. In unseren Herzen sind wir bei euch.«

Dann zogen sich Bria und Quentin ein Stück zurück, um ihre geheimsten Gefühle auszutauschen. Esme nahm eine der Blumen aus ihrem Haar und schenkte sie Toli, der sie in der Nähe des Herzens unter sein Schwertgehänge steckte.

Die drei Frauen geleiteten sie über die Zugbrücke und winkten ihnen tränenüberströmt nach, bis sie durch die engen Gassen Askalons ihren Blicken entschwunden waren.

Der traurige Abschied lastete Quentin schwer auf der Seele. Die folgenden drei Tage dachte er fast ständig darüber nach. Er redete nur wenig und bewegte sich wie ein Schlafwandler. Dadurch fiel ihm nicht auf, daß Toli und in gewissem Maße auch Derwin sich ganz ähnlich verhielten.

Bei seinen einsamen Überlegungen kam Quentin immer wieder auf die sich überstürzenden Ereignisse der letzten Tage in Askalon zurück, vor allem auf die Zusammenkunft in Derwins Gemach, die bis spät in die Nacht gedauert hatte, sie stand ihm jetzt nur noch verschwommen vor Augen, hatte aber dazu geführt, daß die drei sich eilends auf den Weg machten.

Auf den dunklen Pfaden des Pelgrin-Waldes, der jetzt im Hochsommer mit üppigem Grün prunkte, ging Quentin zum wiederholten Male die Geschehnisse jener Nacht durch.

Nachdem Teido und Ronsard Derwins Gemach verlassen hatten und ihre Schritte durch den Korridor kaum verklungen waren, kam Bjorkis mit einem Armvoll Schriftrollen, Pergamenten und Landkarten hereingestürmt. Seit der Beratung bei Eskewar am Tag zuvor hatte man ihn nicht mehr gesehen, denn er war verschwunden, sobald er die alte Weissagung gesungen hatte, die Quentin noch in den Ohren klang.

Wie sie bald herausfanden, hatte der alte Priester sich eifrig durch die Schloßbibliothek gewühlt und, ohne zu essen oder zu schlafen, die merkwürdigen Dinge zusammengetragen, die er jetzt bei sich hatte.

»Derwin, ich habe entdeckt, was wir brauchen. Das war nicht ganz einfach, denn die Bibliothek des Königs ist nicht so gut geordnet wie die im Tempel, aber das war ja nicht anders zu erwarten. Ein paar der Schriften lassen sich kaum mehr lesen, selbst wenn man geübt ist; außerdem sind sie unvollständig. Aber unser Gedächtnis wird uns aushelfen, wo die Schrift versagt.«

Der alte Priester machte so ein Wesen um das Sortieren der Rollen, daß Quentin laut auflachte. »Sag ja nicht, daß wir uns eine deiner unendlichen Lehrstunden antun sollen! Verschone uns!«

Bjorkis legte den Kopf schräg. »Glaube nur nicht, daß dir das schaden würde, Herr. Du hast vermutlich alles vergessen, was ich dich lehrte.«

»Bjorkis und ich haben uns nach der Beratung beim König zusammengesetzt«, erklärte Derwin. »Du bist bestimmt neugierig, was wir entdeckten.« Obwohl Derwin es nicht gesagt hatte, sah Quentin am Glanz in seinen Augen und der aufgeregten Stimmung, die plötzlich herrschte, daß die Sache etwas mit der Prophezeiung und seinem sonderbaren Wachtraum zu tun hatte.

»Ja, es steht alles hier. Zumindest genügt es, glaube ich, daß wir handeln können. Lieber wäre mir allerdings, ich hätte Zugang zu meinen Büchern im Tempel«, fügte Bjorkis hinzu.

»Und ich zu meinen in der Hütte«, meinte Derwin. »Aber ich habe so oft in ihnen gelesen, daß ich sie auswendig kann, so darf ich wohl sagen.«

»Soll das heißen, ihr glaubt, diese Weissagung des Priesterkönigs habe etwas mit uns zu tun?« fragte Quentin.

»Nicht mit uns, Herr«, erwiderte Bjorkis fröhlich. »Mit dir!«

Quentin hatte das beängstigende Verantwortungsgefühl, das ihn übermannte, wenn er daran dachte, zu einer großen Tat ausersehen zu sein, beinahe verdrängt. Es war ihm beinahe gelungen, wieder zu sich zu finden, aber eben nicht ganz. Der unerklärliche Eindruck nämlich, vom raschen Strom der Geschichte mitgerissen zu werden, von einer unsichtbaren Hand an ein unbekanntes Ziel geführt zu werden, all dies im Zusammenhang mit seinem Traumgesicht vom Flammenschwert, dieser Eindruck hatte ihn verfolgt; wie ein Schatten war er über all seinen Gedanken gelegen.

»Wie ihr alle wißt, gibt es viele Zeichen, anhand deren sich solche Dinge deuten lassen«, brabbelte der Priester weiter. »Sagen wir, ich habe einen Tag und eine Nacht damit verbracht, alle Schriften durchzulesen, die sich mit der Weissagung und allem, was dazugehört, auseinandersetzen. Ich habe allen Grund zur Annahme, daß diese Zeichen auf dich deuten.«

»Und überdies gibt es gute Gründe zu glauben, die Weissagung sei reif für ihre Erfüllung«, fügte Derwin hinzu.

Toli meldete sich zu Wort: »Von dieser Weissagung habe ich zwar nie zuvor gehört, das erste Mal erst im Gemach des Königs, aber auch bei den Dscher gibt es die Legende, daß ein König der Weißen aufstehen wird, um die Welt ins Zeitalter des Lichts zu führen. Er soll Lotanael heißen, der Wegbereiter. Denn er wird die Menschen zu Winuk, dem allerhöchsten Gott, führen.« Toli blickte seinen Meister wissend an und verschränkte die Arme über der Brust, als sei die Sache für ihn klar.

»Glaubt ja nicht, ich würde mich sträuben«, erwiderte Quentin. »Aber ihr müßt mir beweisen, daß sich die Worte auf mich beziehen. Ich weiß nichts von dieser Prophezeiung ...«

»Und trotzdem hast du sie Wort für Wort gesprochen, das heißt: beinahe. Im Original lautet sie etwa so:

Dîn Swert sol brinnan fon Fiurvlammen.

Diu Finstarnisse sol vergan; geslahan siu flahat snel pfilo.

Es hätte mich wirklich überrascht, wenn du in der alten Sprache geredet hättest. Dennoch war ich über die Maßen erschrokken. Es gibt in ganz Mensandor keine vier Menschen, die diese alte Weissagung kennen und sie nennen können. Daß zwei von ihnen dabei waren, als du sie sprachst, ist höchst bemerkenswert. Ja, unglaublich.«

»Ich habe ja nicht die gesamte Weissagung gesprochen, nur einen kleinen Teil davon.« Unruhig rutschte Quentin auf seinem Stuhl herum, während Toli wie ein Greifvogel neben ihm hockte. »Vielleicht war es ja Zufall.«

»Quentin«, sagte Derwin leicht vorwurfsvoll, »du weißt ebensogut wie ich, daß es für die Diener des Allerhöchsten keine Zufälle gibt. Und wenn ein Hellseher auch nur einen Teil einer Weissagung spricht, so ist es, als würde er sie vollständig benennen. Darüber sollten die Ältesten von Dekra dich in Kenntnis gesetzt haben.«

Das traf zu. Quentin hatte oft erlebt, daß die Ältesten sich aus den unterschiedlichsten Gründen auf die Ereignisse in den heiligen Schriften bezogen, indem sie sie teilweise zitierten und das Übrige als bekannt voraussetzten. Er wußte, daß Derwin jeden Versuch seinerseits durchschauen würde, sich von den Ereignissen, die von allen Seiten auf sie einstürmten, fernzuhalten. Quentin hatte das Gefühl, in ein Gespinst zu geraten, daß sich immer enger um ihn schloß. Bald würde er einer Bestimmung ausgeliefert sein, von der er nichts geahnt hatte und die erfüllen zu können er nicht sicher war.

Doch abgesehen von seinem Widerstreben, das wie ein Mahlstein auf ihm lastete, wußte er genau, daß er die Verantwortung auf sich nehmen mußte, falls Bjorkis und Derwin recht hatten. Ja, er mußte dem Weg folgen, wohin er auch führte. Wenn er zur Rettung des Königreiches beitragen konnte, so durfte er sich nicht verweigern, gleichviel, was man von ihm verlangte und wie er sich dabei fühlte.

So erwiderte Quentin also voll Vernunft: »Nun gut. Sehen wir, was die beiden Gerüchteköche für uns gebraut haben. Euch scheint man nicht entrinnen zu können.«

»Du denkst nicht mehr nur an dich, wie, Quentin? Das ist gut so. Ja, sehr gut.« Bjorkis strich sich über die langen weißen Bartflechten. »Dies also haben wir entdeckt.«

Die folgenden Stunden vergingen wie im Flug. Im Nu waren sie vorüber. Sobald sein alter Lehrer zu sprechen anhob, fühlte Quentin sich wie unter einem Zauberbann. Verzückt lauschte er der Erzählung von den merkwürdigen, längst in Vergessenheit geratenen Ereignissen, welche die Menschen vor Urzeiten überliefert hatten. Nur wenige Gelehrte entsannen sich ihrer noch, und jetzt lebten sie vor seinen Augen wieder auf. Aufmerksam hörte er zu, nach jedem Wort dürstend wie ein Mensch in der Wüste, der gierig nach Regentropfen schnappt.

Sie berichteten von dem Schwert: einem Schwert, dem kein zweites glich und dem heilige Kräfte innewohnten; von geheimen Minen in den versteckten Bergklüften halb vergessener Landstriche; vom Schmieden der Waffe auf einem Amboß aus Gold. Bjorkis und Derwin erzählten mit vor Aufregung geröteten Gesichtern vom Sehnen des Volkes, das seit Generationen gewartet hatte, in der Hoffnung auf das Kommen des Schwertes und seines Trägers. Sie schilderten die Lieder und Gebete, die in der Finsternis erklungen waren, im Flehen nach der Hand, die würdig sein sollte, das Schwert zu schwingen und den sicheren Schlag zu führen.

Zallkyr, so hatten die Alten das Schwert genannt. Das Strahlende.

Quentin ließ sich den uralten Namen auf der Zunge zergehen.

Er wußte, daß er damit die Verbindung zu denen herstellte, die in der Hoffnung, das Schwert zu sehen, gelebt hatten und gestorben waren. Wie viele Menschen, fragte er sich, hatten in der Stunde der Not wohl diesen Namen geflüstert? Wie viele daran gezweifelt, es jemals zu Gesicht zu bekommen? Wie viele die Hoffnung aufgegeben und sich abgewandt?

Als die Geschichte schließlich zu Ende war, stand Quentin auf, streckte sich und ging rastlos im Zimmer auf und ab. »Wollt ihr damit sagen, daß wir ausziehen sollen, um das Schwert zu suchen? Daß es in irgendeiner Höhle der hohen Fiskills ruht?«

Müde schüttelte Bjorkis das Haupt. »Nein, suchen sollst du es nicht. Das Schwert gibt es gar nicht. Du mußt es erst schaffen. Zallkyr muß von der Hand geschmiedet werden, die es schwingt.«

Verzweifelt seufzte Quentin auf. »Ich begreife gar nichts. Verzeiht mir. Was soll die Sache mit dem goldenen Amboß und den geheimen Stollen? Ich dachte, das sei nur Legende.«

»Ja, natürlich, gewiß«, erwiderte Derwin. »Aber nach unserer Meinung deutet die Legende auf die Art und Weise, wie das Schwert geschaffen werden muß, nicht, wie es geschaffen wurde. Ich glaube nicht, daß jemand es bereits geschmiedet hat.«

»Und warum nicht? Warum sollte es noch keiner versucht haben? Wo lag das Hindernis?«

Derwin legte den Kopf schräg und lächelte listig. »Nirgendwo und überall. Zweifellos haben viele es versucht. Sie bezogen die Weissagung auf sich selbst und ihre Zeit. Folgende zwei Dinge sind nötig, damit aus dem Schwert Zallkyr wird, das Strahlende: das Erz aus den geheimen Stollen und die Hand dessen, den die Weissagung meint. Selbst wenn man das Erz entdeckt haben sollte, fehlte es doch an der zweiten Bedingung: der Hand des Auserwählten. Verstehst du, nicht nur die Schneide allein, sondern erst der Segen des Allerhöchsten verleiht dem Schwert seine Macht.«

»Wenn, wie du sagst, die Menschen seit langem das Strahlende Schwert suchen, warum habe ich nie davon gehört?«

»Daran ist nichts merkwürdig, Herr!« rief Bjorkis lachend.

»So ist es stets. In guten Zeiten vergessen die Menschen die Hand, die ihnen hilft. Aber wenn die bösen Zeiten anbrechen, schreien sie nach ihrem Retter. In Mensandor herrschte häufig Frieden und Wohlstand. Die Menschen haben die alten Zeiten vergessen, als ihre Ahnen mühsam kämpfen mußten. Sie haben das Schwert vergessen. Bis auf wenige erinnert sich niemand mehr an die Weissagung.«

Quentin fuhr sich mit der Hand durchs Haar. Die Augen brannten ihm. Er war müde. Die Nacht war lang geworden, und er brauchte Schlaf.

»Ich verstehe nichts vom Schmieden. Und ich kenne auch nicht den Weg zu den geheimen Stollen in der Ödnis der Fiskills. Und selbst wenn ich ein solches Schwert besäße, wüßte ich nicht, was ich damit tun sollte. Im übrigen habe ich es ja nicht einmal.«

Derwin trat zu ihm und drückte ihm fest die Hand auf die Schulter. »Du bist erschöpft und solltest dich ausruhen, wie Toli es tut.« Mit einem Nicken wies er auf den Dscher, der sich auf einem Stuhl zusammengerollt hatte und fest schlief. »Geh jetzt zu Bett. Wir haben lange genug geredet. Morgen sprechen wir weiter. Glaube mir, es gibt noch vieles zu bedenken, ehe wir aufbrechen.«

Das glaubte Quentin ihm. Tausende von Fragen schwirrten ihm durch den Kopf. Aber er war zu müde und konnte nur noch an Schlaf denken.

»Weiß außer uns noch jemand von dieser … dieser …« Ihm fehlten die Worte; er brachte keinen Gedanken mehr zusammen.

»Nein, noch nicht. Doch Ronsard und Teido wissen, daß wir während ihrer Abwesenheit nicht untätig sein werden. Eskewar gegenüber habe ich die Ereignisse erwähnt, die vor uns liegen, aber von dem Schwert weiß er nichts. Was wir heute nacht besprochen haben, wissen allein wir vier. – Schlaf nun gut, Quentin. Geh in dein Bett. Morgen sehen wir weiter.«

Wie auf Kommando stand Toli auf und schlüpfte zur Tür, um seinen Meister zu geleiten. Ohne Federlesens ließ Quentin sich aufs Bett fallen; er machte sich nicht einmal die Mühe, sich zu entkleiden. Er kam sich vor, als würde er in einem warmen, stillen Meer versinken. Und die Wellen wiegten ihn in den Schlaf.

Am nächsten Tag beugten sie sich über das Gewirr aus Landkarten und Schriftrollen, die so brüchig und staubig waren, daß man sie kaum anzurühren wagte; von dem vielen Reden wurde Quentin ganz benommen. Toli, der spürte, daß die Zeit zum Aufbruch nahte, kümmerte sich bereits um die Pferde und den Proviant für die Reise. Immer wieder sah Quentin Toli und Derwin die Köpfe zusammenstecken und Einzelheiten erörtern.

Quentin fragte sich, warum man ihn nicht mit einbezog, war aber zugleich froh, daß er von den Vorbereitungen verschont blieb. Er hatte nämlich genug mit sich selbst zu tun. Außerdem vermißte er Bria, die er nur ganz flüchtig bei den Mahlzeiten sah.

Er merkte, daß sie seine nahe Abreise ahnte. Ihre stillen Blicke, ihr bittersüßes Lächeln und ihre verstohlenen Gesten verrieten ihm, daß sie Bescheid wußte. Doch äußerte sie sich nicht dazu; sie klammerte sich nicht an ihn. Darin, daß sie es verstand, ihre Gefühle so weit wie möglich im Hintergrund zu halten, um Quentin den Abschied zu erleichtern, erwies sich ihre hohe Gesinnung. Und darob liebte Quentin sie.

Als er endlich genug Mut aufbrachte, um mit ihr darüber zu sprechen, legte Bria ihm die Finger auf die Lippen und sprach: »Sag nichts. Ich weiß, daß du nun von mir gehen mußt. Das war mir klar, als du aus der Versammlung kamst. Du hast vieles zu leisten, Heldentaten zu vollbringen, und ich will dein Herz nicht durch Versprechungen binden. Geh nur, mein Geliebter. Wenn du wiederkehrst, werde ich dich am Tor erwarten. Die Frauen meiner Familie sind das Warten gewohnt. Sorge dich nicht um mich, mein Herzallerliebster. Mir wird die Zeit schneller vergehen, wenn ich weiß, daß du dir keine Gedanken um mich machst.«

Quentin nahm sie lange in den Arm und fragte sich, ob er sie jemals wiedersehen würde. Doch in der Eile, die sie antrieb, blieb nicht viel Zeit zum Grübeln oder Trauern. Es gab einfach zuviel zu tun. In zwei Tagen erledigten sie Dinge, für die man in der Regel eine ganze Woche brauchte.

Lange hatte sie sich mit dem König beraten. Ihr Vorhaben fand sogleich seine Billigung, obwohl er gewisse Einwände hatte. Da die Hügel und Berge den Ningaal als Versteck dienen konnten – denn keiner wußte ja, wo genau diese sich aufhielten –, fiel es Eskewar schwer, die kleine Schar ohne bewaffnete Begleitung ziehen zu lassen.

Doch schließlich ließ er sich davon überzeugen, daß dies ihre Aufgabe nur erschweren würde. Sie konnten ohne die Ritter des Königs unauffälliger durch die Welt ziehen und ihre Mission leichter geheimhalten.

Quentin, Toli und Derwin, nur diese drei sollten aufbrechen. Bjorkis war für die Strapazen einer solchen Reise zu alt und sollte in Askalon zurückbleiben, um dem König mit Rat und Tat zur Seite zu stehen. Falls es zum Kampf kommen sollte, würde man ihn als Arzt für die Verwundeten benötigen. Und insgeheim dachte Derwin, daß auch Eskewar, der sich noch nicht vollständig von seiner rätselhaften Krankheit erholt hatte, kundiger Pflege bedurfte, während er selbst unterwegs war. Wäre nicht der leidende König gewesen, der Einsiedler hätte sich leichteren Herzens auf den Weg gemacht.

Auf den dunklen, kühlen Pfaden des Pelgrin-Waldes, durch dessen dichtes Geäst kaum ein Sonnenstrahl drang, fühlte Quentin sich ruhiger. Sein Kummer ließ allmählich nach und wich der Aufregung ob des neuen Abenteuers. Zwar mochte er noch immer nicht so recht daran glauben, daß er dabei eine tragende Rolle spielen sollte – schließlich fühlte er sich ganz und gar unverändert –, doch war er unbewußt von der Erzählung über das mächtige Zallkyr begeistert, das Schwert, das von heiligem Feuer loderte.

31

»Wo werden wir einen guten Waffenschmied finden, der uns beim Herstellen des Schwertes hilft? Davon hast du nichts erzählt. Wir sollen es doch nicht ohne kundige Anleitung versuchen?« Quentin lehnte mit dem Rücken an einem moosbewachsenen Baumstamm auf einer Lichtung tief im Herzen des Pelgrin. Toli wühlte emsig in den Packtaschen, um ein Mahl zu bereiten. Seit Sonnenaufgang waren sie unterwegs, und dies war ihre erste Rast.

»Ich habe schon eine Idee, wo wir den passenden Meister finden«, erwiderte Derwin. Er hatte die Hände hinter dem Kopf verschränkt und blickte weit fort zum Himmel empor. »Sagt dir der Name Inschkad etwas?«

»Inschkad? Ja, er soll der beste Waffenschmied sein, den die Erde jemals sah. Er schuf die Rüstung des ersten Drachenkönigs und entwarf auch Eskewars Panzerhemd für den Krieg gegen Goliah. Den Namen kennt jeder. Lebt er denn noch?«

»Ja, allerdings, obwohl du ihn älter machst, als er ist. Die Rüstung für den ersten Drachenkönig und einige Herrscher vor ihm schuf nämlich sein Vater, Inschkad der Rote. Der liegt schon lange im Grab.«

»Und sein Sohn hat das Werk seiner Ahnen fortgeführt und den Ruf ihres Namens gemehrt. Kein Wunder, daß sich Legenden um ihn ranken, wenn Krieger Beinröhren und Halsberge anlegen. Die Wehren Inschkads gelten als die besten, die Menschenhand hervorbrachte.«

Derwin lächelte und schmunzelte über Quentins ungestüme Begeisterung. »Und was meinst du? Wird er uns ein Schwert schmieden?«

»Eine Steinschleuder von Meister Inschkad würde schon genügen. Natürlich wird er uns helfen!«

Sie nahmen ihr Mahl zu sich und besprachen den Weg. Toli redete wenig, so daß Quentin vermutete, sein Diener versuche, seinen Spürsinn wiederzubeleben, denn es war lange her, daß der schlaue Dscher Gelegenheit gefunden hatte, die legendären Fähigkeiten seines Volkes auf die Probe zu stellen. Die kurzen Reisen von und nach Askalon zählten kaum; dort waren die Straßen ja gut. Doch die Gegenden, in die sie nun zogen, erforderten das Gespür eines wilden Tieres, weil es da weder Wege noch Trampelpfade gab. In diese abgelegenen Landstriche hatten die Menschen seit Generationen keinen Fuß mehr gesetzt.

Über all dies grübelte Quentin nach und merkte plötzlich, daß er ja gar nicht wußte, wohin sie im Grunde wollten.

»Derwin, wo liegen diese Stollen eigentlich? Wie sollen wir sie finden?«

»Ich habe alte Landkarten mitgenommen. Jetzt haben wir Zeit, daß ich sie dir zeige. Hier.« Der Einsiedler ging zu einem der Packtiere und zog eine lange Lederrolle heraus.

»Das ist unsere Route«, sagte er, die Karte aufrollend. »Diese Zeichnung ist uralt. Und die Gegend hat sich sicher stark verändert; die Flüsse haben ihren Lauf gewechselt, Hügel wurden inzwischen abgetragen, Wälder sind verschwunden, Städte untergegangen. Aber die Karte wird uns trotzdem dienen.«

Quentin befühlte die Haut, auf der sich die Zeichnung befand. »Sie wirkt gar nicht so alt, wie du behauptest, Derwin. Sie sieht aus, als wäre sie erst gestern erstellt worden.«

»So ist es!« rief Derwin lachend. »Wir wagten es nicht, die Originale mitzunehmen und stellten die Karte aus den Bruchstücken zusammen, die Bjorkis und ich im Laufe der Jahre gesammelt haben. Sie waren so alt, daß sie eine solche Reise unmöglich ausgehalten hätten. Beim ersten Windstoß wären sie fortgeweht worden. Nein, diese Landkarte verdankt sich der Zusammenarbeit von Bjorkis und mir und ist daher um so wertvoller. Er wußte Dinge, von denen ich nichts ahnte. Ein Glück, daß er gerade jetzt auftauchte. Selbst wenn er nun die Hände in den Schoß legen sollte, hat er uns sehr genützt.«

»Derwin«, erwiderte Quentin glucksend, »weißt du nicht,

daß es für die Diener des Allmächtigen weder Glück noch Zufall gibt?«

Da lachte der Einsiedler und warf die Hände hoch. »So ist es. Gewähre mir Gnade. Ich gebe mich geschlagen. Der Schüler hat dem Meister eine Lehre erteilt.«

»Nur, damit du merkst, daß ich nicht immer so töricht bin«, sagte er und blickte wieder auf die Karte, die kaum mehr als eine grobe Skizze zu sein schien. »Es mag so sein, wie du sagst, aber hier gibt es herzlich wenige Anhaltspunkte für uns. Ich sehe nicht einmal die Bergwerkstollen eingezeichnet.«

»Sie ist sehr grob, in der Tat. Aber mehr haben wir nicht – außer das Rätsel.«

»Welches Rätsel?« meldete Toli sich zu Wort. Er stand neben ihnen und schaute auf die Karte.

»Habe ich euch nichts von dem Rätsel gesagt? Oh! Nun gut, dann sage ich es euch jetzt. Wir hatten so wenig Zeit, daß es mich gar nicht wundert, daß ihr euch für die Reise schlecht gerüstet fühlt. Ich dachte, ich hätte es euch erzählt. Das Rätsel lautet:

Über Stock und Stein suche deinen Weg.
Fasse Mut und halte Wacht,
Wo Berge ruhn, tief in der Nacht,
Deutlich erkennst du dann den Steg.
Hörst's aus Wolken lachen du
Und siehst aus Glas 'ne Wand,
Achte nicht auf Haar noch Hand,
Dann ziehst du heil durchs Land.
Durch den Vorhang nur dich trau,
Entzwei darauf den Donner hau,
Auf schmalem Pfad sei wach;
Das Licht halt in Schach,
Den Tag mach zur Nacht,
So gewinnst du mit aller Macht.

»Das hört sich recht einfach an«, meinte Quentin. »Wo hast du es her?«

»Das werden wir sehen. Ich bin sicher, daß wir, wenn die Zeit reif ist, Mühe genug haben werden, es zu lösen. Und woher ich es habe, solltest du dir eigentlich denken können.«

»Tatsächlich?«

»Aus Dekra natürlich. Dort entdeckte ich das meiste, was ich in dieser Angelegenheit weiß. Jeseph persönlich übersetzte es mir.«

»Davon hat er mir nie erzählt.«

»Warum sollte er? Es ist Jahre her, und ich war ein lästiger junger Mann, der sich wie ein Maulwurf durch die Bibliothek wühlte. Das Rätsel fand ich zufällig in einem Buch, das von den Bergwerken der Ariga handelte.«

»Und diese Bergwerke suchen wir?«

Derwin nickte. »Verstehst du, das Schwert soll aus Lathanil gemacht werden.«

»Dem Stein, der leuchtet«, warf Toli ein. »Mein Volk weiß davon. Es heißt, in alten Zeiten hätten die Ariga den Dscher leuchtende Steine zum Geschenk gemacht, um zu Zeiten des weißen Todes ihre Freundschaft zu beweisen. Wer den Stein berührte, wurde geheilt und wieder gesund. Die Steine hießen *Khun Nawisch*: Heilsteine.«

»Ja, das habe ich auch gehört. Aber ich nahm an, daß wie vieles aus der Ära der Ariga auch das Lathanil vom Antlitz der Erde verschwunden sei.«

»Das glaube ich nicht, aber wir werden ja sehen«, erwiderte Derwin. »Der Allmächtige wird uns schon führen. Wir dürfen niemals vergessen, daß er unsere Schritte nach seinen Plänen lenkt. Wir brauchen uns nicht allzu sehr den Kopf über Dinge zu zerbrechen, die wir nicht voraussehen können. Allein die Dinge, die wir wahrzunehmen vermögen, erfordern unsere gesamte Aufmerksamkeit, daran besteht für mich kein Zweifel.«

Teido und Ronsard waren mit dreihundert Rittern zu Pferd gen Süden geritten, so schnell ihre Renner sie trugen. Nach drei Tagen wollten sie sich mit Fürst Werthwin vereinigen und dann den Feind stellen, bevor dieser weiter vordringen und durch seine Plünderungen in Mensandor Kraft gewinnen konnte.

Am Mittag des dritten Tages erreichten sie den vereinbarten Treffpunkt. Die Ritter saßen ab und vertraten sich auf der weiten Aue die Beine, während sie auf Werthwins Heer warteten. Die Knappen versorgten die Pferde mit Wasser und überprüften die Waffen ihrer Herrn. Einige polierten die Brustpanzer und malten die verblaßten Wahlsprüche nach, andere holten ihre Wetzsteine heraus, um die lange nicht benutzten Klingen zu schärfen, und die Schmiede beulten auf ihren Ambossen Helme und Armbergen aus.

Der Tag hallte wider vom Geklirr des Heeres bei der Waffenpflege. Teido und Ronsard hatten sich unter einen schattenspendenden Baum zurückgezogen und warteten dort auf ihren Kameraden. Ronsard döste und Teido ging auf und ab, während der Nachmittag verstrich.

»Ist er immer noch nicht da?« fragte Ronsard verschlafen, als er endlich aufstand und sich streckte.

»Nein, und ich frage mich, ob wir nicht einen Kundschafter nach ihm ausschicken sollten. Er hätte uns hier erwarten sollen. Statt dessen warten wir auf ihn, und er kommt nicht.«

»Ich sende Tarkjo ein Stück voraus, damit er sieht, was mit unserem säumigen Freund los ist. Vielleicht ist die Sache ja harmlos. Du weißt wohl, was für ein Unterfangen es ist, an einem einzigen Tag ein Heer auszuheben. Womöglich ist er verspätet aufgebrochen.«

»Hoffen wir, daß es nur das ist«, erwiderte Teido. Andere Erklärungen brauchte er gar nicht zu nennen, denn beide Männer wußten, wie diese lauteten, und wollten nichts davon hören.

Ronsard schickte einen Knappen nach dem Ritter und wartete, bis dieser bereit war. »Du trampelst einen Pfad ins Gras, Herr. Durch dein Hin und Her liegt schon die Erde bloß.«

»Die Sache behagt mir immer weniger, Ronsard. Da ist etwas faul. Das spüre ich hier.« Er klopfte sich mit der Faust auf seinen flachen Bauch.

Ronsard starrte seinen dunkelhäutigen Freund an. Dieser fuhr fort: »Dein Kampfgespür ist scharf, Herr. Was sollen wir deiner Ansicht nach tun?«

Ehe Ronsard antworten konnte, ertönte im Wald ein Horn. Hell hallte der Warnruf über die Ebene. Als sie sich umwandten und über die Aue blickten, sahen sie einen Renner aus dem Wald brechen. Einer der Ihren fing den Mann ab. Sie fuchtelten beide wild mit den Armen, dann schaute der fremde Reiter zu ihnen und spornte sein Roß an. Im Nu preschte er heran.

»Edle Ritter, kühne Herren! Ich komme von Fürst Werthwin«, verkündete atemlos der Soldat, als er aus dem Sattel gesprungen war. »Auf dem Weg hierher griff uns der Feind an ...« Er rang nach Luft. Der Schweiß rann ihm über den Nacken in sein Hemd hinab. Seine Rüstung war verbeult und blutbespritzt.

»Wo?«

»Keine Meile von hier, Herr«, antwortete der Reiter keuchend.

»Wie stand die Schlacht, als man dich zu uns sandte?«

Der Ritter schüttelte leise den Kopf; mit ernster Miene erwiderte er: »Es besteht nur geringe Hoffnung. Die Feinde sind stark und zahlreich. Mein Herr war auf drei Seiten umzingelt und stand mit dem Rücken zum See am Rande des Waldes.«

»Wir haben keine Zeit zu verlieren!« rief Ronsard. »Herold, stoße in die Trompete! Wir brechen sofort auf!« Er lief zu seinem Renner und rief den Männern, die neugierig herbeigerannt waren, Befehle zu.

Im Nu herrschte auf der Aue ein Durcheinander aus Rittern, die ihre Rüstungen anlegten und mit Geklirr aufsaßen. Aus dem Wirrwarr entstand eine kampfbereite, furchterregende Truppe. Teido und Ronsard nahmen ihre Plätze an der Spitze des Zuges ein, und schon galoppierte das Heer los, während Waffenschmiede und Knappen zurückblieben und die Wagen beluden, um später zu folgen.

Der Kampflärm war zu hören, bevor das Schlachtfeld in Sichtweite kam. Die Ritter des Königs brausten den bewaldeten Hügel hinab in eine grasbewachsene Senke, an deren tiefster Stelle sich der See erstreckte. Sobald sie die niederen Bäume erreicht hatten, konnten sie sehen, daß der Feind tatsächlich

Werthwins Heer eingeschlossen hatte und versuchte, es in den See zu treiben.

Teido und Ronsard stellten ihre Truppen am Rand der Senke auf und ließen dann zum Angriff blasen. So stürmten sie aus dem Wald über das offene Feld mitten hinein in die Masse der Feinde.

Die überraschten Ningaal machten kehrt, um der unerwarteten Attacke zu begegnen, und mußten die Klingen nun mit einem ausgeruhten Feind kreuzen. Ronsard hatte fast gehofft, daß die Feinde beim Anblick der königlichen Ritter, die so zahlreich heranstürmten, sich im Wald zerstreuen würden, wo man sie mühelos hätte vor sich hintreiben können.

Aber die Leute des Feldherrn Gurd waren kampferprobt. Sie hielten die Stellung und ließen es zum Zusammenstoß kommen. Bei diesem ersten Ansturm büßten viele Ningaal ihr Leben ein. Doch unverzagt und anscheinend über jede Furcht erhaben stiegen die Überlebenden einfach über ihre niedergemetzelten Kameraden hinweg und fochten weiter.

Teido kämpfte sich einen Durchgang zum Seeufer frei und mühte sich bis zu Werthwin voran, der im tiefsten Getümmel steckte. Als Teido ihn erreichte, stand das Pferd des kühnen Befehlshabers bereits mit den Hinterläufen im Wasser. Mehrere tapfere Ritter waren aus dem Sattel geworfen worden und im seichten Wasser ertrunken, weil sie sich nicht mehr hatten aufrichten können.

Überall lagen Gefallene. Das Blut von Freund und Feind färbte die grauen Kiesel braunrot.

Ronsard führte seine Mannen um die Feinde herum und setzte diesen, als er zwischen seiner und Teidos Truppe eingeklemmt war, mit Nadelstichen zu. In Kürze war es Ronsard allein durch sein größeres Gewicht möglich – die Ritter waren zu Pferde und die Feinde zu Fuß –, sich zu Teido durchzuschlagen und die Ningaal in zwei Hälften zu spalten.

»Wir sind in der Unterzahl!« rief Ronsard, als er in Hörweite seines Gefährten war.

»Mit unseren Pferden und Rüstungen wiegen wir sie auf!« gab Teido zurück.

Die Klingen der Ritter blitzten in der Sonne; ihre Schilde mußten heftige Schläge aushalten. Hoch zu Roß waren die Ritter beinahe unverwundbar, gleich lebenden Stahlfestungen, denn an ihren Rüstungen prallten die meisten Schläge ab. Zu Fuß jedoch waren sie durch deren Gewicht gegenüber den leicht bewaffneten und beweglicheren Ningaal im Nachteil.

Das Kampfglück wechselte hin und her. Das Klirren von Stahl auf Stahl und die Schreie der Verwundeten und Sterbenden erfüllten die Luft; schon kreisten Aasvögel, die den Blutgeruch gewittert hatten, über dem Schlachtfeld. Auf ein unauffälliges Zeichen hin stürmten die Ningaal mit lautem Gebrüll gegen den Hügel an, den zu erobern Teido und Ronsard gelungen war. Auf diese Weise konnten sich die beiden Hälften ihres Heeres wieder vereinen.

»Lange halten wir ihnen nicht stand«, sagte Ronsard mit zusammengebissenen Zähnen, während er sein Schwert durch die Luft zischen ließ. »Wir müssen sofort aufbrechen, andernfalls geraten wir wieder in die Seefalle.«

»Gut gesagt. Und wie sollen wir das schaffen?« entgegnete Teido, der vom Sattel aus unablässig Hiebe verteilte.

»Eine Attacke am Ufer entlang und dann zurück in den Wald!« schrie Ronsard.

»Den Rückzug antreten?« rief Werthwin empört. »Lieber falle ich mit meinen Leuten.«

»Sagen wir so: Wir tragen die Schlacht auf geeigneteren Boden«, schrie Teido zurück. »Wenn wir noch lange hier bleiben, landen wir wieder im See. Sie sind zu stark für uns!« Er machte kehrt und rief dem Herold den Befehl zu; dieser stieß gehorsam ins Horn.

Die Ritter des Drachenkönigs ballten sich zusammen und drangen entlang des hellblauen Sees vor; diejenigen, die ein Stück abseits gekämpft hatten, ließen ab und folgten ihnen. Auch einige herrenlose Pferde machten den Rückzug mit, Ritter zu Fuß rannten neben ihnen her, um nicht zurückzubleiben.

Sobald sie sich im Schutz des Waldes befanden, wo der Boden anstieg, ließ Ronsard halten und wandte sich wieder gegen den

Feind. Teidos und Werthwins Ritter strömten an Ronsards Truppe vorbei weiter in den Wald hinein. Ronsard rief den Rittern zu, sie sollten nach dem ersten Ansturm zum Absitzen bereit sein. Er hatte entschieden, daß es sich in der Enge des Waldes zu Fuß besser kämpfen ließ, zumal ihnen der höhere Grund einen Vorteil bot.

Doch die Ningaal setzten ihnen nicht in den Wald nach.

»Was ist das? Sie ziehen sich zurück«, rief Ronsard ungläubig.

Im Nu befand Teido sich neben ihm. »Das begreife ich nicht, bis Sonnenuntergang sind es noch Stunden, und sie ziehen ab.«

»Folgen wir ihnen!« meinte Werthwin.

Davon riet Ronsard ab: »Laßt sie ziehen. Gleichviel, aus welchem Grund sie sich so verhalten, aus Angst vor uns gewiß nicht. Sie haben uns dort unten kräftig herausgegeben. Sie fliehen nicht. Das Ganze ist womöglich eine Falle.«

»Wir könnten sie zerschmettern!« wandte Werthwin ein.

»Nein, mein Herr!« versetzte Teido. »Noch vor einem Augenblick hatten wir Schwierigkeiten, ihnen standzuhalten. Daran hat sich nichts geändert, nur weil sie sich zurückziehen. Ronsard hat recht: Sie verlassen die Walstatt nicht aus Unterlegenheit.«

Teido ließ seinen Blick über das Gras gleiten, das nun voller Gefallener und Sterbender lag. Auf dem Hügel, den sie gerade aufgegeben hatten, sah er eine einsame Gestalt auf einem kräftigen Rappen. Die Gestalt schob das Visier des mit einem Federbusch gekrönten Helmes hoch und wandte sich nach Teido, Werthwin und Ronsard um, die am Waldrand standen. Dann reckte er seine grausig gekrümmte Klinge zum Gruß hoch über sein Haupt empor.

»Das ist ihr Feldherr«, sagte Teido.

»Er verhöhnt uns!« fauchte Werthwin.

»Vielleicht ist es ein Gruß, es kann aber auch eine Warnung sein«, meinte Ronsard voll Grimm.

Der Feldherr ließ sein Schwert sinken und folgte seinem Heer, das jetzt auf der anderen Seite des Sees abzog und das

Schlachtfeld den Aasvögeln sowie dem Stöhnen der Verwundeten überließ.

»Sendet einen Trupp aus, der sich um unsere Verletzten kümmert und die Waffen der Gefallenen einsammelt. Heute brauchen wir keinen weiteren Angriff zu fürchten«, sagte Teido. »Danach wollen wir ein Lager aufschlagen und Rat halten. Ich möchte hören, was Myrmior zu den Ereignissen des Tages zu sagen hat. Er könnte uns vieles zu erzählen haben.«

32

Unter ihren Bannern in Blau, Gold und Scharlachrot saßen die Fürsten von Mensandor im Kreis auf ihren hohen Stühlen. Eskewar blickte sie von seinem Thron auf dem Podest an, während er mit seinen dünnen, knochigen Händen die Armlehnen umklammerte.

»Der Feind wird jeden Tag stärker. Wie lange wollt ihr noch warten, meine Herren? Wie lange? Bis eure Burgen brennen? Bis das Blut eurer Frauen und Kinder rot über die Erde strömt? Und zu welchem Zweck? Glaubt ihr, wenn ihr euch hinter euren Toren versteckt, könnt ihr euer kostbares Gold retten? Das werdet ihr nicht, sage ich! Der Feind naht! Er rückt heran. Es ist Zeit zum Handeln!«

Die Worte des Drachenkönigs hallten überraschend laut und kräftig durch den Saal, obschon sie doch aus dem Mund eines Mannes kamen, der nur noch ein Schatten seiner selbst war, so sehr hatte die Krankheit an ihm gezehrt. Die Fürsten, die jetzt, abgesehen von Werthwin, der seine Entscheidung ja bereits getroffen hatte, vollständig versammelt waren, schwiegen. Keiner wollte als erster gegen den König auftreten.

»Zweifelt ihr an unserer Not?« fragte Eskewar etwas sanfter. »Ich will euch sagen, wie groß sie ist: Ich habe meine Leibwache ausgesandt, damit sie sich gegen die Ningaal stelle. Fürst Teido und der Obermarschall Fürst Ronsard führen sie, ihnen hat sich Fürst Werthwin mit seinem stehenden Heer von hundert Mann angeschlossen. Das sind tapfere und kühne Recken; aber sie genügen nicht. Wir müssen die zehnfache Zahl an Rittern und Bewaffneten aufbieten, wenn wir die Ningaal vernichten und von unseren Küsten vertreiben wollen.«

In ruhigem, vernünftigem Ton erwiderte Fürst Ameron: »Genau darüber wollten wir gern Näheres wissen, Majestät. Dieser

Feind … dieser Nin, wer er auch sein mag … wir kennen ihn nicht. Woher sollen wir wissen, daß er so stark ist und sein Heer so groß? Mir schiene es höchst umsichtig, Kundschafter auszusenden, um Gewißheit über diese Dinge zu erhalten, ehe wir uns auf einen regelrechten Krieg gegen einen eingebildeten Feind vorbereiten, über dessen Macht wir uns im unklaren sind.«

»Wie gut du zu reden verstehst, Ameron. Ich kann mir vorstellen, daß du bei der Zeit, die du hattest, deine Gedanken in Worte zu fassen, bereits genau weißt, wie du vorgehen möchtest.« Der König hielt inne, um seinen Spott wirken zu lassen. Plötzlich rief er: »Fürst Ameron widersetzt sich dem Ruf des Königs an die Waffen! Wer noch trotzt dem König?«

Eskewars jähe Entlarvung von Amerons feinem Widerstand erschütterte die Versammlung, so daß jetzt mehrere der Edlen, die sich auf einen Bund von Fürsten geeinigt hatte, der sich gegen die Aushebung und den Unterhalt eines Heeres sperren wollte, zu schwanken begannen. Es war nämlich gefährlich, einem König offen zu trotzen, vor allem wenn er so mächtig war wie Eskewar. Das war das bißchen Gold, das sie am Ende sparten, womöglich nicht wert.

Doch Ameron hatte sich rasch gefaßt. »Du mißverstehst mich, Herr. Ich widersetze mich nicht dem militärischen Vorgehen, wenn es offenkundig erforderlich ist. Wenn es an der Zeit ist, ins Feld zu ziehen, werde ich mich an die Spitze meiner Ritter und an deine Seite stellen.«

Jetzt meldete sich Fürst Lupoll, Amerons Nachbar und Freund sowie sein engster Verbündeter in der Ratsversammlung, zu Wort: »Wenn dieser Feind so groß ist, wie du sagst, Herr, so sollten wir doch längst von ihm gehört haben? Dieser Umstand verwirrt uns so.«

Dieser Feststellung folgte beifälliges Gemurmel. Eskewar blickte Lupoll scharf an und erwiderte: »Dich kenne ich ebenfalls, mein Herr. Daß der König seine eigenen Ritter in den Kampf geschickt hat, sollte jedem treuen Diener der Krone als Beweis genügen, daß die Not groß ist. Warum zweifelt ihr an eurem König?«

In der folgenden Stille erhob Eskewar sich. Er sah seine Fürsten der Reihe nach an, als wollte er sich an den Gesichtsausdruck jedes einzelnen genau erinnern.

»Ich habe gesagt, was ich zu sagen hatte, ihr Fürsten von Mensandor. Und ich habe anderen das Wort gegeben, wenn ich es für richtig hielt.« Damit meinte er Esme, die abermals ihre Hilfe angeboten hatte. »Mehr habe ich nicht zu sagen. Die Reihe ist nun an euch. Wenn Mensandor überdauern soll, dürfen wir nicht zaudern.«

Er stieg vom Podest und stellte sich in den Kreis aus Stühlen. Flehentlich breitete er die Hände aus – schwerlich eine übliche Haltung für den Drachenkönig. Und sie hatte ihre Wirkung.

»Ich lasse die Sache in eurer Hand. Wartet nicht zu lang.«

Er verließ den Kriegsrat, wo jetzt vollkommene Stille herrschte. Keiner wagte zu sprechen, bis er den Raum längst verlassen hatte, dann begann eine hitzige Erörterung: Ameron, Lupoll und ihre Freunde waren gegen den König; Benjot, Finscher und einige mehr unterstützten ebenso eifrig seinen Ruf zu den Waffen.

Das Wortgefecht war bitter, laut und lang; es dauerte den ganzen Tag. Eskewar saß derweil in seinen Gemächern und brütete finster über der sturen Blindheit seiner selbstsüchtigen, nach Unabhängigkeit strebenden Fürsten.

Mit jeder Meile verengten die Vorgebirge der Fiskills sich weiter; ihre Farbe wechselte oberhalb des grünen, bewaldeten Teils von trübem Violett zu Blau. Die drei hatten sich quer durchs Land gen Osten aufgemacht, um bis ins Herz des zerklüfteten Gebirgszugs vorzudringen. In dieser Gegend Mensandors ragten die Fiskills scharf aus den sanft sich wellenden Hügeln zu ihren Füßen. Sie bildeten eine Mauer ganz im Sinne Zelbakors, eine hohe Festung, vor der jedermann außer den ganz Törichten oder wild Entschlossenen größte Achtung hatte. Gegen diese Festung wagten nun Quentin, Toli und Derwin anzustürmen.

Tag um Tag ging es höher hinan. Quentin bildete sich ein, zu spüren, wie der Wind auffrischte und die kühle Luft der Berggipfel in jähen Böen herabwehte. In dieser glücklichen Landschaft mit ihren kleinen, wohl gestalteten Dörfern konnte man kaum mehr glauben, welch rätselhafte Ereignisse Askalon bedrohten. Sogar seine eigene Erfahrung im Lager der Ningaal kam ihm so fern vor, als hätte sie ein anderer gemacht und er nur davon gehört. Wäre sein verletzter Arm in der Schlinge nicht gewesen, hätte er die Sache kaum glauben können.

Nur in der Nacht wurde er der Gefahr wieder ganz deutlich gewahr; denn da leuchtete der Stern, und zwar immer klarer. Er schien jetzt alle übrigen Sterne in seinem Himmelsabschnitt zu überstrahlen. Hell und deutlich gingen von seinem heißen, weißen Kern die milchweißen Strahlen aus. Jetzt muß jeder ihn sehen, dachte Quentin, während er in seinen Umhang gehüllt dalag. Jeder muß merken, daß er Unheil kündet.

Aber im Morgengrauen verblaßte der Wolfsstern wie alle übrigen Gestirne am Firmament. Der Zauber seines Leuchtens wurde durch die Morgenröte gebrochen.

»Wie weit ist es noch zu Inschkads Behausung?« fragte Quentin, als sie sich frühmorgens zur Weiterreise rüsteten.

»Wenn wir Glück haben«, erwiderte Derwin, »schlafen wir heute nacht in Federbetten.«

»Ist es so nah?« Quentin hatte keine Ahnung, wo sich die Wohnstatt des legendären Waffenschmieds befinden mochte. Das felsige Hochgebirge, durch das sie nun zogen, schien ihm jedenfalls nicht der geeignete Wohnort für einen Meisterschmied.

Derwin ging den Hang hinauf, an dessen Fuß sie übernachtet hatten. Ins hellrote Morgenlicht blinzelnd, folgte Quentin ihm.

»Siehst du den nackten Berggrat dort drüben am Ende des Tals?«

Quentin nickte. Es handelte sich um eine zerklüftete graue Mauer, die einen schwarzen Schatten auf das grüne, mit Kiefern bestandene Tal warf. »Dahinter lebt er?«

»Nicht dahinter, darunter!« entgegnete Derwin lachend. »Oder beinahe, wie du sehen wirst. Inschkad ist ein merkwürdiger Kerl. Er hat viele sonderbare Gewohnheiten. Aber er ist der Richtige für uns.«

»Du kennst ihn, Derwin? Du hast ihn mir gegenüber bis vor kurzem nie erwähnt.« Quentin betrachtete den Einsiedler argwöhnisch, obwohl es ja alles andere als unwahrscheinlich war, daß Derwin einen solchen Mann kannte.

»Es gibt vieles, was ich dir gegenüber nicht erwähne, junger Mann. Höchstens die Hälfte von dem, was ich kenne und weiß, paßt gleichzeitig in meinen Kopf!« Er zwinkerte und lachte, so daß seine Stimme durch die klare Morgenluft hallte.

Toli pfiff von unten. Als sie zu ihm kamen, war alles bereit.

»Wenn wir heute nacht auf Federn statt auf Kiefernnadeln schlafen sollen, müssen wir aufbrechen. Seht nur, wie lang die Schatten bereits sind.« Tolis dunkle Augen blitzten vor guter Laune. Er war wieder in seinem Element. Jeden Tag schien er ein Stück rätselhafter zu werden – wie damals, als Quentin ihn kennengelernt hatte. Wenn man ihm seine Rehhäute und sein Messer aus Bein zurückgäbe, dachte Quentin, würde er wieder aussehen wie ein Prinz der Dscher.

»Dir wären Kiefernnadeln lieber, darauf wette ich, Toli. Aber frisch voran! Der Tag läuft uns davon, da hast du ganz recht!« Unter Mühen, aber ohne Hilfe schwang sich Quentin auf Feuersturms breiten Rücken und streckte sein Gesicht der wärmenden Sonne entgegen.

Gegen Mittag jagten von Norden her hohe Wolkenbänke heran, unten rauchgrau und oben weiß wie frisch gebleichte Wolle, und trieben über sie hinweg.

»Es wird bald regnen«, stellte Toli fest.

»Glaubst du, das Wetter hält, bis wir unser Ziel erreicht haben?«

»Vielleicht«, erwiderte Toli gen Himmel blinzelnd. »Aber die Luft kühlt bereits ab. Der Wind trägt Donnergrollen herbei. Der Regen läßt auf sich warten oder auch nicht.«

Donner hörte Quentin zwar nicht, aber nach Tolis Worten meinte auch er, daß die leichte Brise, die durchs Laub raschelte, etwas kühler war als zuvor.

»Dann laßt uns unser Glück nicht herausfordern, indem wir Löcher in die Luft starren!« rief Derwin. »Reiten wir weiter, solange es geht. Ein warmes Abendessen wird uns für den Hunger unterwegs entschädigen.«

»Ich bin dabei!« rief Quentin und schnalzte Feuersturm zu. »Nichts wie los!«

Derwin ritt auf seinem braunen Zelter voraus, gefolgt von Toli, der die beiden Packpferde im Schlepptau führte; den Schluß bildete Quentin, der aufmerksam beobachtete, wie der Himmel sich zuzog. Sie waren am Morgen gut vorangekommen und hatten nur angehalten, um an einem munteren Bach im Herzen des Tales das Wasser in ihren Schläuchen aufzufrischen. Jedesmal, wenn Quentin zufällig aufblickte, schien er der mächtigen grauen Felswand, die zwischen den dichten Fichtenzweigen durchschimmerte, ein großes Stück näher zu sein.

Mit einemmal hörte Quentin nicht weit von sich einen Bach über die Felsen stürzen. Der Weg führte aus dem Schutz der Bäume heraus zu einem seichten, steinigen Bachbett, in dem das Wasser schäumend über schwarze Felsbrocken hüpfte, die so rund waren wie Brotlaibe. Das Wasser reichte den Pferden kaum bis zu den Fesseln. Derwin hielt sich am erdigen Ufer und folgte ihm flußabwärts.

In den Wasserpfützen spiegelten sich die dicken blauschwarzen Wolken am Himmel. Der Wind hatte aufgefrischt. Jetzt nahm Quentin den feuchten Erdgeruch nach Regen wahr.

Der Bach machte eine Biegung, an der hohe, klapprig dünne Fichten mit langen Nadeln standen, die leise im Wind rauschten. »Der Regen läßt nicht mehr lang auf sich warten!« rief Derwin.

»Unser Ziel ist hoffentlich nicht mehr weit«, antwortete Quentin, mit ihm gleichziehend. »Aber vielleicht sollten wir uns irgendwo unterstellen und den ersten Schauer abwarten.«

»Wenn ich mich nicht täusche, haben wir nicht mehr weit. Sieh, dort vorn.« Der Einsiedler zeigte auf die grauen Felsen vor ihnen. »Siehst du die Stelle, wo das Wasser aus der Felswand bricht? Gleich dahinter ist es.«

»Die Wand scheint undurchdringlich«, entgegnete Quentin.

»Du wirst schon sehen.«

»Wenn wir uns nicht beeilen, kann der Waffenschmied Inschkad drei triefnasse Reisende begrüßen«, ermahnte Toli sie. Und schon begannen die ersten Tropfen in die Pfützen und auf den Weg zu plätschern, wo sie kleine Staubwölkchen aufwirbelten. Als die dicken Tropfen dunkle Flecken auf ihrer Kleidung hinterließen, trieben sie ihre Pferde zu größerer Eile an.

Sobald sie die Stelle erreichten, auf die Derwin hingewiesen hatte, sah Quentin eine Kluft in den Felsen, die ihm vorher entgangen war. Dort, wo der Sturzbach austrat, machte die linke Felsseite einen scharfen Knick, der von einem Felsvorsprung auf der rechten Seite verdeckt wurde. So sah es von ferne nach einer undurchlässigen, geschlossenen Wand aus.

Zum Berggrat hin stieg der Boden allmählich an. Bis unmittelbar an die graue Wand heran wuchsen Fichten. Klappernd überwanden die Pferde eine steinige Böschung, und jetzt hatten die Reisenden ein atemberaubendes Panorama vor sich. Trotz des inzwischen heftigen Schauers hielt Quentin an, um die Aussicht zu genießen. Da breitete sich zu beiden Seiten des Baches, der hier schmaler und tiefer war, eine weite, üppig grüne Wiese aus. Rundherum ragten glatte Felswände empor, die im trüben Licht blau schimmerten. Am anderen Ende der Wiese, die nach Quentins Schätzung eine Meile breit und eine halbe lang war, stand ein großes Haus aus weißem Stein, das leuchtete wie die weißen Segel eines Schiffes auf der smaragdgrünen See.

»Dort wohnt Inschkad«, sagte Derwin, »und wir kommen gerade rechtzeitig.«

Über dem Bergrücken grollte der Donner, daß die ganze Wiese davon widerhallte. Das lange Gras senkte und hob sich wie Gerfallons Wellen bei launischem Wind.

Die drei galoppierten auf die herrliche Wiese. Es regnete nun so heftig, daß ihnen die Tropfen auf den Wangen brannten. Quentin spürte, wie ihn freudige Erregung erfaßte, als ein zackiger Blitz den Himmel aufriß. Donnerhall erfüllte die blaue Schlucht und verlor sich im Tal hinter ihnen.

Inschkads Haus ähnelte einer kleinen Burg, ein Eindruck, den nicht nur seine Größe nahelegte, sondern auch der stattliche Turm, der als Eingang und Torhaus zu einem großzügigen, gepflasterten Hof diente. An das Hauptgebäude schlossen sich mehrere Nebentrakte an, die aus demselben weißen Stein gebaut waren. Hinter dem herrschaftlichen Wohnsitz des Waffenschmieds ergoß sich der Bach in einem anmutigen Wasserfall über die kahlen Felsen. Vor dem Haus, dort, wo der Fluß auf die Wiese strömte, drehte sich in seinem Lauf ein großes Rad.

Als die Gefährten vor dem Turm ihre Rösser zügelten, war niemand zu sehen. Den Weg in den Hof versperrte ein Fallgitter aus herrlich geschmiedetem Eisen.

»Er hat keinen Torhüter«, meinte Derwin, »denn er erwartet keine Reisenden und hat nur selten Gäste.«

Der Einsiedler ließ sich von seinem Zelter gleiten und schritt auf den Torbogen zu. In einer Nische hing ein geflochtenes Seil. Derwin ergriff es und zog zweimal rasch daran. Da schlug im Hof eine Glocke.

»Jetzt müßte gleich jemand kommen«, sagte Derwin. Es regnete inzwischen stärker. Nicht mehr lange, und sie wären bis auf die Haut durchnäßt. Über die Wiese her trieben dichte Regenschauer auf sie zu wie Segel im Wind. Von den Hauswänden schoß das Wasser herab und sammelte sich in Pfützen um die Hufe der Pferde.

»Wer begehrt Einlaß in meines Meisters Haus?« Quentin hatte gar nicht bemerkt, wie der schlanke junge Mann aus dem Haus in den Hof gelaufen war. Er hielt sich den Umhang über den Kopf und lugte durchs Fallgitter heraus.

»Melde deinem Meister, Derwin, der fromme Einsiedler aus dem Pelgrin-Wald sei mit seinen Freunden Quentin und Toli in Angelegenheiten des Königs hier. Melde ihm, wir bäten höflich um Gastfreundschaft. Und mach schnell, andernfalls befinden wir uns bald in einem recht unansehnlichen Zustand.« Er wischte sich das Wasser ab, das ihm an der Nase hinablief.

Der junge Mann schien sich die Sache genau zu überlegen. »Ihr scheint mir anständige Leute zu sein. Tretet aus dem Regen, bis ich meinen Meister geholt habe.« Er verschwand in einer

Wandvertiefung neben dem Fallgitter, das ohne das geringste Quietschen oder Kreischen hochging. Ganz offensichtlich war es von kundiger Hand geschaffen worden.

Geschwind begaben sich die durchnäßten Reisenden unter den Torbogen, um dort auf den Diener zu warten. Quentin und Toli saßen ab und stellten sich triefend in den dunklen Bau.

Was Quentin auffiel, war die schlichte Kargheit der Gebäude. Die Pfosten und Portale zierte nicht der geringste Schmuck. Im Hof herrschte vollkommene Ordnung, er war makellos sauber. Das Haupthaus bestand aus klaren Linien und Kanten; es war eindeutig mit höchster Sorgfalt errichtet worden. Nirgends war ein Spalt oder Schlitz zu sehen.

Quentin erinnerte diese Architektur an die Stadt Dekra. Die Klarheit von allem, was er sah, beeindruckte ihn tief; sie kündete nämlich von fleißigen Händen und einem Verstand, der auf sämtliche Einzelheiten achtete.

Er hörte es rufen und sah dann, daß der junge Diener ihnen vom Eingang zum Haupthaus aus zuwinkte. Sie rannten um die Ecke unter den Schutz der Säulen. »Kommt mit. Um eure Pferde kümmert sich jemand. Mein Meister bittet euch zu sich an die Tafel im großen Saal, wenn ihr mir folgen wollt.«

»Und ob wir wollen!« rief Quentin fröhlich. Er hatte Hunger, war durchnäßt, und ihn fror. Eine warme Mahlzeit schien ihm in diesem Augenblick der schönste aller Träume. »Geh nur voraus!«

Der schlaksige junge Mann führte sie durch einen kurzen Flur zum Saal, stieß die in Eisen gefaßte Holztür auf und geleitete sie hinein. Der Saal war groß und schön, aber ebenso schmucklos wie die Außenwände, ja fast streng. Voller Bewunderung sah Quentin sich um. Mehrere Diener waren damit beschäftigt, das Mahl aufzutragen. Vor einem breiten Kamin, in dem ein munteres Feuer knisterte, stand eine lange Tafel mit Bänken auf beiden Seiten. Der Abzug war wohl in gutem Zustand, denn erfreut stellte Quentin fest, daß an den Wänden und an der Decke nicht die mindesten Rußspuren zu finden waren. Alles war so sauber wie neu und wirkte dennoch heimelig und warm.

Das Äußere von Inschkads Schloß – Quentin betrachtete ihn inzwischen als Fürsten – ließ den Zögling des Königs auf einen strengen, peinlich genauen Menschen von herrschaftlichem Gehabe schließen, auf einen Mann, der rasch aufbrauste und einen eisernen Willen besaß, auf einen Mann von unbestechlicher und unbeirrbarer Urteilskraft, der Mängel und Fehler nicht leicht duldete. Einen machtvollen, kraftvollen, stattlichen Mann, der eifrig und unablässig nach Vollkommenheit strebte und dem alle in seiner Umgebung unwidersprochen und untadelig gehorchten.

»Derwin! Alter Mümmelgreis!« rief herzlich jemand hinter ihnen. »Sei willkommen! Seid willkommen, liebe Freunde! Willkommen auf Weißenfels!«

Quentin drehte sich um: Das Bild, das er sich gerade in Gedanken gemacht hatte, fiel sofort in sich zusammen, als er den Herrn über Weißenfels gewahrte.

33

»Ihr hättet mir gestatten sollen, euch zur Seite zu stehen«, sagte Myrmior. »Ich hätte euch helfen können.«

»Nein.« Streng schüttelte Ronsard den Kopf. »Du bist ein zu wertvoller Verbündeter. Dein Wissen über die Ningaal nutzt uns mehr als dein starker Arm mit dem Schwert. Wärest du heute gefallen wie so viele tüchtige Männer, so hätten wir jetzt niemanden, der uns bei den Vorbereitungen gegen sie leiten könnte.«

»Ich unterwerfe mich deinem Willen, Herr Ronsard. Ich gehorche. Aber du solltest wissen, daß ich mich nicht fürchte, denn wenn die Zeit reif ist, daß ich die Klinge mit meinen ehemaligen Häschern kreuze, werde ich es mit meinem ganzen Mut tun.«

»An deiner Kühnheit zweifeln wir nicht, tapferer Myrmior. Du wirst gewiß einst mit uns ausreiten. Aber Ronsard hat recht. Du nutzt uns als Kenner der Ränke und Schliche der Ningaal mehr denn als Krieger. Darin bist du einzig; an strammen Kämpen mangelt es uns nicht.«

Fürst Werthwin saß daneben und sprach kein Wort. Der Verlust vieler wackerer Krieger hatte ihn schwermütig gemacht; er hatte den Hauptteil der Schlacht getragen und war nun der Hälfte seines Heeres beraubt.

Nach der tollkühnen Rettung von Werthwins Truppen durch Teidos und Ronsards Streitkräfte waren sie alle gemeinsam auf die Aue zurückgekehrt, um ihr Nachtlager aufzuschlagen. Während die Anführer gemeinsam berieten, tönten das Dröhnen des Hammers auf dem Amboß und das Stöhnen der Verwundeten durchs Lager: der Schmied versuchte die Waffen, der Arzt die Männer wiederherzustellen. Zur Nacht hatte man Wachen postiert und Feuer entzündet. Teido, Ronsard, Myrmior und Werthwin sprachen wieder über die Ereignisse des Tages.

»So wie heute können wir nicht gegen sie vorgehen«, stellte Ronsard fest. »Sie sind zu stark und zu gut ausgebildet.«

»Gut ausgebildet!« schnaubte Myrmior. »Es ist schlicht und einfach so, daß sie ihren Feldherrn mehr fürchten als euch. Ihr könnt sie töten, das ist alles, aber er besitzt Macht über ihre Seelen!«

»Ist er tatsächlich so mächtig? Solche Gerüchte gab es auch früher schon.«

Myrmior zuckte die Achseln. »Ob sie wahr sind oder nicht, kann ich nicht sagen. Die Ningaal aber glauben daran, darum sind sie für sie wahr – und damit auch für euch. Lieber kämpfen sie, bis sie tot umfallen, als daß sie sich ergeben. Und jeder getötete Feind ist für sie eine Stufe auf der langen Leiter zur Unsterblichkeit.«

»Woraus ihre Wildheit sich auch speisen mag, sie ist unbezähmbar. Ich sehe keine Möglichkeit, einem solchen Gegner standzuhalten. Diese Leute sind nur leicht bewaffnet und unsere schwer gepanzert; trotzdem ringen sie uns allein durch ihre Überzahl nieder. Wir haben heute an die fünfundsiebzig tüchtige Ritter eingebüßt.«

»Vergeßt nicht, daß ihr nur einen Bruchteil ihrer Streitkräfte gesehen habt. Drei weitere Feldherrn sind noch unterwegs hierher. Sobald sie sämtliche Truppen vereinigt haben, gibt es kein Halten mehr.« Auf diese Vorhersage Myrmiors fluchte Werthwin mit grimmigem Blick:

»Bei Azrael! Was sollen wir deiner Meinung nach tun, du Wilder! Sollen wir uns in unsere Schwerter stürzen? Warum erteilst du uns keine Ratschläge, wenn du soviel weißt? Lieber quälst du uns mit deinen Lügen!«

Stillschweigend nahm Myrmior diesen Ausbruch hin. In seiner Miene war nichts zu lesen als Mitgefühl für die Kümmernis des Ritters. »Was ich sagte, habe ich gesagt, damit ihr euch keine falschen Hoffnungen macht, die Ningaal in offener Feldschlacht überwinden zu können«,erwiderte er ruhig. »So sind sie nicht zu schlagen. Zumindest nicht mit den paar Kriegern, die uns zur Verfügung stehen.«

Er verstummte. Im Feldherrnzelt herrschte Schweigen. Draußen sank die Dämmerung hernieder, der Himmel färbte sich bläulichschwarz. Sie hörten das helle Klirren des Hammers auf Stahl und das Prasseln eines Feuers. An den Zeltwänden zeichneten sich die Schatten der Männer ab, ganz so, als wären sie von den Geistern ihrer gefallenen Kameraden umringt.

»Ich war während meiner langen Gefangenschaft nicht müßig. Ich habe beobachtet, auf wie viele Arten Krieg geführt wird. Ich habe diejenigen beobachtet, die den Ningaal unterlagen, und auch festgestellt, womit die größten Aussichten auf Sieg bestehen, so gering sie letzten Endes auch sein mögen.«

»Dann teile uns deine Beobachtungen mit«, flehte Ronsard. »Was können wir tun?«

»Vergeßt auch nicht, daß wir bald Verstärkung bekommen. Die Ratsversammlung tagt noch. Bald können wir wohl auf Hilfe rechnen«, warf Teido ein.

»Darauf dürfen wir nicht zählen«, entgegnete Myrmior. »Was ich nun vorschlagen werde, soll uns die Zeit des Wartens leichter machen, ob lang oder kurz.«

»Gut gebrüllt. Fangen wir also an. Wir sind bereit, dir zuzuhören.«

»Sind die Krieger eures Landes mit Pfeil und Bogen vertraut?« fragte Myrmior.

»Ja, freilich!« antwortete Ronsard lachend. »Eine nützliche Waffe, aber keine, die man auf dem Schlachtfeld gut gebrauchen könnte. Sie ist nicht genau genug und hat gegen eine stählerne Ritterrüstung kaum Wirkung.«

»Sie eignet sich mehr, um den Tieren des Waldes nachzustellen oder aus einem Hinterhalt zu schießen. Das ist keine Waffe für einen Ritter«, pflichtete Teido ihm bei. »Vom Sattel eines Pferdes aus kann man nicht mit Pfeil und Bogen schießen.«

Werthwin grummelte nur vor sich hin: »Pfeil und Bogen! Pah!«

»Jedenfalls habt ihr welche«, sagte Myrmior rasch. »Verurteilt meinen Einfall nicht, ehe ihr ihn nicht vollständig kennt. Ich schlage ja gar nicht vor, Bogenschützen mit ins Feld zu nehmen.

Nein, wir sollten uns gar nicht mehr der offenen Schlacht stellen. Ich will es ganz unverblümt sagen: Ihr habt heute Glück gehabt; eure Götter waren euch gewogen. In der ganzen Zeit, die ich bei Fürst Gurd verbrachte, hat er keinem Menschen Mitleid erwiesen und die Walstatt nie verlassen, wenn nur die geringste Aussicht auf Sieg bestand. Was er heute tat, ist eine Seltenheit, aber nicht ganz ungewöhnlich. Er gab euch die Gelegenheit, euch zu sammeln und zu einer zweiten Schlacht aufzustellen, denn noch mehr als den Kampf selbst schätzt er einen klugen Gegner. Es bereitet ihm kein Vergnügen, einen schwachen, wehrlosen Feind zu töten. Das wäre nur ein Abschlachten, und damit läßt sich kaum Unsterblichkeit erringen. Ihr habt euch ihm in den Weg gestellt, und das trug euch seine Achtung ein. Als ihr den Rückzug antratet, erkannte er eure Schläue und wußte, daß euer Tod ihm große Kampfesehre eintragen würde. Er wollte, daß ihr euch neu aufstellt, um die Befriedigung über eure Niederlage um so mehr auszukosten. Wie der Weinbauer, der den Geschmack seiner Beeren sorgfältig prüft, so prüfte der Feldherr euch und fand euch seines Geschicks für würdig.«

»Was hat das alles mit Pfeil und Bogen zu tun?« fragte Werthwin gelangweilt. Das Herz lag ihm schwer in der Brust, auf seiner Miene lag Düsternis.

»Damit werden wir dem Maul des Feldherrn den bereits vorgekosteten Sieg entreißen.«

»Ihn mit Spielzeugwaffen besiegen, wie?«

»Halt, Herr«, widersprach Teido. »Laß ihn ausreden! Denn ich glaube, ich weiß allmählich, worauf er hinauswill.«

Myrmior machte gegenüber Teido eine Verbeugung. »Du bist sehr listenreich, Herr Teido. Ich schlage vor, daß wir uns den Ningaal nicht mehr in offener Feldschlacht stellen, wenigstens vorläufig nicht. Statt dessen werden wir ihnen des Nachts zusetzen, ihr Lager überfallen und einen Pfeilregen auf sie niedergehen lassen, sobald sie uns verfolgen. – Wenn wir uns dem offenen Kampf entziehen, wird Gurd vor Wut toben. Wenn wir Glück haben, wird sein Zorn ihn verzehren.«

»Und wo bleibt die Ehre dabei?« rief Werthwin. »Wie gemeine Diebe durch die Nacht schleichen und im Dunkeln Pfeile abschießen. Das ist töricht und lächerlich, da mache ich nicht mit!«

»Dieser Krieg läßt sich nicht mit Ehre gewinnen. Eure Mannen sind heute ehrenvoll gefallen, und heute nacht liegen sie starr in ihrem Grab. Was habt ihr nun davon? Hört auf mich, ihr Fürsten! Klammert ihr euch an eure Ehre, werdet ihr eure Heimat verlieren.«

»Myrmior hat recht«, sagte Ronsard bedächtig und starrte dabei Werthwin an. »Es gibt keine Ehre mehr, wenn wir unsere Heimat verloren haben. Selbst wenn wir tapfer fallen – wer wird unserer gedenken? Wer wird in den Hallen unserer Ahnen unseren Lobpreis singen? Sehen wir uns lieber an, was zu tun ist, und kümmern wir uns anschließend um unseren guten Ruf. Ich möchte erleben, daß Mensandor vor dieser Bedrohung errettet wird, gleich, wie es geschieht.«

»Ich gebe dir recht«, sagte Teido nachdenklich. »Doch eines stört mich: Dein Vorschlag gilt für diesen Feldherrn und seine Truppen, schön und gut. Aber was ist mit den übrigen? Sollen wir seine Gefährten ungehindert durchs Land streifen lassen?«

Langsam schüttelte Myrmior den Kopf. Mit der hohlen Hand rieb er sich sein bärtiges Kinn. »Das ist der schwierigste Teil meines Plans, meine Herren. Es wäre gut, wenn der Kriegsrat rasch die Truppen sandte, die wir benötigen, aber wie die Dinge liegen, sehe ich nur eine mögliche Vorgehensweise: Wir müssen uns die Feldherrn einen nach dem anderen vornehmen. Das wird, glaube ich, funktionieren, weil wir dazu nicht viele Soldaten benötigen. Doch Bogenschützen brauchen wir auf jeden Fall.«

»Die meisten unserer Ritter können mit Pfeil und Bogen gut umgehen, auch wenn sie es nur ungern zugeben. Außerdem können wir nach Askalon schicken, um weitere Schützen kommen zu lassen. Pfeil und Bogen müssen wir ohnehin von dort herbeischaffen lassen.«

»Dann wollen wir das sogleich tun. Inzwischen werden wir

uns zurückziehen und den Ningaal immer ein Stück voraus bleiben, bis wir genug Waffen haben, um mit unseren Überfällen zu beginnen.«

»Was? Wir sollen nichts tun, um ihnen Einhalt zu gebieten? Wir sollen zusehen, wie sie ungehindert über unsere Felder ziehen?«

»Das tun sie nun schon seit Wochen, Herr Werthwin«, entgegnete Ronsard. »Wenn wir das zu unseren Zwecken noch ein wenig länger hinnehmen müssen, so sei's drum. Das müssen wir in Kauf nehmen. Im übrigen«, setzte er mit einem boshaften Lächeln hinzu, »wundern sie sich dann vielleicht, was wir vorhaben.«

»Ja«, sprang Myrmior ihm zur Seite, »das wird ihren Zorn verstärken. Wir wollen sie so sehr in Wut bringen, daß sie einen törichten Fehler begehen, den wir zu ihrem Nachteil ausnutzen können. Und die ganze Zeit über dezimieren wir sie immerfort, so, wie steter Tropfen den Stein höhlt.«

Teido stand auf und streckte sich. Der Tag war lang gewesen. »Dein Plan ist gut, Myrmior. Ich schicke sofort einen Boten nach Askalon. Morgen bereiten wir unsere Ritter auf diese neue Kampfweise vor. Ich hoffe nur, daß uns genügend Zeit bleibt.«

»Uns bleibt keine Wahl«, erwiderte Myrmior. »Glaubt mir, ihr kühnen Fürsten. Es geht nicht anders.«

Werthwin warf seinen Kameraden finstere Blicke zu und schimpfte beim Verlassen des Zeltes vor sich hin.

»Schenke ihm keine allzu große Beachtung«, sagte Ronsard. »Er wird sich schon beruhigen und bald fest auf unserer Seite stehen.« Auch er stand auf und streckte sich.

»Danke, Myrmior. Du hast uns heute abend einen guten und klugen Rat erteilt. Ich hätte dir wohl wie Werthwin nicht geglaubt, wäre mir der Feind nicht heute auf dem Felde begegnet und hätte ich nicht seine List und Stärke zu spüren bekommen. Jetzt weiß ich, daß du recht hast, und bete wie Teido darum, daß es nicht zu spät für uns ist.«

»Du warst deinem König sicher ein treuer Diener«, meinte Teido. »Er muß dich sehr geschätzt haben, aber wir tun es nicht weniger. Noch ehe diese Auseinandersetzung vorüber ist, werden wir dein Geschick und deine Treue gebührend zu belohnen haben. Vielleicht kannst du eines Tages als König in deine Heimat zurückkehren.«

Mit großen, traurigen Augen blickte Myrmior ihn an. »Ich kann nie wieder zurück. Das Land, das ich kannte und liebte, gibt es nicht mehr. Ich habe mich hier entschieden, Gegenwehr zu leisten, wie ich es vor langer Zeit in meiner Heimat hätte tun sollen. Damals hatte ich Angst, aber jetzt nicht mehr. Ich habe Tag für Tag zu schreckliche Tode erlebt, als daß mich noch irgend etwas schrecken könnte.«

Die drei Männer blickten sich lange an. Keiner sagte etwas. Die beiden Ritter empfanden für den Mann aus Kaskair eine herzliche Freundschaft. Sie legten ihm die Hand auf die Schulter.

»Gute Nacht, meine Herren.« Ronsard gähnte und rieb sich die Augen. »Morgen werde ich also wieder zur Waffe meiner Kindheit greifen. Davor brauche ich wohl viel Schlaf.«

Teido und Myrmior lachten und begaben sich in ihren Zelten zur Ruhe.

34

Mit offenem Mund starrte Quentin seinen Gastgeber an. Er hatte einen kriegerischen Machtmenschen erwartet oder zumindest einen kampferprobten Ritter, der mit den Bedürfnissen streitender Recken vertraut war. Doch der Mensch, der ihnen nun entgegenhumpelte, stellte genau das Gegenteil von Quentins Bild dar.

Der sagenumwobene Waffenschmied Inschkad war klein und hatte ein dünnes, spitzes Gesicht. Die Sehnen an seinem Hals stachen hervor, als wollten sie seinen starren Kopf daran hindern, von den breiten Schultern zu fallen. Er war dünn und ging unnatürlich gebückt – die Folge einer stark verkrümmten Wirbelsäule. Auf spindeldürren Beinen hinkte der Meisterschmied einher. Nein, er war ganz und gar nicht der gravitätische Herr, den Quentin erwartet hatte.

Doch seine Hände waren die eines außergewöhnlich geschickten Handwerkers: breit, kräftig und flink. Sie bewegten sich sicher und anmutig und hielten nicht einen Augenblick still. Außerdem hatte der Mann kräftige Arme und massige Schultern gleich denen eines jungen Mannes. Quentin hatte den Eindruck, da habe jemand sich mit dem alten Mann auf den spindeldürren Beinen einen üblen Scherz erlaubt. Die knorrigen Arme und Brust eines Bauern und Soldaten saßen auf dem zerbrechlichen Körper eines verkrüppelten Küchenbediensteten.

»Derwin, das Vergnügen deiner Gesellschaft hatte ich lang nicht mehr. Ich freue mich, dich zu sehen.« Inschkad hatte eine tiefe Stimme, die einen merkwürdigen Gegensatz zu seinem greisen Äußeren bildete. Mit zwei Sätzen war er bei Derwin. Die beiden Männer umarmten einander wie Brüder, die sich nach langem wiedergefunden haben.

»Schön, dich wiederzusehen, Inschkad. Du hast dich kein

bißchen verändert. Ich habe zwei Freunde mitgebracht, die ich dir vorstellen möchte.«

»Das sehe ich! Das sehe ich! Teure Herren, willkommen auf Weißenfels, heute und immer. Ihr dürft bleiben, solange es euch beliebt. Wir haben hier nicht oft Gäste. Darum müssen wir eure Ankunft geziemend feiern.« Der Meisterschmied verbeugte sich auf groteske Weise und zwinkerte ihnen zu. Quentin mußte einfach laut auflachen.

»Meister Inschkad, wir fühlen uns geehrt. Deine Begrüßung ist äußerst freundlich.«

»Das sind Quentin und sein Gefährte Toli«, sagte Derwin.

»Ach, Derwin, du reist in guter Gesellschaft.« Inschkad verdrehte die Augen und hob respektvoll die Hände. »Ihr beide seid hier wohlbekannt. Eure Taten besingt man in diesen Mauern oft, wie es den Taten kühner Recken gebührt.«

Quentin errötete und verbeugte sich zum Dank. »Die Legenden übertreiben. Ich tat, was ein jeder getan hätte, und von Kühnheit kann keine Rede sein.«

»Ja, aber du hast die Taten vollbracht und kein anderer«, rief Inschkad und wies mit dem Zeigefinger auf ihn. »Da liegt der Unterschied!«

In diesem Augenblick ging eine Tür auf, und eine Schar junger Männer kam hereinmarschiert wie ein Trupp Soldaten.

»Kommt!« rief Inschkad, zu ihnen laufend. »Ihr müßt meine Söhne kennenlernen. Ich weiß, sie werden sich ebenfalls über euer Hiersein freuen.«

Er hatte sieben Söhne, die alle stattlich und wohl gesittet waren. Sie sprachen nur, wenn ihr Vater eine Frage an sie richtete oder ihnen zu verstehen gab, daß sie sich äußern sollten. Quentin und Toli begrüßten jeden einzelnen der Reihe nach und stellten dabei fest, daß sie einander glichen wie ein Ei dem anderen: Sie hatten weiches braunes Haar und ebensolche Augen, volle Lippen und dunkle Wangen, eine hohe, kräftige Stirn. Alle besaßen sie starke, gerade Gliedmaßen. Keiner hatte die Mißbildung ihres Vaters geerbt.

»Sie sind mein Heer, mein Schatz, mein Stolz«, sagte der Vater und strahlte sie an, als sie kerzengerade und mit verschränkten Händen auf der Bank saßen.

»Und die hier sind mein Gold und meine Edelsteine!« Inschkad drehte sich um und winkte. Da trat wie auf ein Zeichen eine hochgewachsene ältere Frau mit fünf schönen jungen Frauen ein. »Meine Gemahlin und meine Töchter.«

Die jungen Frauen kicherten hinter vorgehaltener Hand; ihre schlichten Musselinkleider raschelten bei jeder Bewegung sanft. Aber als sie der Reihe nach Quentin vorgestellt wurden, streckte eine jede die Hand aus wie eine Dame von Geblüt und machte einen Knicks. Quentin kam sich zwar dumm vor, küßte aber jeder die Hand, was die Mutter mit Freuden beobachtete. Toli fühlte sich verpflichtet, dem Beispiel seines Herrn zu folgen.

»Ihr seid uns herzlich willkommen, meine Herren«, sagte Inschkads Gattin. »Wenn ihr irgend etwas braucht, so steht meine Dienerschaft euch zur Verfügung.«

»Zu freundlich ...«

»Ich heiße Camilla«, sagte sie und hielt Quentin die Hand hin. Er küßte sie, und sie machte einen Knicks. Er stellte fest, daß die Frau um viele Jahre jünger war als ihr Gatte, und fragte sich, ob sie die Mutter aller Kinder war, die er vor sich sah. Zwar hatten sie alle ihre dunkle Hautfarbe, aber wenn es so war, hatte sie sich wahrhaftig jung gehalten.

»Danke für deine Freundlichkeit, Herrin. Ich fühle mich bereits herzlich aufgenommen, dabei sind wir gerade erst angekommen.«

»So verweilen wir nicht länger«, rief Inschkad voll Entzücken und rieb sich die Hände. »Setzt euch, liebe Gäste, und nehmt mit uns das Mahl ein.«

Inschkad faßte Derwin am Arm und zog ihn mit sich an den Kopf des Tisches. Quentin und Toli überließ er der Fürsorge der jungen Frauen. Sie setzten sich mit ihnen den jungen Männern gegenüber, und schon fingen sie an zu reden und erkundigten sich, wie es bei Hofe stand, welche Mode in Askalon gerade herrschte, was draußen in der Welt vor sich ging.

So neugierig waren sie, daß Quentin mit ihren Fragen kaum

Schritt halten konnte, zumal er auf viele von ihnen keine Antwort wußte. Ihre Fragen zeugten davon, daß sie über die Welt genau Bescheid wußten, obwohl sie doch anscheinend in völliger Abgeschiedenheit lebten. Kurzum, Quentin konnte kaum einen Bissen essen, sosehr setzten sie ihm zu. Als die Mahlzeit zu Ende war, hatte er den festen Eindruck gewonnen, die ungewöhnlichste Familie kennengelernt zu haben, die ihm je untergekommen war.

Als sich alle an Met, Brot, Brühe und Obst gütlich getan hatten, marschierten Inschkads Söhne gemeinsam ab, und die Töchter halfen zusammen mit ihrer Mutter den Dienern beim Abräumen der Krüge und Schüsseln. Quentin und Toli setzten sich ans Tischende zu Derwin und Inschkad. Dieser hatte eine lange Pfeife hervorgeholt, die er nun anzündete.

»Ich bin zwar dankbar für euren Besuch, weiß aber, daß ihr nicht nur gekommen seid, um den alten Inschkad zu sehen. Es geht doch sicher um Geschäfte, wie?«

»So ist es«, erwiderte Derwin. »Wir haben etwas mit dir zu besprechen.«

Der Handwerker nahm einen langen Zug aus seiner Pfeife, bei dem seine Backen völlig einfielen. Dann blies er einen langen, dünnen Strahl Qualm aus. »Nichts lieber als das«, meinte er, »aber vielleicht kann eure Angelegenheit warten, bis ich euch ein paar meiner jüngsten Arbeiten gezeigt habe.«

»Ja, auf jeden Fall«, versetzte Quentin. »Die würde ich sehr gern sehen.«

»Du schmeichelst mir, Herr!« rief Inschkad und erhob sich. »Folgt mir, und ihr werdet etwas sehen, das eure Neugier befriedigt, so darf ich wohl behaupten.«

Durch eine Seitentür verließen sie den Saal und befanden sich gleich in einem niedrigen, trüben Raum, in dem in Reih und Glied leere Rüstungen standen und auf Ritter warteten, die sie zum Leben erweckten. Es sah aus wie in der Rüstkammer eines Königs, so viele Schwerter, Schilde, Helme und Brustharnische standen da.

Durch diesen niedrigen Raum kamen sie in einen zweiten, der

noch kleiner und dunkler war. Dort befanden sich Lanzen und Speere in allen Größen und Arten, dazu Hellebarden sonder Zahl. Die Schäfte dieser Waffen waren zu ordentlichen Bündeln gleich frisch gemähten Getreidegarben geschnürt. Die Stahlspitzen der Lanzen und Speere glommen im Dunkeln, ebenso die glatten scharfen Klingen der Hellebarden.

»Da sind wir. Vorsicht, Stufe! Hier ist meine einzige wahre Heimat. Meine Werkstatt!« rief Inschkad über den Lärm hinweg.

Sie waren nämlich in einen Raum hinabgestiegen, in dem es von den Schmiedeeisen ganz heiß war und laut das Klappern von Stahl auf Stahl dröhnte. Er war mindestens so groß wie der Festsaal, wenn nicht größer, und es herrschte ein emsiges Treiben. Inschkads Söhne und mehrere Knechte schmiedeten Eisen und Stahl zu Waffen. Auf Tischen standen merkwürdig geformte Vorrichtungen, die zu beschreiben jegliche Ausdruckskraft überstiege. An jedem Tisch saß, umgeben von sonderbaren Geschirren, ein Mann bei der Arbeit: Hier wurde eine Schneide am Knauf befestigt, dort ein Holzschild mit Haut überzogen und da drüben bekam eine Ritterpuppe ihren Brustpanzer angepaßt.

Quentin war ganz benommen von dem Schauspiel, denn dergleichen hatte er noch nie erlebt. Inschkad geleitete sie durch den Wirrwarr und blieb ab und zu stehen, um den Handwerkern einen Wink zu geben. Wo man hinsah, erblickte man glänzende Beispiele der Waffenschmiedekunst. Quentin fragte sich, ob es irgendwo auf der Welt etwas gab, das sich mit Inschkads Werkstatt messen konnte.

Er schaute auf einen Tisch und sah dort zwischen einer Vielzahl merkwürdiger Werkzeuge, deren Zweck er allenfalls ahnen konnte, ein langes, breites Schwert liegen, eine mächtige Waffe. Der Knauf war mit Juwelen und Gold eingelegt, in die silberne Schneide waren Szenen einer Bärenhatz graviert. Das Stück zeugte jeder Zoll von herausragendem Können.

»Gefällt es dir, Herr?« fragte Inschkad, der Quentins Blick gefolgt war.

»Ob es mir gefällt? Es ist das allerherrlichste Schwert. Ein Schatz.«

»Hier. Betrachte es näher.«

Voll Bedauern, daß er die rechte Hand nicht benutzen konnte, zog er es mit der Linken aus der Scheide; mit kaltem Flüstern glitt die Klinge heraus.

Das Schwert war zum beidhändigen Gebrauch bestimmt; trotzdem war es nicht viel schwerer als sein kurzer Bruder und lag herrlich ausgewogen in der Hand. Sogar mit der linken Hand konnte Quentin spüren, wie mühelos es sich führen ließ. Er reichte es Toli, der es durch die Luft sirren ließ. Voll Bewunderung blitzten die Augen des Dschers auf.

»Die Klinge ist aus einem besonderen Material gemacht, mit dem ich gerade Versuche anstelle. Sie kann Eisen spalten. Dies Schwert hier«, sagte Inschkad, als wäre es nur eines unter Tausenden, über die er verfügte, »habe ich für König Selrich von Drin gemacht. Es ist fast fertig.« Sorgsam steckte er die Waffe zurück und zwinkerte ihnen zu. »Jetzt zeige ich euch mein Meisterstück.«

Er humpelte vom Tisch zur niedrigen Tür in einer Mauernische und nahm dabei eine Lampe mit, die er an einer Fackel entzündete. Dann schob er den schweren Riegel beiseite, mit dem die Tür gesichert war. »Hier entlang«, sagte er und verschwand in der schwarzen Höhlung.

Die drei folgten ihrem buckligen Führer in ein kleines rundes Gelaß. Sie brauchten einen Moment, bis sie sich an das trübe Lampenlicht gewöhnt hatten. Als Quentin aufblickte, entrang sich ein Stöhnen seinen Lippen. Vor ihm stand die prächtigste Rüstung, die er sich vorstellen konnte. Aber nicht nur darum verschlug es ihm den Atem: Genau diese Rüstung hatte er in seinem Traumbild gesehen.

Sie war greifbar. Sie war wirklich und blitzte im Licht der Lampe, als wäre sie aus einem einzigen Diamanten geschnitten. Glatt poliert schimmerte sie vor ihm. Er konnte seinen Augen kaum glauben. Ohne auf die anderen zu achten, ging er zu dem Pfosten, an dem sie hing, als hätte sie ihn zu sich gewinkt.

Die fahl glänzende Rüstung war völlig zier- und schmucklos. Blank und ungetrübt glänzte die gesamte Oberfläche wie ein Spiegel.

Der Helm war herrlich und verfügte über ein schlichtes Visier mit Schlitzen. Die Helmzier bestand lediglich aus einem leicht erhöhten Streifen von der Stirn bis zum Scheitel. Und das Kettenhemd bestand aus den feinsten Gliedern, die Quentin je gesehen hatte. Er mußte es anfassen. Zaudernd tippte er mit der Fingerspitze dagegen: Die Glieder kräuselten sich gleich flüssigem Silber und warfen flackernde Lichtblitze, sie seufzten leise, als würde Schnee auf hartgefrorenen Boden fallen.

»Es ist so leicht wie Gänsedaunen«, raunte ihm eine Stimme ins Ohr. Inschkad stand neben ihm und strahlte angesichts von Quentins sprachlosem Staunen.

»Für wen ist die Rüstung?« preßte Quentin mühsam hervor.

»Ach, das ist das Wundersame daran!« Die Stimme des Meisters war nur noch ein Flüstern. »Für niemanden, noch nicht. Ich schuf sie nach einem Bild, das mir im Traum erschien. So sah ich sie und wußte, daß ich sie fertigen mußte. Der Besitzer wird wohl eines Tages kommen und sie einfordern. Bis dahin …« Er verstummte.

»Mir ist aufgefallen, daß kein Schwert dabei ist«, stellte Quentin mit einemmal fest. »Aus welchem Grund?«

Inschkad der Waffenschmied legte den Kopf schräg und runzelte die Stirn. »Du hast es getroffen, Herr. In meinem Traum sah ich kein Schwert, und darum schuf ich keines.«

»Dann komm, Meister Inschkad«, sagte Derwin. »Es ist an der Zeit, daß wir uns unterhalten.«

35

Mit langen, ungeduldigen Schritten ging Eskewar in seinem Gemach auf und ab. Die Hände hielt er hinter dem Rücken verschränkt, die Augen zu Boden gerichtet. »Diese Narren! Diese Narren!« schalt er leise. »Sie richten das Reich zugrunde.«

Voller Sorge und Unruhe hatte er zwei Tage lang in seinem Turm zugebracht. Er hatte kaum etwas gegessen und auch nicht geschlafen; seine Züge, die jetzt faltiger und verkniffener waren denn je, zeugten von tiefem Kummer. Schon oft hatte er Anlaß gehabt, sich ob der Sturheit seiner Edlen zu grämen, doch jetzt sah er ganz klar, daß das Schicksal des Landes in ihren Händen lag und sie die Bedrohung anscheinend nicht wahrnahmen.

Immer wieder bedauerte er, daß er nicht die Macht zu drastischeren Maßnahmen besaß. In früheren Zeiten hätte er seinen Fürsten mit einem Wink befohlen, in die Schlacht zu ziehen. Sie hätten gehorcht oder Ländereien und Stellung eingebüßt. Noch früher, zu Zeiten des ersten Drachenkönigs, hing das Land vom Willen des allmächtigen Herrschers ab. Damals hatte es keine Fürsten gegeben, welche die Anordnungen des Königs in Frage stellten.

Ach, doch davor, das war die Zeit der Nordkönige gewesen, als jedermann durch die Spitze seines Schwertes König werden konnte und das Reich in winzige Gebiete aufgespalten war. Über diese regierten keifende, streitsüchtige und selbstherrliche Tyrannen, die sich groß taten und aus Kampflust auf Raubzug gingen oder weil sie hofften, durch den Sturz eines benachbarten Herrschers ihr Gebiet zu vergrößern.

Doch eines Tages hatten die Könige des Nordens sich zusammengeschlossen und einen Bund gegründet, so daß im größten Teil des Reiches Ordnung einkehrte, denn alle handelten einmütig zum Wohle des Reiches. Keiner wagte es, sich ihnen zu widersetzen; stellte man sich nämlich gegen einen, so hatte man alle gegen sich, und erklärte man einem den Krieg, so mußte man ihn gegen alle führen. Die kleinmütigen Könige des Südens mußten schließlich nachgeben; die Macht wurde im Norden gefestigt und blieb dort zu Hause.

Über all dies grübelte Eskewar, als er in seinem Gemach auf und ab ging oder sinnend auf seinem großen geschnitzten Stuhl saß. Er blieb vor dem Fenster stehen, dessen Läden weit offenstanden und das herrliche Sommerwetter einließen. Seufzend blickte er auf die vertraute Landschaft mit den grünen, sanft wogenden Hügeln und dem dunklen Blaugrün des Waldes. Er sah den Herwüt in einem silbernen Bogen gemächlich und träge gen Süden strömen, ohne Hast und stets gleich.

»Die Sorgen von Königen und Königreichen gelten dir nichts, großer Fluß. Vielleicht sind sie ja auch nichts.«

Der Bote, der an die Tür klopfte und eintrat, fand den König am Fenster vor, den Blick in die Ferne gerichtet. »Majestät, einige Fürsten wünschen Gehör.«

Eskewar schien ihn nicht wahrzunehmen. Darum wiederholte der Page die Nachricht. Als der König sich schließlich zu dem verdutzten Knaben umdrehte, lag ein trauriges Lächeln auf seinem Gesicht. »Sie mögen ins äußere Gemach treten. Ich komme sofort zu ihnen.«

Sie haben eine Entscheidung getroffen, dachte Eskewar. Aber welche?

Draußen regnete es ununterbrochen. Das Platschen im Hof wurde regelmäßig vom Grollen des Donners übertönt, der über den Himmel zog, um sich ein Gefecht mit den Berggipfeln zu liefern. Quentin stellte sich die Berge als Riesen vor und den Donner als deren Stimme. Sie riefen ihn, sie verhöhnten ihn und forderten ihn heraus, daß er ihnen ihr Geheimnis entreißen sollte, sofern er es wagte.

Schon seit einer Weile hatte keiner mehr gesprochen. Toli hatte sich auf einem großen Stuhl am Herd zusammengerollt.

Das Kinn auf der Brust saß Derwin mit über dem Bauch gefalteten Händen da. Quentin selbst kauerte zusammengesunken auf seinem Stuhl und stützte das Kinn auf die Hand. Nur Inschkad wirkte noch munter und betriebsam. Nach vorn gebeugt hockte er da und umklammerte seine lange Pfeife, aus der eine Qualmwolke aufstieg und seinen Kopf umnebelte. Hin und wieder warf er seinen Gästen einen Blick zu.

Schließlich sprang er auf und rief: »Ich bin dabei! Beim Bart der Götter, ich bin dabei!«

Die Plötzlichkeit dieses Ausbruchs schreckte Quentin auf; Derwins Kopf schnellte hoch.

»Wie?« Derwin schüttelte sein graues Haupt. »Ach, Inschkad, hast du mich erschreckt! Ich muß eingedöst sein. Es war ein langer Tag. Verzeih mir.«

»Ich habe mir die Sache genau überlegt, dessen seid gewiß«, sagte der Waffenschmied. »Ich begleite euch auf der Suche nach dem Lanthanil, und ich schmiede das Schwert. Wie könnte ich nein sagen?« Der mißgestaltete Handwerker lächelte, und in diesem Lächeln erkannte Quentin die rastlose Energie des Mannes.

»Es ist die Gelegenheit meines Lebens. Wenn ihr recht habt und die Stollen sich finden, würde ich jeden Preis zahlen, um mit dem Lanthanil zu arbeiten. Ihr bietet mir den größten Traum jedes Schmieds. Ja, bei allen Göttern, die da sind, ich bin dabei.«

»Ich wußte, daß wir auf dich rechnen können, Inschkad. Wir werden die Stollen finden, da bin ich sicher. Die Weissagung geht in Erfüllung.« Derwin zeigte auf Quentin.

»Die Weissagung ist mir gleich und ebenso die Frage, ob Quentin der Priesterkönig ist oder nicht. Aber daß unser Land von Barbaren erobert wird, das kümmert mich. Bei Orfe, und wie! Und wenn das Schwert, das ich schaffen werde, gegen sie hilft, wenn es das Kampfglück wenden kann, dann will ich ein Schwert schaffen, wie es noch keines gab. Ich werde Zallkyr schmieden!«

Quentin hörte den beiden zu, sagte aber nichts. Den ganzen Abend schon hatte er ihnen gelauscht und sich kaum zu Wort gemeldet. Seine Unruhe hatte ihn wieder erfaßt, und diesmal kannte er den Grund: sein Arm.

Derwin schien zu vergessen, daß Quentin, der das Schwert gegen die Feinde führen sollte, einen gebrochenen Arm hatte oder womöglich Schlimmeres. Insgeheim vermutete Quentin, daß es Schlimmeres war, daß sein Arm nicht nur gebrochen war. Er hatte nämlich schon lang kein Gefühl mehr darin; der Arm schien taub, tot.

Diesen Verdacht äußerte er niemandem gegenüber. Nicht einmal Derwin hatte, als er ihm den Arm richtete und sorgsam schiente, gemerkt, daß Quentin nichts spürte, denn er hatte – mehr vor Aufregung – das Gesicht verzogen und gestöhnt, als würde er große Schmerzen empfinden. Sein Arm war ernsthaft beschädigt. Das machte er sich klar, während um ihn herum von Schwertern und Weissagungen die Rede war.

Dabei kam ihm in den Sinn, daß er vielleicht gar nicht der Richtige war – der mächtige Priesterkönig, von dem die Sagen erzählten. Vielleicht hatte der Allerhöchste ihn niemals dazu ausersehen. Es mußte ein anderer sein, den man noch nicht kannte.

Unverhofft überkam Quentin bei diesem Gedanken ein Gefühl der Erleichterung. Ohne einen gesunden Arm ließ sich das sagenhafte Schwert ja nicht schwingen. Die Prophezeiung wies, wenn sie denn eintreffen sollte, auf einen anderen, vielleicht auf Eskewar. Er war schließlich König. Die uralte Weissagung besagte, daß ein König das Schwert führen mußte. Damit war die Sache geregelt.

Als sie schließlich aufstanden, um sich zu Bett zu begeben, kam Derwin zu Quentin und sagte: »Du warst heute abend sehr still, junger Mann. Was fehlt dir?«

»Haben wir nicht schon genügend Sorgen, Derwin?«

»Ja, mehr als genug. Aber dein Kummer schien mir anderer Natur zu sein.« Jetzt kam Inschkad mit einer schön gearbeiteten Lampe, in der eine helle Flamme brannte. »Wir finden uns schon zurecht, lieber Herr. Danke. Mache dir unseretwegen bitte keine weitere Mühe.«

»Die Mühe fängt ja gerade erst an!« erwiderte Inschkad lachend. »Aber ich habe mich schon vor langem entschieden, auf welche Seite ich mich stelle. Begebt euch nun zur Ruhe, meine Herren. Ich werde mich morgen eurer Reise anschließen.«

»So ist es. Wir werden so früh wie möglich aufbrechen. Aber erst, wenn wir noch einmal an deiner vorzüglichen Tafel gespeist haben.«

»Ja, eine willkommene Abwechslung von Tolis Körnern und Beeren«, scherzte Quentin. »Doch zu lange wollen wir uns nicht aufhalten.«

»Merkwürdig, mir ist nie aufgefallen, daß du einen Bissen zurückgewiesen hast«, sagte Toli schnippisch. Er war aufgewacht und stellte sich jetzt zu ihnen. »Der Regen hört heute nacht noch auf, aber der Bach wird anschwellen. Ich werde bei Tagesanbruch nachsehen, ob wir ihn passieren können.«

»Das ist nicht nötig, Herr. Bis zum Morgen hat die Flut nachgelassen. Das ist immer so. Keine Bange. Wir beginnen unseren Weg im Trocknen. Und sorgt euch nicht um eure Pferde. Morgen wird alles bereit sein. Darum werden sich meine Söhne kümmern. Gute Nacht jetzt.«

Inschkad nahm die Kerze vom Tisch und humpelte durch den dunklen Saal, den Lichtschein vor sich wie einen Leitstern.

»Ein höchst ungewöhnlicher Mensch«, sagte Derwin.

»Höchst ungewöhnlich«, pflichtete Quentin bei. Und dann gingen sie alle zu Bett, wo der Regen, der gegen die Mauern von Weißenfels klatschte, sie in den Schlaf sang.

36

Sanft schaukelte das massige Palastschiff Nins des Verheerers, unsterbliche Gottheit, höchster Kaiser, Eroberer der Kontinente, König der Könige, in der leichten Dünung. Die Wellen gingen auf und ab wie der regelmäßige Atem eines riesigen Seeungeheuers. Sie klatschten an die breiten Bohlen der Schiffswände und umgurgelten leise den mächtigen Kiel.

Das Schiff hatte einen weit ausladenden Rumpf, drei turmhohe Masten und mittschiffs zwei Steuerruder. Es war wahrhaftig ein Palast zur See, ausgestattet mit kostbaren Hölzern und exotischen Vorrichtungen aus den verschiedenen Weltgegenden, die Nin unterworfen hatte. Die Decks bestanden aus Teak- und aus Rosenholz von den Haphasischen Inseln. Die Bronzebeschläge, die wie Rotgold aus jeder Ecke glänzten, kamen aus Delurien und Beldenland im Osten. Die feinen Schirme an Deck und die wabenartigen Kajüten darunter waren mit Seide und glänzendem Sammet bespannt; diese Stoffe stammten aus Pelagien. Dicke geflochtene Taue und die breiten blauen Segel hatte man in Kataa mit Materialien aus Kalikar gefertigt.

Das Schiff selbst war auf den Werften von Tarkus unter Leitung syphrischer Schiffsbaumeister entstanden. Seine Schöpfer hatten sämtliche Bedürfnisse vorhergesehen, alle Wünsche seines Eigners geahnt und auf ihre kunstvolle Weise Vorkehrungen zu deren Befriedigung geschaffen. An Bord dieses Schiffes brauchte Nin nichts zu entbehren, um seine vielen maßlosen Launen zu stillen.

Das Schiff lag seicht im Wasser. Die sanfteste Welle versetzte es in Bewegung, aber kein tobender Sturm konnte es zum Kentern bringen. Gleich seinem Meister fuhr es nur langsam und gemächlich, aber wen störte dies? Zeit bedeutete dem unsterblichen Nin gar nichts.

Der Kaiser aller Kaiser lag auf einem Bett aus seidenen Kissen ausgestreckt und lauschte, durch das leichte Schaukeln hin und her schwankend, dem Odem des Meeres. Sein ungeheurer Oberkörper neigte sich gefährlich bald in die eine, bald in die andere Richtung. Die Bewegung bereitete ihm Übelkeit und Wut. Bei jedem Auf und Ab rollte sein Kopf schlaff hin und her, die trüben Ochsenaugen starrten immer kläglicher ins Leere.

Mit höchster Willensanstrengung stützte Nin sich auf den Ellbogen und griff nach einem Hammer, der an einer goldenen Kordel neben seinem Kopf hing. Er ließ das Handgelenk nach hinten sinken, so daß der Hammer auf einen Gong aus getriebener Bronze schlug. Während der Ruf im ganzen Schiff widerhallte, ließ er sich ächzend auf die Kissen zurücksinken und wischte sich mit einer Miene schrecklichen Leidens mit seiner riesigen Pfote über die Stirn.

Im Nu erklang ein schüchternes Stimmchen, das dadurch, daß ihr Besitzer flach am Boden lag, noch gedämpft wurde: »Du hast mich gerufen, o Mächtiger? Wie lautet dein Befehl?«

Unter Mühen drehte Nin den Kopf und betrachtete die armselige Gestalt seines obersten Würdenträgers. »Usla, du gemeiner Hund! Wo hast du gesteckt? Ich warte seit Stunden auf dich! Ich werde dich bei lebendigem Leibe häuten lassen, um dich Eile zu lehren.« Schläfrig schloß er die großen Augen.

»Darf ich bemerken, o Allgewaltiger, wie sehr ich mein Säumen bedaure und auch die Blindheit, die verhinderte, daß ich deinen Ruf voraussah. Doch war ich nur zwei Schritte entfernt und stehe bereit, um zu tun, was immer du begehrst.«

»Hochmütiges Schwein!« brüllte Nin zum Leben erwachend. »Ich sollte dich die Decks mit deiner boshaften Zunge sauber lecken lassen, da du es wagst, so mit mir zu sprechen.«

»Wie du wünschst, allergroßzügigster Herr. Ich werde gehorchen.« Usla tat, als wollte er gehen und die Decks des Palastschiffs schrubben.

»Ich werde dir schon sagen, wann du zu gehen und zu kommen hast. Habe ich dich nicht gerufen? Höre mir zu.«

»Ja, Unsterblicher.« Uslas Stimme zitterte in angemessener Weise.

»Gibt es keine Nachricht von meinen Feldherrn?«

»Ich bedaure, Hoheit informieren zu müssen, daß keine Botschaft eingetroffen ist. Aber wie du sicher selbst weißt, ist vielleicht gerade jetzt eine Nachricht unterwegs.«

»Nin wartet nicht auf Botschaften. Nin weiß alles! Du Narr!«

»Es ist ein Fluch, Großmächtiger. Du würdest mir einen Gefallen erweisen, ließest du mir die Zunge ausreißen.«

Nin hievte sich wieder auf den Ellbogen hoch und wackelte, als würde er bei der geringsten Berührung umkippen. »Soll ich nach deinen Sänftenträgern senden, großer Eroberer? Sie werden dich auf die Füße stellen.«

»Ich bin das Warten bald leid, Usla.« Er kniff die schläfrigen Augen hinterhältig zusammen. »Ich will nicht länger hierbleiben.«

»Vielleicht möchtest du an einen anderen Ort, Herr über Zeit und Raum. Soll ich deine Wünsche dem Admiral mitteilen?«

»Ich habe mit diesem öden Landstrich genug Geduld gehabt. Die Eroberung dauert viel zu lang.« Mit der molligen Hand rieb er sich ungeduldig über die schlaff herabhängenden Wangen. »Wir fahren an der Küste entlang gen Norden und bereiten uns auf den Einzug in Askalon vor, meiner neuen Stadt. Ich habe gesprochen. Höre und gehorche.«

»So soll es geschehen, Meister. Ich werde dem Admiral sagen, daß er sofort die Segel hissen lassen soll.«

»Ich komme mir vor wie ein gemeiner Dieb«, schimpfte Fürst Werthwin vor sich hin. »Ich würde lieber den berittenen Angriff auf das Lager führen.«

»Wir haben bereits alles besprochen, Herr«, erwiderte Teido ihm geduldig. »Ronsard eignet sich für diese Aufgabe besser als einer von uns beiden. Er hat die Erfahrung aus den Kriegen gegen Goliah.«

»Ich war auch gegen Goliah im Krieg«, jammerte Werthwin.

»Ja, natürlich. Dennoch werden wir beide, noch ehe die Nacht und unsere Attacke vorüber sind, dankbar dafür sein, daß Ronsard sie führte. Ich will dir ganz offen sagen, daß mir ein Ritt ins Lager der Ningaal gar nicht recht wäre.«

»Hm!« schnaubte Werthwin. Er schlich sich mit seinen Leuten auf den vereinbarten Posten; sie waren jetzt mit Pfeilen und Langbögen bewaffnet und verbargen sich in einer von Gestrüpp überwucherten Mulde.

Die Truppen des Drachenkönigs hatten nämlich mit ihren neuen Waffen geübt und ihr eingerostetes Können aufgefrischt. Jetzt waren sie bereit, ihr Geschick im Kampf mit den Ningaal zu erproben und hatten sich darum mit äußerster Vorsicht und Verschlagenheit bis auf einen Steinwurf ans Lager des Feindes herangeschlichen. Die Bogenschützen lagen hinter Bäumen und Büschen, auch in Stechginsterhecken versteckt. Trotz des Murrens über die neue Vorgehensweise lag ein Gefühl von Aufregung in der Luft, als die Männer sich auf den Hinterhalt vorbereiteten.

»Teido, sind deine Bogenschützen in Position?« flüsterte Ronsard hoch zu Roß. Es war sehr spät, der Mond stand tief im Westen, bald würde er hinter dem Horizont verschwinden. Das Gesicht des Ritters schimmerte noch schwach, einzelne Züge waren aber nicht zu erkennen.

»Jawohl«, antwortete Ronsard. Die beiden Männer blickten sich kurz in die Augen. Teido streckte die Hand aus und faßte seinen Freund am Arm. »Sei möglichst vorsichtig. Die Sache ist ohnehin äußerst gefährlich.«

»Keine Sorge. Wir haben die Überraschung auf unserer Seite – ausnahmsweise.«

»Der Allmächtige möge dich begleiten, mein Freund.«

Ronsard legte den Kopf schräg. »Glaubst du, derlei Dinge kümmern ihn?«

»Ja, das glaube ich. Warum fragst du?«

»Nun ja, ich habe vor einer Schlacht noch nie gebetet. Ich hielt es für ungebührlich, bei irdischen Streitigkeiten himmlische

Mächte um Hilfe anzuflehen. Es ist ein Kampf unter Menschen und sollte von diesen entschieden werden.«

»Der Allmächtige sorgt sich um das Wohlergehen seiner Diener. Seine Hand allein hält uns bei all unserem Tun.«

Ronsard richtete sich auf, zog die Zügel an und wendete sein Pferd. »Über diesen neuen Gott muß ich noch viel lernen, Teido. Hoffentlich bekomme ich die Gelegenheit dazu.«

Der Ritter kehrte dorthin zurück, wo seine Männer zu Pferd kampfbegierig warteten. Er schaute sie der Reihe nach an und prüfte, ob sie alle für die Aufgabe gerüstet waren. Damit sie sich flinker und behender bewegen konnten, hatte Ronsard befohlen, lediglich Halsberge und Brustharnisch anzulegen. Außerdem trug jeder von ihnen ein Langschwert und am Unterarm einen kleinen tropfenförmigen Schild.

Als Ronsard mit seiner Musterung fertig war, nickte er den Männern zu. »Für Ehre! Für Ruhm! Für Mensandor!« Dann machte er kehrt und führte seine Männer in den Wald, in dem die Ningaal ihr Lager aufgeschlagen hatten.

Teido sah seinen Freund im dunklen Forst verschwinden und glaubte zu erkennen, daß dieser die Rechte zum Gruß hob. Die fünfzehn Reiter, Ronsards kühnste Recken, wurden von der Finsternis verschluckt. Teido sprach ein Gebet für sie und nahm dann, das Schwert in der Hand, seine Stellung ein.

Er wartete. Die Nacht schien plötzlich wie erstarrt zu sein. Er hörte nichts außer dem Rauschen des Windes in den Bäumen und einen Nachtfalken, der kreischend zwischen den vereinzelten Wolken kreiste. Da ertönte ein erschrockener Schrei, der sofort abbrach. Dann folgten weitere Rufe, dazwischen das kalte Klirren von Stahl auf Stahl. Jetzt vermengten die Geräusche sich, Pferde wieherten, Männer stießen ihr Kampfgebrüll aus. Einen Augenblick später hörte er, wie Pferde durchs Unterholz brachen; sie kehrten lauter zurück, als sie gegangen waren.

»Da kommen sie«! rief Teido seinen Bogenschützen zu. Er reckte sein Schwert hoch über seinen Kopf. Im Nu stürmte ein Roß aus der Dunkelheit, dessen Reiter tief im Sattel lag. Er galoppierte an den versteckten Schützen vorbei hinab ins Tal.

»Spannt die Bogen!« rief Teido. Augenblicklich hörte man es rascheln, als die Pfeile eingelegt wurden. Jetzt donnerten noch mehr Reiter durchs Gebüsch, ihre Verfolger rannten ihnen lautstark hinterher.

»Haltet euch bereit!« rief Teido, als der letzte Ritter an der Stelle vorbeigestürmt war, wo er sich wartend am Boden duckte. Er biß sich auf die Lippe: Ronsard hatte er nicht aus dem Wald kommen sehen.

Mit gespannten Sehnen warteten sie.

Dann tauchte der Ritter plötzlich dort auf, wo er vor kurzem im Wald verschwunden war. Er hielt an und schwenkte sein Schwert. Die Rufe seiner Verfolger hallten jetzt durch Wald und Tal. Teido sah Fackeln, die zwischen den Bäumen schwankend näher kamen. »Weiter! Aus dem Weg mit dir!« schimpfte Teido vor sich hin. Ronsard machte kehrt und preschte über die Lichtung hinab ins Tal. Genau in diesem Moment tauchte der erste Feind auf.

»Schießt!« rief Teido, und im Nu sirrten dunkle Geschosse durch die Nacht.

Die erste Reihe der Ningaal stolperte nach vorn und stürzte lautlos zu Boden. Ihre Kameraden kamen aus dem Wald gerannt und zögerten, weil sie nicht wußten, was mit ihren Vorgängern geschehen war. Da wurden auch sie von den Pfeilen gefällt, die ihr Ziel nicht verfehlten.

Die Feinde gerieten in Verwirrung und zogen sich, Entsetzensschreie und Flüche ausstoßend, in die Deckung des dunklen Waldes zurück. Doch als der erste Trupp von weiteren aus dem Lager verstärkt wurde, glaubte Teido, die rauhen, gebieterischen Rufe des Feldherrn selbst zu hören. Und sogleich brachen die Ningaal aus dem Wald: Diesmal allerdings duckten sie sich tief und hielten ihre Schilde vor sich, so daß sie Teidos Schützen kaum eine Angriffsfläche boten.

»Macht euch bereit!« befahl Teido. Die Ningaal überwanden jetzt geschwind den Abstand zu ihnen. »Schießt!« rief Teido, woraufhin das Klappern der Pfeile zu vernehmen war, die auf die Schilde der Ningaal prallten. Manche Schützen trafen aber trotzdem, und es gellten entsetzte und wütende Schreie durch die Nacht.

»Rückzug!« rief Teido gleich darauf. Er hatte gesehen, daß der Feldherr, umgeben von seiner Leibwache, auf die Lichtung geritten war.

Also begrüßten der Ritter und seine Bogenschützen die Neuankömmlinge nicht mit ihren gefiederten Geschossen, sondern sprangen auf und rannten mit Gebrüll ins Tal, Ronsard mit seinen Reitern hinterdrein. Da entrang sich den Kehlen der Ningaal ein mächtiger Schrei: Sie glaubten nämlich, die Truppen des Königs in die Flucht geschlagen zu haben. Auf die Leichname ihrer gefallenen Kameraden tretend, setzten sie den Bogenschützen nach.

Teido führte seine Männer den Hang hinab, über den kleinen Bach am Talgrund hinüber und auf der anderen Seite wieder hügelan. Dann verschwand er mit ihnen über der Anhöhe. Die triumphierenden Ningaal, die vor Begeisterung ihren Verheerergott priesen, liefen ihnen ungeachtet der tiefen Finsternis nach. Kopfüber rannten sie leichtsinnig ins Tal.

Sobald Teido mit seinen Leuten über dem Hügel verschwunden war, wateten die ersten Ningaal zornig schimpfend und fluchend im Wasser. Hunderte folgten ihnen und ließen sich nur einen Moment durch das geringe Hindernis aufhalten. Doch abermals brach der Tod sirrend über sie herein: in Gestalt von Fürst Werthwins Bogenschützen, die zu beiden Seiten des schmalen Tals verborgen lagen und jetzt ihre Geschosse auf sie flitzen ließen. Vor Schmerzen und Schrecken heulten die Ningaal auf wie verängstigte Tiere, die ein unsichtbarer Angreifer tödlich verwundet hat.

Von allen Seiten hagelte es Pfeile. Ningaal, die aus dem Wald gerannt kamen, stolperten über ihre gefallenen Kameraden und stießen diejenigen um, die dem tödlichen Hinterhalt entfliehen wollten. Diejenigen, die zu Boden gingen, standen nicht wieder auf. Im Nu rührte sich keiner von denen mehr, die ins Tal hinabgestürmt waren. Und aus dem Wald kam kein Ningaal mehr. Alles war still.

»Treten wir jetzt die Flucht an, solange es geht«, flüsterte Teido. »Wenn wir nicht länger verweilen, ist der Sieg unser. Denn sie werden bald mit Verstärkung zurückkehren.«

Ronsard gab stumm ein Zeichen, worauf Ritter und Bogenschützen so rasch und lautlos im Dunkeln verschwanden wie schwarze Wolken vor dem Mond. Fürst Werthwins Leute schlossen sich ihnen an, und im Handumdrehen hatten sie die Walstatt den gefallenen Ningaal überlassen.

In jener Nacht verlor Feldherr Gurd fünfhundert Mann, der Drachenkönig keinen einzigen.

37

Der vom Regen rein gewaschene Himmel spannte sich unendlich weit. Die Luft war frisch und kühl; es duftete nach Fichten und feuchter Erde. Im Gras glitzerten die Regentropfen Diamanten gleich im frühen Morgenlicht. Der Trupp hatte an Inschkads Tafel köstlich gefrühstückt und war dank der Söhne des Schmiedemeisters aufgebrochen, ohne auch nur einen Finger gerührt zu haben – außer um die Becher mit Camillas hervorragendem warmen Apfelmost zu heben.

Gut ausgeschlafen und frisch gestärkt hatte Quentin die bösen Ahnungen vom Vorabend vergessen. Er redete sich ein, seinem Arm gehe es besser; sicher werde er vollkommen verheilen. Aber wie er ein Schwert führen sollte, ehe seine Knochen wieder zusammengewachsen waren, wußte er immer noch nicht. Auf diese Weise schien die beängstigende Aussicht, zum geheimnisvollen, sagenumwobenen Priesterkönig zu werden, fern, ja beinahe lächerlich. Im Glanz des herrlichen neuen Tages schämte er sich, daß er so kühn gewesen war, sich bei der Erfüllung der Weissagung eine wichtige Rolle einzubilden.

Natürlich hatten Derwin, Bjorkis und wohl auch Toli diese Anmaßung gefördert. Aber er hatte es zugelassen. Die ganze Sache war töricht, überheblich. Das erkannte Quentin jetzt. Jedenfalls redete er es sich ein und glaubte es.

Beim ersten Dämmerlicht waren die Pferde klappernd aus dem Hof von Burg Weißenfels getrabt. Durch den Spalt in der Felswand schnitten goldene Sonnenstrahlen messerscharf in die dunkelblauen Schatten der Schlucht. Als sie durchs Torhaus hinaus auf die weite Aue ritten und ihre Pferde so munter ausschritten, hatte Quentin den Eindruck, sie folgten einem Pfad aus Licht, grüngolden und glänzend. Alles, was sein Auge erblickte, jeder Baum, Fels und Berggipfel, wirkte sauber und neu, voll Lebenskraft. Ihm war, als sei die Welt in der Nacht neu erschaffen und die alte Welt wie eine alte, zu eng gewordene Haut abgestreift worden. Quentin bildete sich ein, alles zum ersten Mal zu sehen, ganz so wie er die Welt gesehen hatte, als er ein Kind war.

Hinter sich hörte er einen merkwürdigen Jubelschrei, und als er sich umdrehte, sah er, wie Derwin, dessen Gesicht im goldenen Sonnenlicht strahlte, den Kopf zurückgeworfen hatte und lachte. Da mußte auch er plötzlich lachen. Toli fing zu singen an, und alle stimmten in ein Lied ein, das er »Pella Olia Scheer« nannte: »Lied des Morgensterns«.

Sie sangen, daß ihre Stimmen laut erschallten und von den glatten Felswänden widerhallten. Der Sturzbach neben ihnen ergoß sich an der Klamm mit frischer Wucht in die Tiefe; feurig blitzende Tropfen sprühend sprang er übers steinige Flußbett. Das Gewässer, das Inschkad Brausebach nannte, weitete sich später zu einem Strom aus flüssigem Silber und rauschte so dem Tag entgegen. Sie folgten ihm lange durch duftende Kiefern, und als die Sonne dann höher stand, überquerten sie ihn und hielten auf das öde Vorgebirge der Fiskills zu.

»Wie weit von hier liegen die vergessenen Stollen?« erkundigte Quentin sich, nachdem sie eine Zeitlang geschwiegen hatten. Derwin ritt unmittelbar vor ihm; er warf einen Blick zurück und lachte. »Wenn wir das wüßten, mein Freund, dann bräuchten wir nicht zu suchen. Dann wäre längst kein Lanthanil mehr da.«

»Du weißt genau, was ich meine, du alter Hexer!« rief Quentin zurück.

»So ist es! Wie ungeduldig du bist! Ich glaube, noch ehe die Sonne zehnmal untergegangen ist, werden wir den Eingang zu den vergessenen Stollen der Ariga sehen. Das heißt, wenn das Gebirge sich seit Aufzeichnung dieser Karten nicht grundlegend verändert hat. Aber es wird in keinem Fall leicht sein, sie zu finden.«

»Wir haben das Rätsel«, erinnerte Quentin ihn.

»Ja, das haben wir. Doch du weißt genausogut wie ich, daß Rätsel so viel verbergen sollen, wie sie enthüllen. Wir werden einige Zeit brauchen, denke ich. Doch der Allmächtige wird uns den Weg schon weisen.«

Inschkad hatte zugehört und mischte sich nun ein. »Weißt du, Derwin, als wir uns kennenlernten, da hast du bereits von diesen vergessenen Bergwerken geplappert. Du hattest so viele Fragen nach dem Lanthanil. Du wolltest wissen, ob ich es schon einmal gesehen oder damit gearbeitet hatte. Weißt du noch?«

»Und ob ich das noch weiß! Und ich erinnere mich an deine Antwort: Du hast mich höchst mitleidsvoll angesehen und gesagt: ›Wenn ich das Metall der Götter jemals angefaßt hätte, würde ich dann noch den Mantel eines Buckligen tragen?‹ – Meine Frage war töricht, das gebe ich zu. Aber du darfst nicht vergessen, daß ich vom Vorhandensein des Lanthanils gerade zum ersten Mal gehört hatte und über seine Eigenschaften nicht viel wußte.«

Da lächelte Inschkad auf merkwürdige Weise: »Wir Handwerker wie ich, wir haben unsere eigenen Sagen vom Lanthanil, doch wieviel Wahrheit in ihnen steckt, kann ich nicht beurteilen.«

»Einige wenige Male hörte ich die Ältesten vom Lanthanil reden«, sagte Quentin. »Den Ariga war es mehr wert als Gold und Silber. Die Handwerker, die es bearbeiteten, wurden fast verehrt wie Priester. Aber als Heilmittel wurde es in meinem Beisein nie erwähnt.«

»Khun Nawisch«, erinnerte Toli ihn. Erst da merkte Quentin, daß Toli sich hatte zurückfallen lassen und neben ihm ritt, um dem Gespräch zu lauschen.

»Ja, die Heilenden Steine.«

Derwin sah ihn fragend an und meinte: »Kannst du die Antwort nicht erraten?« Quentin runzelte nachdenklich die Stirn, zuckte aber schließlich die Achseln.

»Dann überlege noch einmal«, fuhr der Einsiedler fort. »Die Ariga mußten nie von Gebrechen geheilt werden. Sie waren vollkommen gesund und wurden nie krank; auch von Verletzungen ist nichts überliefert. Von der Heilkraft des Gesteins ist nirgendwo die Rede, doch kannten sie sie vermutlich, wenn Tolis Geschichte wahr ist. Sie wurde nur selten erwähnt, weil sie ihrer nicht bedurften. – Daß ihre Handwerker als Priester galten ist in gewisser Weise richtig. Sie beherrschten nämlich jede Kunst, ja, man könnte sagen, daß sie Dichter waren. Sie arbeiteten in Metall, Holz und Stein wie unsere Dichter mit Worten. Und das galt den Ariga fast als das gleiche. Ich sage ›fast‹, weil die Ariga sich über alles freuten, was schön gearbeitet war. Sogar in den kleinsten Gebrauchsgegenständen sahen sie den Allerhöchsten. Die Handwerker waren also insofern Priester, als sie es den Menschen ermöglichten, ihren Gott in den Dingen ihres Alltags zu sehen. Darum genossen sie hohe Achtung.«

Danach herrschte lange Schweigen. Quentin dachte beim Reiten über Dekra nach und stellte fest, daß er seine Freunde dort vermißte. Wie es ihnen wohl ging und ob sie ihn auch so vermißten? Was Jeseph wohl sagen würde, wenn er erführe, daß sein Schützling jetzt auf der Suche nach den vergessenen Bergwerken der Ariga unterwegs war? Was würde Jeseph sagen, wenn er erführe, daß Quentin beim Schmieden Zallkyrs eine Rolle spielen sollte?

Eskewar war tief in seinen thronartigen Sessel gerutscht. Seinem hageren Gesicht war das Mißfallen deutlich anzusehen. Die vor ihm versammelten Edlen Mensandors hielten die Fäuste geballt und zogen finstere Mienen.

»Was ist mit den übrigen, meine Herren?« fragte Eskewar ohne jeden Versuch, die Bosheit in seiner Stimme zu verbergen. »Wollen sie sich ans Schlachtfeld setzen und zusehen, um sich dann dem anzuschließen, der den Sieg davonträgt?«

»Wir wissen nicht, was die anderen Herren zu tun gedenken, Majestät«, erwiderte Fürst Benjot sachlich. »Aber wir wollen dir uns und unsere Ritter andienen. Wir werden neben dem Drachenkönig ins Feld ziehen.«

»Notfalls auch in den Tod«, setzte Fürst Rurd hinzu. »Bei

Azrael, ich werde meinen König in der Schlacht nicht allein lassen, solange ich ein Schwert führen kann. Meine Krieger gehören dir, Herr!«

»Und meine auch!« rief ein Dritter. Auch die übrigen gelobten ihre Treue.

»Eine gute Entscheidung, meine Herren«, sagte Eskewar schließlich. Zwar schätzte er diese Getreuen sehr, war aber ob der anderen erzürnt – eine erkleckliche Schar unter Führung Amerons und Lupolls. Diese hatten nach zwei Tagen hitziger Gespräche auf ihrer Meinung beharrt und betrachteten die Auseinandersetzung als Angelegenheit des Königs, die sie nicht zu unterstützen brauchten.

»Wir wollen unsere Truppen sofort ausheben und bewaffnen, um so bald wie möglich aufzubrechen.« Fürst Finscher legte die Hand auf den Schwertknauf. »Es wird mir ein Vergnügen sein, wieder einmal neben dem Drachenkönig ins Feld zu ziehen.«

»Ein Vergnügen wird es nicht, meine Herren. Täuscht euch nicht!« erwiderte Eskewar bedächtig. »Es wird die härteste Prüfung unserer Macht und Ausdauer werden. Wenn wir versagen, wird es düster werden auf der Welt. Die Freiheit wird ein Ende haben.«

»Dann wollen wir eilen, Majestät. Binnen drei Tagen sind wir wieder hier«, sagte Fürst Rurd. »Und wir wollen an deiner Seite marschieren, um uns den Truppen von Teido, Ronsard und Werthwin anzuschließen.«

»Ja, brecht eilends auf. Und vergeßt nicht, meine Herren: Spart an nichts. Wenn wir unterliegen, wird es am Ende nichts geben, was zu behalten sich gelohnt hat. Ich werde noch einmal mit den übrigen sprechen, ob sie sich nicht doch überzeugen lassen. Ich fürchte, wir werden jeden starken Arm gebrauchen, um diesen Krieg zu führen. Nun fort mit euch. Ich erwarte euch hier – marschbereit.«

Der feine Brokat ihrer Kleidung raschelte, als die Edlen sich verneigten und hinausgingen. Jeder wollte mit seinem Gefolge heimwärts reiten, um die Kriegsvorbereitungen zu treffen.

Als sie draußen waren, rief der König nach Oswald: »Hole mir den Waffenschmied. Ich will ihn unverzüglich sprechen.«

Oswald schien zu zaudern und runzelte die Stirn so stark, daß sein altes Gesicht voller Falten und Krähenfüße war.

»Sieh mich nicht so an! Hole mir sogleich den Waffenschmied, habe ich gesagt!«

Ohne eine Erwiderung verneigte der Kammerdiener sich und ging hinaus. Kurz darauf klopfte es. Oswald trat in das Gemach des Königs, gefolgt von einem vierschrötigen Mann mit mächtigen Muskeln.

»Tilbert, Majestät.« Oswald führte den Mann näher und ging ohne einen Blick zum König hinaus.

»Tilbert«, sagte der König. Der Mann nickte und blieb aufmerksam stehen, ohne seine strenge Miene zu verziehen. »Mache meine Rüstung und meine Waffen bereit. Ich werde sie bald brauchen: binnen drei Tagen. Mache auch dich selbst und dein Werkzeug bereit, denn du wirst sie brauchen.«

In diesem Augenblick ging die Tür auf, ohne daß jemand angeklopft hatte. Königin Alinea trat ein. Tilbert verneigte sich vor ihr.

»Herr«, sagte die Königin mit einem Knicks. Sie wirkte ein wenig außer Atem. »Warum ist der Mann hier?« fragte sie auf Tilbert zeigend, der jetzt ein verwirrtes Gesicht machte.

»Ich unterhalte mich mit ihm.«

»Worüber, das kann ich mir schon denken. Mein Gemahl, gewiß hast du dir nicht vorgenommen, ins Feld zu sehen.«

Mit einer raschen Handbewegung entließ der König Tilbert. Der Waffenschmied verbeugte sich und wandte sich zum Gehen.

»Warte!« rief die Königin. Dann drehte sie sich zum König um und blickte ihn mit funkelnden Augen an. »Da Derwin fort ist, glaubst du, du kannst jetzt tun, was dir beliebt? Du bist noch sehr schwach, Eskewar. Denke an deine Gesundheit.«

»Du kannst nun gehen, Tilbert«, sagte Eskewar. Lautlos ging der Mann hinaus. Alinea lief zum König und ließ sich neben seinem Sessel auf die Knie sinken. Dann umfaßte sie mit ihren beiden Händen seine Rechte.

»Ich bitte dich, mein König. Geh nicht. Es wird dein Tod sein!«

Grimmig blickte Eskewar seine Gemahlin an. Ihr Vorgehen kränkte ihn. »Dieser Schurke Oswald hat dir Bescheid gegeben.«

»Welche Rolle spielt das? Mein Herz, du bist gerade erst vom Krankenlager aufgestanden und hast dich noch nicht vollkommen erholt. Warte wenigstens, bis du dich kräftiger fühlst.«

Eskewar legte ihr seine Hand auf den reizenden Kopf und spielte mit ihrem Haar. »Herrin, ich wünschte, ich könnte bleiben. Aber das kann ich nicht, und ich darf auch keinen Tag länger warten, als ich brauche, um ein Heer aufzustellen.«

»Warum nicht? Überlasse die Sache deinen Fürsten. Teido und Ronsard würden dir dasselbe raten, wenn sie hier wären. Jetzt stehen sie im Feld. Überlasse ihnen das Kommando.« Die Königin war den Tränen nahe.

»Das geht nicht«, sagte er. »Die Mehrheit des Kronrats widersetzt sich meinem Ruf an die Waffen noch immer. Sie sehen keinen ausreichenden Grund, der Laune ihres verrückten Herrschers zu folgen und in den Krieg zu ziehen. – Verstehst du nicht? Sie halten mich für verwirrt und geisteskrank. Sie glauben, ich kämpfe gegen Schatten. Ich muß mich an die Spitze meiner Truppen stellen und sie davon überzeugen, daß ich in der Lage bin, das Kommando zu führen, und daß meine Urteilskraft ungetrübt ist. Vielleicht stoßen sie dann zu uns. Ich bete darum, daß sie sich besinnen, ehe es zu spät ist.«

»Aber geht es nicht auch anders?« Die Tränen strömten nun ungehindert über Alineas Wangen und hinterließen dunkle Flecken auf ihrem blauen Kleid.

»Ich muß marschieren. Das ist unsere einzige Hoffnung«, erwiderte der Drachenkönig freundlich.

»Ach, Herr«, rief Alinea. »Ein böser Tag, der dich so von mir reißt.«

»In der Tat, Herrin. Ganz gewiß ein böser Tag.«

38

Sobald im Westen die Sonne versunken war, konnte man den Wolfsstern kalt und hell funkeln sehen. Er ging vor den anderen Sternen auf und als letzter unter. Spätestens jetzt hatte das Volk von Mensandor ihn bemerkt. Schicksalspropheten zogen von Stadt zu Stadt und verbreiteten Gerüchte von Tod und Zerstörung; sie weissagten das Ende des Zeitalters. Die Leichtfertigen glaubten ihnen und flohen zu den Tempeln, um auf geweihtem Boden den Schutz der Götter zu finden. Beherztere Bürger hielten stand und beobachteten die Entwicklung. Aber alle lauschten auf den Wind und hielten bei ihren täglichen Arbeiten inne, um zum fernen Horizont zu schauen, als würden sie jeden Augenblick das Eintreffen eines Ereignisses erwarten, das sie nicht laut zu nennen wagten.

Als Teido und Ronsard das Heer Gurds geschwächt hatten, wandten sie ihre Aufmerksamkeit dem Feldherrn Luchak zu, der im Norden eilends vorwärts zog. Nach einem Tagesmarsch von zehn Meilen ohne richtige Rast gelangten die Streitkräfte des Königs spät in der Nacht in die Nähe des Feindes und schlugen abermals zu mitternächtlicher Stunde zu. Auch diesmal überraschten sie den Gegner und fällten viele Krieger.

Beim nächsten Versuch jedoch hätte das Heer des Drachenkönigs aufgrund eines unklaren Signals beinahe eine Niederlage erlitten. Die Truppen des fremden Feldherrn lagen in einer bewaldeten Schlucht; dort griffen Ronsards Ritter sie an. Aber ehe sie sich zurückziehen konnten, schossen die Bogenschützen bereits ihre Pfeile ab, so daß viele Leute des Königs durch die Ihren gefällt wurden. Die Ningaal jubelten.

Währenddessen stiegen Quentin und seine Freunde das verlassene Vorgebirge zu den zerklüfteten Felsen hinan und mühten sich in beängstigende Höhen hinauf. Es ging langsam und beschwerlich voran, obwohl ihre Reit- und Lasttiere trittsicher waren und Derwin die einfachsten Wege kannte. Sie verirrten sich und kreuzten drei anstrengende Tage lang immer wieder denselben Pfad. Schließlich gaben sie es auf und verbrachten die Nacht an der gleichen Stelle wie drei Tage zuvor. Eines der Packtiere verlor einen Huf, so daß sie es freilassen mußten. Dadurch ließen sie auch viele Vorräte zurück, um die übrigen Tiere nicht zu überlasten.

Der Schatten der dunklen Wolke lag nun schwerer über dem Land. Mensandor wirkte wie ein Königreich am Rande des Abgrunds. Tags waren die Straßen voller Reisender, die von hier nach dort hasteten und eine Zuflucht suchten. Die Tempelhöfe waren mit Bauern überfüllt, die sich den Göttern anheimgaben. Auf dem gesamten Pfad, der zum Hochtempel von Narramur führte, war eine Zeltstadt erstanden. Die Leute drängten sich dicht an dicht und warteten auf das Ereignis, das ihnen geweissagt worden war: den Verheerergott, der auf die Erde herabsteigen würde, um seinen Durst mit ihrem Blute zu stillen. Und jede Nacht beobachteten die Menschen in ganz Mensandor, wie der Wolfsstern heller wurde, und kauerten sich angesichts der Zerstörung, von der er kündete, eng zusammen.

Trotz Teidos und Ronsards unablässigem Bemühen und ihrem kühnen und tapferen Eintreten für den König stießen die Ningaal immer weiter nach Norden vor: gen Askalon. Die Ritter des Königs waren an Zahl deutlich unterlegen, und der Feind durchschaute die Schliche der Verteidiger bald, so daß es immer schwieriger wurde, ihn in Fallen und Hinterhalte zu locken.

Immer weiter drang der Feind voran, und schließlich gelang ihm, was die Truppen des Drachenkönigs am meisten fürchteten: die vier Heere vereinigten sich. Die Soldaten von Bochaz und Amut kämpften sich zu Gurds verbliebenen und Luchaks fast unversehrten Kräften durch. Nun standen sie alle am Rand des Pelgrin-Waldes. Soweit die Erinnerung reichte, war kein Feind jemals so tief ins Landesinnere marschiert. Kein Gegner hatte den Rittern des Drachenkönigs jemals derart getrotzt, wie es die Ningaal taten, deren vereinte Streitmacht nun die tapferen Verteidiger beschämte.

Auf Anraten Myrmiors, der mit Feuereifer bei der Sache war, zogen die königlichen Truppen sich in den Wald zurück, um auf den Wegen, die sie so gut kannten, einen Krieg aus dem Hinterhalt zu führen. Das erhöhte die Wut der Feinde, wodurch sie Fehler begingen und Soldaten einbüßten. Aber ihr beharrlicher Marsch auf Askalon ging weiter, langsam, sicher und genau berechnet. Anscheinend konnte nichts die listigen Eindringlinge aufhalten.

»So kommen wir nicht weiter«, stellte Teido müde fest. Wieder war ein langer Tag voll Nadelstichen zwischen den Eichen des Pelgrin-Waldes zu Ende. Aschfahl saßen die Feldherrn beim Fackelschein in Ronsards Zelt. »Dank Myrmior haben wir zwar weniger Männer eingebüßt, als wir hoffen konnten, aber zuviel an Boden verloren.«

»Es ist, glaube ich, an der Zeit, den König in Askalon zu benachrichtigen, daß er sich auf eine Belagerung einstellen soll. Ich hoffte zwar, daß es nicht so weit kommen würde, aber man sollte die Burg auf unsere Rückkehr vorbereiten.«

»Mir scheint, daß wir die Ningaal bis dahin überwinden könnten, wenn wir nur mehr Krieger hätten«, meinte Ronsard. »Könnten wir nicht Werthwin zu den anderen Fürsten schicken, damit er sie bittet, zu den Waffen zu greifen? Jetzt ist dafür genau der richtige Zeitpunkt. Sie müssen die Gefahr jetzt einsehen.«

»Da gebe ich dir vollkommen recht, lieber Herr. Aber meine Hoffnung, daß sich diese Schakale überreden lassen, ist gering. Dazu hatten sie ausreichend Gelegenheit. Wir sind nur noch zehn Meilen von Askalon entfernt!«

»Trotzdem«, erbot Fürst Werthwin sich, »laßt mich zu Ameron und den übrigen reiten. Sie sind keine Feiglinge und werden Vernunft annehmen, sobald sie die Not gewahren. Ich überrede sie bestimmt.«

»Dann los, mein Herr. Tu, was du kannst. Aber mach schnell. Es bleibt nur noch wenig Zeit. Wir werden Tag um Tag weiter zurückgedrängt.«

Der Edelmann stand auf, und obwohl er erschöpft bis auf die Knochen war und schwankte, sagte er: »Ich reite heute nacht los und nehme nur zwei Krieger als Begleitung mit. Die anderen unterstelle ich Ronsards Befehl.« Er verbeugte sich rasch und ging hinaus. Die übrigen widmeten sich wieder ihrer allnächtlichen Übung unter Leitung Myrmiors, der sich die Berichte über die Überfälle des Tages genau anhörte und sich dann für den nächsten Tag eine neue Strategie ausdachte. Er schien einen Sinn dafür zu besitzen, die Bewegungen des Gegners vorwegzunehmen und ihn abzulenken und zu überraschen.

»Aus dem, was ich gehört habe«, sagte Myrmior und blickte auf die Landkarte vor sich, »haben die Ningaal ihre Truppen enger zusammengezogen und lassen ihre wildesten Krieger jetzt vorausmarschieren. Das ist gut, denn es heißt, daß unsere Überfälle sie allmählich in Unruhe versetzen. Es heißt aber gleichzeitig, daß es nun schwerer sein wird, ihnen Fallen zu stellen. Ein Hinterhalt ist von nun an so gut wie ausgeschlossen.«

»Als ob es nicht schon schwierig genug wäre«, entgegnete Ronsard. »Ich glaube, die Zeit ist vorbei, in der wir an den Kräften des Feindes zehren konnten. Doch wir können es nicht wagen, uns ihnen in offener Feldschlacht zu stellen. Wenn wir bald frische Truppen hätten...«

»Mir fällt keine Taktik mehr ein«, meinte Teido. »Aber du hast recht. Wir dürfen uns ihnen nicht von Angesicht zu Angesicht stellen, wie wir es schon oft gern getan hätten. Ich werde mich noch eine Zeitlang Myrmiors Rat beugen.«

»Meine Herren, ihr schmeichelt mir. Ich habe keine Geheimnisse und kann euch ganz offen sagen, was ich weiß, damit ihr erkennt, in welch gefährlicher Lage wir stecken. Es steht ernst um uns, meine tapferen Freunde. Ich sehe keine Schwäche des Feindes mehr, die wir uns zunutze machen könnten. Diesmal haben sie all unseren Kniffen die Spitze genommen.«

Er warf noch einmal einen Blick auf die Karte; seine Augen waren rot von den vielen durchwachten Nächten, in denen er die Bewegungen des Feindes erwogen hatte. »Wie weit sind wir von diesem Fluß entfernt?« fragte er auf die Karte deutend.

»Laß mich sehen«, erwiderte Teido. »Das ist ein Nebenarm des Arwins, zwei bis drei Meilen westlich von hier. Er ist nicht so breit, wie er auf der Karte aussieht.«

»Trotzdem: vielleicht habe ich einen Plan, mit dem wir ein wenig Zeit gewinnen.« Myrmior lächelte triumphierend. »Einen äußerst durchtriebenen Plan.«

39

Der kalte Wind, der von den scharfen, kahlen Berggipfeln herab über die unwirtliche Landschaft wehte, brannte Quentin im Gesicht, und sein Tosen betäubte ihn. Der junge Ritter hatte sich den Mantel über die Ohren gezogen und wünschte sich, er hätte wärmere Kleidung mitgebracht. Es waren zwar erst vier Tage vergangen, seitdem sie die höher gelegenen Gefilde der Fiskills erklommen hatten, aber ihm kam es vor, als hätte er seit Ewigkeiten nicht mehr die warme Sonne gespürt und die sommerlich grünen Hügel gesehen. Wohin sein Blick auch fiel, er traf immer aufs gleiche Bild: zerklüftete, grauweiße Gipfel, die steil in den blaßblauen Himmel ragten.

Ein Tag glich dem anderen: alle waren sie kalt und windig ohne Unterlaß. Des Nachts schlugen die Freunde ihr Lager unterm klaren Sternenhimmel auf, in Felsspalten und auf Felsplatten, aber der Stein war kalt und hart. Morgens wachten sie im harten weißen Sonnenlicht auf, das keine Wärme verbreitete, es sei denn, sie fanden zufällig eine windgeschützte Stelle: Dort konnten sie Rast einlegen und einen Bissen essen, ehe es weiterging. In diesem Moment empfand Quentin ein wenig Wärme.

Doch solche Augenblicke waren selten und kurz; denn Derwin, der immer stiller und griesgrämiger wurde, trieb sie gnadenlos über die holprigen Pfade. Der kleine Trupp, der anfangs so voll guten Willens und glänzender Laune gewesen war, schleppte sich nun mühsam dahin; jeder der vier war in sich versunken und mit seinen Gedanken beschäftigt, die Gesichter grau und freudlos wie die kahlen Felsen um sie herum.

Quentin dachte an Teido und Ronsard sowie die Kämpfe, die sie, so vermutete er, in weiter Ferne ausstanden. Oft wünschte er sich, er hätte ihnen zur Seite stehen können, anstatt durch eine

Welt trostloser Felsen, weißen Lichts und eines strengen blauen Himmels umherzuirren. Ab und zu zogen auch dünne graue Wolken vorüber, die sich an den Gipfeln brachen und einen feuchten, kalten Nieselregen verströmten, so daß jeder Funken Hoffnung auf das Ende ihrer anscheinend endlosen Wanderung erlosch.

Nachts lag er wach und beobachtete den Schreckensstern, der seine fürchterlichen Strahlen durch die dünne Höhenluft sandte. Er füllte seinen Himmelsquadranten jetzt mit Licht aus und war das hellste Gestirn am Nachthimmel, ausgenommen der Mond. Quentin glaubte allmählich sogar, der Stern würde immer weiter wachsen, um Himmel und Erde zu verschlingen, er würde am Ende die Welt berühren und in Brand setzen, um das neue Zeitalter vorzubereiten. Solche und ähnliche Gedanken erfüllten Quentin mit Hoffnungslosigkeit, wie er sie nie zuvor gekannt hatte. Und während ihre Suche zwischen den hohen Bergen Tag um Tag weiterging, kam er zu dem Schluß, das Verhängnis sei unabwendbar und lasse sich durch nichts mehr aufhalten.

Eines Morgens wurde Quentin von Toli aus seinen düsteren Träumen geweckt. Der Dscher war vorausgeritten, um den Weg zu erkunden, der so schmal zu werden drohte, daß mit den Pferden kein Weiterkommen mehr war.

Quentin hörte einen Ruf, blickte auf und sah Toli, vor Aufregung und Anstrengung rot im Gesicht, den felsübersäten Pfad herabrennen.

»Wie schön!« rief Toli, sobald er in Hörweite war. »Kommt und seht! Ein Tal...« Er rang nach Luft. »Es ist herrlich! Kommt!«

Sofort hellte Derwins Gesicht sich auf. »So ist es! Ich glaube, wir sind endlich am Ziel!« Und schon mühte der Einsiedler sich den Weg hinan, Toli hinterher, der so behende wie eine Bergziege über die flachen Felsplatten sprang und dabei begeistert winkte und deutete.

Quentin drehte sich zu Inschkad um. »Nun, ein schöner Ausblick wäre meinen brennenden Augen wohl willkommen«, sagte der bucklige Waffenschmied. »Selbst wenn wir noch nicht am Ziel unserer Reise wären.«

»Dann wollen wir uns die Sache ansehen«, erwiderte Quentin spöttisch. »Ich möchte doch wissen, was dem stets so stillen Toli solche Begeisterungsrufe entlockt.«

Ohne auf Quentins Bemerkung zu achten, wandte Inschkad sich dem Pfad zu und humpelte über die Felsen, während Toli bereits über den Bergkamm verschwand. Quentin staunte über die Kraft und Behendigkeit des mißgebildeten Waffenschmieds. Denn trotz seiner Behinderung gelang es Inschkad auf geheimnisvolle Weise, den anstrengenden Weg zu meistern.

Mißmutig ging Quentin ihm nach und erklomm den steilen Pfad, eine schmale Felsrinne, die das Schmelzwasser im Frühjahr ausgewaschen hatte. Als er sich dem Grat näherte, waren die andern drei verschwunden. Und erst als er auf der anderen Seite wieder ein paar Schritte abwärts getan hatte, dachte er daran, die Augen zu heben.

Der Anblick brachte ihn so aus der Fassung, daß er sich setzen mußte: Unter einem endlos scheinenden, silberfarbenen Dunstschleier lag eine weite, von schneeweißen Gipfeln umschlossene Talsenke. Diese selbst stieg sanft an und glitzerte in samtweichem Grün, einem Smaragd gleich, aus dem der Sonnenschein Funken schlägt. In der Mitte des herrlichen Tales verlief in anmutigen Bögen ein Fluß, der schimmerte wie geschmolzenes Silber und am Ende in einen herzförmigen See mündete. Der See war tiefblau und kristallklar; in ihm spiegelten sich die schneebekrönten Gipfel und das unermeßliche blaue Firmament.

All dies nahm Quentin erst allmählich wahr. Beim ersten Blick hielt ihn der ehrfurchtgebietende Glanz der hohen, prächtig schäumenden Wasserfälle gefangen, die den Fluß speisten. »Das sind die Fälle des Sconedels«, erklärte Derwin ihm später, »des Himmelsherren Spiegel. Dieser Spiegel ist natürlich der See und Himmelsherr, so nennen die Ariga manchmal –«

»Wist Orren, ich weiß«, unterbrach Quentin ihn mit von Staunen erfüllter Stimme. »Vom Sconedel habe ich schon gehört. Aber nie hätte ich gedacht ...«

»Ja«, warf Toli ganz leise ein, als fürchtete er den Zauber zu brechen, »es ist kaum zu glauben, daß es in der Menschenwelt noch solche Schönheit gibt.«

»Und noch unglaublicher scheint es, daß jenseits dieser einsamen Berge Menschen kämpfen und sterben«, sagte Inschkad streng. Ihn schien die herrliche Aussicht am wenigsten zu beeindrucken.

Doch dieses Gespräch fand erst später statt. Im ersten Moment war Quentin völlig überwältigt: Das war das hinreißendste Naturschauspiel, das er je gesehen hatte. Die Wasserfälle ergossen sich in drei großen Stufen aus einer in den Bergen versteckten Quelle. Sie waren die Ursache des silbrigen Dunstes, der wie feine Spinnweben über allem schwebte und die Luft zum Funkeln brachte, als wären Tausende von Regenbogen zum Greifen nah.

Ja, Quentin konnte sich gut vorstellen, daß die Ariga einst hier gesessen und den Anblick genossen hatten. In diesem Moment hatte er das Gefühl, als sei die ungeheure Barriere aufgehoben, die ihn von den glücklichen Zeiten trennte, in denen die Ariga auf Erden gewandelt waren. Auf unerklärliche Weise war die Sehnsucht, die er in seiner Brust nach jenem Zeitalter empfand, mit einemmal gestillt. Hier hatte etwas von damals unverändert überdauert.

Und dann rannte Quentin vor Freude jubelnd und lachend den jähen Hang zum See hinab.

Tränenreich entließ Alinea ihren Gatten Eskewar zum Heer seiner Fürsten. Sosehr sie sich auch wünschte, ihm tapfer Lebwohl zu sagen, sie brachte es nicht fertig. Seit sie Königin war, hatte sie ihn kein einziges Mal unter Tränen verabschiedet. Gleich, wie sehr sie später vor Angst und Einsamkeit geweint hatte, seine letzte Erinnerung an sie sollte nicht von Kummer getrübt sein.

Diesmal vermochte sie ihre Gefühle nicht zu beherrschen. Ihr Herz floß über vor Tränen, die im frühen Morgenlicht auf ihren blassen Wangen glitzerten.

Eskewar, der es gewohnt war, daß seine Gemahlin stets kühn ihr Haupt hob, wirkte von ihrem plötzlichen Gesinnungswandel verstört.

»Herrin, verzweifle nicht. Ich kehre so bald ich kann zurück. Dergleichen haben wir schon häufiger durchgestanden.«

»Dessen bin ich mir nicht sicher, Herr.« Sie tupfte sich die Augenwinkel mit einem Stück Spitze. Der König nahm ihr Taschentuch und schob es sich unter den Brustharnisch.

»Dies will ich über meinem Herzen bewahren, damit ich nicht der Tränen vergesse, die du in meiner Abwesenheit vergießt. Es soll mich daran gemahnen, zurück an deine Seite zu eilen und so bald wie möglich deine Tränen zu trocknen.« Mit der stahlbewehrten Hand strich er ihr übers kastanienbraune Haar; dann blickte er ihr tief in die smaragdgrünen Augen. »Es ist das letzte Mal, Alinea. Ich gelobe feierlich, dich nie wieder allein zu lassen.«

Als sie ihn ansah, wie er im kleinen Hof des inneren Mauerrings an der Seitenpforte stand, hatte sie durch den Schleier ihrer Tränen hindurch den Eindruck, als wären sie um Jahre zurückversetzt und als blickte der junge Drachenkönig auf sie hinab, Feuer in den Augen, begierig darauf, sein Reich zu verteidigen.

»Geh nun, Herr. Doch sage nicht, daß es zum letzten Male sei. Denn ich weiß ja, daß du stets dort sein mußt, wo deinem Reiche Schaden droht. Geh jetzt und kümmere dich nicht weiter um mich. Versprich mir nur, daß du eiligst zurückkehren wirst, sobald wieder Friede im Lande herrscht.«

Nach diesen Worten schlang sie ihm die Arme um den Hals und küßte ihn. Steif hielt er ihren weichen Körper an seine stählerne Rüstung gedrückt. »Lebe wohl, meine Gebieterin.«

Sie drehte sich um und verschwand schnell durch die schmale Tür in der Mauer. Eskewar sah ihr nach und wandte sich dann zu dem Wächter um, der mit abgekehrtem Blick die Zügel seines Streitrosses hielt. Schließlich erklomm er die drei Steinstufen und schwang sich in den Sattel. Der Wächter lief zu dem mit Eisen verstärkten Tor und stieß es auf. Draußen warteten der Waffenschmied und des Königs Knappen.

Ohne ein Wort führte Eskewar sie durchs Torhaus, über die Zugbrücke und die lange, ummauerte Zugangsstraße hinab. Sie überquerten den trockenen Burggraben und ritten auf die Ebene hinaus, um die Fürsten von Mensandor mitsamt ihren Heeren zu treffen. Diese harrten ihrer unter flatternden Wimpeln, gekleidet in gleißenden Stahl.

»Da kommt der Drachenkönig!« rief Herr Rurd, der blinzelnd den Blick über die Ebene schweifen ließ. »Stoßt ins Horn!«

Ein Herold hob sein Kampfhorn an die Lippen und blies einen langen, klaren Ton. Sofort brach ein Schrei sich Bahn: »Der Drachenkönig! Da kommt er! Der Drachenkönig reitet mit uns!« Die versammelten Ritter schlugen mit den Schwertern auf ihre Schilde – ein lärmender Gruß, verstärkt durch ihre Jubelrufe.

»Gut, daß er kommt«, sagte Herr Benjot zu Herrn Rurd, »das Gerücht, er liege im Sterben, hätte den Männern fast den Kampfesmut geraubt.«

»Und mir auch«, stellte Herr Finscher fest, der herangeritten kam. »Jetzt aber werden sie sehen, daß er sich nicht in seinem Bergfried verbirgt und auch nicht siech darniederliegt. Bei den Göttern, wie schön, ihn wieder hoch zu Roß zu sehen!«

Die drei Edelleute beobachteten, wie der König über die Ebene herbeigaloppiert kam. Die Knappen hinter ihm trugen das wehende Banner mit des Königs unverkennbarem Wappen: dem furchterregenden roten Drachen. Auf der Spitze seines Helmes trug er eine goldene Krone, die in der Sonne wie ein Strahlenkranz flirrte.

Unter dem Jubel sämtlicher Ritter und Fußsoldaten trabte Eskewar bis in die Mitte seines Heeres. Der Lärm zu seinem Empfang war so laut, daß er einige Zeit brauchte, bis er sich Gehör verschafft hatte. Aber schließlich verstummten die über zweitausend Krieger und harrten seiner Ansprache.

»Treue Untertanen, Männer Mensandors!« Wieder brach Jubel aus. »Heute marschieren wir gegen einen mächtigen, todbringenden Feind. Die Botschaften derer, die bereits gegen ihn im Felde stehen, künden davon, daß er schon bis zum Rande des Pelgrin-Waldes vorgestoßen sei: Er steht keine zehn Meilen entfernt von hier.« Erschrockenes, ungläubiges Gemurmel ging durch die Reihen. »Auf seinem Zug hat der Gegner unsere Städte und Dörfer verheert und viele unschuldige Menschen erschlagen.« Wut- und Rachegebrüll.

Eskewar betrachtete die ihm zugewandten Gesichter seiner Krieger, von denen viele das Knie gebeugt hatten und mit der Rechten den Knauf ihres Schwertes umfaßten. Er zog sein Schwert und reckte es empor.

»Für Mensandor!« rief er kühn.

»Für Mensandor!« tönte es laut zurück.

»Für Ehre und Ruhm!« schrie der Drachenkönig.

»Für König und Königreich!« antworteten ihm die Krieger.

Sein Schwert gen Osten richtend, spornte Eskewar sein Roß an. Das vor Schwertern und Lanzen starrende Heer öffnete ihm eine Gasse aus Schilden und bunten Wimpeln, durch die der Drachenkönig unter wildem Hurrageschrei ritt. Hinter ihm schlossen sich die Reihen wieder. Reiter und Fußvolk nahmen ihre Waffen auf und folgten dem König in die Schlacht.

40

»Der Weg hierher hat jede Mühe gelohnt«, stellte Quentin fröhlich fest. Er saß am grasigen Ufer und ließ die bloßen Füße ins klare, kalte Wasser des Sconedels baumeln. »Der Siegespreis ist unbeschreiblich.« Er spürte, wie die Müdigkeit der anstrengenden Reise, der schier endlosen Tage im Sattel und dann zu Fuß von ihm abfiel und mit dem balsamischen Wasser davonschwamm. Er fühlte sich wie neugeboren.

»So ist es! Aber die Bergwerke haben wir noch nicht gefunden. Allerdings können wir hier endlich richtig zu suchen anfangen.« Der Einsiedler beugte sich schon wieder über seine Landkarten und Aufzeichnungen, um nach einem Hinweis auf die alten Stollen zu suchen.

Vor guter Laune strahlend, von der Schönheit der Landschaft wie berauscht, stolzierte Toli herbei. »Ich habe die Pferde zum Grasen freigelassen. Schaut nur, wie sie tollen!«

Wahrhaftig, in der wohltuenden Luft des Tales tummelten die Pferde sich wie Füllen. Sie sprangen über das weiche, dichte Gras, das so grün war wie die ersten Sprossen im Frühling.

»Wir werden eine Zeitlang brauchen, sie wieder einzufangen«, murmelte Inschkad vor sich hin. Quentin und Toli blickten einander an. Seit sie das zauberhafte Tal entdeckt hatten, murrte er düster in seinen Bart. Während ihre Laune gestiegen war, schien seine immer schlechter geworden zu sein. Inzwischen war er vollends verdrossen.

»Keine Sorge, Meister Inschkad. Sie folgen Tolis Pfiff ohne Fehl. Er besitzt Macht über sie, das wirst du sehen.« Darauf erwiderte Inschkad nichts, sondern wandte sein Gesicht ab.

»Also«, rief Derwin, »hört mir zu! Ich lese euch noch einmal das Rätsel vor. Denkt scharf nach:

Über Stock und über Stein suche deinen Weg.
Fasse Mut und halte Wacht,
Wo Berge ruhn, tief in der Nacht,
Deutlich erkennst du dann den Steg.
Hörst's aus Wolken lachen du
Und siehst aus Glas 'ne Wand,
Achte nicht auf Haar noch Hand,
Dann ziehst du heil durchs Land.
Durch den Vorhang nur dich trau,
Entzwei darauf den Donner hau,
Auf schmalem Pfad sei wach;
Das Licht halt in Schach,
Den Tag mach zur Nacht,
So gewinnst du mit aller Macht.«

Derwin sah alle der Reihe nach an; sie blinzelten ratlos zurück. »Nun denn«, sagte er, ungeduldig seufzend. »Das habe ich mir gedacht. Jetzt ist es doch nicht so einfach, wie? Nun, da es an der Zeit ist, das Rätsel zu lösen.«

»Über der Zeit, wenn ihr mich fragt!« fuhr Inschkad scharf dazwischen. »Es ist Wahnsinn, durch diese unwirtlichen Berge zu schweifen, um einem Traum nachzulaufen. Seht doch, wie wir dastehen. Da sitzen wir hier oben und plappern Rätsel und Unsinn nach wie die kleinen Kinder. Da unten«, rief er und holte voll Wut und Verzweiflung weit aus, »da unten sterben Menschen. Das Blut tüchtiger Männer sickert heiß in die Erde, während wir zwischen den Wolken müßig gehen.«

Als Quentin das hörte, zog er die Stirn kraus und kniff die Augen zusammen, denn daß der Waffenschmied ihre Suche in Frage stellte, erschreckte ihn sehr.

Schließlich meldete Derwin sich zu Wort und brach das Schweigen, das sich nach Inschkads Wutausbruch der Gruppe bemächtigt hatte. »Würden wir diesen Menschen mehr helfen, wenn wir zum Schwert griffen und uns in die Schlacht stürzten?«

»Nützt uns dies hier etwa? Dieses Rätselraten, dieses halsbrecherische Klettern über verfluchte Felsen? Wozu?«

»Ich dachte, du seist dabei, Inschkad«, warf Quentin ein. »Ich dachte, du glaubtest ebenso wie wir an die Wichtigkeit unseres Unterfangens. Jedenfalls war es am Anfang so. Ich weiß, daß es so war!«

»Vielleicht war es einst so. Aber inzwischen habe ich nachgedacht. Hierherzukommen war ein Fehler. Ich gehöre nicht hierher. Ich sollte an meiner Esse und meinem Amboß stehen. Bei den Göttern, es herrscht Krieg!«

Da sagte Derwin etwas Überraschendes, so, als würde er mit einem kleinen Jungen sprechen. »Inschkad, hab keine Angst. Anderen ist vorbestimmt zu kämpfen und – ja! – auch zu sterben. Uns ist bestimmt, das Schwert zu finden und es dem König zu bringen. Und wenn nur die geringste Aussicht besteht, daß es sich bei diesem Schwert um Zallkyr handelt, könnten wir für unsere Mühen gar keine bessere Verwendung finden, und läge die ganze Welt in Blut.«

Hab keine Angst.

Diese Worte trafen Quentin tief. Ja, das war es. Inschkad hatte Angst vor dem Scheitern, Angst davor, die vergessenen Minen niemals zu finden. Vielleicht hatte er noch größere Angst vor dem Erfolg, davor, das sagenhafte Schwert zu schmieden, davor, daß die Weissagung sich erfüllte. Lieber machte er nicht die Probe aufs Exempel. Aber ähnlich erging es Quentin ja auch.

Anfangs von der Aussicht auf Heldentaten und Ruhm hingerissen, hatte er das Unterfangen mit immer größerem Widerwillen betrachtet und das Verdienst für sich als immer geringer. Davon zu träumen, daß man der lang ersehnte Priesterkönig war, stand auf einem Blatt. Etwas ganz anderes war es, sich auf die Suche nach den Mitteln zu machen, mit denen man diesen Traum in die Tat umsetzen konnte. Beim Heulen des Windes auf dem steilen Pfad und in den schlaflosen Nächten auf den kargen, bloßen Felsen unter fernen, feindlich gesonnenen Sternen war die Aura des Geheimnisvollen und Wunderbaren verflogen. Und bei jedem Schritt, mit dem er dem Geheimnis näher gekommen war, hatte seine Furcht zugenommen.

Hab keine Angst.

Diese Worte hatten zwar Inschkad gegolten, lösten in Quentin jedoch einen Wirbel ganz eigenartiger Gefühle aus. So wollte er Derwin ins Gesicht schreien: Warum sollte ich keine Angst haben? Ich habe allen Grund dazu. Ich habe nie darum gebeten, der neue König zu werden, auf dessen Schultern die Welt ruhen soll. Das habe ich nie gewollt.

Aber Quentin sagte nichts. Er wandte sein Gesicht ab und sah auf das funkelnde Wasser von des Himmelsherren Spiegel.

In jener Nacht schlugen sie am Ufer des Sees ihr Lager auf, während die schneebekrönten Gipfel im Osten rosig zu schimmern begannen und die Schatten tiefblau wurden. Der Wolfsstern glühte feurig am Himmel und spiegelte sich in den kristallenen Tiefen des Sconedels.

Quentin setzte sich ein Stück abseits und brütete still vor sich hin. Erst als er Derwins sanfte Schritte hörte, regte er sich. »So ist es!« rief der Einsiedler, und seine Stimme schien vom See widerzuhallen. »Du bist endlich angekommen.«

Fragend blickte Quentin ihn an. Derwin raffte sein Gewand zusammen und ging neben ihm in die Hocke. »Du bist zu jenem schmalen, dunklen Pfad gelangt, über den jeder Diener des Allmächtigen gehen muß.«

Quentin ließ einen Kiesel übers Wasser hüpfen. »Ich weiß nicht, wo ich angelangt bin.«

»Und ob du das weißt! Und darum bist du bekümmert. Dieser Gedanke nagt an dir, seit wir aus Askalon aufbrachen. Er beunruhigte dich an jenem Abend bei Inschkad. Das sah ich mit aller Deutlichkeit. Ich sprach dich sogar darauf an, doch du bist meiner Frage ausgewichen.«

»Kann es nicht sein, daß wir uns bezüglich der Weissagung alle täuschen? Wenn du mich fragst, so bin ich nicht der Auserwählte. Wenn ich es wäre, würde ich es dann nicht spüren?«

»Ja, vielleicht täuschen wir uns. Möglicherweise haben wir die Zeichen mißdeutet. Aber ob du der Auserwählte bist oder nicht, spielt keine große Rolle.«

Quentin riß den Kopf scharf herum. Das hatte er von Derwin nicht erwartet. »Nein«, fuhr dieser fort. »Entscheidend ist nur, ob du dem Allmächtigen zu folgen bereit bist, sogar trotz deiner Zweifel.«

»Ich ... ich weiß nicht, was du meinst.«

»Natürlich weißt du, was ich meine. Dein ganzes Leben lang hast du den Göttern auf diese oder jene Weise gedient. Du lerntest rasch, von den alten Göttern nur zu fordern, was sie zu gewähren vermochten: ein oder zwei unbedeutende Zeichen, eine nicht genau bezeichnete Gunst. Dann bist du Wist Orren begegnet, dem Allmächtigen, dem einen wahren Gott. Du hast ihm viele Jahre lang treu gedient und viel über ihn erfahren. Doch jetzt mußt du ihm zum ersten Mal wirklich vertrauen, dich ganz seinem Willen überliefern, und davor hast du Angst.«

Quentin wollte widersprechen, da hob Derwin die Hand. »Ja, Angst. Jetzt mußt du deinen Glauben auf die Probe stellen. Und was für eine Probe! Hier geht es um vergessene Bergwerke, Flammenschwerter und Weissagungen.«

»Warum sollte ich mich davor fürchten?«

»Der Grund dafür läßt sich leicht erraten. Es geht jedem Menschen so. Du fürchtest dich, deinen Glauben auf die Probe zu stellen, weil dies heißt, den Allmächtigen auf die Probe zu stellen. Tief im Herzen hast du Angst, daß er versagt. Und wenn er versagt, fällst du in vollkommene Einsamkeit. Dann kannst du an nichts mehr glauben.«

Quentin schüttelte den Kopf. »Nein, Derwin, davor fürchte ich mich nicht.«

»Wovor dann?«

Quentin holte tief Luft, blickte den Einsiedler kurz an und sofort wieder weg. »Ich habe Angst, Priesterkönig zu werden. Warum, das vermag ich nicht zu sagen, aber die bloße Erwähnung von Bergwerken und Schwertern erfüllt mich mit Schrekken. Sieh dir meinen Arm an! Wie soll ich das strahlende Schwert führen, wenn mein Arm so tot ist wie Feuerholz?«

»Das läuft am Ende aufs selbe hinaus, oder? Du fürchtest dich, anzunehmen, wofür der Allmächtige dich bestimmt hat.«

»Wieso ist es dasselbe?«

»Ja, ganz gewiß ist es das. Die Krone des Priesterkönigs

anzunehmen würde bedeuten, dein Vertrauen ganz auf den Allmächtigen zu setzen. Damit mußt du ihm zugestehen, daß er weiß, was für dich das beste ist, daß er dich besser kennt als du dich selbst. Es heißt, ihm zu vertrauen, auch wenn der Weg nicht klar vorgezeichnet ist, insbesondere, wenn er nicht klar vorgezeichnet ist. – Wenn du so großes Vertrauen aufbringst, so heißt dies, daß du das Vermögen des Gottes, dich zu halten und zu stützen, auf die Probe stellst. Du stellst wie wir alle nicht gern solche Ansprüche an die Götter. Wenn unser Vertrauen gering ist, ist auch unsere Enttäuschung gering, nicht wahr?«

»Wenn ich nicht glaube, aber dennoch gehorche, spotte ich dann nicht des Allmächtigen und handle seinem Willen zuwider?«

»Im Gegenteil, mein Freund. Wenn man ihm folgt, ohne das Ergebnis zu kennen – ohne zu glauben, wie du es nennst, dann bringt man das höchste Maß an Vertrauen auf.«

»Das ist doch blindes Vertrauen«, wandte Quentin ein. Des Einsiedlers Worte überzeugten ihn zwar, aber er hatte immer noch das Gefühl, sich dagegen wehren zu müssen.

»Nein, blindes Vertrauen ist das nicht. Ganz und gar nicht. Diejenigen, die den machtlosen Göttern des Himmels und der Erde vertrauen, die zeigen blindes Vertrauen. – Quentin, sieh mich an«, forderte der Einsiedler freundlich. »Du kannst dem Allmächtigen nicht dienen, wenn du ihm nicht vollkommen vertraust, denn die Zeit, in der er dich prüft, kommt unweigerlich. Er will von dir alles oder gar nichts. Dazwischen gibt es nichts. Das fordert er von seinen Anhängern.«

Beide waren eine Weile still. Über die weite Talsenke hatte sich die Dämmerung gesenkt. Auf den Gipfeln im Westen lag noch ein Rest rötlichen Sonnenscheins, aber auch dieser wurde geschwind schwächer.

»Sieh die Sache einmal so«, sagte Derwin. »Warum solltest du Angst haben, den Allmächtigen auf die Probe zu stellen? Er fordert dich dazu auf! Du betrachtest deinen verletzten Arm als Beweis, nicht auserwählt zu sein. Doch kann derjenige, der die Knochen erschafft, sie nicht auch heilen? Was sollte ihn hindern, einen verwaisten Priesterzögling mit der Krone des Reiches zu schmücken, wenn es ihm beliebt?«

Über diese Bezeichnung mußte Quentin lächeln. »Willst du damit sagen, ich solle bei diesem merkwürdigen Unterfangen mitwirken, gleich, was ich empfinde?«

»Genau. Versuche deine Zweifel und Ängste nicht zu verbergen oder zu verstellen. Zeige sie ihm, auf daß er sie beseitige. Sie gehören schließlich zu dir.«

Darüber dachte Quentin lange nach. Dann sagte er: »Was meintest du, als du zu Inschkad sagtest, er solle keine Angst haben?«

Derwin lächelte. »In etwa dasselbe, was ich dir eben sagte. Wir brauchen uns um den Allmächtigen keine Sorgen zu machen. Er kann für sich selbst sorgen. Wir müssen nur darauf achten, daß wir selbst auf seinen Ruf hören. Ich weiß, das ist viel verlangt. Ich habe viele Jahre gebraucht, um dies alles zu begreifen, und von dir verlange ich, daß du es in einem Augenblick erfaßt. – Inschkad kennt den Allmächtigen zwar nicht, aber er ist nicht dumm. Er fürchtet sich noch immer davor, zu glauben, daß es ein so gütiges und mächtiges Wesen geben kann. Und an diesem Punkt geben, wie ich bereits sagte, die meisten Menschen auf.

Aber wenn du deine Ängste und Zweifel überwindest und ihm dennoch folgst, ja, dann können sich seltsam wundersame Dinge ereignen. Jawohl: Waisen können zu Königen werden, Schwerter können Flammen sprühen, und mächtige Feinde können mit einem Streich besiegt werden.«

Quentin hörte nicht, daß Derwin sich entfernte, so sehr war er in Gedanken versunken. Erst als er zum nächtlichen Firmament emporblickte, das jetzt vor Sternen funkelte, wußte er, daß er allein war. Die Gedanken wirbelten ihm wild durch den Kopf. Derwins Worte hatten seine Verwirrung nur noch gesteigert.

Quentin legte sich hin und hüllte sich in seinen Umhang, um den glitzernden Himmel zu betrachten und dabei die Aussagen des Einsiedlers zu erwägen. Lange grübelte er nach und versank dann allmählich in unruhigen Schlaf. Am Ufer des spiegelglatten Sconedels liegend, hatte er einen seltsam wundersamen Traum.

41

Der schlammige kleine Nebenarm des Arwins, auf den Myrmior hingewiesen hatte, lag auf dem Weg der heranrückenden Ningaal. Wie Teido gesagt hatte, war es kein besonders breiter Fluß, aber er war tief und verlief, von Wurzeln überwuchert, durch einen besonders dichten Teil des Pelgrin-Waldes. Er fand nur selten Erwähnung und hieß bei den Einheimischen Dinsterach, weil es in seiner Umgebung so dunkel und trübe war. Sein graues, morastiges Wasser nahm einen gewundenen Verlauf durch giftige Sümpfe und stehende Tümpel voll zahlreichem Ungeziefer, ehe er schließlich viele Meilen weiter nördlich in den breiten Arwin mündete.

So ungesund es in seiner Umgebung war, schlug Myrmior vor, das Heer des Drachenkönigs solle sich dort zum letzten Gefecht aufstellen, um den unermüdlichen Marsch der Eindringlinge gen Askalon aufzuhalten.

Der Plan war einfach: Die vereinigten Ningaal sollten in kleinere Trupps aufgespalten werden, die zu bekämpfen leichter war. Wie jede Kriegstaktik barg auch diejenige Myrmiors ihre Gefahren, doch die müden Verteidiger verschlossen die Augen davor. Da dies vermutlich ihre letzte Aussicht war, die Ningaal aufzuhalten, ehe sie die Ebene von Askalon erreichten, war kein Risiko zu groß.

Auf einer meilenlangen Strecke von Nord nach Süd gab es nur eine Stelle, an dem ein Heer die Dinsterach überqueren konnte: eine Mulde am Fuß eines sanften Hanges, wo der Fluß sich verbreiterte und eine natürliche Furt bildete.

»Das sieht ja noch besser aus, als ich hoffte«, stellte Myrmior fest, als er die Stelle besichtigte. »Wie für uns geschaffen.«

»Nun ja«, meinte Teido, sich im dämmrigen Wald umblikkend, »hier würde ich mich nicht freiwillig der Schlacht stellen.

Hoffen wir, daß die Ningaal genauso denken und hier nicht mit einem Hinterhalt rechnen.«

»Ja, sie sind sehr vorsichtig geworden. Ihre Kundschafter eilen jetzt weit voraus und sind nicht mehr so leicht in die Irre zu führen«, warf Ronsard ein. »Und Teido hat recht. Das ist kein Ort für ein Schlachtfeld. Seht euch um. Schlamm, Bäume, Ranken. Da kann man kaum sein Schwert ziehen.«

»Ihr tapferen Ritter, das ist genau der Grund, aus dem der Ort sich bestens für unseren Zweck eignet. Ob sie Verdacht schöpfen oder nicht, sie müssen hier übersetzen. Und das sollten wir ihnen so schwer wie möglich machen. Doch jetzt heißt es eilen. Vor Tagesanbruch ist viel zu tun. Wir werden die ganze Nacht über rastlos tätig sein müssen.«

»Nun gut«, sagte Teido entschlossen. »Wir haben unsere Meinung kundgetan und kennen keinen besseren Plan. Wir unterwerfen uns deinem Befehl. Was sollen wir tun?«

Myrmior blickte sich im diesigen Dämmerschein um. Aus den Morastlöchern stieg übelriechender Dunst auf und trieb an beiden Ufern der Dinsterach durch die grauen Baumgruppen.

»Dort!« Er deutete auf die Senke, die der Feind bis zum Fluß durchqueren mußte. »Wir werden einen Kanal bis zur Senke graben. Den lassen wir in der Nacht voll- und am Morgen wieder leerlaufen. Das müßte schweren Morast ergeben. Und dann sollen ein paar Männer Wasser aufs gegenüberliegende Ufer schütten, damit auch dieses möglichst rutschig wird.«

Also fingen sie an. Sie hatten zwar kein rechtes Werkzeug zum Graben und Wasserschöpfen, daher benutzten sie alles, was sich nur irgendwie verwenden ließ. Ritter, die auf dem Rücken eines Pferdes mehr zu Hause waren als auf festem Boden, wateten unermüdlich durch Matsch und Brackwasser, gruben mit ihren edlen Schwertern oder bloßen Händen, hoben einen Kanal aus, damit das Wasser in die Senke fließen konnte. Sie arbeiteten beim Schein von Fackeln und lauschten den einsamen Schreien von Eulen und anderen Tieren des Waldes, die durch das ungewohnte Treiben aufgescheucht wurden.

Weitere Krieger des Drachenkönigs kletterten auf die hohen

Bäume zu beiden Ufern des Flusses und fingen an, Hochstände aus Zweigen und Ästen zu bauen, von denen aus die Bogenschützen einen Pfeilhagel auf die Feinde niedergehen lassen konnten. Sie verknüpften Seile mit Ranken und legten sie von Baum zu Baum. Und dann fällten sie drei der höchsten Bäume am diesseitigen Ufer, aber nur so weit, daß sie nicht ganz umfielen, sondern nur kippten und ihre Baumkronen mit Stricken an anderen Bäumen vertäut werden konnten. Dann füllte und verdeckte man die Axtkerben mit Laub und Schlamm.

Die Vorbereitungen dauerten die ganze Nacht, und als der Tag zu grauen begann, stellten Teido, Ronsard und Myrmior sich ans gegenüberliegende Ufer, um ihr Werk zu betrachten.

»Jetzt brauchen wir das Wasser in der Senke nur wieder abzulassen. Ach ja, wir benötigen auch heiße Kohlen, die wir an die Pfeile binden«, sagte Myrmior, erfreut über das, was er sah. »Dann warten wir. Ehe die Ningaal hier eintreffen, dürften ein paar Stunden vergehen. In denen sollten wir den Männern etwas Ruhe gönnen«, meinte Ronsard.

»Ganz meiner Meinung. Wir haben heute nacht viel geleistet. Beten wir, daß unsere Mühe ihren Zweck erfüllt«, schloß Teido, dessen Stimme vom vielen Rufen und Befehlen ganz heiser war. »Wir wollen tun, was noch zu tun ist, und unsere Leute dann an den vereinbarten Stellen postieren.«

Damit wandten sich die Herren den übrigen Aufgaben zu. Als das Morgenlicht schließlich hell durch die Baumkronen fiel, war alles still. Die Vorbereitungen waren getroffen, und dennoch wies nichts auf sie hin. Alles wirkte wie unberührt. Zwischen den Farnen, auf den Bäumen und hinter den grasbewachsenen Uferböschungen wartete ein unsichtbares Heer.

Als erste kamen die Späher der Ningaal in die Senke. Sie durchquerten die Furt und bemerkten nichts von den Kriegern, die an beiden Ufern auf der Lauer lagen. Ihnen folgten Reihe um Reihe die Reiter, und ganz wie Myrmior gehofft hatte, verwandelten die Pferde die Senke in ein Morastloch; aus dem gegenüberliegenden Ufer, das von Ronsards Leuten bereits präpariert worden war, machten sie eine Rutschbahn. Aber auch sie merkten nichts.

Nun stieg die Spannung ins Unerträgliche. Teido begriff nicht, warum der Gegner nichts davon spürte. Sein Magen verkrampfte sich, seine Nerven waren straff wie Bogensehnen. Von seinem Platz zwischen den Farnen aus konnte er seine Krieger zwar nicht sehen, aber er wußte, daß es ihnen ähnlich ging. Er zwang sich zur Ruhe und wartete.

Die Sonne strebte dem Zenit zu, als die ersten Fußsoldaten sich auf den Weg durch die Furt begaben. Hunderte von Männern wateten in Reih und Glied bis zur Hüfte durchs Wasser und mühten sich das glitschige Ufer hinan. Teido sah sie, wie sie sich in die Senke ergossen, und stellte zufrieden fest, daß sie jetzt langsamer vorankamen, weil der Sumpf sie immer fester hielt.

Er hörte ein Geräusch und gleich darauf einen Ruf. Plötzlich tauchte am Ende der Furt ein Reiter auf. Es war einer der Feldherrn auf seinem schwarzen Hengst. Teido sah, daß es ihm gar nicht paßte, wie lange die Soldaten brauchten, um über den Fluß zu gelangen. Ohne die rauhe Sprache zu verstehen, begriff Teido, daß er seine Leute zur Eile antrieb. Er hätte in dieser Lage genau dasselbe getan.

Der Feldherr saß aufrecht im Sattel und blickte in beiden Richtungen die Dinsterach entlang. Teido hielt den Atem an: Hatte er etwas bemerkt? War ihre Falle entdeckt?

Doch der finstere Krieger wendete sein Pferd und rief den Dutzenden von Fußsoldaten, die durch den Morast wateten, noch einen Befehl zu. Dann ritt er durch den Fluß und verschwand auf der anderen Seite.

Nins Soldaten kamen jetzt in Scharen herüber, hundert auf einmal. Sie stolperten durch den Matsch zur Furt, stürzten sich ins Wasser und warfen sich am anderen Ufer wie zappelnde Fische aufs Trockene.

Da tauchte, umgeben von zwanzig Berittenen, ein zweiter Feldherr auf. Wie sein Vorgänger sah er dem Fußvolk erst zu und überquerte dann selbst die Furt.

Bald hallte der Wald von etwas Schwerem wider, das durchs

Unterholz krachte. Die Wagen!, dachte Teido. Macht euch bereit.

Auf die Wagen hatten sie gewartet. Soweit Myrmior die Ningaal kannte, luden sie ihre Waffen meist zu den Vorräten auf die Wagen, wenn sie unterwegs waren, und schickten die Hälfte des Heeres voraus, die andere folgte hinterdrein. Diese zweite Hälfte der Ningaal wollten die Männer des Drachenkönigs angreifen.

Vorsichtig lugte Teido durch den mannshohen Farn und sah den ersten der schweren Karren fast bis zu den Achsen im Schlamm stecken, denn die Senke war von den Füßen Tausender Soldaten und Pferde inzwischen in weichen Morast verwandelt worden. An jedem Rad hingen etwa zwanzig Fußsoldaten und schoben den Wagen mühsam voran, während das Viergespann sich unter den Peitschenhieben des Kutschers schwer ins Zeug legte.

Teido tastete nach dem Knauf seines Schwertes. Er wußte, daß in diesem Augenblick tausend Pfeile eingelegt wurden und seine Leute auf sein Zeichen warteten. Jeder Bogenschütze hielt seinen Behälter mit glühenden Kohlen bereit und dazu Pfeile, deren Schäfte in *Palbach* getaucht worden waren: entflammbare Geister. Myrmior hatte Teidos unwillkürliche Bewegung bemerkt und legte ihm seine Hand auf den Arm. »Noch nicht«, flüsterte er, »laß den anderen Zeit, in Stellung zu gehen. Außerdem sollen diejenigen, die schon vorbei sind, dem Hinterhalt davonlaufen können.«

Teido zog seine Hand wieder zurück und wischte sich mit ihr über sein verschwitztes Gesicht. Mit zusammengebissenen Zähnen stieß er die Luft aus.

Durch die Masse ihrer Krieger war es den Ningaal gelungen, die Wagen bis zur Furt zu schieben, doch schon folgten weitere nach und blieben im Morast hängen. Binnen kurzem stand die Senke voller Wagen, die hoffnungslos feststeckten. Hunderte von Soldaten drängten sich um sie und gaben ihr Äußerstes, um sie weiterzubringen.

»Jetzt!« flüsterte Myrmior heiser. »Gib das Zeichen!«

Lautlos zog Teido sein Schwert und trat ganz ruhig aus dem Farn hervor. Im Wissen, daß aller Augen auf ihn gerichtet waren, reckte er das Schwert. Als er seinen Arm sinken ließ, sirrte die Luft plötzlich, als würde ein riesiger Vogelschwarm aus den Wipfeln auffliegen. Das trübe Licht in der Mulde blitzte mit einemmal hell vor Flammenzungen, die wie Sterne vom Himmel regneten.

Verstört stießen die arglosen Ningaal ein entsetztes Gebrüll aus, denn die flammenden Pfeile hatten ihre Ziele getroffen: die Karren. Im Nu standen diese in Flammen, die verwirrten Soldaten erstarrten vor Entsetzen. Darauf ließen die Leute des Drachenkönigs gnadenlos Pfeile auf die Feinde prasseln. Die Ningaal fielen an Ort und Stelle, ohne die Angreifer zu sehen oder die Stachel zu hören, die ihnen den Tod brachten.

Die wilde Flucht hatte jedoch erst eingesetzt, da tauchten die beiden übrigen Feldherrn auf und hielten sie auf. Einer preschte mitsamt seiner Leibwache aus dem Wald. Da hallten Befehle durchs Tal, und im Nu war die Ordnung wiederhergestellt, auch wenn der größte Teil der Ningaal keine Waffen hatte, da diese auf den brennenden Karren lagen.

Dem ward bald Abhilfe geschaffen. Auf den Befehl eines Feldherrn stürzte sich ein Trupp Soldaten auf einen der in Flammen stehenden Wagen und warf den Kameraden Waffen zu. Sobald einer vom Feuer verzehrt worden war, nahm ein anderer seine Stelle ein.

Der andere Feldherr wies mit seinem Schwert über den Fluß und schon galoppierten seine Berittenen über die Furt und auf die Stelle zu, wo Teido und Myrmior mit einem Dutzend Ritter warteten. Zwei wurden mitten im Strom von Pfeilen aus dem Sattel gerissen. Ein dritter gelangte bis zu Teido, der sich plötzlich vor heftigen Hieben ducken mußte, die den Farn zerhackten.

Er hielt sein Schwert hoch, um die Schläge zu parieren, und packte das Pferd seines Gegners am Zügel. Das Tier ging in die Knie, worauf Teido sich auf den Feind stürzte und ihn aus dem Sattel warf. Ehe der fremde Krieger sich von seinem zappelnden

Roß befreien konnte, hatte Teidos Dolch ihm den Garaus gemacht.

Der Sumpfwald hallte jetzt vom Kampflärm wider. Die Männer stießen ihre Schlachtrufe aus und stürzten sich wütend ins Getümmel. Schwerter hieben auf Schild und Helm. Äxte wirbelten durch die Luft und hieben alles entzwei, was ihren tödlichen Schneiden entgehen wollte. Als Teido von dem herrenlosen Pferd neben sich zurücktrat, sah er ein Dutzend feindliche Axtkämpfer auf sich zustürmen. Einige brüllten, denn die Griffe der Streitäxte in ihren Händen schwelten noch.

Den ersten von ihnen traf er am Hals, als dieser gerade seine Waffe reckte. Aber er hatte sein Schwert noch nicht herausgezogen, als der zweite schon über ihm war. Er sah die Schneide gleißen, hob seinen Schild und fürchtete, unter dem Schlag gefällt zu werden.

Aber so weit kam es nicht. Als Teido zur Seite sprang, sah er Ronsards vertrautes Gesicht grimmig entschlossen hinter sich. Sein Schwert strömte vor Blut, während der verwundete Feind sich zu seinen Füßen wand. Hinter Ronsard stürmte eine Schar Reiter aus ihrem Versteck im Wald.

»Ich nehme mir einen Feldherrn vor!« rief Ronsard und sprang auf das Pferd, das durch Teido seinen Herrn verloren hatte.

Während der Obermarschall durch die Dinsterach preschte, fällte er zwei angreifende Ningaal; sonder Zahl lagen die Leichen der Feinde inzwischen im trüben Wasser.

Der Feldherr, der einen Helm aus weißer Pferdehaut mit einem Pferdeschwanz als Zierbusch trug, wendete rasch sein Roß, um behende auf Ronsards Attacke zu antworten. Immer wieder sauste Ronsards Schwert durch die Luft, doch jedesmal wehrte der Feldherr den Hieb ab. Keiner konnte einen Vorteil erringen, und bald war Ronsard von so vielen feindlichen Fußsoldaten umzingelt, daß er den Angriff abbrechen und über den Fluß zurückgaloppieren mußte, damit man ihn nicht aus dem Sattel riß und ihn durch einen Spalt in seiner Rüstung erstach.

Die Bogenschützen ließen tödliche Pfeilschauer auf die Walstatt niedergehen, so daß die Ningaal in Scharen fielen. Die unglückliche Dinsterach füllte sich mit dem Blut der Getöteten. Und am gegenüberliegenden Ufer, dessen glitschige Böschung zur tödlichen Falle geworden war, lagen die Gefallenen wie Reisigbündel. In der zum Pfuhl gewordenen Senke strömten die Lebenden über die Leichen ihrer Kameraden.

Myrmior hatte den Kampf klug geplant, die Ningaal fochten vergebens um einen Vorteil. Der gewitzte Stratege rannte am Ufer entlang, rief Befehle und stärkte die Position der Verteidiger, wo immer es nötig war; den Bogenschützen wies er neue Ziele, wenn feindliche Soldaten bedrohlich aus dem Wald auftauchten. Hätten die Truppen des Drachenkönigs mehr Zeit gehabt oder wäre ihre Zahl größer gewesen, sie hätten den Tag als Sieger beendet. Doch es sollte nicht sein.

Hinter den Linien der Verteidiger erhob sich lautes Gebrüll. Donnergleich hallte es durch die Talmulde, und noch der unerschrockenste Ritter spürte, wie ihm das Blut in den Adern zu Eis gerann. Das war das Geheul der rasenden Ningaal, welche die Dinsterach hinter sich gelassen hatten und jetzt vom Kampflärm angezogen in die Schlacht zurückkehrten.

Im Nu waren die Streitkräfte des Drachenkönigs umzingelt und wären wohl ohne Federlesens überrollt worden, hätte nicht Myrmior, der auf jede Überraschung vorbereitet zu sein schien, eine letzte List angewendet.

Der bärtige Fremde stieg, ohne der Gefahr für sein Leben zu achten, auf eine kleine Anhöhe am gegenüberliegenden Ufer und winkte. Anfangs sah es so aus, als würde sein Zeichen nichts bewirken; keiner schien dem Befehlshaber Aufmerksamkeit zu schenken, der sich mitten im Getümmel so leichtsinnig als Zielscheibe darbot. Doch dann ertönte ein Ächzen, als würde die Erde aufreißen und ihr Innerstes nach außen kehren. Die erschrockenen Eindringlinge verstummten und erstarrten, um zu lauschen und sich umzusehen.

Da erklang ein zweites und drittes Mal ein Ächzen, das den Wald mit unheimlichem Grollen erfüllte, als würde ein maßloses Urtier seiner Beute die Knochen brechen. Und dann schien der Himmel selbst zu wackeln und zu schwanken.

Der erste Baum krachte auf die Erde und zerquetschte eine Reihe von Ningaal, die vor Schrecken starr stehengeblieben waren. Ihre Gefährten sprangen schreiend beiseite, wurden aber vom zweiten Baum getroffen, der schräg zu dem ersten umkippte und viele Stimmen zum Schweigen brachte, als seine Äste alles unter sich zertrümmerten oder aufspießten.

Die entsetzten Ningaal hatten den Eindruck, der Wald stürze auf sie nieder. Viele warfen ihre Waffen weg und flohen über den Fluß in den Wald zurück, wo ein abermaliger Pfeilhagel auf sie prasselte. Der dritte Baum donnerte in die Furt und versperrte denjenigen, die den Rückzug antreten wollten, den Weg. Eine Abteilung der Verteidiger jagte den kreischend durch den Wald flüchtenden Ningaal nach und erschlug viele von ihnen.

Das Grauen, das diese letzte Kriegslist auslöste, war jedoch nur von kurzer Dauer. Bald hatten die Feldherrn mit ihrem eisernen Willen die Krieger wieder in ihrer Gewalt. Mit bestürzender Schlagkraft setzten sie den unverzagten Rittern des Drachenkönigs zu, die bald in die Defensive gerieten. An Zahl unterlegen und erschöpft, verteidigten sie dennoch über Mittag ihre Stellung.

Sich Schilde über den Kopf haltend, begannen Trupps der Ningaal, mit Äxten die Bäume zu fällen, in denen die Bogenschützen saßen und ihre tödlichen Pfeile auf sie hinabschossen. So zerstörten die Ningaal die Verstecke der Bogenschützen, konnten diese aber nicht vollständig zur Strecke bringen, da sie sich im letzten Augenblick an den Seilen, die sie zwischen den Ranken verborgen hatten, von Baum zu Baum schwangen. Doch dem Tod aus den Baumkronen hatten die fürchterlichen Feldherrn damit ein Ende gesetzt und wandten ihre Aufmerksamkeit nun den Rittern in ihren Rüstungen zu.

»Es ist Zeit, die Flucht anzutreten«, sagte Ronsard außer Atem. Er blutete aus einem Dutzend leichter Wunden, sein Gesicht war grau vor Erschöpfung. »Wir haben getan, was wir konnten.«

Teido nickte. »Ja, mein Freund. Führe deine Leute fort.

Ich bleibe hier und decke deinen Rückzug. Sobald du dich frei gekämpft hast, folge ich nach.«

Aschfahl tauchte Myrmior auf. Er hielt sich den heftig blutenden Arm. »Es ist zu spät, meine Herren. Leider! Ich habe mir gerade einen Überblick über unsere Lage verschafft. Wir sind auf allen Seiten umzingelt. Es gibt kein Entkommen.«

»Wir sollen völlig eingekesselt sein?« fragte Ronsard. Er schien keine Kraft mehr zu haben und ließ das Schwert sinken.

»Das habe ich befürchtet. Es sind einfach zu viele.« Grimmig wandte Teido sich ab und rief mit lauter Stimme die Verteidiger des Reiches auf, sich um ihn zu sammeln und auf ihr letztes Gefecht vorzubereiten.

Im Nu zogen sich die Überreste der erschöpften Streitmacht um den Hügel zusammen, auf dem Teido stand und sein Schwert reckte. Die Ningaal wichen zurück, um sich zum endgültigen Schlag zu sammeln. Einen Augenblick lang erstarb der Kampflärm.

»Kühne Recken Mensandors«, rief Teido, »ihr habt heute euer Bestes gegeben. Ihr habt die Ehre eures Königs und eurer Heimat hochgehalten. Eure Taten werden besungen werden, solange man sich der Taten tapferer Männer erinnert.« Die Ritter um ihn herum, die teils das Knie gebeugt hatten, blickten zu ihm auf. Ruhig fuhr Teido fort:

»Laßt euch im Augenblick des Todes nicht die Ehre rauben, die ihr euch erworben habt. Ein kurzer Schmerz, und schon stellen Ruhe und Schlaf sich ein; dann werdet ihr keine Pein mehr kennen. Fürchtet euch nicht und haltet mutig aus bis zum Ende.«

»Für Ruhm!« rief ein Ritter.

»Für Ehre!« riefen einige andere.

»Für König und Königreich!« rief eine Schar unter Führung Ronsards, der sich jetzt an die Spitze seiner Krieger stellte.

Die Ritter standen auf, klappten die Visiere zu und wandten sich ein letztes Mal zu dem Feind. Die Ningaal, die sie auf allen Seiten beobachteten, warteten einen Augenblick ab. Dann hoben die vier Feldherrn ihre krummen Schwerter. Da machten die

Ningaal mit wildem Gebrüll einen Satz und stürzten sich wieder ins Getümmel.

»Hoffentlich ist es schnell vorbei«, sagte Ronsard, als die Angreifer auf des Königs Mannen einstürmten. »Mir tut es um nichts leid.«

»Mir auch nicht, mein Freund«, erwiderte Teido. »Doch sinkt mir das Herz im Leibe, denke ich daran, daß unsere Heimat den Barbaren anheimfallen wird. Jedenfalls habe ich alles Menschenmögliche getan.«

»Lebe wohl, lieber Freund«, verabschiedete sich Ronsard. »Ist das der dunkle Weg, vor dem du mich einst warntest? Es scheint so lange her.«

»Das könnte er sein. Aber halt!« Er drehte sich um und stieg zur Hügelkuppe hinauf. »Herold! Stoß ins Horn! Blase bis zum letzten Atemzug! Hörst du? Stoß ins Horn!«

Als er sich umdrehte, strahlte sein Gesicht wieder. »Kämpft weiter, ihr kühnen Recken!« rief er, sich ins Gewühl stürzend. »Haltet durch!«

Ronsard folgte seinem Beispiel und deckte seine linke Flanke. Gemeinsam bahnten die beiden sich mit sirrenden Klingen einen Weg, als wollten sie allein die Eindringlinge aus ihrem Lande vertreiben. Die Ritter um sie herum schöpften frischen Mut, hielten dicht an dicht ihre Schilde vor sich und wankten nicht. Sollte der Tod sie treffen, wollten sie bis zum letzten Atemzug tapfer bleiben.

42

Quentin stand auf und blickte über die glatte Oberfläche des Sees. Über dem Tal lag tiefe Nacht; der Mond versank bereits hinter den westlichen Gipfeln der Fiskills und verlieh den Schneekronen einen Glanz, der sich im klaftertiefen See spiegelte. Mit ebenso erstaunlicher Klarheit wurde das Licht der unzähligen Sterne zurückgeworfen, die wie aus silberhellem Feuer an der schwarzen Kuppel des Firmaments brannten. Im schwachen Mondschein wirkte das Grün des Tales grau; die Wasserfälle ergossen sich wie flüssiges Licht und ließen ihren Dunst gespenstisch durch die Nacht stieben.

Da es im Tal vollkommen still war, konnte Quentin selbst auf einige Entfernung hören, wie das Wasser auf die Felsen am Fuß des Berges donnerte. Es war das einzige Geräusch und klang wie Gelächter im Wind. Toli, Derwin und Inschkad schliefen. In ihre Mäntel gehüllt, sahen sie aus wie Erd- oder Gesteinsbrokken, so reglos und schweigsam lagen sie da.

Wie lange Quentin so stand und sich umblickte, wußte er nicht. In diesem Tal schien die Zeit keine Bedeutung zu haben. Doch mit einemmal fiel ihm ein weiteres Geräusch auf, das schon eine Zeitlang zu hören gewesen war. Vielleicht war er sogar davon aufgewacht.

Das Geräusch glich einem dünnen, hohen Klimpern, als würden metallene Nadeln auf einen Steinboden fallen. So, dachte er sich, müßte es klingen, könnte man hören, wie sich Eiszapfen bilden. Das Geräusch kam anscheinend von irgendwo über ihm her. Er schaute zum Himmel empor und erblickte den Wolfsstern, der jetzt unmittelbar über ihm stand und das Firmament mit blendend hellem Licht erfüllte, so hell, daß es auf der Erde Schatten warf. Das Licht ließ Quentin frösteln, so daß er sich seinen Umhang fester um die Schultern zog.

Es schien sich zu bewegen, auszudehnen, dünner zu werden und andere Sterne mit einzubeziehen, denn es wackelte und leuchtete am schwarzen Himmel, als wäre es lebendig. Die Sterne verschmolzen zu einem einzigen Lichtstrahl, kalt und hart wie Eis; zu einem dünnen, spitz zulaufenden Strahl, der sich von Osten nach Westen erstreckte, vom einen Ende des Firmaments zum anderen.

Das Klimpern, so erkannte Quentin jetzt, war die Musik der Sterne und der gleißende Lichtstrahl die Klinge eines mächtigen Schwertes. Im Nu war ihm klar, was er sah: Zallkyr.

Das Schwert, dessen Knauf aus golden glitzernden Sternen mit fürstlichen Edelsteinen wie Rubin, Topas und Smaragd eingelegt war, stieg langsam auf, als würde jemand es im Triumph recken. Dann kippte die Spitze und fiel wirbelnd und Funken sprühend durch die Himmelsleere.

Das strahlende Schwert stürzte in einem weiß glühenden Feuerbogen auf die Erde. Quentin war von seinem Glanz geblendet, beobachtete es aber unverwandt. Unmittelbar über den Gipfeln am Ende des Tals kam das Schwert zur Ruhe, dort, wo die Wasserfälle des Sconedels sich aus der Felswand ergossen. Einen Augenblick blieb es in der Schwebe und glitt dann ins Wasser hinein wie in eine Scheide. Binnen kurzem ließ sein Glanz nach und verblaßte im wehenden Nebelschleier.

Als Quentin zu sich kam, starrte er die Wasserfälle an. Um ihn herum war tiefe Nacht. Die Berge lagen im Schlaf, zu hören war allein das tosende Gelächter des Wassers. Doch in Quentins Hirn hatte sich das Bild des Schwertes eingebrannt. Und ohne den geringsten Anflug von Zweifel wußte er nun, daß er es finden würde.

»Derwin! Wach auf!« flüsterte Quentin heiser. »Bitte, wach auf, oder es ist zu spät!« Er rüttelte den schlafenden Einsiedler an der Schulter und blickte dann wieder in den Dunst hinauf.

»Was ist?« fragte Toli und stand leise auf. »Was ist geschehen?«

»Ich habe Zallkyr gesehen. Ich weiß, wo wir es finden. Schau! Die Fälle! Siehst du?«

Derwin murmelte etwas und hob den Kopf. »Ach, du bist es, Quentin«, sagte er verschlafen. »Es bringt Unglück, den Schlaf eines Einsiedlers zu stören. Ich dachte, du wüßtest das.«

»Ich habe das Schwert gesehen. Zallkyr! Ich weiß, wo wir es finden.«

»Ich sehe nichts«, meldete Toli, die Fälle anstarrend.

Quentin drehte sich um und deutete mit der linken Hand. »Da ist es, ich...« Da breitete sich auf seinem Gesicht Enttäuschung aus. »Nein, jetzt ist es verschwunden. Aber es war da, das schwöre ich euch! Ich habe es gesehen!«

Rasch machte Quentin sich auf den Weg. »Toli, wecke Inschkad!« seufzte der Einsiedler schläfrig. »Wir wollen ihm folgen. Anscheinend bleibt uns keine Wahl.«

»Inschkad ist wach«, erwiderte der Waffenschmied. »Was soll der Aufruhr?«

»Mein Meister hatte ein Traumgesicht«, antwortete Toli, während sie Quentin nachsetzten. »Er behauptet, er habe das strahlende Schwert gesehen und wisse, wo es zu finden sei.«

Quentin führte sie am grünen Ufer des Sees entlang zu den Wasserfällen. Der Mond war zwar bereits untergegangen, aber ihr Pfad lag im hellen Schein des Wolfssterns. Quentin ließ keinen Blick von den Fällen, als hätte er Angst, das Gesehene zu vergessen.

Die anderen eilten ihm nach. Toli rannte zwischen seinem Herrn und den beiden anderen hin und her, um letztere zur Eile anzutreiben. Nach einer Stunde erreichten sie atemlos den Fuß der Wasserfälle. Ruhig stand Quentin da, als Derwin und Inschkad keuchend nachkamen.

Er wandte sich zu ihnen um. Sein Gesicht glänzte von der Gischt, der Dunst wehte ihm um die Schultern und hinterließ auf seinem Mantel funkelnde Tropfen, die im Sternenlicht gleißten. »Da!« rief er und deutete mit seiner heilen Hand. »Da oben liegt der Eingang zu den Minen.«

Derwin zupfte sich am Kinn. Inschkad runzelte die Stirn. »Unmöglich! Wie sollen wir dorthin kommen? Hinaufschwimmen wie die Lachse?«

Toli sagte nichts, sondern betrachtete erst das wirbelnde, spritzende Gewässer und dann verschlagen seinen Herrn. Derwin musterte Quentin genau: »Ich zweifle nicht an dem, was du sagst. Sehen wir, ob die Stelle auf unser Rätsel paßt.« Er hob den Zeigefinger und fing zu sprechen an:

»›Fasse Mut und halte Wacht, wo Berge ruh'n, tief in der Nacht, deutlich erkennst du dann den Steg.‹«

»Ja, ich habe ihn gesehen. Das Schwert fiel vom Himmel und verschwand zwischen den Fällen.«

»Ich weiß nicht, ob du etwas gehört hast, aber dieser Vers paßt auch: ›Hörst's aus Wolken lachen du ...‹«

»Und ob ich das gehört habe! Der Wasserfall hörte sich an wie Gelächter.«

»Schönes Gelächter!« rief Inschkad. »Bei dem Lärm kann ich kaum hören, was du sagst!«

Quentin achtete nicht auf ihn. »›Aus Wolken‹, heißt es ... Seht ihr, wie der Dunst Wolken bildet? Das muß es sein.«

»Hm, ja«, pflichtete Derwin ihm nachdenklich bei. »›Und siehst aus Glas 'ne Wand.‹«

»Das Wasser ist wie eine Wand!« rief Quentin mit begeisterter Miene. »›Achte nicht auf Haar noch Hand‹«, so sprach er den Spruch weiter und fuhr sich durchs Haar. »Mein Haar ist triefnaß und meine Hand natürlich auch. Ebenso mein Mantel. Ich bin naß bis auf die Haut.«

»So ist es.«

»Wir sind alle naß bis auf die Haut, wir Narren!« schimpfte Inschkad.

»›Durch den Vorhang nur dich trau, entzwei darauf den Donner hau, auf schmalem Pfad sei wach‹«, fuhr Derwin fort. »Meinst du, das heißt, man soll durch den Wasserfall gehen?«

»Natürlich! Ja! Das ist es. Das wollte ich euch klarmachen.«

»›Das Licht halt in Schach, den Tag mach zur Nacht, so gewinnst du mit aller Macht‹«, führte Derwin das Rätsel zu Ende. Er sah sich um. »Nun, es ist Nacht. Es könnte aber auch bedeuten, daß man den Eingang zum Bergwerk nur bei Nacht sieht.«

»Ich sehe ihn!« ertönte von oben schwach eine Stimme.

»Toli!« rief Quentin. »Wo steckt er?«

Die drei sahen sich um, konnten den beherzten Dscher aber nirgendwo entdecken. Während sie sich über Rätsel auseinandersetzten, war er verschwunden.

»Hier!« rief er wieder. Sie blickten zu den Fällen, und da trat Toli plötzlich aus dem wirbelnden Strom, als käme er hinter einem schimmernden Vorhang hervor. Man hatte den Eindruck, er stehe auf der jähen Steilwand oder gehe auf dem Nebel. »Kommt herauf!« rief er und verschwand wieder.

Und schon rannte Quentin ihm nach. Zweifelnd wechselten Derwin und Inschkad Blicke. »Die Aussichten auf eine ruhige Nacht sind anscheinend dahin«, seufzte der Einsiedler.

»Und trocken bleiben wir auch nicht mehr«, murrte Inschkad. »Da können wir auch gleich ein Bad nehmen und die Sache hinter uns bringen.«

Die beiden folgten Quentin über die Felsen am Rand des Wasserbeckens, in das die Fälle rauschten. Es war glatt und rutschig, so daß die Älteren nur langsam vorankamen. Quentin jedoch hüpfte behende über die Steine und stand geschwind vor den stürzenden Fluten. Derwin sah ihn lächeln, als er sich nach den beiden umdrehte. Dann verschwand Quentin hinter dem brausenden Strom.

Kurz darauf hörten sie ihn rufen. »Macht es mir einfach nach. Ich warte auf euch.«

»Nach dir, lieber Einsiedler«, sagte Inschkad. »Ich folge dir. So ziemt es sich, denn es ist ja deine Erkundungsreise.«

»So ist es!« rief Derwin. Er holte tief Luft und trat hinter den gläsernen Vorhang des Wasserfalls.

43

»Mut, Männer!« rief Teido. »Haltet durch! Der Ersatz naht!« Der Herold blies einen hellen Ton, der sich über den Kampflärm und das Geschrei der Kämpen erhob.

Und dann ertönte auf dem Hügel ein Ruf: »Es ist der Drachenkönig! Der Drachenkönig ist da! Wir sind gerettet!« Der Herold, dessen verschmutztes Gesicht nun vor Staunen zu leuchten begann, setzte das Horn abermals an die Lippen und stieß hoffnungsfroh hinein.

Diejenigen, die am Hang kämpften, vernahmen ihn und wandten ihre Blicke dem düsteren Wald zu. Wie ein Feuerfunke trockenes Holz entzündete das Gerücht die Verteidiger: Der Drachenkönig kommt! Wir sind gerettet! Der Drachenkönig!

Auch Teido blickte zum Wald hinüber. Blaß wie in einem Traum sah er es zwischen dem dichten Laub golden und rot schimmern. Und dann erblickte er ihn in voller Größe: den wütenden Drachen, das Wappen des Königs. Geschwind flog er durch die Bäume herbei.

Auch andere sahen ihn. »Der Drache! Der König!« riefen sie. Und der dunkle Wald hallte vom Klang der Hörner und vom Lärm der Ritter wider, die sich einen Weg durchs Unterholz bahnten. Durch diese unerwartete Wendung der Ereignisse überrascht, wichen die Ningaal zurück und brachen den Kampf ab. Einer der Feldherrn ließ seine Truppen kehrtmachen und sich der neuen Front zuwenden. Einen Augenblick lang waren die Ningaal gespalten.

»Jetzt schlagt zu, ihr kühnen Recken!« brüllte Ronsard. »Schlagt zu!«

Geschunden und zerschlagen gingen die stark dezimierten Ritter zum Angriff über. Da die Ningaal nicht an zwei Fronten gleichzeitig kämpfen konnten, stoben sie auseinander wie Laub im Wind. Im Nu waren die unerschrockenen Kämpen des Königs nicht mehr von Feinden, sondern von Waffenbrüdern umringt. Müde reckten sie die Schwerter und jubelten ihrem König zu, während die frischen Streitkräfte der Fürsten Mensandors auf die Ningaal losgingen.

Verschrammt und blutend stützten Teido und Ronsard sich auf ihre Schwerter. »Gott sei Dank, ihr lebt!« Als sie aufblickten, strahlte ihnen Eskewar auf seinem großen Schimmel entgegen.

»Ja, wir hatten die Hoffnung fast aufgegeben«, erwiderte Ronsard. »Aber Teido hat es sich noch einmal anders überlegt. Hattest du wieder eine Vorahnung?« fragte er seinen Freund.

»Nein, nun ja, gewissermaßen doch. Erst dachte ich, der Klang des Horns flößt unseren Leuten vielleicht Mut ein und ruft außerdem zu Hilfe, wer auch immer es hören mag. Warum ich darauf kam, kann ich nicht sagen.«

»Wie dem auch sei«, sagte Eskewar wissenden Blickes, »dein Herold hat uns den Weg gewiesen.« Als der König das Kinn reckte, erkannte Teido wieder etwas von dem Manne wieder, der er einst gewesen war: kampflustig, stark und flink. »Ihr zieht euch mit euren Leuten in den Wald zurück. Wir übernehmen die Stellung und setzen dem Krieg ein für allemal ein Ende.«

»Majestät!« Das war Myrmior, der mitten aus dem Getümmel gelaufen kam. Teido und Ronsard hatten ihn auf dem Hügel verloren, nachdem er neben ihnen am Hang gekämpft hatte. Und wieder hatte er schlechte Nachrichten. »Die Ningaal auf der anderen Seite des Flusses überwinden die Barrieren, weil sie von den Bogenschützen nicht mehr abgehalten werden. So leicht sind sie nicht niederzuwerfen. Gerade erringen sie an beiden Fronten die Übermacht.«

»Was?« rief Eskewar, wendete sein Pferd und ritt ein Stück weit. Gleich war er wieder da. »Bei den Göttern! Diese Feldherrn sind verschlagene Wölfe!«

»Wenn du nicht mehr Krieger mitgebracht hast, als ich hier sehe, sollten wir den Rückzug antreten, solange wir noch stark genug sind.«

Wütend blickte Eskewar den keuchenden Fremden an. Das schräg einfallende Nachmittagslicht verstärkte den Dämmerschein auf dem Schlachtfeld nur, das jetzt fast vollständig im Schatten lag. Der Gedanke, bei der ersten Berührung mit dem Feinde sofort den Rückzug anzutreten, behagte ihm offenbar überhaupt nicht. Aber sein Kopf war klüger als sein Herz. »Wie du sagst, Myrmior. Teido und Ronsard, führt eure Männer fort nach Askalon!« Diesen letzten Befehl gab er, als er auf seinem Streitroß bereits davonsprengte.

Die beiden Ritter sammelten die Reste ihrer einst mächtigen Truppe und verließen die Walstatt. Während sie auf dem Pfad, den sich Eskewar mit seinem Heer durch den Wald gebahnt hatte, abzogen, klangen das Geschrei und das Geklirr immer leiser. Obwohl sie müde bis auf die Knochen waren und kaum mehr ihre Schwerter halten konnten, setzten sie gehorsam einen Fuß vor den nächsten und schleppten sich fort.

Nach einer halben Meile wurde der Wald lichter; sie gelangten an einen frischen Bach. Dort knieten sie nieder und tranken. Einige der Ritter kamen jedoch nicht wieder auf die Beine. Andere blieben schwankend stehen, weil sie fürchteten, vom Gewicht ihrer Rüstung am Boden gehalten zu werden.

»Wir müssen rasch weiter«, sagte Ronsard und blickte sich beunruhigt um. Ein paar Soldaten waren bereits durch den Bach gewatet und sprangen jetzt ans andere Ufer. »Wenn wir noch lange verweilen, wird man uns hier begraben.«

»Wenn wir Pferde hätten, dann könnten wir es schaffen«, stellte Teido fest. »Wenn Eskewar zum Rückzug blasen läßt, überholen sie uns rasch. Ein Ritter zu Fuß ist kein Ritter. Eine Rüstung ist nicht zum Gehen gemacht.«

»Mir behagt es gar nicht, zurückzubleiben, wenn das Heer uns überholt. Aber sieh nur, lieber Teido.« Ronsard deutete über den Bach auf die Lichtung. Dort kam eine Reihe Karren herbeigerumpelt. »Du brauchst heute nur einen Wunsch zu äußern, und schon wird er erfüllt. Du scheinst einen Glückstag zu haben.«

»Es sieht ganz so aus.«

Kurz darauf eilten Eskewars Ärzte zwischen ihnen hin und her.

Sie nahmen Halsbergen und Brustharnische ab, Bein- und Armschienen sowie Kettenhemden und versorgten die Wunden der Ritter. Das Rüstzeug sammelten Knappen ein und luden es auf die Wagen. Diejenigen, die noch in ihren Rüstungen steckten, riefen die Knappen herbei und ließen sich helfen. Sobald sie ihrer Bürde ledig waren, stolperten sie durch den Bach auf die Wiese hinüber.

Als die Sonne weit im Westen stand, traten Teido und Ronsard auf die Aue. Sie hatten gewartet, bis sämtliche Krieger versorgt waren und entweder selbst aus dem Wald getreten oder fortgetragen und auf die Karren gelegt worden waren. In dem Augenblick, als sie aus dem Wald kamen, jubelten die Soldaten laut: Dort kamen einige Männer, die Pferde am Zügel führten. Unglaublicherweise handelte es sich um ihre eigenen Rösser. Diese waren beim ersten Ansturm von ihren Herrn getrennt worden, nach Hause gelaufen und von den Knappen eingefangen worden. Viele Ritter fanden ihren Renner wieder; andere übernahmen die eines gefallenen Kameraden.

»Aufsitzen, Männer!« rief Ronsard fröhlich. »Nach Askalon!«

Sie wandten sich nach Westen und ritten abermals durch den Wald. Schon bald schlossen sich die ersten Soldaten von Eskewars Heer auf dem Rückzug an. Grimmig und mißmutig strömten die Ritter aus dem Wald. Teido erkannte die Farben und Wappen der einzelnen Fürsten: Benjots silbernen und blauen Doppeladler. Finschers grauen Panzerhandschuh auf karmesinrotem Grund, der weiße Blitze umklammert hielt; Rurds roten Ochsen auf Sand, Dilgs grüne Eiche über einem Paar gekreuzter Morgensterne auf gelbem Grund.

»Ameron, Lupoll und ihre Anhänger sehe ich nicht«, stellte Teido fest.

»Ich auch nicht. Vielleicht kann Werthwin sie ja noch überzeugen. Hoffen wir es.«

Teido drehte sich im Sattel um. »Was ist mit Myrmior geschehen? Ich möchte ihm für seine Beherztheit und seinen scharfen Verstand danken, die er heute bewiesen hat.«

»Er wird den letzten Schlag ausführen wollen, wenn ich ihn recht kenne.« Ronsard spähte zum Wald hinüber, aus dem eine Reihe Krieger kam. »Da, Teido! Dort drüben kommt Eskewar; ja, Myrmior ist bei ihm wie auch die Fürsten.«

Gleich darauf hatte der Trupp zu den beiden aufgeschlossen. »Kommt der Feind euch nach?« fragte Teido.

»Jawohl«, antwortete Rurd. Auch ihm behagte der Rückzug offenkundig nicht. »Aber sie sind größtenteils zu Fuß. Wenn wir weiterreiten, müßten wir rasch einen Vorsprung gewonnen haben.« Trotzig blickte er die übrigen an. »Ich sage, wir sollten in den Wald preschen und sie erwarten. Wir könnten ...«

»Wir könnten so töricht sein und uns heute nacht in Stücke hauen lassen«, fiel Myrmior ihm grob ins Wort. Seine dunklen Augen sprühten Funken. Er war verärgert, lenkte sein Pferd von den übrigen fort und ritt nach einem bockigen Blick in die Runde davon.

»Er hat recht«, meinte Eskewar seufzend. »Wir haben diesen Feind von Anfang an unterschätzt. Das sollten wir uns heute kein zweites Mal erlauben. Der Rückzug nach Askalon ist die einzige Medizin für unser Übel. Uns wird kaum Zeit bleiben, daß wir uns auf die Belagerung einrichten. Machen wir das Beste daraus, meine Herren.«

Düster und schweigend zogen sie zurück nach Askalon. Als das Heer die Ebene vor der Burg erreichte, war es bereits dunkel. Der Mond war noch nicht aufgegangen, dafür leuchtete der Unheil verkündende Wolfsstern um so heller und goß sein kaltes Licht übers Land. In jener Nacht spürten die Recken des Drachenkönigs, wie eisig dieses Licht war. Alle blickten trostlos zu dem Stern empor, und selbst die Stärksten bebten innerlich vor Furcht, denn sie wußten, eine böse Zeit war angebrochen.

44

Durch den Wasserfall ging man wie durch einen gläsernen Vorhang. Am äußersten Rand konnte man es gefahrlos wagen, denn das Wasser hatte dort nicht dieselbe Wucht wie in der Mitte. Sobald die Abenteurer sich auf der anderen Seite befanden, entdeckten sie Steinstufen, die ins Felsinnere gehauen waren. Sie waren zwar naß und mit glitschigem schwarzem Moos überwachsen, aber trotzdem sah man, daß sie sorgsam gearbeitet waren und so breit, daß man nicht so leicht stürzte, wenn man sich vorsah.

Die Stufen führten unter einem Felsvorsprung bis zu einer Art natürlicher Plattform. Dort warteten Quentin und Toli auf den Einsiedler und den Waffenschmied, die sich die Treppe empormühten.

»Das ist das vergessene Bergwerk, das Geheimnis der Ariga!« rief Quentin aufgeregt. Hohl schallte seine Stimme durch die weite Tunnelöffnung. »Seht!« Gespannt deutete er mit der Linken auf die nächstgelegene Wand. Inschkad spähte durch die Dunkelheit und erkannte merkwürdige, in den Stein geschlagene Zeichen, die blaßgolden schimmerten. Lesen konnte er sie nicht, doch schien es sich um Buchstaben einer unbekannten Sprache zu handeln. So, wie sie aussahen, erinnerten sie ihn an Menschen, Berge und reißende Wasserfälle, an Bäume und die Fülle der Erde.

Derwin trat an die Wand und zog die Zeichen mit der Hand nach, die so frisch aussahen, als hätte der Steinmetz gerade den Meißel aus der Hand gelegt. Die Linien waren gerade und schön, weder durch die Feuchtigkeit noch aufgrund ihres Alters verwittert.

Derwin hob zu lesen an: »Dies sind die Minen der Ariga, der Freunde der Erde und alles Lebendigen.« Lächelnd wandte der

Einsiedler sein Gesicht den anderen zu. »Zweifelsohne haben wir gefunden, was wir suchten. Sollen wir weitergehen oder bis Tagesanbruch warten, um unsere Vorräte und Werkzeuge hierherzuschaffen?«

Überflüssige Frage! Quentins strahlend erwartungsvolle Miene und Tolis stille Erregung genügten zur Antwort. »Nun schön, fangen wir sofort an. Aber erst brauchen wir Licht. Einer muß zurück zum Lager und Fackeln holen. Da können wir gleich alles hierherschaffen.«

Quentins Gesicht betrübte sich. »Toli und ich gehen. Du kannst mit Inschkad hierbleiben. Wir sind bald wieder da.«

Ehe Derwin etwas einwenden konnte, waren die beiden Freunde auf und davon. In Windeseile sprangen sie die Stufen hinab. »So bekommen wir wenigstens noch ein bißchen Schlaf«, sagte Derwin lachend. »Sie brauchen mindestens zwei Stunden, um ins Lager zu gehen und unsere Sachen zu holen. Ruhen wir uns derweil aus. Bald haben wir keine Gelegenheit mehr dazu.«

Sie lehnten sich an die Felswand, und Derwin schlief sofort ein. Inschkad zog seinen Umhang um sich und atmete die kühle, muffige Luft ein, die aus dem Minenschacht strömte. Der Schlaf war ihm vollkommen vergangen. Er war hellwach und konnte die Augen nicht von der prächtigen Inschrift lassen, die ihm von der gegenüberliegenden Wand entgegenleuchtete. Sie bezeichnete zwar nur den Eingang zu einem Bergwerk, und doch glaubte Inschkad, niemals etwas so unerklärlich Schönes gesehen zu haben.

Auf einen Schrei hin sprangen die beiden Männer auf. Derwin rieb sich die Augen. »So schnell? Ach ja, so ist es. Ich habe das Gefühl, eben erst eingeschlafen zu sein. Wie haben sie es so geschwind geschafft?«

Inschkad und er eilten so vorsichtig wie möglich die Treppe hinab bis an den Wasservorhang und traten ins fahle Morgengrauen hinaus. Das frische, klare Wasser brachte den Einsiedler vollends zu sich. »Brr! So grob geweckt zu werden!« schimpfte er und kletterte wie ein aus dem Winterschlaf geschrecktes Tier die Felsen hinab.

Quentin lud gerade Bündel von einem Pferd, das andere führte Toli mit Werkzeugen und Packen beladen hinterher. »Ich hätte es mir denken können«, stellte Derwin fest. »Heute nacht können sie fliegen. Also, fangen wir an. Die Arbeit liegt vor uns.«

Inschkad nickte bloß. Seitdem sie die Miene betreten hatten, war er merkwürdig still geworden.

Nach einer Stunde hatten sie sämtliche Vorräte und Werkzeuge, derer sie bedurften, nach oben geschleppt. Quentin hatte trotz seiner Behinderung am meisten getragen und war häufiger als die übrigen hin und her gelaufen, so begierig war er auf der Suche. Er hatte keine Ahnung, was ihn in der Tiefe der Stollen erwartete, aber es freute ihn sehr, wieder an einem Ort zu sein, an dem sich einst die Ariga aufgehalten hatten, und Arbeiten von ihrer Hand zu sehen.

Sie stellten ihre ganze Ausrüstung am Eingang zum Stollen ab und teilten sie unter sich auf. Trotz seiner Mißbildung wollte auch Inschkad seinen Teil tragen. Derwin wandte ein, er werde seine Kraft brauchen, um das Schwert zu schmieden, und solle sich daher schonen; der Weg werde schwierig genug werden. Aber davon wollte Inschkad nichts hören. Am Ende raffte er ein paar Werkzeuge zusammen und sagte: »Ich trage wenigstens die Sachen, die mir gehören. Das Werkzeug eines Meisters rührt keiner an außer dem Meister selbst.« Der Amboß, der Blasebalg und andere schwere Schmiedegeräte blieben am Stolleneingang zurück. Endlich waren die vier bereit.

»Eines noch, und dann geht's los«, verkündete der Einsiedler. »Während ich die Fackeln entzünde, möchte ich, daß jeder von euch noch einmal nach draußen geht und einen Blick auf das Tal im Morgenrot wirft. Wenn ich mich nicht täusche, wird es lange dauern, ehe einer von uns wieder Tageslicht zu sehen bekommt. Ich möchte, daß ihr alle eine angenehme Erinnerung im Herzen tragt, um euch gegen die Finsternis zu wappnen, die unserer harrt.«

Also begaben sie sich alle ins Freie und betrachteten die friedliche, hellgrüne Talmulde. Das Morgenlicht fiel mit goldenen Strahlen auf den Nebel, die Berge wirkten wie mit roten Flammen bekrönt. Schön und ungetrübt bot sich der Sconedel dar und spiegelte das unendliche Blau eines klaren Morgenhimmels, über den dünne weiße Wölkchen zogen.

Die dünne Gebirgsluft roch herrlich und rein, ganz anders als die muffige, abgestandene Luft im Bergwerk. Quentin wußte Derwins Einfall zwar zu schätzen, hatte es aber eilig, weiterzukommen. Während er sich aufmerksam umsah, fühlte er sich so aufgeregt, daß er kaum etwas wahrnahm. Schließlich kehrte er zur Mine zurück. Toli war der letzte, der sich von der Schönheit des Tales losreißen konnte.

Feucht vor Gischt erklommen sie hintereinander die Felsblöcke und näherten sich dem Brausen des Wasserfalls. Einer nach dem anderen traten sie durch den schimmernden Vorhang hinein in die Dunkelheit der sagenumwobenen Minen.

Esme und Bria standen auf dem hohen Söller und blickten auf Burg und Stadt hinab. Die Häuser scharten sich wie eine Herde ängstlicher Schafe im Schatten der trutzigen Festung. Schon am frühen Morgen waren die engen Gassen überfüllt, obwohl es doch gerade erst hell geworden und noch kühl war: Wie bunte Ströme, die alle zu den Toren der Burg flossen, sahen sie aus. Draußen auf der Ebene konnte man bis zum Rand des Pelgrin-Waldes Menschen sehen, die nach Askalon unterwegs waren.

»Woher sie nur alle kommen?« fragte Esme ehrfürchtig staunend. »Das müssen ganze Dörfer sein.«

»Wahrhaftig«, erwiderte Bria. »Gerüchte breiten sich auf Adlers Fittichen aus, nicht wahr? Erst gestern kehrten die Fürsten aus der Schlacht zurück. Und jetzt dies. Einige müssen die ganze Nacht über gewandert sein, um hierher zu gelangen. Ich mache ihnen keinen Vorwurf daraus. Mir würde es auch nicht anders gehen.« Dies sagte sie mit solcher Verzweiflung, daß Esme sich ihr zuwandte und sie an den Schultern faßte.

»Bria, du und ich, wir sind doch Freundinnen, oder?«

»Ja, natürlich. Aber …«

»Dann muß ich dir etwas sagen, wie es sich für eine Freundin ziemt.« Esme musterte ihre Freundin und sah ihr dann tief in die Augen. Bria erschrak darüber, wie unvermittelt die dunkelhaarige Schöne sie ansprach. »Nur freiheraus«, sagte sie.

»Wir sind jetzt Frauen, Bria. Frauen von königlichem Geblüt. Für mädchenhafte Spielereien ist kein Platz mehr. Du hast Augen. Du hast alles gesehen. In ein paar Tagen unterliegen wir der Belagerung. Wir dürfen nicht mehr an uns selbst denken und müssen die anderen in den Vordergrund rücken. Ja, so muß es sein. Wir müssen stark sein für unsere Krieger, für das Volk, das bei uns Hoffnung und Mut suchen wird, und erst dann kommen wir an die Reihe. Zum Frommen des Königreichs muß es so sein. Unser Mut muß lodern wie eine Flamme, die die Herzen derer um uns entzündet und nährt. Dies ist in Kriegszeiten die Pflicht einer Frau.«

Beschämt senkte Bria die Augen. »Deine Worte versetzen mir einen Stich, schöne Freundin. Was du sagst, trifft zu. Ich bin in den vergangenen Wochen voll hochmütigen Kummers umhergegangen, ja, seit Quentin fort ist. Das war selbstsüchtig von mir. Obwohl andere Menschen ein viel schlimmeres Schicksal erlitten, zeigte ich meine Schwermut ob der Abreise unserer Geliebten.« Sie blickte zu ihrer Freundin auf. »Doch das ist nun vorbei, Esme, endgültig vorbei. Du hast mir die Wahrheit gesagt, wie es einer Freundin gebührt. Ich will mein kindisches Betragen und Jammern sein lassen. Auch will ich stark sein für diejenigen um uns und heiter wichtigeren Aufgaben nachgehen. Ich werde stark sein, Esme.«

Bria umschlang den Nacken ihrer Freundin, und so hielten die beiden Frauen einander eine Weile umfangen. »Komm, sehen wir, was wir tun können, um die Dörfler unterzubringen, die hinter unseren Mauern Zuflucht suchen«, schlug Bria vor.

Sie verließen den Söller und gingen auf der südlichen Mauer entlang. »Ich komme mir so töricht vor, Esme. Verzeih mir.«

»Mache dir keine Vorwürfe. Ich wollte dich nicht schelten, denn du bist viel zarter besaitet als ich.«

»Wenn dem so wäre, hätte ich dich trösten müssen, Esme. Du

bist fern der Heimat und empfängst keine Nachrichten von dort und deiner Familie. Du mußt dir große Sorgen machen.«

»So ist es, aber es lag in der Absicht meines Vaters, mich durch meinen Auftrag hier aus den Kriegswirren herauszuhalten. Ich ehre ihn, indem ich ihm gehorche, auch wenn er vermutlich nicht ahnte, daß das mächtige Askalon einer Belagerung ausgesetzt werden würde.«

Vorsichtig warf Esme ihrer Freundin einen Blick zu. Dann errötete sie und schaute weg.

»Was ist? Sprich nur. Was hast du?«

»Nun, um dir die Wahrheit zu sagen«, erwiderte Esme bedächtig, »ich habe weniger an meine Familie als an jemand anders gedacht.«

»An Toli?«

»Ja, an Toli.« Mißtrauisch blickte sie Bria an. »Ist das etwa verkehrt?«

»O nein! Weit gefehlt, Esme! Ich bin nur ein wenig überrascht, das ist alles. Toli ist immer so still, so unauffällig. Ich bemerke ihn kaum, wenn er da ist. Aber schließlich sind er und Quentin unzertrennlich, und da ich nur Augen für Quentin habe, kann es wohl sein, daß jemand anderer etwas in Toli sieht, das mir entgeht.«

»Glaube mir, es lag mir höchst fern, so rasch mein Herz zu verlieren. Ich wollte die Botschaft meines Vaters überbringen, nichts weiter. Aber damals auf der Straße – du hättest sehen sollen, wie er mich beschützte, als wir auf die Ningaal trafen. Und als ich ihn dann wiedersah und er lebte, da schlug mein Herz für ihn. Und er hat mich auch gern, das weiß ich.«

Während ihres Gesprächs waren sie bis an die breite Mauer gelangt, die den Burghof vom Vorhof trennte. Sie blickten nach draußen auf die große Zahl Menschen, die Zelte und vorübergehende Unterstände für sich errichteten. Zu ihrer Versorgung hatten sie Vieh, Schweine und Hühner mitgebracht, denn die Belagerung konnte lange dauern. Der Oberwärter und seine Leute eilten hin und her und lenkten den Menschenstrom in geordnete Bahnen, um die Wege für die Soldaten frei zu halten.

»Ob die Burg wohl so viele Menschen aufnehmen kann?« fragte Esme.

»Dergleichen habe ich nie erlebt. Aber im Großen Winterkrieg sollen die kalte Jahreszeit über mehr als hunderttausend Menschen hier ausgehalten haben. Das war allerdings vor langer Zeit.«

Das Muhen der Kühe und Quieken der Schweine ergab zusammen mit dem Gebrüll und Geschrei der Dörfler und Bauern einen ohrenbetäubenden Lärm. Die Prinzessinnen blickten auf das verängstigte Volk hinab und vergaßen darüber ihre eigenen Sorgen, denn im jämmerlichen Durcheinander der Flüchtlinge hörten sie sogar kleine Kinder schreien.

»Willst du dich wirklich dort hinunter begeben?« fragte Esme.

»Ganz bestimmt. Vielleicht können wir gar nicht viel für sie tun. Aber was möglich ist, soll geschehen.«

Damit stiegen sie im Südturm die Wendeltreppe hinab, bis sie im Außenhof standen, mitten im wilden Hin und Her.

45

Solche Dunkelheit hatte Quentin noch nie erlebt. Düsterer als die finsterste Nacht, war sie fast greifbar. Wie etwas Lebendiges lauerte sie um jede Ecke, auf jeder Seite, um alle Eindringlinge samten zu umfangen. Die Fackeln wirkten zerbrechlich und lächerlich; sie waren geradezu Spielzeug im Vergleich zu diesem gnadenlosen Gegner voll schlichter, wilder Schläue.

Trotzdem halfen die flackernden Pechfackeln, die furchtgebietende Dunkelheit in Schach zu halten, auch wenn sie stets auszugehen und ihre Träger in einer Leere, so schwarz wie der Tod, zu versinken drohten. Alle außer Inschkad hielten eine Fackel. Der Schmied kam unter dem Gewicht seines Grabwerkzeugs, wie er es nannte, nur mühsam voran. An der Spitze ging Derwin: Er verließ sich auf das wenige, was er über den Bergbau der Ariga wußte. Dann folgte Quentin trotz seines verbundenen Arms mit einem großen Packen auf der Schulter. Ihm hinterher hoppelte Inschkad, und den Schluß bildete Toli, der mit jedem Schritt tiefer ins Innere des Berges die Zähne fester zusammenbiß.

Nachdem sie, wie ihnen schien, tagelang ohne Rast durch einen niedrigen breiten Gang aus festem Stein in die Dunkelheit gelaufen waren, machte Derwin halt: »Sicherlich könntet ihr jungen Leute so weitermarschieren, bis Heoth selbst euch aufhielte. Aber wenn ihr meine Meinung hören wollt, so ist es Zeit für eine Rast. Ein paar Bissen zu essen wäre auch nicht übel.«

»Nimm keine Rücksicht auf mich, Einsiedler. Bleib nicht meinetwegen stehen«, sagte Inschkad und setzte sein Bündel trotz seiner Worte ab.

»Wenn ich mich setze, dann nur meinetwegen, Meister. Meine Füße sagen mir, daß ich ein wenig ausruhen muß, und mein Magen pflichtet ihnen bei.«

Als sie ihr Mahl einnahmen, merkte Quentin erst, welchen Hunger er gehabt hatte. Beim Kauen überlegte er, ob es draußen wohl Tag oder Nacht war. Aber im Geiste hatte er noch die Szene vor Augen, die er zuletzt gesehen hatte. Derwin hatte recht: Es war von großem Nutzen, in diesem dunklen Loch ein wenig Sonnenschein in sich zu tragen.

Toli aß und redete kaum. Er war mißmutig und hatte sich in sich zurückgezogen, ja, soweit möglich, war er noch stiller als gewöhnlich. Quentin tat so, als würde er das Benehmen seines Freundes nicht wahrnehmen, denn das hätte die Sache für diesen nur schmerzlicher gemacht. Er wußte genau, worunter der Dscher litt. Die stickige Enge des Bergwerks behagte ihm nicht. Für Toli, den Angehörigen eines frei wie die Tiere des Waldes umherziehenden Volkes, war es ein höchst tapferes Unterfangen, diesen verhaßten Ort überhaupt zu betreten; er mußte ihn nämlich anmuten wie ein Grab.

Und etwas von diesem Unbehagen empfand auch Quentin. Bei ihm indes löste es Verwirrung aus. Die Ariga, deren Werke stets sichtbare, greifbare Loblieder waren, hatten einen höchst abweisenden Bergwerksstollen geschlagen. Zwar hatte Quentin nicht erwartet, in der Tiefe ein Abbild der bunten, weiten Flure Dekras zu finden, aber auf einen Hauch der ungewöhnlichen Atmosphäre, die sie selbst noch durch die schlichtesten Gebrauchsgegenstände zu schaffen wußten, hatte er doch gehofft. Hier jedoch sah er nichts außer einem schwarzen Felsstollen, der an den Stellen glänzte, wo das Wasser herablief.

»Wenn ich mich nicht täusche, befinden wir uns noch immer im Eingangsstollen. Bald werden wir wohl die erste Ebene erreichen. Wie viele Ebenen es gibt, vermag ich nicht zu sagen, noch weiß ich, auf welcher das Lanthanil zu finden ist«, meinte Derwin. »Wir werden auf jeder Ebene und in jedem Korridor danach suchen, bis wir es gefunden haben. Nach meiner Schätzung muß es sehr tief liegen. Das heißt, daß wir bis zur tiefsten Ebene hinabsteigen müssen.«

Bei diesen Worten schnitt Toli eine merkwürdige Grimasse, als würde er in ein bitteres Stück Obst beißen. Bei jedem anderen hätte Quentin lauthals gelacht, aber er wußte, welche Qualen sein Freund gerade durchstand. Darum sagte er zu dem Einsiedler: »Da du gerade vom Lanthanil sprichst – ich würde gern mehr darüber erfahren, denn bisher weiß ich nur das bißchen, das du mir erzählt hast, sowie die paar Dinge, die ich in Dekra aufschnappte, aber die sind so von Sagen umsponnen, daß man sie kaum glauben kann.«

»Sei dir da nicht so sicher. Ja, oft werden die Geschichten beim Erzählen immer großartiger. Aber der Stein des Lichts, denn ungefähr dafür steht das Wort Lanthanil, ist ein höchst wundersamer Stoff. Er besitzt viele sonderbare und mächtige Wirkkräfte.«

»Wenn ihr den Sagen Glauben schenken wollt«, mischte Inschkad sich ins Dunkle starrend ein, »dann lauscht folgender:

Vor vielen Jahren wanderte mein Vater mit den Seinen durch die Welt; er war damals noch ein kleiner Knabe. Sie waren auf der Suche nach den Geheimnissen ihres Handwerks, sie wollten erfahren, wie man seltene Metalle schmiedet und verarbeitet, wie man die richtigen Fassungen für Edelsteine fertigt – also alles, was ein Waffenschmied wissen muß.

In Pelagien lernten sie einen Kaufmann kennen, der mit Waffen handelte. Als er die Erzeugnisse meines Großvaters sah, freundete er sich mit ihm an. Und als er schließlich merkte, daß er es mit einem begnadeten Handwerker zu tun hatte, nahm er ihn mit in den Hinterraum seines Ladens. In jenem Land hatte man nämlich Stände im Freien, die mit Stoffbahnen überdacht waren, und dahinter die Werkstatt, wo der Handwerker arbeitete und wohnte. Dort bewahrte er die schönsten Hervorbringungen seines Gewerbes auf. Nach drinnen eingeladen zu werden galt als hohe Ehre.

Dieser Kaufmann, ein wohlbekannter und angesehener Bürger – seinen Namen weiß ich nicht mehr, ja, ich kannte ihn vielleicht sogar nie –, führte sie also in sein großes Haus und dort in einen sehr kleinen Raum, der mit einem dicken Riegel gesichert war. Es soll darin sehr dunkel gewesen sein, erzählte mein Vater. Die Mauern seien besonders dick gewesen und die Tür sehr schwer, denn sie ächzte in ihren Angeln so laut wie eine Zugbrücke.

Der Kaufmann verschloß die Tür und holte aus einem Versteck ein Kästchen, das er vor die beiden auf einen Tisch stellte. Es war zwar klein, aber mit Schlössern und Ketten zugesperrt. Als er es aufgeschlossen hatte, nahm er einen Gegenstand heraus, der nicht schwer zu sein schien: Der Mann handhabte ihn zwar mit Leichtigkeit, brachte ihm dabei aber große Verehrung entgegen.

Er sprach kein Wort, sondern wickelte den Gegenstand aus dem Tuch. Zum Vorschein kam ein Kelch von außerordentlicher Schönheit. Aber das Bemerkenswerteste daran war – und das vergaß mein Vater bis zu seinem Tode nie –, daß er im Dunkeln leuchtete, als würde in ihm eine Flamme brennen. Er habe geweint, so schön sei der Kelch gewesen; aber damals war er ja nur ein kleiner Junge.

Er streckte die Hand aus, um den leuchtenden Kelch zu berühren, doch der Kaufmann zog ihn weg und sagte, er sei verzaubert; wenn man ihn mit bloßen Händen berühre, verliere er an Kraft. Er behauptete, der Kelch sei sehr alt und besitze nur noch einen Bruchteil seiner ursprünglichen Kraft; aber das sei immer noch viel. Die Arzneien, die man daraus trinke, würden augenblicklich heilen, ja, wenn man ihn nur berührte, werde man von jeglicher Krankheit kuriert.

Da tat mein Großvater etwas Ungewöhnliches. So stolz er auf seine Arbeiten war, bot er dem Kaufmann seinen schönsten Dolch, wenn er ihn und seinen Sohn den Kelch ein einziges Mal berühren ließe. Meinem Vater fiel der sonderbare Gesichtsausdruck seines Vaters auf, als er sein Angebot mit flehentlicher Stimme vorbrachte. Der Dolch war in der Tat herrlich gearbeitet. Er hatte einen goldenen Griff mit Rubinen darin. Er war sehr kostbar, und dennoch zauderte der Kaufmann.

Am Ende indessen gab er nach und ließ sie den Kelch berühren. Mein Vater erinnerte sich, wie das Licht von dem prächtigen Kelch übersprang und das Antlitz seines Vaters zum Leuchten brachte; er schien ihm eine neue Kraft einzuflößen, aufgrund derer er schöpferischer wurde und von seinem Handwerk noch mehr verstand – auch wenn dies sich erst später herausstellte. Als mein Großvater den Kelch an meinen Vater weiterreichte, hatte dieser Angst, ihn anzufassen, aber mein Großvater drängte ihn, also tat er es. Er erzählte, er habe niemals soviel Kraft und Gesundheit gespürt und nichts in seinem Leben habe ihn jemals mehr bewegt. Obschon er nur ein Knabe war, wußte er schon damals, daß er dieses Gefühl nie wieder erleben und nie wieder so etwas Schönes sehen würde. Darum bewahrte er es wie einen Schatz in seinem Herzen.

Mein Vater bemühte sich sein ganzes Leben lang darum, mit seiner Kunst die Schönheit zu erreichen, die er damals geschaut hatte. Und er lebte weit länger, als einem Menschen für gewöhnlich zusteht, müßt ihr wissen. Stets behauptete er, das liege an dem Kelch, und hätte sein Vater hundert goldene Dolche dafür gegeben, wäre dies nur ein geringer Preis für diese eine Berührung gewesen.«

Inschkad hatte seine Stimme bis zu einem Flüstern gesenkt. Vollkommen verzückt saßen Quentin, Toli und Derwin da und starrten den Waffenschmied starr vor Staunen an. Lange sprach keiner ein Wort, aber schließlich brach Quentin das Schweigen. »Was ist aus deinem Großvater geworden? Wie wirkte die Berührung auf ihn?«

Inschkad ließ sich mit der Antwort Zeit, und als er schließlich zu einer Antwort anhob, blickte er sie alle traurig an.

»Ihm war kein glückliches Los beschieden. Auch er lebte lang und gedeihlich. Doch leider ergriff der Gedanke von ihm Besitz, einen zweiten solchen Kelch finden zu müssen oder zumindest einen anderen Gegenstand aus jenem geheimnisvollen Metall, und als ihm dies nicht gelang, versuchte er, mit eigenen Mitteln einen herzustellen. Indes, er wurde stets enttäuscht. Denn obwohl seine Werke im ganzen Reich am höchsten gerühmt wurden, blieb er immer unzufrieden. Er starb verbittert und gebrochen, von Verzweiflung verzehrt. Manche Leute behaupteten, am Ende habe ihn die Verzweiflung das Leben gekostet.«

»Und dein Vater teilte dies Schicksal also nicht?«

»Bis zu einem gewissen Grade doch. Auch er war nie mit dem zufrieden, was seine Hände schufen, nachdem sie einmal den Kelch berührt hatten. Man darf jedoch nicht vergessen, daß er ja noch klein war. Sein Herz war wohl noch rein und wußte noch nichts von der Welt. Die Berührung des Kelchs verbitterte ihn darum nicht, sondern flößte ihm das brennende Verlangen ein, nach jener Schönheit zu streben. So starb er zwar, ohne sich seinen sehnlichsten Wunsch erfüllt zu haben, war aber darob nicht unglücklich.«

»Deine Geschichte bewegt einen zutiefst«, sagte Derwin. »Jetzt verstehe ich allmählich, warum der Allmächtige dich erwählt hat, um uns auf dieser Reise zu begleiten. Deine Familie hat mit der Sache zu tun.« Er blickte sie alle der Reihe nach an und fuhr fort: »Nun, wir haben genug gerastet und geschwatzt. Setzen wir unsere Suche fort. Vorwärts!«

Langsam, beinahe unter Schmerzen schulterten sie ihre Bündel und nahmen die Fackeln auf, um ihren langen, beschwerlichen Abstieg in die Tiefe fortzusetzen.

Wimmelte es in den Vorhöfen vor verängstigten Untertanen, so waren die Innenhöfe mit Soldaten überfüllt, die sich fieberhaft auf die bevorstehende Belagerung rüsteten. Aus dem Südturm ergoß sich ein steter Strom von Kriegern, die armeweise Speere und Pfeilbündel heraustrugen. Andere saßen gebückt über Gegenständen aus Holz, Tauen und Eisen am Boden. Sie bauten Kriegsmaschinen zusammen. Wieder andere banden Strohhaufen zu Ballen oder nähten Stücke schweren Tuches und Häute zusammen.

In den um den Hof gelegenen Ställen versorgte man die Pferde. Knappen saßen mit Wetzsteinen da und schärften Schwerter, Speere, Lanzen und Hellebarden. Ganze Wagenladungen voll Vorräte wurden von der Stadt heraufgeschafft und von den Köchen und Gehilfen in den Speisekammern verstaut. Die Hunde jagten gackernden Hühnern und schnatternden Gänsen nach, während die Kinder, die von der Gefahr nichts ahnten und vom Trubel um sie herum ganz aufgeregt waren, umhertollten, den Erwachsenen auswichen und Krieg spielten.

Wie ein Schatten wanderte Eskewar auf den Wällen entlang. Er schien überall gleichzeitig zu sein. Wenn seine Hauptleute aufblickten, sahen sie, daß er sie beim Waffendrill beobachtete. Beim Turmwärter erkundigte er sich nach dem Wasserpegel der Zisterne und tauchte den Meßstab selbst hinein. Die Knappen lehrte er, wie sie die Waffen besser schärften. Am Abend schien jedermann in der Burg ihn wenigstens einmal gesehen zu haben.

»Mein König, so geht es nicht weiter!« rief Bjorkis mit der Zunge schnalzend. »Wenn Derwin hier wäre, würde er dies an meiner Statt sagen; also höre auf ihn, wenn schon nicht auf mich. Du mußt ruhen. Du hast dich erst zum Teil erholt, und der Ritt aufs Schlachtfeld hat dich erschöpft. Ruhe dich aus, und überlasse die Vorbereitungen deinen Feldherrn.«

Gequält starrte Eskewar ihn an. »Du ahnst nicht, welche Gefahr sich vor unseren Toren zusammenbraut. Wer soll die Vorbereitungen denn überwachen, wenn nicht der König?«

Bjorkis, den Derwin vor dem sturen Stolz des hohen Patienten bereits gewarnt hatte, ließ nicht locker. »Was wirst du deinem Volke sein, wenn du erschöpft zu Bette liegst, nicht imstande, den Kopf zu heben? Ruhe, solange es möglich ist.«

Wütend zog der Drachenkönig die Stirn kraus. »Ich bin recht gesund, das sage ich dir! Meine Kraft geht dich nichts an.« Doch schon als er das sagte, schwankte er unsicher.

»Wie dieses, Herr? Geht sie nicht jeden Mann und jedes Kind im Reiche etwas an, wenn sie wollen, daß der König sie aus der Hand des Feindes befreie? Du brauchst Ruhe. Sammle Kraft, damit du am Tage der Entscheidung nicht siech darniederliegst.«

»Siech! Wie du redest! Und das mit deinem König, bei den Göttern!« fauchte Eskewar. Sein Gesicht wurde so rot vor Zorn, daß Bjorkis es für das beste hielt, im Augenblick nicht weiter zu drängen. »Es gibt viel zu tun, und einer muß darauf achten, daß es ordentlich getan wird«, brummte Eskewar und ging wieder hinaus. Bjorkis sah ihn den ganzen Tag nicht mehr, obwohl er in der Nähe der königlichen Gemächer auf ihn wartete.

46

In der Dunkelheit des Bergwerkes aufzuwachen war ein sonderbares Gefühl. Als Quentin die Augen aufschlug, merkte er kaum einen Unterschied zu vorher. Die Empfindung, blind zu sein, war so stark, daß sich sein Herz einen Augenblick zusammenzog, bis ihm wieder einfiel, wo er sich befand und wie er dorthin gekommen war. Um ganz sicherzugehen, zwinkerte er ein paarmal, aber es wurde nicht hell. Also blieb er auf dem harten, holprigen Gestein liegen. Im Finstern umherzustolpern und eine Fackel zu entzünden, dazu hatte er keine Lust, denn an den tiefen, regelmäßigen Atemzügen, welche den lautlosen Stollen erfüllten, erkannte er, daß die anderen noch schliefen. Er wollte warten.

Sie hatten zwei weitere lange Strecken zurückgelegt, ehe die Müdigkeit sie überwältigte und Derwin beschloß, eine Schlafpause einzulegen. Kurz nach ihrer ersten Rast hatten sie den ersten Abstieg erreicht. Der niedrige Gang war an einem steilen Hang gemündet, der sich dem Echo ihrer Stimmen nach zu urteilen auf einen weiten Raum öffnete, der schier unendlich schien. Ihre Fackeln reichten bei weitem nicht aus, um ihn vollständig auszuleuchten.

Diesen enormen Raum hatten sie durchmessen, vorbei an hohen Säulen, die man aus dem rötlichen Gestein des Berginneren gehauen hatte. Wie ungeheure Bäume ragten sie aus dem Boden auf und verloren sich in der Dunkelheit über ihnen. Zwanzig solche Pfeiler zählte Quentin, ehe sie ans Ende des Raumes gelangten, der auf einen großen Bogen zulief, durch den sie schließlich schritten. Dieser Bogen war eindeutig von den Steinmetzen der Ariga geschaffen worden. Quentin wäre gern stehengeblieben, um ihn zu bewundern, aber geschwind ging es weiter.

Der folgende Gang stellte die vier vor größere Schwierigkeiten. Er war zwar breiter und höher, so daß man sich freier bewegen konnte, doch bogen – oft scharf und unerwartet – zahlreiche kleinere Stollen und Gänge von ihm ab. An mehreren Stellen gabelte er sich nach rechts und links. Manchmal sahen sie die Abzweigung gar nicht, sondern spürten sie nur durch einen kühlen Luftzug. Einmal überquerten sie eine Brücke aus Stein, die sich über eine breite und tiefe Felsritze spannte. Als Quentin auf der Brücke warme Luft emporsteigen spürte, dachte er, dort befinde sich der Abzug eines ewig lodernden unterirdischen Feuers.

Jedesmal wenn Derwin an einer Gabelung oder Biegung anlangte, entschied er sich für den Pfad, der weiter in die Tiefe zu führen versprach. Er verhehlte nicht, daß er nicht so recht wußte, wonach sie wirklich suchten, aber der Gedanke, daß das überaus kostbare Metall auf dem tiefsten Grund des Bergwerkes lag, ließ ihn nicht los.

Auf der anderen Seite der Brücke rasteten sie in einem seltsam gewölbten Raum. Erst unterhielten sie sich, aber aufgrund ihrer Erschöpfung oder der dumpfen Atmosphäre verlor sich das Gespräch ins Leere.

Daraufhin waren sie trotz ihrer Müdigkeit und dem bedrükkenden Gewicht ihrer Bündel weitergewandert. Hinter dem gewölbten Raum wurde das Gefälle jählings steiler. Die Last auf ihren Schultern trieb sie schneller voran, als sie auf ebenem Gelände hätten gehen können. Deshalb erreichten sie die zweite Ebene wie im Handumdrehen.

Als sie in die riesige Höhle stolperten, die den Mittelraum der zweiten Ebene bildete, wußte Quentin indes, daß sie mehrere Stunden lang gelaufen waren. Doch die Zeit ließ sich nicht mehr nach üblichen Maßstäben bestimmen. Stunden vergingen im Flug, Minuten dehnten sich zu unglaublicher Länge, bis die Zeit sich nur noch nach zurückgelegten Schritten oder Tunneln messen ließ.

So waren sie gedankenverloren und schweigend voranmarschiert, als Quentin eine Berührung am Ellbogen spürte. Er fuhr dermaßen zusammen, daß ihm fast die Fackel aus der Hand gefallen wäre. »Toli! Hast du mir einen Schrecken eingejagt! Ich habe dich gar nicht gehört.«

»Verzeih mir, Kenta, ich wollte dich nicht erschrecken.« Mit seinen großen, leuchtenden Augen, die so tief waren wie klaftertiefe Seen, blickte er Quentin fest an. Einen kurzen Moment lang erinnerte Quentin sich an eine Zeit, die lange her schien, als er im Wald einen jungen Dscher kennengelernt hatte; dieser war in Hirschfelle gehüllt gewesen und hatte den weichen, wachsamen Blick eines wilden Rehs gehabt. Genauso sah Toli ihn nun wieder an. Erschauernd stellte Quentin sich vor, Toli sei wieder in seinen damaligen Zustand zurückgefallen, denn als er im flackernden Fackelschein in die großen dunklen Augen sah, hatte er das Gefühl, ein ungezähmtes, verängstigtes Tier vor sich zu haben.

»Was hast du, Toli? Ist dir etwas?« flüsterte Quentin kaum hörbar.

Mit seltsam aufgerissenen Augen blickte Toli sich um. Als er endlich etwas sagte, bebte seine Stimme so merkwürdig, wie Quentin es noch nie erlebt hatte. Toli wirkte wie auf dem Sprung, zur Flucht bereit. Quentin fürchtete, er werde in die Dunkelheit davonlaufen und nie wieder auftauchen. »Mein Volk liebt dunkle Orte nicht«, sagte Toli. »Wir haben nie in Höhlen gewohnt. In Urzeiten, als Höhlen und Erdlöcher vielen Menschen als Behausungen dienten, lebte mein Volk im Walde und baute seine Hütten im hellen Licht.«

Tolis Tonfall ließ vermuten, daß er gerade ein ganz persönliches Geständnis machte, doch wußte Quentin nicht, was er davon halten sollte.

»Bei uns gibt es immer noch einige, die von den Zeiten der Höhlenbewohner erzählen«, fuhr Toli fort. »Einige haben sogar Höhlen betreten, wenn sie im Walde zufällig welche fanden. Ich jedoch nie.«

Mit einemmal begriff Quentin, was Toli ihm mitzuteilen versuchte, und ihm wurde klar, wieviel Kraft es den Dscher gekostet hatte, ihn an diesen dunklen Ort zu begleiten. Für Toli war dies kein Bergwerk, sondern ein uraltes Tabu, das er aus Zuneigung zu seinem Herrn brach. Die Finsternis und die endlosen Gänge aus Stein, die immer tiefer ins Erdinnere führten, hatten schließlich am Firnis gekratzt, den Toli sich durch das Zusammenleben mit seinem Meister erworben hatte. Jetzt war er wieder ein Dscherprinz, so freiheitsdurstig wie die wilden Tiere der Ödlande.

»Unsere Reise ist bald zu Ende, Toli. Fürchte dich nicht. Du wirst wieder ins Freie gelangen, und das rasch.« Quentin spürte, wie hohl seine Worte waren. Um so mehr, als Toli ihn verständnislos anstarrte und ihn nicht zu kennen schien. Quentin hatte den Eindruck, einem Fremden gegenüberzustehen, dessen Gesicht ihm so vertraut war wie sein eigenes. Der Toli, den er kannte, war wie weggeweht.

»*Delnur iwi,* Toli«, murmelte Quentin und trottete weiter. Er hatte sich das Gehirn nach ein paar Worten in der Sprache der Dscher zermartert, aber etwas anderes war ihm nicht eingefallen. *Delnur iwi.* Halte durch ... halte durch.

Quentin rollte sich im Dunkeln auf die andere Seite und erschrak, als er aus der gestaltlosen Leere einen schwachen Lichtschein näher hüpfen sah. Das Licht schien durch die Finsternis zu schweben und wie das Auge eines Höhlentieres zu blinzeln, dem sie in die Quere geraten waren. Nach und nach wurde das Licht größer.

Quentin setzte sich auf und überlegte, ob er die anderen wecken sollte. Er hörte, wie jemand durch den Gang zu der Kammer schlurfte, wo sie sich zum Schlafen niedergelegt hatten. Doch das Gefühl der Bedrohung wich. Er wartete, und plötzlich erhellte das Licht die Kammer so grell wie Sonnenschein am Mittag.

»So ist es! Du bist wach, Quentin. Komm mit. Ich möchte dir etwas zeigen.«

»Und die anderen?«

»Laß sie schlafen. Es ist nicht weit. Komm mit.«

Mit steifen Gliedern stand Quentin auf; seine Füße schmerzten. Er watschelte Derwin hinterher; dieser hielt die Fackel so hoch, daß sie für beide reichte, und betrat wieder den Hauptstollen, dem sie bis dahin gefolgt waren. Nach kurzem gelangten sie zu einem Eingangsbogen in der Wand. Dort blieb Derwin stehen und sagte: »Ich bin diesen Korridor auf und ab gegangen. Diesen Eingang entdeckte ich erst, als ich in die Kammer zurückkehren wollte, um noch ein wenig zu schlafen. Ich habe ihn bereits ausprobiert. Folge mir.«

Neugierig bückte Quentin sich und ging durch den Bogen. Sogleich befanden sie sich in einem unangenehm engen und gewundenen, schlauchartigen Tunnel, der so niedrig war, daß man kaum aufrecht stehen konnte. Er führte jäh in die Tiefe, so rasch, daß Quentin ihn für gefährlich hielt. Quentin hatte das Gefühl, als könnte der Tunnel plötzlich kippen und ihn ins Bodenlose stürzen. Derwin indes schien keine Bedenken zu haben und lief so geschwind seine Beine ihn trugen. Also behielt Quentin seine Einwände für sich und folgte ihm brav.

Sie erreichten eine ganz schmale Stelle: das Ende des Tunnels. Doch nein, Quentin sah Derwin einen Schritt zur Seite machen und in einem Spalt verschwinden, der gerade so breit war, daß er sich hindurchzwängen konnte. Auch er stellte sich seitlich zu dem Spalt auf, hielt die Luft an und quetschte sich durch die dünne Ritze. Auf der anderen Seite wurde er von Derwin an der Schulter gepackt. Der Einsiedler legte die Fackel auf den Boden: Jetzt konnte man sehen, daß sie auf einer schmalen Felsplatte vor einem Abgrund standen.

Mit unbändiger Freude strahlte Derwin ihn im Fackelschein an. Quentin spürte, wie ihn ein Schauder der Erregung durchlief. »Was hast du, Derwin?« fragte er und hörte, wie sein Stimme sich in der Weite verlor. Der Abgrund mußte ungeheuer tief sein.

»Was ich habe? Ja, was werde ich wohl haben?« erwiderte der Einsiedler lachend. »Das werde ich dir zeigen.« Hohl und metallen hallte Derwins Stimme durch die Finsternis. Quentin drückte sich dichter an die Felswand.

Der Einsiedler packte die Fackel und schleuderte sie mit kräftigem Schwung in die pechschwarze Tiefe.

»Nein! Halt!« rief Quentin. Sein Schrei hallte aus großer Tiefe zurück. In einem endlos scheinenden Taumel fiel die Fackel und fiel. Quentin sah, wie sich ihr Schein hell an den glatten Felswänden spiegelte, bis sie schließlich mit einem Klirren erlosch, als würde das Eis eines frisch zugefrorenen Teiches splittern.

»Sieh nur«, sagte Derwin atemlos.

Quentin sah nichts und machte sich Sorgen, weil sie keine Fackel mehr hatten. Wie sollten sie den Weg zurück finden? Doch da geschah etwas Wundersames.

Während er in die Dunkelheit starrte, bildete er sich ein, die Sterne des Himmels aufgehen zu sehen, einen nach dem anderen. Anfangs waren diese Sterne bloß winzige Lichtpunkte, aber dann wurden sie größer. »Was ...?« hob Quentin zu sprechen an, verstummte aber vor Erstaunen.

Über ihm hatte die riesige, gewölbte Decke der Höhle zu leuchten begonnen, erst bernsteinfarben, dann rötlich wie ein winterlicher Sonnenaufgang. Die Felswände gegenüber schimmerten, als würden grüne Adern in ihnen verlaufen. Der Höhlenboden selbst funkelte stellenweise blau und golden auf: Es war gespenstisch. In wenigen Augenblicken – die Quentin jedoch wie das allmähliche Anbrechen des Tages vorkamen – gleißte der Raum auf allen Seiten, und Quentin wurde von ungläubiger Freude erfaßt.

»Derwin«, flüsterte er.

»Ja, Quentin. Wir haben es gefunden: das Lanthanil.«

47

Im grellen Licht des Wolfssterns beobachteten die Wachen ihr Kommen. Es war zwar zur sechsten Nachtstunde, doch trotzdem warf der gräßliche Stern so viel Licht auf die Ebene, daß es taghell war. Er war so groß geworden, daß er das gesamte östliche Himmelsviertel ausfüllte und sämtliche schwächeren Lichtquellen überstrahlte. Und im Licht ihres fürchterlichen Sterns zogen die Ningaal gen Askalon.

Ein Bote war auf dem Weg zum König, der befohlen hatte, daß man ihn benachrichtigen solle, sobald der Feind sich nähere, gleichviel, zu welcher Stunde. Kaum hatte der Kurier die Wälle verlassen, war er schon wieder mit Eskewar zurück. Grimmig und voll Zorn stand der König in seinem mit Zobel besetzten Umhang da; die goldene Drachenfibel und seine Ehrenkette funkelten im hellen Licht. Auf den Rücken seines Mantels war mit silbernen Fäden ein sich windender Drache gestickt. Dazu trug der König hohe rote Stiefel und sein prächtiges Schwert. Wer ihn so sah, wußte, daß er sich in dieser Nacht nicht zur Ruhe begeben hatte, sondern den Feind bereits erwartete.

Der Gegner war noch ein ganzes Stück weit weg, als er ihm trotzig entgegenblickte. »Kommt nach Askalon, ihr Barbaren!« fauchte Eskewar. »Kommt und zieht in euer Verhängnis!«

Die um ihn versammelten Feldherrn wechselten beunruhigt Blicke, denn in Eskewars Antlitz brannte eine Gier, als hätte er sich in einen reißenden Wolf verwandelt. Er legte den Kopf schräg und sprach: »Rurd, und du, Dilg, und auch Finscher. Der Drachen schläft, während der Feind näher rückt. Er schläft unter dem Hügel in seinem Saal aus Stein, aber nicht lange. Er wird erwachen und sein Reich verteidigen. Noch nie hat ein Eindringling an diesen Mauern gerührt, und nie soll es einem gelingen. Der Drache wird jeden aufhalten. Ja, der Drache!«

Schweigend nickten die Fürsten, denn sie hatten Angst, dem Toben des Königs Einhalt zu gebieten. Eskewar umfaßte die steinernen Zinnen, als wollte er die Mauern der Burg mit bloßen Händen aufrecht halten. »Seht, wie sie anrücken«, sagte er langsam und deutlich. »Ich spüre ihre verhaßten Schritte auf dem Boden. Ich spüre, wie ihre bösen Absichten mir bis ins Mark schneiden. Aber in mir schlägt das Herz eines Drachen: ein Herz aus Eisen. Ich fürchte mich nicht.«

Die Fürsten wichen vor dem Drachenkönig zurück. Selbst diejenigen, die schon im Krieg gegen Goliah an seiner Seite geritten waren, hatten ihn nie so erlebt. Die Augen quollen ihm aus dem Schädel, er hielt die Lippen zusammengepreßt. Seine edle, hohe Stirn glänzte glatt und straff im Sternenschein.

»Es ist ein Wunder, findet ihr nicht? Seht nur. Seht, wie bereitwillig sie zur Schlachtbank laufen. Seht, wie die Verfluchten in ihr Verderben marschieren. Doch habt kein Mitleid mit ihnen. Sie haben verdient, was sie bekommen werden. Sie sollen gefällt werden.«

»Die Nacht ist kalt, Herr«, sagte Rurd. Er zauderte, denn eine Reihe von Soldaten hatte sich versammelt und murrte ob des Königs Betragen. Sollte das Gerücht, der König habe den Verstand verloren, die Runde machen, konnte man nicht hoffen, daß die Soldaten kämpfen würden. »Vielleicht sollten wir alle hineingehen. Ich möchte gern über unsere Abwehr sprechen.«

Da blickte Eskewar sie an, als würde er sie erst jetzt wahrnehmen. »Wie? Was sagst du?« Unsicher strich er sich mit der Hand über die Stirn, auf der jetzt dicke Schweißperlen standen. Als Rurd dem König die Hand auf den Arm legte, spürte er, wie dessen Körper von einem Schauder erfaßt wurde.

»Ja, gehen wir hinein, damit der Drachenkönig uns seine Befehle erläutern kann«, drängte Dilg und faßte Eskewar am anderen Arm. Die beiden führten ihn von den Wällen.

Die übrigen lösten die Menge mit den Worten auf: »Geht auf

eure Posten. Wir halten Rat mit dem König.« Eilig folgten sie Eskewar, damit unter den Leuten keine Unruhe aufkam.

Oben im Westturm trat Königin Alinea ihnen aus dem dunklen Schatten eines Türrahmens entgegen. »Herrin ...«, sagte Rurd mit einer Verbeugung. Sofort begriff sie die Verwirrung der Fürsten.

»Eskewar, ich habe dich gesucht. Entlasse deine Feldherrn einen Augenblick. Sie mögen sich derweil im Ratszimmer einfinden. Ich muß mit dir sprechen, mein Gemahl. Diese Nacht ist so einsam.«

»Ja, Herr. Wir wollen uns bald zum Rat einfinden. Jetzt begeben wir uns zu unseren Kriegern, um ihren Mut zu entfachen.«

Eskewar merkte gar nicht, was die Menschen um ihn redeten. Er starrte seine Gattin an. Diese hakte sich bei ihm unter und lenkte ihn in den Turm zurück. »Ja, geht zu euren Kriegern. Sie sollen zum Kampf rüsten. Zum Kampf rüsten«, sagte der König im Gehen. Mensandors Fürsten dauerte der Anblick ihres Herrschers zutiefst, aber sie eilten auf ihre Posten, um die Soldaten über den Zustand des Königs zu beruhigen und ihnen zu versichern, daß er sie zum Streit führen würde. Doch insgeheim hegten sie Zweifel.

Tief im Herzen des Gebirges standen sie auf dem Grund einer mächtigen Höhle. Ungläubig staunend hatte Quentin die Augen weit aufgerissen. Die Pracht dieser Grotte machte ihn sprachlos. Auch Toli war vor Staunen starr, als er diesen unterirdischen Schatz erblickte.

Inschkad hatte vor Freude gejohlt und war wie ein Kind in die Höhle hinabgerannt. Er flitzte immer noch hin und her und besah sich die verschiedenen Erzadern. Im Gegensatz dazu wirkte Derwin fast gelassen und beherrscht, war jedoch, wie Quentin wußte, ebenso aufgeregt wie alle anderen. Seine Begeisterung äußerte sich im Reden, und das tat er ununterbrochen, seitdem sie die Höhle mit Inschkad und Toli ein zweites Mal betreten hatten.

Quentin fragte Derwin, der gerade von den verschiedenen Schürfweisen der Ariga berichtete: »Was hast du da von einem Einsturz am Haupteingang erzählt?«

»Wie bitte? Ach so. Den Haupteingang zu dieser Höhle fand ich mühelos. Unser Pfad führte geradewegs zu ihm. Er war indes durch Steinschlag versperrt.« Er blickte sich suchend um, fand den Eingang und deutete auf die Wand gegenüber. »Seht ihr das Geröll da? Dort liegt der Eingang.«

Ein Haufen riesiger Felsbrocken vermittelte den Eindruck, als sei der Stollen eingebrochen. »Wie konnte das geschehen?« fragte Quentin.

»Das kann ich natürlich nur vermuten. Ich nehme jedoch an, die Ariga hatten einen Grund, die Höhle zu versperren. Ein Unfall kann es nicht gewesen sein. Dafür waren sie zu geschickte Bergleute. Sie hielten es wohl eines Tages für richtig, diesen Teil der Mine zu schließen.«

»Diesen Teil? Aber hier liegt ja das Lanthanil.«

»So ist es! Da liegt genau der Grund dafür, da kannst du sicher sein. Worin er im einzelnen besteht, kann ich ebensowenig sagen, wie ich die Ursache kenne, aus welcher die Ariga untergegangen sind oder verschwanden. Aber sie hinterließen das Bergwerk … uns.«

»Es würde doch Jahre dauern, sich durch den Schutt am Eingang zu wühlen. Wie bist du darauf gekommen, daß es noch einen Zugang geben könnte?«

»Ich glaube nicht, daß sie jedermann fernhalten wollten, sondern bloß die Neugierigen, die Glücksritter und Plünderer.«

»Bei dem Loch in der Wand hätte ich es nie versucht. Für mich sah es aus wie eine sichere Todesfalle. Wie bist du darauf gekommen?«

Lächelnd zuckte Derwin die Achseln. »Das weiß ich nicht. Aber wenn man glaubt, daß es uns zu finden bestimmt war, dann mußten wir es finden. Wenn der Allmächtige es gewollt hätte, so hätte der Berg sich vor uns geöffnet.«

Toli hatte an den Steinhaufen am Boden herumgekratzt und schlitterte jetzt wieder zu Quentin und Derwin herüber.

»Kommt mit!« rief er und zog sie weg. »Ich habe etwas entdeckt.« Und schon war er davongerannt. Als sie um den Schutt herumgelaufen waren, zeigte Toli auf ein Ding, das im glimmenden Schein der Höhle schimmerte.

»Was ist das?« fragte Quentin, sich bückend.

»Ein Amboß, glaube ich«, erwiderte Toli.

»So einen Amboß habe ich noch nie gesehen.«

»Das liegt daran, daß er aus Gold ist! Und seht euch das an.« Der Dscher bückte sich und hob Gegenstände vom Boden auf, die dalagen, als würden sie nur auf die Rückkehr des Schmiedemeisters warten.

»Laßt mich sehen.« Inschkad bahnte sich einen Weg und nahm Toli zwei sonderbare Gegenstände aus den Händen. Er drehte und wendete sie, ihr Gewicht prüfend.

»Was ist das? Werkzeug?«

»Genau«, erwiderte Inschkad. Sein Gesicht leuchtete vor Aufregung. »Aber was für Werkzeug! Das Werkzeug eines großartigen Handwerkers. Und zwar aus Gold. Stellt euch nur vor, daß jemand Gold so gering achten konnte, daß er Werkzeug daraus machte! Es ist sehr alt und hat eine ungewöhnliche Form, aber seinen Zweck erkenne ich mühelos. Und seht: Da liegt ein Hammer!«

»Den erkenne sogar ich. Aber er muß ja viel zu schwer sein, und zum Gebrauch viel zu weich.« Quentin nahm Inschkad den Hammer aus der Hand und wog ihn. Er war nicht so schwer, wie er erwartet hatte, ja, nur ein klein wenig schwerer als ein Hammer aus Eisen.

»Lanthanil kann man mit Werkzeug jeder Art bearbeiten«, erklärte der Waffenschmied. »Es läßt sich leicht formen. Gold aber nimmt ihm nichts von seiner Kraft, denn es ist der einzige Stoff, der sie nicht überträgt. Und die Ariga kannten sicherlich eine geheime Legierung, um das Gold als Amboß und Hammer zur Verwendung zu bringen. Es war töricht von mir, mein eigenes Werkzeug mitzuschleppen.« Inschkad deutete auf den Stapel, den sie ein paar Schritte weiter abgelegt hatten. »Das Werkzeug hier«, sagte er und schüttelte die Instrumente in seinen Händen, »und die Esse dort drüben sind alles, was wir brauchen.«

»Die Esse?« Verwundert blickte Quentin sich um. »Ich sehe keine Esse.«

»Dort drüben, in der Wand. Sie sieht freilich nicht aus wie eine von unseren Essen. Mehr wie eine Nische. Aber ich erkenne ihren ursprünglichen Zweck. Es ist eine Esse.«

In diesem prächtigen Raum fühlte Quentin sich klein und unbedeutend. Abermals blickte er zur hohen Gewölbedecke empor, die bernsteinfarben und grün leuchtete, dann zu den Wänden mit ihren blauen und violetten Adern und dem rotgoldenen und rosenfarbenen Boden. Er kam sich vor wie ein Dieb in der Schatzkammer eines Königs, der jeden Moment ertappt werden kann.

»Nun denn. Hier sind Werkzeug und Amboß. Die Esse ist gleich daneben. Wir brauchen nur noch das Erz. Dann können wir beginnen«, sagte Derwin.

Diese Worte rissen Quentin aus seiner Träumerei. Er hatte ganz vergessen, warum sie gekommen waren, so sehr hatte ihn die überirdische Schönheit der Höhle der Ariga in ihren Zauber gebannt. »Beginnen?«

»Ja«, erwiderte Derwin mit einem Lachen. »Wir haben ein Schwert zu schmieden!«

48

»Nein«, meinte Derwin. »Damit geht es nicht.« Er reichte Toli zwei grün schimmernde Gesteinsbrokken zurück, der sie mit funkelnden Augen anblickte. »Grünes, gelbes, blaues, rotes, nicht einmal goldenes Erz eignet sich. Das mag alles gut sein für Kelche und Gebrauchsgegenstände, aber nicht für Zallkyr. Das strahlende Schwert muß aus weißem Lanthanil sein, denn dieses ist am seltensten und besitzt die größte Kraft.«

Quentin sah sich um. »Darum liegt also so viel wertvolles Erz herum. Die Ariga schätzten das weiße am meisten.«

»So ist es! Wir werden wohl danach graben müssen, wenn wir das Schwert schmieden wollen«, stellte Derwin fest. »Seitdem wir die Höhle fanden, habe ich nämlich nichts Weißes gesehen.«

»Ich auch nicht.«

Wie Inschkad vorschlug, verteilten sie sich jeder in einer anderen Ecke, um unter den vielen bunten Erzadern nach einer weißen zu suchen. Inschkad erklärte ihnen, worauf sie zu achten hatten, so daß sie nach mehreren Stunden Arbeit wußten, nach welchen Gesichtspunkten Bergleute vorgingen. Aber selbst nach einem Tag Suche hatten sie noch nicht die geringste Spur weißen Erzes gefunden.

Auch der nächste Tag brachte ihnen nichts außer wunden Fingern und Knien. Und am folgenden Tag war es ebenso. Am Ende saßen sie um das kleine Feuer, das Toli in einem Ring aus Steinen entfacht hatte, enttäuscht und müde. Inschkad brummte vor sich hin, wie er sich jüngst angewöhnt hatte.

»Wie war das?« fragte Derwin.

»Ach, nichts«, gab Inschkad mürrisch zurück. Er führte seinen Becher wieder zum Mund.

»Du hast eine Bemerkung über das Wasser gemacht«, beharrte Derwin. »Die möchte ich noch einmal hören.«

»Ich habe gesagt, das Wasser schmeckt so schal wie Stein!« Aufgebracht starrte Inschkad den Einsiedler an.

»Du könntest recht haben«, erwiderte Derwin, vom Wasser kostend. »Es schmeckt sehr nach Stein.«

»Was ist daran so sonderbar?« erkundigte sich Quentin. Seiner Meinung nach litten sie alle unter der Anstrengung. »Das Wasser trinken wir seit zwei Tagen.«

»Ja«, pflichtete Toli ihm bei, »seitdem das Wasser aufgebraucht ist, das wir in unseren Schläuchen mitbrachten.«

»Wo hast du sie nachgefüllt, Toli?« fragte Derwin und beugte sich neugierig nach vorn.

»An der Mulde dort drüben. Gleich unterhalb der Stelle, an der wir hereinkamen. Es ist nicht ungesund. Ich habe es selber probiert. Es schmeckt schal, weil es so lang in der Höhle stand, fern von Sonne und Luft.«

»Dann wird die Mulde also nicht von einer Quelle gespeist?«

»Ich denke nicht. Andernfalls würde das Wasser wohl frischer schmecken.« Toli musterte Derwin aufmerksam.

»Warum erkundigst du dich plötzlich nach dem Wasser? Wir trinken es seit zwei Tagen, wie Toli sagt. Es hat uns nicht geschadet«, stellte Quentin fest und leerte zum Zeichen seines Vertrauens in Toli seinen Becher.

Da stand Derwin mit einemmal auf. »Führe mich zu der Mulde.« Keiner rührte sich. »Sofort!«

Toli erhob sich und führte ihn hin. Verwundert blickten Inschkad und Quentin einander an. »Wir können ihnen auch gleich folgen. Mich überrascht es immer wieder, was dem Einsiedler so durch den Kopf geht. Bevor er nicht zufrieden ist, finden wir bestimmt keinen Schlaf.«

Also gingen die beiden den anderen im Halbdämmer der großen Höhle nach. Als sie sie einholten, lagen Derwin und Toli auf Händen und Knien und starrten in die dunkle Tiefe des Wasserlochs, dessen Oberfläche hart und glatt wie schwarzes Glas wirkte.

»Ich sehe nichts«, stellte Derwin seufzend fest. »Aber wir müssen es wohl versuchen.«

»Was denn?« fragte Quentin.

»Ich bin nicht sicher, aber...«, hob Derwin an. Er zauderte.

»Heraus damit, du lästiger Einsiedler! Was denkst du?«

»Es ist nur so eine vage Ahnung. Ich denke nur, es würde den Ariga ähnlich sehen, daß sie ihr Gut so versteckt haben, daß man es über einen verborgenen Hinweis entdeckt.«

»Du glaubst, es liegt in dem Loch?« Quentin kniete nieder und starrte ungläubig ins Wasser.

»Vielleicht«, antwortete Derwin. »Ich bin mir alles andere als sicher.«

»Ach was!« sagte Inschkad. »Das ist Sickerwasser, sonst nichts. Da unten findet ihr gar nichts.«

»Sei dir da nicht sicher. Hast du irgendwo Wasser sickern oder laufen sehen, seit wir in die Mine gekommen sind?«

»Ein wenig, gewiß.«

»Sehr wenig, mein Herr. Die Ariga verstanden sich auf ihr Handwerk – und zwar besser als alle Bergleute in unserer Zeit. Wasser stellt in einem Bergwerk stets eine Gefahr dar. Aber wie du selbst gesehen hast, ist dieser Stollen von keinem solchen bösen Zufall bedroht. Die Ariga wußten genau, wie man es vermeidet. Darum neige ich zur Ansicht, daß hinter diesem Wasserbecken eine tiefere Absicht steckt.«

»Ob Absicht oder nicht«, versetzte Inschkad, in die bodenlose Tiefe blinzelnd, »wie sollen wir dort unten graben?«

Kopfschüttelnd stand Derwin auf. »Das weiß ich nicht. Laßt mich darüber schlafen. Vielleicht weisen meine Träume mir einen Weg.«

Gemeinsam gingen sie zu der Stelle zurück, wo Tolis Feuer brannte, und versuchten zu schlafen. Indes, es war vergebens. Alle waren sie dem Rätsel des Wasserlochs erlegen: Wie sollten sie das Wasser überwinden? So wälzten sie sich unter ihren Umhängen alle hin und her und dachten an nichts anderes als das weiße Lanthanil, das womöglich auf dem Grund der Grube lag.

Schließlich richtete Quentin sich auf und sagte: »Es ist zwecklos. Ich finde keinen Schlaf. Und wenn meine Ohren mich nicht täuschen, schlaft ihr auch nicht. Reden wir über die Sache.«

»Du hast recht«, knurrte Inschkad. »Wir finden keine Ruhe, bis wir keine Lösung gefunden haben, wie wir das Erz aus der Pfütze holen.«

»So ist es«, sagte Derwin und stand auf. »Ist jemandem etwas eingefallen?«

Leer starrten die anderen ihn an. Keiner hatte eine Ahnung, wie das Schürfen zu bewerkstelligen war.

Langsam rappelte Toli sich auf. »Es gibt nur eine Möglichkeit«, stellte er fest. »Ich muß dort hinab.«

Dieser Ankündigung folgte Schweigen. Tolis Gesicht war zu einer Maske aus Furcht und Abscheu erstarrt. So hatte Quentin seinen Freund noch nie erlebt, nicht einmal im Krieg. »Toli, das brauchst du nicht. Wir finden eine andere Lösung.«

»Und wie soll die aussehen?« fragte Inschkad.

»Wir könnten das Becken trockenlegen oder ...« Quentin fiel nichts mehr ein.

»Siehst du, mein Vorschlag ist am besten«, sagte Toli leise. Er wirkte wie ein Mensch auf dem Weg in den Tod.

»Aber ...«, fing Quentin an.

Derwin gebot ihm Einhalt. »Nein, Toli hat, glaube ich, recht. Es ist die einzige Möglichkeit. Es hat keinen Sinn, weiter darüber zu reden. Am besten fangen wir gleich an.«

»Nein!« wehrte Quentin sich. »Ich will nichts davon wissen, auch wenn du darin die einzige Möglichkeit siehst, Derwin. Wenn jemand hinab muß, dann laßt mich gehen. Schließlich soll es mein Schwert werden.«

»Überlege dir, was du da redest«, versetzte Derwin und starrte Quentin auf eine Weise an, daß dieser sich wie ein kleiner Junge vorkam. »Bist du vielleicht in der Lage zu schwimmen und unter Wasser einen Pickel zu führen? Was kannst du mit deinem Arm schon anfangen?« Derwin legte eine Pause ein und fuhr dann fort: »Wer von uns wäre besser geeignet als Toli? Inschkad? Ich? Nein. Toli hat recht. Es bleibt keine andere Wahl. Er hat von uns allen die besten Aussichten auf Erfolg.«

»Dann begleite ich ihn«, entgegnete Quentin hitzig.

Derwin zuckte die Achseln. »Vielleicht nützt das sogar etwas. Nun gut. Fangen wir an.«

In Kürze waren sie bereit. Toli und Quentin legten ihre Kleider ab bis auf ihre ledernen Gürtel. An diese hatten sie lange Stricke, Werkzeuge und auf einen Einfall Inschkads hin kleine Stückchen Lanthanil gebunden, damit man sie sehen konnte, wenn sie in die tintenschwarze Tiefe tauchten und dort arbeiteten. Jetzt standen sie am Rand des Beckens und blickten düster hinab, als würde Heoth selbst sie erwarten und in seiner eisigen Umklammerung packen wollen.

Derwin und Inschkad hielten die Enden der Stricke fest. »Denkt daran, ihr braucht bloß an den Seilen zu zupfen und schon ziehen wir euch herauf. Versucht nicht zu schwimmen, spart euch eure Kraft und eure Luft. Dann könnt ihr länger arbeiten. Das Gewicht eurer Werkzeuge wird euch schnell genug in die Tiefe ziehen. Schont beide eure Reserven.«

Toli sagte nichts. Seine Miene war so kalt und steinern wie eine Burgmauer. Sämtliche Gefühle, wie sie auch aussehen mochten, hatte er in einen fernen Winkel seines Inneren verbannt.

»Dies ist eine mutige Tat, lieber Freund.« Quentin legte Toli eine Hand auf die Schulter und spürte, wie gespannt dessen Muskeln waren. »Habe keine Sorge. Ich bin bei dir.«

Toli nickte kurz, ohne den Blick vom Wasser zu wenden. Dann machte er einen Schritt und versank so unauffällig, daß die Oberfläche sich kaum regte. Quentin holte tief Luft und folgte ihm, den verletzten Arm an die Brust gedrückt.

Das eiskalte Wasser ließ ihn dermaßen zusammenfahren, daß er fast gleich wieder aufgetaucht wäre, um Luft zu schnappen. Er hatte das Gefühl, als würden ihm Tausende von Dolchen ins Fleisch fahren. Er schluckte Luft, so daß ihm Luftblasen aus der Nase sprudelten. Einen Augenblick später fühlte er sich wie taub. Er öffnete die Augen und sah, daß er in eine schwarze, lautlose Leere sank – ganz wie im Traum. Als er aufblickte, sah er die Höhlendecke schwach und immer schwächer funkeln und sich entfernen.

Seinen Freund Toli konnte Quentin zwar in der Nähe spüren, aber kaum sehen. Etwa drei Spannen unter der Wasseroberfläche erreichten sie einen Felsvorsprung und gingen ein Stück über dessen scharfe Kanten, bis er wieder abbrach. Unterhalb dieses Vorsprungs befand sich ein großer Hohlraum, so hatte Quentin den Eindruck. Inzwischen konnte er gar nichts mehr sehen, denn selbst der trübe Dämmerschein wurde nun von dem Felsen verdeckt.

Als seine Füße wieder glattes Gestein berührten, war Quentin überrascht. Noch konnte er nicht sagen, ob er den Grund des Beckens erreicht hatte. Doch hier wollte Toli mit der Suche nach dem seltenen weißen Erz beginnen. Quentin spürte einen leichten Wirbel neben sich und wußte, daß der Dscher sich auf die Felswand zubewegte, die unmittelbar vor ihnen liegen mußte.

Quentin wollte ihm folgen, stieß sich aber die Zehen an einem Gesteinsbrocken. Der plötzliche Schmerz trieb ihm die Luft aus den Lungen; er stolperte unbeholfen und sank langsam auf die Knie. Es gelang ihm jedoch mühelos, sich wieder aufzurichten und wie schwerelos seinem Freund zu folgen, an dessen Gürtel jetzt das Lanthanil schimmerte.

Kurz nach Toli erreichte auch Quentin die Felswand. Sie waren erst ganz kurz unter Wasser, ihm kam es aber bereits wie eine Ewigkeit vor. Er fragte sich, wie Toli damit zurechtkam. Noch ein leichter Wirbel im Wasser, ein dumpfes Klirren, und er merkte, daß dieser keine Zeit verlor und schon mit einem von Inschkads Pickeln an der Felswand scharrte.

Mit seiner gesunden Hand tastete Quentin an seinem Gürtel nach einem Werkzeug und folgte dem Beispiel des Dschers. So langsam, wie es einem Taucher nur möglich ist, klopfte er blindlings am Gestein. Binnen kurzem begannen Quentins Lungen vor Anstrengung zu brennen. Er machte Toli ein Zeichen, daß er zum Luftholen auftauchen wolle, und Toli gab ihm zu verstehen, daß er begriffen hatte. Quentin zupfte am Seil und entfernte sich von der Wand. Sofort wurde er rasch nach oben gezogen, und zwar so schnell, daß er heftig strampeln mußte, um dem Felsvorsprung auszuweichen.

Unter einem Schwall von Blasen schoß Quentin an die Oberfläche. Neugierig blickten Derwin und Inschkad auf ihn hinab. »D-da u-unten ist es ei-eiskalt!« schnatterte Quentin, ohne es zu wollen.

»Hast du etwas sehen können?« fragte Derwin. »Was gibt es dort unten?«

»Drei bis fünf Spannen unterhalb von mir befindet sich ein Felsvorsprung und darunter ein Hohlraum, so groß, daß ein Mann darin stehen und arbeiten kann. Ob das der Grund ist, weiß ich nicht. Toli ist noch dort, müßte aber gleich hochkommen.«

»Das klingt gar nicht schlecht«, sagte Inschkad eifrig. Der alte Waffenschmied, dachte Quentin, hätte voll Freuden mit ihm getauscht, wenn man es ihm angeboten hätte. Sein Gesicht glänzte im sanften Schein der Höhle vor Begeisterung.

»Toli bleibt zu lang dort unten«, stellte Quentin fest. Er tauchte den Kopf unter Wasser, sah aber keine Spur von Tolis Leuchtgürtel. Inschkad hielt Tolis Seil schlaff in der Hand.

»Ich hole ihn herauf. Er war lange genug unten.«

»Ja, sieh nach, wo er bleibt. Und er soll seine Lungen nicht überanstrengen, selbst wenn er schwimmen kann wie ein Fisch.« Derwin gab wieder Seil, und Quentin ließ sich abermals in die kalte, lautlose Wasserwelt fallen. Sobald er an dem Felsvorsprung vorbei war, konnte er schwach Tolis Gürtel sehen. Er näherte sich so rasch er konnte und tastete nach seiner Schulter. Toli jedoch schüttelte ihn ab und setzte seine Arbeit fort.

Quentin, der sich allmählich Sorgen um seinen Freund machte, wollte nach dessen Seil greifen und ihn an die Oberfläche ziehen lassen, ob es ihm behagte oder nicht. Als er die Hand ausstreckte, sah er aus dem Augenwinkel heraus etwas.

Er drehte sich um: Dort in der Felswand hatten sich feine Risse gebildet, durch die zarte, seidene Fäden weiß schimmerten. Er nahm seinen Pickel zur Hand und hackte, Toli nachahmend, am Felsen.

Im Nu zerbröselte die schwarze Wand: Es blitzte silberhell

und kalt, vor ihnen lag zwei Hand breit eine Ader weißen Lanthanils.

Schnell wie eine Schlange streckte Toli die Hände aus und legte sie auf den strahlenden Stein. Im hellen Schein, der ihn plötzlich umflutete, sah Quentin, wie sein Freund sich veränderte. Quentin, dem in diesem Unterwassergrab kalt und unheimlich war, hatte den Eindruck, sein Freund sei mit einemmal größer, kräftiger und stattlicher.

Ihm blieb kaum Zeit zum Staunen, denn Toli hämmerte schon wieder weiter und brach ein großes Stück des kostbaren Gesteins. Kaum daß Quentin sich versah, hielt der Dscher ihm einen Brocken des weißen, glänzenden Erzes hin. Quentin starrte erst den Stein an und dann Toli, der wider Willen grinsen mußte. Quentins Lungen fingen schon wieder zu brennen an; es war Zeit, aufzutauchen. Verblüfft fragte er sich, wie Toli es so lange unter Wasser aushalten konnte.

Endlich griff er nach dem Stein, den Toli ihm darbot; er wollte ihn Derwin und Inschkad nach oben bringen und ihnen berichten, daß sie endlich den Schatz gefunden hatten. Doch als Quentin den Stein berührte, durchschoß ihn eine Hitzewelle wie eine Flamme aus Eis. Ihn prickelte am gesamten Körper, als hätte ihn ein Blitz getroffen, doch das Brennen hörte sofort auf, gefolgt von einem Gefühl von Wärme, Wohlbefinden und Frieden. Sogar der Schmerz in seiner Lunge hörte augenblicklich auf. Mit einem Schlag fühlte er sich lebendiger, gesünder und zufriedener als jemals zuvor.

Und genau im gleichen Moment spürte er einen langen Schauder durch seinen Arm rieseln, als würden ihn überall Nadeln pieksen. Danach spürte er bis ins Mark eine merkwürdige Wärme, bis sein Arm brannte wie Feuer.

Doch das ging so schnell vorüber, wie es gekommen war, gefolgt von angenehmer Kühle, die sich gleichmäßig über seinen Arm verteilte. Das erschreckte Quentin ebenso sehr wie das Brennen, denn er hatte ja seit Wochen kein Gefühl mehr im rechten Arm gehabt. Im sonderbar strahlenden Licht schaute er Toli an, und dieser grinste wissend zurück. Quentin streckte die

Rechte aus, um Toli übers Gesicht zu streichen, und sie gehorchte ihm wieder. Die Finger ließen sich bewegen und der Arm ließ sich drehen und wenden, auch wenn die Schiene ihn noch ein wenig behinderte.

Toli brach noch ein Stück des lodernden Erzes und machte Quentin ein Zeichen zum Auftauchen. Dieser hatte völlig vergessen, daß sie sich unter Wasser befanden, denn sobald er den Stein angefaßt hatte, war sein Verlangen, Luft zu holen, verschwunden. Jetzt jedoch brannte er darauf, den Fund den beiden andern zu zeigen. So schwammen sie, ohne an den Seilen zu zupfen, empor.

Derwin und Inschkad, die es allmählich beunruhigte, daß die beiden so lange ausblieben, überlegten gerade, ob sie sie heraufziehen sollten, vor allem Toli, der noch nicht einmal frische Luft geholt hatte.

Plötzlich rief Derwin: »Inschkad! Sieh nur dort!«

Der Waffenschmied folgte dem Finger des Einsiedlers und sah zwei weiße Gegenstände, die glühten wie die Augen eines Meerungeheuers, rasch auftauchen. Geschwind machte er einen Schritt zurück und hielt abwehrend die Hände vor sich, so erschrocken war er.

Doch dann dröhnte die Stimme des Einsiedlers durch die Luft und hallte in der großen Höhle wider: »Das Lanthanil! Gelobt sei der Allmächtige! Er beweist uns seine große Gunst! Wir haben es gefunden!«

Dann begann Derwin, alle Würde vergessend, gemeinsam mit Inschkad in einem wilden Tanz herumzuhüpfen. Glücklich sahen die beiden triefnassen Taucher ihnen zu.

49

Auf den gebeugten Rücken ächzender Sklaven bewegte Nin sich entlang der alten Uferstraße von Lindalien an der Westküste auf Askalon zu. Ihm folgten fünfzigtausend Soldaten zu Fuß. Der Arwin war wild und tief, aber so breit, daß man Nins schrecklichem Zug entkommen konnte, wenn man Boote zum Übersetzen fand.

Dort bei der Insel, wo der Fluß ins helle Meer mündete, hatte Nin auf seinem Palastschiff eine Zeitlang gewartet. Doch plötzlich war sein Zorn entflammt, denn seine Feldherrn meldeten immer noch nicht, daß Askalon gefallen war. Darum hatte die oberste Gottheit der Ningaal beschlossen, sich selbst auf den Weg zu machen und dafür zu sorgen, daß dem Krieg rasch ein Ende gesetzt würde.

Er befahl seinem stehenden Heer aus fünfzigtausend Mann, die auf den Schiffen warteten, an der Westküste an Land zu gehen, und dann ließ er sich selbst auf seinem Thron ans Ufer tragen. Dort ließ er den Thron auf den Rücken seiner am Boden liegenden Sklaven setzen und hieß sie mit einer weit ausholenden Handbewegung losmarschieren. Wie ein Schwarm Heuschrecken verheerten sie alles, was ihnen in den Weg kam: die Früchte des Feldes, die Katen der Bauern, kleine Dörfer. Nichts hielt sie auf, und keiner hob den Arm, um ihnen entgegenzutreten.

Tag und Nacht marschierten sie; unermüdlich, unablässig, unaufhaltsam näherten sie sich Askalon.

Tag und Nacht schien der böse Wolfsstern am Firmament. Tags stand er tief am Horizont, ein heller Fleck, der aussah wie eine kleine, zweite Sonne. Nachts strahlte er fast so hell wie die Sonne selbst und verwandelte die Dunkelheit in ein höhnisches Abbild des Tages. Über dem Land lagen unnatürliche Schatten;

die Vögel in den Bäumen verstummten, und die Tiere auf dem Felde kauerten sich zusammen und wußten nicht, ob sie schlafen oder grasen sollten; die Menschen drängten sich in den Tempel- und Burghöfen, wehklagten vor Furcht und bedeckten sich das Haupt.

Und Nin marschierte gen Askalon.

Auf der Burg des Drachenkönigs hatten sich die Fürsten versammelt, um Eskewars merkwürdiges Verhalten zu erörtern. Manche behaupteten, der Stern habe ihn um den Verstand gebracht, er habe ihn verwirrt wie das Volk, das sich hinter den mächtigen Mauern der Festung drängte. Andere sagten, seine alte Krankheit habe ihn wieder erfaßt. Alle machten sie sich Sorgen, was geschehen würde, sollten die Ritter und Soldaten herausfinden, daß der Drachenkönig sie nicht in die Schlacht führen konnte; sie hatten nämlich nicht die geringste Hoffnung, die Belagerung lange durchzustehen. Früher oder später mußten sie sich dem Feind in offener Feldschlacht stellen, um ihn niederzuringen. Verzweifelt beteten sie darum, Eskewar möge sich rechtzeitig erholen und sich an ihre Spitze setzen, und sei es nur, um die Krieger zu ermutigen. Daß die verhängnisvolle Schlacht näher rückte, dessen waren sie sich gewiß.

»Gibt es etwas Neues?« fragte Eskewar sorgenvoll. Er schien wieder zu sich gefunden zu haben und bei Sinnen zu sein; friedlich lag er zu Bett. Bjorkis und die Königin standen neben ihm, als die Fürsten hereinkamen.

Fürst Rurd, den die übrigen zu ihrem Sprecher gekürt hatten, trat neben das Bett des Königs. Er kniete nieder und sagte: »Herr, wir haben keine Neuigkeiten, und es wird auch keine geben. Die Feldherrn Nins haben die Festung vollständig umzingelt. Sie halten die Ebene unterhalb des Burghügels besetzt und haben die Stadt eingenommen. An die Festungswälle haben sie sich noch nicht gewagt, aber lange werden sie nicht auf sich warten lassen. Askalon steht unter Belagerung.«

»Es hat also angefangen«, seufzte Eskewar müde. »Ich hatte

gehofft, die Fürsten des Nordens würden uns durch Boten mitteilen lassen, daß sie zu uns stoßen.«

»Dazu ist es, fürchte ich, zu spät. Selbst wenn ein Bote einträfe, würde er die Linien des Feindes nicht überwinden können. Trotzdem kommen die Fürsten vielleicht noch.« Fürst Rurd warf seinen Standesgenossen einen Blick zu und fügte rasch an: »Wir möchten uns eine Gunst ausbedingen, Herr.«

»Nennt sie, und sie sei euer«, erwiderte Eskewar.

»Wir möchten, daß du zu den Rittern und Soldaten sprichst, Herr. Es gehen Gerüchte, daß ...« Rurd verstummte und merkte, daß er zu weit gegangen war.

»Gerüchte? Ach ja, was für Gerüchte? Fürchte nicht meinen Zorn. Ich kenne die Gerüchte, die umlaufen, nur zu genau.«

Unruhig suchte Rurd bei den anderen Beistand.

»Nun?« fragte Eskewar allmählich grollend. »Sprich, Mann!«

»Es gibt Leute, die behaupten, du hättest dich verändert, Herr. Dein Kampfeswille sei gebrochen ...«

»Sie behaupten, ich sei verrückt! Das willst du doch sagen. Dann heraus damit!«

»So ist es, Herr.« Rurd senkte den Kopf.

Eskewar machte eine Bewegung, als wollte er aus dem Bett springen. »Bitte, Herr!« Bjorkis erwachte aus seinem Schweigen. »Bleibe noch ein wenig zu Bette und erhole dich.«

»Hört auf ihn, meine Herren«, flehte Alinea. Sie warf den Fürsten einen finsteren, mißbilligenden Blick zu; diese machten augenblicklich Anstalten, zu gehen.

»Nein!« Mit einer Handbewegung gebot Eskewar dem Priester und der Königin Einhalt. »Hindert mich nicht am Gehen. Ich werde meine Edelleute begleiten und zu den Soldaten sprechen. An ihrem König dürfen sie keinen Zweifel hegen noch Verzweiflung im Herzen tragen. Ich werde ihnen zeigen, daß ich nicht krank bin und mich auch nicht fürchte.«

Den Fürsten befahl er: »Versammelt die Ritter und Soldaten im Burghof. Ich werde vom Wall aus zu ihnen sprechen und anschließend durch ihre Reihen gehen, um ihre Sorgen und

Ängste zu zerstreuen. Wenn sie mich sehen, werden sie begreifen, daß ich zu ihnen stehe und sie in den Kampf führen werde.«

Da die Fürsten schleunigst das Gemach verlassen wollten, verbeugten sie sich alle gleichzeitig und eilten fort, um ihre Truppen zusammenzurufen. Sobald sie draußen waren, traten Bjorkis und Alinea zum König und halfen ihm auf.

»Du bist so schwach, Herr«, schluchzte Königin Alinea. Die Tränen quollen ihr aus den grünen Augen und rannen in Strömen die Wangen hinab.

»Ich will ihnen sagen, daß du morgen erscheinst«, schlug Bjorkis vor. »Ruhe nur diese eine Nacht. Danach wirst du dich kräftiger fühlen.«

»Nein, das ist unmöglich. Morgen gibt es die Welt vielleicht nicht mehr. Ich muß sofort auftreten. Die Gerüchte dürfen nicht weiterbestehen, sofern ich sie zerstreuen kann, denn sie würden an meinen Soldaten zehren. Ein Krieger braucht Mut, wenn er für seine Heimat kämpfen soll. Ich muß es tun.«

Auf die Arme der beiden gestützt, schleppte Eskewar sich zur Tür. Dort richtete er sich auf, drückte die Brust heraus und reckte sein Haupt. »Ich gehe ohne Hilfe«, sagte er und verließ sein Gemach.

Als er fort war, sagte Alinea mit Tränen in den Augen: »Bjorkis, er hätte niemals in die Schlacht reiten dürfen. Er hat sich überanstrengt und ist noch nicht wieder bei Kräften. Ach, ich fürchte, er wird sich nie mehr erholen.« Sie vergrub ihr Gesicht in den Händen. »Wäre Derwin hier, er wüßte, was man tun könnte«, preßte sie unter Schluchzen hervor.

Bjorkis legte ihr seinen Arm um die schlanken Schultern und tröstete sie: »Ja, Derwin wüßte es, aber er ist nicht hier. Wir müssen überlegen, was er an unserer Stelle tun würde, und danach handeln.«

»Verzeih mir«, sagte Alinea schniefend. Sie blickte dem freundlichen alten Priester in die Augen. »Ich wollte dein Tun nicht abwerten. Deine Hilfe hat uns sehr viel genützt. Ich...«

»Schon gut. Auch ich wünschte, Derwin wäre hier. Er kennt die Welt und die Menschen weit besser als ich. Ich habe zu lange in der Abgeschiedenheit des Gebirges gelebt, zu fern den Sterblichen, und jetzt komme ich mir alt und nutzlos vor. Hoffen wir, daß Derwin bald wiederkehrt.«

»Beten wir darum.«

»Ja, Herrin. Beten wir unbedingt darum.«

Eskewar verließ den Ostturm und schritt im kalten, höhnischen Licht des Gestirns auf dem Festungswall entlang. Sein langer Umhang schleifte wie ein riesengroßer, dunkler Flügel hinter ihm her, der Silberdrache glitzerte im gespenstischen Licht. Neben ihm gingen mit ernster Miene Teido und Ronsard. Als sie die Mitte des inneren Walls erreicht hatten, blieb Eskewar stehen und blickte auf die Reihen von Soldaten hinab, die sich eingefunden hatten, um ihm zu lauschen.

Als er ihre bangen Mienen gewahrte und ihre Blicke, mit denen sie bei ihm Kraft, Weisheit und Trost suchten, fühlte er sich uralt und sehr schwach. Sie saugten ihn aus, so dachte er, und ihm war, als würde seine Kraft zusehends schwinden. Er fühlte sich zum Reden zu müde und verbraucht.

Aber die Leute warteten und beobachteten ihn. Seine Krieger warteten darauf, daß er ihre Ängste bannte. Wie, fragte er sich, sollte er dies bewerkstelligen, wenn er nicht einmal die eigene Furcht zu vertreiben vermochte? Welche Worte sollte er finden? Welchen Zauber wirken?

Ohne zu wissen, was er sagen wollte, öffnete Eskewar den Mund und fing zu reden an. Und seine Stimme sank von oben herab auf die Versammelten wie die Stimme eines Gottes.

Er sprach und hörte seine Stimme aus den Winkeln des Burghofs widerhallen. Auf seine Rede hin erhob sich ein Raunen, und Eskewar fürchtete, etwas Falsches gesagt zu haben, fürchtete, seine gute Absicht zunichte gemacht zu haben. Trotzdem sprach er weiter, der Worte nicht achtend, die ihm unüberlegt aus dem Munde purzelten. Sie haben recht, dachte er verbittert, der König ist wahnsinnig. Wie ein Schwachkopf plappert er vom Wall herunter und weiß nicht, was er sagt.

Allmählich wurden aus dem Gemurmel Rufe, und schließlich

ertönte lauter Jubel. Als Eskewars letzte Worte verklangen, brach im Burghof ein Taumel aus Freuden- und Kampfgeschrei aus. Und plötzlich sangen die Soldaten das alte Kampflied Mensandors und Eskewar schritt zwischen den Soldaten hin und her, berührte sie und ließ sich von ihnen berühren.

Der Drachenkönig stand unter seinen Kriegern, verwirrt ob ihres Jubels und Beifalls. Er fühlte sich gedemütigt, als er merkte, daß er gar nicht wußte, was er gesagt hatte, und gleichzeitig war er dankbar, weil er sah, daß er die rechten Worte gefunden hatte.

Das Jauchzen und Singen wurde jäh von einem Ton unterbrochen, den man in Askalon seit fünfhundert Jahren nicht mehr vernommen hatte. Bumm! Der Ton verklang wie Donnergrollen. Bumm! Bumm! Er wiederholte sich, und um den Drachenkönig wurde es still. Der Jubel endete; das Singen verebbte. Bumm! Bumm! Bumm!

Die Ningaal hatten vor den Toren der Burg einen Rammbock in Stellung gebracht. Der Belagerungszustand hatte begonnen.

50

»Ich kann es noch immer kaum glauben«, sagte Quentin und beugte seinen Arm. »Es ist, als hätte ich nie eine Verletzung gehabt. Ja noch besser! Und seht nur: Die Haut ist nicht blaß und der Muskel kräftig.«

Toli, der daneben gestanden hatte, als Derwin den Verband und die Schiene abnahm, versetzte: »Ich kann es sehr wohl glauben. Die alten Sagen sprachen die Wahrheit. Es gibt die *Khun Nawisch* immer noch.«

Die beiden leuchtenden Gesteinsbrocken lagen schimmernd wie glühend heiße Kohlen neben dem schwarzen Loch. Derwin schloß die Untersuchung von Quentins Arm ab; er hatte sich überzeugt, daß er wieder ganz heil und gesund war. »So ist es!« stellte der Einsiedler fest. »Dein Arm ist auf wundersame Weise verheilt. Hätte ich ihn nicht selbst geschient, ich würde sagen, er war nie gebrochen.«

Er legte den Kopf schräg und blickte Quentin scharf an. »Ich sehe nichts, was dich daran hindern könnte, Zallkyr zu schwingen. Und du?«

Mit jähem Erschauern entsann Quentin sich sämtlicher Bedenken, die er zwischendurch erfolgreich aus seinem Gehirn verbannt hatte. Im Nu standen sie ihm wieder vor Augen und erstickten seine glückliche Erregung. Eine Art Furcht packte ihn mit eisernem Griff.

»Glaubst du immer noch, ich sei der Auserwählte?«

»Warum fürchtest du dich? Du hast dich bereits entschieden, dem Allmächtigen zu folgen. Er hat dir diesen Weg vorgezeichnet. Wende dich nicht davon ab.«

Quentin betrachtete die strahlenden Steine. »Aber die Weissagung … Sie ist …« Ihm fehlten die Worte.

»Du hast Angst, allein gelassen zu werden? Ha! So schnell

wirst du uns nicht los. Wir werden dir stets zur Seite stehen. Glaube nicht, der Allmächtige lasse seine Diener auf einsamen Pfaden wandeln. Seine Wege erkennt man deutlicher, wenn einem andere mit verwandter Gesinnung beistehen. Er hat dir uns geschenkt, wie er uns dich geschenkt hat, damit wir einander unterstützen.

Nimm auch dieses Geschenk an. Es ist dir bestimmt«, schloß Derwin, auf die weißen Steine deutend. Da bückte Quentin sich langsam und hob sie auf.

»Ja, ich nehme es an. Ich werde Zallkyr schmieden.« Er hielt die Steine hoch über sein Haupt, als hätte er bereits das Schwert in der Hand. »Inschkad! Laß uns anfangen. Die Zeit wird knapp. Wir haben ein Schwert zu schmieden!« Doch als sie sich umblickten, war Inschkad verschwunden.

Bumm! Bumm! Immer wieder donnerte der Rammbock gegen das Tor. Die Bauern, die vor den Feinden auf die Burg geflüchtet waren, kreischten bei jedem fürchterlichen Knall entsetzt auf. In den Vorhöfen herrschte Panik.

Auf dem Vorwerk des Torhauses hatten sich Bogenschützen postiert, um die Ningaal zu vertreiben, die mit dem wuchtigen Rammbock gegen die eingezogene Zugbrücke anrannten. Ab und zu fand ein Pfeil sein Ziel, und ein feindlicher Krieger stürzte von der schmalen Planke, die der Gegner über den Graben zwischen Rampe und Burgtor gelegt hatte. Diese Nadelstiche machten den Ningaal jedoch nicht viel aus, denn sie waren durch ein eisenbewehrtes Dach über ihrem Kriegsgerät geschützt. Außerdem wurde jeder Unglückliche, der unvorsichtigerweise aus der Deckung trat, sofort von einem anderen Krieger ersetzt. So ging das Dröhnen unablässig weiter.

»Ruft die Bogenschützen zurück«, sagte Teido, vom Wall hinabblickend. »Wir können uns unsere Pfeile sparen. Gegen das Tor können sie ohnehin nichts ausrichten. Das hat noch keiner geschafft.«

»Wir können sie mit Feuerpfeilen beschießen«, meinte Rurd mit besorgter Miene. »Dann wären wir sie schnell los.«

»Und unser Tor ebenfalls!« fauchte Ronsard gereizt.

»Ich glaube nicht, daß ein Feuer dem Tor viel anhaben könnte«, sagte Teido nachdenklich, schüttelte aber schließlich den Kopf. »Ich könnte mich auch täuschen. Gehen wir lieber kein unnötiges Risiko ein. Wir wollen abwarten, was sie als nächstes versuchen.

Unter den Mauern einen Tunnel zu graben ist unmöglich. Denn sie sind aus dem Felsmassiv gehauen. Das rückwärtige Tor ist gut geschützt, weil sie durch das Mauerlabyrinth keinen solchen Rammbock führen können. Und dort können unsere Bogenschützen sie auch leicht in Schach halten. Meiner Meinung nach müssen sie durch dieses Tor kommen. Einen anderen Weg in die Festung gibt es für sie nicht.«

Als er ausgeredet hatte, fingen die Ningaal wieder mit ihren Rammstößen an. Bumm! Bumm! Das Holz erbebte bei jedem Schlag, hielt aber stand.

Teido verließ den Wall. Ronsard gab seinen Hauptleuten Anweisungen, ihm Meldung zu machen, sobald die Lage sich ändern sollte, und folgte ihm.

»Teido, ich möchte dich kurz sprechen«, sagte er, neben seinem Freund hergehend. »Gehen wir hinein. Dort sind wir ungestört.«

Sie begaben sich zu einem Turm in der Nähe und stiegen dort nach oben. Von der Plattform aus konnten sie die Ebene und die Stadt überblicken. Die Ningaal hatten tatsächlich die Burg auf allen Seiten umzingelt und die meisten Kräfte vor dem Haupttor zusammengezogen. Teile der Stadt hatten sie in Brand gesteckt, so daß Rauchsäulen aufstiegen und den Himmel verhüllten.

»Es ist ein böser Tag.« Mit gramvoller Miene blickte Ronsard seinen Freund an. »Wie geht es Eskewar?«

»Unverändert.«

Eskewar wäre fast zusammengebrochen, als das Dröhnen des Rammbocks einsetzte. Es war, als würde jeder Stoß den König geradewegs ins Herz treffen. Nur unter Mühen hatten die beiden Fürsten ihn wegführen können, ohne daß die Soldaten etwas bemerkten. Sobald sie sich im Schutz des Turmes befanden, trugen sie ihn mehr oder weniger in seine Gemächer. Seitdem kümmerten Bjorkis und Alinea sich um ihn. Die Ritter waren zum Vorwerk geeilt, um in der taghellen Nacht zu beobachten, wie die Ningaal das Tor berannten.

»Glaubst du, er wird mit uns in die Schlacht reiten?« fragte Ronsard.

»Warum fragst du das? Du hast oft genug an seiner Seite gefochten. Aber wir stehen ja unter Belagerung! Warum reden alle andauernd vom Schlachtfeld und Reiten?« fauchte Teido. Nach langem Schweigen, währenddessen Ronsard seinen Freund traurig anblickte, sagte Teido seufzend: »Verzeih mir, mein Lieber. Ich bin erschöpft. Ich habe seit drei Tagen nicht geschlafen, wenn ich mich nicht verzählt habe. Denn Tag und Nacht sind ja kaum mehr zu unterscheiden. Ich bin todmüde!«

»Dann begib dich zur Ruhe. Ich übernehme deine Wache. Du hast selber gesagt, daß so schnell nichts geschehen wird. Iß etwas und lege dich ein wenig hin. Danach geht es dir sicher besser.«

»Ja, vielleicht hast du recht.« Nach Norden blickend, sagte er: »Sie sollten kommen. Sie müßten inzwischen schon hier sein.«

»Sie werden kommen. Und vergiß nicht, daß Quentin, Toli und Derwin unterwegs sind. Sie werden ihre Sache gut machen. Dessen bin ich mir sicher.«

»Das glaube ich auch. Ich hoffe nur, sie schaffen es rechtzeitig.« Er lächelte kurz und faßte Ronsard an der Schulter. »Danke. Ich werde mich ein bißchen ausruhen. Ich habe schon lange keine Belagerung mehr mitgemacht. Und meine guten Manieren habe ich fast vergessen.«

»Du hast nichts vergessen, mein Freund. Geh nur, ich lasse dich holen, wenn es etwas Neues gibt.«

Als Teido fort und seine Schritte auf der Turmtreppe verklungen waren, lehnte Ronsard sich an die steinerne Zinne. Lange starrte er sehnsüchtig gen Norden und hielt Ausschau nach dem schimmernden Heer, das ihnen Entsatz bringen sollte. Doch am Horizont schimmerte nur der Glast der Sommerhitze. Auf der Ebene regte sich nichts. Und während der Ritter die Hoffnung nicht aufgab, wurden seine Gedanken zu einem Gebet an den neuen Gott, dem zu dienen er sich vor kurzem entschlossen hatte.

»Allerhöchster Gott«, murmelte er, »ich kenne dich nicht so gut wie andere. Aber wenn du eines starken Schwertarmes bedarfst, hier bin ich.« Nach einer Weile fuhr er fort: »Ich weiß nicht, wie man geziemend zu dir betet. Ich war nie einer, der sich aufs Beten versteht. Aber du hast mir, glaube ich, vor langer Zeit einmal geholfen, darum bitte ich dich, mich abermals zu erhören. Steh uns bei gegen das schreckliche Heer, das vor unseren Toren steht und uns vernichten will. Und will es mein Los, daß ich sterben muß, so sei's drum. Doch lasse mich diesen Augenblick als wahrer Ritter erleben und schütze das Leben anderer vor meinem.«

So betete er, sein Herz weiter ausschüttend, und hätte auch nicht aufgehört, wäre nicht Alarm geschlagen worden. Augenblicklich sprang er auf und lief einer neuen Schreckensmeldung entgegen.

51

Inschkad hatte sich hinter einen Steinhügel fern des Wasserbeckens geduckt. Alle wunderten sich ob seines merkwürdigen Betragens und seiner angsterfüllten Miene, mit der er zu ihnen emporblickte.

»Was hast du, Inschkad? Warum bist du einfach verschwunden?« fragte Quentin. Argwöhnisch beäugte der Meisterschmied seine Entdecker. Am ganzen Leib zitternd nötigte er sich zum Sprechen.

»Zwingt mich nicht, es anzufassen! Ich bitte euch, ihr Herren! Zwingt mich nicht, es anzufassen!« Abermals verbarg er sein Gesicht hinter den Händen; seine Schultern bebten, als ob er schluchzte.

»Sehr merkwürdig«, meinte Quentin zu Derwin und Toli. Der Einsiedler kniff die Augen zusammen und musterte den am Boden kauernden verkrüppelten Mann.

»Ich glaube, ich weiß, was ihn quält. Er hat Angst, das strahlende Lanthanil anzufassen, weil er erlebt hat, was es bewirken kann. Er hat gesehen, daß dein Arm geheilt ist, und fürchtet sich vor dem, was es ihm anhaben könnte.«

»A-aber«, stotterte Quentin verblüfft, »du irrst dich bestimmt, Derwin. Er sollte sich freuen und es schleunigst berühren, damit er von seiner Entstellung geheilt wird – sollte man meinen.«

»Tatsächlich?« fragte Derwin. Er zog seine buschigen Augenbrauen so hoch es ging. »Denk einmal darüber nach. Seine verkrümmte Wirbelsäule behindert ihn zwar. Aber er hat sein ganzes Leben damit verbracht und sich und seinen Körper angenommen. Durch das Schaffen von Schönheit hat er die Fesseln seines Leibs gesprengt. Und darauf ist er sehr stolz.«

»Was soll ihm eine Heilung davon nehmen? Was schadet es,

wenn er ganz und unversehrt ist?« Bedächtig wog Quentin sein Haupt. Die Sache war ihm ein Rätsel.

»Quentin, hast du nie irgendeinen Makel gehabt, eine Schwäche, die dich nicht losließ?« Der junge Mann runzelte die Stirn. »Du hast sie verflucht, dich damit gequält, wolltest sie beiseite schieben, und doch hast du sie insgeheim gehegt und festgehalten. Denn diese Schwäche war ein Teil von dir, und sosehr du sie auch verabscheutest, sie gehörte zu dir. Du schöpftest sogar Kraft daraus. Du wußtest nämlich, woran du mit ihr warst. Ohne sie hättest du dich neu auf dich selbst besinnen müssen.«

Zaudernd antwortete Quentin: »Vielleicht ist es ja so, wie du sagst. Als Kind hielt ich viele kindische Schwächen und Mängel für Tugenden. Aber mit dem Erwachsenwerden legte ich sie ab.«

»Ja, natürlich. Aber deine Schwächen waren anderer Art als die Inschkads. Er kann seinen Makel nicht einfach ablegen. Wie sehr muß er darum fürchten, die Sache zu verlieren, so häßlich sie ist, die ihm sein ganzes Leben lang soviel Sicherheit gegeben hat! Kein Wunder, daß er vor den heilenden Steinen zurückschreckt. Er würde zwar alles geben, um geradegewachsen und stark zu sein, jedoch noch mehr, um zu bleiben, wie er ist.«

Quentin drehte sich nach Inschkad um, der ein Stück weiter weg schlotternd und zusammengekauert dasaß. Der mitleiderregende Anblick, der sich ihm darbot, ließ sich kaum in Worte fassen. Traurig wandte er sich wieder ab.

»Geh und mache dich abermals zum Tauchen bereit«, meinte Derwin. »Ich werde ein wenig mit ihm reden und ihm sagen, daß die Entscheidung, ob er die Steine berühren will oder nicht, ganz allein bei ihm liegt. Wir werden ihn nicht geringer schätzen, wenn er davon Abstand nimmt, falls er es am Ende so will. Geh nur. Wir stoßen gleich zu euch.«

Quentin und Toli taten, wie Derwin geraten hatte, und kehrten zum Wasserloch zurück. »Schau nur, wie sie leuchten, Toli.« Voll Staunen kniete Quentin vor den beiden Gesteinsbrocken nieder. »Hast du jemals dergleichen gesehen? Es ist, als würde in ihnen ein Feuer brennen. Sie müßten eigentlich heiß sein, fassen sich aber kühl an.«

»Sie besitzen große Kraft. Daran besteht kein Zweifel. Jetzt begreife ich, warum die Ariga die Mine verschlossen und den Rest des Lanthanils im Wasser versteckten. Die Versuchung, sich dieser Kraft zu bemächtigen, muß einen Menschen zum Wahnsinn treiben.«

Quentin nickte stumm. Schließlich fragte er: »Ich möchte wissen, was das Gestein noch bewirken kann.« Im Schein der Brocken glänzte sein Gesicht hell.

»Kenta, wir werden sehen. Du bist auserwählt, das strahlende Schwert zu führen. Du wirst es erleben.«

Nach einer Weile kam Derwin mit Inschkad herbei; dieser machte ein betretenes Gesicht. »Nun gut«, sagte der Einsiedler, »wollen wir weitermachen? Wir haben viel zu tun und eben erst angefangen.«

»Einen Augenblick bitte, ich möchte etwas sagen«, meldete Inschkad sich zu Wort. »Ich schäme mich für mein Betragen, und ihr würdet einem törichten alten Mann einen großen Gefallen tun, wenn ihr die Sache vergäßet. Es tut mir leid, euch in solche Verlegenheit gebracht zu haben. Ich gelobe, daß dergleichen nicht mehr vorfallen soll.«

»Denk nicht mehr daran, Meister Inschkad«, erwiderte Quentin fröhlich. »Ich versichere dir, die Sache ist bereits vergessen, und du sollst nie mehr davon hören.«

Alle machten sie sich wie zuvor ans Werk. Wegen der stärkenden Kraft der Steine, die Quentin und Toli aus der Tiefe holten, konnten sie länger unter Wasser bleiben, so daß sie in Kürze einen ansehnlichen Haufen des strahlenden Gesteins emporgeschafft hatten.

Als dieser zu einer hüfthohen Pyramide angewachsen war, gebot Inschkad den Tauchern Einhalt. »Das dürfte für unsere Zwecke reichen«, stellte er fest. »Wenn das Zaubergestein den Erzen ähnelt, mit denen ich schon gearbeitet habe, dann genügt uns dies, um ein Schwert zu schmieden sowie Scheide und Gehänge obendrein.«

Quentin und Toli schwangen sich aus dem eiskalten Wasser und trockneten sich ab. Inschkad humpelte zur Esse am anderen

Ende der Höhle. »Bringt mir das Lanthanil, wenn ihr soweit seid. Ich schüre das Feuer.«

Quentin und Toli füllten Inschkads leere Werkzeugkiste mit dem Erz und trugen es zu der Esse, wo Inschkad mit dem Brennmaterial, das er dort ordentlich gelagert vorfand, ein loderndes Feuer entfacht hatte. Derwin bereitete ihnen inzwischen ein Mahl. An Schlaf war für keinen von ihnen zu denken.

Als Toli und Quentin den Kessel mit Erz gefüllt hatten, stellten sie ihn ins Feuer, und dort tat sich Merkwürdiges. Die Steine zerbrachen nicht, um ihr Erz freizugeben, wie es bei Kupfer und Eisen der Fall ist. Statt dessen schmolzen sie ganz langsam wie Eis, wenn man es im Frühling in ein fließendes Gewässer taucht. Mit einem langen Stock stocherte Inschkad im geschmolzenen Lanthanil, so daß die noch übrigen Unreinheiten in heißer Asche aufgingen und durch den Kamin der Esse abzogen. Mit einer langen Zange warf er frisches Erz in den Kessel und wachte aufmerksam über das Feuer, um eine gleichbleibende Temperatur zu gewährleisten.

So ging es viele Stunden lang, während die anderen ihm zusahen und abwechselnd dösten oder aßen. Endlich zog Inschkad den weißglühenden Kessel aus den Flammen und stellte ihn auf den Boden.

»Nun rasch!« rief er. »Nehmt das Werkzeug und geht mir zur Hand. Nur hurtig!«

Quentin stand am nächsten und griff nach dem Werkzeug, auf das Inschkad deutete – ein langes Gerät aus Eisen mit zwei Griffen und einer runden Verdickung in der Mitte. Inschkad nahm es entgegen und schob es unter den Kesselring. Quentin mußte einen der Griffe fassen und seinen Anweisungen folgen. So gossen sie das geschmolzene Erz, das nun hellblau wie flüssiges Silber schimmerte, in vier lange, schmale Modeln, die Inschkad auf dem Boden bereitgestellt hatte. Als diese voll waren, hatten die beiden noch eine Menge des kostbaren Metalls übrig. Diesen Rest goß Inschkad in ein Blechmodel. Dann setzten sie sich hin und warteten, daß das Metall abkühlte.

Dieses Warten, dachte Quentin, war so, als würde man dem

Schlüpfen eines Kükens entgegensehen. Aber endlich hielt Inschkad die vier Model für bereit. Der Schmied nahm eine Kelle mit Wasser und goß es über das noch immer heiße Metall, so daß Dampfwolken aufwallten. Dann zerbrach er die Model und zog mit einer Zange und Handschuhen bewehrt die vier rechteckigen Stäbe heraus, die jeweils fast vier Fuß lang waren.

Der Meister humpelte zu seinem Amboß und durchbohrte jeden Stab an einem Ende. Danach band er sie alle mit dem Lanthanilblech zusammen, das er aus dem Metallrest hergestellt hatte.

»Nun denn. Ich habe getan, was ich konnte«, sagte er, die vier zusammengebundenen Stäbe hochhaltend. »Derwin hat mir gesagt, daß du das übrige tun mußt, Quentin.«

Quentin sprang auf. »Ich? Du scherzt! Ich weiß soviel übers Schwertschmieden wie übers Fliegen.«

»Dann wird es Zeit, daß du es lernst. Komm her.« Inschkad hielt Quentin die Zange mit den Stäben hin. Dieser trat vor und suchte mit dem Blick Derwins Billigung. Derwin winkte ihm, frischen Mutes ans Werk zu gehen. Da übernahm Quentin die Stäbe.

»So, und jetzt, junger Herr, glaube ja nicht, ich lasse zu, daß du mein größtes Meisterstück verhunzt. Ich werde dir bei der kleinsten Bewegung die Hände führen. Ich werde dein Verstand und dein Blick sein, und du wirst dich aufs äußerste bemühen, meinen Anweisungen Folge zu leisten. Hast du verstanden?«

Quentin nickte gehorsam, und sie machten sich ans Werk.

Unter Inschkads wachsamen Augen griff er nach Hammer und Zange und begann die noch weichen Metallstäbe miteinander zu einem festen Viereck zu verflechten. Als er diese Aufgabe erledigt hatte, rann ihm der Schweiß übers Gesicht und die bloßen Arme. Hemd und Überhemd hatte er nämlich längst ausgezogen und stand mit nacktem Oberkörper da.

Diesen geflochtenen Stab hielt er dann in die Glut der Esse und drehte den Kern – wie Inschkad dazu sagte – unablässig, während der Schmied den quietschenden Blasebalg betätigte.

Bald begann der Kern wieder blauweiß zu glühen. Mit rotem

Gesicht zog Quentin ihn aus dem Feuer und legte ein Ende auf den goldenen Amboß. Dann preßte er das Teil mit den Zwingen so fest zusammen, wie er konnte.

Inschkad hieß ihn aufhören und den Kern wieder in die Glut halten, bis er abermals blauweiß war. Dann mußte er ihn wieder drehen und wenden und dabei zusammendrücken. Der junge Held fühlte sich immer erschöpfter, aber er fand zu einem gewissen Gleichmaß und merkte mit einemmal, wie er sich im Einklang mit den Befehlen des Waffenschmieds bewegte, und zwar dermaßen, daß er den Eindruck gewann, nicht sein eigener, sondern Inschkads Wille leite seine Hände und Muskeln.

Der geflochtene Kern wurde immer wieder gedreht, bis die einzelnen Teile miteinander verschmolzen waren. Dann ließ Inschkad Quentin das lange, dünne Stück Metall in zwei Hälften schneiden, denn durch das viele Drehen war es fast doppelt so lang geworden wie ursprünglich. Die eine Hälfte legte Quentin beiseite, die andere klopfte er mit dem goldenen Hammer auf dem goldenen Amboß flach. Jedesmal, wenn er auf das Metall schlug, sprühten blitzende Funken umher.

Der flach gehämmerte Kern wurde immer wieder erhitzt und geklopft, bis er ganz dünn war. Dann stellte Quentin das Teil zum Abkühlen weg. Damit die Sache schneller vonstatten ging, mußte Toli es oft mit Wasser begießen.

Anschließend verfuhr Quentin mit der zweiten Hälfte des Kerns auf die nämliche Weise. Am Ende schnitt er den dünnen Stab in zwei Hälften und hielt diese zusammen mit dem abgekühlten Teil nochmals in die Flammen. Inschkad erklärte ihm, daß das wiederholte Erhitzen und Abkühlen des Metalls dieses stärker und weniger brüchig mache, wie auch das Flechten am Anfang. »Die Klinge wird dann viermal so stark«, verkündete er. »So wurden in alten Zeiten die sagenumwobenen Schwerter geschmiedet. Das Flechten erzeugt eine Spannung, die sich nie mehr auflösen läßt. Diese Spannung läßt das Schwert in der Luft sirren. Dem kann kein gewöhnliches Schwert, das aus einem einzigen Metallstab gefertigt wurde, standhalten.«

Als die drei langen Stücke abermals blau glühten und Funken

sprühten, zog Quentin sie heraus. Er war so in seiner Arbeit vertieft, daß er sich bewegte wie ein Schlafwandler. Seine Umgebung verschwamm ihm vor den Augen und wurde beinahe unwirklich. Sein Blick galt allein dem lodernd blauen Metall, das sich in seinen Händen drehte.

Genau nach Inschkads Anweisungen legte er die drei heißen Teile auf den Amboß. Mit raschen, sicheren Schlägen schweißte er die beiden runderen Stücke an das flache. Das Ergebnis war ein sehr langes flaches Ding mit einem rundlichen Querstück in der Mitte. Als er damit fertig war, hieß Inschkad ihn den Kern in die Wassergrube tauchen, bis man ihn uneingeschränkt bearbeiten konnte.

Vor lauter Eifer wäre Quentin auf dem Weg zum Becken beinahe über Derwin und Toli gestolpert, die sich inzwischen in ihre Umhänge gewickelt hatten und fest schliefen.

Nach einer Weile gesellte Inschkad sich zu Quentin. »Du machst das meisterlich, junger Mann. Wahrhaft meisterlich. Wärest du nicht schon vergeben, würde ich dich bei mir aufnehmen und dich das Schmiedehandwerk lehren. Du hast eine Begabung dafür und bist mit Leib und Seele dabei. Ich habe dich beobachtet, wie du deine Arbeit betrachtest. Du weißt doch, was ich meine, wie?«

»Jawohl. Ich habe dergleichen nie zuvor getan, aber mir kommt es so vor, als würden meine Hände spüren, was das Metall von ihnen verlangt, und als folgte ich ihnen. Aber das ist dein Verdienst, denn ich allein wüßte ja gar nicht, was ich anstellen muß. Wenn ich jedoch den Hammer hebe und ihn dann herabsausen sehe, sagt mir eine Stimme: ›Hau dorthin!‹ Und schon ist es geschehen.« Quentin zog den Kern aus dem Becken. Das Wasser glitt von der hellblauen Fläche ab und tropfte hell glänzend ins Becken zurück. »Das sieht einem Schwert noch gar nicht ähnlich«, stellte Quentin fest.

»Oh, das wird schon. Das wird. Wir sind erst am Anfang. Jetzt wollen wir sehen, wie sich mit dem Metall arbeiten läßt. Das ist die eigentliche Probe!«

Inschkad und Quentin mühten sich ohne Unterlaß und unterbrachen ihr Werk nur gelegentlich, um einen Bissen zu essen. Toli und Derwin schauten ihnen wieder zu und spornten sie an, wenn sie Aufmunterung nötig hatten. Meistens hielten sie sich jedoch zurück und schwiegen, damit der Meister und sein eifriger Schüler in Ruhe schaffen konnten.

Das gleißende Metall wurde beharrlich erhitzt und abgekühlt, gehämmert und geformt. Quentin meißelte und ziselierte, trieb und glättete, bis endlich eine Schwertklinge erkennbar wurde. Aus dem festen Blech, das man aufgespart hatte, schuf er einen Knauf.

Die Klinge wurde immer wieder ins Feuer gehalten. Danach wurde sie jedesmal glatt geschliffen und mit langen, sorgfältigen Strichen abgefeilt. Inschkad beugte sich über das heiße Metall und leitete Quentins Finger hierhin und dorthin; er wies ihn auf winzige Fehler hin, die nur er wahrnahm. Ließen Kraft und Begeisterung des Lehrlings ab und zu auch nach, so blieb der alte Meister immer bei der Sache. Mit Lob und Tadel sowie sturem Beharren trieb der Waffenschmied Quentin zu immer besserer Leistung an; einmal nahm er Quentins Hände sogar in die eigenen und führte sie so die Klinge entlang, wie es sein mußte.

Und dann war das Werk vollbracht.

Erschöpft setzte Quentin sich auf einen Stein und betrachtete das Erzeugnis, das von ihm geschaffen auf dem goldenen Amboß lag. Inschkad prüfte es sorgsam, nickte und blies die Wangen auf. Derwin und Toli waren nirgendwo zu sehen. Quentin brannten die Augen, aber obschon er müde war, beobachtete er mit atemloser Spannung jedes Zucken Inschkads.

Schließlich drehte der Meisterschmied sich mit strahlender Miene und stolzgeschwellter Brust zu Quentin um: »Ja, es ist vollendet.« Da er Quentins erwartungsvollen Blick sah, zögerte er erst. Dann setzte er hinzu: »Und es ist ein Meisterstück.«

Quentin sprang auf und rief vor Freude: »Wir haben es geschafft! Wir haben es geschafft!« Er packte den alten Mann und tanzte mit ihm um die Esse, an der sie anscheinend eine halbe Ewigkeit geschuftet und geschwitzt hatten. Sie befanden sich in einem derartigen Freudentaumel, daß sie gar nicht merkten, als Derwin und Toli zurückkamen.

»Soll diese ungebührliche Aufführung bedeuten, daß ihr beide endlich mit euren Mühen am Ziel seid?« rief Derwin, machte einen Satz auf die beiden zu und klopfte ihnen auf den Rücken. Dann hielt er mit einem Blick ehrfürchtigen Staunens inne. Toli, der ihm dicht auf den Fersen gefolgt war, plapperte plötzlich in seiner Muttersprache los.

»Es ist...« Derwin suchte nach Worten. »Es ist in der Tat furchtgebietend schön.« Er schlug sich die Hände vors Gesicht, als hätte er Angst, das Schwert könne ihn blenden.

»Es ist wahrhaftig Zallkyr«, sagte Toli. »Das strahlende Schwert.«

Quentin nahm es vom Amboß, wog es in der Hand und reckte es hoch empor. »Dies ist das strahlende Schwert des Allerhöchsten. Möge es allein nach seinem Willen geführt werden. Ich bin sein Diener, möge er es mit Macht erfüllen, auf daß unsere Feinde vor seinem schrecklichen Wüten fliehen.«

»So sei es!« riefen die anderen. Derwin trat neben Quentin und zog aus seinem Beutel eine Phiole.

»Dies habe ich für den jetzigen Augenblick aufgehoben. Es ist in Dekra gesegnetes Öl. Damit will ich die Klinge des strahlenden Schwertes salben.«

Während Quentin das Schwert auf den offenen Handflächen darbot, öffnete Derwin die Phiole und goß das geweihte Öl auf die silbrig blau schimmernde Schneide. Das Schwert war fürwahr von furchteinflößender Schönheit. Es war lang und dünn und lief kaum wahrnehmbar spitz zu. Griff und Heft funkelten wie aus Edelstein.

Beim Ausgießen des Öls segnete Derwin das Schwert mit den Worten: »Nie aus Bosheit, nie aus Haß, nie aus schlechter Absicht möge dieses Schwert erhoben werden. Sondern stets strahle es in Rechtschaffenheit und Aufrichtigkeit.« Dann rieb er das Öl über die fein geschliffene Klinge.

Als der Einsiedler das glänzende Schwert berührte, spürte er die Macht des Lanthanils durch sich strömen, und ihm war, als würden Jahrzehnte von ihm abfallen; er war wieder ein junger Mann geworden und staunte über dieses erneute Gefühl, denn inzwischen hatte er sich an seine zahlreichen Schmerzen und Leiden gewöhnt. Als er sich aufrichtete, war er für die anderen immer noch derselbe, seine Erscheinung hatte sich allerdings gewandelt. Er wirkte weise, stärker und edler als zuvor. Er lachte auf und deutete mit dem Zeigefinger geradewegs auf Inschkad, der ihn leicht erschrocken ob der jähen Veränderung ansah.

»Sieh da, Inschkad, mein Freund. Die Klinge hat mit ihrem Zauber auch auf dich gewirkt, wie ich feststelle.«

Fassungslos stotterte Inschkad: »Wovon redest du da? Ich habe weder das Gestein noch das Schwert angefaßt. Was soll das heißen?«

Quentin betrachtete den buckligen Waffenschmied und sah, daß er aufrecht und gerade dastand. Er schien um mehrere Zoll gewachsen zu sein. Wann und wie, das hatte er nicht bemerkt. Vielleicht hatte sich die Kraft des seltenen Metalls auf ihn übertragen, als er Quentin die Hände auf die Schultern legte; doch weil die beiden so sehr in ihre Arbeit vertieft gewesen waren, hatte erst Derwin die Veränderung wahrgenommen.

»Ja!« rief Quentin. »Du bist geheilt, Inschkad. Du bist gesund.«

Das Gesicht des Handwerkers zeigte vollkommene Verblüffung. Er drückte die Schultern durch und hob den Kopf. Erst nach einer Weile konnte er glauben, daß sein Buckel verschwunden war, aber als er das Wunder endlich erfaßt hatte, sank er auf die Knie und weinte.

»Das hat dein Gott getan, Derwin!« rief er mit Freudentränen auf den Wangen. »Jetzt glaube ich an ihn. Ich glaube alles, was du mir jemals über ihn erzählt hast. Gesegnet sei der Allerhöchste. Von nun an will ich sein Diener sein.«

Gemeinsam freuten sie sich, und das hohe Gewölbe der Höhle hallte von ihren Stimmen wider. Dergleichen Freudentöne hatte der tief im Berg gelegene Saal der Ariga seit zwei Jahrtausenden nicht mehr gehört.

52

Als Ronsard auf dem Vorwerk des Torhauses anlangte, begegneten ihm die beunruhigten Mienen seiner Hauptleute und Fürst Rurds. »Was ist geschehen?« fragte er. »Was soll der Alarm?«

»Den habe ich angeordnet«, antwortete Fürst Rurd. »Sieh hinab. Sie schaffen eine neue Maschine die Rampe herauf.«

Ronsard schaute hinunter und sah, daß Rurd recht hatte. Über zweihundert Ningaal zerrten mit Hilfe von Seilen und Stangen ein ungeheures Gerät die Rampe hinan. Den Rammbock hatten sie fortgebracht. Dafür wurde dieses grobschlächtige Ding mit äußerster Sorgfalt vors Tor gerollt.

»Was ist das?« fragte Ronsard verblüfft. »Dergleichen habe ich noch nie erblickt.«

»Auch ich kann nicht behaupten, ein solches Kriegsgerät schon einmal geschaut zu haben. Aber eines kann ich dir sagen: Gleichviel, was es ist, es behagt mir ganz und gar nicht.«

»Weise die Bogenschützen an, daß sie die Ningaal so stark wie möglich behindern sollen. Zweifelsohne wäre es besser, das Ding würde nie bis vors Tor gelangen. Ich hole Bjorkis. Der soll sich das Gerät ansehen. Irgend etwas sagt mir, daß er eher etwas davon versteht als wir.«

Binnen kurzem war der Obermarschall des Reiches wieder auf dem Wall und zerrte den Priester mit sich. »Was hältst du davon?« fragte Ronsard, als sie über die steinerne Brüstung auf das Treiben hinablugten.

»Das ist ein sonderbares Ding, fürwahr!« rief Bjorkis und zupfte sich am geflochtenen Bart. »Äußerst sonderbar.«

Mit greisen Augen blickte er auf das massige schwarze Ding hinab, das unter einem Pfeilhagel langsam den Pfad hinaufrollte. Seine schwarze Haut glänzte matt im Sonnenlicht; es streckte zwei große Arme aus, mit den Handflächen nach oben, als wollte es die Gebete der Burginsassen entgegennehmen. Es hatte Beine und einen Leib wie ein Mann, wobei das eine Bein am Knie abgewinkelt nach vorn gestreckt, das andere nach hinten gestreckt war. Haupt und Gesicht waren jedoch neben seiner bloßen Größe die auffälligsten Merkmale: Es hatte den Kopf und die Mähne eines Löwen und im Maul die scharfen Reißzähne eines Schakals, die in einer wütenden, erstarrten Grimasse gebleckt waren. Auf beiden Seiten des häßlichen schwarzen Kopfes ragte je ein großes schwarzes Horn heraus; die reglosen Augen starrten grimmig geradeaus. Durch sein ungeheures Gewicht bewegte das Ding sich mit lautem Ächzen voran.

Ronsards Bogenschützen stifteten unter den Feinden große Verwirrung, aber das reichte dem Ritter nicht; denn kaum war einer der Männer an den Seilen gefallen, sprang ein anderer an seine Stelle. Diejenigen in der ersten Reihe waren mit Schilden ausgerüstet, die sie sich über den Kopf hielten, um den tödlichen Hagel abzuwehren. Nutzlos prasselten die Pfeile nieder, trafen jedoch nur zufällig und schlugen nur selten gefährliche Wunden. Ronsard rief den Bogenschützen zu, daß sie einhalten, aber aufmerksam schießen sollten, sobald sich jemand sorglos als Ziel darbot. Das Ding schwankte immer noch Zoll um Zoll näher.

»Nun, Bjorkis?« sagte Ronsard. »Was meinst du?«

»Es ist eindeutig irgendein Götzenbild. Aber welchen Gott es darstellt, vermag ich nicht zu sagen. Ich habe es noch nie gesehen, aber was mich vor allem verwirrt, ist folgendes: Welche Art Götzenbild nimmt man mit ins Gefecht? Welche Art Gott beten die Ningaal an?«

»Was ist daran so verwirrend? Die Menschen rufen vor der Schlacht stets ihren Gott an, auf daß er ihnen den Sieg schenke. Das weißt du genau. Das hier ist nur ein wenig deutlicher, wette ich, aber es ist das gleiche.«

»Ja, es ist das gleiche und doch nicht das gleiche. Es ist wilder und ursprünglicher. Es ist etwas Lästerliches und Böses. Sogar die Götter des Himmels und der Erde werden durch so ein Ding geschmäht. Es gehört einer lang vergangenen Zeit und einem fernen Ort an, weit im Dunkel der Menschheitsgeschichte. Es ist böse und bringt Böses hervor.«

»Aber die Frage ist doch: Hat es irgendwelche Macht?« fragte Ronsard. Bjorkis warf ihm einen erstaunten Blick zu. »Du weißt, was ich meine. Kann es irgend etwas bewirken?«

Ehe Bjorkis antwortete, überlegte er einen Augenblick. »Das kann ich nicht mit Gewißheit sagen. Deine Frage ist womöglich schwieriger, als du glaubst.« Das Ungetüm betrachtend, spielte er mit seinem Bart.

»Ein Götzenbild ist nichts als Holz oder Stein«, fuhr er dann fort. »Es ist das Abbild des Gottes, für den es steht. Bilder haben nur selten Macht, außer für diejenigen, die zu ihnen beten; dann kann ihre Macht allerdings groß sein.«

»Dieses hier hat Macht«, knurrte jemand hinter ihnen. Als die beiden sich umdrehten, stand Myrmior da. »Und es ist fürwahr böse. Ich kenne es gut, denn ich habe es oft genug im Einsatz gesehen. Es ist sehr wohl ein Götzenbild. Aber sein Zweck ist viel hinterhältiger, als ihr ahnt. In erster Linie ist es nämlich eine Kriegsmaschine, die man in anderen Ländern als *Pyrinbradam* kennt, als Feuerwerfer.«

Da dämmerte es Ronsard. »Wenn das zutrifft, lasse ich sofort Wasser hierher schaffen.«

»Das wäre klug«, pflichtete Myrmior ihm bei. »Nasse Häute, wenn ihr welche habt, könnten einen gewissen Schutz bieten.«

Ronsard beauftragte seine Hauptleute, den Befehl weiterzugeben und für seine Ausführung zu sorgen. Die Soldaten sollten Wasser aufs Tor gießen und nasse Häute über sie hängen, damit es nicht so leicht Feuer fangen konnte.

»Können wir sonst nichts tun?« fragte er Myrmior.

»Nur warten. Warten und beten«, erwiderte dieser.

Das Warten begann und dauerte zwölf lange Tage. Und an jedem Tag wurde mit unablässigem Eifer in Eimern Wasser auf den Wall über der Zugbrücke geschleppt und auf die breiten Holzbohlen hinabgegossen. Tag und Nacht strömte Wasser übers Tor; die Soldaten weichten Viehhäute ein und breiteten sie aus, und wenn sie trocken waren, wiederholten sie die Prozedur.

Das feuerspeiende Götzenbild stieß unaufhörlich Flammen aus Maul und Nüstern, Holz und Stein versengend und das Metall erhitzend, bis es rot schimmerte. Die Ningaal rissen die Häuser der Städter auseinander, um das Ungeheuer zu füttern. Das Brennmaterial warfen sie in eine Höhlung im Bauch des Ungetüms; dann gossen sie Öl darüber, so daß Flammen und Funken aus dem heißen Maul stoben.

Am Abend des dreizehnten Tages näherte sich schüchtern ein Hauptmann Ronsard. Dieser stand auf die Arme gestützt an der Brüstung und betrachtete wachsam, wie Feuer und Wasser miteinander rangen und dabei weiße Dampfwolken aufstiegen.

»Herr Ronsard, ich ...«, hob der Mann an und verstummte.

Ronsard wendete sein müdes Haupt. »Ja? Sage nur nicht, uns wird das Wasser knapp.« Der Gedanke war ihm während seiner langen Wacht oft gekommen.

Der Mann erbleichte; ihm fiel die Kinnlade herunter.

»Bei Azrael! Das sollte ein Scherz sein! Rede, Mann!«

»Was ist los?« fragte Teido, der gekommen war, um Ronsard auf seinem Posten abzulösen. Er wirkte frisch und ausgeruht; sein Blick war wach, seine Stimme zuversichtlich.

»Das versuche ich gerade herauszufinden«, entgegnete Ronsard heiser. »Dem Boten hier scheint es die Sprache verschlagen zu haben.«

»Nun? Sprich. Wir sind Manns genug, deine Nachricht zu hören.« Teido blickte den Hauptmann trotzig an und verschränkte die Arme über der Brust.

Der Mann leckte sich die Lippen und mahlte mit den Kiefern, aber es dauerte einige Zeit, bis die Worte hervorsprudelten: »Fürst Rurd schickt mich ... die Wasser ... vorräte gehen zur Neige ... Sie reichen keine Nacht mehr.«

Mehr brauchte Ronsard nicht zu hören. Er schickte den Mann fort. »Das trifft uns ins Mark. Was sollen wir jetzt tun? Warten, bis unser Tor zu Asche zerfällt oder bis wir verdursten? Was ginge wohl schneller?«

»Noch haben wir unseren Verstand. Diese Bedrohung haben wir zu langsam erfaßt, und das könnte unser Ende bedeuten. Ich hätte schon vor Tagen daran denken sollen, aber vielleicht funktioniert mein Einfall ja noch. Rasch, lasse von deinen Leuten Seile und Enterhaken bringen. Sie sollen sich beeilen, Ronsard, und alles bringen, was sie finden. Wir haben nicht viel Zeit.«

Teido bezog unmittelbar über dem feuerspeienden Götzenbild Stellung. Er tauchte ein langes Seil ins Wasser, befestigte einen Enterhaken mit drei Zacken daran, beugte sich, von Ronsard und Myrmior gehalten, so weit über die Mauer, wie er wagen durfte, und ließ den Haken auf das Ungeheuer sinken. Die Ningaal errieten seine Absicht und heulten vor Wut auf, als das Seil sich langsam an der Mauer herabschlängelte.

Nach mehreren erfolglosen Versuchen schleuderte Teido den Haken weit hinaus, und dieser verfing sich zufällig an einem der Zähne des eisernen Scheusals. Er rief eine Schar Männer herbei und hieß sie das Seil packen und fest daran ziehen. Inzwischen bereitete er noch ein Seil mit Haken vor. Nach einer Stunde hatte er einen zweiten Haken auf einem Horn des Götzenbildes plaziert. Die Ningaal tobten jetzt vor Wut, denn sie konnten nicht verhindern, was sie fürchteten. Verzweifelt brüllten sie auf, als ein dritter und vierter Haken an dem Feuermonster Halt fanden.

»Das müßte genügen«, sagte Teido und kletterte wieder zuruck hinter den Wall – und das keinen Moment zu früh, denn die Ningaal hatten angefangen, mit Schleudern brennende Holzbrocken und Steine nach ihm zu schießen.

»Glaubst du, es funktioniert?« fragte Myrmior. Argwöhnisch beäugte er Teidos Netz aus Seilen und Haken.

»Das werden wir gleich sehen. Etwas Besseres fällt mir nicht ein.«

»Dann hoffen wir, daß die Sache klappt«, meinte Ronsard. Er gab den Soldaten, dreihundert an der Zahl, ein Zeichen, worauf diese laut stöhnend alle zugleich an den Seilen zogen. Von den wütenden Ningaal dröhnte ein lautes Brüllen herauf, als sie merkten, daß man die Seile spannte.

»Ho, Leute!« rief Ronsard. »Zieht!«

Ein paar Feinde trotzten den Pfeilen, die noch immer gelegentlich durch die Luft sausten, und warfen ihrerseits Seile über diejenigen, die Teido an dem Götzenbild verhakt hatte. Dann kletterten sie mit Messern zwischen den Zähnen wie Spinnen hinauf. Sie hofften, die Seile durchzuschneiden, die ihren feuerspeienden Gott banden und ihn umzuwerfen drohten.

Den Bogenschützen des Königs gelang es, die Ningaal von den Seilen zu schießen, allerdings zu einem hohen Preis, denn die Feldherrn waren aufgetaucht und leiteten die Anstrengungen zur Rettung ihrer gefährdeten Kriegsmaschine. Ihre erste Handlung bestand darin, daß sie den Befehl erteilten, die Steinschleudermaschinen mit flammenden Kohlen aus dem Bauch des Götzen zu füllen und diesen den Bogenschützen ins Gesicht zu werfen. Von den brennenden Trümmern getroffen, stürzten viele von ihnen schreiend in den Tod.

Ronsards Leute zogen mit aller Kraft an den Seilen, aber das eiserne Standbild rührte sich nicht. Da ließ der Ritter dreihundert weitere Krieger auf den Wall kommen und die Seile verlängern, daß alle daran Platz fanden. Sie zogen und zerrten, bis ihre Hände bluteten und die Taue verschmiert waren. Doch das Ungeheuer stand noch immer.

»Es funktioniert nicht«, stellte Myrmior fest. »Wir brauchen mehr Seile.«

»Wir haben keine mehr«, berichtete Teido. »Zumindest keine, die lang genug wären.«

»Dann müssen wir welche zusammenbinden und notfalls unsere Hosen und Mäntel obendrein. Dein Plan funktioniert, sobald wir mehr Seile haben.«

»Wartet! Ich habe eine Idee«, verkündete Ronsard. »Wie wäre es mit Ketten? Wir haben unten im Torhaus eine ganze Menge Ketten. Binden wir die Seile an die Ketten und die wiederum an die Winde der Zugbrücke und das Gegengewicht.«

»Läßt sich das bewerkstelligen?« fragte Teido. »Das könnte bedeuten, daß wir die Zugbrücke entsichern müssen.«

»Diese Gefahr müssen wir auf uns nehmen. Schickt nach dem Torwächter!«

Ronsards Vorschlag ließ sich fast mühelos in die Tat umsetzen. Die schwere Zugbrücke von Burg Askalon wurde allein von zwei Winden und einem System von Gewichten bewegt. Rasch war die Kette gelöst und die Seile alle durch einen großen Eisenring gezogen. Als die Gewichte wieder in Stellung waren, stellte sich ein Dutzend stämmiger Männer an die Winde und begann zu drehen.

Die Kette wickelte sich um die Winde und verschwand in einem Loch im Steinboden des Torhauses. Teido und Ronsard eilten wieder auf den Wall hinauf, um zu sehen, was ihre Bemühungen erbrachten.

»Es funktioniert«, rief ihnen Myrmior entgegen, als sie keuchend angerannt kamen. »Ihr trägen Genies! Es funktioniert. Die Götter seien gepriesen!«

Als sie hinabblickten, waren die Taue gespannt wie Harfensaiten. Von ihnen emporgezogen, wackelte das Götzenbild leicht.

»Ich bete, daß die Seile halten«, sagte Teido.

»Sie werden halten, du wirst sehen«, versetzte Myrmior. »Ich habe ein gutes Gefühl. Sie werden halten.«

Kaum hatte Myrmior ausgeredet, wären seine Worte beinahe Lügen gestraft worden. Denn eines der Seile riß und sirrte durch die Luft. Wie eine Peitsche streckte es vier Ningaal nieder.

»Bringt Fett!« rief Teido.

»Hört zu ziehen auf!« befahl Ronsard. Die Männer an der Winde gehorchten, und die Kette stand still.

Dann schafften die Soldaten eimerweise Fett aus dem Torhaus herauf. Sie schmierten es auf die Seile und die Stellen der Zinnen, an denen die Taue auflagen. Zwei Männer wurden dazu bestimmt, die Seile immer wieder nachzufetten, und die Winde drehte sich von neuem.

Nach wenigen Augenblicken hob sich das flammende Monstrum vom Boden und pendelte in Richtung Tor. Als es gegen die Zugbrücke krachte, knallte es ungeheuer laut. Der Qualm wallte die Mauern empor und brannte den Männern auf den Wällen in den Augen.

»Dreht weiter!« rief Ronsard den Kriegern an der Winde zu. Das Maul an die Zugbrücke gedrückt, kam der *Pyrinbradam* langsam höher. Da fingen die Planken zu schwelen an.

»Das Tor brennt!« ertönte es von unten.

Ronsard warf Myrmior und Teido rasch einen Blick zu. »Das habe ich nicht bedacht.«

»Gib jetzt nicht auf«, erwiderte Myrmior. »Bleibe bei deinem Plan.«

»Ja, nur noch ein wenig länger«, stimmte Teido über die Zinnen spähend zu.

»Holt Wasser herbei!« brüllte Ronsard. »Dreht weiter!«

Um das ausbrechende Feuer zu löschen, wurde noch mehr Wasser übers Tor gegossen. Aus den schwarzen Rauchschwaden stiegen weiße Dampfwolken auf. Das Götzenbild stieg noch ein paar Zoll höher und blieb dann stehen. Die Männer an der Winde mühten sich. Die Winde quietschte.

»Das verfluchte Ding ist irgendwo hängengeblieben. Wo, das kann ich nicht sehen«, rief Teido.

»Dreht weiter, vielleicht reißt es sich wieder los«, meinte Myrmior.

»Mehr Männer an die Winde! Dreht weiter«, befahl Ronsard.

Ein zweites Dutzend Männer stellte sich an die Winde und betätigte sie mit aller Kraft. Laut ächzend knirschte es, die Seile strafften sich, aber die Kette bewegte sich kaum.

»Es geht nicht«, rief Teido. »Laßt nach. Das Tor hat wieder Feuer gefangen.«

Ronsard befand sich gerade unten, um seine Befehle zu erteilen, als man ein Rauschen hörte und die Seile erschlafften. Danach ertönte ein Donnergetöse. Alle rannten zu den Zinnen und sahen das Ungeheuer am Rande der Rampe schwanken. Die Seile waren unter der Anspannung gerissen und das eiserne Ungetüm wieder auf den Boden gefallen. Dort rollte es an den Rand des Grabens und stand in Gefahr, in den eingetrockneten Morast zu fallen.

Als die Leute des Drachenkönigs dies gewahrten, brachen sie in lauten Jubel aus. Halb wahnsinnig vor Wut sprangen die

Krieger der Ningaal an die Seile, um das Ding vom Abgrund wegzuzerren.

Das Standbild richtete sich auf und rollte nicht weiter, so daß nur zwei seiner sechs Räder über den Graben hingen. Jetzt schwärmten Hunderte Ningaal an die Seile und zogen es Zoll um Zoll zurück. Der Jubel auf den Wällen erstarb.

»Nun, jetzt ist es um uns wohl geschehen«, seufzte Teido. »Es steht keinen Deut besser als zuvor.«

»Es war ein guter Einfall, mein Freund«, tröstete ihn Ronsard. »Fast hätte er funktioniert. Wenigstens haben wir nicht zugelassen, daß das Monster ohne Gegenwehr unser Tor zerstört hat.«

Die Feinde hatten lange Balken unter die Räder geschoben und versuchten, das schwere Gerät zum Schaukeln zu bringen, um so die vordersten Räder wieder auf die Rampe zu ziehen. Doch durch das Schaukeln löste sich einer von Teidos Haken.

»Seht!« rief Myrmior. »Wir sind gerettet.«

Ronsard und Teido drehten sich gerade so rechtzeitig um, daß sie sahen, wie fünfzig Mann die Rampe hinunterkugelten und sich am Ende eines herabstürzenden Seiles festhielten. Durch das Reißen des Taus geriet das mächtige Standbild heftig ins Schwanken und polterte schließlich in den Abgrund. Dabei zerrte es hundert Krieger mit sich.

Langsam durch die Luft wirbelnd, spie das schreckliche Ding Feuer; die Krieger, die wie Insekten an den Seilen hingen, stürzten in den Tod. Das Götzenbild landete auf dem scheußlichen Kopf und zerschellte unter einem Funkenschauer. Ein Arm brach ab und hinterließ in der Seite ein großes Loch, aus dem Flammen schossen, was den Zuschauern auf den Wällen ein Beweis dafür war, daß das Ungetüm tatsächlich völlig vernichtet war und viele seiner Anhänger ebenso.

»Wir haben uns wieder über einen Tag gerettet!« rief Ronsard glücklich.

»Ja, aber wie viele Tage können wir ohne Wasser durchhalten?« fragte Teido. Auf seinem Gesicht machte sich Verzweiflung breit.

53

Der Kriegsrat tagte in Eskewars Gemächern. Dieser saß in seinem Bett, runzelte grimmig die Stirn und stellte seinen Ratgebern in rascher Folge Fragen. Obwohl er hagerer und blasser denn jemals zuvor wirkte, leuchteten seine Augen aufmerksam, und seine Hände zitterten nicht, als er mit dem Finger drohte.

»Das ist gar nicht gut!« rief er. »Uns bleibt keine andere Wahl, als ihnen auf der Ebene entgegenzutreten. Die Belagerung bringt uns der Reihe nach um; wir werden alle verdursten.«

»Ein wenig Wasser haben wir noch, Herr«, warf der Vorsteher der Burg ein.

»Wieviel?«

»Für drei Tage. Oder vier.«

»Damit zögern wir unseren Todeskampf nur in die Länge. Nein, ich will nicht mit ansehen, wie vor Durst geschwächte Soldaten versuchen, den Fall Askalons zu verhindern. Wenn uns der Untergang bestimmt ist, dann sei es. Aber verlieren wir nicht den Verstand und greifen wir zu den Schwertern. Wir können diesen Barbaren zumindest eine Schlacht liefern, die sie so schnell nicht vergessen werden. Dieser Nin wird den Tag bedauern, an dem er den Fuß auf Mensandors Boden setzte, und sollte es jeden von uns das Leben kosten.«

Die feurige Rede des Königs ermutigte einige der anwesenden Fürsten sehr. Rurd, Benjot und Finscher waren während der Belagerung rastlos geworden. Sie hatten keine große Geduld, und es juckte sie, zu den Waffen zu greifen und sich dem Gegner im gerechten Wettstreit zu stellen, auch wenn daran nichts gerecht war, da ihre Truppen an Zahl weit unterlegen waren. Trotz allem gefiel ihnen der Gedanke, ein für allemal als tapfere Recken dem Feind die Stirn zu bieten. Sie waren zum Kampf bereit.

»Was sagen die übrigen?« fragte Rurd, als er sich zusammen mit den beiden für den Vorschlag des Königs ausgesprochen hatte.

Teido trat vor und erwiderte, die Augen aller auf sich, mit Bedacht: »Herr, was du vorschlägst, ist die letzte Verzweiflungstat verzweifelter Menschen. Ich glaube nicht, daß wir uns bereits in so großer Bedrängnis befinden. Warten wir noch ein paar Tage. In dieser Zeit kann vieles geschehen, und hinter den Mauern unserer Festung sind wir sicher. Die Ningaal haben alles versucht und sind gescheitert. Ich denke, wir können obsiegen, wenn wir noch ein wenig warten.«

»Die Zeit des Wartens ist vorbei! Jetzt heißt es handeln. Wir haben so lange gewartet, ohne daß es uns etwas genutzt hätte. Ich stehe auf seiten des Königs. Kämpfen wir und sterben wir wie wahre Männer, denn bessere Aussichten haben wir nicht«, rief Rurd und blickte trotzig in die Runde. Sein beherztes Auftreten brachte ihm Unterstützung ein.

»Ich neige sehr zu deiner Meinung«, sagte Ronsard. »Und wenn der Zeitpunkt gekommen ist, dem Feind Auge in Auge gegenüberzutreten, wirst du mich in vorderster Front finden. Aber zu warten ist kein schlechter Rat. Drei oder vier Tage bedeuten viel. Die Fürsten des Nordens können immer noch auftauchen, und für diesen Fall sollten wir uns bereithalten. Nutzen wir die Zeit, um uns zum Kampf zu rüsten, sage ich, aber noch sollten wir ausharren.« Ronsards vernünftige Worte kühlten einige Hitzköpfe ab, die sich augenblicklich hatten in die Schlacht stürzen wollen.

»Was hast du vorzubringen, Myrmior?« fragte Eskewar. »Dein Rat war uns in diesen Tagen unentbehrlich. Sage uns, was wir tun sollen.«

Traurig betrachtete Myrmior den König und seine Gefolgsleute. Seine großen dunklen Augen wirkten wie Brunnen des Leids. Aus seiner tiefen Stimme tönte Kummer. »Ich weiß keinen Rat, Herr. Ich habe mich stets nach bestem Wissen und Gewissen geäußert, und das hat uns in diese schreckliche Lage geführt. Ich will nichts mehr sagen und statt dessen meinen Platz unter den Recken einnehmen, die als deine treuen Untertanen gelten dürfen, und zusammen mit ihnen mein Schwert gegen den verhaßten Feind erheben.«

Die Wirkung von Myrmiors Worten war so, als hätte er das endgültige Verhängnis verheißen. Er hatte gesagt, was die meisten von ihnen dachten, aber nicht in Worte zu fassen wagten: *Es gibt keine Hoffnung mehr. Wir müssen dem Tod ins Auge sehen.*

»Herr«, sagte Teido und trat neben das Bett. »Überstürzen wir die Sache nicht. Ziehen wir uns eine Zeitlang zurück und befragen unsere Herzen, ehe wir eine Entscheidung fällen.«

Auch Rurd trat herbei. »Und ich sage, wir dürfen nicht warten«, rief er. »Jeden Tag werden unsere Männer schwächer und damit unsere Aussichten schlechter. Es ist an der Zeit, loszuschlagen!«

Darauf herrschte im Zimmer Schweigen. Alle blickten den König an und warteten auf sein Urteil. »Edle Fürsten«, sagte er voll Ernst. »Ich will euch zu keiner Entscheidung zwingen. Noch will ich euch durch langes Warten auf die Probe stellen, denn dieses kann das Gemüt eines Mannes zermürben.«

Alle beobachteten ihn aufmerksam. Teido sah, wie der Drachenkönig das Kinn reckte, und wußte, was folgen würde, noch ehe der König sprach. »Darum sage ich also, wir reiten morgen in die Schlacht, damit wir den geringen Vorteil nutzen, den uns ein überraschendes Eingreifen vielleicht bringt. Geht nun und kümmert euch um eure Soldaten. Seht zu, daß sie gut zu essen bekommen und sich rüsten. Morgen in der Abenddämmerung werde ich sie in den Kampf führen.«

Die Fürsten raunten zustimmend und verließen sofort das Gemach. Teido und Ronsard blieben eine Weile länger und versuchten, den König umzustimmen. Aber er schenkte ihnen kein Gehör und schickte sie fort. Nachdem sie draußen waren, trat Königin Alinea ein, um die letzte Nacht an der Seite ihres Gemahls zu verbringen.

Eskewar hatte für den Ausfall die Abenddämmerung gewählt, weil die Späher berichtet hatten, daß die Wachsamkeit der Ningaal am hinteren Tor um diese Zeit nachließ, da sie ihr Nachtmahl einnahmen. Dies war ein kühner und kluger Zug. Anzunehmen war nämlich, daß die Burgbewohner zu einem Ausfall das Haupttor benutzen würden, und darum hatten die Feldherrn Nins hier ihre stärksten Kräfte zusammengezogen. Außerdem war das hintere Tor kleiner und die ummauerte Rampe so schmal und gewunden, daß nur drei Ritter nebeneinanderreiten konnten.

All dies bedachte Eskewar, als er sich entschied. Mit diesem Manöver konnte er die Ningaal überraschen und zuschlagen, ohne daß sie darauf gefaßt waren, so daß sie nicht in der richtigen Schlachtordnung stehen würden. Sie würden zusammenlaufen, sobald man sie zu den Waffen riefe, das wußte er, aber inzwischen hätte er seine Krieger auf der Ebene günstig in Stellung gebracht und schon eine ganze Reihe Feinde erschlagen.

Der Drachenkönig und sein Heer verbrachten den gesamten Tag mit Vorbereitungen. Sie stellten Pferde und Krieger in den Hinterhöfen auf und schafften sie so rasch wie möglich durchs Tor.

Als alles bereit war, wurden es in den Höfen still. Die Männer warteten. Im Westen ging die Sonne als große karmesinrote Scheibe unter, und im Osten leuchtete grell der Wolfsstern und warf sein kaltes, hartes Licht auf die Erde. Die Städter und Dörfler versammelten sich, um die Recken zu verabschieden und zu allen ihnen bekannten Göttern um den Sieg zu beten. Die Frauen weinten und küßten die tapferen Ritter; die Pferde schnoben und stampften; und die Kinder standen hölzern da und starrten die Krieger in ihren funkelnden Rüstungen mit großen Augen an.

An einem Ende des Burghofes entstand ein Gedränge, daß alle den Hals reckten. Dort wehte das Banner des Drachenkönigs auf der Standarte, eine Gasse tat sich auf. Und schon kam der Drachenkönig selbst, kerzengerade saß er auf einem Hengstschimmel und trabte zum Tor. Über seiner silbernen Rüstung trug er einen königsblauen Umhang, in den mit Goldfäden der fauchende Drache gestickt war. Auf dem Helm hatte er keinen

Federbusch, sondern nur einen schlichten Goldreif. Ihm zu Seiten ritten zwei verwegene Ritter, einer auf einem Rappen, der andere auf einem Fuchs. Auf dem Schild des dunklen Ritters war ein Falke zu sehen; auf dem des anderen ein Morgenstern und ein Flegel, gehalten von einem Panzerhandschuh.

Ihnen folgte Myrmior, ebenfalls hoch zu Roß; nach der Sitte seines Volkes trug er keine Rüstung, sondern hatte nur einen leichten Rundschild und ein Kurzschwert. Immerhin hatte Ronsard ihn überzeugt, wenigstens eine Armschiene für seinen Schwertarm und Beinröhren anzulegen. Den Helm hatte Myrmior abgelehnt, weil er sagte, daß man mit diesem Eisentopf nichts sehen könne.

Sie ritten durch den Hof zum Tor, hinter ihnen in Dreierreihen die Ritter und Edelleute. Als sie alle Aufstellung genommen hatten, hob der König die Hand und der Zug stand still. Er warf dem Torhüter einen Blick zu, und dieser nickte zum Zeichen, daß er verstanden hatte, vom Wall herab; das sollte bedeuten, daß die Ningaal vom Tor abgezogen waren und zur Bewachung nur einen kleinen Trupp zurückgelassen hatten. Mit grauem Gesicht, harter Miene und Augen, die im bösen Licht des Sternes kalt funkelten, zog Eskewar daraufhin sein Schwert. Es sirrte leise, als es aus der Scheide glitt, aber das Geräusch füllte den ganzen Hof aus, denn es wiederholte sich Tausende Male quer durch alle Reihen. Dann ging das schwere Eisengitter auf und die Planke senkte sich über den trockenen Burggraben: Der Drachenkönig ritt in die Schlacht.

Die Ningaal am hinteren Tor wurden zerstreut wie die Spreu auf dem Dreschboden. Einige von ihnen waren so töricht, die Waffen zu zücken, und wurden niedergemäht, noch ehe sie die Hand erheben konnten. Die übrigen liefen brüllend davon, um Alarm zu schlagen, daß die Verteidiger einen Ausfall wagten und ihnen nachsetzten.

Eskewar führte den Angriff nicht in Richtung der Stadt, wo die Hauptstreitmacht des Feindes in Stellung lag, sondern gegen den weniger stark bemannten Belagerungsring rund um die

Burg. Diese Taktik erwies sich als erfolgreich, denn die herandonnernden Ritter schlugen die schlecht gewappneten Gegner mühelos in die Flucht und verhinderten so, daß sie eine zweite Front aufbauen konnten. Kaum hatten sie diesen Ring zerschlagen, machten die Ritter kehrt, um sich dem Heer zu stellen, das ihnen von der anderen Seite entgegenstürmte.

Eskewars Streitkräfte hielten diesem überhasteten Angriff ohne Schwierigkeiten stand und durchbrachen die feindlichen Linien ohne größere Verluste. Dann drangen sie rasch in das größte der vielen Ningaal-Lager ein, in dem einige tausend feindliche Krieger zum Essen und Schlafen versammelt waren. Der Anblick von dreitausend durchs Lager preschenden Reitern ließ ihnen Essen und Schlafen vergehen; das Lager brodelte augenblicklich vor Verwirrung und Entsetzen.

Die Ningaal waren vollkommen überrascht. Der Alarm hatte sie erst erreicht, als die Leute des Drachenkönigs bereits ihre scharfe Attacke ritten. Im Nu war das Lager in ein Blutbad verwandelt; Feuer breitete sich aus, Pferde scheuten, Schwerter sirrten durch die Luft. Viele Ningaal flohen, anstatt sich den gerechten Klingen der Verteidiger Mensandors zu stellen. Und einen kurzen Augenblick lang gewannen diese den Eindruck, als könnten sie die Ningaal niederringen und zerschmettern.

Doch dieser verflog sofort, als die beiden Feldherrn auf ihren schwarzen Streitrössern auftauchten und kalten Blutes ihre von Panik erfaßten Truppen anspornten.

Die Ritter hatten das Lager umzingelt und waren bis zur Mitte vorgestoßen. Als Eskewar sah, daß die Feldherrn ihre zerstreuten Soldaten sammelten, schickte er eine Schar Ritter gegen sie aus, um den Widerstand im Keim zu ersticken. Die übrigen versuchten, die Ningaal vor sich herzutreiben und in Verwirrung zu halten, so daß sie keine geschlossene Formation bilden konnten.

Doch schon bald zog sich um die Ritter, die das Lager umzingelten, ein noch größerer Kreis aus johlenden Ningaal unter Führung der beiden anderen Feldherrn. Diese drängten die Ritter mit Macht zurück, so daß der Durchmesser des Verteidigungsrings durch ihre schiere Überzahl immer kleiner wurde. Gleich, wie viele Feinde fielen, anscheinend standen jedesmal mehr von ihnen da.

Eskewar erkannte, daß seine Position nicht zu halten war. Mit Teido zur Rechten und Ronsard zur Linken führte der Drachenkönig eine kraftvolle Attacke gegen eine Schwachstelle des Rings. Es gab ein lautes Getöse, als die Ritter in Scharen vor der Mauer aus feindlichen Äxten fielen und für immer auf der Walstatt liegenblieben. Doch der Ring brach auf, und der König führte sein Heer auf die Ebene.

Sobald sie eine halbe Meile von der Burg die Mitte des freien Feldes erreicht hatten, machte Eskewar halt und stellte sich dem Feind, der jetzt zum endgültigen Schlag ausholte.

54

Als Nins Feldherrn sahen, daß sie den Sieg erringen konnten, gingen sie nicht sofort zum Angriff über. Sie warteten ab, sammelten ihre Truppen und ordneten ihr Heer zur letzten Schlacht. Dadurch gewann der Drachenkönig Zeit, ebenfalls seine Ritter in Stellung zu bringen. In festen Reihen postierte er sie um Scharen von Fußsoldaten mit Piken und Speeren, die aus der Burg zu ihnen gestoßen waren.

Beim ersten Zusammenstoß mit den Ningaal stand der Drachenkönig kampfbereit an der Spitze seines Heeres. Den brüllenden, axtschwingenden Mob, der von einer etwas höheren Warte auf die Truppen Mensandors losstürmte, führten zwei der Feldherrn an. Die beiden übrigen hielten eine große Schar Ningaal als Reserve.

Amut und Luchak prallten mit ihren Mannen auf eine Mauer aus Stahl. Mit der Kraft der Verzweiflung streitend, hielten die Ritter des Drachenkönigs den furchterregenden Leibwächtern der Feldherrn stand und dezimierten diese sogar beträchtlich. Wie eine sturmgepeitschte Flutwelle strömten die Axtkämpfer der Ningaal aufs Feld. Zwar schlugen sie mit schrecklichen Hieben auf die Ritter ein, doch diese wichen nicht zurück.

Nach einer Stunde wurde der Angriff abgeblasen; unter dem Jubel der Ritter zogen sich die Feldherrn zurück und ließen ihre Gefallenen auf der Walstatt liegen.

Teido, der zur Rechten des Drachenkönigs auf seinem Rappen saß, lüftete das Visier und ließ den Blick übers Schlachtfeld schweifen. »Wir haben uns gut geschlagen«, stellte er fest. »Und vor allem kaum Verluste erlitten.«

»Jeder Gefallene ist zuviel, tapferer Ritter«, versetzte Ronsard. »Sie wollen uns Mann um Mann niederringen, wenn es nicht anders geht, bis keiner von uns mehr steht.«

»Bei Azrael!« rief Eskewar. »Auf andere Weise werden sie Askalon auch nicht bekommen. Wir sind noch längst nicht besiegt. Und ich habe einen Plan, der sie in Verwirrung stürzen könnte. Teido, rufe unsere Feldherrn zusammen. Ich möchte sie vor der nächsten Attacke sprechen.«

Sie trafen sich mitten auf dem Feld, und der König erklärte ihnen rasch den Plan. Kaum war er fertig, erfüllte das Donnergeheul der vorrückenden Ningaal abermals die Luft. Als diese zum zweiten Mal näher kamen, bot ihnen das Heer des Drachenkönigs nicht stur die Stirn, sondern gab teilweise nach. So wurden die Feinde augenblicklich von einem Sog erfaßt, zwischen die Reihen der Verteidiger gezogen und schließlich von ihren Anführern abgeschnitten. So waren die Ningaal zu Beginn der Schlacht von einem Wall scharfer Schwerter eingeschlossen.

Im feindlichen Lager bemerkte keiner den kleinen Trupp, der sich vom Heer des Drachenkönigs absetzte und zur Festung zurückritt.

Abermals erfüllten die Männer Mensandors ihre Aufgabe und erschlugen viele Ningaal. Die Pikenträger fochten zwischen den mahlenden Hufen der Pferde, rissen die Leibwächter der feindlichen Anführer zu Boden und durchbohrten sie. Die Axtkämpfer, die von ihren Befehlshabern getrennt waren, da diese sich innerhalb des Kessels befanden, rannten kreischend um den Außenring und warfen sich machtlos den erbarmungslosen Lanzen der Ritter entgegen.

Die Feldherrn Gurd und Bochaz, die von der Ferne aus zusahen, erkannten rasch, was geschehen war, und bereiteten eine zweite Angriffswelle vor, die den Außenring der Verteidiger zerschmettern und ein rasches Ende der Schlacht herbeiführen sollte.

Auf ihren kräftigen schwarzen Rössern preschten sie ins Getümmel. Doch sie hatten das Feld noch nicht erreicht, als ihr Angriff ins Wanken kam und inmitten eines tödlichen Pfeilhagels zusammenbrach. Die Ningaal fielen in solcher Zahl, daß die Feldherrn vom Drachenkönig abließen und sich statt dessen den Bogenschützen zuwandten, die, nachdem sie die zweite Angriffswelle ins Stocken gebracht hatten, jetzt zu ihren Kameraden auf der Ebene liefen. Die Bogenschützen, die man ursprünglich zurückgelassen hatte, um Askalon in äußerster Not zu verteidigen, standen unter der Führung Myrmiors und einiger der kühnsten Ritter. Ihr Erscheinen gehörte zu Eskewars Plan, den Feind in Verwirrung zu stürzen und auseinanderzutreiben.

Den Ningaal gelang es nicht, sich in Kampfweite der Bogenschützen zu sammeln; sie mußten schließlich den Rückzug antreten und neu Aufstellung nehmen. Mühelos erreichten die Bogenschützen die Ebene; in der Luft rauschte es von ihren tödlichen Geschossen. Durch ihr Auftreten gehörte das Feld wiederum dem Drachenkönig.

»Diesmal hatten wir weniger Glück«, meldete Teido, der abermals das Ergebnis des Gemetzels begutachtete. »Wir haben viele tüchtige Männer verloren. Einen neuen Angriff werden wir unter Umständen nicht überstehen.«

»Wir müssen!« rief Eskewar. »Wir müssen.«

»Zweimal haben wir sie nun überrascht. Das wird uns nicht wieder gelingen«, meinte Ronsard. »Aber wir haben ihnen eine Schlacht geliefert, die überall gepriesen werden wird, wo tapfere Männer zusammensitzen. Davon können wir zehren. Ja, ich glaube allmählich, wenn wir noch einen Tag aushalten, können wir das Kriegsglück vielleicht zu unseren Gunsten wenden.«

»Wenn Werthwin sein Wort halten und die Heere Amerons, Lupolls und der übrigen heranführen würde, gäbe ich dir recht«, entgegnete Teido. Er blickte gen Norden, sah aber am Horizont keinerlei Bewegung. »Aber selbst wenn sie jetzt kämen, wäre es wohl zu spät.«

»Rede nicht so!« fauchte der König. »Wir werden uns dem Kampf mutig stellen.«

»Wie du sagst, Herr.« Er betrachtete den König, und sein edles Herz wäre ihm fast gebrochen, denn er sah um dessen Schultern einen dunklen Schatten lauern, ähnlich den Schwingen eines Raben. Er konnte kaum weitersprechen, so sehr erstickte der Kummer seine Stimme. »Du warst uns stets ein Vorbild an Tapferkeit, o mein König. Führe uns, und wir werden dir sogar durch die Pforten des Todes folgen.«

Wild leuchtete Eskewars Gesicht im seltsamen weißen Licht des Sterns, der die Nacht zum Tage machte. Etwas freundlicher erwiderte er: »Ihr habt mir treu gedient, meine wackeren Freunde. Ich habe euch mein Leben häufiger anvertraut, als ich hätte dürfen, aber ihr habt mich nie enttäuscht.« Er hielt inne und blickte sie beide lange an.

»So möchte ich im Gedächtnis der Menschen bewahrt werden: in meiner schönsten Rüstung an der Spitze meiner braven Recken. So möchte ich zu meinen Ahnen eingehen.«

Ronsard hob die Hand zum Widerspruch, aber Eskewar winkte ab. »Genug vom Sterben!« sagte er. »Auf in den Kampf! Dort kommt der Feind.«

Jenseits der wüsten Walstatt, die jetzt vom Blut der Toten und Verwundeten ganz glitschig war, rückten die Ningaal heran, diesmal ganz langsam, ihnen voraus eine Vorhut von Reitern mit blitzenden Piken. Die vier Anführer hatten sich so verteilt, daß sie die Vor- und die Nachhut führten. Diesmal hielten sie keine Truppen in Reserve und wendeten keine List an, sondern zogen Schritt um Schritt über die Ebene und achteten auf die geringste Bewegung der Streitmacht des Drachenkönigs.

Der bedrohliche Wolfsstern tauchte den Schauplatz in gräßliches Licht, hell wie die Mittagssonne und trotzdem Schatten werfend. Er schien noch größer geworden zu sein und den Himmel ganz auszufüllen, so daß der Mond, der gerade im Osten aufging, einsam und bedeutungslos wirkte.

Eskewar blickte zum Wolfsstern auf. »Das ist gewiß ein böses Ding. Ich spüre sein Feuer in meinen Knochen. Wie der Stern brennt, Ronsard, Teido, spürt ihr es auch?«

»Es ist die Hitze der Schlacht, Herr«, erwiderte Ronsard.

»Ja, das wohl auch«, pflichtete Eskewar ihm bei. Er schien wieder zu sich zu kommen und blickte über die Walstatt, über die jetzt die Rauschschwaden von den Feuerpiken der Ningaal zogen.

»Wenn sie glauben, daß wir so dumm sind und hier darauf warten, wie Vieh abgeschlachtet zu werden, dann täuschen sie sich«, meinte Eskewar. »Versammelt die Befehlshaber!« rief er. Ein Herold blies das Signal.

»Wir werden sie attackieren, und zwar in der Mitte«, sagte der König und deutete mit seinem langen Schwert auf die feindliche Streitmacht. »Wir werden ihnen zeigen, wie wenig die Ritter Mensandors um ihr Leben fürchten.«

»Zu Befehl«, gaben die versammelten Fürsten zurück, deren Rüstungen verbeult und blutig waren. Im Schein des verhaßten Gestirns brannte noch immer Kampfesmut auf ihren Gesichtern.

»Und wir werden ihnen zeigen, wie sehr die Ritter Mensandors ihre Freiheit lieben!« rief Rurd. »Für Ruhm!« Der Edelmann erhob seine Stimme und führte einen lauten Kampfgesang an.

»Geht zu euren Soldaten zurück!« befahl Eskewar. »Haltet euch bereit und wartet auf mein Zeichen!« Er setzte sich an die Spitze seiner Ritter, flankiert von Teido und Ronsard.

Teido, der vermutete, daß das Ende nahe war, sandte seinem Freund einen wortlosen Gruß hinüber. Dies war also die lange dunkle Straße, die er vor so langer Zeit geschaut hatte. Da sie nun vor ihm lag, fürchtete er sie nicht, auch wenn sie ihn traurig stimmte. Er wollte seinem Freund ein paar Worte zum Abschied mitgeben, aber es kamen ihm keine in den Sinn. Mit dem Gruß war alles gesagt.

»Leb wohl, kühner Freund«, sagte Ronsard zur Erwiderung. Er schloß sein Visier und grüßte ihn mit der Spitze seines Schwertes.

»Für Mensandor!« rief mit einemmal Eskewar. Klar und stark wie Donner hallte seine Stimme über die Ebene. Er reckte sein Schwert und trieb sein Roß an. Mit lautem Gebrüll setzte sich das Heer des Drachenkönigs wie ein Mann in Bewegung.

Der Zusammenprall zwischen den galoppierenden Rittern und den sturen Ningaal erschütterte die Erde. Die Pferde wieherten laut und scheuten. Die Ritter ließen ihre Morgensterne und Flegel durch die Luft sausen; die Schwerter blitzten, die Speere flogen wild umher, und die Bogensehnen sirrten.

Auf seinem Schimmel preschte Eskewar mitten ins Getümmel. Kühn und hehr, verteidigte Ronsard unermüdlich des Königs Linke. Immer wieder pfiff das Schwert des Helden durch die Luft, mit jedem Schlag einen Feind fällend. Teido schützte des Königs Rechte und versuchte unablässig, sich zwischen seinen Herrn und die blutrünstigen Äxte der Ningaal zu werfen.

Da und dort ragten aus dem Tumult die Standarten der Fürsten Mensandors, Inseln von Verteidigern in einem Meer feindlicher Krieger, die sich in immer größeren Scharen zwischen sie zu schieben versuchten. Eines nach dem anderen fielen die Feldzeichen, manche wurden nie wieder aufgerichtet. Und die lange Nacht schien kein Ende zu nehmen.

Auf Dauer indes zeitigte die wagemutige Attacke des Drachenkönigs eine unverhoffte Wirkung. So voll Feuereifer fochten seine Gefolgsleute und so geschickt, daß es ihnen gelang, einen Keil in die Linien der Ningaal zu treiben. Trotz der Überzahl der Feinde schlugen die Verteidiger also eine Bresche mitten ins Herz des feindlichen Heeres und sammelten sich in dessen Rücken.

»Das kommt unerwartet!« rief Eskewar schwer atmend. »Unsere Sache ist noch nicht verloren! Seht dort drüben! Rurd schlägt sich zu uns durch, und da kommen Finscher und Benjot.«

Teido betrachtete das wilde Getümmel vor sich und erkannte die Ritter des Drachenkönigs unter den dunkleren Gestalten der Ningaal. Der Kampflärm dröhnte ihm laut in den Ohren, aber wie Eskewar gesagt hatte, bestand jetzt ein winziger Hoffnungsschimmer, die Schlacht doch zu gewinnen. Durch ihren Angriff war die Hauptstreitmacht der Ningaal gespalten worden. Ihre Feldherrn ritten außen an den Linien entlang und versuchten, ihre Truppen wieder zusammenzuführen, doch vergebens. Die Ningaal liefen in Scharen davon.

»Ist das die Möglichkeit?« rief Ronsard und lüftete sein Visier.

»Jawohl!« gab Teido zurück. »Sieh, wie sie sich in der Mitte ballen; ihre große Zahl macht ihnen zu schaffen. Wenn wir dort hineinstoßen, können wir sie noch weiter aufspalten.«

»Bei den Göttern! Du hast recht. Herold! Rufe zum Sammeln. Voran mit uns!« Abermals trieb Eskewar seinen Renner an, daß die Ningaal die Hitze seines Schwerts zu spüren bekamen. Die Ritter des Königs bildeten eine Speerspitze, die sich in die dichte Masse bohrte und viele Krieger fällte. Die Feinde vergaßen ihre Zucht und rannten in Scharen brüllend von der Walstatt. Ihre Befehlshaber erschlugen viele der Flüchtigen mit eigener Hand, um die Auflösung ihrer Truppen zu unterbinden.

Diese zweite Attacke hatte Erfolg: Die Verteidiger glaubten wieder daran, daß sie tatsächlich obsiegen konnten. Mit Jubelrufen und mutigem Kampfgebrüll standen sie Seite an Seite und fochten aufs äußerste.

Als der sieche Mond um zwei Stunden vorgerückt war, hatte das Heer des Drachenkönigs zum ersten Mal die Oberhand errungen. Die gegnerischen Befehlshaber befanden sich in der Defensive und versuchten sich zurückzuziehen, um ihre zerstreuten Truppenteile neu zu sammeln. Eskewar und seine Feldherrn waren zwar schrecklich erschöpft und litten unter der ungeheuren Dezimierung ihrer Mannen, rissen sich aber zusammen, um die Eindringlinge endgültig in die Flucht zu schlagen.

Um Mitternacht gab ein ganzer Verband der Ningaal auf und lief davon. Der Anblick der geschlagenen Feinde, die sich aus dem Kampf davonstahlen, machte den Verteidigern Mut. Sie jubelten so laut auf, daß man es bis zur Burg hörte. Von dort antworteten ihnen die verängstigten Flüchtlinge, die auf den Mauern standen und der Schlacht mit besorgten Mienen folgten.

»Wir können es schaffen!« rief Eskewar. »Die Barbaren hat der Siegeswille verlassen.«

»Herr, wir wollen ihnen nachsetzen und sie aus dem Feld schlagen«, meinte Ronsard. »Du aber bleibe hier, wo deine Soldaten dich sehen können. Sammle Kraft.«

»Ja, Herr«, pflichtete Teido ihm bei. »Überlasse deinen Feldherrn auch ein wenig Ruhm. Bringe dich nicht weiter in Gefahr. Ruhe ein wenig und schöpfe frische Kraft.«

Eskewar, der im Sattel zusammengesunken war, weil er sich nicht mehr aufrecht halten konnte, sah seine Ratgeber trüben Blickes an. Sein Visier stand offen und zeigte das vor Erschöpfung fahle Gesicht. Müde schüttelte er das Haupt und erwiderte: »Ich werde ausruhen, wenn wir den Tagessieg errungen haben, keinen Augenblick früher. Wenn meine Ritter mich sehen wollen, müssen sie sich dem dichtesten Getümmel zuwenden, denn dort will ich sein.«

Teido und Ronsard tauschten beunruhigte Blicke. Ihnen wäre es lieber gewesen, der König hätte sich wenigstens eine Weile aus der Schlacht zurückgehalten. Teido wollte weitere Einwände vorbringen, als Eskewar sein Visier zuklappte, die Zügel anzog und sich wieder ins Gewühl stürzte. Die beiden getreuen Recken hatten keine andere Wahl, als ihm zu folgen und ihn zu schützen, so gut sie konnten.

Einen Augenblick lang sah es so aus, als würde der letzte Ansturm die Kraft der Ningaal tatsächlich zunichte machen, denn die heulenden Axtkämpfer schmolzen vor den Verteidigern dahin wie Schnee in der Sonne. Und eine kurze Weile standen der Drachenkönig und seine Ritter überlegen auf dem schwer eroberten Schlachtfeld: Der Feind zog sich auf ganzer Linie zurück.

Doch die Siegesfreude währte nicht lang, denn es ertönte ein Lärmen, das den Boden zu zerreißen schien und sich anhörte, als würde es aus den Eingeweiden der Erde kommen. Es erfüllte die Luft und hallte laut über die Ebene. Diejenigen, die es vernahmen, wanden sich vor Schmerz; sogar die Tapfersten erzitterten.

Aller Augen richteten sich gen Süden, und dort trieben für einen kurzen Moment die Rauchschwaden auseinander und gaben den Blick frei aufs Land: Entlang der gesamten Ebene erstreckte sich eine undurchdringliche Mauer aus Kriegern. Nin der Unsterbliche war gekommen und mit ihm fünfzigtausend Mann.

55

Fassungslos sahen die kampfmüden Verteidiger den fast errungenen Sieg auf den Schwingen der Hoffnungslosigkeit davonschweben; an seine Stelle trat das sichere Verhängnis. Das Triumphgebrüll verwandelte sich in bittere Verzweiflungsschreie, während die Ningaal, die ihre sichere Rettung sahen, den Rückzug abbrachen und wieder auf die geschundenen Truppen des Drachenkönigs losstürmten.

Eskewar blieb kaum Zeit, sein Heer zu sammeln, ehe die Feinde über es hereinbrachen wie eine ungeheure, alles verschlingende Sturzflut. Die glücklosen Verteidiger waren sofort von allen Seiten umringt, jegliche Rückzugsmöglichkeit war ihnen versperrt. Die feindlichen Befehlshaber feuerten ihre Krieger zum wilden Kampf an, und die braven Soldaten des Drachenkönigs fielen der Reihe nach.

Ronsard und Teido mühten sich, auf gleicher Höhe mit dem König zu bleiben und ihn bis zum bitteren Ende zu beschützen. Aber eine plötzliche Woge von Feinden trennte sie von ihm.

Drei heulende Ningaal mit schwarzen Flechten, Schaum vor dem Mund, wahnsinnigen Augen und blutverschmierten Gesichtern sprangen hoch und packten die Zügel von Teidos Roß. Einer von ihnen büßte sofort eine Hand ein, so daß nur noch ein blutüberströmter Stummel da war; ein zweiter fiel tot nieder, ohne den Schlag, der ihm den Kopf spaltete, auch nur zu spüren. Der dritte bohrte seine Axt tief in Teidos Brust. Der Ritter spürte, wie seine Rüstung nachgab und aufplatzte. Er riß die Zügel zurück und kippte unter der Wucht des Hiebes, der die meisten anderen Menschen getötet hätte, nach hinten.

Dadurch, daß Teidos Streitroß sich aufbäumte, wurde der Ningaal, der den Griff seiner Axt fest umklammert hielt, vom Boden gehoben. Teido donnerte dem Angreifer seinen Schild auf den Kopf, daß dieser zu Boden stürzte, wo die Hufe des Pferdes ihm den Garaus machten.

Teido hielt sich wie durch ein Wunder im Sattel und wand die Axt aus dem Spalt in seinem Brustharnisch. Er wußte, daß er schwer verwundet war, sah sich aber trotzdem nach Ronsard und Eskewar um. Der Strom der Schlacht hatte sie weit weggetragen. Er sah, wie Ronsard sich gegen vier oder fünf Feinde mit flammenden Piken und Schwertern wehrte und sie vom König fernzuhalten suchte, als plötzlich mit wehendem schwarzem Umhang einer der gegnerischen Feldherrn ins Gewühl preschte und sich an dem Kampf beteiligte.

Sofort stellte sich ihm der leicht bewaffnete Myrmior entgegen. Mit haßverzerrtem Antlitz warf der Seneschall sich zwischen den König und den Feldherrn. Teido sah, wie Myrmiors Schneide im Licht des Wolfssterns einen gleißenden Bogen beschrieb. Der Feldherr reckte sein Schwert, und Myrmiors Klinge zerschellte durch die Wucht seines mächtigen Hiebs. Der Feldherr schlug abermals zu und Myrmior den Schild aus der Hand. Hilflos mußte Teido mit ansehen, wie sich die grausame, krumme Schneide des Feldherrn tief in Myrmiors ungeschützte Brust bohrte. Myrmior umklammerte das Schwert mit einer Hand und zerrte fest daran, während der Feldherr versuchte, es wieder herauszuziehen. So riß Myrmior ihn aus dem Sattel, reckte im gleichen Augenblick sein kaputtes Schwert und stieß es dem Feldherrn in die Kehle. Dann sah Teido die beiden Männer zu Boden stürzen.

Die ganze Sache war so schnell vorüber, daß Teido kaum die Zügel angezogen hatte, um seinem Freund beizustehen. Jetzt sah er Ronsard, der drei seiner Angreifer getötet hatte, voranstürmen und wieder an die Seite des Königs reiten. Aber in diesem Augenblick brachen Welten zusammen, denn Teido, der schon zu den beiden unterwegs war, sah, wie Eskewar aus dem Sattel gehoben wurde und in einer wilden Schar Ningaal mit Piken und Äxten unterging.

Ronsard kam zu der Stelle, wo sein Herr zu Boden gesunken war. Er tötete zwei Feinde auf einen Streich und dann mit vier

Hieben ebenso viele weitere. Als Teido kam, stoben die übrigen davon, während Ronsard sich, des eigenen Lebens nicht achtend, vom Pferd schwang und neben dem König niederkniete.

Bald ertönten allenthalben Rufe: »Der König ist gefallen! Der Drachenkönig ist gefallen!« Die Verteidiger rannten zu ihm und bildeten um den Leib ihres geliebten Herrschers eine Mauer.

Ronsard hielt Eskewars Kopf und nahm ihm vorsichtig den Helm ab. »Es ist vorbei, mein wackerer Freund«, flüsterte der König. »Ich werde mein Schwert nicht mehr erheben.«

»Sage das nicht, Herr«, erwiderte Ronsard, dem die Tränen über die Wangen rannen. Er zog seinen Panzerhandschuh aus und stopfte einen Zipfel von des Königs Umhang in eine klaffende Wunde an dessen Hals.

»Ich habe keine Schmerzen ... keine Schmerzen«, sagte Eskewar keuchend. »Wo ist mein Schwert?«

»Hier, Herr«, antwortete Teido und legte dem König die eigene Waffe in die Hand.

Eskewar drückte sie an seine Brust und schloß die Augen.

Als diejenigen, die von den Wällen aus den Kampf verfolgten, den König fallen sahen, schrien sie vor Kummer und Entsetzen laut auf wie ein tödlich verwundetes Tier. Ihr Schrei war jedoch noch nicht erstorben, als jemand rief: »Seht dort im Osten!« Alle blickten gen Osten, wo sich ihnen ein wundersamer Anblick bot.

Den Zuschauern sowie den Soldaten, die neben dem Leichnam des Drachenkönigs kauerten, kam es so vor, als würde im Osten ein Blitz erstrahlen, so hell wie die feurige Sonne, denn es herrschte mit einem Schlag ein so blendender Schein, daß sogar das Licht des Wolfssterns davor verblaßte.

Wieder blitzte es über den Himmel, und die rasenden Ningaal blickten von ihrem blutigen Werk auf, um erschrocken dieses neue Wunder zu betrachten.

Plötzlich war ein Ritter auf einem weißen Roß zu sehen, der aus dem Osten heranpreschte. In der gereckten Faust hielt er ein Schwert, das lebhaft loderte und blitzte.

Beim Nahen dieses unbekannten Ritters schien die ganze Welt zu verstummen. Die Hufe seines Renners donnerten laut, als er wie auf Adlers Fittichen in den Kampf stürmte.

»Zallkyr!« rief jemand. »Der Retter naht!«

Über die Höfe und Türme Askalons ging ein Raunen. Alinea, Bria und Esme, die im Ostturm Wacht hielten, erblickten das Schauspiel mit Tränen in den Augen. Die Soldaten des Drachenkönigs, die Schulter an Schulter um ihren gefallenen Herrn standen, lüfteten verblüfft die Visiere.

Das Schwert in des Ritters Hand schien einen Lichtstrahl gen Himmel zu senden. Offenen Mundes starrten die Ningaal diese unerhörte Erscheinung an. Sogar Nin, die höchste Gottheit des Weltalls, erhob sich von seinem erhöhten Thron, um besser sehen zu können, was da vor sich ging.

Auf dem Rücken des geschwinden Feuersturms sitzend, erblickte Quentin die Überreste von Mensandors Heer inmitten von Feinden auf der Ebene stehen. Mit Toli an seiner Seite, bestand sein einziger Gedanke darin, den Gefährten zu Hilfe zu eilen und seinen Platz unter ihnen einzunehmen. Einhergaloppierend hatte er die Standarte des Drachenkönigs unter der Wucht der Feinde fallen sehen. Da hatte er mit einem Kampfschrei sein Schwert gezogen und geradewegs auf die Stelle zugehalten, wo er das Feldzeichen zuletzt wahrgenommen hatte.

Zallkyr strahlte heller als tausend Sonnen; seine zuckenden Blitze versengten die Luft. Für die Ningaal, die von dieser überirdischen Erscheinung völlig verstört wurden, war dies zuviel. Vor gewöhnlichen Sterblichen als Gegnern kannten sie zwar keine Angst, sehr wohl aber vor diesem anscheinend vom Himmel kommenden Feind. Die Barbaren ließen die Waffen fallen und flohen. Quentin donnerte mitten in den Tumult der Feinde und ritt ungehindert bis zum ehrfürchtig staunenden Heer des Drachenkönigs.

Dort blickte er zu Boden und sah seine Freunde Teido und Ronsard neben dem König knien. Als er ihre traurigen Mienen gewahrte, wußte er, daß der König aus dem Leben geschieden war.

Ohne ein Wort wendete Quentin Feuersturm und setzte den flüchtigen Ningaal nach. Er fühlte sich von unnennbarem Kummer erfaßt und ließ keinen anderen Gedanken mehr zu, als den verhaßten Feind vor sich herzutreiben und zu reiten, bis er nicht mehr konnte, bis ans Meer und darüber hinaus. In seinem selbstvergessenen Schmerz hielt er geradewegs auf Nin den Verheerer und seine fünfzigtausend in Panik geratenen Soldaten zu. Die Ningaal schwappten vor dem unbesiegbaren Ritter mit dem Flammenschwert auseinander wie Wellen vor dem Sturm.

Quentin sah alles wie durch einen Nebel, so als wäre er in einem Traum. Vor ihm bewegten sich fahle Schatten, die wie Wolken verwehten; der Nachthimmel wurde von einem brennenden weißen Licht erhellt. Dann erhob sich vor ihm pechschwarze Finsternis.

Zallkyr blitzte in seiner Hand. Er richtete sich im Sattel auf und schleuderte das Schwert mit einem mächtigen Schrei gen Himmel. Es wirbelte durch die Luft, und als es den höchsten Punkt seiner Bahn erreicht hatte, zerplatzte es laut krachend, daß überall Funken stoben.

Der Himmel wurde weiß, und alle warfen sich die Hände vors Gesicht, um ihr Augenlicht zu retten. Keiner wagte es, in die schreckliche Helle zu blicken. Quentin hatte das Gefühl, ein Traumgesicht zu erleben, denn abermals war er der Ritter, der auf einer dunklen Ebene stand, in eine glänzende Rüstung gekleidet, das strahlende Schwert in der Hand, welches das Herz der Finsternis verzehrte.

Die Luft erschauerte, und er spürte das Feuer durch sich rauschen. Obwohl um ihn herum blendende Blitze zuckten, öffnete er die Augen und sah, wie die Finsternis zurückwich und eine Stadt zum Vorschein kam, prächtig und schön, im hellen Licht erstrahlend, wie aus Gold und Edelsteinen gemacht. Vor diesem herrlichen Bild ging Quentin auf die Knie.

Er legte sich die Hände vors Gesicht, um das Traumgesicht auszulöschen, da sprudelten seine Tränen wie aus einem Springquell. In diesem Augenblick spürte er in seinem tiefsten Innern, daß die Hand des Allerhöchsten auf ihm ruhte.

Als Quentin den Kopf hob, war er allein in dunkler Nacht. Der Wolfsstern war mit einem hellen Blitz verschwunden. Einige behaupteten, das strahlende Schwert sei zum Himmel emporgeflogen, habe den Stern getroffen und ihn zum Verlöschen gebracht, denn in dem Augenblick, als Quentin das Schwert geschleudert hatte, war das Gestirn verglüht.

Zallkyr fiel auf die Erde herab und grub sich bis zum Heft in den abscheulichen Leib Nins des Unsterblichen. Der Sieger über die Könige lag tot da, an den Boden gespießt wie ein Lindwurm. Als seine unglücklichen Gefolgsleute sahen, wie rasch ihr grausamer Herrscher den Tod gefunden hatte, flohen sie kreischend über die Ebene. Ihr erbärmliches Gebrüll erfüllte die Nacht, doch sie sollten ihrer gerechten Strafe nicht entgehen. Die Feldherrn Nins stürzten sich in ihre Schwerter und teilten das wohlverdiente Schicksal ihres grauenhaften Herrn.

Quentin kehrte dorthin zurück, wo Eskewar am Boden lag. Zusammen mit Teido, Ronsard und den übrigen Fürsten Mensandors hob er den Leichnam des Königs empor. Auf ihren Schultern trugen sie ihn gen Askalon.

56

Die Bestattungsfeierlichkeiten für den Drachenkönig dauerten drei Tage lang, und die Trauer um ihn währte dreißig. Inzwischen traf Werthwin mit den Truppen Amerons, Lupolls und der übrigen Fürsten ein. Alle waren tief betrübt und bestürzt, denn die Nachricht vom Tod des Königs hatte sie unterwegs erreicht. Man sandte sie zur Verfolgung der Ningaal aus, die am Arwin entlang zum Meer flohen, wo ihre Schiffe auf sie warteten. Die Fürsten erschlugen viele Feinde auf der Flucht und trieben die übrigen mit den Spitzen ihrer Lanzen ins Meer.

Eskewars Leichnam legte man zunächst auf sein Bett. Dann kamen Derwin und Bjorkis, wuschen ihn und machten ihn zur Grablegung zurecht. Inschkad arbeitete viele Stunden lang an der Rüstung des Königs, beulte die Dellen aus, die sie in der letzten Schlacht abbekommen hatte, und polierte sie, daß sie wie neu aussah. Königin Alinea persönlich kleidete ihren Gemahl in seine edelsten Gewänder. Bria und Esme schmückten ihn mit seinen Lieblingskleinodien. Und dann trug man ihn in die große Halle und bahrte ihn feierlich auf.

Zwei Tage lang lag des Königs Leichnam im großen Saal; Tag und Nacht wachte eine trauernde Abordnung von Rittern und Edelleuten bei ihm, während ein steter Strom weinender Untertanen an ihm vorbeidefilierte. Das mitleiderregende Wehklagen der Bauern erfüllte die Burghöfe, und die niedergeschlagenen Bürger liefen in ihrem Kummer untröstlich durch die Straßen der Stadt. Der große Drachenkönig war nicht mehr. Diesen schwarzen Tag zu erleben hatte keiner gedacht.

Quentin blieb in seinem Gemach und wollte niemanden sehen. Er ging nicht einmal auf den Burgwall hinaus, um die gen Himmel lodernden Bestattungsscheiterhaufen für all die tapferen Gefallenen aus des Königs stolzem Heer zu betrachten. Er gab sich die Schuld am Tod des Königs, weil er glaubte, dieser wäre am Leben geblieben, wäre er selbst ein paar Momente früher eingetroffen. Nur Toli durfte seinem Herrn unter die Augen treten. Doch Quentin brauchte nicht viel. Er wollte weder essen noch schlafen, sondern saß in sich gesunken auf einem Stuhl vor dem dunklen, leeren Kamin.

Um Mitternacht des zweiten Tages raffte Quentin sich auf und schlich leise in die große Halle. Die Trauernden waren gegangen, und außer den zehn Rittern, die stocksteif um den Leichnam wachten, befand sich niemand im Saal. An den vier Ecken der Totenbahre brannten Fackeln und warfen ein sanftes, trübes Licht über das Leichentuch. Quentin trat hinzu, stieg auf das blumenübersäte Podest und kniete neben dem Leichnam nieder.

Im weichen Licht wirkten des Königs Züge entspannt und ruhig. Wäre nicht ihre unnatürliche Reglosigkeit gewesen, man hätte glauben können, er schlafe. Verschwunden waren die Spuren, welche das Siechtum hinterlassen hatte, das so an seiner edlen Gestalt zehrte; verschwunden auch die Sorgenfalten, die sein Antlitz zuletzt gezeichnet hatten. Die Jahre schienen von ihm abgefallen, und Quentin erblickte einen Eskewar, der jünger war als der, den er kannte. Das Haar war dunkel und über den Schläfen nach hinten gekämmt. Die hohe Stirn war glatt, die Nase gerade und fein gebildet, der Mund fest, aber nicht hart. Der kantige Kiefer wirkte weicher und wies auf einen Mann, der mit sich selbst Frieden geschlossen hatte, das tief gespaltene Kinn kündete von der Unbeugsamkeit dessen, der er einst gewesen war.

Der König trug seine Rüstung, den Helm hatte man ihm in die linke Armbeuge gelegt. Sein Schwert lag auf seiner Brust, die rechte Hand über dem Knauf. Der zuckende Drache auf dem Brustharnisch schien sich im Feuerschein zu winden. Der in Silber und Gold gefaßte, königsblaue Mantel wurde am Hals von einer goldenen Kette und Eskewars geliebter Drachenfibel zusammengehalten. Er sah aus, als würde er gleich aufspringen und zum Signal des Herolds ausreiten.

Quentin senkte den Kopf. Heiße Tränen schossen ihm aus den Augen und fielen auf die Bahre. Lebhaft entsann er sich der Zeit, als er den König ebenso geschaut hatte: im Bann des bösen Nimrod. Dann war durch ein unmöglich scheinendes Wunder die schwarze Kunst des Hexers gebrochen worden und der König am Leben und frei. Doch nun stand der König unter einem weit mächtigeren Zauber, einem, dem am Ende alle Menschen erlagen und von dem es keine Erlösung gab.

Quentin hörte leise Schritte hinter sich und spürte, wie jemand ihn sanft an der Schulter berührte. Als er aufblickte, stand Königin Alinea vor ihm, ganz in Zobel gehüllt, und schaute auf ihn hinab. Ihre grünen Augen glichen kummervollen Seen, leuchteten vor Herzeleid aber schöner denn je zuvor.

»Ich suche dich seit zwei Tagen zu sprechen, mein Sohn«, sagte die Königin freundlich, und bei ihrem Tonfall wurde Quentin leichter ums Herz. Er erwiderte jedoch nichts.

»Du darfst dir keine Vorwürfe machen, denn am Ende entschied er sich selbst für sein Schicksal – wie stets. Er hatte den Wunsch, im Dienst an seinem geliebten Reich zu sterben. Von all seinen Lieben forderte er für sein Reich die größte Hingabe. Er war erst König und dann Mensch.«

»Ich danke dir für deine Worte, Herrin. Sie trösten mich sehr. Ich werde mir keine Vorwürfe mehr machen, wie ich es anfangs tat. Ich weiß jetzt, daß ihm sein Schicksal vor langer Zeit bestimmt war. Einem anderen hätte er sich gar nicht gebeugt.«

»Nein, dann wäre er nicht lange der Drachenkönig geblieben. Sieh nur, Quentin, wie friedlich er schlummert. Der Tod hatte für ihn keinen Schrecken. Er hatte ihn viele Male besiegt. Was er fürchtete und verabscheute, war der Gedanke, sein Reich könne fallen, weil er es nicht rettete. Dieser Gedanke zehrte an ihm und vergällte ihm die letzten Tage. Aber auch ihn überwand er am Ende.«

»Wie gut du ihn kanntest, Alinea!«

»Ich soll ihn gekannt haben? Vielleicht kannte ich ihn, so gut es ging. Und ich liebte ihn aus ganzem Herzen. Er liebte mich wieder – auf seine Weise. Aber ein König gehört nicht sich selbst oder seiner Familie. Er gehört dem Reich. Das spürte Eskewar deutlicher als jeder andere, den ich kenne. Er starb für Mensandor, wie er dafür gelebt hatte.

Aber es gab vieles, was sogar ich nicht wußte. Die langen Kriegsjahre fern der Heimat stahlen uns viel Zeit. Gar viele Nächte lang rief ich vor Einsamkeit laut nach meinem Gemahl und sehnte mich nach einer starken Hand, in der ich die meine bergen konnte. Doch es gab sie nicht. Eskewar war fort und stritt für sein Reich. Sogar wenn er wieder daheim war, blieb er ruhelos; er suchte jeden Winkel des Reiches nach Zeichen von Schwächen oder Schwierigkeiten ab.

Einst sagte er mir wie zur Entschuldigung: ›Wenn du mich kennenlernen willst, dann lerne erst mein Reich kennen.‹ Er war Mensandor, das Leben des Reiches sein eigenes.«

Quentin betrachtete den toten Herrscher; da wurde ihm klar, daß er vieles über den Mann, der ihn an Sohnes Statt angenommen hatte, nie erfahren würde. »Was wird nun nach seinem Tod aus dem Reich werden?« überlegte er laut.

»Es soll im Leben des neuen Drachenkönigs fortdauern«, raunte die Königin leise. Sie beugte sich über den Leichnam ihres toten Gemahls und nahm ihm die Drachenfibel mit der Kette ab. Dann drehte sie sich um und zog Quentin empor. »Du wirst merken, mein lieber Sohn, daß dieses Kleinod viel schwerer wiegt als das Gold, aus dem es besteht. Aber er wollte, daß du es bekommst und alles, was dazugehört.«

Langsam schüttelte Quentin den Kopf und drehte die goldene Brosche, welche die Königin an seinen Umhang geheftet hatte, zwischen den Fingern. »Ich war niemals sein Sohn. Sosehr ich euch beide liebe und sosehr ich dir deine Freundlichkeit über all die Jahre danke, ich bin nicht zum König gemacht.«

»Wer würde sich besser eignen?«

»Sein leiblicher Sohn vielleicht.«

»Du weißt, daß er keinen männlichen Erben hat. Aber ich will dir etwas verraten. Ich habe mich immer gewundert, daß ein Mann, der seinen Thron so sehr schätzte, diesen so ...«

»So ohne weiteres verschenkt«, murmelte Quentin.

»Nein, verschenkt hat er ihn ganz und gar nicht, Quentin. Siehst du, Bria kam auf die Welt, kurz bevor Eskewar in den Krieg gegen Goliah zog. Als er erfuhr, daß ich ihm keine weiteren Nachkommen gebären konnte und sein einziges Kind ein Mädchen war, dachte ich, er würde erzürnen. Ich bot ihm an, auf die Krone zu verzichten, damit er sich eine neue Gemahlin erwählen konnte, aber er wollte nichts davon wissen. Er sagte, er sei zufrieden, er vertraue darauf, daß der Gott, der über ihn herrsche, wie er auch heiße, ihm einen Erben senden werde, sobald die Zeit reif sei.

Darum wußte ich, als er dich zum Mündel kürte, daß er seinen Erben gefunden hatte. Wie er sich sicher sein konnte, kann ich nicht sagen. Aber er erkannte in dir etwas, das ihm wohl gefiel.«

»Mir schien dies eine königliche Laune zu sein, Herrin. Zwar war ich außer mir vor Freude über seine hohe Gunst. Aber sosehr ich ihn und Askalon auch liebte, meine Heimat liegt in Dekra. Das muß er gewußt haben.«

»Das galt ihm gleichviel. Er wollte nur dein Glück. Er wußte, daß du seine Hoffnungen und Erwartungen erfüllen würdest, sobald die Zeit kommen würde, so stark vertraute er dir.«

»Ich hoffe, er hat sich nicht getäuscht. Ich bete darum«, erwiderte Quentin. Alinea betrachtete die reglose Gestalt des Königs, holte tief Luft und wandte sich schließlich Quentin die Hand reichend ab.

»Er hat sich nicht getäuscht, mein Sohn. Alles ist, wie es sein sollte – wie er es sich gewünscht hätte. Du wirst schon sehen.«

Quentin warf einen letzten Blick auf den Leichnam und ging dann mit Alinea am Arm fort. Ihre Schritte hallten durch den düsteren Saal, und sobald sie draußen waren, herrschte wieder Stille.

Am nächsten Morgen brachte man den Leichnam des Drachenkönigs zum Ring der Könige, dem alten Bestattungsort der Herrscher von Mensandor mitten im grünen Pelgrin-Wald.

Der Trauerzug aus Rittern und Edelleuten zu Roß sowie treuen Untertanen zu Fuß marschierte durch die hastig frei geräumten Straßen Askalons. Die Städter standen in den Schutthaufen ihrer zerstörten Stadt, um ihrem toten Herrn das letzte Geleit zu geben. Unmittelbar hinter dem Totenwagen ritt Quentin auf Feuersturm neben Alinea. Ihnen folgten Bria und Derwin, danach Teido und Ronsard, welche die Reihe der Edelleute anführten. Über ihnen flatterten die bunten Wappen und Banner. An der Spitze des Zuges befand sich die Standarte des Königs mit dem roten Drachen, umgeben von schwarzen Wimpeln.

Unter einem strahlend blauen Himmel mit nur wenigen feinen weißen Wolken wurde der König auf der Bahre zu seinem Grabmal gefahren. Ein kühler, leichter Wind erfrischte die Sommerluft und wehte den Kummer weit weg, obwohl da und dort Tränen in den Augen blitzten.

Man trug Eskewar in einen der bienenstockförmigen Grabhügel des Ringes, und zwar in genau denjenigen, in dem Quentin ihn Jahre zuvor aus Nimrods Fängen gerettet hatte. Der Hügel war sauber gefegt und aufgeräumt. Dafür hatte Oswald, der Kammerherr der Königin, gesorgt.

Feierlich und ehrfürchtig bettete man Eskewar auf der Steinplatte, die man vorher mit Pelzen ausgelegt hatte. Dann stellte man um ihn herum seine liebsten Besitztümer auf, und als alle einen letzten Blick auf ihren König geworfen hatten, wurde das Grab versiegelt und der Eingang mit Erde zugeschüttet. An dieser Arbeit beteiligte Quentin sich; er wollte nicht dabeistehen und zusehen. Und als sie zu Ende war, wandte er sich ohne einen weiteren Blick ab.

Sobald die Trauergesellschaft aus der Stille des grünen Rings der Könige auftauchte, ritt ihnen eine Gruppe von Fürsten unter der Führerschaft Werthwins entgegen. Die Edelleute verneigten sich aus dem Sattel heraus und blickten auf Quentin hinab, der die Königin am Arm führte. »Man hat uns gesagt«, hob Werthwin an, »der König habe dich zu seinem Nachfolger gekürt.«

»So ist es«, erwiderte Quentin knapp. An seinem Tonfall ließ sich nicht erkennen, wie er über die Sache dachte.

Werthwin wirkte verwirrt und blickte die Edelleute um sich herum an. »Wir wollen dir den Treueid schwören«, sagte er.

Quentin starrte sie nur an. »Wer das strahlende Schwert schwingt, ist unser König!« rief einer unter ihnen. Da bekundeten alle ihren Beifall. Von irgendwoher tauchte Toli auf, ein Schwert in den Armen. Quentin lächelte seinen Diener an und nahm das Schwert.

Er spürte, wie ihn ein warmes Gefühl durchströmte, als er es berührte, und hörte die Klinge sirren, als er sie aus der Scheide zog. Und als er es in die Luft reckte, wurde die Waldlichtung von hellem Glanz überströmt.

Die Fürsten saßen sofort ab, versammelten sich um ihn und knieten nieder. Quentin hielt das Schwert empor und sagte: »Möge der Gott, dessen Macht in diesem Schwerte lodert, auch in mir lodern. Ich nehme eure Gefolgschaft an.«

Da hallte der Wald von Jubelrufen wider. Teido und Ronsard bahnten sich einen Weg an Quentins Seite und klopften ihm auf den Rücken. Dann wurde er auf den Schultern seiner treuen Untertanen fortgetragen.

Ein Freudenzug kehrte nach Askalon zurück, der in nichts dem glich, der am Morgen die Burg verlassen hatte. Obzwar die offizielle Trauerzeit noch lange nicht abgelaufen war, setzte von diesem Augenblick an der Heilungsprozeß des verwüsteten Landes ein. Mit Eskewar waren alle Gefallenen bestattet und die alte Ordnung zu Grabe getragen worden. Mit Quentin kam die neue Ordnung auf den Thron und versprach eine strahlende Zukunft, so hell leuchtend wie das Schwert an seiner Seite.

Ein neues Zeitalter war angebrochen und ein neuer König als Führer gekürt. Und von all denen, die es willkommen hießen und sich darüber freuten, wußte nur Derwin, der treue Einsiedler aus dem Pelgrin-Walde, was wirklich geschehen war: Der Priesterkönig war da. Die Weissagung aus uralten Zeiten hatte sich erfüllt.

Mensandor
Die Siebe
Koryth
Gerfallen
(Das Meer)
Waldsand
Flachlande
Wilst
Malmar
Worsto
Kartwart
Lindalien
Askalon
Pelgrin-
Wald
Mal
Belwies
Wilst
Arwen
Herwüt
Hoch-
tempel
Zelba
Wa
Narramur
Hinsenbucht
Towin
Erlott
Fiskills
Siplet
Manerlin
Endon
Heilige
Insel
Perach
Ödlan
Gerfallen
Sud
lan
N
Garre
Dorn
Kelkins
Drin
Heradrin